U0506740

楚辞

〔汉〕刘 向 辑
〔汉〕王 逸 注
〔宋〕洪兴祖 补注

孙雪霄 校点

上海古籍出版社

图书在版编目(CIP)数据

楚辞／(汉)刘向辑；王逸注；(宋)洪兴祖补注.
—上海：上海古籍出版社，2015.5(2019.1重印)
(国学典藏)
ISBN 978-7-5325-7523-7

Ⅰ.①楚… Ⅱ.①刘… ②王… ③洪… Ⅲ.①古典诗
歌—诗集—中国—战国时代②楚辞—注释 Ⅳ.
①I222.3

中国版本图书馆 CIP 数据核字(2015)第 025715 号

国学典藏

楚辞

[汉]刘 向辑 王 逸注
[宋]洪兴祖 补注

上海世纪出版股份有限公司
上 海 古 籍 出 版 社 出版
(上海瑞金二路 272 号 邮政编码 200020)
(1)网址：www.guji.com.cn
(2)E-mail：gujil@guji.com.cn
(3)易文网网址：www.ewen.co
上海世纪出版股份有限公司发行中心发行经销
江阴金马印刷有限公司印刷
开本 890×1240 1/32 印张 14.25 插页 5 字数 344,000
2015 年 5 月第 1 版 2019 年 1 月第 5 次印刷
印数：10,201—13,300
ISBN 978-7-5325-7523-7

I·2893 定价：38.00 元

如有质量问题，请与承印公司联系

前　言

徐志啸

　　先秦时代诗歌的重要组成部分——楚辞,乃是继《诗经》之后,崛起于战国时代的具有浓郁民族和地方特色的诗歌。它承继了《诗经》之馀绪,融合了南方楚地文化特色,独创一体,别具一格,以其浪漫奇绝之形态,闪耀着不朽的光辉,泽被了后世百代诗坛和文坛。

　　"楚辞"之名称,西汉初期已有流传,至刘向将屈原、宋玉等人诗歌作品合为一集,编集定名,自此始有了作为诗歌总集的《楚辞》。对此,东汉王逸《楚辞章句》有谓:"至于孝武帝,恢廓道训,使淮南王安作《离骚经章句》,则大义粲然。……逮至刘向典校经书,分为十六卷。"《四库全书总目提要》谓:"哀屈宋诸赋,定名楚辞,自刘向始也。"《楚辞》之所以姓"楚",不光是因为屈原、宋玉等人系出身楚地的楚人,更因为其诗歌"皆书楚语、作楚声、记楚地、名楚物"(宋黄伯思《翼骚序》)。正由于这些诗歌作品大量运用了楚地的民歌样式和楚方言声韵,载录了楚风土物产,具备了浓厚的楚地和楚民族的色彩,因而构成了独特的语言和文学风格特色,形成了独具一格的体裁,在《诗经》四言诗格局的基础上,开创了中国诗歌史上空前的楚辞体(也称骚体)诗歌样式,为后世留下了宝贵的文学遗产。

　　《楚辞》的主要代表作者——屈原,是中国文学史上第一位以个人作品传世的伟大诗人。他一生为实现自己的理想抱负而奋斗,矢志不渝,百折不挠,表现了一位封建士大夫爱国爱民的高尚气节与人格。司马迁《史记·屈原列传》对他的生平传略作了历史的记载。屈原名平,字原,战国时代楚国人，大约生于公元前340年，卒于公元前278年，历楚国怀王与顷襄王二朝。他出身望族，"博闻强志，明于治乱，娴于辞令"，早年辅佐楚怀王，颇受信任，任左徒官，入则图议国事，出则应对诸侯，制定宪令，改革楚政，力主彰明法度、举贤授能、联齐抗秦，实现楚国一统天下的大业，然却不幸遭朝廷奸臣谗言离间，被去职流放，复起复落，终于未能重返故都。但他壮心不泯，初衷不改，悲愤至极，最终投身江河，以身殉理想。为表述自己的理想抱负和向君主表示忠心，抒发满腔的爱国激情和对理想的不懈追求，屈原写下了一系列的诗歌作品——《离骚》、《九歌》、《天问》、《招魂》等。这些诗歌，是屈原心声的真实吐露，是他毕生经历的历史再现，也是他人格精神的集中体现，它们艺术地展示了这位历史伟人的崇高形象；这些诗歌，创立了独特的诗体形式，融《诗经》、楚地民歌、先秦诸子散文和神话传说于一炉，在充分吸收楚地民间文化和文学形式的基础上作大胆创新，开创了中国诗歌历史的新纪元。尤其是《离骚》一诗，语言奇美，想象奇特，构思奇绝，融历史、神话、传说于一体，塑造了高大伟岸的主人公形象，展现了浪漫主义风格色彩，成为中国诗歌史上一篇空前绝后的绝唱。

对于屈原传世作品的真伪，历来是学界争议的焦点。据司马迁《史记》所载，《离骚》、《天问》、《招魂》及《哀郢》应该属于可信之作，到刘向父子编著《七略》及班固撰《汉书·艺文志》，载录屈原作品25篇，究竟具体应该是哪25篇，历代学者的见解产生了分歧。依据现存最早的著录屈原与楚辞作品的集子——东汉王逸的《楚辞章句》，25篇屈原作品是：《离骚》（原书题为《离骚经》），《九歌》（包括《东皇太一》、《云中君》、《湘君》、《湘夫人》、《大司命》、《少司命》、《东君》、《河伯》、《山鬼》、《国殇》、《礼魂》），《天问》，《九章》（包括《惜诵》、《涉江》、《哀郢》、《抽思》、《怀沙》、《思美人》、《惜往日》、《橘颂》、《悲回风》），《招魂》，《大招》，《远游》，《卜居》，《渔父》。但是这些诗篇中，有些曾被怀疑，如《九章》中的部分作品，以及《大招》、《远游》、《卜居》、《渔父》等，为此，历代学者各执己见，聚讼不已。由于缺乏确凿的资料，对这一争论难以下准确的判断，历来一般还是以《汉书·艺文志》的篇数为据。《楚辞》集子中收录的诗歌作品，除屈原作品外，还有宋玉的《九辩》，此外，王逸及其后的历代注本中，还收录了包括疑为唐勒、景差的作品，以及贾谊、淮南小山、东方朔、严忌、王褒、刘向、王逸等人的拟骚作品。从王逸《楚辞章句》载录可以知道，古代流传载录《楚辞》的本子还有《释文》，其所录楚辞作品之篇序与王逸的本子有所不一，此尚待加以考证，以辨识真伪。

标志屈原作为伟大诗人成就、风格、人格、精神的最集中的代表作是抒情长诗《离骚》。这部诗篇乃"金相玉质，百世无匹"，"惊采绝艳，难与并能"（刘勰《文心雕龙·辨骚》），它是中国诗歌史上一篇罕见的杰出诗章，奠定了屈原作为伟大诗人的基石。全诗长达三百七十多句、二千四百多字，是一部带有自传性质的叙事性抒情长诗。上半部以诗篇主人公（女性身份）自叙身世开首，包括世系、生辰、命名，表明她具有先天的内美，但还不够，她还要努力修身。诗篇巧妙地运用了比兴手法，将大量楚地出产的香花美草作形象比喻和象征，继之展开叙述，从回顾楚国历史到返回眼前现实，塑造了一位洁身自好的圣洁女子，以自身的不断修身养性，渴望展示抱负，试图博取君主的欢心和信任——目的乃为了实现自己的远大理想，却不料引来了朝廷一帮奸臣小人们的无耻诽谤和谗言，他们挑拨了君臣关系。严酷的现实容不了她，迫使她不得不离开朝廷；下半部主人公没能听从好心人的劝告，执意不变立场，于是乎展开想象的翅膀，在请求占卜、降神后，为寻求理想境界开始离开现实世界（上半部的女性身份到下半部时变为了男性身份），到天国寻找理想女性伴侣，然却三求女而不得，矛盾痛苦，感叹不已，虽再次天国神游，仍无济于事，最后只能无功而返。内心深挚的恋乡之情最终决定了悲剧的命运，理想难以实现，国人又不理解，结果只有以身殉理想——"从彭咸之所居"，谱写了历史和人生的壮丽篇章。这是一首诗人发自肺腑的心灵之歌，是诗人心声的绝唱。它以深邃的内涵、丰富的想象、惊人的辞采、炽热的心怀，向世人和后代展示了一位伟大哲人的胸怀、智慧、理想和追求。

集中体现屈原奇特想象的，除了《离骚》诗外，还有一气问了一百七十多个问题的发问体诗篇《天问》。这首诗只有问题，没有回答，基本四言一句，四句一节，每节一韵，偶亦杂以多言。整首诗浑然一体，井然有序，围绕天体起源，人类肇始和夏、商、周、秦、楚历史，大致按人类兴亡和历史演变的顺序发问，其间糅杂了大量的上古时代历史和神话传说，寄寓了诗人的天体观、人生观和历史观。全诗的中心主题异常鲜明突出——这是一首以发问形式写下的人间兴亡史诗，全诗集中了历史兴亡的故事，先问天地开辟、人类起源，侧重于"兴"；后问人间历史——自夏、商、周至秦、楚，突出何故由"兴"而"亡"。全诗表现了诗人对传统的大胆怀疑、对真理的勇敢探索和愤世嫉俗的真挚感情。

《九歌》是一组富有原始风味的浪漫诗歌，它系作者根据楚地民间祭神的原始《九歌》改编加工而成。诗中将天神、地神、人鬼融为一体，祭祀、歌舞、唱词浑然合一，其本质原意乃上古楚民祈雨、祈农业丰收，并与性爱、生育繁殖相结合，求人类和农作物生长繁殖的艺术之歌。九篇中，《东皇太一》所祭神最尊贵，全诗气氛既庄严肃穆又热烈欢快，祭品陈设、音乐歌舞，一切为了迎接神的安康降临；《云中君》祭云神，云被拟人化了，从中寄寓了人们对云雨之神的祈祷与企盼；《湘君》、《湘夫人》虽各为一篇，其实可合二为一，它们都是湘水之神，双方都因等候对方不至而忐忑不安，其缠绵之情，表现了对爱情的忠贞不二。《大司命》是司人寿夭之神，描写人们以虔诚的心情祈求司命之神能给人带来延年益寿；《少司命》为司子嗣之神，它主管人间的生育，人们自然对它恭敬有加，全诗情感色彩浓厚；《东君》祭祀太阳，诗篇如颂辞般热烈隆重、色彩光艳，充满了对太阳的无限崇敬和衷心礼赞；《河伯》描写河伯神的恋爱，河伯即黄河之神，诗篇洋溢着不欢而别的悲感，全诗文笔婉丽清新、刻画细腻；《山鬼》塑造了一位神态、外貌均生动可爱的山鬼形象，它对公子的痴情被表现得惟妙惟肖，令人怦然心动。《国殇》在《九歌》组诗中别具一格，它是一首气壮山河的悲壮战歌，惊天地、泣鬼神，极其真实地凸现了楚国将士为楚国出生入死、英勇奋战的大无畏气概，表达出诗人对楚国将士的深挚之爱；最后一篇《礼魂》可谓《国殇》的副歌，两首诗可合为一观，它所"礼"的乃是为国阵亡的楚国将士之"魂"，从"长无绝兮终古"句中足见作者深爱楚国楚民的真挚情感。

《九章》虽说尚难断定其全部作品的真伪，但其中大部分篇章还是可以确认为是屈原本人的作品，尤其《涉江》、《哀郢》、《怀沙》、《橘颂》等篇，真实记录了屈原的身世经历，抒发了他的真挚情感，为后世读者塑造了一位高大伟岸的主人公形象，丰富了屈原的真实品格和感人精神，可称是《离骚》上半部诗篇生动具体的展开。《九章》的命名并不出于屈原之手，它是整理编定者刘向后加的。在没有更确凿可靠资料的条件下，我们权且按《汉书·艺文志》所录，认为《九章》九篇均为屈原的作品，如此，则九篇诗章所写，可谓各有侧重：《惜诵》——全诗表述诗人的忠贞与清白，不愿与世俗同流合污，此乃终生奉行的做人准则；《涉江》——活画出了一位高洁不屈的诗人形象，他戴高冠，佩长剑，行吟徘徊于泽畔，决不愿变己之心志以从俗；《哀郢》——表达诗人对楚国郢都失陷的哀痛，诗中交织了诗人对楚国山水的热爱、伤感和对奸党小人的痛恨之情；《抽思》——表述怀王改变态度后诗人的实际心态，怀王的言而无信，致使诗人烦闷忧愁始终笼罩心头，难以排解；《怀沙》——是诗人临死前向世人告白心境的绝命辞，他庄严宣告，决心以死捍卫自己的理想，用生命换回高洁的人格节操；《思美人》——这里的美人，喻指楚怀王,诗篇表达诗人对君主的忠诚,永远不改初衷;《惜往日》——始终表述诗人宁死不移志的誓言,而对君王的昏庸,此篇中则有了足够的认识;《橘颂》——通篇运用了比兴手法,描画橘的物态、形象,颂橘乃为了颂扬人的崇高形象与高贵品质,诗篇前半说橘,将橘人格化,颂橘乃自比,后半说人,将人物化,自颂以喻橘,全篇物我合一、浑然一体,乃咏物篇的佳作;《悲回风》——用自然界的秋冬景象烘托诗人的忧郁与深沉,全篇回环往复的情绪表述很好地传递了诗人低回忧郁的真实情感。

《招魂》和《大招》两篇堪称姐妹篇,两诗均以招魂形式展开。这是采用了南方楚地民间流行的人死后招魂的方式,表现作者对已故君主的召唤和希冀。对这两首诗的所招对象,历来争议较大。笔者以为,应以招楚怀王的亡魂为合理,诗篇表达的是作者对君主亡故的哀痛和追怀,这是屈原忠君情怀的集中体现。至于为何招两次,这与当时楚地的民俗有关,他们有人死后分为大殓、小殓之习俗(详可参《礼记》所载),而这大小殓的区分,正是两次招魂的表现。两首诗以铺陈的方式,从东、南、西、北、天、地方位角度,将山川地理、饮食起居、宫廷建筑、娱乐歌舞等予以详尽描述铺展,极尽排比铺陈之能事,显示了招魂诗文体奇特、想象大胆、结构对称、词藻堆砌的特色,在《楚辞》诸篇中堪称独树一帜。

《卜居》和《渔父》两篇类似今人所称散文诗的形式。它们通篇是对话,开创了后世赋作品中答问的体式,其参差的句式和简单的故事性,使之在楚辞作品中别具一格,而诗篇所塑造的人物形象,无疑丰满了诗人屈原的形象。

至于《远游》,历来人们争议颇多,认为它与司马相如《大人赋》相似,有人疑为仿袭之作。全诗内容与《离骚》下半部极为相似,展示了主人公离开尘世后上天国遨游,试图寻找理想去处的情节,诗中表现的道家思想色彩较之《离骚》更为浓烈,但艺术上与《离骚》相比似逊色多了。

为此，《远游》究为何人何时而作，至今尚无定论。

《楚辞》中的作品，我们应该重视的，除了屈原作品外，还有被后代誉为悲秋诗人鼻祖的宋玉。传说宋玉是屈原的学生，但今已不可考，我们仅知《汉书·艺文志》记载他有赋16篇，其中有传世杰作《九辩》，这是无可置疑的。刘勰《文心雕龙》将他与屈原并称，可见对他评价之高。宋玉留给后世的《九辩》告诉我们，他是一位出身低微、官职不高的贫寒之士。《九辩》诗抒发了他自己的身世遭遇，诗中对悲秋的吟唱，可谓千古绝唱，对后世的士大夫影响很大，文学史自此有了悲秋诗人之说，宋玉乃始创者。

《楚辞》问世以后，自汉代开始，便有了模拟仿效之风，尤其两汉时代，拟骚诗盛行，一时蔚成风气，其中较有代表性并被收入《楚辞》注本的主要是：贾谊《惜誓》（或称《吊屈原赋》，各本不一）、淮南小山《招隐士》、庄忌《哀时命》，以及王褒《九怀》、刘向《九叹》、王逸《九思》等。这些诗篇大多从哀怜同情屈原身世际遇出发，抒发个人的内心情感，有的结合了自己的身世遭遇，感喟社会历史和人生的不测。一般来说，这些诗篇虽然内容情感乃至艺术表现均无法与屈原作品相比，但它们毕竟有意模仿屈原作品的艺术风格，其思想内容和艺术表现上多少还有可取之处，故而文学史也能记下一笔。

从汉代开始，研究屈原和注释《楚辞》作品渐成风气——从西汉司马迁、扬雄到东汉班固、王逸，都对屈原和《楚辞》或撰写传略、或评论其人、或注释其作品，但他们在认识观点上有所不一，有的甚至完全对立。如王逸与班固，对屈原的评价褒贬完全不一，王逸《楚辞章句》高度肯定屈原，且该书乃历史上第一部全面注释《楚辞》的标志性著作，而班固虽然承认屈原作品的艺术成就，却对屈原其人的人格品行予以贬抑。概括地看，《楚辞》学在二千多年的学术史上曾出现过四次高潮：两汉、南宋、清代及现代（"五四"迄今），其代表性著作为：西汉司马迁《史记·屈原列传》、东汉王逸《楚辞章句》、南朝齐梁刘勰《文心雕龙·辨骚》、南宋朱熹《楚辞集注》、南宋洪兴祖《楚辞补注》（补王逸《章句》）、明代汪瑗《楚辞集解》、清代王夫之《楚辞通释》、林云铭《楚辞灯》、蒋骥《山带阁注楚辞》和戴震《屈原赋注》，到现代，则有梁启超、闻一多、郭沫若、游国恩、姜亮夫、陈子展、林庚、汤炳正等著名学者将传统学术与现代意识相结合，问世了一系列研究成果，推动了楚辞研究向纵深方向的拓展。

校点说明

西汉末年，刘向将屈原、宋玉的作品以及汉代淮南小山、东方朔、王褒等人加上自己承袭模仿屈原、宋玉的作品汇编成集，共十六篇，定名为《楚辞》。至东汉，王逸增入己作《九思》，成十七篇，并加以注释，是为《楚辞章句》十七卷。可惜，《楚辞章句》到今天并没有单独的古本传世，至多只有一些明翻宋刻本，也就是说在宋代还尚未失传。

宋代洪兴祖便以《楚辞章句》为蓝本，做了《楚辞补注》。其书在体例上将原注与自己的补注截然分开，相应诗句的注语之后，以"补曰"作为分隔，加入补注，于是人们也多将《楚辞补注》中所保留的内容视为《楚辞章句》的一个间接版本。但是，书中"补注"之前的注语中也不尽是王逸的注，比如大量引用的《文选》五臣注和《释文》等，都显然不是东汉时期的王逸所能看到的。

洪兴祖（1090—1155），字庆善，号练塘，镇江丹阳（今江苏丹阳）人，自幼勤学，曾任太常博士，有多重著作传世，其中最著名者，就是《楚辞补注》。这部著作在王逸《章句》的基础上，对旧注逐条梳理，间有不少名物考据与辨正，是后来《楚辞》的最佳注释本之一。同时，洪兴祖作为南宋时期的饱学之士，在研究《楚辞》的过程中势必徵引大量的古籍，其中有一些已经散佚的著作的内容，更多的是所引文句与今本有所不同的，这更使《楚辞补注》的价值超越了《楚辞》研究本身，而在目录学、校勘学方面别有功用。

尽管在《楚辞》研究史上，《楚辞补注》是历代公认的优秀著作，但它不是唯一的。稍晚的朱熹也曾著有《楚辞集注》，在质量和深度上与《楚辞补注》

不相上下,然而由于朱熹在理学上的影响,后来的学人读《楚辞》便有意无意地多选用《集注》。所以时至今日,《楚辞集注》不仅有宋本存世,元明以下多有各种刊本,而《楚辞补注》则宋本仅见于书目,元代未见有刊本,而明本的数量也远远少于《集注》。

　　然而由于《楚辞补注》特有的价值,明代以下也有一些好的版本流传下来,明清之际,有两种较好的翻宋刻本,一种是毛氏汲古阁清初翻刻的,另一种是明代中期的产物,它们大抵就是现在我们所见的各种《楚辞补注》的两个祖本。相比之下,汲古阁本的流传较广,问世以后翻刻者较多,如《四库全书》、《惜阴轩丛书》等所收者都是这一支的流传,清代到民国时据之翻印的单行本也很多,其中以金陵书局翻刻本为最优。1983年中华书局排印本也是以此为底本的。至于另一种明翻宋本,则主要是靠《四部丛刊》初编而广为传播。

　　此次校点整理,我们选择以汲古阁本作为底本,参校以《惜阴轩丛书》本、《四部丛刊》初编本、同治刻本及四库全书本,并吸收了今人黄灵庚《楚辞集校》的校勘成果,以横排简体的形式印行。然而王逸和洪兴祖都是古人,他们的注语中有些内容无法全部用简化字,比如《离骚》中"恐脩名之不立",洪注有"脩,與'修'同,古书通用",如果全部改为简体字通用的"修"就不可理喻了。还有注中多用反切表音,反切字中"於"这样的多音字也不宜简化为"于"。所以书中依据文义需要,适当保留了一些繁体字。另外,底本还有少量明显的错字,如《离骚》"纫秋兰以为佩"洪注引陆玑《毛诗草木鸟兽虫鱼疏》说:"泽兰广而长节,节中亦",这个"亦"应该是"赤",类似问题都处理为"泽兰广而长节,节中(亦)〔赤〕"的形式,使读者可以在不影响阅读的情况下对校订情况有基本了解。

校点者

目　录

前言 / 徐志啸 / 1

校点说明 / 1

卷一　离骚经章句 / 1

卷二　九歌章句 / 65

　　东皇太一 / 66

　　云中君 / 69

　　湘君 / 72

　　湘夫人 / 78

　　大司命 / 83

　　少司命 / 87

　　东君 / 91

　　河伯 / 94

　　山鬼 / 97

　　国殇 / 101

　　礼魂 / 104

卷三　天问章句 / 105

卷四　九章章句 / 145

　　惜诵 / 146

　　涉江 / 155

　　哀郢 / 161

　　抽思 / 167

　　怀沙 / 173

　　思美人 / 180

　　惜往日 / 185

　　橘颂 / 191

　　悲回风 / 194

卷五　远游章句 / 203

卷六　卜居章句 / 220

卷七　渔父章句 / 226

卷八　九辩章句 / 230

卷九　招魂章句 / 252

卷十　大招章句 / 277

卷十一　惜誓章句 / 293

卷十二　招隐士章句 / 299

卷十三　七谏章句 / 304

　　初放 / 305

　　沉江 / 308

　　怨世 / 314

　　怨思 / 320

　　自悲 / 321

　　哀命 / 325

　　谬谏 / 327

楚辞

卷十四　哀时命章句 / 335
卷十五　九怀章句 / 347
　匡机 / 348
　通路 / 350
　危俊 / 353
　昭世 / 355
　尊嘉 / 358
　蓄英 / 360
　思忠 / 362
　陶壅 / 364
　株昭 / 366
卷十六　九叹章句 / 369
　逢纷 / 370
　离世 / 375
　怨思 / 380
　远逝 / 385

惜贤 / 390
忧苦 / 395
愍命 / 400
思古 / 406
远游 / 410
卷十七　九思章句 / 415
　逢尤 / 416
　怨上 / 419
　疾世 / 422
　悯上 / 425
　遭厄 / 428
　悼乱 / 430
　伤时 / 433
　哀岁 / 436
　守志 / 438

卷一^[1]　离骚经章句

[1]《隋》、《唐书·志》有皇甫遵训《参解楚辞》七卷、郭璞注十卷、宋处士诸葛《楚辞音》一卷、刘杳《草木虫鱼疏》二卷、孟奥《音》一卷、徐邈《音》一卷。始，汉武帝命淮南王安为《离骚传》，其书今亡。按《屈原传》云："《国风》好色而不淫，《小雅》怨诽而不乱，若《离骚》者，可谓兼之矣。"又曰："蝉蜕于浊秽，以浮游尘埃之外，不获世之滋垢，皭然泥而不滓。推此志，虽与日月争光可也。"班孟坚、刘勰皆以为淮南王语，岂太史公取其语以作传乎？汉宣帝时，九江被公能为楚辞。隋有僧道骞者善读之，能为楚声，音韵清切。至唐，传《楚辞》者皆祖骞公之音。

《离骚经》者，屈原之所作也。屈原与楚同姓，仕于怀王，为三闾大夫。三闾之职，掌王族三姓，曰昭、屈、景^[1]。屈原序其谱属，率其贤良，以厉国士。入则与王图议政事，决定嫌疑；出则监察群下，应对诸侯。谋行职修，王甚珍之。同列大夫上官、靳尚妒害其能，共谮毁之^[2]。王乃疏屈原^[3]。屈原执履忠贞而被谗衺^[4]，忧心烦乱，不知所愬，乃作《离骚经》。离，别也。骚，愁也。经，径也。言己放逐离别，中心愁思，犹依道径^[5]，以风谏君也^[6]。故上述唐、虞、三后之制，下序桀、纣、羿、浇之败，冀君觉悟，反于正道而还己也。是时，秦昭王使张仪谲诈怀王，令绝齐交；又使诱楚，请与俱会武关，遂胁^[7]与俱归，拘留不遣，卒客死于秦^[8]。其子襄王，复用谗言，迁屈原于江南^[9]。屈原放在草野^[10]，复作《九章》，援天引圣，以自证明，终不见省。不忍以清白久居浊世，遂赴汨渊，自沉而死[11]。《离骚》之文，依《诗》取兴，引类譬谕，故善鸟香草，以配忠贞；恶禽臭物，以比谗佞；灵修美人，以媲于君[12]；宓妃佚女，以譬贤臣；虬龙鸾凤，以托君子；飘风云霓[13]，以为小人。其词温而雅，其义皎而朗[14]。凡百君子，莫不慕其清高，嘉其文采，哀其不遇，而愍其志焉[15]。

[1]《战国策》：楚有昭奚恤。《元和姓纂》云："屈，楚公族芈姓之后。楚武王子瑕食采于屈，因氏焉。屈重、屈荡、屈建、屈平并其后。"又云："景，芈姓。楚有景差。汉徙大族昭、屈、景三姓于关中。"

[2]《史记》曰："上官大夫与之同列。"又曰："用事臣靳尚。"

[3]疏，一作"逐"。

[4]一作"邪"。

[5]一云"陈直径"，一云"陈道径"。

[6]太史公曰："离骚者，犹离忧也。"班孟坚曰："离，犹遭也，明己遭忧作辞也。"颜师古云："忧动曰骚。"余按：古人引《离骚》未有言"经"者，盖后世之士祖述其词，尊之为经耳，非屈原意也。逸说非是。

[7]一作"胁"。

[8]《史记》曰："屈平既绌，其后秦欲伐齐，齐与楚从亲，惠王患之，乃令张仪详去秦，厚币委质事楚。""详"与"佯"同。又曰："秦昭王与楚婚，欲与怀王会。屈平曰：'秦，虎狼之国，不可信，不如无行。'怀王卒行。入武关，秦伏兵绝其后，因留怀王。"然则使张仪谲诈怀王，令绝齐者，乃惠王，非昭王也。

[9]《史记》曰："怀王长子顷襄王立，令尹子兰使上官大夫短屈原于顷襄王，王怒而迁之。"

[10]草，一作"山"。

[11]《前汉·地理志》：长沙有罗县。《荆州记》曰："县北带汨水，水源出豫章艾县界，西流注湘。沿湘西北，去县三十里，名为屈潭，屈原自沉处。"汨音觅。

[12]媲，配也，匹诣切。

[13]飘，一作"飙"。

[14]朗，一作"明"。

[15]愍，一作"闵"。魏文帝《典论》云："优游按衍，屈原尚之，穷侈极妙，相如之长也。然原据托譬喻，其意周旋，绰有馀度，长卿、子云不能及。"宋子京云："《离骚》为词赋之祖，后人为之，如至方不能加矩，至圆不能过规矣。"

　　帝高阳之苗裔兮[1]，朕皇考曰伯庸[2]。摄提贞于孟陬兮[3]，惟庚寅吾以降[4]。皇览揆余初度兮[5]，肇锡余以嘉名[6]。名余曰正则兮[7]，字余曰灵均[8]。纷吾既有此内美兮[9]，又重之以修能[10]。扈江离与辟芷兮[11]，纫秋兰以为佩[12]。汩余若将不及兮[13]，恐年岁之不吾与[14]。朝搴阰之木兰兮[15]，夕揽洲之宿莽[16]。日月忽其不淹兮[17]，春与秋其代序[18]。惟草木之零落兮[19]，恐美人之迟暮[20]。不抚壮而弃秽兮[21]，何不改此度[22]？乘骐骥以驰骋兮[23]，来吾道夫先路[24]。

[1]德合天地称帝。苗，胤也。裔，末也。高阳，颛顼有天下之号也。《帝系》曰："颛顼娶于腾隍氏女而生老僮，是为楚先。其后熊绎事周成王，封为楚子，居于丹阳。周幽王时，生若敖，奄征南海，北至江、汉。其孙武王求尊爵于周，周不与，遂僭号称王，始都于郢。是时生子瑕，受屈为客卿，因以为氏。"屈原自道本与君共祖，俱出颛顼胤末之子孙，是恩深而义厚也。【补曰】皇甫谧曰："高阳都帝丘，今东郡濮阳是也。"张晏曰："高阳，所兴之地名也。"刘子玄《史通》云："作者自叙，其流出于中古。《离骚经》首章，上陈氏族，下列祖考；先述厥生，次显名字，自叙发迹，实基于此。降及司马相如，始以自叙为传。至马迁、扬雄、班固，自叙之篇，实烦于代。"

　　[2]朕，我也。皇，美也。父死称考。《诗》曰："既右烈考。"伯庸，字也。屈原言我父伯庸，体有美德，以忠辅楚，世有令名，以及于己。

【补曰】蔡邕云："朕，我也。古者上下共之，咎繇与帝舜言称'朕'，屈原曰'朕皇考'。至秦独以为尊称，汉遂因之。"唐五臣注《文选》云："古人质，与君同称朕。"又以伯庸为屈原父名，皆非也。原为人子，忍斥其父名乎？

[3]太岁在寅曰摄提格。孟，始也。贞，正也。于，於也。正月为陬。【补曰】并出《尔雅》。陬，侧鸠切。

[4]庚寅，日也。降，下也。《孝经》曰："故亲生之膝下。"寅为阳正，故男始生而立于寅。庚为阴正，故女始生而立于庚。言己以太岁在寅，正月始春，庚寅之日，下母之体，而生得阴阳之正中也。【补曰】《天问》云："皆归躲鞠，而无害厥躬。何后益作革，而禹播降？"《九叹》云："赴江湘之淊流兮，顺波凑而下降。徐徘徊于山阿兮，飘风来之匈匈。"降，乎攻切，下也。见《集韵》。《说文》曰："元气起于子。男左行三十，女右行二十，俱立于巳，为夫妇。裹姙于巳，巳为子，十月而生。男起巳至寅，女起巳至申。故男年始寅，女年始申也。"《淮南子》注同。

[5]皇，皇考也。览，观也。揆，度也。初，始也。览，一作"鉴"。一本"余"下有"于"字。五臣云："我父鉴度我初生之法度。"

[6]肇，始也。锡，赐也。嘉，善也。言父伯庸观我始生年时，度其日月，皆合天地之正中，故赐我以美善之名也。

[7]正，平也。则，法也。

[8]灵，神也。均，调也。言正平可法则者，莫过于天；养物均调者，莫神于地。高平曰原，故父伯庸名我为平以法天，字我为原以法地。言己上能安君，下能养民也。《礼》曰："子生三月，父亲名之，既冠而字之。名所以正形体、定心意；字者，所以崇仁义、序长幼也。夫人非名不荣，非字不彰，故子生，父思善应而名字之，以表其德、观其志也。"五臣云："灵，善也。均，亦平也。言能正法则，善平理。"【补曰】《史记》："屈原，名平。"《文选》以"平"为字，误矣。"正则"以释名"平"之义，"灵均"以释字"原"之义。名有五，屈原，以德命也。《礼记》曰："三月之末，父执子之右手，咳而名之。"又曰："既冠而字之，成人之

道也。《士冠礼》云："宾字之，曰：昭告尔字，爱字孔嘉。"字虽朋友之职，亦父命也。

[9]纷，盛貌。五臣曰："内美，谓忠贞。"

[10]修，远也。言己之生，内含天地之美气，又重有绝远之能，与众异也。言谋足以安社稷，智足以解国患，威能制强御，仁能怀远人也。【补曰】重，储用切，再也。非轻重之重。能，本兽名，熊属，故有绝人之才者谓之能。此读若耐，叶韵。

[11]扈，被也。楚人名被为扈。江离、芷，皆香草名。辟，幽也。芷幽而香。《文选》"离"作"蓠"。五臣云："扈，披也。"【补曰】扈音户。《左传》云："九扈为九农正，扈民无淫者也。"扈，止也。江离，说者不同。《说文》曰："江蓠，蘪芜。"然司马相如赋云"被以江离，糅以蘪芜"，乃二物也。《本草》："蘪芜，一名江离。"江离非蘪芜也，犹杜若一名杜蘅，杜蘅非杜若也。蘪芜，见《九歌》。郭璞云："江离似水荠。"张勃云："江离出海水中，正青，似乱发。"郭恭义云："赤叶。"未知孰是。辟，匹亦切。白芷，一名白茝，生下泽，春生，叶相对婆娑，紫色，楚人谓之药。

[12]纫，索也。兰，香草也，秋而芳。佩，饰也，所以象德。故行清洁者佩芳，德仁明者佩玉，能解结者佩觿，能决疑者佩玦，故孔子无所不佩也。言己修身清洁，乃取江离、辟芷，以为衣被；纫索秋兰，以为佩饰；博采众善，以自约束也。【补曰】纫，女邻切。《方言》曰："续，楚谓之纫。"《说文》云："繟绳也。"《记》曰：古者男女"皆佩容臭"。臭，香物也。又曰"佩帨茝兰"，则兰芷之类，古人皆以为佩也。相如赋云："蕙圃衡兰。"颜师古云："兰，即今泽兰也。"《本草注》云：兰草、泽兰，二物同名。兰草一名水香。李云"都梁"是也。《水经》云："零陵郡都梁县西小山上，有淳水，其中悉生兰草，绿叶紫茎。"泽兰，如薄荷，微香，荆、湘、岭南人家多种之。此与兰草大抵相类。但兰草生水傍，叶光润尖长，有歧，阴小紫，花红白色而香，五六月盛。而泽兰生水泽中及下湿地，苗高二三尺，叶尖，微有毛，不光润，方茎紫节，七月、八

月开花,带紫白色。此为异耳。《诗》云:"士与女,方秉蕳兮。"陆机云:"蕳,即兰也,其茎叶似药草。泽兰广而长节,节中(亦)〔赤〕,高四五尺,汉诸池苑及许昌宫中皆种之。"《文选》云:"秋兰被涯。"注云:"秋兰,香草。生水边,秋时盛也。"《荀子》云:"兰生深林。"《本草》亦云:一种山兰"生山侧,似刘寄奴,叶无桠,不对生,花心微黄赤"。《楚词》有秋兰、春兰、石兰,王逸皆曰香草,不分别也。近时刘次庄《乐府集》云:"《离骚》曰:'纫秋兰以为佩。'又曰:'秋兰兮青青,绿叶兮紫茎。'今沅、澧所生,花在春则黄,在秋则紫,然而春黄不若秋紫之芬馥也。"由是知屈原真所谓多识草木鸟兽,而能尽究其所以情状者欤?黄鲁直《兰说》云:"兰生深山丛薄之中,不为无人而不芳。含香体洁,平居与萧艾同生而不殊。清风过之,其香蔼然。在室满室,在堂满堂,所谓含章以时发者也。然兰蕙之才德不同:兰似君子,蕙似士夫。概山林中,十蕙而一兰也。《离骚》曰:'(子)〔予〕既滋兰之九畹,又树蕙之百亩。'《招魂》:'光风转蕙泛崇兰。'以是知楚人贱蕙而贵兰矣。兰蕙丛出,莳以沙石则茂,沃以汤茗则芳,是所同也。至其发华,一干一华而香有馀者兰,一干五七华而香不足者蕙也。蕙虽不若兰,其视椒、椴则远矣。"其言兰蕙如此,当俟博物者。

[13]汨,去貌,疾若水流也。不,一作"弗"。五臣云:"岁月行疾,若将追之不及。"【补曰】汨,越笔切。《方言》云:"疾行也,南楚之外曰汨。"

[14]言我念年命汨然流去,诚欲辅君,心中汲汲,常若不及。又恐年岁忽过,不与我相待,而身老耄也。【补曰】恐,区用切,疑也。下并同。《论语》曰:"日月逝矣,岁不我与。"

[15]搴,取也。阰,山名。【补曰】搴音蹇。《说文》:"攓,拔取也",南楚语,引"朝攓阰之木兰"。阰,频脂切,山在楚南。《本草》云:"木兰皮似桂而香,状如楠树,高数仞。任昉《述异记》云:木兰州在寻阳江,(也)〔中〕多木兰。"

[16]揽,采也。水中可居者曰洲。草冬生不死者,楚人名曰宿莽。

言己旦起升山采木兰，上事太阳，承天度也；夕入洲泽采取宿莽，下奉太阴，顺地数也。动以神祇自敕诲也。木兰去皮不死，宿莽遇冬不枯，以喻谗人虽欲困己，己受天性，终不可变易也。揽，一作"擥"，一作"擎"。洲，一作"中洲"。【补曰】揽，卢敢切，取也。莽，莫补切。《尔雅》云"卷施草拔心不死"，即宿莽也。

[17] 淹，久也。忽，《释文》作"曶"。

[18] 代，更也。序，次也。言日月昼夜常行，忽然不久。春往秋来，以次相代。言天时易过，人年易老也。

[19] 零、落，皆堕也，草曰零，木曰落。零，一作"苓"。

[20] 迟，晚也。美人，谓怀王也。人君服饰美好，故言美人也。言天时运转，春生秋杀，草木零落，岁复尽矣。而君不建立道德，举贤用能，则年老耄晚暮，而功不成，事不遂也。【补曰】屈原有以美人喻君者，"恐美人之迟暮"是也；有喻善人者，"满堂兮美人"是也；有自喻者，"送美人兮南浦"是也。

[21] 年德盛曰壮。弃，去也。秽，行之恶也，以喻谗邪。百草为稼穑之秽，谗佞亦为忠直之害也。《文选》无"不"字。五臣云："抚，持也。言持盛壮之年，废弃道德，用谗邪之言，为秽恶之行。"【补曰】抚，芳武切。"不抚壮而弃秽"者，谓其君不肯当年德盛壮之时，弃远谗佞也。五臣注误。

[22] 改，更也。言愿令君甫及年德盛壮之时，修明政教，弃去谗佞，无令害贤，改此惑误之度，修先王之法也。甫及，一作"抚及"，一作"务及"。《文选》云"何不改其此度"，一云"何不改乎此度也"。五臣云："何不早改此法度，以从忠正之言。"

[23] 骐骥，骏马也，以喻贤智。言乘骏马，一日可致千里。以言任贤智，则可成于治也。乘，一作"桀"，《文选》作"策"。驰，一作"驼"。【补曰】驼，即"驰"字。下同。

[24] 路，道也。言己如得任用，将驱先行，愿来随我，遂为君导入圣王之道也。《文选》作"导夫先路"。一本句末有"也"字。五臣云：

"言君能任贤人，我得申展，则导引入先王之道路。"

　　昔三后之纯粹兮[1]，固众芳之所在[2]。杂申椒与菌桂兮[3]，岂维纫夫蕙茝[4]？彼尧舜之耿介兮[5]，既遵道而得路[6]。何桀纣之猖披兮[7]，夫唯捷径以窘步[8]。惟夫党人之偷乐兮[9]，路幽昧以险隘[10]。岂余身之惮殃兮[11]，恐皇舆之败绩[12]。忽奔走以先后兮，及前王之踵武[13]。荃不察余之中情兮[14]，反信谗而齌怒[15]。余固知謇謇之为患兮[16]，忍而不能舍也[17]。指九天以为正兮[18]，夫唯灵修之故也[19]。曰黄昏以为期兮，羌中道而改路[20]。初既与余成言兮[21]，后悔遁而有他[22]。余既不难夫离别兮[23]，伤灵修之数化[24]。

　　[1]后，君也。谓禹、汤、文王也。至美曰纯，齐同曰粹。

　　[2]众芳，谕群贤。言往古夏禹、殷汤、周之文王，所以能纯美其德，而有圣明之称者，皆举用众贤，使居显职，故道化兴而万国宁也。五臣云："三王所以有纯美之德，以众贤所在故也。"

　　[3]申，重也。椒，香木也。其芳小，重之乃香。菌，薰也。叶曰蕙，根曰薰。五臣云："杂，非一也。申，用也。椒、菌桂皆香木。"【补曰】菌音窘。《博雅》云："菌，薰也，其叶谓之蕙。"则菌与蕙一种也。下文别言"蕙茝"，又云"矫菌桂以纫蕙"，则菌桂自是一物。《本草》有菌桂，花白蕊黄，正圆如竹。菌，一作"箘"，其字从竹。五臣以为香木，是矣；其以"申"为用，则非也。《淮南子》曰："申苿、杜茝，美人之所怀服。"

　　[4]纫，索也。蕙、茝，皆香草，以谕贤者。言禹、汤、文王虽有圣德，犹杂用众贤，以致于治，非独索蕙茝，任一人也。故尧有禹、咎繇、伯夷、朱虎、益、夔，殷有伊尹、傅说，周有吕、旦、散宜、召、毕，是杂用众芳之效也。【补曰】《本草》云："薰草一名蕙草，生下湿地。陶隐居云：俗人呼鹔草，状如茅而香，为薰草，人家颇种之。"引《山海经》云：

"薰草麻叶而方茎，赤花而黑实，气如蘼芜，可以已疠。"又《广志》云：
"蕙草绿叶紫花。"陈藏器云："此即是零陵香，生零陵山谷。《南越
志》名燕草。"黄鲁直说与此异，已见上。椒与菌桂，木类也；蕙、茝，草
类也。以言贤无小大，皆在所用。茝，白芷也，昌改切。

[5]尧、舜，圣德之王也。耿，光也。介，大也。【补曰】耿，古迥、
古幸二切。

[6]遵，循也。路，正也。尧、舜所以有光大圣明之称者，以循用天
地之道，举贤任能，使得万事之正也。夫先三后者，据近以及远，明道
德同也。五臣云："循用大道。"【补曰】上言三后，下言尧、舜，谓三后
遵尧、舜之道以得路也。路，大道也。

[7]桀纣，夏殷失位之君。猖披，衣不带之貌。猖，一作"昌"，
《释文》作"倡"。披，一作"被"。五臣云："昌披，谓乱也。"【补曰】
《博雅》云："裯被，不带也。"被音披。

[8]捷，疾也。径，邪道也。窘，急也。言桀、纣愚惑，违背天道，施
行惶遽，衣不及带，欲涉邪径，急疾为治，故身触陷阱，至于灭亡，以法
戒君也。唯，一作"维"。五臣云："言桀、纣苦人使乱，用捷疾邪径急步
而理之。"【补曰】桀、纣之乱，若衣披不带者，以不由正道，而所行蹙
迫耳。《左传》曰："待我不如捷之速也。""捷，邪出也。"《论语》曰：
"行不由径。"径，步道也。

[9]党，朋也。《论语》曰："朋而不党。"偷，苟且也。一无"夫"
字。

[10]路，道也。幽昧，不明也。险隘，谕倾危。言己念彼谗人相与
朋党，嫉妒忠直，苟且偷乐，不知君道不明，国将倾危，以及其身也。
【补曰】小人朋党，偷为逸乐，则中正之路塞矣。隘，狭也。《远游》云：
"悲世俗之迫阨。"相如《大人赋》作"迫隘"，"阨"、"隘"一也。

[11]惮，难也。殃，咎也。一无"身"字。【补曰】小人用事，则贤人
被殃。惮，徒案切，忌难也。

[12]皇，君也。舆，君之所乘，以喻国也。绩，功也。言我欲谏争

者，非难身之被殃咎也，但恐君国倾危，以败先王之功。五臣云：“言我所以不难殃咎谏争者，恐君行事之失。”【补曰】皇舆宜安行于大中至正之道，而当幽昧险隘之地，则败绩矣。《左传》曰：“大崩曰败绩。”

[13]踵，继也。武，迹也。《诗》曰：“履帝武敏歆。”言己急欲奔走先后，以辅翼君者，冀及先王之德，继续其迹而广其基也。奔走先后，四辅之职也。《诗》曰：“予聿有奔走，予聿有先后。”是之谓也。忽，一作“急”。【补曰】忽，疾貌。奔，旧音布顿切。相导前后曰先后。先，先见切。踵，亦迹也。

[14]荃，香草，以谕君也。人君被服芬香，故以香草为谕。恶数指斥尊者，故变言荃也。察，一作“揆”。中，一作“忠”。【补曰】“荃”与“荪”同。《庄子》云：“得鱼而忘荃。”《音义》云：“七全切，崔音孙。香草，可以饵鱼。”疏云：“荪，荃也。陶隐居云：东（间）〔涧〕溪侧有名溪荪者，根形气色极似石上菖蒲，而叶正如蒲，无脊，诗咏多云兰荪，正谓此也。”

[15]齌，疾也。言怀王不徐徐察我忠信之情，反信谗言而疾怒己也。齌，一作“齐”。【补曰】齌音赍，又音妻。《说文》云：“齌，炊餔疾也。”《释文》：“齐，或作赍，并租西切。”五臣云：“齐，同也。反信谗人，与之同怒于我。”

[16]謇謇，忠贞貌也。《易》曰：“王臣謇謇，匪躬之故。”【补曰】今《易》作“蹇蹇”，先儒引经多如此，盖古今本或不同耳。

[17]舍，止也。言己知忠言謇謇谏君之过，必为身患，然中心不能自止而不言也。《文苑》无“而”字。一本“忍”上有“余”字，一无“也”字。五臣云：“恐君之败，故忍此祸患而不能止。”【补曰】颜师古云：“舍，尸夜切，训止息，人之屋舍，及星辰次舍，其义皆同。《论语》曰：‘不舍昼夜。’谓晓夕不息耳。今人音捨，非也。”

[18]指，语也。九天，谓中央八方也。正，平也。五臣云：“九，阳数，谓天也。”【补曰】《九章》云：“所作忠而言之分，指苍天以为正。”《淮南子》九天：中央钧天，东方苍天，东北变天，北方玄天，西北幽

天,西方昊天,西南朱天,南方炎天,东南阳天。又《广雅》九天:东方皥天,南方赤天,西方成天,馀同。

[19]灵,神也。修,远也。能神明远见者,君德也,故以谕君。言已将陈忠策,内虑之心,上指九天,告语神明,使平正之,唯用怀王之故,欲自尽也。唯,一作"惟"。一无"也"字。五臣云:"灵修,言有神明长久之道者,君德也。言我指九天,欲为君行正平之道,而君不用我,故将欲自尽。"【补曰】王逸言"自尽"者,谓自竭尽耳。五臣说误。

[20]【补曰】一本有此二句,王逸无注;至下文"羌内恕己以量人"始释"羌"义,疑此二句后人所增耳。《九章》曰:"昔君与我诚言兮,曰黄昏以为期。羌中道而回畔兮,反既有此他志。"与此语同。

[21]初,始也。成,平也。言,犹议也。【补曰】成言,谓诚信之言,一成而不易也。《九章》作"诚言"。

[22]遁,隐也。言怀王始信任己,与我平议国政,后用谗言,中道悔恨,隐匿其情,而有他志也。遁,一作"遯"。他,一作"佗"。五臣云:"悔,改。遯,移也。改移本情,而有他志。"

[23]近曰离,远曰别。一无"夫"字。

[24]化,变也。言我竭忠见过,非难与君离别也,伤念君信用谗言,志数变易,无常操也。五臣云:"伤,惜也。"【补曰】数,所角切。化音花。下同。

余既滋兰之九畹兮[1],又树蕙之百亩[2]。畦留夷与揭车兮[3],杂杜衡与芳芷[4]。冀枝叶之峻茂兮[5],愿竢时乎吾将刈[6]。虽萎绝其亦何伤兮[7],哀众芳之芜秽[8]。众皆竞进以贪婪兮[9],凭不猒乎求索[10]。羌内恕己以量人兮[11],各兴心而嫉妒[12]。忽驰骛以追逐兮[13],非余心之所急[14]。老冉冉其将至兮[15],恐脩名之不立[16]。朝饮木兰之坠露兮[17],夕餐秋菊之落英[18]。苟余情其信姱以练要兮[19],长顑颔亦何伤[20]?擥木根以结茝兮[21],贯薜荔之落蕊[22]。矫菌桂以纫蕙兮[23]，索胡绳之纚纚[24]。謇吾法夫前修兮，非世俗之所服[25]。虽不周于今之人兮[26]，愿依彭咸之遗则[27]。长太息以掩涕兮，哀民生之多艰[28]。余虽好修姱以鞿羁兮[29]，謇朝谇而夕替[30]。既替余以蕙纕兮[31]，又申之以揽茝[32]。亦余心之所善兮，虽九死其犹未悔[33]。怨灵修之浩荡兮[34]，终不察夫民心[35]。众女嫉余之蛾眉兮[36]，谣诼谓余以善淫[37]。固时俗之工巧兮，偭规矩而改错[38]。背绳墨以追曲兮[39]，竞周容以为度[40]。忳郁邑余侘傺兮[41]，吾独穷困乎此时也[42]。宁溘死以流亡兮[43]，余不忍为此态也[44]。鸷鸟之不群兮[45]，自前世而固然[46]。何方圜之能周兮，夫孰异道而相安[47]？屈心而抑志兮[48]，忍尤而攘诟[49]。伏清白以死直兮，固前圣之所厚[50]。

[1]滋，莳也。十二亩曰畹，或曰田之长为畹也。五臣云："滋，益也。"《释文》作"菑"，音栽。【补曰】《说文》："田三十亩曰畹。於阮切。"

[2]树，种也。二百四十步为亩。言己虽见放流，犹种莳众香，修行仁义，勤身自勉，朝暮不倦也。五臣云："兰蕙喻行，言我虽被斥逐，修行弥多。"《释文》"亩"作"晦"。【补曰】亩，莫后切。《司马法》："六尺为步，步百为亩。"秦孝公之制，二百四十步为亩。畹或曰十二亩，或曰三十亩，九畹盖多于百亩矣。然则种兰多于蕙也。此古人贵兰之意。

[3]畦，共呼种之名。留夷，香草也。揭车，亦芳草，一名芞舆。五十亩为畦也。揭，一作"藒"。《文选》作"蘦荑"、"藒车"。【补曰】畦音携。揭、藒、蘦，并丘谒切。相如赋云："杂以留夷。"张揖曰："留夷，新夷。"颜师古曰："留夷，香草，非新夷，新夷乃树耳。"一云留夷，药名。《尔雅》："藒车，芞舆。"《本草拾遗》云："藒车味辛，生彭城，高数尺，白花。"芞音迄。

　　[4]杜衡、芳芷,皆香草也。言己积累众善,以自洁饰,复植留夷、杜衡,杂以芳芷,芬香益畅,德行弥盛也。衡,一作"蘅"。【补曰】《尔雅》:"杜,(上)〔土〕卤。"注云:"杜衡也,似葵而香。"《山海经》云:"天帝山有草,状似葵,其臭如蘼芜,名曰杜衡。"《本草》云:"叶似葵,形如马蹄,故俗云马蹄香。"

　　[5]冀,幸也。峻,长也。《文选》作"葰"。五臣云:"茂盛貌,音俊。"【补曰】相如赋云:"实叶葰楙。"葰音峻。

　　[6]刈,获也。草曰刈,谷曰获。言己种植众芳,幸其枝叶茂长,实核成熟,愿待天时,吾将获取收藏,而飨其功也。以言君亦宜蓄养众贤,以时进用,而待仰其治也。《文选》"竢"作"俟"。

　　[7]萎,病也。绝,落也。【补曰】萎,草木枯死也。於危切。

　　[8]言己所种芳草,当刈未刈,蚤有霜雪,枝叶虽蚤萎病绝落,何能伤于我乎?哀惜众芳摧折,枝叶芜秽而不成也。以言己修行忠信,冀君任用,而遂斥弃,则使众贤志士失其所也。五臣云:"言我积行,为谗邪所害见逐,亦犹植芳草为霜露所伤而落。虽如是,于我亦何能伤,但恐众贤志士见而芜秽不自修也。"【补曰】芜,荒也。秽,恶也。

　　[9]竞,并也。爱财曰贪,爱食曰婪。以,一作"而"。【补曰】并逐曰竞。婪,卢含切。

　　[10]凭,满也。楚人名满曰凭。言在位之人,无有清洁之志,皆并进取,贪婪于财利,中心虽满,犹复求索,不知猒饱也。凭,一作"憑"。【补曰】凭,皮冰切。索,求也。《书序》曰:"八卦之说,谓之八索。"徐邈读作苏故切,则"索"亦有素音。

　　[11]羌,楚人语辞也,犹言"卿",何为也。以心揆心为恕。量,度也。【补曰】羌,去羊切,楚人发语端也。《文选》注云:"羌,乃也。"一云:叹声也。量,力香切。

　　[12]兴,生也。害贤为嫉,害色为妬。言在位之臣,心皆贪婪,内以其志恕度他人,谓与己不同,则各生嫉妬之心,推弃清洁,使不得用也。故《外传》曰"太山之鸱,鸣吓鸳雏",此之谓也。兴心,《文选》误

作"与心"。五臣云:"贪婪之人,乃内恕于己,以量度他人,谓与己同贪。若否,则各生嫉妒之心,谗谮之,使不得进用。"【补曰】贪婪之人,不知其非,自恕以度人。谓君子亦有竞进求索之心,故各兴心而嫉妒也。

[13] 五臣云:"忽,急也。"驰,一作"驼"。【补曰】骛,乱驰也。

[14] 言众人所以驰骛惶遽者,争追逐权贵,求财利也,故非我心之所急。众人急于财利,我独急于仁义也。

[15] 七十曰老。冉冉,行貌。五臣云:"冉冉,渐渐也。"

[16] 立,成也。言人年命冉冉而行,我之衰老,将以来至,恐修身建德,而功不成、名不立也。《论语》曰:"君子疾没世而名不称焉。"屈原建志清白,贪流名于后世也。【补曰】脩名,脩洁之名也。屈原非贪名者,然无善名以传世,君子所耻,故孔子曰:"伯夷、叔齐饿于首阳之下,民到于今称之。""脩"与"修"同,古书通用。

[17] 坠,堕也。

[18] 英,华也。言己且饮香木之坠露,吸正阳之津液;暮食芳菊之落华,吞正阴之精蕊。动以香净,自润泽也。餐,一作"飡"。五臣云:"取其香洁,以合己之德。"【补曰】饮,啜也,音荫。餐,吞也,七安切。秋花无自落者,当读如"我落其实而取其(华)〔材〕"之"落"。魏文帝云:芳菊"含乾坤之纯和,体芬芳之淑气。故屈原悲冉冉之将老,思飡秋菊之落英,辅体延年,莫斯之贵"。

[19] 苟,诚也。练,简也。五臣云:"苟,且;姱,大;练,择也。且信大择道要而行。"【补曰】信姱,言实好也,与信芳、信美同意。姱,苦瓜切。要,於笑切。

[20] 顑颔,不饱貌。言己饮食清洁,诚欲使我形貌信而美好,中心简练,而合于道要,虽长顑颔,饥而不饱,亦何所伤病也。何者?众人苟欲饱于财利,己独欲饱于仁义也。【补曰】言我中情实美,又择要道而行,虽颜色憔悴,形容枯槁,亦何伤乎?彼先口体而后仁义,岂知要者?或曰:有道者虽贫贱,而容貌不枯,屈原何为其顑颔也?曰:当是时,国

削而君辱，原独得不忧乎？顑，虎感切。颔，户感切。又上古湛切，下鱼检切。顑颔，食不饱，面黄貌。颔，一作"颌"，音同。

[21]揽，持也。根以喻本。《文选》"揽"作"擥"。【补曰】擥，启妍切，亦持也。《荀子》云："兰槐之根是为芷。"注云："苗名兰槐，根名芷。"然则木根与茝皆喻本也。

[22]贯，累也。薜荔，香草也，缘木而生。蕊，实也。累香草之实，执持忠信貌也。言己施行，常揽木引坚，据持根本，又贯累香草之实，执持忠信，不为华饰之行也。五臣云："贯，拾也。蕊，花心也。言我持木之本，佩结香草，拾其花心，以表己之忠信。"【补曰】薜，蒲计切。荔，郎计切。《山海经》："小华之山，其草多薜荔，状如乌韭，而生于石上。"注云："亦缘木生。"《管子》云："薜荔白芷，蘼芜椒连，五臭所校。"校，谓馨烈之锐。《前汉》乐章云："都荔遂芳。"谓都良、薜荔俱有芬芳也。花外曰萼，内曰蕊。蕊，花须头点也。

[23]矫，直也。五臣云："矫，举也。举此香木以自比。"【补曰】《九章》云："搴木兰以矫蕙。"

[24]胡绳，香草也。纚纚，索好貌。言己行虽据履根本，犹复矫直菌桂芬香之性，纫索胡绳，令之泽好，以善自约束，终无懈倦也。【补曰】《说文》："索，（昔）〔稣〕各切。草有茎叶，可作绳索。""纚，所绮切。"

[25]言我忠信謇謇者，乃上法前世远贤，固非今时俗人之所服行也。一云：謇，难也。言己服饰虽为难法，我仿前贤以自修洁，非本今世俗人之所服佩。《文选》"謇"作"蹇"，"世"作"时"。五臣云："蹇，难也。前修，谓前代修习道德之人。服，用也。言我所以遭难者，吾法前修道德之人，故不为代俗所用。"【补曰】謇，又训难易之难，非蹇难之字也。世所传《楚辞》，惟王逸本最古，凡诸本异同皆当以此为正。又，李善注本有以"世"为"时"、为"代"，以"民"为"人"之类，皆避唐讳，当从旧本。

[26]周，合也。

[27]彭咸,殷贤大夫,谏其君不听,自投水而死。遗,馀也。则,法也。言己所行忠信,虽不合于今之世,愿依古之贤者彭咸馀法,以自率厉也。【补曰】颜师古云:"彭咸,殷之介士,不得其志,投江而死。"按屈原死于顷襄之世,当怀王时作《离骚》,已云"愿依彭咸之遗则",又曰"吾将从彭咸之所居",盖其志先定,非一时忿怼而自沉也。《反离骚》曰:"弃由、聃之所珍兮,摭彭咸之所遗。"岂知屈子之心哉!

[28]艰,难也。言己自伤所行不合于世,将效彭咸沉身于渊,乃太息长悲,哀念万民受命而生,遭遇多难,以陨其身。申生雉经,子胥沉江,是谓多难也。五臣云:"太息掩涕,哀此万姓,遭轻薄之俗,而多屯难。"【补曰】掩涕,犹抆泪也。《远游》曰"哀民生之长勤",与此意同。

[29]羁,以马自喻。镳在口曰羁,革络头曰羁,言为人所系累也。五臣云:"言我虽习前人之大道,而为逸人所衔勒。"【补曰】羁,居依切。羁,居宜切。下文云:"余独好修以为常。"修姱,谓修洁而姱美也。

[30]谇,谏也。《诗》曰:"谇予不顾。"替,废也。言己虽有绝远之智,姱好之姿,然以为逸人所羁羁而系累矣。故朝谏謇謇于君,夕暮而身废弃也。【补曰】谇音邃,又音信,今《诗》作"讯"。讯,告也。

[31]纕,佩带也。【补曰】纕,息羊切。下云:"解佩纕以结言。"

[32]又,复也。言君所以废弃己者,以余带佩众香,行以忠正之故也。然犹复重引芳茝,以自结束,执志弥笃也。一云"又申之揽茝"。五臣云:"申,重也。揽,持也。"

[33]悔,恨也。言己履行忠信,执守清白,亦我中心之所美善也。虽以见过,支解九死,终不悔恨。五臣云:"九,数之极也。以此遇害,虽九死无一生,未足悔恨。"

[34]上政迷乱则下怨,父行悖惑则子恨。灵修,谓怀王也。浩,犹浩浩,荡,犹荡荡,无思虑貌也。《诗》曰:"子之荡兮。"【补曰】今《诗》作"汤"。汤,荡也。孔子曰:"《诗》可以怨。"《孟子》曰:"《小

》之怨，亲亲也。亲之过大而不怨，是愈疏也。"屈原于怀王，其犹
《小弁》之怨乎？

[35]言己所以怨恨于怀王者，以其用心浩荡，骄敖放恣，无有思
虑，终不省察万民善恶之心，故朱紫相乱，国将倾危也。夫君不思虑，
则忠臣被诛；忠臣被诛，则风俗怨而生逆暴，故民心不可不熟察之也。
民，一作"人"。五臣云："浩荡，法度坏貌。言我怨君法度废坏，终不察
众人悲苦。"

[36]众女，谓众臣。女，阴也，无专擅之义，犹君动而臣随也，故
以喻臣。蛾眉，好貌。蛾，一作"娥"。【补曰】《反离骚》云："知众嫭
之疾妬兮，何必扬累之蛾眉。"此亦班孟坚、颜之推以为"露才扬己"
之意。夫冶容诲淫，目挑心与，《孟子》所谓"不由其道"者，而以污原，
何哉？诗人称庄姜之贤曰"螓首蛾眉"，盖言其质之美耳。师古云："蛾
眉，形若蚕蛾眉也。"

[37]谣，谓毁也。诼，犹谮也。淫，邪也。言众女嫉妬蛾眉美好之
人，谮而毁之，谓之美而淫，不可信也，犹众臣嫉妬忠正，言己淫邪不
可任也。以，一作"之"。五臣云："谗邪之人，谓我善为淫乱。"【补曰】
谣音遥。《尔雅》"徒歌谓之谣"，谓谣言也。诼，竹角切。《方言》云：
"诼，愬也，楚以南谓之诼。"言众女竞为谣言，以谮愬我，彼淫人也，
而谓我善淫，所谓"恕己以量人"。

[38]偭，背也。圆曰规，方曰矩。改，更也。错，置也。言今世之
工，才知强巧，背去规矩，更造方圆，必失坚固、败材木也。以言佞臣巧
于言语，背违先圣之法，以意妄造，必乱政治、危君国也。五臣云："规
矩，法则也。"【补曰】偭音面。贾谊云："偭枭獭以隐处。"错音措。

[39]追，犹随也。绳墨，所以正曲直。【补曰】背，违也。墨，度名
也，五尺曰墨。追，古"随"字。

[40]周，合也。度，法也。言百工不循绳墨之直道，随从曲木，屋
必倾危而不可居也。以言人臣不修仁义之道，背弃忠直，随从枉佞，苟
合于世，以求容媚，以为常法，身必倾危而被刑戮也。【补曰】"偭规矩

而改错"者,反常而妄作;"背绳墨以追曲"者,枉道以从时。

[41]怃,忧貌。佗傺,失志貌。佗,犹堂堂,立貌也。傺,住也,楚人名住曰傺。邑,一作"悒"。一本注云:"怃,自念貌。"五臣云:"怃郁,忧思貌。悒,不安也。"【补曰】怃,徒浑切,闷也。郁邑,忧貌。下文曰:"曾歔欷余郁邑兮。"五臣以"怃郁"为句绝,误矣。佗,敕加切。傺,丑利切。又上勒驾切,下勒界切。《方言》云:"傺,逗也,南楚谓之傺。"郭璞云:"逗,即今'住'字。"

[42]言我所以怃怃而忧,中心郁邑,怅然住立而失志者,以不能随从世俗,屈求容媚,故独为时人所穷困。忧,一作"自念"。一无"也"字。

[43]溘,犹奄也。以,一作"而"。奄,一作"晻"。下注同。【补曰】溘,奄忽也,渴合切。

[44]言我宁奄然而死,形体流亡,不忍以中正之性,为邪淫之态。一无"也"字。

[45]鸷,执也。谓能执伏众鸟,鹰鹯之类也,以喻中正。【补曰】鸷,脂利切,击鸟也。《月令》曰:"鹰隼蚤鸷。"

[46]言鸷鸟执志刚厉,特处不群,以言忠正之士亦执分守节,不随俗人,自前世固然,非独于今,比干、伯夷是也。李善《文选》"世"作"代"。

[47]言何所有圜凿受方枘而能合者?谁有异道而相安耶?言忠佞不相为谋也。圜,一作"圆"。周,一作"同"。一云"方凿受圆枘"。

[48]抑,案也。【补曰】案,读若按。

[49]尤,过也。攘,除也。诟,耻也。言己所以能屈案心志,含忍罪过而不去者,欲以除去耻辱,诛逐佞之人,如孔子诛少正卯也。《释文》"诟"作"詢"。【补曰】诟、詢,并呼漏切,又古豆切。《礼记》曰:"以儒相诟病。"诟病,耻辱也。

[50]言士有伏清白之志,以死忠直之节者,固乃前世圣王之所厚哀也。故武王伐纣,封比干之墓,表商容之间也。【补曰】比干谏而死,

孔子称仁焉, 厚之也。

　　悔相道之不察兮[1], 延伫乎吾将反[2]。回朕车以复路兮[3], 及行迷之未远[4]。步余马于兰皋兮[5], 驰椒丘且焉止息[6]。进不入以离尤兮, 退将复修吾初服[7]。制芰荷以为衣兮[8], 集芙蓉以为裳[9]。不吾知其亦已兮, 苟余情其信芳[10]。高余冠之岌岌兮[11], 长余佩之陆离[12]。芳与泽其杂糅兮[13], 唯昭质其犹未亏[14]。忽反顾以游目兮[15], 将往观乎四荒[16]。佩缤纷其繁饰兮[17], 芳菲菲其弥章[18]。民生各有所乐兮, 余独好修以为常[19]。虽体解吾犹未变兮, 岂余心之可惩[20]。

　　[1]悔, 恨也。相, 视也。察, 审也。【补曰】相, 息亮切。

　　[2]延, 长也。伫, 立貌。《诗》曰:"伫立以泣。"言己自悔恨, 相视事君之道不明审察, 若比干伏节死义, 故长立而望, 将欲还反, 终己之志也。【补曰】伫, 直吕切, 久立也。异姓事君, 不合则去; 同姓事君, 有死而已。屈原去之, 则是不察于同姓事君之道, 故悔而欲反也。

　　[3]回, 旋也。路, 道也。回, 一作"迴"。

　　[4]迷, 误也。言乃旋我之车, 以反故道, 及己迷误欲去之路, 尚未甚远也。同姓无相去之义, 故屈原遵道行义, 欲还归也。

　　[5]步, 徐行也。泽曲曰皋,《诗》云:"鹤鸣于九皋。"【补曰】皋, 九折泽也。一云: 泽中水溢出所为坎。《招魂》曰:"皋兰被径。"

　　[6]土高四堕曰椒丘。言己欲还, 则徐步我之马于芳泽之中, 以观听怀王。遂驰高丘而止息, 以须君命也。驰, 一作"驼"。五臣云:"椒丘, 丘上有椒也。行息依兰椒, 不忘芳香以自洁也。"【补曰】司马相如赋云:"椒丘之阙。"服虔云:"丘名。"如淳云:"丘多椒也。"按椒, 山颠也。此以"椒丘"对"兰皋", 则宜从如淳、五臣之说。焉, 语助, 尤虔切。

　　[7]退, 去也。言己诚欲遂进, 竭其忠诚, 君不肯纳, 恐重遇祸, 故将(复)〔退〕去, 修吾初始清洁之服也。一无"复"字。五臣云:"尤,

过也。"【补曰】《九章》云："欲僵佪以干傺兮，恐重患而离尤。"离，遭也。曹植《七启》曰："愿反初服，从子而归。"

[8]制，裁也。芰，薐也，秦人曰薢茩。荷，芙蕖也。【补曰】芰，奇寄切，生水中，叶浮水上，花黄白色。

[9]芙蓉，莲华也。上曰衣，下曰裳。言己进不见纳，犹复裁制芰荷，集合芙蓉，以为衣裳，被服愈洁，修善益明。虪，一作"集"。【补曰】《尔雅》曰："荷，芙蕖。"注云："别名芙蓉。"《本草》云："其叶名荷，其华未发为菡萏，已发为芙蓉。"芰荷，叶也，故以为衣；芙蓉，华也，故以为裳。《反离骚》云"衿芰茄之绿衣，被芙蓉之朱裳"是也。《北山移文》曰"焚芰制而裂荷衣"，盖用此语。薢茩音皆苟。又上胡买切，下胡口切。

[10]五臣云："言君不知我，我亦将止。然我情实美。"【补曰】芳，敷方切，香草也。

[11]岌岌，高貌。【补曰】岌，鱼及切。

[12]陆离，犹嵾嵯，众貌也。言己怀德不用，复高我之冠，长我之佩，尊其威仪，整其服饰，以异于众也。【补曰】许慎云："陆离，美好貌。"颜师古云："陆离，分散也。"《九章》云："带长铗之陆离兮，冠切云之崔嵬。"

[13]芳，德之臭也。《易》曰："其臭如兰。"泽，质之润也。玉坚而有润泽。糅，杂也。【补曰】糅，女救切。

[14]唯，独也。昭，明也。虧，歇也。言我外有芬芳之德，内有玉泽之质，二美杂会，兼在于己，而不得施用，故独保明其身，无有亏歇而已。所谓道行则兼善天下，不用则独善其身。虧，一作"齸"，其字从兮。五臣云："唯独守其明洁之质，犹未为自亏损也。"

[15]忽，疾貌。遊，一作"游"。

[16]荒，远也。言己欲进忠信，以辅事君，而不见省，故忽然反顾而去，将遂游目往观四荒之外，以求贤君也。五臣云："观四荒之外，以求知己者。"【补曰】《尔雅》："觚竹、北户、西王母、日下谓之四荒。"

皆四方昏荒之国。礼失而求诸野,当是时,国无人,莫我知者,故欲观乎四荒,以求同志,此孔子浮海居夷之意。然原初未尝去楚者,同姓无可去之义故也。贾谊《吊屈原》云:"瞻九州而相其君兮,何必怀此都。"失之矣。

[17]缤纷,盛貌。繁,众也。【补曰】缤,匹宾切。

[18]菲菲,犹勃勃。芬,香貌也。章,明也。言己虽欲之四方荒远,犹整饰仪容,佩玉缤纷而众盛,忠信勃勃而愈明,终不以远故改其行。五臣云:"佩忠信芳香之行,弥加明洁。"

[19]言万民禀天命而生,各有所乐,或乐谄佞,或乐贪淫,我独好修正直以为常行也。《文选》"民"作"人"。修,一作"循"。【补曰】乐,鱼教切,欲也。下文云:"汝何博謇而好修。"又曰:"苟中情其好修。"皆言好自修洁也。

[20]惩,艾也。言己好修忠信以为常行,虽获罪支解,志犹不艾也。岂,一作"非"。《文选》"可"作"何"。五臣云:"言我执忠贞之心,虽遭支解,亦不能变,于我心更何所惧。惩,惧也。"【补曰】解,古蟹切。《说文》:"惩,忢也。"忢与艾并音义,谓惩创也。以"可"为"何",以"惩"训"惧",皆非是。

女嬃之婵媛兮[1],申申其詈予[2]。曰鲧婞直以亡身兮[3],终然殀乎羽之野[4]。汝何博謇而好修兮,纷独有此姱节[5]。薋菉葹以盈室兮[6],判独离而不服[7]。众不可户说兮,孰云察余之中情[8]。世并举而好朋兮[9],夫何茕独而不予听[10]。依前圣以节中兮[11],喟凭心而历兹[12]。济沅湘以南征兮[13],就重华而敶词:[14]启《九辩》与《九歌》兮[15],夏康娱以自纵[16]。不顾难以图后兮,五子用失乎家巷[17]。羿淫游以佚畋兮[18],又好射夫封狐[19]。固乱流其鲜终兮[20],浞又贪夫厥家[21]。浇身被服强圉兮[22],纵欲而不忍[23]。日康娱而自忘兮[24],厥首用夫颠陨[25]。

夏桀之常违兮[26]，乃遂焉而逢殃[27]。后辛之菹醢兮[28]，殷宗用而不长[29]。汤禹俨而祗敬兮[30]，周论道而莫差[31]。举贤而授能兮[32]，循绳墨而不颇[33]。皇天无私阿兮[34]，览民德焉错辅[35]。夫维圣哲以茂行兮[36]，苟得用此下土[37]。瞻前而顾后兮[38]，相观民之计极[39]。夫孰非义而可用兮，孰非善而可服[40]。阽余身而危死兮[41]，览余初其犹未悔[42]。不量凿而正枘兮[43]，固前修以菹醢[44]。曾歔欷余郁邑兮[45]，哀朕时之不当[46]。揽茹蕙以掩涕兮[47]，霑余襟之浪浪[48]。

[1]女嬃，屈原姊也。婵媛，犹牵引也，一作“撣援”。【补曰】《说文》云：“嬃，女字也。音须。贾侍中说：楚人谓（女）〔姊〕曰嬃。”前汉有吕须，取此为名。婵媛音蝉爰。《水经》引袁崧云：“屈原有贤姊，闻原放逐，亦来归，喻令自宽全。乡人冀其见从，因名曰秭归。县北有原故宅，宅之东北，有女须庙，捣衣石犹存。”“秭”与“姊”同。观女嬃之意，盖欲原为宁武子之愚，不欲为史鱼之直耳，非责其不能为上官、椒、兰也。而王逸谓女嬃骂原以不与众合、不承君意，误矣。

[2]申申，重也。言女嬃见己施行不与众合，以见放流，故来牵引，数怒重詈我也。詈，一作“骂”。予，一作“余”。五臣云：“牵引古事，而骂詈我。”【补曰】《论语》曰：“申申如也。”申申，和舒之貌。女嬃詈原，有亲亲之意焉。《九歌》云“女婵媛兮为余太息”是也。予音与，叶韵。

[3]曰，女嬃词也。鲧，尧臣也。《帝系》曰：“颛顼后五世而生鲧。”婞，很也。鲧，亦作“鯀”，一作“鮌”。《文选》“亡”作“方”。【补曰】婞，下顶切。东坡曰：“《史记》‘殛鲧于羽山，以变东夷’，《楚辞》‘鲧婞直以亡身’，则鲧盖刚而犯上者耳。若小人也，安能以变四夷之俗哉？如左氏之言，皆后世流传之过。”《九章》亦云：“行婞直而不豫兮，鲧功用而不就。”

[4]蚤死曰殀。言尧使鲧治洪水，婞很自用，不顺尧命，乃殛之

羽山,死于中野。女嬃比屈原于鲧,不顺君意,亦将遇害也。殀,一作
"夭"。一云"羽山之野"。【补曰】羽山,东裔,在海中。妖,殁也,於
矫切。鲧迁羽山,三年然后死,事见《天问》。《左传》曰:"其神化为黄
能,入于羽渊。"

[5]女嬃数谏屈原言:汝何为独博采往古,好修謇謇,有此姱异之
节,不与众同,而见憎恶于世也。《文选》作"蹇"。五臣云:"汝何博采
古道,于蹇难之世,好修直节,独为姱大之行。"【补曰】博謇,当如逸
说。纷,盛貌。姱,苦瓜切,好也。

[6]薋,蒺藜也。菉,王刍也。葹,枲耳也。《诗》曰:"楚楚者茨。"
又曰:"终朝采绿。"三者皆恶草,以喻谗佞盈满于侧者也。【补曰】今
《诗》"薋"作"茨","菉"作"绿"。薋音甏,《尔雅》亦作"茨",布地
蔓生,细叶,子有三角刺人。《易》:"据于蒺藜。"言其凶伤。《诗》"墙
有茨",以刺梗秽。菉音录,《尔雅》云:"菉,王刍。"菉,蓐也。《本
草》云:"荩草,叶似竹而细薄,茎亦圆小,生平泽溪涧之侧,俗名菉蓐
草。"葹,商支切,形似鼠耳,诗人谓之卷耳,《尔雅》谓之苓耳,《广
雅》谓之枲耳,皆以实得名。《本草》:"枲耳,一名葹。"

[7]判,别也。女嬃言众人皆佩薋、菉、枲耳,为谗佞之行,满于朝
廷,而获富贵,汝独服兰蕙,守忠直,判然离别,不与众同,故斥弃也。

[8]屈原外困群佞,内被姊詈,知世莫识,言己之心志所执,不可
户说人告,谁当察我中情之善否也。【补曰】《管子》曰:"圣人之治于
世,不人告也,不户说也。"《淮南子》曰:"口辨而户说之。"

[9]朋,党也。【补曰】《说文》:"朋,古凤字,凤飞,群鸟从以万
数,故以为朋党字。"

[10]惸,孤也。《诗》曰:"哀此惸独。"言世俗之人,皆行佞伪,
相与朋党,并相荐举。忠直之士,孤惸特独,何肯听用我言,而纳受
之也。惸,一作"茕"。予,一作"余"。【补曰】惸,渠营切,今《诗》作
"𢝆"。听,平声。

[11]节,度。《文选》"以"作"之"。

[12] 喟，叹也。历，数也。言己所言，皆依前世圣人之法，节其中和，喟然舒愤懑之心，历数前世成败之道，而为此辞也。憑，一作"慿"，一作"冯"。五臣云："中，得也。历，行也。憑，满也。言我依前代圣贤节度，而不得用，故叹息愤懑，而行泽畔矣。"【补曰】喟，丘愧切。《方言》云："憑，怒也。楚曰憑。"注云："恚盛貌。"引《楚辞》"康回憑怒"。皮冰切。《列子》曰："帝憑怒。"《庄子》曰："佚溺于冯气。"《说文》云："馮，懑也。"并音愤。"喟凭心而历兹"者，叹逢时之不幸也。历，犹逢也。下文云"委厥美而历兹"，意与此同。

[13] 济，渡也。沅、湘，水名。征，行也。【补曰】沅音元。《山海经》云："湘水出帝舜葬东，入洞庭下。沅水出象郡镡城西，东注江，合洞庭中。"《后汉·志》：武陵郡有临沅县，"南临沅水，水源出牂牁且兰县，至郡界分为五溪"。又："零陵郡阳朔山，湘水出。"《水经》云："沅水下注洞庭，方会于江。"《湘中记》云："湘水之出于阳朔，则觞为之舟，至洞庭，则日月若出入于其中。"

[14] 重华，舜名也。《帝系》曰："瞽叟生重华，是为帝舜，葬于九疑山，在沅、湘之南。"言己依圣王法而行，不容于世，故欲渡沅、湘之水，南行就舜，陈词自说，稽疑圣帝，冀闻秘要，以自开悟也。一作"陈辞"。【补曰】陈，列也。先儒以重华为舜名。按《书》云"有鳏在下曰虞舜"，与帝之咨禹一也，则舜非谥也，名也。又"曰若稽古帝舜，曰重华"，与尧之放勋一也，则重华非名也，号也。群臣称帝不称尧，则尧为名；帝称禹不称文命，则文命为号。伊尹称"尹躬暨汤"，则汤，号也。汤自称"予小子履"，则履，名也。《楚辞》屡言尧、舜、禹、汤，今辨于此。天下明德，皆自虞帝始，其于君臣之际详矣，故原欲就之而陈词也。

[15] 启，禹子也。《九辩》、《九歌》，禹乐也。言禹平治水土，以有天下，启能承先志，缵叙其业，育养品类，故九州之物，皆可辩数，九功之德，皆有次序，而可歌也。《左氏传》曰："六府三事，谓之九功。九功之德，皆可歌也，谓之《九歌》。水、火、金、木、土、谷，谓之六府；正德、利用、厚生，谓之三事。"【补曰】《山海经》云："夏后上三嫔于

天，得《九辩》与《九歌》以下。"注云："皆天帝乐名，启登天而窃以下，用之。"《天问》亦云："启棘宾商，《九辩》《九歌》。"王逸不见《山海经》，故以为禹乐。五臣又云："启，开也。言禹开树此乐。"谬矣。《骚经》、《天问》多用《山海经》。而刘勰《辨骚》以"康回倾地"、"夷羿弊日"为谲怪之谈，异乎经典。如高宗梦得说，姜嫄履帝敏之类，皆见于《诗》《书》，岂诬也哉?

[16] 夏康，启子太康也。娱，乐也。纵，放也。

[17] 图，谋也。言太康不遵禹、启之乐，而更作淫声，放纵情欲，以自娱乐，不顾患难，不谋后世，卒以失国，兄弟五人，家居闾巷，失尊位也。《尚书序》曰"太康失国，昆弟五人，须于洛汭，作《五子之歌》"，此佚篇也。巷，一作"居"。【补曰】《书》云："太康尸位，以逸豫灭厥德，黎民咸贰，乃盘游无度，畋于有洛之表，十旬弗反。有穷后羿，因民弗忍，距于河。厥弟五人，御其母以从，徯于洛之汭。五子咸怨，述大禹之戒以作歌。"逸不见全《书》，故以为佚篇，它皆放此。难，乃旦切。巷，里中道也。此言太康娱乐放纵，以至失邦耳。逸云不遵启乐，更作淫声，未知所据。且太康不反，国人立其弟仲康，仲康死，子相立，则五子岂有家居闾巷之理? 盖仲康以来，羿势日盛，王者备位而已。五子之失乎家巷，太康实使之。

[18] 羿，诸侯也。畋，猎也，一作"田"。【补曰】羿，五计切。《说文》云：帝喾射官也。夏少康灭之。贾逵云：羿之先祖也，为先王射官。帝喾时有羿，尧时亦有羿，是善射之号。此羿，夏时诸侯，有穷后也。

[19] 封狐，大狐也。言羿为诸侯，荒淫游戏，以佚畋猎，又射杀大狐，犯天之孽，以亡其国也。【补曰】射，食亦切，弓弩发也。《天问》云："帝降夷羿，革孽夏民。冯珧利决，封豨是射。"

[20] 鲜，少也。固，一误作"国"。鲜，一作"尟"。

[21] 浞，寒浞，羿相也。妇谓之家。言羿因夏衰乱，代之为政，娱乐畋猎，不恤民事，信任寒浞，使为国相。浞行媚于内，施赂于外，树之诈慝而专其权势。羿畋将归，使家臣逢蒙射而杀之，贪取其家，以为己

妻。羿以乱得政，身即灭亡，故言"鲜终"。【补曰】浞，食角切。《传》曰："以德和民，不闻以乱。"以乱易乱，其流鲜终，浞、浇之事是也。

[22]浇，寒浞子也。强圉，多力也。浇，一作"奡"。一云"被于强圉"。【补曰】浇，五吊切。《论语》曰："羿善射，奡荡舟，俱不得其死然。"奡，即浇也，五耗切，声转字异。《诗》曰："曾是强御。"强御，强梁也。

[23]纵，放也。言浞取羿妻而生浇，强梁多力，纵放其情，不忍其欲，以杀夏后相也。一本"欲"下有"杀"字。【补曰】《左传》云："昔有过浇杀斟灌，以伐斟寻，灭夏后相。"杜预曰："相失国，依于二斟，为浇所灭。"

[24]康，安也。而，一作"以"。

[25]首，头也。自上下曰颠。陨，坠也。言浇既灭杀夏后相，安居无忧，日作淫乐，忘其过恶，卒为相子少康所诛，其头颠陨而坠地。自此以上，羿、浇、寒浞之事，皆见于《左氏传》。夫，一作"以"。一无"夫"字。【补曰】颠，倒也。《释文》作"巅"。陨，从高下也。《左传》云："昔有夏之方衰，后羿自鉏迁于穷石，因夏民以代夏政。恃其射也，不修民事，而淫于原兽。寒浞，伯明氏之谗子弟也，信而使之，以为己相。浞行媚于内，施赂于外，愚弄其民，而虞羿于田，树之诈慝，以取其国家，内外咸服。羿犹不悛，将归自田，家众杀而亨之，靡奔有鬲氏。浞因羿室，生浇及豷，恃其谗慝诈伪，而不德于民，使浇用师，灭斟灌及斟寻氏。靡自有鬲氏收二国之烬以灭浞，而立少康。少康灭浇于过，后杼灭豷于戈，有穷由是遂亡。"《论语兼义》云："羿逐后相自立，相依二斟，夏祚犹尚未灭。及寒浞杀羿，因羿室而生浇，浇长大，自能用师，始灭后相。相死之后，始生少康，少康生杼，杼又年长，始堪诱豷，方始灭浞，而立少康。计太康失邦及少康绍国，向有百载乃灭有穷。而《夏本纪》云'仲康崩，子相立，相崩，子少康立'，都不言羿、浞之事，是马迁之疏也。"

[26]桀，夏之亡王也。五臣云："言常背天违道。"

[27]殃，咎也。言夏桀上背于天道，下逆于人理，乃遂以逢殃咎，

终为殷汤所诛灭。

[28]后，君也。辛，殷之亡王纣名也。藏菜曰菹，肉酱曰醢。菹，一作"葅"。五臣云："葅醢，肉酱也。"【补曰】菹，臻鱼切。《说文》："酢菜也。"一曰麋鹿为菹。蘁菹之称，菜肉通。醢音海。《尔雅》曰："肉谓之醢。"

[29]言纣为无道，杀比干，醢梅伯。武王杖黄钺，行天罚，殷宗遂绝，不得长久也。而，一作"之"。【补曰】《礼记》云："昔殷纣乱天下，脯鬼侯以飨诸侯。"《史记》曰："纣醢九侯，脯鄂侯。"《淮南子》云："醢鬼侯之女，菹梅伯之骸。"

[30]俨，畏也。祇，敬也。俨，一作"严"。【补曰】《礼记》曰："俨若思。"俨，亦作"严"，并鱼检切。

[31]周，周家也。差，过也。言殷汤、夏禹、周之文王，受命之君，皆畏天敬贤，论议道德，无有过差，故能获夫神人之助，子孙蒙其福佑也。五臣云："汤、禹、周文，皆俨肃祇敬，论议道德，无有差殊，故得永年。"【补曰】道，治道也。言周则包文、武矣。差，旧读作蹉。五臣以为差殊，非是。

[32]一云"举贤才"。

[33]颇，倾也。言三王选士，不遗幽陋，举贤用能，不顾左右，行用先圣法度，无有倾失。故能绥万国，安天下也。《易》曰"无平不颇"也。五臣云："无有颇僻。"循，一作"脩"。颇，一作"陂"。【补曰】《思玄赋》注引《楚辞》："遵绳墨而不颇。"遵，亦循也，作"脩"非是。《易·泰卦》云："无平不陂。"陂，一音颇，滂禾切。

[34]窃爱为私，所私为阿。一云"所佑为阿"。

[35]错，置也。辅，佐也。言皇天神明，无所私阿。观万民之中有道德者，因置以为君，使贤能辅佐，以成其志。故桀为无道，传与汤；纣为淫虐，传与文王。德，一作"惠"。《文选》"民"作"人"。【补曰】焉，语助。错，七故切。上天佑之，为生贤佐，故曰错辅。

[36]哲，智也。茂，盛也。【补曰】行，下孟切。

[37] 苟,诚也。下土,谓天下也。言天下之所立者,独有圣明之智,盛德之行,故得用事天下,而为万民之主。【补曰】睿作圣,明作哲。圣哲之人,以有甚盛之行,故能使下土为我用。《诗》曰:"奄有下土。"

[38] 瞻,观也。顾,视也。前谓禹、汤,后谓桀、纣。【补曰】《说文》:"瞻,临视也。""顾,还视也。"

[39] 相,视也。计,谋也。极,穷也。言前观汤、武之所以兴,顾视桀、纣之所以亡,足以观察万民忠佞之谋,穷其真伪也。民,一作"人"。【补曰】相,息亮切。言观民之策,此为至矣。计,策也。极,至也。相观,重言之也。下文亦曰"览相观于四极",与《左传》"尚犹有臭"、《书》"弗遑暇食"语同。

[40] 服,服事也。言世之人臣,谁有不行仁义,而可任用;谁有不行信善,而可服事者乎? 言人非义则德不立,非善则行不成也。五臣云:"服,用也。"

[41] 阽,犹危也。或云:"阽,近也。"言己尽忠,近于危殆。一本"死"下有"节"字。【补曰】阽音檐,临危也。《小尔雅》曰:"疾甚谓之阽。"《前汉》注云:"阽,近边欲堕之意。"

[42] 言己正言危行,身将死亡,上观初世伏节之贤士,我志所乐,终不悔恨也。五臣云:"今观我之初志,终竟行,犹未为悔。"

[43] 量,度也。正,方也。枘所以充凿。【补曰】量,力香切。凿音漕,穿孔也。枘,而锐切,刻木端所以入凿。《淮南子》云:"良工渐乎矩凿之中。"

[44] 言工不量度其凿,而方正其枘,则物不固而木破矣。臣不度君贤愚,竭其忠信,则被罪过而身殆也。自前世修名之人,以获菹醢,龙逢、梅伯是也。菹,一作"葅"。五臣云:"邪佞在前,忠贤何由能进。"【补曰】《九辩》云:"圜凿而方枘兮,吾固知其鉏铻而难入。"夫邪佞在前,而己以正直当之,其君不察,得罪必矣。

[45] 曾,累也。歔欷,惧貌。或曰:哀泣之声也。郁邑,忧也。曾,一作"增"。邑,一作"悒"。【补曰】歔,许居切。欷,香衣、许毅二切。

[46]言我累息而惧、郁邑而忧者，自哀生不当举贤之时，而值菹
醢之世也。【补曰】当，平声。

[47]茹，柔奥也。揽，一作"擥"，《文选》作"擊"。五臣云："茹，臭
也。蕙，香草。以喻忠正之心。"【补曰】茹，《文选音》：汝。《玉篇》云："茹，柔
也"。一曰菜茹。五臣以茹为香，误矣。《吕氏春秋》曰："以茹鱼驱蝇，蝇愈至
而不可禁。"则茹又为臭败之名，非香也。

[48]霑，濡也。衣眦谓之襟。浪浪，流貌也。言己自伤放在草泽，
心悲泣下，霑濡我衣，浪浪而流，犹引取柔奥香草，以自掩拭，不以悲
放失仁义之则也。【补曰】《尔雅》："衣眦谓之襟。"襟，交领也。浪
音郎。

跪敷衽以陈辞兮[1]，耿吾既得此中正[2]。驷玉虬以桀
鹥兮[3]，溘埃风余上征[4]。朝发轫于苍梧兮[5]，夕余至乎
县圃[6]。欲少留此灵琐兮[7]，日忽忽其将暮[8]。吾令羲和
弭节兮[9]，望崦嵫而勿迫[10]。路曼曼其修远兮[11]，吾将
上下而求索[12]。饮余马于咸池兮[13]，总余辔乎扶桑[14]。
折若木以拂日兮[15]，聊逍遥以相羊[16]。前望舒使先驱
兮[17]，后飞廉使奔属[18]。鸾皇为余先戒兮[19]，雷师告余
以未具[20]。吾令凤鸟飞腾兮，继之以日夜[21]。飘风屯其相
离兮[22]，帅云霓而来御[23]。纷总总其离合兮[24]，斑陆离
其上下[25]。吾令帝阍开关兮[26]，倚阊阖而望予[27]。时暧
暧其将罢兮[28]，结幽兰而延伫[29]。世溷浊而不分兮[30]，
好蔽美而嫉妒[31]。朝吾将济于白水兮[32]，登阆风而绁
马[33]。忽反顾以流涕兮，哀高丘之无女[34]。溘吾游此春
宫兮[35]，折琼枝以继佩[36]。及荣华之未落兮[37]，相下女
之可诒[38]。吾令丰隆椉云兮[39]，求宓妃之所在[40]。解佩
纕以结言兮[41]，吾令蹇修以为理[42]。纷总总其离合兮，忽
纬繣其难迁[43]。夕归次于穷石兮[44]，朝濯发乎洧盘[45]。

保厥美以骄傲兮[46]，日康娱以淫游[47]。虽信美而无礼兮，来违弃而改求[48]。览相观于四极兮[49]，周流乎天余乃下[50]。望瑶台之偃蹇兮[51]，见有娀之佚女[52]。吾令鸩为媒兮[53]，鸩告余以不好[54]。雄鸠之鸣逝兮[55]，余犹恶其佻巧[56]。心犹豫而狐疑兮[57]，欲自适而不可[58]。凤皇既受诒兮[59]，恐高辛之先我[60]。欲远集而无所止兮[61]，聊浮游以逍遥[62]。及少康之未家兮，留有虞之二姚[63]。理弱而媒拙兮[64]，恐导言之不固[65]。世溷浊而嫉贤兮[66]，好蔽美而称恶[67]。闺中既以邃远兮[68]，哲王又不寤[69]。怀朕情而不发兮，余焉能忍与此终古[70]。

[1]敷，布也。衽，衣前也。陈辞于重华，道羿、浇以下也。故下句云"发轫于苍梧"也。辞，一作"词"。【补曰】跪，巨委切。《尔雅》疏云："衽，裳际也。"

[2]耿，明也。言己上睹禹、汤、文王修德以兴，下见羿、浇、桀、纣行恶以亡，中知龙逢、比干执履忠直，身以菹醢。乃长跪布衽，俯首自念，仰诉于天，则中心晓明，得此中正之道，精合真人，神与化游。故设乘云驾龙，周历天下，以慰己情，缓幽思也。五臣云："明我得此中正之道。"【补曰】言己所以陈词于重华者，以吾得中正之道，耿然甚明故也。《反离骚》云："吾驰江潭之泛溢兮，将折衷乎重华；舒中情之烦惑兮，恐重华之不累与。"余恐重华与沉江而死，不与投阁而生也。

[3]有角曰龙，无角曰虬。鹥，凤皇别名也。《山海经》云：鹥身有五采，而文如凤。凤类也，以为车饰。虬，一作"蚪"。棸，一作"乘"。鹥，一作"翳"。【补曰】言以鹥为车，而驾以玉虬也。驷，一乘四马也。虬，龙类也，渠幽切。《说文》云："龙子有角者。"相如赋云："六玉虬。"谓驾六马，以玉饰其镳勒，有似玉虬也。鹥，於计、乌鸡二切。《山海经》云："九疑山有五彩之鸟，飞蔽一乡。"五彩之鸟，鹥鸟也。又云："蛇山有鸟，五色，飞蔽日，名鹥鸟。"

[4]溘，犹掩也。埃，尘也。言我设往行游，将乘玉虬，驾凤车，

掩尘埃而上征,去离世俗,远群小也。【补曰】《远游》云:"掩浮云而上征。"故逸云:"溘,犹掩也。"按溘,奄忽也,渴合切。征,行也。言忽然风起,而余上征,犹所谓"忽乎吾将行"耳。

[5]轫,搘轮木也。苍梧,舜所葬也。搘,一作"支"。【补曰】轫音刃。《战国策》云:"陛下尝轫车于赵矣。"轫,止车之木,将行则发之。五臣以轫为车轮,误矣。《山海经》云:"苍梧山。舜葬于阳,帝丹朱葬于阴。"《礼记》曰:"舜葬于苍梧之野。"注云:"舜征有苗而死,因葬焉。苍梧于周,南越之地,今为郡。"如淳曰:"舜葬九嶷。九嶷在苍梧冯乘县,故或曰:舜葬苍梧也。"

[6]县圃,神山,在昆仑之上。《淮南子》曰:昆仑县圃,维绝,乃通天。言己朝发帝舜之居,夕至县圃之上,受道圣王,而登神明之山。县,一作"悬"。一无"绝"字。一本"乃"作"绝"。【补曰】县音玄。《山海经》云:"槐江之山,上多琅玕金玉,其阳多丹栗,阴多金银,实惟帝之平圃。南望昆仑,其光熊熊,其气魂魂。西望大泽,后稷所潜。"平圃,即悬圃也。《穆天子传》云:"春山之泽,清水出泉,温和无风,飞鸟百兽之所饮食,先王之所谓县圃。"《水经》云:《昆仑说》曰:"昆仑之山三级:下曰樊桐,一名板松;二曰玄圃,一名阆风;上曰层城,一名天庭。"层音增。《淮南子》言"倾宫旋室,悬圃、阆风、樊桐,在昆仑阊阖之中。"樊音饭。又曰:"昆仑之丘,或上倍之,是谓凉风之山,登之而不死;或上倍之,是谓悬圃之山,登之乃灵,能使风雨;或上倍之,乃维上天,登之乃神,是谓太帝之居。"东方朔《十洲记》曰:"昆仑山有三角:一角正北,上干北辰星之燿,名阆风巅;其一角正西,名曰玄圃台;其一角正东,名曰昆仑宫。""玄"与"县"古字通。《天问》曰:"昆仑县圃,其居安在。"

[7]灵以喻君。琐,门镂也,文如连琐,楚王之省闼也。一云:灵,神之所在也。琐,门有青琐也。言未得入门,故欲小住门外。琐,一作"璅"。五臣云:"琐,门阁也。"【补曰】琐,先果切。上文言"夕余至乎县圃",则灵琐,神之所在也。神之所在,以喻君也。《汉旧仪》云:"黄

门令日暮入对青琐、丹墀拜。"《音义》云:"青琐,以青画户边镂也。"

[8]言己诚欲少留于君之省闼,以须政教,日又忽去,时将欲暮,年岁且尽,言己衰老也。

[9]羲和,日御也。弭,按也,按节徐步也。【补曰】《山海经》:"东南海外,有羲和之国,有女子名曰羲和,是生十日,常浴日于甘渊。"注云:"羲和,天地始生,主日月者也。故尧因是立羲和之官,以主四时。"虞世南引《淮南子》云:"爰止羲和,爰息六螭,是谓悬车。"注云:"日乘车,驾以六龙,羲和御之,日至此而薄于虞渊,羲和至此而回。"弭,止也,弥耳切。

[10]崦嵫,日所入山也。下有蒙水,水中有虞渊。迫,附也。言我恐日暮年老,道德不施,欲令日御按节徐行,望日所入之山,且勿附近,冀及盛时遇贤君也。勿,一作"未"。【补曰】崦音淹。嵫音兹。《山海经》曰:"鸟鼠同穴山西南曰崦嵫。"又云:"西曰崦嵫之山。"《淮南子》云:"日入崦嵫,经细柳,入虞渊之氾。"

[11]修,长也。《释文》"曼"作"漫"。五臣云:"漫漫,远貌。"【补曰】曼、漫,并莫半切。《集韵》:"曼曼,长也,谟官切。"

[12]言天地广大,其路曼曼,远而且长,不可卒至,吾方上下左右,以求索贤人,与己合志者也。【补曰】索,所各切。

[13]咸池,日浴处也。【补曰】饮,於禁切。《九歌》云:"与女沐兮咸池。"逸云:"咸池,星名,盖天池也。"《天文大象赋》云:"咸池浮津而淼漫。"注云:"咸池三星,天潢南,鱼鸟之所托也。"又《七谏》云:"属天命而委之咸池。"注云:"咸池,天神。"按下文言扶桑,则咸池乃日所浴者也。

[14]总,结也。扶桑,日所拂木也。《淮南子》曰:"日出汤谷,浴乎咸池,拂于扶桑,是谓晨明。登于扶桑,爰始将行,是谓朏明。"言我乃往至东极之野,饮马于咸池,与日俱浴,以洁己身,结我车辔于扶桑,以留日行,幸得不老,延年寿也。【补曰】《山海经》云:"黑齿之北曰汤谷,有扶木,九日居下枝,一日居上枝,皆戴乌。"郭璞云:"扶木,扶桑也。天有十日,迭出运

照。"东方朔《十洲记》云:"扶桑在碧海中,叶似桑树,长数千丈,大二千围,两两同根,更相依倚,是名扶桑。"《淮南子》云:"扶木在阳州,日之所曊。"曊,犹照也。《说文》云:"榑桑,神木,日所出。"榑音扶。汤,与"旸"同。

[15]若木在昆仑西极,其华照下地。拂,击也,一云蔽也。【补曰】《山海经》:"南海之内,黑水之间,有木名曰若木,若水出焉。"又曰:"灰野之山,有树青叶赤华,名曰若木,日所入处,生昆仑西,附西极也。"然则若木有二,而此乃灰野之若木欤?《淮南子》曰:"若木在建木西,末有十日,其华照下地。"注云:"若木端有十日,状如连珠。华,光也,光照其下也。"一云"状如莲华"。《天问》云:"羲和之未扬,若华何光?"

[16]聊,且也。逍遥、相羊,皆游也。言己总结日辔,恐不能制,年时卒过,故复转之西极,折取若木,以拂击日,使之还去,且相羊而游,以俟君命也。或谓拂,蔽也,以若木鄣蔽日,使不得过也。逍遥,一作"须臾"。羊,一作"佯"。【补曰】逍遥,犹翱翔也。相羊,犹徘徊也。

[17]望舒,月御也。月体光明,以喻臣清白也。【补曰】《淮南子》曰:"月御曰望舒,亦曰纤阿。"《史记·周本纪》云:"百夫荷罕旗以先驱。"颜师古云:"先驱,导路也。"李善云:"先驱,前驱也。"《周礼》:"王出入,则辟左右而前驱。"

[18]飞廉,风伯也。风为号令,以喻君命。言己使清白之臣如望舒,先驱求贤,使风伯奉君命于后,以告百姓。或曰:驾乘龙云,必假疾风之力,使奔属于后。【补曰】属音注,连也。《吕氏春秋》曰:"风师曰飞廉。"应劭曰:"飞廉,神禽,能致风气。"晋灼曰:"飞廉,鹿身,头如雀,有角,而蛇尾豹文。"《河图》曰:"风者,天地之使,乃告号令。"

[19]鸾,俊鸟也。皇,雌凤也。以喻仁智之士。先,一作"前"。五臣云:"鸾皇,灵鸟。"【补曰】《山海经》:"女床山有鸟,状如翟,而五采毕备,声似雊而尾长,名曰鸾,见则天下安宁。"《瑞应图》曰:"鸾者,赤神之精,凤皇之佐也。"《尔雅》曰:"鹓,凤;其雌皇。"皇,或作

"凰"。为,去声。

[20]雷为诸侯,以兴于君。言己使仁智之士,如鸾皇,先戒百官,将往适道,而君怠堕,告我严装未具。余,一作"我"。【补曰】《春秋合诚图》云:"轩辕主雷雨之神。"一曰:雷师,丰隆也。

[21]言我使凤鸟明智之士,飞行天下,以求同志,续以日夜,冀相逢遇也。《文选》云:"吾令凤皇飞腾兮,又继之以日夜。"【补曰】《山海经》云:"丹穴之山有鸟焉,其状如鸡,五采而文,曰凤鸟。是鸟也,饮食则自歌自舞,见则天下大康宁。"上言鸾皇,鸾,凤皇之佐,而皇,雌凤也,以喻贤人之同类者,故为命先戒百官。此云凤鸟,以喻贤人之全德者,故令飞腾,以求同志也。

[22]回风为飘。飘风,无常之风,以兴邪恶之众。屯其相离,言不与己和合也。【补曰】《尔雅》注云:"飘风,旋风。"屯,徒昆切,聚也。

[23]云霓,恶气,以喻佞人。御,迎也。言己使凤鸟往求同志之士,欲与俱共事君,反见邪恶之人,相与屯聚,谋欲离己。又遇佞人相帅来迎,欲使我变节以随之也。帅,一作"率"。【补曰】御,读若迓。霓,五稽、五历、五结三切,通作"蜺"。《文选》云:"云旗拂霓。"又云:"俯而观乎云霓。"沈约《郊居赋》云:"雌霓连蜷。"并读作侧声。司马温公云:"约赋但取声律便美,非'霓'不可读为平声也。"《尔雅》:"蜺为挈贰。"《说文》:"霓,屈虹,青赤,或白色,阴气也。"郭氏云:"雄曰虹,谓明盛者;雌曰蜺,谓暗微者。"虹者,阴阳交会之气,云薄漏日,日照雨滴,则虹生也。

[24]纷,盛多貌。总总,犹傅傅,聚貌。五臣云:"纷,乱也。"

[25]斑,乱貌。陆离,分散也。言己游观天下,但见俗人竞为谗佞,傅傅相聚,乍离乍合,上下之义,斑然散乱,而不可知也。斑,一作"班"。【补曰】斑,驳文也。下音户。

[26]帝,谓天帝。阍,主门者也。【补曰】《说文》云:"阍,常以昏闭,门隶也。"

[27]阊阖，天门也。言己求贤不得，疾谗恶佞，将上诉天帝，使阍人开关，又倚天门望而距我，使我不得入也。【补曰】《天文大象赋》曰："俨阊阖以洞开。"注云："宫墙两藩，正南开如门象者，名阊阖门。"《淮南子》曰："排阊阖，沦天门。"注云："阊阖，始升天之门也。天门，上帝所居紫微宫门也。"《说文》云："阊，天门也。""阖，门扇也。""楚人名门曰阊阖。"《文选》注云："阊阖，天门也。王者因以为门。"屈原亦以阊阖喻君门也。予音与，叶韵。

[28]暧暧，昏昧貌。罢，极也。罢，一作"疲"。【补曰】暧，日不明也，音爱。罢音皮。

[29]言时世昏昧，无有明君，周行罢极，不遇贤士，故结芳草，长立有还意也。而，一作"以"。五臣云："结芳草自洁，长立而无趣向。"【补曰】刘次庄云："兰喻君子，言其处于深林幽涧之中，而芬芳郁烈之不可掩，故《楚辞》云云。"

[30]溷，乱也。浊，贪也。【补曰】溷，胡困切。

[31]言时世君乱臣贪，不别善恶，好蔽美德，而嫉妒忠信也。五臣云："蔽，隐也。"

[32]济，渡也。《淮南子》言："白水出昆仑之山，饮之不死。"于，一作"乎"。【补曰】《河图》曰："昆山出五色流水，其白水入中国，名为河也。"五臣云："白水，神泉。"

[33]阆风，山名，在昆仑之上。绁，系也。言己见中国溷浊，则欲渡白水，登神山，屯车系马，而留止也。白水洁净，阆风清明，言己修清白之行，不懈怠也。绁，一作"紲"。【补曰】阆音郎，又音浪。道书云："阆野者，阆风之府是也。昆仑上有九府，是为九宫。"馀说已见"县圃"下。绁音薛。《左传》曰："臣负羁绁。"绁，马缰也。马，满补切。

[34]楚有高丘之山。女以喻臣。言己虽去，意不能已，犹复顾念楚国无有贤臣，心为之悲而流涕也。或云：高丘，阆风山上也。无女，喻无与己同心也。旧说：高丘，楚地名也。五臣云："女，神女，喻忠臣。"【补曰】《离骚》多以女喻臣，不必指神女。

[35]溢,奄也。春宫,东方青帝舍也。溢,一作"壒"。【补曰】壒,尘也,无奄忽义。

[36]继,续也。言己行游,奄然至于青帝之舍,观万物始生,皆出于仁义,复折琼枝以续佩,守仁行义,志弥固也。【补曰】琼,玉之美者。传曰:"南方有鸟,其名为凤,天为生树,名曰琼枝,高百二(千)〔十〕仞,大三十围,以琳琅为实。"《后汉》注云:"琼枝,玉树,以喻坚贞。"下文云:"折琼枝以为羞。"

[37]荣华,喻颜色。落,堕也。【补曰】游春宫,折琼枝,欲及荣华之未落也。

[38]相,视也。诒,遗也。言己既修行仁义,冀得同志,愿及年德盛时,颜貌未老,视天下贤人,将持玉帛而聘遗之,与俱事君也。诒,一作"贻"。【补曰】相,息亮切。下女,喻贤人之在下者。诒音怡,通作"贻"。

[39]丰隆,云师,一曰雷师。下注同。雍,一作"乘"。【补曰】《九歌·云中君》注云:"云神丰隆。"五臣云:"云神屏翳。"按丰隆或曰云师,或曰雷师。屏翳或曰云师,或曰雨师,或曰风师。《归藏》云"丰隆筮云气而告之",则云师也。《穆天子传》云:"天子升昆仑,封丰隆之葬。"郭璞云:"丰隆筮师,御云得大壮卦,遂为雷师。"《淮南子》曰:"季春三月,丰隆乃出,以将其雨。"张衡《思玄赋》云:"丰隆轩其震霆,云师籑以交集。"则丰隆,雷〔师〕也;云师,屏翳也。《天问》曰:"萍号起雨。"则屏翳,雨师也。《洛神赋》云:"屏翳收风。"则风师也。又,《周官》有飌师、雨师。《淮南子》云:"雨师洒道,风伯扫尘。"说者以为箕、毕二星。《列仙传》云:"赤松子,神农时为雨师。"《风俗通》云:"玄冥为雨师。"其说不同。据《楚辞》,则以丰隆为云师,飞廉为风伯,屏翳为雨师耳。

[40]宓妃,神女,以喻隐士。言我令云师丰隆,乘云周行,求隐士清洁若宓妃者,欲与并心力也。宓,一作"虙"。五臣云:"虙妃以喻贤臣。"【补曰】《汉书·古今人表》有宓羲氏。宓音伏,字本作"虙"。《颜氏家训》云:

"慮字从虍,宓字从宀,下俱为必。孔子弟子宓子贱,即虙羲之后,俗字以为宓,或复加山。《子贱碑》云:济南伏生,即子贱之后。是知虙之与伏,古来通用,误以为密,较可知矣。"《洛神赋》注云:"宓妃,伏牺氏女,溺洛水而死,遂为河神。"

[41]纕,佩带也。【补曰】《洛神赋》云:"愿诚素之先达兮,解玉佩而要之。"亦此意。

[42]蹇修,伏羲氏之臣也。理,分理也,述礼意也。言已既见宓妃,则解我佩带之玉,以结言语,使古贤蹇修而为媒理也。伏羲时敦朴,故使其臣也。五臣云:"令蹇修为媒,以通辞理。"【补曰】宓妃,伏牺氏之女,故使其臣以为理也。

[43]纬繣,乖戾也。迁,徙也。言蹇修既持其佩带通言,而谗人复相聚毁败,令其意一合一离,遂以乖戾而见距绝。言所居深僻,难迁徙也。【补曰】纬音徽。繣,呼麦切,又音畫。《博雅》作"敳懂",《广韵》作"徽繣"。此言隐士忽与我乖剌,其意难移也。

[44]次,舍也。再宿为信,过信为次。《淮南子》言"弱水出于穷石,入于流沙"也。【补曰】郭璞注《山海经》云:"弱水出自穷石,穷石今之西郡删丹,盖其别流之原。"《淮南子》注云:"穷石,山名,在张掖也。"《左传》曰:"后羿自鉏迁于穷石。"

[45]洧盘,水名。《禹大传》曰:洧盘之水,出崦嵫之山。言宓妃体好清洁,暮即归舍穷石之室,朝沐洧盘之水,遁世隐居,而不肯仕也。盘,一作"槃"。【补曰】洧,于轨切。

[46]倨简曰骄,侮慢曰傲。傲,一作"敖"。

[47]康,安也。言宓妃用志高远,保守美德,骄傲侮慢,日自娱乐以游戏自恣,无有事君之意也。五臣云:"淫,久也。言隐居之人,日日安乐久游,无意以匡君。"【补曰】《说文》云:"淫,私逸也。"《尔雅》:"久雨谓之淫。"故淫亦训久。

[48]违,去也。改,更也。言宓妃虽信有美德,骄傲无礼,不可与共事君。来复弃去,而更求贤也。弃,一作"弃"。【补曰】此孔子所谓

"隐者",子路所谓"洁身乱伦"。

[49]览相,一作"求览"。【补曰】相,去声。

[50]言我乃复往观视四极,周流求贤,然后乃来下也。一云"周流天乎"。一无"乎"字。【补曰】《尔雅》:"东至于泰远,西至于邠国,南至于濮铅,北至于祝栗,谓之四极。"邠,《说文》作"汃"。汃,西极之水也。又《淮南子》云:"东方东极之山曰开明之门,南方南极之山曰暑门,西方西极之山曰阊阖之门,北方北极之山曰寒门。"下音户。

[51]石次玉曰瑶。《诗》曰:"报之以琼瑶。"偃蹇,高貌。【补曰】《说文》云:"瑶,玉之美者。"

[52]有娀,国名。佚,美也。谓帝喾之妃,契母简狄也。配圣帝,生贤子,以喻贞贤也。《诗》曰:"有娀方将,帝立子生商。"《吕氏春秋》曰:有娀氏有美女,为之高台而饮食之。言己望见瑶台高峻,睹有娀氏美女,思得与共事君也。佚,《释文》作"妷"。【补曰】娀音嵩。李善引《吕氏春秋》曰:"有娀氏有二佚女,为九成之台。"《淮南子》曰:"有娀在不周之北,长女简翟,少女建疵。"注云:"姊妹二人在瑶台也。"佚音逸。

[53]鸩,运日也。羽有毒,可杀人,以喻谗佞贼害人也。【补曰】鸩,直禁切。《广志》云:其鸟大如鸮,紫绿色,有毒,食蛇蝮,雄名运日,雌名阴谐,以其毛历饮卮,则杀人。

[54]言我使鸩鸟为媒,以求简狄,其性谗贼,不可信用,还诈告我,言不好也。五臣云:"忠贤,谗佞所疾,故云不好。"【补曰】好,读如"好人提提"之"好"。夫鸩之不可为媒审矣,屈原何为使之乎?《淮南》言"晖日知晏,阴谐知雨",盖类小人之有智者。君子不逆诈,不亿不信,待其不可用,然后弃之耳,尧之用鲧是也。"晖"与"运"同。

[55]逝,往也。《释文》"雄"作"鸠"。【补曰】《说文》云:"鸠,鹘鸼也。"《尔雅》云:"鹠鸠,鹘鸼。"注云:"似山鹊而小,短尾,青黑色,多声。"《月令》"鸣鸠拂其羽"即此也。

[56]佻,轻也。巧,利也。言又使雄鸩衔命而往,其性轻佻巧利,

多语言而无要实，复不可信用也。五臣云："雄鸩多声。言使辩捷之士，往聘忠贤，我又恶其轻巧而不信。"【补曰】佻，吐凋切，又土了切。《尔雅》云："佻，偷也。"

[57]【补曰】犹，由、柚二音。《颜氏家训》曰："《尸子》云：'五尺犬为犹。'《说文》：'陇西谓犬子为犹。'吾以为人将犬行，犬好豫在人前，待人不得，又来迎候，此乃豫之所以为未定也。故谓不决曰犹豫。或以《尔雅》曰：'犹，如麂，善登木。'犹，兽名也。既闻人声，乃豫缘木。如此上下，故称犹豫。"《水经》引郭缘生《述征记》云："河津冰始合，车马不敢过，要须狐行，云此物善听，冰下无水乃过，人见狐行，方渡。""按《风俗通》云：里语称：'狐欲渡河，无如尾何。'且狐性多疑，故俗有狐疑之说，未必一如缘生之言也。"然《礼记》曰："决嫌疑，定犹豫。"《疏》云："犹是玃属，豫是虎属。"《说文》云："豫，象之大者。"又《老子》曰："豫兮若冬涉川，犹兮若畏四邻。"则犹与豫，皆未定之辞。

[58]适，往也。言己令鸩为媒，其心谗贼，以善为恶；又使雄鸩衔命而往，多言无实，故中心狐疑犹豫。意欲自往，礼又不可，女当须媒，士必待介也。

[59]诒，一作"诏"。五臣云："诒，遗也。言我得贤人如凤皇者，受遗玉帛，将行就聘。"

[60]高辛，帝喾有天下号也。《帝系》曰：高辛氏为帝喾。帝喾次妃有娀氏女生契。言己既得贤智之士若凤皇，受礼遗将行，恐帝喾已先我得娀简狄也。遗，一作"遣"。五臣云："帝喾，喻诸国贤君。"【补曰】皇甫谧云："高辛都亳，今河南偃师是。"张晏云："高辛，所兴之地名也。"

[61]集，一作"进"。

[62]言己既求简狄，复后高辛，欲远集它方，又无所之，故且游戏观望以忘忧，用以自适也。

[63]少康，夏后相之子也。有虞，国名，姚姓，舜后也。昔寒浞使

楚　辞

浇杀夏后相，少康逃奔有虞，虞因妻以二女，而邑于纶。有田一成，有众一旅，能布其德，以收夏众，遂诛灭浇，复禹之旧绩。屈原设至远方之外，博求众贤，索宓妃则不肯见，求简狄又后高辛，幸若少康留止有虞，而得二妃，以成显功，是不欲远去之意也。【补曰】二姚事见《左传》。杜预云："梁国有虞县。"皇甫谧云："今河东大阳西山上有虞城。"姚音遥。《说文》云："虞舜居姚虚，因以为姓。"

[64] 弱，劣也。拙，钝也。五臣云："我欲留聘二姚，又恐道理弱于少康，而媒无巧辞。"

[65] 言己欲效少康留而不去，又恐媒人弱钝，达言于君，不能坚固，复使回移也。

[66] 世，一作"时"。

[67] 称，举也。再言"世溷浊"者，怀、襄二世不明，故群下好蔽忠正之士，而举邪恶之人。美，一作"善"。【补曰】再言"世溷浊"者，甚之也。屈原作此，在怀王之世耳。恶，去声。言可美者蔽之，可恶者称之。

[68] 小门谓之闱。邃，深也。一无"以"字。【补曰】《尔雅》："宫中之门谓之闱，其小者谓之闺。"邃，虽遂切。

[69] 哲，智也。寤，觉也。言君处宫殿之中，其闱深远，忠言难通，指语不达，自明智之王尚不能觉悟善恶之情，高宗杀孝己是也。何况不智之君，而多闇蔽，固其宜也。【补曰】《说文》："寐觉而有信曰寤。""闺中既以邃远"者，言不通群下之情；"哲王又不寤"者，言不知忠臣之分。怀王不明而曰"哲王"者，以明望之也。太史公所谓"冀幸君之一悟，俗之一改也"。韩愈《琴操》云："臣罪当诛兮，天王圣明。"亦此意。

[70] 言我怀忠信之情，不得发用，安能久与此闇乱之君，终古而居乎？意欲复去也。一本"忍"下有"而"字。《释文》：古音故。【补曰】此言当世之人，蔽美称恶，不能与之久居也。《九歌》曰："长无绝兮终古。"《九章》曰："去终古之所居。"终古，犹永古也。《考工记》注曰："齐人之言终古，犹言常也。"《集韵》古音估者，故也；音故者，始也。

　　索藑茅以筳篿兮[1]，命灵氛为余占之[2]。曰两美其必合兮，孰信修而慕之[3]？思九州之博大兮，岂唯是其有女[4]？曰勉远逝而无狐疑兮[5]，孰求美而释女[6]？何所独无芳草兮[7]，尔何怀乎故宇[8]？世幽昧以眩曜兮[9]，孰云察余之善恶[10]。民好恶其不同兮[11]，惟此党人其独异[12]。户服艾以盈要兮[13]，谓幽兰其不可佩[14]。览察草木其犹未得兮[15]，岂珵美之能当[16]？苏粪壤以充帏兮[17]，谓申椒其不芳[18]。欲从灵氛之吉占兮，心犹豫而狐疑[19]。巫咸将夕降兮[20]，怀椒糈而要之[21]。百神翳其备降兮，九疑缤其并迎[22]。皇剡剡其扬灵兮[23]，告余以吉故[24]。曰勉陞降以上下兮[25]，求榘矱之所同[26]。汤禹严而求合兮[27]，挚咎繇而能调[28]。苟中情其好修兮，又何必用夫行媒[29]。说操筑于傅岩兮[30]，武丁用而不疑[31]。吕望之鼓刀兮[32]，遭周文而得举[33]。宁戚之讴歌兮[34]，齐桓闻以该辅[35]。及年岁之未晏兮[36]，时亦犹其未央[37]。恐鹈鴂之先鸣兮[38]，使夫百草为之不芳[39]。何琼佩之偃蹇兮[40]，众薆然而蔽之[41]。惟此党人之不谅兮[42]，恐嫉妒而折之[43]。时缤纷其变易兮[44]，又何可以淹留[45]。兰芷变而不芳兮，荃蕙化而为茅[46]。何昔日之芳草兮[47]，今直为此萧艾也[48]。岂其有他故兮，莫好修之害也[49]。余以兰为可恃兮[50]，羌无实而容长[51]。委厥美以从俗兮[52]，苟得列乎众芳[53]。椒专佞以慢慆兮[54]，樧又欲充夫佩帏[55]。既干进而务入兮[56]，又何芳之能祗[57]。固时俗之流从兮[58]，又孰能无变化[59]。览椒兰其若兹兮，又况揭车与江离[60]。惟兹佩之可贵兮[61]，委厥美而历兹[62]。芳菲菲而难亏兮[63]，芬至今犹未沫[64]。和调度以自娱兮，聊浮游而求女[65]。及余饰之方壮兮，周流观乎上下[66]。

　　[1]索，取也。藑茅，灵草也。筳，小折竹也。楚人名结草折竹以卜

曰簺。《文选》"虈"作"琼"。五臣云："筳,竹算也。"【补曰】索,所革切。虈音琼。《尔雅》云："藘,藘茅。"注云："藘、菖一种,花有赤者为藘。"筳音廷,簺音专。《后汉·方术传》曰:挺专折竹。注云："挺,八段竹也。"音同。

[2]灵氛,古明占吉凶者。言己欲去则无所集,欲止又不见用,忧懑不知所从,乃取神草竹筳,结而折之,以卜去留,使明智灵氛占其吉凶也。

[3]灵氛言:以忠臣而就明君,两美必合,楚国谁能信明善恶,修行忠直,欲相慕及者乎?己宜以时去也。

[4]言我思念天下博大,岂独楚国有臣而可止乎?恖,古文"思",亦作"恖"。唯,一作"惟"。【补曰】女,细吕切。

[5]一无"狐"字。

[6]五臣云："灵氛曰:但勤力远去,谁有求忠臣而不择取汝者也?"【补曰】再举灵氛之言者,甚言其可去也。

[7]草,一作"艸",旧作"卉"。【补曰】《尔雅》云："卉,草。"疏云："别二名也。"《文选》注云："卉,百草总名,楚人语也。"

[8]怀,思也。宇,居也。言何所独无贤芳之君,何必思故居而不去也。此皆灵氛之辞。尔,一作"尒"。宇,一作"宅"。注同。【补曰】若作"宅",则与下韵叶。

[9]眩曜,惑乱貌。世,一作"时"。眩,一作"眴"。【补曰】眩,日光也,其字从日。眴,目无常主也,其字从目。并荧绢切。《淮南》云："嫌疑肖象者,众人之所眩耀。"

[10]屈原答灵氛曰:当世之君,皆闇昧惑乱,不分善恶,谁当察我之善情而用己乎?是难去之意也。善恶,一作"中情"。《文选》"善"作"美"。

[11]民,一作"人"。

[12]党,乡党,谓楚国也。言天下万民之所好恶,其性不同,此楚国尤独异也。五臣云："好,爱。恶,憎也。"【补曰】好、恶,并去声。党,

朋党,谓椒、兰之徒也。

[13]艾,白蒿也。盈,满也。或言:艾,非芳草也。一名冰台。【补曰】"要"与"腰"同。《尔雅》:"艾,冰台。"注云:"今艾蒿。"

[14]言楚国户服白蒿,满其要带,以为芬芳,反谓幽兰臭恶,为不可佩也。以言君亲爱谗佞,憎远忠直,而不肯近也。其,一作"兮",一作"之"。五臣云:"言楚国皆好谗佞,谓忠正不可行于身也。"

[15]察,视也。草,一作"艸",一作"卉"。犹,一作"独"。

[16]瑾,美玉也。《相玉书》言:瑾大六寸,其耀自照。言时人无能知臧否,观众草尚不能别其香臭,岂当知玉之美恶乎?以为草木易别于禽兽,禽兽易别于珠玉,珠玉易别于忠佞,知人最为难也。五臣云:"岂能辨玉之臧否而当之乎?玉喻忠直。"【补曰】瑾美,犹《九章》言"荪美"也。瑾音呈。一曰佩珩也。

[17]苏,取也。充,犹满也。壤,土也。帏谓之縢。縢,香囊也。目,一作"以"。【补曰】《史记》:"樵苏后爨。"苏,取草也。又《淮南子》曰:"苏援世事。"苏,犹索也。帏,许归切,下同。《尔雅》云:"妇人之袆谓之(褵)〔缡〕。"注云:"即今之香缨也。袆,邪交落带系于体,因名为袆。"縢音腾。

[18]言苏粪土以满香囊,佩而带之,反谓申椒臭而不香,言近小人远君子也。

[19]言己欲从灵氛劝去之吉占,则心中狐疑,念楚国也。【补曰】灵氛之占,于异姓则吉矣,在屈原则不可,故犹豫而狐疑也。

[20]巫咸,古神巫也。当殷中宗之世。降,下也。【补曰】《书序》云:"伊陟赞于巫咸。"《(前汉·郊祀志)〔史记·封禅书〕》云:"巫咸之兴自此始。"说者曰:"巫咸,殷贤臣。"一云名咸,殷之巫也。《说文》曰:"巫,祝也。古者巫咸初作巫。"《山海经》曰:"巫咸国在女丑北。"又曰:"大荒之中,有灵山,巫咸、巫即、巫盼、巫彭、巫姑、巫真、巫礼、巫抵、巫谢、巫罗十巫从此升降。"《淮南子》曰:"轩辕丘在西方,巫咸在其北。"注云:"巫咸知天道,明吉凶。"据此则巫咸之兴尚

矣。商时又有巫咸也。《庄子》曰:"郑有神巫,曰季咸。"又有"巫咸诏",皆取此名。言"夕降"者,神降多以夜,陈宝之类是也。

[21]椒,香物,所以降神。糈,精米,所以享神。言巫咸将夕从天上来下,愿怀椒糈要之,使占兹吉凶也。糈,俗作"糈"。【补曰】糈音所,祭神米也。孟康曰:"椒糈,以椒香米馓也。"要,伊消切。

[22]翳,蔽也。缤,盛也。九疑,舜所葬也。言巫咸得己椒糈,则将百神蔽日来下。舜又使九疑之神,纷然来迎,知己之志也。疑,一作"嶷"。【补曰】翳,於计切。"嶷"与"疑"同。迎,鱼庆切,迓也。《汉·纪》曰:"望祀虞舜于九嶷。"(张揖)〔应劭〕曰:"九嶷在零陵营道县。"文(颖)〔颖〕曰:"九嶷半在苍梧,半在零陵。"颜师古云:"疑,似也。山有九峰,其形相似。"《水经》云:"峰秀数郡之间,异岭同势,游者疑焉。"

[23]皇,皇天也。剡剡,光貌。【补曰】剡,以冉切。《九歌》云:"横大江兮扬灵。"

[24]言皇天扬其光灵,使百神告我,当去就吉善也。五臣云:"告我去当吉。"【补曰】灵氛之占,筵篿折竹而已。至百神备降,九嶷并迎,告我使去,则可以去矣。

[25]勉,强也。上谓君,下谓臣。陟,一作"升"。【补曰】升降上下,犹所谓"经营四荒、周流六漠"耳,不必指君臣。

[26]榘,法也。矱,度也。言当自勉强上求明君,下索贤臣,与己合法度者,因与同志共为治也。榘,一作"矩"。矱,一作"蒦"。五臣云:"此巫咸之言。"【补曰】榘,俱雨切。矱,纡缚、乌郭二切。《淮南子》曰:"知榘矱之所周。"注云:"榘,方也。矱,度法也。"

[27]严,敬也。合,匹也。严,一作"俨"。【补曰】自此以下,皆屈原语。

[28]挚,伊尹名,汤臣也。咎繇,禹臣也。调,和也。言汤、禹至圣,犹敬承天道,求其匹合,得伊尹、咎繇,乃能调和阴阳,而安天下也。一作"皋陶"。【补曰】《天问》曰:"帝乃降观,下逢伊挚。"即伊

尹也。

[29] 行媒，喻左右之臣也。言诚能中心常好善，则精感神明，贤君自举用之，不必须左右荐达也。一无"又"字。五臣云："苟，且也。"

[30] 说，傅说也。傅岩，地名。【补曰】说音悦。操，七刀切。筑，捣也。

[31] 武丁，殷之高宗也。言傅说抱道怀德，而遭遇刑罚，操筑作于傅岩。武丁思想贤者，梦得圣人，以其形像求之，因得傅说，登以为公，道用大兴，为殷高宗也。《书序》曰："高宗梦得说，使百工营求诸野，得诸傅岩，作《说命》。"是佚篇也。【补曰】《孟子》曰："傅说举于版筑之间。"《史记》云："说为胥靡，筑于傅险，见于武丁。武丁曰：'是也。'遂以傅险姓之，号曰傅说。""险"与"岩"同。徐广曰："《尸子》云：傅岩在北海之洲。"孔安国曰："傅氏之岩，在虞、虢之界，通道所经，有涧水坏道，常使胥靡刑人筑护此道。说贤而隐，代胥靡筑之，以供食也。"

[32] 吕，太公之氏姓也。鼓，鸣也。或言吕望太公，姜姓也，未遇之时，鼓刀屠于朝歌也。【补曰】《史记》云："太公望吕尚者，东海上人，本姓姜氏，从其封姓，故曰吕尚。"《战国策》云："太公望，老妇之逐夫，朝歌之废屠，文王用之而王。"注云："吕尚为老妇之所逐，卖肉于朝歌，肉上生臭不售，故曰废屠。"《淮南子》曰："太公之鼓刀。"注云："太公，河内汲人，有屠钓之困。"

[33] 言太公避纣，居东海之滨，闻文王作兴，盖往归之。至于朝歌，道穷困，自鼓刀而屠，遂西，钓于渭滨。文王梦得圣人，于是出猎而遇之，遂载以归，用以为师，言吾先公望子久矣，因号为太公望。或言周文王梦天帝立令狐之津，太公立其后。帝曰："昌，赐汝名师。"文王再拜，太公亦再拜。太公梦亦如此。文王出田，见识所梦，载与俱归，以为太师也。【补曰】《天问》云："师望在肆，昌何识？鼓刀扬声，后何喜？"注云："吕望鼓刀在列肆，文王亲往问之，对曰：'下屠屠牛，上屠屠国。'"

[34] 宁戚，卫人。

[35]该，备也。宁戚修德不用，退而商贾，宿齐东门外。桓公夜出，宁戚方饭牛，叩角而商歌，桓公闻之，知其贤，举用为客卿，备辅佐也。【补曰】《淮南子》云："宁戚欲干齐桓公，困穷无以自达。于是为商旅，将任车以商于齐，暮宿于郭门之外，饭牛车下，望见桓公，乃击牛角而商歌。桓公闻之曰：'异哉，歌者非常人也。'命后车载之。"《三齐记》载其歌曰："南山矸，白石烂，生不遭尧与舜禅，短布单衣适至骭，从昏饭牛薄夜半，长夜漫漫何时旦。"桓公召与语，悦之，以为大夫。"矸"与"岸"同。一作"南山粲"。屈原举吕望、傅说、宁戚之事，伤今之不然也。

[36]晏，晚。

[37]央，尽也。言己所以汲汲欲辅佐君者，冀及年未晏晚，以成德化也。然年时亦尚未尽，冀若三贤之遭遇也。其，一作"而"。【补曰】《说文》："央，久也。"《诗》曰："夜未央。"

[38]鹈鴂，一名买鴂，常以春分鸣也。鹈，一作"鶗"。五臣云："鶗鴂，秋分前鸣，则草木雕落。"【补曰】鹈音提。鴂音决。一音弟桂，一音珍绢。《反离骚》云："徒恐鶗鴂之将鸣兮，顾先百草为不芳。"颜师古云："鶗鴂，一名买𪁙，一名子规，一名杜鹃，常以立夏鸣，鸣则众芳皆歇。""鴂"与"鴃"同，𪁙音诡。《思玄赋》云："恃(知己)〔己知〕而华予兮，鶗鴂鸣而不芳。"注云："以秋分鸣。李善云：《临海异物志》：鶗鴂，一名杜鹃。至三月鸣，昼夜不止。服虔曰：鶗鴂，一名鵙，伯劳也。顺阴阳气而生。"按《禽经》云："巂周，子规也。江介曰子规，蜀右曰杜宇。"又曰："鶗鴂鸣而草衰。"注云："鶗鴂，《尔雅》谓之鵙，《左传》谓之伯赵。"然则子规、鶗鴂，二物也。《月令》："仲夏鵙始鸣。"说者云："五月阴气生于下，伯劳夏至，应阴而鸣。"《诗》曰："七月鸣鵙。"笺云："伯劳鸣，将寒之候也，五月则鸣，豳地晚寒。"《左传》："伯赵氏，司至也。"注云："伯劳以夏至鸣，冬至止。"陆佃《埤雅》云："阴气至而鵙鸣，故百草为之芳歇。"《广韵》曰："鶗鴂，关西曰巧妇，关东曰鹈鴂，春分鸣则众芳生，秋分鸣则众芳歇。"未详。

[39]言我恐鹈鴂以先春分鸣,使百草华英摧落,芬芳不得成也。以喻谗言先至,使忠直之士蒙罪过也。草,一作"艸",一作"卉"。一无"夫"字。一无"为"字。【补曰】《尔雅》疏云:"百卉,犹百草也。"《诗》云:"百卉具腓。"

[40]偃蹇,众盛貌。佩,一作"珮"。

[41]言我佩琼玉,怀美德,偃蹇而盛,众人薆然而蔽之,伤不得施用也。五臣云:"薆,亦盛也。"【补曰】薆音爱。《方言》云:"掩、翳,薆也。"注云:"谓薆蔽也。"

[42]谅,信。一作"亮"。

[43]言楚国之人,不尚忠信之行,共嫉妒我正直,必欲折挫而败毁之也。

[44]其,一作"以"。五臣云:"缤纷,乱也。"

[45]言时世溷浊,善恶变易,不可以久留,宜速去也。

[46]言兰芷之草,变易其体,而不复香。荃蕙化而为菅茅,失其本性也。以言君子更为小人,忠信更为佞伪也。五臣云:"茅,恶草,以喻谗臣。"【补曰】上云"谓幽兰其不可佩",以幽兰之别于艾也。"谓申椒其不芳",以申椒之别于粪壤也。今曰兰芷不芳,荃蕙为茅,则更与之俱化矣。当是时,守死而不变者,楚国一人而已,屈子是也。

[47]草,一作"艸",一作"卉"。

[48]言往昔芬芳之草,今皆直为萧艾而已。以言往日明智之士,今皆佯愚,狂惑不顾。一无"萧"字,一无"也"字。【补曰】颜师古云:"《齐书》太祖云:'诗人采萧。萧即艾也。'萧自是香蒿,古祭祀所用,合脂爇之,以享神者。艾即今之灸病者。名既不同,本非一物。《诗》云'彼采萧兮'、'彼采艾兮'是也。"《淮南》曰:"膏夏、紫芝与萧艾俱死。"萧艾,贱草,以喻不肖。

[49]言士民所以变曲为直者,以上不好用忠正之人,害其善志之故。一无"也"字。五臣云:"明智之士佯愚者,为君不好修洁之士,而自损害。"【补曰】时人莫有好自修洁者,故其害至于荃蕙为茅,芳草

为艾也。

[50]兰，怀王少弟，司马子兰也。恃，怙也。【补曰】《史记》："秦昭王欲与怀王会，屈平曰：'秦，虎狼之国，不可信，不如无行。'怀王稚子子兰劝王行：'奈何绝秦欢？'怀王卒行，入武关，秦伏兵绝其后，因留怀王。子顷襄王立，以其弟子兰为令尹。"然则子兰乃怀王少子，顷襄之弟也。

[51]实，诚也。言我以司马子兰怀王之弟，应荐贤达能，可怙而进，不意内无诚信之实，但有长大之貌，浮华而已。五臣云："无实，无实材。"【补曰】长，平声。

[52]委，弃。

[53]言子兰弃其美质正直之性，随从谄佞，苟欲列于众贤之位，无进贤之心也。【补曰】子兰有兰之名，无兰之实，虽与众芳同列，而无芬芳也。

[54]椒，楚大夫子椒也。慆，淫也。慢，一作"谩"。《释文》作"嫚"。慆，一作"謟"。【补曰】《古今人表》有令尹子椒。慆，他刀切。《书》曰："无即慆淫。"注云："慆，慢也。"

[55]樧，茱萸也，似椒而非，以喻子椒似贤而非贤也。帏，盛香之囊，以喻亲近。言子椒为楚大夫，处兰芷之位，而行淫慢佞谀之志，又欲援引面从不贤之类，使居亲近，无有忧国之心，责之也。夫，一作"其"。五臣云："子椒列大夫位，在君左右，如茱萸之在香囊，妄充佩带，而无芬芳。"【补曰】樧音杀。《尔雅》曰："椒、樧丑，菉。"注云："樧，似茱萸而小，赤色。"子椒佞而似义，犹樧之似椒也。子兰既已无兰之实而列乎众芳矣，子椒又欲以似椒之质充夫佩帏也。

[56]干，求。而，一作"以"。

[57]祗，敬也。言子椒苟欲自进，求入于君，身得爵禄而已，复何能敬爱贤人，而举用之也？

[58]一作"从流"。一本"从"误作"徙"。

[59]言时世俗人随从上化，若水之流。二子复以谄谀之行，众人

谁有不变节而从之者乎？疾之甚也。五臣曰："固此谄佞之俗，流行相从，谁能不变节随时以容身乎？"

[60]言观子椒、子兰变志若此，况朝廷众臣，而不为佞媚以容其身邪？揭，一作"蕑"。离，一作"蒿"。【补曰】子椒、子兰宜有椒兰之芬芳，而犹若是，况众臣若揭车、江离者乎？揭车、江离，皆香草，不若椒、兰之盛也。《列子》曰："臭过椒兰。"《荀子》曰："椒兰芯芬。"

[61]之，一作"其"。

[62]历，逢也。言己内行忠直，外佩众香，此诚可贵重，不意明君弃其至美，而逢此咎也。【补曰】上云委厥美以从俗，言子兰之自弃也。此云委厥美而历兹，言怀王之见弃也。

[63]亏，歇。而，一作"其"。亏，一作"虧"。

[64]沫，已也。言己所行纯美，芬芳勃勃，诚难亏歇，久而弥盛，至今尚未已也。芬，一作"芬芬"。勃，一作"渤"。【补曰】《说文》云："芬，艸初生，其香分布。"沫音昧，微晦也。《易》曰："日中见沫。"《招魂》曰："身服义而未沫。"

[65]言我虽不见用，犹和调己之行度，执守忠贞，以自娱乐，且徐徐浮游，以求同志也。五臣云："汝，同志人也。度，法度也。"【补曰】和调，重言之也。女，纽吕切。

[66]上谓君，下谓臣也。言我愿及年德方盛壮之时，周流四方，观君臣之贤，欲往就之也。【补曰】高余冠之岌岌兮，长余佩之陆离，所谓余饰之方壮也。周流观乎上下，犹言周流乎天余乃下也。下音户。

灵氛既告余以吉占兮[1]，历吉日乎吾将行[2]。折琼枝以为羞兮[3]，精琼靡以为粻[4]。为余驾飞龙兮，杂瑶象以为车[5]。何离心之可同兮，吾将远逝以自疏[6]。遭吾道夫昆仑兮[7]，路修远以周流[8]。扬云霓之晻蔼兮[9]，鸣玉鸾之啾啾[10]。朝发轫于天津兮[11]，夕余至乎西极[12]。凤皇翼其承旂兮[13]，高翱翔之翼翼[14]。忽吾行此流沙兮^[15]，遵赤水而容与^[16]。麾蛟龙使梁津兮^[17]，诏西皇使涉予^[18]。路修远以多艰兮^[19]，腾众车使径待^[20]。路不周以左转兮^[21]，指西海以为期^[22]。屯余车其千乘兮^[23]，齐玉轪而并驰^[24]。驾八龙之婉婉兮^[25]，载云旗之委蛇^[26]。抑志而弭节兮，神高驰之邈邈^[27]。奏《九歌》而舞《韶》兮^[28]，聊假日以媮乐^[29]。陟升皇之赫戏兮^[30]，忽临睨夫旧乡^[31]。仆夫悲余马怀兮^[32]，蜷局顾而不行^[33]。

[1]【补曰】灵氛告以吉占，百神告以吉故，而此独曰灵氛者，初疑灵氛之言，复要巫咸，巫咸与百神无异辞，则灵氛之占诚吉矣。然原固未尝去也，设辞以自宽耳。

[2]言灵氛既告我以吉占，历善日，吾将去君而远行也。五臣云："历，选也。"【补曰】《上林赋》云："历吉日以齐戒。"张揖曰："历，算也。"行，胡朗切，叶韵。

[3]羞，脯。【补曰】张揖云："琼树生昆仑西，流沙滨，大三百围，高万仞，其华食之长生。"羞、脩，二物也，见《周礼》，羞致滋味，脩则脯也。王逸、五臣以羞为脩，误矣。

[4]精，凿也。麋，屑也。粻，粮也。《诗》云："乃裹糇粮。"言我将行，乃折取琼枝，以为脯腊，精凿玉屑，以为储粮，饮食香洁，冀以延年也。五臣云：精，捣也。取其清洁而延寿。【补曰】麋音糜。《文选音》：麋。《反离骚》云："精琼麋与秋菊芳，将以延夫天年。"应劭云："精，细也。琼，玉之华也。"《周礼》有"食玉"，注云："玉，阳精之纯者，食之以御水气。"郑司农云："王齐当食玉屑。"粻音张，食米也。凿音作，精细米也。《左传》："粢食不凿。"

[5]象，象牙也。言我驾飞龙，乘明智之兽，象玉之车，文章杂错，以言己德似龙玉，而世莫之识也。五臣云："飞龙喻道，瑶象以比君子之德。言我远游，但驾此道德以为车。"【补曰】《易》曰："飞龙在天。"许慎云："飞龙有翼。"瑶，美玉也。言以瑶象为车，而驾以飞龙也。上

“为”去声。

[6]言贤愚异心，何可合同，知君与己殊志，故将远去自疏，而流遁于世也。五臣云：“忠佞两心不可同，吾将远去。自疏远也。”【补曰】疏，所葅切。

[7]邅，转也。楚人名转曰邅。《河图括地象》言：昆仑在西北，其高万一千里，上有琼玉之树。【补曰】邅，池战切。《禹本纪》言：“昆仑山高三千五百馀里，日月所相避隐为光明也。其上有醴泉、华池。”《河图》云：“昆仑，天中柱也，气上通天。”《水经》云：“昆仑虚在西北，去嵩高五万里，地之中也，其高万一千里。河水出其东北陬。”《尔雅》曰：“西北之美者，有昆仑虚之璆琳琅玕焉。”又曰：“三成为昆仑丘。”注云：“昆仑山三重，故以名云。”昔人引《山海经》：“西海之南，流沙之滨，赤水之后，黑水之前，有大山，名昆仑之丘。其下有弱水之渊环之。”又曰：“钟山西六百里，有昆仑山，所出五水。”今按：《山海经》：“内昆仑虚在西北，帝之下都，方八百里，高万仞。山有木禾，面有九井，以玉为槛，面有(五)〔九〕门，门有开明兽守之，百神之所在。”郭璞曰：“此自别有小昆仑也。”《淮南子》云：“昆仑虚中有增城九重，上有木禾，珠树、玉树、琁树、不死树在其西，沙棠、琅玕在其东，绛树在其南，碧树、瑶树在其北。”东方朔《十洲记》：“昆陵即昆仑，中狭上广，故曰昆仑。山有三角，其一角正东，名曰昆仑宫，其处有积金为墉城，面方千里，城上安金台五所，玉楼十二。”《神异经》云：“昆仑有铜柱焉，其高入天，所谓天柱也。围三千里，圆周如削，下有回屋，仙人九府所治。”又一说云：“大五岳者，中岳昆仑，在九海中，为天地心，神仙所居，五帝所理。”凡此诸说诞，实未闻也。

[8]言己设去楚国远行，乃转至昆仑神明之山，其路遥远，周流天下，以求同志也。

[9]扬，披也。晻蔼，犹荟郁，荫貌也。一本“扬”下有“志”字。蔼，《释文》作“濭”，一作“霭”。五臣云：“扬，举也。云霓，虹也，画之于旌旗。晻蔼，旌旗蔽日貌。”【补曰】晻蔼，暗也，冥也。晻，乌感切。

蔼、霭、瀣，并於盖切。

[10]鸾，鸾鸟也，以玉为之，着于衡。和，着于轼。啾啾，鸣声也。言己从昆仑将遂升天，披云霓之蓊郁，排谗佞之党群，鸣玉鸾之啾啾，而有节度也。五臣云："玉，马佩也。鸾，车铃也。言我去国，亦守节度而行。"【补曰】许慎云："鸾以象鸟之声。"《诗》云："和鸾雝雝。"注云："在轼曰和，在镳曰鸾。"《礼记》曰："君子在车，则闻鸾和之(音)〔声〕。"注云："鸾在衡，和在式。"《正义》云："鸾在衡，和在式，谓常所乘之车。若田猎之车，则鸾在马镳。"《韩诗(外)〔内〕传》曰："升车则马动，马动则鸾鸣，鸾鸣则和应。"啾音揫。《埤仓》云："众声也。"

[11]天津，东极箕、斗之间，汉津也。【补曰】《尔雅》："析木谓之津，箕、斗之间，汉津也。"注云："箕，龙尾。斗，南斗。天汉之津梁。"疏云："天河在箕、斗二星之间，隔河须津梁以渡，故谓此次为析木之津。"《天文大象赋》云："天津横汉以摛光。"注云："天津九星，在虚危北，横河中，津梁所渡。"

[12]言己朝发天之东津，万物所生，夕至地之西极，万物所成，动顺阴阳之道，且亟疾也。【补曰】《上林赋》云："左苍梧，右西极。"注引《尔雅》："西至于豳国，为西极。"又《淮南》曰："西方西极之山，曰阊阖之门。"

[13]翼，敬也。旐，旗也。画龙虎为旐也。《文选》"翼"作"纷"。【补曰】《周礼》："交龙为旐，熊虎为旗。"《左传》曰："三辰旐旗。"《尔雅》："有铃曰旐。"旐，渠希切。旗，渠之切。

[14]翼翼，和貌。言己动顺天道，则凤皇来随我车，敬承旐旗，高飞翱翔，翼翼而和，嘉忠正、怀有德也。之，一作"而"。五臣云："凤皇承旐，引路飞翔，翼翼然扶卫于己。"【补曰】古者旌旗皆载于车上，故逸以承旐为来随我车。《远游》注云"俊鸟夹毂而扶轮"是也。五臣以为引路，误矣。《淮南》曰："凤皇曾逝万仞之上，翱翔四海之外。"注云："鸟之高飞，翼一上一下曰翱，直刺不动曰翔。"

[15] 流沙，沙流如水也。《尚书》曰："馀波入于流沙。"五臣云："流沙，西极也。"【补曰】《山海经》："流沙出钟山西行。"注云："今西海居延泽，《尚书》所谓流沙者，形如月生五日。"张揖云："流沙，沙与水流行也。"颜师古曰："流沙但有沙流，本无水也。"

[16] 遵，循也。赤水，出昆仑山。容与，游戏貌。言吾行忽然过此流沙，遂循赤水而游戏，虽行远方，动以洁清自洒饰也。【补曰】《博雅》云："昆仑虚，赤水出其东南陬，河水出其东北陬，洋水出其西北陬，弱水出其西南陬。河水入东海，三水入南海。"《穆天子传》曰："遂宿于昆仑之阿，赤水之阳。"《庄子》曰："黄帝游乎赤水之北，登乎昆仑之丘。"

[17] 举手曰麾。小曰蛟，大曰龙。或言以手教曰麾。津，西海也。蛟龙，水虫也。以蛟龙为桥，乘之以渡，似周穆王之越海，比鼋鼍以为梁也。使，一作"以"。五臣曰："麾，招也。"【补曰】麾，许为切。《广雅》曰："有鳞曰蛟龙，有翼曰应龙，有角曰虬龙，无角曰螭龙。"郭璞曰："蛟似蛇，四足，小头，细颈，卵生，子如三斛瓮，能吞人，龙属也。"《说文》曰："津，水渡也。"

[18] 诏，告也。西皇，帝少皞也。涉，渡也。言我乃麾蛟龙以桥西海，使少皞来渡我，动与神兽圣帝相接，言能渡万民之厄也。予，一作"余"。【补曰】少皞以金德王，白精之君，故曰西皇。《远游》注云："西皇所居，在西海之津。"予，我也，上声。

[19] 艰，难也。

[20] 腾，过也。言昆仑之路，险阻艰难，非人所能由，故令众车先过，使从邪径以相待也。以言己所行高远，莫能及也。待，一作"侍"。

[21] 不周，山名，在昆仑西北。转，行也。五臣云："左转者，君子尚左。"【补曰】《山海经》："西北海之外，大荒之隅，有山而不合，名曰不周。"注云："此山形有缺，不周币，因名之。西北不周风自此出也。"《淮南子》云："西北方不周之山，曰幽都之门。"又曰："昆仑之山，北门开，以纳不周之风。"《大人赋》曰："回车揭来兮，绝道不

周。"张揖曰:"不周山在昆仑东南二千三百里。"以《山海经》、《淮南子》考之,不周当在昆仑西北,逸说是也。《远游》曰:"历太皓以右转。"太皓在东方,自左而之右,故下云"遇蓐收乎西皇"也。此云"路不周以左转",不周在西北海之外,自右而之左,故曰"指西海以为期"也。五臣说非是。

[22]指,语也。期,会也。言己使语众车,我所行之道,当过不周山而左行,俱会西海之上也。过不周者,言道不合于世也。左转者,言君行左乖,不与己同志也。【补曰】《博物志》云:"七戎、六蛮、九夷、八狄,谓之四海。言皆近海。"汉张骞渡西海,至大秦,大秦之西鸟迟国,鸟迟国之西,复言有海。西海之滨,有小昆仑,高万仞,方八百里。

[23]屯,陈也。五臣云:"屯,聚也。车所以载己。言君子以德自载,亦如车焉。聚千乘者,言道德之多,并运于己,所在可驰走。"【补曰】屯,徒浑切。乘,实证切。

[24]轪,锢也。一云车辖也。言乃屯陈我车,前后千乘,齐以玉为车辖,并驰左右。言从己者众,皆有玉德,宜辅千乘之君也,即道千乘之国也。【补曰】轪音大。《方言》云:"轮,韩、楚之间谓之轪。"齐,同也,言齐驱并进。

[25]婉婉,龙貌。五臣云:"八龙,八节之气也。"婉,於阮切,《释文》作"蜿",於元切。

[26]言己乘八龙,神智之兽,其状婉婉,又载云旗,委蛇而长也。驾八龙者,言己德如龙,可制御八方也。载云旗者,言己德如云,能润施万物也。蛇,一作"移"。一作"逶迤"。五臣云:"言我所往,皆与神游,故可御气为驾,载云为旗也。"【补曰】《文选》注云:"其高至云,故曰云旗。"委,於为切。蛇,弋支切。

[27]邈邈,远貌。言己虽乘云龙,犹自抑案,弭节徐行,高抗志行,邈邈而远,莫能追及。一云"迈高驰"。五臣云:"抑志,按节徐行,以候世人,其邈远莫能逮及也。"

[28]《九歌》,九德之歌,禹乐也。《韶》,《九韶》,舜乐也,《尚

书》"箫韶九成"是也。【补曰】《周礼》有"《九德》之歌,《九磬》之舞"。启乐有《九辩》、《九歌》。又《山海经》:"夏后开始歌《九招》。"开,即启也。《竹书》云:"夏后启舞《九韶》。"

[29]言己德高智明,宜辅舜、禹,以致太平,奏《九德》之歌、《九韶》之舞,而不遇其时,故假日游戏媮乐而已。假,一作"暇"。【补曰】颜师古云:"此言遭遇幽厄,中心愁闷,假延日月,苟为娱乐耳。今俗犹言借日度时。故王仲宣《登楼赋》云:'登兹楼以四望兮,聊假日以消忧。'今之读者改'假'为'暇',失其意矣。"李善注仲宣赋,引《荀子》"多暇日",亦承误也。媮,乐也,音俞。

[30]皇,皇天也。赫戏,光明貌。一无"陟"字。陟,一作"升"。【补曰】《西京赋》云:"叛赫戏以辉煌。"赫戏,炎盛也。"戏"与"曦"同。

[31]睨,视也。旧乡,楚国也。言己虽升昆仑,过不周,渡西海,舞《九韶》,升天庭,据光曜,不足以解忧,犹顾视楚国,愁且思也。【补曰】睨,五计切。

[32]仆,御也。怀,思也。

[33]蜷局,诘屈不行貌。屈原设去世离俗,周天币地,意不忘旧乡,忽望见楚国,仆御悲感,我马思归,蜷局诘屈而不肯行,此终志不去,以辞自见,以义自明也。五臣云:"蜷局,回顾而不肯行。"【补曰】蜷音拳,虫形诘屈也。行,胡郎切,叶韵。

乱曰:[1]已矣哉,国无人莫我知兮[2],又何怀乎故都[3]?既莫足与为美政兮,吾将从彭咸之所居[4]。

[1]乱,理也。所以发理辞指,总撮其要也。屈原舒肆愤懑,极意敶词,或去或留,文采纷华,然后结括一言,以明所趣之意也。【补曰】《国语》云:"其辑之乱。""辑,成也。凡作篇章既成,撮其大要以为乱辞也。"《离骚》有乱、有重:乱者,总理一赋之终;重者,情志未申,更作赋也。

[2]已矣,绝望之辞。无人,谓无贤人也。《易》曰:"窥其户,阒其无人。"屈原言:已矣,我独怀德不见用者。以楚国无有贤人知我忠信之故,自伤之辞。一无"哉"字。【补曰】《论语》曰:"已矣乎,吾未见好德如好色者也。"孔安国曰:"已矣,发端叹辞。"

[3]言众人无有知己,已复何为思故乡、念楚国也。

[4]言时世之君无道,不足与共行美德、施善政者,故我将自沉汩渊,从彭咸而居处也。

叙曰：昔者孔子睿圣明喆[1]，天生不群[2]，定经术，删《诗》《书》[3]，正礼乐，制作《春秋》，以为后王法。门人三千，罔不昭达。临终之日，则大义乖而微言绝。其后周室衰微，战国并争，道德陵迟，谲诈萌生。于是杨、墨、邹、孟、孙、韩之徒，各以所知著造传记，或以述古，或以明世[4]。而屈原履忠被谮，忧悲愁思[5]，独依诗人之义而作《离骚》，上以讽谏，下以自慰。遭时闇乱，不见省纳，不胜愤懑，遂复作《九歌》以下凡二十五篇。楚人高其行义，玮其文采，以相教传[6]。至于孝武帝，恢廓道训，使淮南王安作《离骚经章句》，则大义粲然。后世雄俊，莫不瞻慕[7]，舒肆妙虑[8]，缵述其辞。逮至刘向[9]，典校经书，分为十六卷。孝章即位，深弘道艺，而班固、贾逵复以所见改易前疑，各作《离骚经章句》。其馀十五卷[10]，阙而不说。又以"壮"为"状"[11]，义多乖异，事不要括[12]。今臣复以所识所知，稽之旧章，合之经传[13]，作十六卷章句。虽未能究其微妙，然大指之趣，略可见矣。且人臣之义，以忠正为高，以伏节为贤。故有危言以存国，杀身以成仁。是以伍子胥不恨于浮江，比干不悔于剖心，然后忠立而行成[14]，荣显而名著[15]。若夫怀道以迷国，详愚而不言[16]，颠则不能扶，危则不能安，婉娩以顺上[17]，逡巡以避患，虽保黄耇，终寿百年，盖志士之所耻，愚夫之所贱也。今若屈原，膺忠贞之质，体清洁之性，直若砥矢，言若丹青，进不隐其谋，退不顾其命，此诚绝世之行，俊彦之英也。而班固谓之"露才扬己"[18]，竞于群小之中，怨恨怀王，讥刺椒、兰，苟欲求进，强[19]非其人，不见容纳，忿恚自沉，是亏其高明，而损其清洁者也。昔伯夷、叔齐让国守分[20]，不食周粟，遂饿而死，岂可复谓有求于世而怨望哉[21]。且诗人怨主刺[22]上曰："呜呼小子，未知臧否。匪面命之，言提其耳！"风谏之语，于斯为切。然仲尼论之，以为大雅。引此比彼，屈原之辞，优游婉顺，宁以其君[23]不智之故，欲提携其耳乎！而论者以为"露才扬己"、"怨刺其上"、"强非其人"，殆失厥中矣。夫《离骚》之文，依托《五经》以立义焉："帝高阳之苗裔"，则"厥初生民，时惟姜嫄"也；"纫秋兰以为佩"，则"将翱将翔，佩玉琼琚"也；"夕揽洲之宿莽"，则《易》"潜龙勿用"也；"驷玉虬而乘鹥"，则"时乘六龙以御天"也；"就重华而陈词"，则《尚书》咎繇之谋谟也；"登昆仑而涉流沙"，则《禹贡》之敷土也。故智弥盛者其言博，才益多者其识远[24]。屈原之辞，诚博远矣。自[25]终没以来，名儒博达之士著造辞赋，莫不拟则其仪表，祖式其模范，取其要妙，窃其华藻，所谓"金相玉质，百世无匹[26]，名垂罔极，永不刊灭"者矣。

[1]音哲。

[2]群，一作"王"。

[3]一云"俾定经术，乃删诗书"。

[4]八字一作"咸以名世"。

[5]一云"忧愁思愤"。

[6]或作"传教"。

[7]一作"仰"。

[8]一云"摅舒妙思"。

[9]颜师古读如本字。

[10]一作"篇"。

[11]一作"扶"。

[12]一作"撮"。

[13]八字一云"稽之经传"。

[14]忠，一作"德"。

［15］著，一作"称"。

［16］"详"与"佯"同，诈也。

［17］婉娩，一作"娩娩"，一作"俔俔"。

［18］一作"班贾"。

［19］巨姜切。

［20］一作"志"。

［21］一作"恨怨"。

［22］一作"谏"。

［23］一有"为"字。

［24］多，一作"劭"。

［25］一有"孔丘"字。

［26］世，一作"岁"。

班孟坚序云："昔在孝武，博览古文。淮南王安叙《离骚传》，以'《国风》好色而不淫，《小雅》怨诽而不乱，若《离骚》者，可谓兼之。蝉蜕浊秽之中，浮游尘埃之外，皭然泥而不滓。推此志，虽与日月争光可也。'斯论似过其真。又说：五子以失家巷，谓五子胥也。及至羿、浇、少康、贰姚、有娀佚女，皆各以所识有所增损，然犹未得其正也。故博采经书传记本文以为之解。且君子道穷，命矣。故潜龙不见是而无闷，《关雎》哀周道而不伤。蘧瑗持可怀之智，宁武保如愚之性，咸以全命避害，不受世患。故《大雅》曰：'既明且哲，以保其身。'斯为贵矣。今若屈原，露才扬己，竞乎危国群小之间，以离谗贼。然责数怀王，怨恶椒、兰，愁神苦思，强非其人，忿怼不容，沉江而死，亦贬絜狂狷景行之士。多称昆仑、冥婚、宓妃虚无之语，皆非法度之政，经义所载。谓之兼《诗》风雅，而与日月争光，过矣！然其文弘博丽雅，为辞赋宗。后世莫不斟酌其英华，则象其从容。自宋玉、唐勒、景差之徒，汉兴，枚乘、司马相如、刘向、扬雄，骋极文辞，好而悲之，自谓不能及也。虽非明智之器，可谓妙才者也。""政"与"正"同。

【补曰】颜之推云:"自古文人常陷轻薄。屈原露才扬己,显暴君过。"刘子玄云:"怀、襄不道,其恶存于楚赋。读者不以为过,盖不隐恶故也。"愚尝折衷其说而论之曰:或问,古人有言:杀其身有益于君则为之。屈原虽死,何益于怀、襄?曰:忠臣之用心,自尽其爱君之诚耳。死生、毁誉,所不顾也。故比干以谏见戮,屈原以放自沉。比干,纣诸父也;屈原,楚同姓也。为人臣者,三谏不从则去之。同姓无可去之义,有死而已。《离骚》曰:"阽余身而危死兮,览余初其犹未悔。"则原之自处审矣。或曰,原用智于无道之邦,亏明哲保身之义,可乎?曰:愚如武子,全身远害可也。有官守言责,斯用智矣。山甫明哲,固保身之道。然不曰"夙夜匪解,以事一人"乎!士见危致命,况同姓,兼恩与义,而可以不死乎!且比干之死,微子之去,皆是也。屈原其不可去乎?有比干以任责,微子去之可也。楚无人焉,原去则国从而亡。故虽身被放逐,犹徘徊而不忍去。生不得力争而强谏,死犹冀其感发而改行,使百世之下,闻其风者,虽流放废斥,犹知爱其君,眷眷而不忘,臣子之义尽矣。非死为难,处死为难。屈原虽死,犹不死也。后之读其文,知其人,如贾生者亦鲜矣。然为赋以吊之,不过哀其不遇而已。余观自古忠臣义士,慨然发愤,不顾其死,特立独行,自信而不回者,其英烈之气,岂与身俱亡哉!"仍羽人于丹丘,留不死之旧乡","超无为以至清,与太初而为邻",此《远游》之所以作,而难为浅见寡闻者道也。仲尼曰:"乐天知命,故不忧。"又曰:"乐天知命,有忧之大者。"屈原之忧,忧国也;其乐,乐天也。《离骚》二十五篇,多忧世之语,独《远游》曰:"道可受兮不可传,其小无内兮其大无垠。无滑滑而魂兮,彼将自然。壹气孔神兮,于中夜存。虚以待之兮,无为之先。"此老、庄、孟子所以大过人者,而原独知之。司马相如作《大人赋》,宏放高妙,读者有凌云之意。然其语多出于此。至其妙处,相如莫能识也。太史公作传,以为"其文约,其辞微,其志絜,其行廉,其称文小而其指极大,举类迩而见义远。其志絜,故其称物芳。其行廉,故死而不容自疏。濯淖污泥之中,以浮游尘埃之外,推此志也,虽与日月争光可也"。斯可谓深知己者。扬子云作《反离骚》，以为"君子得时则大行，不得时则龙蛇。遇不遇，命也，何必沉身哉"！屈子之事，盖圣贤之变者。使遇孔子，当与三仁同称，雄未足以与此。班孟坚、颜之推所云，无异妾妇儿童之见。余故具论之。

离骚赞序
班孟坚

　　《离骚》者，屈原之所作也。屈原初事怀王，甚见信任。同列上官大夫妒害其宠，谗之王，王怒而疏屈原。屈原以忠信见疑，忧愁幽思而作《离骚》。离，犹遭也。骚，忧也。明己遭忧作辞也。是时周室已灭，七国并争。屈原痛君不明，信用群小，国将危亡，忠诚之情，怀不能已，故作《离骚》。上陈尧、舜、禹、汤、文王之法，下言羿、浇、桀、纣之失，以风怀王，终不觉寤，信反间之说，西朝于秦。秦人拘之，客死不还。至于襄王，复用谗言，逐屈原。在野又作《九章》，赋以风谏，卒不见纳。不忍浊世，自投汨罗。原死之后，秦果灭楚。其辞为众贤所悼悲，故传于后。

辨　骚

刘　勰

　　自风雅寝声，莫或抽绪，奇文蔚起，其《离骚》哉！故以轩翥诗人之后，奋飞辞家之前，岂去圣之未远，而楚人之多才乎！昔汉武爱骚，而淮南作传，以为"《国风》好色而不淫，《小雅》怨诽而不乱。若《离骚》者，可谓兼之。蝉蜕秽浊之中，浮游尘埃之外，皭[1]然涅而不缁，虽与日月争光可也"。班固以为露才扬己，忿怼沉江。羿、浇、二姚，与左氏不合；[2]昆仑悬圃，非经义所载，然而文辞丽雅，为辞赋之宗，虽非明哲，可谓妙才。王逸以为诗人之提耳，屈原婉顺。《离骚》之文，依经立义：驷虬乘鹥，则"时乘六龙"；昆仑流沙，则《禹贡》敷土。名儒辞赋，莫不拟其仪表，所谓"金相玉振，百世无匹"者也。及汉宣嗟叹，以为皆合经术；杨雄讽味，亦言体同诗雅。四家举以方经，而孟坚谓不合传体，褒贬任声，抑扬过实。可谓鉴而弗精，玩而未核者也。将核其论，必征言焉。故其陈尧、舜之耿介，称禹、汤之祗敬，典诰之体也。讥桀、纣之猖狂，伤羿、浇之颠陨，规讽之旨也。虬龙以谕君子，云霓以譬谗邪，比兴之义也。每一顾而掩涕，叹君门之九重，忠怨之辞也。观兹四事，同于风雅者也。至于托云龙，说迂怪，丰隆求宓妃，鸩鸟媒娀女，诡异之辞也。康回倾地，夷羿弊日，木夫九首，土伯三目，谲怪之谈也。依彭咸之遗则，从子胥以自适，狷狭之志也。士女杂坐，乱而不分，指以为乐，娱酒不废，沉湎日夜，举以为欢，荒淫之意也[3]。摘此四事，异乎经典者也。故论其典诰则以彼，语其夸诞则如此。固知《楚辞》

者，体慢于三代，而风雅于战国，乃雅颂之博徒，而辞赋之英杰也[4]。观其骨鲠所树，肌肤所附，虽取镕经意，亦自铸伟辞。故《骚经》《九章》，朗丽以哀志；《九歌》《九辩》，绮靡以伤情；《远游》《天问》，瓌诡而惠巧；《招魂》《大招》，耀艳而深华；《卜居》标放言之致，《渔父》寄独任之才[5]。故能气往轹古，辞来切今，惊采绝艳，难与并能矣。自《九怀》已下，遽蹑其迹，而屈、宋逸步，莫之能追。故其叙情怨，则郁伊而易感；述离居，则怆怏而难怀；论山水，则循声而得貌；言节候，则披文而见时。枚、贾追风以入丽，马、扬沿波而得奇，其衣被辞人，非一代也。故才高者苑其鸿裁，中巧者猎其艳辞，吟讽者衔其山川，童蒙者拾其香草。若能凭轼以倚雅颂，悬辔以驭楚篇，酌奇而不失其贞，玩华而不坠其实，则顾盼可以驱辞力，咳唾可以穷文致，亦不复乞灵于长卿，假宠于子渊矣。赞曰：不有屈原，岂见《离骚》。惊才风逸，壮志烟高[6]。山川无极，情理实劳。金相玉式，艳溢锱毫。

[1]一作"曖"。

[2]《离骚》用羿、浇等事，正与左氏合。孟坚所云，谓刘安说耳。

[3]此皆宋玉之辞，非屈原意。自汉以来，靡丽之赋，劝百而讽一，其流至于齐、梁而极矣，皆自宋玉唱之。

[4]此语施于宋玉可也。

[5]一云"独任"当作"独往"。

[6]烟，一作"云"。

卷二 九歌章句

《九歌》者，屈原之所作也。昔楚国南郢之邑，沅、湘之间，其俗信鬼而好祠[1]。其祠，必作歌乐鼓舞以乐诸神[2]。屈原放逐，窜伏其域，怀忧苦毒，愁思沸郁。出见俗人祭祀之礼，歌舞之乐，其辞鄙陋。因为作《九歌》之曲[3]，上陈事神之敬，下见己之冤结，托之以风谏。故其文意不同，章句杂错，而广异义焉[4]。

[1]祠，一作"祀"。《汉书》曰："楚地信巫鬼，重淫祀。"《隋志》曰："荆州尤重祠祀。屈原制《九歌》，盖由此也。"

[2]一无"歌"字。

[3]王逸注《九辩》云："九者，阳之数，道之纲纪也。"五臣云："九者，阳数之极。自谓否极，取为歌名矣。"按：《九歌》十一首，《九章》九首，皆以"九"为名者，取"箫韶九成"、启《九辩》《九歌》之义。《骚经》曰"奏《九歌》而舞韶兮，聊假日以媮乐"，即其义也。宋玉《九辩》以下皆出于此。

[4]一云："故其文辞意周章杂错。"

东皇太一[1]

　　吉日兮辰良[2]，穆将愉兮上皇[3]。抚长剑兮玉珥[4]，璆锵鸣兮琳琅[5]。瑶席兮玉瑱[6]，盍将把兮琼芳[7]。蕙肴蒸兮兰藉[8]，奠桂酒兮椒浆[9]。扬枹兮拊鼓[10]，疏缓节兮安歌[11]，陈竽瑟兮浩倡[12]。灵偃蹇兮姣服[13]，芳菲菲兮满堂[14]。五音纷兮繁会[15]，君欣欣兮乐康[16]。

　　[1]五臣云："每篇之目皆楚之神名。所以列于篇后者，亦犹《毛诗》题章之趣。①太一，星名，天之尊神。祠在楚东，以配东帝，故云东皇。"【补曰】《汉书·郊祀志》云："天神贵者太一。太一佐曰五帝。古者天子以春秋祭太一东南郊。"《天文志》曰："中宫天极星，其一明者，太一常居也。"《淮南子》曰："太微者，太一之庭；紫宫者，太一之居。"说者曰：太一，天之尊神，曜魄宝也。《天文大象赋》注云："天皇大帝，一星，在紫微宫内，勾陈口中。其神曰曜魄宝，主御群灵，秉万机神图也。其星隐而不见。其占以见则为灾也。"又曰："太一，一星，次天一南，天帝之臣也。主使十六龙，知风雨、水旱、兵革、饥馑、疾疫。占不明反移为灾。"

　　[2]日谓甲乙，辰谓寅卯。【补曰】沈括存中云："吉日兮辰良，盖相错成文，则语势矫健。如杜子美诗云：'红豆啄馀鹦鹉粒，碧梧栖老凤凰枝。'韩退之云：'春与猿吟兮，秋鹤与飞。'皆用此体也。"

　　[3]穆，敬也。愉，乐也。上皇，谓东皇太一也。言己将修祭祀，必择吉良之日，斋戒恭敬，以宴乐天神也。【补曰】愉音俞。

　　[4]抚，持也。玉珥，谓剑镡也。剑者，所以威不轨，卫有德，故抚持之。【补曰】抚，循也，以手循其珥也。《博雅》曰："剑珥谓之镡。"镡，剑鼻，一曰剑口，一曰剑环。珥，耳饰也。镡所以饰剑，故取以名焉。

----

① 原本各篇篇名均置于篇后，现为阅读方便移至篇首。

珥音饵。镡、覃、淫二音。

[5]璆、琳、琅,皆美玉名也。《尔雅》曰:"有璆琳、琅玕焉。"锵,佩声也。《诗》曰:"佩玉锵锵。"言己供神有道,乃使灵巫常持好剑以辟邪,要垂众佩周旋而舞,动鸣五玉锵锵而和,且有节度也。或曰:纠锵鸣兮琳琅。纠,错也。琳琅,声也。谓带剑佩众多,纠错而鸣,其声琳琅也。锵,《释文》作"鎗"。【补曰】璆,渠幽切。锵,七羊切。《礼记》曰:"古之君子必佩玉,进则揖之,退则扬之,然后玉锵鸣也。"琳音林。琅音郎,俗作"瑯"。《尔雅》曰:"西北之美者,有昆仑虚之璆琳琅玕焉。""璆琳,美玉名。琅玕,状似珠也。"《本草》云:"琅玕,是石之美者,明莹若珠之色。"此言带剑佩玉,以礼事神也。

[6]瑶,石之次玉者。《诗》云:"报之以琼瑶。"瑱,一作"镇"。【补曰】瑶音遥。一曰,美玉也。瑱,压也,音镇。下文云"白玉兮为镇"是也。《周礼》"玉镇、大宝器",故书作"瑱",郑司农云:"瑱,读为镇。"

[7]盍,何不也。把,持也。琼,玉枝也。言己修饰清洁,以瑶玉为席,美玉为瑱。灵巫何持乎? 乃复把玉枝以为香也。五臣云:"灵巫何不持琼枝以为芳香,取美洁也。"【补曰】盍音合。

[8]蕙肴,以蕙草蒸肉也。藉,所以藉饭食也。《易》曰"藉用白茅"也。蒸,一作"菭",一作"烝"。【补曰】肴,骨体也。蒸,进也。菭、烝并同。《国语》曰:"亲戚宴飨,则有殽烝。"注云:"升体解节折之俎。"藉,荐也,慈夜切。

[9]桂酒,切桂置酒中也。椒浆,以椒置浆中也。言己供待弥敬,乃以蕙草蒸肴,芳兰为藉,进桂酒椒浆,以备五味也。五臣云:"蕙、兰、椒、桂,皆取芬芳。"【补曰】《说文》:"奠,置祭也。"汉乐歌曰:"奠桂酒,勺椒浆。"《周礼》四饮之物,三曰浆。

[10]扬,举也。拊,击也。枹,一作"桴"。【补曰】枹,房尤切,击鼓槌也。

[11]疏,希也。言肴膳酒醴既具,不敢宁处,亲举枹击鼓,使灵巫

缓节而舞，徐歌相和，以乐神也。五臣云："使曲节希缓而安音清歌。"
【补曰】"疏"与"疎"同。

[12] 陈，列也。浩，大也。言己又陈列竽瑟，大倡作乐，以自竭尽
也。【补曰】《礼记》："钟、磬、竽、瑟以和之。"竽，笙类。三十六簧。
瑟，琴类，二十五弦。

[13] 灵，谓巫也。偃蹇，舞貌。姣，好也。服，饰也。姣，一作
"妖"。服，一作"服"。【补曰】古者巫以降神。"灵偃蹇兮姣服"，言
神降而托于巫也。下文亦曰："灵连蜷兮既留。"偃蹇，委曲貌。一曰众
盛貌。《方言》曰："好，或谓之姣。"注云：言姣，洁也。姣与妖并音狡。
"服"与"服"同。

[14] 菲菲，芳貌也。言乃使姣好之巫，被服盛饰，举足奋袂，偃蹇
而舞。芬芳菲菲，盈满堂室也。

[15] 五音，宫、商、角、徵、羽也。纷，盛貌。繁，众也。五臣云：
"繁会，错杂也。"

[16] 欣欣，喜貌。康，安也。言己动作众乐，合会五音，纷然盛
美。神以欢欣，猷饱喜乐，则身蒙庆佑，家受多福也。屈原以为神无形
声，难事易失。然人竭心尽礼，则歆其祀而惠以祉。自伤履行忠诚以事
于君，不见信用而身放弃，遂以危殆也。五臣云："君，谓东皇也。欣欣，
和悦貌。"【补曰】此章以东皇喻君。言人臣陈德义礼乐以事上，则其君
乐康无忧患也。

云中君^[1]

浴兰汤兮沐芳^[2]，华采衣兮若英^[3]。灵连蜷兮既留^[4]，烂昭昭兮未央^[5]。蹇将憺兮寿宫^[6]，与日月兮齐光^[7]。龙驾兮帝服^[8]，聊翱游兮周章^[9]。灵皇皇兮既降^[10]，猋远举兮云中^[11]。览冀州兮有馀^[12]，横四海兮焉穷^[13]。思夫君兮太息^[14]，极劳心兮忡忡^[15]。

[1]云神丰隆也，一曰屏翳，已见《骚经》。《汉书·郊祀志》有云中君。

[2]兰，香草也。【补曰】《本草》："白芷一名芳香。"乐府有《沐浴子》，刘次庄云：《楚辞》曰："新沐者必弹冠，新浴者必振衣。"又曰："与汝沐兮咸池，晞汝发兮阳之阿。"皆洁濯之谓也。李白亦有此作，其辞曰："沐芳莫弹冠，浴兰莫振衣。处世忌太洁，至人贵藏晖。"与屈原意异。

[3]华采，五色采也。若，杜若也。言己将修饰祭以事云神，乃使灵巫先浴兰汤，沐香芷，衣五采华衣，饰以杜若之英，以自洁清也。【补曰】华，户花切。荀卿《云赋》云："五采备而成文。"衣华采之衣，以其类也。《本草》："杜若，一名杜蘅，叶似姜而有文理，味辛香。今复别有杜蘅，不相似。"按杜蘅，《尔雅》所谓"杜土卤"者也。杜若，《广雅》所谓"楚蘅"者也。其类自别。古人多杂引用。《尔雅》曰："荣而不实者谓之英。"

[4]灵，巫也。楚人名巫为灵子。连蜷，巫迎神导引貌也。既，已也。留，止也。一本"灵"下有"子"字。【补曰】蜷音拳。《南都赋》云："蛾眉连卷。"连卷，长曲貌。

[5]烂，光貌也。昭昭，明也。央，已也。言巫执事肃敬，奉迎导引，颜貌矜庄，形体连蜷，神则欢喜，必留而止。见其光容烂然昭明，无极已也。

［6］蹇，辞也。憺，安也。寿宫，供神之处也。祠祀皆欲得寿，故名为寿宫也。言云神既至于寿宫，歆飨酒食，憺然安乐，无有去意也。【补曰】憺，徒滥切。《汉》：武帝置寿宫神君。臣瓒曰："寿宫，奉神之宫。"

［7］齐，同也。光，明也。言云神丰隆，爵位尊高，乃与日月同光明也。夫云兴而日月昏，云藏而日月明，故言齐光也。齐，一作"争"。

［8］龙驾，言云神驾龙也。故《易》曰："云从龙。"帝，谓五方之帝也。言天尊云神，使之乘龙，兼衣青黄五采之色，与五帝同服也。五臣云："言神驾云龙之车。"

［9］聊，且也。周章，犹周流也。言云神居无常处，动则翱翔，周流往来，且游戏也。五臣云："翱游、周章，往来迅疾貌。"

［10］灵，谓云神也。皇皇，美貌。降，下也。言云神来下，其貌皇皇而美，有光明也。

［11］猋，去疾貌也。云中，云神所居也。言云神往来急疾，饮食既饱，猋然远举，复还其处也。【补曰】猋，卑遥切，群犬走貌。《大人赋》曰："猋风涌而云浮。"李善引此作"焱"，其字从火，非也。

［12］览，望也。两河之间曰冀州。馀，犹他也。言云神所在高邈，乃望于冀州，尚复见他方也。五臣云："言神所居高绝，下览冀州，横望四海，皆有馀而无极。冀州，尧所都。思有道之君，故览之。"【补曰】《淮南子》曰："正中冀州曰中土。"注云："冀，大也。四方之主。"又曰："杀黑龙以济冀州。"注云："冀，九州中。谓今四海之内。"

［13］穷，极也。言云神出入，奄忽须臾之间，横行四海，安有穷极也。【补曰】《礼记》云："以横于天下。"注云："横，充也。"

［14］君谓云神。五臣曰："夫君，谓云神，以喻君也。言夫君所居高远，下制有国，我之思君，终不可见，故叹息而忧心也。"【补曰】《记》曰："夫夫也。为习于礼者。"上夫音扶。

［15］忡忡，忧心貌。屈原见云一动千里，周遍四海，想得随从，观望四方，以忘己忧，思而念之终不可得，故太息而叹，心中烦劳而忡忡也。或曰：君，谓怀王也。屈原陈序云神，文义略讫，愁思复至，哀念怀

王暗昧不明，则太息增叹，心每憻憻，而不能已也。憻，一作"忡"。【补曰】憻，敕中切。《说文》："忡，忧也。"引《诗》："忧心忡忡。"《楚辞》作"憻"。此章以云神喻君，言君德与日月同明，故能周览天下，横被六合而怀王不能如此，故心忧也。

湘 君^[1]

　　君不行兮夷犹^[2]，蹇谁留兮中洲^[3]？美要眇兮宜修^[4]，沛吾乘兮桂舟^[5]。令沅湘兮无波^[6]，使江水兮安流^[7]！望夫君兮未来^[8]，吹参差兮谁思^[9]！驾飞龙兮北征^[10]，邅吾道兮洞庭^[11]。薜荔柏兮蕙绸^[12]，荪桡兮兰旌^[13]。望涔阳兮极浦^[14]，横大江兮扬灵^[15]。扬灵兮未极^[16]，女婵媛兮为余太息^[17]。横流涕兮潺湲^[18]，隐思君兮陫侧^[19]。桂棹兮兰枻^[20]，斲冰兮积雪^[21]。采薜荔兮水中^[22]，搴芙蓉兮木末^[23]。心不同兮媒劳^[24]，恩不甚兮轻绝^[25]。石濑兮浅浅^[26]，飞龙兮翩翩^[27]。交不忠兮怨长^[28]，期不信兮告余以不闲^[29]。朝骋骛兮江皋^[30]，夕弭节兮北渚^[31]。鸟次兮屋上^[32]，水周兮堂下^[33]。捐余玦兮江中^[34]，遗余佩兮醴浦^[35]。采芳洲兮杜若^[36]，将以遗兮下女^[37]。时不可兮再得^[38]，聊逍遥兮容与^[39]。

　　[1]刘向《列女传》："舜陟方，死于苍梧，二妃死于江、湘之间，俗谓之湘君。"《礼记》："舜葬于苍梧之野，盖二妃未之从也。"注云："《离骚》所歌湘夫人，舜妃也。"韩退之《黄陵庙碑》云："湘旁有庙曰黄陵。自前古立以祠尧之二女、舜二妃者。秦博士对始皇帝云：'湘君者，尧之二女，舜妃者也。'刘向、郑玄亦皆以二妃为湘君。而《离骚》、《九歌》既有湘君，又有湘夫人。王逸以为湘君者，自其水神，而谓湘夫人乃二妃也。从舜南征三苗，不及，道死沅、湘之间。《山海经》曰：'洞庭之山，帝之二女居之。'郭璞疑二女者，帝舜之后，不当降小水为其夫人，因以二女为天帝之女。以余考之，璞与王逸俱失也。尧之长女娥皇，为舜正妃，故曰君。其二女女英自宜降曰夫人也。故《九歌》辞谓娥皇为君，谓女英帝子，各以其盛者推言之也。礼有小君、君母，明其正，自得称君也。"

〔2〕君，谓湘君也。夷犹，犹豫也。言湘君所在，左沅、湘，右大江，苞洞庭之波，方数百里，群鸟所集，鱼鳖所聚，土地肥饶，又有险阻，故其神常安，不肯游荡，既设祭祀，使巫请呼之，尚复犹豫也。

〔3〕蹇，词也。留，待也。中洲，洲中也。水中可居者曰洲。言湘君蹇然难行，谁留待于水中之洲乎？以为尧用二女妻舜，有苗不服，舜往征之，二女从而不反，道死于沅、湘之中，因为湘夫人也。所留，盖谓此尧之二女也。五臣云："谁将留待于中洲乎？欲神之速至也。"【补曰】逸以湘君为湘水神，而谓留湘君于中洲者，二女也。韩退之则以湘君为娥皇，湘夫人为女英。留，止也。

〔4〕要眇，好貌。修，饰也。言二女之貌，要眇而好，又宜修饰也。眇，一作"妙"。一本"宜"上有"又"字。【补曰】要，於笑切。眇，与"妙"同。《前汉》传曰"幼眇之声"，亦音要妙。此言娥皇容德之美，以喻贤臣。

〔5〕沛，行貌。舟，船也。吾，屈原自谓也。言己虽在湖泽之中，犹乘桂木之船，沛然而行，常香净也。五臣云："我复乘桂舟以迎神。舟用桂者，取香洁之异。"乘，一作"椉"。【补曰】《孟子》曰："如水之就下，沛然谁能御之。"沛，普赖切。桂舟，迎神之舟。屈原因以自喻。

〔6〕沅、湘，水名。

〔7〕言己乘船，常恐危殆。愿湘君令沅、湘无波涌，使江水顺径徐流，则得安也。【补曰】沅、湘已见《骚经》。《水经》及《荆州记》云："江出岷山，其源若瓮口，可以滥觞。潜行地底数里，至楚都遂广十里，名为南江。初在键为，与青衣水、汶水合。东北至巴郡，与涪水、汉水、白水合。至长沙，与澧水、沅水、湘水合。至江夏，与沔水合。至浔阳，分为九道，东会于彭泽，经芜湖，名为中江。东北至南徐州，名为北江，而入海也。"

〔8〕君，谓湘君。未，一作"归"。

〔9〕参差，洞箫也。言己供修祭祀，瞻望于君，而未肯来，则吹箫作乐，诚欲乐君，当复谁思念也。五臣云："谓神肯来斯，而我作乐，吹

声参差，当复思谁？言思神之甚。”一作“篸篸”。【补曰】《风俗通》云：“舜作箫，其形参差，象凤翼。”参差，不齐之貌。初簪、又宜二切。此言因吹箫而思舜也。《洞箫赋》云：“吹参差而入道德。”洞箫，箫之无底者。篸篸，竹貌。

[10] 征，行也。屈原思神略毕，意念楚国，愿驾飞龙北行，亟还归故居也。

[11] 邅，转也。洞庭，太湖也。言己欲乘龙而归，不敢随从大道，愿转江湖之侧，委曲之径，欲急至也。五臣云：“转道于洞庭湖上而直归。”【补曰】邅，池战切。《文选音》：陟连切。原欲归而转道于洞庭者，以湘君在焉故也。《山海经》曰：“洞庭之山，帝之二女居之。是常游于江渊，澧、沅之风，交潇湘之渊，出入多飘风暴雨。”注云：“言二女游戏江之渊府，则能鼓动三江，令风波之气共相交通。”又曰：“湘水出帝舜葬东，入洞庭下。”注云：“洞庭地穴，在长沙巴陵也。”《水经》云：“四水同注洞庭，北会大江，名之五渚。《战国策》‘秦与荆战，大破之，取洞庭五渚’是也。湖水广员五百馀里，日月若出没于其中。湖中有君山，潜通吴之苞山。郭景纯《江赋》云‘苞山洞庭，巴陵地道，潜陆旁通，幽岫窈窕’者也。”按吴中太湖，一名洞庭。而巴陵之洞庭，亦谓之太湖。逸云太湖，盖指巴陵洞庭耳。

[12] 薜荔，香草。柏，榑壁也。绸，缚束也。《诗》曰“绸缪束楚”是也。柏，一作“拍”。榑，一作“搏”。【补曰】柏、拍并音博。绸，俦、叨二音。

[13] 荪，香草也。桡，船小楫也。屈原言己居家则以薜荔榑饰四壁，蕙草缚屋，乘船则以荪为楫棹，兰为旌旗，动以香洁自修饰也。荪，一作“荃”。旌，一作“斿”。【补曰】荪、荃，见《骚经》。桡，而遥切。《方言》云：“楫谓之桡，或谓之棹。”《周礼》云：“析羽为旌。”《尔雅》云：“注旄首曰旌。”“斿”与“旌”同。诸本或云“乘荃桡”，“乘”一作“承”。或云“采荃桡兮兰旌”，皆后人增改，或传写之误耳。

[14] 澧阳，江碕名，近附郢。极，远也。浦，水涯也。【补曰】澧

音岑，碕音祈，曲岸也。今澧州有溵阳浦。《水经》云："溵水出汉中南〔郑〕县东南旱山，北至沔阳县南入于沔。"溵水即黄水也。《集韵》："溵，郎丁切，水名。"其字从令，引《楚辞》"望溵阳兮极浦"。未详。《说文》云："浦，滨也。"《风土记》："大水有小口别通曰浦。"

[15]灵，精诚也。屈原思念楚国，愿乘轻舟，上望江之远浦，下附郢之碕，以渫忧患，横度大江，扬己精诚，冀能感悟怀王使还己也。五臣曰："言我远游此浦，将横绝大江，扬其精诚于君侧。"【补曰】横大江兮扬灵，以湘君在焉故也。

[16]极，已也。

[17]女谓女嬃，屈原姊也。婵媛，犹牵引也。言己远扬精诚，虽欲自竭尽，终无从达，故女嬃牵引而责数之，为己太息悲毒，欲使屈原改性易行，随风俗也。五臣云："言我扬精诚未已，女嬃牵引时事，以为不变节从俗，终不可为，而为我叹息也。"【补曰】婵媛，已见《骚经》。

[18]潺湲，流貌。屈原感女嬃之言，外欲变节，而意不能改，内自悲伤，涕泣横流也。【补曰】潺，仕连、鉏山二切。湲音爰。

[19]君，谓怀王也。悱，陋也。言己虽见放弃，隐伏山野，犹从侧陋之中思念君也。【补曰】隐，痛也。《孟子》曰："恻隐之心。"悱，符沸切。《说文》："隐也。"

[20]棹，楫也。枻，船旁板也。一作"栧"。五臣云："桂、兰，取其香也。"【补曰】棹，直教切。枻音曳。楫谓之枻，一曰柂也。

[21]斲，斫也。言己乘船，遭天盛寒，举其棹楫，斲斫冰冻，纷然如积雪，言己勤苦也。一云"斲曾冰"。五臣云："言志不通，犹乘舟，值天盛寒，斲斫冰冻，徒为勤苦，而不得前也。"

[22]薜荔之草，缘木而生。

[23]搴，手取也。芙蓉，荷华也。生水中。屈原言己执忠信之行，以事于君，其志不合，犹入池涉水而求薜荔，登山缘木而采芙蓉，固不可得也。【补曰】搴音蹇。

[24]言婚姻所好，心意不同，则媒人疲劳，而无功也。屈原自喻行

与君异，终不可合，亦疲劳而已也。

[25] 言人交接初浅，恩不甚笃，则轻相与离绝。言己与君同姓共祖，无离绝之义也。五臣曰："事君之道，亦类此焉。"

[26] 濑，湍也。浅浅，流疾貌。【补曰】濑，落盖切。《说文》曰："水流沙上也。"《文选》注云："石濑，水激石间，则怒成湍。"浅音笺。

[27] 屈原忧愁，頫视川水，见石濑浅浅，疾流而下，将有所至；仰见飞龙，翩翩而上，将有所登。自伤弃在草野，终无所登至也。五臣云："下视水石，浅浅而流；仰观飞龙，翩翩而举。物皆遂性，我独不然也。"【补曰】《说文》云："翩，疾飞也。"

[28] 交，友也。忠，厚也。言朋友相与不厚，则长相怨恨。言己执履忠信，虽获罪过，不敢怨恨于众人也。

[29] 閒，暇也。言君尝与己期，欲共为治，后以谗言之故，更告我以不閒暇，遂以疏远己也。余，一作"我"。五臣云："言君与臣下为友，而臣为不忠，则怨而责之，己为不信，则以为闲尔。疾其君初欲与己为治，后遂相背焉。"【补曰】此言朋友之交，忠则见信，不忠则生怨。臣忠于君，则君宜见信，而反告我以不间，所谓"羌中道而回畔兮，反既有此他志"也。此原陈己之志于湘君也。閒音闲。

[30] 鼂，以喻盛明也。泽曲曰皋。言己愿及鼂明，己年盛时，任重驰驱，以行道德也。鼂，一作"朝"。【补曰】鼂，陟遥切，早也。骋音逞。骛音务。《说文》曰："骋，直驰也。""骛，乱驰也。"

[31] 弭，安也。渚，水涯也。夕以喻衰，言日夕将暮，己已衰老，弭情安意，终志草野也。五臣云："喻己盛少之时，愿驱驰于君前，及衰谢之日，反安意于草野。自叹之辞。"【补曰】骋骛、弭节，不出江皋、北渚之间，自伤不得居朝廷也。渚，沚也。《尔雅》："小洲曰渚。"《韩诗章句》："水一溢而为渚。"

[32] 次，舍也。再宿曰信，过信曰次。

[33] 周，旋也。言己所居，在湖泽之中，众鸟舍止我之屋上，流水

周旋己之堂下，自伤与鸟兽鱼鳖同为伍也。【补曰】下音户。

[34] 玦，玉佩也。先王所以命臣之瑞，故与环即还，与玦即去也。【补曰】捐音沿。玦，古穴切，如环而有缺。《左传》曰："佩以金玦，弃其衷也。"《荀子》曰："绝人以玦。"皆取弃绝之义。《庄子》曰："缓佩玦者，事至而断。"《史记》曰："举佩玦以示之。"皆取决断之义。

[35] 遗，离也。佩，琼琚之属也。言己虽见放逐，常思念君，设欲远去，犹捐玦佩置于水涯，冀君求己，示有还意。佩，一作"珮"。醴，一作"澧"。五臣云："捐、遗，皆置也。玦、佩，朝服之饰，置于江、澧二水之涯者，冀君命己，犹可以用也。"【补曰】捐玦遗佩，以诒湘君。与《骚经》"解佩纕以结言"同意，喻求贤也。遗，平声。《方言》注云："澧水，今在长沙。"《水经》云："澧水，出武陵充县，注于洞庭。"按《禹贡》曰："又东至于澧。"《史记》作"醴"。孔安国、马融、王肃皆以醴为水名。郑玄曰："醴，陵名也。长沙有醴陵县。"澧、醴，古书通用。今澧州有佩浦，因《楚辞》为名也。

[36] 芳洲，香草藂生水中之处。【补曰】藂音丛。

[37] 遗，与也。女，阴也。以喻臣，谓己之俦匹。言己愿往芬芳绝异之洲，采取杜若，以与贞正之人，思与同志，终不变更也。五臣云："欲将己之美，投于贤臣者，思与同志，复为治道。"【补曰】遗，去声。既诒湘君以佩玦，又遗下女以杜若，好贤不已也。《骚经》曰："相下女之可诒。"

[38] 言日不再中，年不再盛也。岂，一作"时"。

[39] 逍遥，游戏也。《诗》曰："狐裘逍遥。"言天时不再至，人年不再盛，己年既老矣，不遇于时，聊且逍遥而游，容与而戏，以待天命之至也。五臣云："自言忧愁，欲以决死，死不再生，何由复遇。逍遥容与，待君之命，冀得尽其诚心焉。"

湘夫人

　　帝子降兮北渚[1]，目眇眇兮愁予[2]。嫋嫋兮秋风[3]，洞庭波兮木叶下[4]。白薠兮骋望[5]，与佳期兮夕张[6]。鸟萃兮蘋中[7]，罾何为兮木上[8]。沅有茝兮醴有兰[9]，思公子兮未敢言[10]。荒忽兮远望，观流水兮潺湲[11]。麇何食兮庭中[12]？蛟何为兮水裔[13]？朝驰余马兮江皋[14]，夕济兮西澨[15]。闻佳人兮召予[16]，将腾驾兮偕逝[17]。筑室兮水中，葺之兮荷盖[18]。荪壁兮紫坛[19]，播芳椒兮成堂[20]。桂栋兮[21]兰橑[22]，辛夷楣兮[23]药房[24]。罔薜荔兮为帷[25]，擗蕙櫋兮既张[26]。白玉兮为镇[27]，疏石兰兮为芳[28]。芷葺兮荷屋[29]，缭之兮杜衡[30]。合百草兮实庭[31]，建芳馨兮庑门[32]。九嶷缤兮并迎[33]，灵之来兮如云[34]。捐余袂兮江中[35]，遗余褋兮醴浦[36]。搴汀洲兮杜若，将以遗兮远者[37]。时不可兮骤得[38]，聊逍遥兮容与[39]。

　　[1]帝子，谓尧女也。降，下也。言尧二女娥皇、女英，随舜不反，没于湘水之渚，因为湘夫人。【补曰】此言帝子之神，降于北渚，来享其祀也。帝子，以喻贤臣。

　　[2]眇眇，好貌。予，屈原自谓也。言尧二女仪德美好，眇然绝异，又配帝舜，而乃没命水中。屈原自伤不遭值尧、舜，而遇闇君，亦将沉身湘流，故曰愁我也。予，一作“余”。五臣云：“其神仪德美好，愁我失志焉。”【补曰】眇眇，微貌。言神之降，望而不见，使我愁也。以况思贤而不得见也。予音与。

　　[3]嫋嫋，秋风摇木貌。【补曰】嫋，长弱貌，奴鸟切。

　　[4]言秋风疾则草木摇，湘水波而树叶落矣。以言君政急则众民愁，而贤者伤矣。或曰，屈原见秋风起而木叶堕，悲岁徂尽，年衰老也。

五臣云："喻小人用事，则君子弃逐。"【补曰】《淮南》云："见一叶落，而知岁之将暮。"又曰："桑叶落而长年悲。"下音户。

[5]蘋草秋生，今南方湖泽皆有之。骋，平也。蘋，或作"苹"，一本此句上有"登"字，皆非也。【补曰】蘋音烦。《淮南子》云："路无莎蘋。"注云："蘋，状如葴。"葴音针，见《尔雅》。又《说文》云："青蘋似莎者。"司马相如赋注云："似莎而大，生江湖，雁所食。"

[6]佳，谓湘夫人也。不敢指斥尊者，故言佳也。张，施也。言己愿以始秋蘋草初生平望之时，修设祭具，夕早洒扫，张施帷帐，与夫人期，歃飨之也。一本"佳"下有"人"字。一云"与佳人兮期夕张"。五臣云："佳期，谓湘夫人。言己愿以此夕设祭祀，张帷帐，冀夫人之神来此歃飨，以喻张设忠信以待君命。"【补曰】《说文》云："佳，善也。"《广雅》云："佳，好也。"张音帐，陈设也。《周礼》曰："凡邦之张事。"《汉书》曰："供张东都门外。"言夕张者，犹"黄昏以为期"之意。

[7]萃，集。一本"萃"上有"何"字。五臣云："苹，水草。"【补曰】萃音遂。

[8]罾，鱼网也。夫鸟当集木巅，而言草中，罾当在水中，而言木上，以喻所愿不得，失其所也。【补曰】罾音增。

[9]言沅水之中有盛茂之芷，澧水之内有芬芳之兰，异于众草，以兴湘夫人美好亦异于众人也。芷，一作"芷"。醴，一作"澧"。五臣云："兰、芷，喻己之善。"【补曰】《水经》云："澧水，又东南注于沅水曰澧口，盖其枝渎耳。"引"沅有芷兮澧有兰"。或曰澧州有兰，江因此为名。

[10]公子，谓湘夫人也。重以卑说尊，故变言公子也。言己想若舜之遇二女，二女虽死，犹思其神，所以不敢达言者，士当须介，女当须媒也。五臣云："公子，谓夫人，喻君也。未敢言者，欲待贤主。"【补曰】诸侯之子称公子。谓子椒、子兰也。思椒、兰，宜有兰芷之芬芳。未敢言者，恐逢彼之怒耳。此原陈己之志于湘夫人也。《山鬼》云："思公子兮徒离忧。"

[11] 言鬼神荒忽，往来无形，近而视之，彷佛若存，远而望之，但见水流而潺湲也。荒，一作"慌"。忽，一作"惚"。【补曰】慌，《释文》、《文选》并音荒。此言远望楚国，若有若无，但见流水之潺湲耳。荒忽，不分明之貌。

[12] 麋，兽名，似鹿也。食，一作"为"。【补曰】麋音眉。《月令》曰："麋角解。"疏云："麋阴兽，情淫而游泽。"

[13] 蛟，龙类也。麋当在山林而在庭中，蛟当在深渊而在水涯，以言小人宜在山野而升朝廷，贤者当居尊官而为仆隶也。裔，一作"襄"。【补曰】裔，边也，末也。蛟在水裔，犹所谓"神龙失水而陆居"也。

[14] 一云"朝驰骋兮江皋"。

[15] 济，渡也。澨，水涯也。自伤驱驰不出湘、潭之间。【补曰】澨音逝。《说文》曰："澨，埤增水边土，人所居者。"

[16] 予，屈原自谓也。

[17] 偕，俱也。逝，往也。屈原幽居草泽，思神念鬼，冀湘夫人有命召呼，则愿命驾腾驰而往，不待侣偶。五臣云："冀闻夫人召我，将腾驰车马，与使者俱往，喻有君命，亦将然矣。"【补曰】佳人以喻贤人与己同志者。

[18] 屈原困于世，愿筑室水中，托附神明而居处也。一本云"以荷盖"。五臣云："愿筑室结茨于水底，用荷叶盖之，务清洁也。"【补曰】筑，版筑也。茸，七入切，《说文》："茨也。"

[19] 以荪草饰室壁，累紫贝为室坛。荪，一作"荃"。【补曰】《荀子》曰："东海则有紫紶鱼盐焉。"紫，紫贝也。《相贝经》曰："赤电黑云谓之紫贝。"郭璞曰："今之紫贝，以紫为质，黑为文点。"陆玑云："紫贝，其白质如玉，紫点为文。"《本草》云："贝类极多，而紫贝尤为世所贵重。"《淮南子》曰："腐鼠在坛。"注云："楚人谓中庭为坛。"《七谏》曰："鸡鹜满堂坛兮。"注云："高殿敞阳为堂，平场广地为坛。"音善。

[20] 布香椒于堂上。一云："播芳椒兮盈堂。"【补曰】匊，古"播"字，

本作"寂"。《汉官仪》曰:"椒房,以椒涂壁,取其温也。"

[21]以桂木为屋栋。【补曰】《尔雅》:"栋谓之桴。"注:"屋檼也。"

[22]以木兰为櫋也。【补曰】橑音老。《说文》:"椽也。"一曰:"星橑,檐前木。"《尔雅》曰:"桷谓之榱。"

[23]辛夷,香草,以作户楣。【补曰】《本草》云:"辛夷,树大连合抱,高数仞。此花初发如笔,北人呼为木笔。其花最早,南人呼为迎春。"逸云香草,非也。楣音眉。《说文》云:"秦名屋櫋联也。"《尔雅》:"楣谓之梁。"注云:"门户上横梁。"

[24]药,白芷也。房,室也。五臣云:"以馨香为房之饰。"【补曰】《本草》:白芷,楚人谓之药。《博雅》曰:"芷,其叶谓之药。"渥、约二音。

[25]罔,结也。言结薜荔为帷帐。【补曰】罔,读若网。在旁曰帷。

[26]擗,枦也。以枦蕙覆櫋屋。擗,一从木,一作"擘"。枦,一作"析"。櫋,一作"榠"。五臣云:"罔结以为帷帐,擗析以为屋联,尽张设于中也。"【补曰】擗,普觅切,一音觅。櫋音绵,又弥坚切。

[27]以白玉镇坐席也。镇,一作"瑱"。一本"为"上有"以"字。

[28]石兰,香草。疏,布陈也。一本"兮"下有"以"字。一云"疏石兰以为芳"。五臣云:"疏布其芳气。"

[29]葺,盖屋也。一本"葺"下有"之"字。五臣云:"以芷草及荷叶葺以盖屋也。"

[30]缭,缚束也。杜衡,香草。一本"兮"下有"以"字。衡,一作"蘅"。【补曰】缭音了,缠也。谓以荷为屋,以芷覆之,又以杜衡缭之也。五臣云:"束缚杜衡,置于水中。"非是。

[31]合百草之华,以实庭中。五臣云:"百草,香草。实,满也。"

[32]馨,香之远闻者,积之以为门庑也。屈原生遭浊世,忧愁困极,意欲随从鬼神,筑室水中,与湘夫人比邻而处。然犹积聚众芳以为

殿堂,修饰弥盛,行善弥高也。【补曰】庑音武,《说文》曰:"堂下周屋也。"庑门,谓庑与门也。

[33]九嶷,山名,舜所葬也。嶷,一作"疑"。【补曰】迎,去声。

[34]言舜使九嶷之山神,缤然来迎二女,则百神侍送,众多如云也。如,一作"若"。【补曰】《诗》云:"有女如云。"言众多也。

[35]袂,衣袖也。【补曰】袂,弥蔽切。

[36]褋,襜襦也。屈原托与湘夫人共邻而处,舜复迎之而去,穷困无所依,故欲捐弃衣物,裸身而行,将适九夷也。醴,一作"澧"。五臣云:"褋,礼襜袖襦也。袂、褋,皆事神所用,今夫人既去,君复背己,无所用也,故弃遗之。"【补曰】遗,平声。褋音牒。《方言》曰:"(禅)〔襌〕衣,江、淮、南楚之间谓之褋。"捐袂、遗褋,与捐玦、遗佩同意。玦佩,贵之也。袂褋,亲之也。

[37]汀,平也。远者,谓高贤隐士也。言己虽欲之九夷绝域之外,犹求高贤之士,平洲香草以遗之,与共修道德也。者,一作"渚"。五臣云:"搴,取也。杜若,以喻诚信。远者,神及君也。"【补曰】汀,他丁切,水际平地。遗,去声。既诒湘夫人以袂褋,又遗远者以杜若,好贤不已也。旧本者音渚。《集韵》"者"有睹音。

[38]骤,数。

[39]言富贵有命,天时难值,不可数得,聊且游戏,以尽年寿也。与,一作"冶"。【补曰】不可再得则已矣,不可骤得,犹冀其一遇焉。

大司命[1]

广开兮天门[2]，纷吾乘兮玄云[3]。令飘风兮先驱[4]，使涷雨兮洒尘[5]。君迴翔兮以下[6]，逾空桑兮从女[7]。纷总总兮九州[8]，何寿夭兮在予[9]！高飞兮安翔[10]，乘清气兮御阴阳[11]。吾与君兮斋速[12]，导帝之兮九坑[13]。灵衣兮被被[14]，玉佩兮陆离[15]。壹阴兮壹阳[16]，众莫知兮余所为[17]。折疏麻兮瑶华[18]，将以遗兮离居[19]。老冉冉兮既极[20]，不寖近兮愈疏[21]。乘龙兮辚辚[22]，高驼兮冲天[23]。结桂枝兮延伫[24]，羌愈思兮愁人[25]。愁人兮奈何，愿若今兮无亏[26]。固人命兮有当，孰离合兮可为[27]？

[1]《周礼·大宗伯》："以槱燎祀司中、司命。"疏引《星传》云："三台，上台司命，为太尉。"又："文昌宫第四曰司命。"按《史记·天官书》："文昌六星，四曰司命。"《晋书·天文志》："三台六星，两两而居，西近文昌二星，曰上台，为司命，主寿。"然则有两司命也。《祭法》："王立七祀，诸侯立五祀，皆有司命。"疏云："司命，宫中小神。"而《汉书·郊祀志》荆巫有司命。说者曰："文昌第四星也。"五臣云："司命，星名。主知生死，辅天行化，诛恶护善也。"《大司命》云："乘清气兮御阴阳。"《少司命》云："登九天兮抚彗星。"其非宫中小神明矣。

[2]【补曰】汉乐歌云："天门开，詄荡荡。"《淮南子》注云："天门，上帝所居紫微宫门也。"

[3]吾，谓大司命也。言天尊重司命，将出游戏，则为大开禁门，使乘玄云而行。【补曰】汉乐歌云："灵之车，结玄云。"

[4]回风为飘。

[5]暴雨为涷雨。言司命爵位尊高，出则风伯、雨师先驱，为轪路也。洒，一作"洒"。轪，一作"戒"。【补曰】涷音东。《尔雅》注云："今江东呼夏月暴雨为涷雨。"洒，所买切。《淮南子》曰："令雨师洒道，风

伯扫尘。"自此已上,皆喻君也。

　　[6]迴,运也。言司命行有节度,虽乘风雨,然徐迴运而来下也。迴,一作"回"。以,一作"来"。【补曰】迴翔,犹翱翔也。下音户。

　　[7]空桑,山名。司命所经。屈原修履忠贞之行,而身放弃,将愬神明,陈己之冤结,故欲逾空桑之山,而要司命也。【补曰】《山海经》云:"东曰空桑之山。"注云:"此山出琴瑟材。"《周礼》"空桑之琴瑟"是也。《淮南》曰:"舜之时,共工振滔洪水以薄空桑。"注云:"空桑,地名,在鲁也。"女,读作汝,亲之之辞,喻欲从君也。

　　[8]总总,众貌。【补曰】尧时九州,见《禹贡》。商九州,见《尔雅》。周九州,见《周礼》。邹衍云:"赤县神州内自有九州。中国外如赤县神州者九,乃所谓九州也。"《淮南》曰:"天地之间九州,东南神州曰农土,正南次州曰沃土,西南戎州曰滔土,正西弇州曰并土,正中冀州曰中土,西北台州曰肥土,正北济州曰成土,东北薄州曰隐土,正东阳州曰申土。"弇音奄。

　　[9]予,谓司命。言普天之下,九州之民,诚甚众多,其寿考夭折,皆自施行所致。天诛加之,不在于我也。【补曰】此言九州之大,生民之众,或寿或夭,何以皆在于我?以我为司命故也。言人君制生杀与夺之命也。予音与。

　　[10]言司命执持天政,不以人言易其则度,复徐飞高翔而行。

　　[11]阴主杀,阳主生。言司命常乘天清明之气,御持万民死生之命也。清,一作"精"。【补曰】《易》云:"时乘六龙以御天。"《庄子》曰:"乘天地之正,御六气之辨。"乘,犹乘车。御,犹御马也。

　　[12]吾,屈原自谓也。斋,戒也。速,疾也。【补曰】斋速者,斋戒以自敕也。

　　[13]言己愿修饰,急疾斋戒,侍从于君,导迎天帝,出入九州之山。冀得陈己情也。导,一作"道"。坑,一作"阮"。《文苑》作"冈"。【补曰】之,适也。坑音冈,山脊也。《周礼·职方氏》:"九州山镇,曰会稽、衡山、华山、沂山、岱山、岳山、医无闾、霍山、恒山也。"《淮南》曰:

"天地之间，九州八极，土有九山，山有九塞。何谓九山？会稽、泰山、王屋、首山、太华、岐山、太行、羊肠、孟门也。"原言司命代天操生杀之柄，人君亦代天制一国之命，故欲与司命导帝适九州之山，以观四方之风俗，天下之治乱。

[14]被被，长貌，一作"披"。【补曰】被，与"披"同。

[15]言己得依随司命，被服神衣，被被而长，玉佩众多，陆离而美也。

[16]阴，晦也。阳，明也。

[17]屈原言己得配神俱行，出阴入阳。一晦一明，众人无缘知我所为作也。【补曰】此言司命开阖变化，能制万民之命，人君亦当如此也。

[18]疏麻，神麻也。瑶华，玉华也。【补曰】谢灵运诗云："折麻心莫展。"又云："瑶华未敢折。"说者云，瑶华，麻花也。其色白，故比于瑶。此花香，服食可致长寿，故以为美，将以赠远。江淹杂拟诗云："杂佩虽可赠，疏华竟无陈。"李善云："疏华，瑶华也。"

[19]离居，谓隐者也。言己虽出阴入阳，涉历殊方，犹思离居隐士，将折神麻，采玉华，以遗之。明己行度如玉，不以苦乐易其志也。【补曰】遗，去声。离居，犹远者也。自此以下屈原陈己之志于司命也。

[20]极，穷也。极，一作"终"。

[21]濅，稍也。疏，远也。言履行忠信，从小至老，命将穷矣，而君犹疑之，不稍亲近，而日以疏远也。濅，一作"侵"，一作"浸"。兮，一作"而"。愈，一作"踰"。

[22]辚辚，车声。《诗》云"有车辚辚"也。《释文》作"𨍶"，音辚。【补曰】今《诗》作"邻"。

[23]言己虽见疏远，执志弥坚，想乘神龙，辚辚然而有节度，抗志高行，冲天而驱，不以贫困有枉桡也。驼，一作"驰"。【补曰】《史记》云："一飞冲天。"冲，持弓切，直上飞也。《集韵》作"翀"，与"冲"通。此言司命高驰而去，不复留也。

[24]延，长也。竚，立也。《诗》曰："竚立以泣。"《释文》"延"作
"延"。【补曰】竚，久立也。直吕切。

[25]言己乘龙冲天，非心所乐，犹结木为誓，长立而望，想念楚
国，愁且思也。【补曰】此言司命既去，犹结桂枝以延望。喻君舍己不
顾，益忧思也。

[26]亏，歇也。言己愁思，安可奈何乎? 愿身行善，常若于今，无有
歇也。

[27]言人受命而生，有当贵贱贫富者，是天禄也。己独放逐离
别，不复会合，不可为思也。【补曰】君子之仕也，去就有义，用舍有命。
屈子于同姓事君之义尽矣。其不见用，则有命焉。或离或合，神实司之，
非人所能为也。一云："孰离合分不可为。"

少司命

秋兰兮麋芜，罗生兮堂下[1]。绿叶兮素枝，芳菲菲兮袭予[2]。夫人自有兮美子[3]，荪何以兮愁苦[4]！秋兰兮青青，绿叶兮紫茎[5]。满堂兮美人，忽独与余兮目成[6]。入不言兮出不辞[7]，乘回风兮载云旗[8]。悲莫悲兮生别离[9]，乐莫乐兮新相知[10]。荷衣兮蕙带，儵而来兮忽而逝[11]。夕宿兮帝郊[12]，君谁须兮云之际[13]？与女遊兮九河，冲风至兮水扬波[14]。与女沐兮咸池[15]，晞女发兮阳之阿[16]。望美人兮未来[17]，临风怳兮浩歌[18]。孔盖兮翠旍[19]，登九天兮抚彗星[20]。竦长剑兮拥幼艾[21]，荪独宜兮为民正[22]。

[1]言己供神之室，空闲清净，众香之草又环其堂下，罗列而生，诚司命君所宜幸集也。秋，一作"穐"，下同。麋，一作"蘪"。【补曰】《尔雅》曰："蕲茝，蘪芜。"郭璞云："香草，叶小如萎状。"《山海经》云："臭如蘪芜。"《本草》云："芎藭，其叶名蘪芜，似蛇床而香，骚人借以为譬，其苗四五月间生，叶作丛而茎细，其叶倍香。或莳于园庭，则芬香满径，七八月开白花。"《管子》曰："五沃之土生蘪芜。"相如赋云："穹穷昌蒲，江离蘪芜。"师古云："蘪芜，即穹穷苗也。"下音户。

[2]袭，及也。予，我也。言芳草茂盛，吐叶垂华，芳香菲菲，上及我也。枝，一作"华"。五臣云："四句皆喻怀忠洁也。"【补曰】袭音习。予，上声。

[3]夫人，谓万民也。一云："夫人兮自有美子。"【补曰】夫音扶。《考工记》曰："夫人而能为镈也。"夫人，犹言凡人也。

[4]荪，谓司命也。言天下万民，人人自有子孙，司命何为主握其年命，而用思愁苦也。以，一作"为"。五臣云："荪，香草，喻司命。言凡人各自有美爱臣子，司命何为愁苦而司主之，盖自伤也。"【补曰】此

言爱其子者,人之常情,非司命所忧,犹恐不得其所。原于君有同姓之恩,而怀王曾莫之恤也。荪亦喻君。《骚经》曰"荃不察余之中情"是也。

[5]言己事神崇敬,重种芳草,茎叶五色,芳香益畅也。一本"兰"下有"生"字。【补曰】《诗》云:"绿竹青青。"青青,茂盛也,音菁。

[6]言万民众多,美人并会,盈满于堂,而司命独与我睨而相视,成为亲亲也。五臣云:"满堂,喻天下也。谓天下亦有善人,而司命独与我相目结成亲亲者,为我修道德尔,谓初与己善时也①。"

[7]言神往来奄忽,入不语言,出不诀辞,其志难知。辞,一作"词"。

[8]言司命之去,乘风载云,其形貌不可得见。五臣云:"司命初与己善,后乃往来飘忽,出入不言不辞,乘风载云,以离于我,喻君之心与我相背也。"

[9]屈原思神略毕,忧愁复出,乃长叹曰:人居世间,悲哀莫痛与妻子生别离,伤己当之也。【补曰】《乐府》有《生别离》,出于此。

[10]言天下之乐,莫大于男女始相知之时也。屈原言己无新相知之乐,而有生别离之忧也。五臣云:"喻己初近君而乐,后去君而悲也。"

[11]言司命被服香净,往来奄忽,难当值也。儵,一作"倏"。来,一作"倈"。五臣云:"言神倏忽往来,终不可逢,以喻君。"【补曰】《庄子》疏曰:"儵为有,忽为无。"

[12]帝,谓天帝。

[13]言司命之去,暮宿于天帝之郊,谁待于云之际乎? 冀其有意而顾己。五臣云:"须,待也。冀君犹待己而命之。"

[14]王逸无注。古本无此二句。《文选》"遊"作"游","女"作"汝","风至"作"飙起"。五臣云:"汝,谓司命。九河,天河也。冲

---

① "时也"下,原有六空格缺字,景宋本无此空格,亦无刓改痕迹,盖本无缺字,因宋本误衍也。

飙，暴风也。"【补曰】此二句，《河伯》章中语也。

[15]咸池，星名，盖天池也。一作"咸之泡"。【补曰】咸池见《骚
经》。

[16]晞，干也。《诗》曰："匪阳不晞。"阿，曲隅，日所行也。言己
愿托司命，俱沐咸池，干发阳阿，斋戒洁己，冀蒙天佑也。五臣云："愿
与司命共为清洁，喻己与君俱行政教，以治于国。"【补曰】晞音希。
《淮南》曰："日出汤谷，浴于咸池，拂于扶桑，是谓晨明；登于扶桑，是
谓朏明；至于曲阿，是谓旦明。"《远游》曰："朝濯发于汤谷兮，夕晞余
身兮九阳。"

[17]美人，谓司命。

[18]悦，失意貌。言己思望司命，而未肯来。临疾风而大歌，冀神
闻之而来至也。五臣云："以喻望君之使未至，临风悦然而大歌也。浩，
大也。"【补曰】悦，懑悦也，许往切。

[19]言司命以孔雀之翅为车盖，翡翠之羽为旗旐，言殊饰也。旐，
一作"旌"。一本此句上有"扬"字。【补曰】相如赋云："宛雏孔鸾。"
孔，孔雀也。颜师古曰："鸟赤羽者曰翡，青羽者曰翠。"《周礼》曰：
"盖之圜也，以象天。"汉乐歌曰："庶旄翠旌。"

[20]九天，八方中央也。言司命乃升九天之上，抚持彗星，欲扫
除邪恶，辅仁贤也。五臣云："飞登于天，抚扫彗星，言愿将忠正美行还
于君前，翦谗贼矣。"【补曰】《左传》曰："天之有彗，以除秽也。"《尔
雅》："彗星为欃枪。"彗，祥岁切。偏指曰彗。自此以下，皆喻君也。

[21]竦，执也。幼，少也。艾，长也。言司命执持长剑，以诛绝凶
恶，拥护万民，长少使各得其命也。《释文》"竦"作"怂"。【补曰】竦、
怂，并息拱切。竦，立也。《国语》曰："竦善抑恶。"怂，惊也。《孟子》
曰："知好色，则慕少艾。"说者曰，艾，美好也。《战国策》云："今为
天下之工或非也，乃与幼艾。"又"齐王有七孺子"注云："孺子，谓幼
艾，美女也。"《离骚》以美女喻贤臣，此言人君当遏恶扬善，佑贤辅德
也。或曰，丽姬，艾封人之子也。故美女谓之艾。犹姬贵姓，因谓美妾

为姬耳。

　　［22］言司命执心公方，无所阿私，善者佑之，恶者诛之，故宜为万民之平正也。荪，一作"荃"。五臣云："荪，香草，谓神也，以喻君。"【补曰】正音征，叶韵。

东 君[1]

暾将出兮东方[2]，照吾槛兮扶桑[3]。抚余马兮安驱[4]，夜皎皎兮既明[5]。驾龙辀兮乘雷[6]，载云旗兮委蛇[7]。长太息兮将上，心低佪兮顾怀[8]。羌声色兮娱人[9]，观者憺兮忘归[10]。緪瑟兮交鼓[11]，箫钟兮瑶簴[12]，鸣篪兮吹竽[13]，思灵保兮贤姱[14]。翾飞兮翠曾[15]，展诗兮会舞[16]。应律兮合节[17]，灵之来兮蔽日[18]。青云衣兮白霓裳[19]，举长矢兮射天狼[20]。操余弧兮反沦降[21]，援北斗兮酌桂浆[22]。撰余辔兮高驼翔[23]，杳冥冥兮以东行[24]。

[1]《博雅》曰："朱明、耀灵、东君，日也。"《汉书·郊祀志》有东君。

[2]谓日始出东方，其容暾暾而盛大也。【补曰】暾，他昆切。

[3]吾，谓日也。槛，楯也。言东方有扶桑之木，其高万仞，日出，下浴于汤谷，上拂其扶桑，爰始而登，照曜四方，日以扶桑为舍槛，故曰"照吾槛兮扶桑"也。【补曰】槛，阑也，户黤切。楯音盾。

[4]余，谓日也。【补曰】《淮南》曰："日至悲泉，爰止其女，爰息其马，是谓悬车。"车，日所乘也。马，驾车者也。御之者，羲和也。女，即羲和。马，即六龙。见《骚经》注。

[5]言日既升天，运转而西，将过太阴，徐抚其马，安驱而行。虽幽昧之夜，犹皎皎而自明也。皎，一作"皎"。【补曰】"皎"字从日，与"皎"同。此言日之将出，羲和御之，安驱徐行，使幽昧之夜，皎皎而复明也。旧本明音亡。

[6]辀，车辕也。【补曰】震，东方也，为雷，为龙。日出东方，故曰"驾龙乘雷"也。《春秋命历序》曰："皇伯登扶桑日之阳，驾六龙以上下。"《淮南》曰："雷以为车轮。"注云："雷，转气也。"辀，张留切。

《方言》曰:"辕,楚、韩之间谓之辐。"

[7]言日以龙为车辕,乘雷而行,以云为旌旗,委蛇而长。委,一作"逶"。蛇,一作"蚺"。

[8]言日将去扶桑,上而升天,则俳佪太息,顾念其居也。低,一作"俳",一作"僵"。【补曰】低佪,疑不即进貌。出不忘本,行则思归,物之情也。以讽其君迷不知复也。上,上声,升也。

[9]娱,乐也。一作"色声"。

[10]憺,安也。言日色光明,且耀四方,人观见之,莫不娱乐,憺然意安,而忘归也。【补曰】东方既明,万类皆作,有声者以声闻,有色者以色见,耳目之娱,各自适焉。以喻人君有明德,则百姓皆注其耳目也。

[11]緪,急张弦也。交鼓,对击鼓也。緪,一作"絙"。【补曰】緪,古登切。《长笛赋》曰:"絙瑟促柱。"

[12]王逸无注。箫,一作"萧"。【补曰】《仪礼》有笙磬、笙钟。《周礼·笙师》"共其钟笙之乐"注云:"钟笙,与钟声相应之笙。"然则箫钟,与箫声相应之钟欤?簴,其吕切。《尔雅》"木谓之虡",县钟磬之木也。瑶簴,以美玉为饰也。

[13]篪、竽,乐器名也。言己愿供修香美,张施琴瑟,吹鸣篪竽,列备众乐,以乐大神。篪,一作"箎"。【补曰】箎,与"篪"同,并音池。《尔雅》注云:"篪以竹为之,长尺四寸,围三寸,一孔上出,一寸三分,名翘,横吹之。小者尺二寸。"《广雅》云:"八孔。"竽,已见上。

[14]灵,谓巫也。姱,好貌。言己思得贤好之巫,使与日神相保乐也。【补曰】古人云:"诏灵保,召方相。"说者曰:灵保,神巫也。姱音户,叶韵。旧苦胡切。未详。

[15]曾,举也。言巫舞工巧,身体翾然若飞,似翠鸟之举也。【补曰】翾,小飞也,许缘切。曾,作滕切,《博雅》曰:"翾、骞,飞也。"

[16]展,舒。【补曰】展诗,犹陈诗也。会舞,犹合舞也。

[17]言乃复舒展诗曲,作为雅颂之乐,合会六律,以应舞节。【补

曰】应，於证切。汉乐歌曰："展诗应律铿玉鸣。"

[18]言日神悦喜，于是来下，从其官属，蔽日而至也。

[19]言日神来下，青云为上衣，白蜺为下裳也。日出东方，入西方，故用其方色以为饰也。【补曰】蜺，见《骚经》。

[20]天狼，星名，以喻贪残。日为王者，王者受命，必诛贪残，故曰举长矢，射天狼，言君当诛恶也。射，一作"躲"。【补曰】射，食亦切。《晋书·天文志》云："狼，一星，在东井〔东〕南，为野将，主侵掠。"

[21]言日诛恶以后，复循道而退，下入太阴之中，不伐其功也。【补曰】操，持也，七刀切。弧音胡。《说文》曰："木弓也。一曰往体寡、来体多曰弧。"沦，没也。降，下也，户江切，叶韵。《晋·志》曰："弧九星，在狼东南，天弓也，主备盗贼。"《天文大象赋》注云："弧矢九星，常属矢而向狼，直狼多盗贼，引满则天下兵起。"《河东赋》云："（玃）〔玃〕天狼之威弧。"《思玄赋》云："弯威弧之拔剌兮，射嶓嵸之封狼。"

[22]斗，谓玉爵。言诛恶既毕，故引玉斗酌酒浆，以爵命贤能，进有德也。【补曰】援音爰，引也。《诗》云："酌以大斗。"斗，酒器也。又曰："维北有斗，不可以挹酒浆。"此以北斗喻酒器者，大之也。斗，旧音主。射天狼、酌桂浆，以讽其君不能遏恶扬善也。

[23]驼，一作"驰"，一无此字。【补曰】撰，雏免切，〔定〕也，持也。《远游》曰："撰余辔而正策。"反沦降者，喻人君退托不自有其功。高驰翔者，喻制世驭民于万物之上。

[24]言日过太阴，不见其光，出杳杳，入冥冥，直东行而复出。或曰，日月五星，皆东行也。一云"翔杳冥兮"。一无"以"字。【补曰】杳，深也。冥，幽也。日出东方，犹帝出乎震也。行，胡冈切，叶韵。

河　伯[1]

　　与女游兮九河[2]，冲风起兮横波[3]。乘水车兮荷盖，驾两龙兮骖螭[4]。登昆仑兮四望[5]，心飞扬兮浩荡[6]。日将暮兮怅忘归[7]，惟极浦兮寤怀[8]。鱼鳞屋兮龙堂，紫贝阙兮朱宫[9]。灵何为兮水中[10]，乘白鼋兮逐文鱼[11]。与女游兮河之渚，流澌纷兮将来下[12]。子交手兮东行[13]，送美人兮南浦[14]。波滔滔兮来迎，鱼邻邻兮媵予[15]。

　　[1]《山海经》曰："中极之渊，深三百仞，唯冰夷都焉。冰夷，人面而乘龙。"《穆天子传》云："天子西征，至于阳纡之山，河伯无夷之所都居。"冰夷、无夷，即冯夷也。《淮南》又作"冯迟"。《抱朴子·释鬼篇》曰："冯夷以八月上庚日渡河溺死，天帝署为河伯。"《清泠传》曰："冯夷，华阴潼乡堤首人也。服八石，得水仙，是为河伯。"《博物志》云："昔夏禹观河，见长人鱼身出曰：'吾河精。岂河伯也？冯夷得道成仙，化为河伯，道岂同哉？'"

　　[2]河为四渎长，其位视大夫。屈原亦楚大夫，欲以官相友，故言女也。九河：徒骇、太史、马颊、覆釜、胡苏、简、絜、钩盘、鬲津也。【补曰】女读作汝，下同。九河名，见《尔雅》。《书》曰："九河既道。"注云："河水分为九道，在兖州界。"又曰："又北播为九河，同为逆河，入于海。"注云："分为九河，以杀其溢。"汉许商上书云："古记九河之名，有徒骇、胡苏、鬲津，今见在成平、东光、鬲县界中。自鬲津以北至徒骇，其间相去二百余里。是知九河所在，徒骇最北，鬲津最南，盖徒骇是(海)〔河〕之本道，东出分为八枝也。"

　　[3]冲，隧也。屈原设意与河伯为友，俱游九河之中，想蒙神佑，反遇隧风，大波涌起，所托无所也。一本"横"上有"水"字。五臣云："冲风，暴风也。"【补曰】《诗》云："大风有隧。"

　　[4]言河伯以水为车，骖驾螭龙，而戏游也。一本"螭"上有"白"

字。【补曰】《括地图》云："冯夷常乘云车，驾二龙。"《史记》曰："水
神不可见，以大鱼蛟龙为候。"《博物志》曰："水神乘鱼龙。"骖，苍含
切，在旁曰骖。骖，两騑也。螭，丑知切。《说文》云："如龙而黄。北方
谓之地蝼。"一说无角曰螭。一音离。《集韵》："蝛蟉，龙无角。"

[5]昆仑山，河源所从出。【补曰】《援神契》云："河者，水之伯。
上应天河。"《山海经》云："昆仑山有青河、白河、赤河、黑河，环其
墟。其白水出其东北陬，屈向东南流，为中国河。"《尔雅》曰："河出昆
仑虚，色白，所渠并千七百一川。色黄，百里一小曲，千里一曲直。"《淮
南》曰："河出昆仑，贯渤海，入禹所导积石山也。"

[6]浩荡，（忠）〔志〕放貌。言己设与河伯俱游西北，登昆仑万里
之山，周望四方，心意飞扬，志欲升天，思念浩荡，而无所据也。

[7]言昆仑之中，多奇怪珠玉之树，观而视之，不知日暮。言己心
乐志说，忽忘还归也。【补曰】此言登昆仑以望四方，无所适从，惆怅叹
息，而忘归也。怅，失志也。

[8]寤，觉也。怀，思也。言己复徐惟念河之极浦，江之远碕，则中
心觉寤，而复愁思也。【补曰】惟，思也。极浦，所谓"望涔阳兮极浦"是
也。

[9]言河伯所居，以鱼鳞盖屋，堂画蛟龙之文，紫贝作阙，朱丹其
宫，形容异制，甚鲜好也。《文苑》作"珠宫"。【补曰】河伯，水神也。
故托鱼龙之类，以为宫室阙门观也。

[10]言河伯之屋，殊好如是，何为居水中而沉没也。【补曰】此喻
贤人处非其所也。

[11]大鳖为鼋，鱼属也。逐，从也。言河伯游戏，远出乘龙，近出
乘鼋，又从鲤鱼也。一无"文"字。【补曰】鼋音元。《纪年》曰："穆王
三十七年，征伐起师。至九江，叱鼋鼍以为梁。"陶隐居云："鲤鱼形既
可爱，又能神变，乃至飞越山湖，所以琴高乘之。"按《山海经》："雎水
东注江，其中多文鱼。"注云："有班采也。"又《文选》云："腾文鱼以
警乘。"注云："文鱼，有翅，能飞。"逸以文鱼为鲤，岂亦有所据乎？

[12]流澌，解冰也。言屈原愿与河伯游河之渚，而流澌纷然相随来下，水为污浊，故欲去也。或曰，流澌，解散。屈原自比流澌者，欲与河伯离别也。【补曰】渚，洲也。澌音斯。从仌者，流冰也。从水者，水尽也。此当从仌。下音户。

[13]子，谓河伯也。言屈原与河伯别，子宜东行，还于九河之居，我亦欲归也。一本"子"上有"与"字。【补曰】《庄子》曰："河伯顺流而东行。"

[14]美人，屈原自谓也。愿河伯送己南至江之涯，归楚国也。【补曰】江淹《别赋》云"送君南浦，伤如之何"，盖用此语。

[15]媵，送也。言江神闻己将归，亦使波流滔滔来迎，河伯遣鱼邻邻侍从而送我也，邻，一作"鳞"。【补曰】滔，土刀切，水流貌。《诗》曰："滔滔江汉。"媵，以证切。予音与。屈原托江海之神送迎己者，言时人遇己之不然也。杜子美诗云："岸花飞送客，樯燕语留人。"亦此意。

山　鬼[1]

若有人兮山之阿[2]，被薜荔兮带女罗[3]。既含睇兮又宜笑[4]，子慕予兮善窈窕[5]。乘赤豹兮从文狸[6]，辛夷车兮结桂旗[7]。被石兰兮带杜衡[8]，折芳馨兮遗所思[9]。余处幽篁兮终不见天[10]，路险难兮独后来[11]。表独立兮山之上[12]，云容容兮而在下。杳冥冥兮羌昼晦[13]，东风飘兮神灵雨[14]。留灵修兮憺忘归[15]，岁既晏兮孰华予[16]。采三秀兮于山间[17]，石磊磊兮葛蔓蔓[18]。怨公子兮怅忘归[19]，君思我兮不得闲[20]。山中人兮芳杜若[21]，饮石泉兮荫松柏[22]。君思我兮然疑作[23]。雷填填兮雨冥冥[24]，猨啾啾兮又夜鸣[25]。风飒飒兮木萧萧[26]，思公子兮徒离忧[27]。

[1]《庄子》曰：“山有夔。”《淮南》曰：“山出嚣阳。”楚人所祠，岂此类乎？

[2]若有人，谓山鬼也。阿，曲隅也。

[3]女罗，兔丝也。言山鬼仿佛若人，见于山之阿，被薜荔之衣，以兔丝为带也。薜荔、兔丝，皆无根，缘物而生。山鬼亦晻忽无形，故衣之以为饰也。罗，一作“萝”。【补曰】《尔雅》云：“唐蒙，女萝。女萝，兔丝。”《诗》云：“茑与女萝，施于松上。”《吕氏春秋》云：“或谓菟丝无根也，其根不属地，茯苓是也。”《抱朴子》云：“菟丝之草，下有伏菟之根，无此菟则丝不生于上，然实不属也。”

[4]睇，微眄貌也。言山鬼之状，体含妙容，美目盼然，又好口齿，而宜笑也。五臣云：“山鬼美貌，既宜含视，又宜发笑。”【补曰】睇音弟，倾视也。一曰目小视也。《说文》云：“南楚谓眄曰睇。”眄，眠见切。《诗》曰：“巧笑倩兮，美目盼兮。”《大招》曰：“靥辅奇牙，宜笑嘕只。”山鬼无形，其情状难知。故含睇宜笑，以喻娇美；乘豹从狸，以譬猛烈；

辛夷杜衡,以况芬芳,不一而足也。

　　[5]子,谓山鬼也。窈窕,好貌。《诗》曰:"窈窕淑女。"言山鬼之
貌,既以姱丽,亦复慕我有善行好姿,故来见其容也。善,一作"蕭"。
五臣云:"喻君初与己诚而用之矣。"【补曰】窈音杳。窕,徒了切。《方
言》云:"美状为窕,美心为窈。"注云:"窈,幽静。窕,闲都也。"

　　[6]狸,一作"貍"。五臣云:"赤豹、文狸,皆奇兽也。将以乘骑
侍从者,明异于众也。"乘,一作"椉"。【补曰】从,随行也,才用切。豹
有数种,有赤豹,有玄豹,有白豹。《诗》曰:"赤豹黄罴。"陆机云:"毛
赤而文黑,谓之赤豹。"狸有虎斑文者,有猫斑者。《河伯》云:"乘白鼋
兮逐文鱼。"《山鬼》云:"乘赤豹兮从文狸。"各以其类也。

　　[7]辛夷,香草也。言山鬼出入,乘赤豹,从文狸,结桂与辛夷以
为车旗,言其香洁也。《文选》"桂"误作"旌"。【补曰】以辛夷香木为
车,结桂枝以为旌旗也。

　　[8]石兰、杜衡,皆香草。衡,一作"蘅"。

　　[9]所思,谓清洁之士,若屈原者也。言山鬼修饰众香,以崇其善。
屈原履行清洁,以厉其身。神人同好,故折芳馨相遗,以同其志也。五
臣云:"所思,谓君也。喻己被带忠信,又以嘉言而纳于君也。"【补曰】
遗,去声。

　　[10]言山鬼所处,乃在幽篁之内,终不见天地,所以来出,归有德
也。或曰,幽篁,竹林也。五臣云:"幽,深也。篁,竹丛也。"【补曰】篁
音皇。《汉书》云:"篁竹之中。"注云:"竹田曰篁。"《西都赋》云:"篠
簜敷衍,编町成篁。"注云:"篁,竹墟名也。"

　　[11]言所处既深,其路险阻又难,故来晚暮,后诸神也。五臣云:
"言己处江山竹丛之间,上不见天,道路险阻,欲与神游,独在诸神之
后,喻己不得见君。谗邪填塞,难以前进,所以索居于此。"【补曰】来音
厘。

　　[12]表,特也。言山鬼后到,特立于山之上而自异也。

　　[13]言山鬼所在至高邈,云出其下,虽白昼犹暝晦也。五臣云:

"表，明也。虽明然自异，立于山上，终被云郭蔽其下，使不通也。容容，云出貌。杳，深也。晦，暗也。羌，语辞也。言云气深厚冥冥，使昼日昏暗。"一云"日窈冥兮羌昼晦"。【补曰】此喻小人之蔽贤也。下音户。

[14]飘，风貌。《诗》曰："匪风飘兮。"言东风飘然而起，则神灵应之而雨。以言阴阳通感，风雨相和。屈原自伤独无和也。飘，一作"飘飘"。五臣云："自伤诚信不能感君也。"

[15]灵修，谓怀王也。

[16]晏，晚也。孰，谁也。言己宿留怀王，冀其还己，心中憺然，安而忘归，年岁晚暮，将欲罢老，谁复当令我荣华也。五臣云："言君若能除去谗邪，我则可进，留止于君所，不然则岁晏衰老，孰能荣华我乎？"【补曰】留，止也。不必读为宿留之留。此言当及年德盛壮之时，留于君所。日月逝矣，孰能使衰老之人复荣华乎？自此以下，屈原陈己之志于山鬼也。予音与。

[17]三秀，谓芝草也。【补曰】《尔雅》"茵，芝"注云："一岁三华，瑞草也。"茵音因。《思玄赋》云："冀一年之三秀。"近时王令逢原作《藏芝赋》，序。云："《离骚》、《九歌》，自诗人所纪之外，地所常产，目所同识之草尽矣，而芝复独遗。说者遂以《九歌》之三秀为芝，予以其不明。又其辞曰适山而采之。芝非独山草，盖未足据信也。"余按《本草》引《五芝经》云："皆以五色生于五岳。"又《淮南》云："紫芝生于山，而不能生于盘石之上。"则芝正生于山间耳。逢原之说，岂其然乎？

[18]言己欲服芝草以延年命，周旋山间，采而求之，终不能得。但见山石磊磊，葛草蔓蔓。或曰，三秀，秀材之士隐处者也。言石葛者，喻所在深也。五臣云："芝草，仙药，采不可得，但见葛石尔。亦犹贤哲难逢，谄谀者众也。"【补曰】磊，众石貌。鲁猥切。《诗》曰："葛之覃兮，施于中谷。"又曰："南有樛木，葛藟累之。"蔓，莫干切，俗作"蔓"。

[19]公子，谓公子椒也。言己所以怨公子椒者，以其知己忠信，而不肯达，故我怅然失志而忘归也。【补曰】怨椒兰蔽贤，如葛石之于三秀，故怅然忘归也。

[20]言怀王时思念我，顾不肯以閒暇之日，召己谋议也。五臣云："君纵相思，为小人在侧，亦无暇召我也。"【补曰】閒音闲。

[21]山中人，屈原自谓也。

[22]言己虽在山中无人之处，犹取杜若以为芬芳，饮石泉之水，荫松柏之木，饮食居处，动以香洁自修饰也。五臣云："饮清洁之水，荫贞实之木。"

[23]言怀王有思我时，然谗言妄作，故令狐疑也。五臣云："谗邪在旁，起其疑惑。作，起也。"【补曰】然，不疑也。疑，未然也。君虽思我，而为谗者所惑，是非交作，莫知所决也。

[24]靁，一作"雷"。【补曰】填音田。

[25]又，一作"狖"。五臣云："填填，雷声。冥冥，雨貌。啾啾，猨声。皆喻谗言也。"【补曰】啾，小声也。狖，似猨，余救切。

[26]言己在深山之中，遭雷电暴雨，猿狖号呼，风木摇动，以言恐惧失其所也。或曰，雷为诸侯，以兴于君。云雨冥昧，以兴佞臣。猿猴善鸣，以兴谗言。风以喻政，木以喻民。雷填填者，君妄怒也。雨冥冥者，群佞聚也。猿啾啾者，谗夫弄口也。风飒飒者，政烦扰也。木萧萧者，民惊骇也。萧萧，《文苑》作"搜搜"。【补曰】飒，苏合切。搜搜，动貌，与"萧"同。

[27]言己怨子椒不见达，故遂去而忧愁也。五臣云："思子椒不能用贤，使国若此，但使我罹其忧愁。离，罹也。"

国　殇[1]

　　操吴戈兮被犀甲[2]，车错毂兮短兵接[3]。旌蔽日兮敌若云[4]，矢交坠兮士争先[5]。凌余阵兮躐余行[6]，左骖殪兮右刃伤[7]。霾两轮兮絷四马[8]，援玉枹兮击鸣鼓[9]。天时坠兮威灵怒[10]，严杀尽兮弃原壄[11]。出不入兮往不反[12]，平原忽兮路超远[13]。带长剑兮挟秦弓[14]，首身离兮心不惩[15]。诚既勇兮又以武，终刚强兮不可凌[16]。身既死兮神以灵，子魂魄兮为鬼雄[17]。

　　[1]谓死于国事者。《小尔雅》曰："无主之鬼谓之殇。"

　　[2]戈，戟也。甲，铠也。言国殇始从军之时，手持吴戟，身被犀铠而行也。或曰"操吾科"，吾科，楯之名也。【补曰】操，持也。《说文》云："戈，平头戟也。"《考工记》曰："吴粤之剑。"又曰："吴粤之金锡。"《尔雅》曰："南方之美者，有梁山之犀象焉。"《考工记》曰："犀甲寿百年。"《荀子》曰："楚人鲛革犀兕以为甲，鞈如金石。"鞈，坚貌，音夹。

　　[3]错，交也。短兵，刀剑也。言戎车相迫，轮毂交错，长兵不施，故用刀剑，以相接击也。【补曰】错，仓各切。《诗传》云："东西为交，邪行为错。"《司马法》曰："弓、矢，围；殳、矛，守；戈、戟，助。凡五兵，长以卫短，短以救长。"

　　[4]言兵士竟路趣敌，旌旗蔽天，敌多人众，来若云也。

　　[5]坠，堕也。言两军相射，流矢交堕，壮夫奋怒，争先在前也。坠，一作"隊"。【补曰】"隊"与"坠"同。

　　[6]凌，犯也。躐，践也。言敌家来，侵凌我屯阵，践躐我行伍也。"躐"一作"躐"。【补曰】颜之推云："《六韬》有天陈、地陈、人陈、云鸟之陈。《左传》有鱼丽之陈。行陈之义，取于陈列耳。俗作阜傍车，非也。"躐、躐，并音猎。行，胡冈切。

[7]殪，死也。言已所乘，左骖马死，右骒马被刃创也。【补曰】殪，壹计切。骖，见《远游》。创，初良切。

[8]絷，绊也。《诗》曰："絷之维之。"言己马虽死伤，更霾车两轮，绊四马，终不反顾，示必死也。霾，一作"埋"。【补曰】霾，读若埋。絷，陟立切。

[9]言己愈自厉怒，势气益盛。援，一作"摇"。枹，一作"桴"。【补曰】援音爰，引也。《左传》："郤克伤于矢，左并辔，右援枹而鼓。"

[10]坠，落也。言己战斗，适遭天时，命当堕落。虽身死亡，而威神怒健，不畏惮也。坠，一作"隧"。《文苑》作"怼"。

[11]严，壮也。杀，死也。言壮士尽其死命，则骸骨弃于原壄，而不土葬也。【补曰】壄，古"野"字，又叶韵。

[12]言壮士出斗，不复顾入，一往必死，不复还反也。

[13]言身弃平原山野之中，去家道甚远也。一云"平原路兮忽超远"。

[14]言身虽死，犹带剑持弓，示不舍武也。【补曰】《汉书·地理志》云："秦地迫近戎狄，以射猎为先。"又"秦有南山檀柘"，可为弓干。

[15]惩，怂也。言己虽死，头足分离，而心终不惩怂。身，一作"虽"。【补曰】惩音澄。怂音义。

[16]言国殇之性，诚以勇猛，刚强之气不可凌犯也。

[17]言国殇既死之后，精神强壮，魂魄武毅，长为百鬼之雄杰也。一云"魂魄毅"，一云"子魄毅"。【补曰】《左传》曰："人生始化曰魄，既生魄，阳曰魂，用物精多则魂魄强。"疏云："人禀五常以生，感阴阳以灵。有身体之质，名之曰形。有嘘吸之动，谓之为气。气之灵者曰魄。既生魄矣，其内自有阳气也。气之神者曰魂。魂魄，神灵之名，本从形气而有。附形之灵为魄，附气之神为魂。附形之灵者，谓初生之时，耳目心识，手足运动，啼呼为声，此则魄之灵也。附气之神者，谓精神性

识，渐有所知，此则附气之神也。魄在于前，魂在于后，魄识少而魂识多。人之生也，魄盛魂强。及其死也，形消气灭。圣人缘生以事死，改生之魂曰神，改生之魄曰鬼。合鬼与神，教之至也。魂附于气，气又附形。形强则气强，形弱则气弱。魂以气强，魄以形强。"《淮南子》曰："天气为魂，地气为魄。"注云："魂，人阳神。魄，人阴神也。"

礼　魂[1]

成礼兮会鼓[2]，传芭兮代舞[3]，姱女倡兮容与[4]。春兰兮秋菊[5]，长无绝兮终古[6]。

[1]礼，一作"祀"。魂，一作"冤"。或曰，礼魂，谓以礼善终者。

[2]言祠祀九神，皆先斋戒，成其礼敬，乃传歌作乐，急疾击鼓，以称神意也。成，一作"盛"。

[3]芭，巫所持香草名也。代，更也。言祠祀作乐，而歌巫持芭而舞讫，以复传与他人更用之。芭，一作"巴"。【补曰】芭，卜加切。司马相如赋云："诸柘巴且。"注云："巴且草，一名巴焦。"

[4]姱，好貌。谓使童稚好女先倡而舞，则进退容与而有节度也。与，一作"冶"。【补曰】姱音夸。倡，读作唱。

[5]菊，一作"鞠"。【补曰】古语云："春兰秋菊，各一时之秀也。"

[6]言春祠以兰、秋祠以菊为芬芳长相继承，无绝于终古之道也。

卷三 天问章句

《天问》者，屈原之所作也。何不言问天？天尊不可问，故曰天问也。屈原放逐，忧心愁悴。[1]彷徨山泽[2]，经历陵陆。嗟号昊旻，仰天叹息。见楚有先王之庙及公卿祠堂，图画天地山川神灵，琦[3]玮僪佹[4]，及古贤圣怪物行事，周流罢倦[5]，休息其下。仰见图画，因书其壁，何而问之[6]，以渫愤懑，舒泻愁思。楚人哀惜屈原，因共论述，故其文义不次序云尔。[7]

[1]一作"痊"。

[2]一作"川泽"。

[3]一作"瑰"。

[4]一作"谲诡"。

[5]罢音皮。

[6]何，一作"呵"。

[7]《天问》之作，其旨远矣。盖曰遂古以来，天地事物之忧，不可胜穷。欲付之无言乎？而耳目所接，有感于吾心者，不可以不发也。欲具道其所以然乎？而天地变化，岂思虑智识之所能究哉？天固不可问，聊以寄吾之意耳。楚之兴衰，天邪人邪？吾之用舍，天邪人邪？国无人，莫我知也。知我者，其天乎？此《天问》所为作也。太史公"读《天问》，悲其志"者以此。柳宗元作《天对》，失其旨矣。王逸以为"文义不次序"，夫天地之间，千变万化，岂可以次序陈哉！序，一作"叙"。

曰：遂古之初，谁传道之[1]？上下未形，何由考之[2]？冥昭瞢闇，谁能极之[3]？冯翼惟像，何以识之[4]？明明闇闇，惟时何为[5]？阴阳三合，何本何化[6]？圜则九重，孰营度之[7]？惟兹何功？孰初作之[8]？斡维焉系？天极焉加[9]？八柱何当？东南何亏[10]？九天之际，安放安属[11]？隅隈多有，谁知其数[12]？天何所沓？十二焉分[13]？日月安属？列星安陈[14]？出自汤谷，次于蒙汜[15]。自明及晦，所行几里[16]？夜光何德，死则又育[17]？厥利维何，而顾菟在腹[18]？女（歧）〔岐〕无合，夫焉取九子[19]？伯强何处？惠气安在[20]？何阖而晦？何开而明[21]？角宿未旦，曜灵安藏[22]？

[1]遂，往也。初，始也。言往古太始之元，虚廓无形，神物未生，谁传道此事也。【补曰】《列子》："殷汤问于夏革曰：'古初有物乎？'夏革曰：'古初无物，今恶得物？自物之外，自事之先，朕所不知也。'"《周礼·训方氏》："诵四方之传道。"道，犹言也。传道，世世所传说往古之事也。

[2]言天地未分，溷沌无垠，谁考定而知之也？考，一作"知"。定，一作"述"。【补曰】《列子》曰："有形者生于无形，则天地安从生？故曰：有太易，有太初，有太始，有太素。气形质具而未相离，故曰浑沦。"又曰："一者，形变之始也。清轻者上为天，浊重者下为地，冲和气者为人。"

[3]言日月昼夜，清浊晦明，谁能极知之？【补曰】冥，幽也，所谓窈冥之门也。昭，明也，所谓大明之上也。瞢，母（豆）〔登〕切，目不明也。闇音暗，闭门也。此言幽明之理，瞢暗难知，谁能穷极其本原乎？

[4]言天地既分，阴阳运转，冯冯翼翼，何以识知其形像乎？【补曰】《淮南》言："天墬未形，冯冯翼翼，洞洞灟灟，故曰大昭。"注云："冯翼，无形之貌。"又曰："古未有天地之时，惟像无形，窈窈冥冥，芒芠漠闵，澒蒙鸿洞，莫知其门。"

[5]言纯阴纯阳,一晦一明,谁造为之乎?【补曰】此言日月相推,昼夜相代,时运不停,果何为乎?

[6]谓天、地、人三合成德,其本始何化所生乎?【补曰】《天对》云:"合焉者三,一以统同。吁炎吹冷,交错而功。"引《谷梁子》云:"独阴不生,独阳不生,独天不生,三合然后生。"逸以为天地人,非也。《谷梁》注云:"古人称万物负阴而抱阳,冲气以为和。然则传所谓天,尽名其冲和之功,而神理所由也。会二气之和,极发挥之美者,不可以柔刚滞其用,不得以阴阳分其名,故归于冥极,而谓之天。凡生类禀灵知于天,资形于二气,故又曰'独天不生',必三合而形神生理具矣。"

[7]言天圜而九重,谁营度而知之乎?【补曰】圜,与"圆"同。《说文》曰:"天体也。"《易》曰:"乾元用九,乃见天则。"《淮南》曰:"天有九重,人亦有九窍。"《天对》曰:"无营以成,沓阳而九。运棵浑沦,蒙以圜号。"积阳为天。九,老阳数也。营,经营也。度,量度也。

[8]言此天有九重,谁功力始作之邪?

[9]斡,转也。维,纲也。言天昼夜转旋,宁有维纲系缀,其际极安所加乎?斡,一作"筦"。【补曰】《说文》云:"斡,毂端沓也。"扬雄、杜林云:"轺车轮,斡也。"颜师古《匡谬正俗》云:"《声类》、《字林》并音管。贾谊《服鸟赋》云:'斡流而迁。'张华《励志诗》云:'大仪斡运。'皆为转也。《楚辞》云:'筦维焉系?'此义与'斡'同,字即为筦。故知斡、管二音不殊。近代流俗音乌活切,非也。"《淮南》曰:"帝张四维,运之以斗,东北为报德之维,西南为背阳之维,东南为常羊之维,西北为蹄通之维。"注云:"四角为维也。"先儒说云,天是太虚,本无形体,但指诸星运转以为天耳。天如弹丸,围圜三百六十五度四分度之一。旁行四表之中,冬南夏北,春西秋东,皆薄四表而止。张衡《灵宪》云:"八极之维,径二亿三万二千三百里。"维谓四维,极谓八极也。一说云,北极,天之中也。《天官书》曰:"中宫天极星,其一明者,太一常居也。"《太玄经》曰:"天圜地方,极植中央。"

[10]言天有八山为柱,皆何当值?东南不足,谁亏缺之也?亏,一

作"觺"。【补曰】《河图》言:"昆仑者,地之中也。地下有八柱,柱广十万里,有三千六百轴,互相牵制。名山大川,孔穴相通。"《淮南》云:"天有九部八纪,地有九州八柱。"《神异经》云:"昆仑有铜柱焉,其高入天,所谓天柱也。"《素问》曰:"天不足西北,故西北方阴也,而人右耳目不如左明也。地不满东南,故东南方阳也,而人左手足不如右强也。"又曰:"天不足西北,左寒而右凉;地不满东南,右热而左温。"注云:"中原地形,西北高,东南下。今百川满凑东之沧海,则东西南北高下可知。"

[11]九天,东方皞天,东南方阳天,南方赤天,西南方朱天,西方成天,西北方幽天,北方玄天,东北方变天,中央钧天。其际会何分,安所系属乎?皞,亦作"昊"。变,一作"栾",一作"鸾"。【补曰】际,边也。传曰:九天之际曰九垠,九天之外曰九陔。放,上声。《孟子》曰:"遵海而南,放于琅邪。"放,至也。属,附也,音注。

[12]言天地广大,隅隈众多,宁有知其数乎?【补曰】隅,角也。《尔雅》:"厓内为隩,外为隈。"《淮南》曰:"天有九野,九千九百九十九隅,去地五亿万里。"注云:"九野,九天之野。一野,千一百一十一隅。"

[13]沓,合也。言天与地合会何所?十二辰谁所分别乎?【补曰】沓,徒合切。《灵宪》云:"天体于阳,故圆以动。地体于阴,故平以静。动以行施,静以合化,埋郁构精,时育庶类,斯谓天元。"天何所沓,言与地合也。《左传》曰:"日月所会是谓辰,故以配日。"注云:"一岁日月十二会,所会为辰。十一月辰在星纪,十二月辰在玄枵之类是也。若岁在鹑火,我周之分野,实沉之虚,晋人是居,则十二辰所次也。"

[14]言日月众星,安所系属,谁陈列也。【补曰】《列子》曰:"天,积气耳。日月星宿,亦积气中之有光曜者。"《灵宪》曰:"星也者,体生于地,精成于天,列居错跱,各有攸属。"

[15]次,舍也。氾,水涯也。言日出东方汤谷之中,暮入西极蒙水之涯也。【补曰】《书》云:"宅嵎夷,曰旸谷。"即汤谷也。《尔雅》

云："西至日所入，为太蒙。"即蒙汜也。《说文》云："旸，日出也。"或
作"汤"，通作"阳"。汜音似。《淮南》曰："日出于旸谷，浴于咸池，
拂于扶桑，是谓晨明。登于扶桑，爰始将行，是谓胐明。至于曲阿，是
谓旦明。至于曾泉，是谓早食。至于桑野，是谓晏食。至于衡阳，是谓隅
中。至于昆吾，是谓正中。至于鸟次，是谓小还。至于悲谷，是谓铺时。
至于女纪，是谓大还。至于渊隅，是谓高春。至于连石，是谓下春。至
于悲泉，爰止其女，爰息其马，是谓悬车。薄于虞渊，是谓黄昏。沦于
蒙谷，是谓定昏。日入于虞渊之汜，曙于蒙谷之浦，行九州七舍，有五亿
万七千三百九里。"注云："自旸谷至虞渊，凡十六所，为九州七舍。"

[16]言日平旦而出，至暮而止，所行凡几何里乎？【补曰】《论衡》
云："日昼行千里，夜行千里。行太阴则无光，行大阳则能照。"《物理
论》云："极南为太阳，极北为太阴。"

[17]夜光，月也。育，生也。言月何德于天，死而复生也。一云"言
月何德，居于天地，死而复生"。【补曰】《博雅》云："夜光谓之月。"皇
甫谧曰："月以宵曜，名曰夜光。"《书》有旁死魄、哉生明、既生魄。死
魄，朔也。生魄，望也。先儒云，月光生于日所照，魄生于日所蔽，当日则
光盈，就日则光尽。

[18]言月中有菟，何所贪利，居月之腹，而顾望乎？菟，一作"兔"。【补
曰】菟，与"兔"同。《灵宪》曰："月者，阴精之宗，积而成兽，象兔，阴之类，其
数偶。"《苏鹗演义》云："兔十二属，配卯位，处望日，月最圆，而出于卯上。
卯，兔也。其形入于月中，遂有是形。"《古今注》云："兔口有缺。"《博物志》
云："兔望月而孕，自吐其子。"故《天对》云："玄阴多缺，爰感厥兔。不形之
形，惟神是类。"

[19]女(歧)〔岐〕，神女，无夫而生九子也。《天对》云："阳健阴
淫，降施蒸摩，(歧)〔岐〕灵而子，焉以夫为？"

[20]伯强，大厉疫鬼也，所至伤人。惠气，和气也。言阴阳调和则
惠气行，不和调则厉鬼兴，二者当何所在乎？【补曰】强，巨良切。惠，顺
也。

[21]言天何所阖闭而晦冥,何所开发而明晓乎?【补曰】阖,闭户也。开,辟户也。阴阖而晦,阳开而明。

[22]角亢,东方星。曜灵,日也。言东方未明旦之时,日安所藏其精光乎?《释文》"藏"作"臧"。【补曰】宿音秀。臧,与"藏"同。《尔雅》曰:"寿星,角亢也。"注云:"数起角亢,列宿之长。"《国语》曰:"辰角见而雨毕。"注云:"辰角,大辰苍龙之角。见者,朝见东方,建戌之初,寒露节也。"此言角宿未旦者,指东方苍龙之位耳。《天对》云:"孰旦孰幽,缪躔于经,苍龙之寓,而迁彼角亢。"迁,欺也,具往切。亢音刚。

　　不任汨鸿,师何以尚之[1]?佥曰何忧?何不课而行之[2]?鸱龟曳衔,鲧何听焉[3]?顺欲成功,帝何刑焉[4]?永遏在羽山,夫何三年不施[5]?伯禹愎鲧,夫何以变化[6]?纂就前绪,遂成考功[7]?何续初继业,而厥谋不同[8]?洪泉极深,何以寘之[9]?地方九则,何以坟之[10]?河海应龙,何尽何历[11]?鲧何所营?禹何所成[12]?康回冯怒,墬何故以东南倾[13]?九州安错?川谷何洿[14]?东流不溢,孰知其故[15]?东西南北,其修孰多[16]?南北顺橢,其衍几何[17]?昆仑县圃,其尻安在[18]?增城九重,其高几里[19]?四方之门,其谁从焉[20]?西北辟启,何气通焉[21]?

　　[1]汨,治也。鸿,大水也。师,众也。尚,举也。言鲧才不任治鸿水,众人何以举之乎?师,一作"鲧"。【补曰】汨音骨。《国语》曰:"禹决汨九川。"汨,通也。《荀子》曰:"禹有功,抑下鸿。"鸿,即洪水也。《尧典》曰:"汤汤洪水方割,荡荡怀山襄陵。下民其咨,有能俾乂。佥曰:'於,鲧哉。'帝曰:'吁,咈哉。方命圮族。'岳曰:'异哉,试可乃已。'帝曰:'往钦哉。'九载绩用弗成。"异,举也。

　　[2]佥,众也。课,试也。言众人举鲧治水,尧知其不能,众人曰:

"何忧哉?何不先试之也。"曰,一作"答"。

[3]言鲧治水,绩用不成,尧乃放杀之羽山,飞鸟水虫,曳衔而食之。鲧何能复不听乎?【补曰】鸱,处脂切,一名鸢也。曳,牵也,引也。听,从也。此言鲧违帝命而不听,何为听鸱龟之曳衔?《天对》云:"方陟元子,以胤功定地。胡离厥考,而鸱龟肆噪。"

[4]帝,谓尧也。言鲧设能顺众人之欲,而成其功,尧当何为刑戮之乎?【补曰】《书》云:"方命圮族。"《国语》云:"鲧违帝命。"则所谓顺欲者,顺帝之欲也。《天对》云:"盗堙息壤,招帝震怒。赋刑在下,投弃于羽。"《山海经》云:"鲧窃帝之息壤以堙洪水,帝令祝融杀鲧于羽郊。"

[5]永,长也。遏,绝也。施,舍也。言尧长放鲧于羽山,绝在不毛之地,三年不舍其罪也。一无"山"字。施,一作"弛"。【补曰】遏,犹遏绝苗民之遏。施,舍也,通作"弛",音豕。

[6]禹,鲧子也。言鲧愚很,愎而生禹,禹小见其所为,何以能变化而有圣德也。愎,一作"腹"。注同。一本"何"下有"故"字。【补曰】愎,弼力切,戾也。《诗》云:"出入腹我。"腹,怀抱也。《天对》云:"气孽宜害,而嗣续得圣,污涂而菜,夫固不可以类。"

[7]父死称考。绪,业也。言禹能纂代鲧之遗业,而成考父之功也。【补曰】纂,作管切,集也。绪音叙,丝耑也。《记》曰:"禹能修鲧之功。"

[8]言禹何能继续鲧业,而谋虑不同也。【补曰】《洪范》言:"鲧堙洪水,汩陈其五行。帝乃震怒,不畀洪范九畴,彝伦攸斁,鲧则殛死,禹乃嗣兴。天乃锡禹洪范九畴,彝伦攸叙。"《孟子》曰:"禹之治水,水之道也。"鲧堙洪水,而禹行其所无事,虽承父业,其谋不同也。

[9]言洪水渊泉极深大,禹何用寘塞而平之乎?【补曰】"寘"与"填"同。《淮南》曰:"凡鸿水渊薮,自三百仞以上,二亿三万三千五百五十里,有九渊,禹乃以息土填洪水,以为名山。"注云:"息土不耗灭,掘之益多,故以填洪水也。"《天对》云:"行鸿下隤,厥

丘乃降。焉填绝渊，然后夷于土。"

[10] 坟，分也。谓九州之地，凡有九品，禹何以能分别之乎? 坟，一作"愤"。【补曰】班孟坚云："坤作地势，高下九则。"刘德云："九则，九州土田上中下九等也。"《天对》云："从民之宜，乃九于野，坟厥贡艺，而有上中下。"

[11] 有鳞曰蛟龙，有翼曰应龙。历，过也。言河海所出至远，应龙过历游之，而无所不穷也。或曰，禹治洪水，时有神龙以尾画地，导水所注当决者，因而治之也。一云"应龙何画，河海何历"。【补曰】《山海经》云："应龙处南极，杀蚩尤与夸父，不得复上，故下数旱，旱而为应龙之状，乃得大雨。"《山海经图》云："犁丘山有应龙者，龙之有翼也。昔蚩尤御黄帝，令应龙攻于冀州之野。女娲之时，乘雷车服驾应龙。夏禹治水，有应龙以尾画地，即水泉流通。"《天对》云："胡圣为不足，反谋龙知，畚锸究勤，而欺画厥尾。"画音获。

[12] 言鲧治鸿水，何所营度，禹何所成就乎?【补曰】汩陈其五行，此鲧所营也。六府三事允治，此禹所成也。

[13] 康回，共工名也。《淮南子》言："共工与颛顼争为帝，不得，怒而触不周之山，天维绝，地柱折，故东南倾也。"墬，一作"地"。一无"以"字。【补曰】冯，皮膺切。《列子》曰："帝凭怒。"注云："凭，大也。"《春秋传》曰："震电冯怒。"注云："冯，盛也。"《方言》云："凭，怒也，楚曰凭。"注云："恚盛貌。"引康回"凭怒"。然则冯、凭一也。《列子》曰："共工氏与颛顼争为帝，怒而触不周之山，折天柱，绝地维，故天倾西北，日月星辰就焉; 地不满东南，百川水潦归焉。"注云："共工氏兴霸于伏羲、神农之间，其后苗裔恃其强，与颛顼争为帝。"又《淮南》言："共工之力触不周之山，使地东南倾。"注云："非尧时共工。倾，犹下也。"

[14] 错，厕也。涛，深也。言九州错厕，禹何所分别之? 川谷于地，何以独涛深乎? 安，一作"何"。【补曰】错，七故切，置也。《天对》云："州错富媪，爰定于趾。"《国语》曰："疏为川谷，以导其气。"蔡邕

《月令章句》曰："众流注海曰川。"《尔雅》云："水注川曰溪，注溪曰谷。"《集韵》：汻音户，"水深谓之汻"。旧音乌，无深义，亦不叶韵。

[15]言百川东流，不知满溢，谁有知其故也。【补曰】《列子》云："渤海之东，不知几亿万里，有大壑焉，实惟无底之谷，名曰归墟，八纮九野之水，天汉之流，莫不注之，而无增无减焉。"《庄子》曰："天下之水，莫大于海，万川归之，不知何时止而不盈；尾闾泄之，不知何时已而不虚。"《天对》云："东穷归墟，又环西盈。脉穴土区，而浊浊清清。坟垆燥疏，渗渴而升。充融有馀，泄漏复行。器运浟浟，又何溢为。"

[16]修，长也。言天地东西南北，谁为长乎？

[17]衍，广大也。言南北隳长，其广差几何乎？隳，《释文》作"隋"，一作"堕"。【补曰】《尔雅》云："蟥小而椭。"椭音妥，又徒禾切，狭而长也。《疏》引"南北顺椭，其修几何"。"隳"与"椭"同，通作"隋"。《淮南子》云："阖四海之内，东西二万八千里，南北二万六千里。"注云："子午为经，卯酉为纬，言经短纬长也。"又曰："禹乃使大章步自东极至于西极，二亿三万三千五百里七十五步。使竖亥步自北极至于南极，二亿三万三千五百里七十五步。"注云："海内有长短，极内等也。"《轩辕本纪》云："帝令竖亥步自东极至于西极，得五亿十选九千八百八步，南北二亿三万一千三百里。竖亥左手把算，右手指青丘北，东尽泰远，西穷邠国，东西得二万八千里，南北得二万六千里。"《灵宪》曰："八极之维，径二亿三万三千三百里，南北则短减千里，东西则广增千里。自地至天，半于八极，则地之深亦如之。"《博物志》曰："《河图》：天地南北三亿三万五千五百里，东西二亿三万三千里。"其说不同，今并存之。

[18]昆仑，山名也，在西北，元气所出。其巅曰县圃，乃上通于天也。尻，一作"居"。《天对》云："积高于乾，昆仑攸居。蓬首虎齿，爰穴爰都。"【补曰】县音玄。尻，与"居"同。

[19]《淮南》言昆仑之山九重，其高万二千里也。"二"或作"五"。【补曰】《淮南》云："昆仑虚中，有增城九重，其高万一千里

百一十四步二尺六寸。"注云："增，重也。有五城十二楼，见《括地象》。此盖诞，实未闻也。"

[20]言天四方各有一门，其谁从之上下? 一云"谁其从焉"。【补曰】《淮南》言昆仑虚"旁有四百四十门，门间四里，里间九纯，纯丈五尺"。此云四方之门，盖谓昆仑也。又云："东北方方土之山曰苍门，东方东极之山曰开明之门，东南方波母之山曰阳门，南方南极之山曰暑门，西南方编驹之山曰白门，西方西极之山曰阊阖之门，西北方不周之山曰幽都之门，北方北极之山曰寒门。凡八极之云，是雨天下。八门之风，是节寒暑。"逸说盖出于此。然与上下文不属，恐非也。

[21]言天西北之门，每常开启，岂元气之所通? 辟，一作"闢"，一作"开"。【补曰】辟，与"闢"同。《淮南》云: 昆仑虚"(五)〔玉〕横维其西北隅，北门开以纳不周之风。"按不周山在昆仑西北，不周风自此出也。

　　日安不到，烛龙何照[1]? 羲和之未扬，若华何光[2]? 何所冬暖? 何所夏寒[3]? 焉有石林? 何兽能言[4]? 焉有虬龙，负熊以游[5]? 雄虺九首，鯈忽焉在[6]? 何所不死? 长人何守[7]? 靡蓱九衢，枲华安居[8]? 一蛇吞象，厥大何如[9]? 黑水玄趾，三危安在[10]? 延年不死，寿何所止[11]? 鲮鱼何所? 鬿堆焉处[12]?

[1]言天之西北，有幽冥无日之国，有龙衔烛而照之也。【补曰】《山海经》云："钟山之神，名曰烛阴，视为昼，瞑为夜，吹为冬，呼为夏，不饮不食，不喘不息，身长千里，人面蛇身，赤色。"注曰："即烛龙也。"《淮南》云："烛龙在雁门北，蔽于委羽之山，不见日，其神人面龙身而无足。"《雪赋》云："烂兮若烛龙衔曜照昆山。"李善引《山海经》云："西北海之外，赤水之北，有章尾山，有神人面蛇身而赤，其瞑乃晦，其视乃明，是烛九阴，是谓烛龙。"《诗含神雾》曰："天不足西北，无阴阳消息，故有龙衔火精，以照天门中者也。"

〔2〕羲和，日御也。言日未出之时，若木何能有明赤之光华乎？和，《释文》作"龢"。扬，一作"阳"。《天对》云："惟若之华，禀羲以耀。"【补曰】羲和、若木，已见《骚经》。

〔3〕暖，温也。言天地之气，何所有冬温而夏寒者乎？【补曰】《素问》："天不足西北，左寒而右凉。地不满东南，右热而左温。其故何也？岐伯曰：'阴阳之气，高下之理，太少之异也。'"注云："高下谓地形，太少谓阴阳之气，盛衰之异。西方凉，北方寒，东方温，南方热，气化犹然矣。"又曰："东南方，阳也，阳者其精降于下，故右热而左温。西北方，阴也，阴者其精奉于上，故左寒而右凉。是以地有高下，气有温凉，高者气寒，下者气热。"注云："以气候验之，中原地形，所居者悉以居高则寒，处下则热。中华之地，凡有高下之大者，东西南北各三分也。其一者，自汉蜀江南至海也。二者，自汉江北至平遥县也。三者，自平遥北山北至蕃界北海也。故南分大热，中分寒热兼半，北分大寒。南北分外，寒热尤极，大热之分其寒微，大寒之分其热微。又东西高下之别亦三矣。其一者，自汧源县西至沙州。二者，自开封县西至汧源县。三者，自开封县东至沧海也。故东分大温，中分温凉兼半，西分大凉。大温之分，其寒五分之二。大凉之分，其热五分之二。温凉分外，温凉尤极，变为大暄大寒也，约其大凡如此。然九分之地，寒极于东北，热极于西南。中原地形，西北高，东南下，一为地形高下，故寒热不同；二则阴阳之气有少有多，故表温凉之异尔。"又曰："至高之地，冬气常在；至下之地，春气常在。"注云："高山之巅，盛夏冰雪；污下川泽，严冬草生。常在之义足明矣。"《淮南》云："南至委火炎风之野，北方之极，有冻寒积冰，雪雹霜霰，漂润群水之野。"又曰："南方有不死之草，北方有不释之冰。"

〔4〕言天下何所有石木之林，林中有兽能言语者乎？《礼记》曰："猩猩能言，不离禽兽也。"【补曰】石林与能言之兽，各指一物，非必林中有此兽也。《吴都赋》云："虽有石林之岝崿，请攘臂而靡之。虽有雄虺之九首，将抗足而跐之。"注引《天问》云："焉有石林。""此本南

方楚图画,而屈原难问之,于义则石林当在南也。"按《天问》所言,不独南方之物,但《吴都赋》以石林与雄虺同称,则当在南耳。《天对》云:"石胡不林,往视西极。"按《淮南》云:"西方之极,石城金室。"未见石林所出也。《尔雅》曰:"猩猩小而好啼。"《山海经》:"鹊山有兽,状如禺,捷类猕猴,被发垂地,名曰猩猩。"又曰:"猩猩知人名,其为兽如豕而人面。"

[5]有角曰龙,无角曰虬。言宁有无角之龙,负熊兽以游戏者乎?【补曰】虬,见《骚经》。熊,形类大豕,而性轻捷,好攀缘上高木,见人则颠倒自投地而下。《天对》云:"有虬蝼蛇,不角不鳞。嬉夫玄熊,相待以神。"

[6]虺,蛇别名也。儵忽,电光也。言有雄虺,一身九头,速及电光,皆何所在乎?一无"速"字。【补曰】虺,许伟切。《国语》云:"为虺弗摧,为蛇将若何?"虺,小蛇也。然《尔雅》云:"蝮,虺,博三寸,首大如擘。"则虺亦有大者,其类不一。《招魂》南方曰:"雄虺九首,往来儵忽。"儵忽,疾急貌。《天对》曰:"儵忽之居,帝南北海。"注云:"儵忽,在《庄子》甚明,王逸以为电,非也。"按《庄子》云:"南海之帝为儵,北海之帝为忽。"乃寓言耳,不当引以为证。

[7]《括地象》曰:有不死之国。长人,长狄。《春秋》云防风氏也。禹会诸侯,防风氏后至,于是使守封嵎之山也。一云"何所不老"。【补曰】《山海经》:"不死民在交胫国东,其人黑色,寿不死。"注云:"圆丘上有不死树,食之乃寿,有赤水,饮之不老。"又:"大荒之山,日月所入,有人三面,一臂奇右,其人不死。"《淮南》曰:"西方之极,石城金室,饮气之民,不死之野。"《国语》:"仲尼曰:'昔禹致群神于会稽之山,防风氏后至,禹杀而戮之,其骨节专车。'又曰:'山川之守,足以纲纪天下者,其守为神。'客曰:'防风氏何守也?'仲尼曰:'汪芒氏之君,守封嵎之山者也。为漆姓,在虞、夏、商为汪芒氏,于周为长狄,今为大人。'客曰:'人长之极几何?'仲尼曰:'长者不过十之,数之极也。'"注云:"十之,三丈,则防风氏也。"今湖州武康县东有防风山,

山东二百步有禹山，防风庙在封、禺二山之间。《谷梁》文公十一年：
"叔孙得臣败狄于咸，长狄也。射其目，身横九亩。"

[8]九交道曰衢。言宁有荓草，生于水上，无根，乃蔓衍于九交之
道，又有枲麻垂草华荣，何所有此物乎？荓，一作"并"。【补曰】此谓靡
荓与枲华皆安在也。《尔雅》"萍荓"注云："水中浮荓也。"《山海经》
曰："宣山上有桑焉，其枝（曰）〔四〕衢。"注云："枝交互四出。"又"少
室之山有木，名帝休，其枝五衢。"注云："言树枝交错，相重五出，有
象路衢。"《天对》云："有荓九歧，厥图以诡。"注云："衢，歧也。逸以
为生九衢中，恐谬。"《魏都赋》云："寻靡荓于中逵。"盖用逸说也。李
善云："靡，蔓也。"枲，相里切。《尔雅》有"枲麻"。麻有子曰枲。《天
对》云："浮山孰产？赤华伊枲。"引《山海经》："浮山有草焉，其叶如
麻。赤华，即枲华也。"

[9]《山海经》云：南方有灵蛇，吞象，三年然后出其骨。"一"或
作"灵"。"大"或作"骨"。【补曰】《山海经·（南海内）〔海内南〕》有"巴
蛇，身长百寻，其色青黄赤黑，食象，三岁而出其骨，君子服之，无心腹
疾，在犀牛西也"，注云："今南方蚺蛇，亦吞鹿，消尽，乃自绞于树，腹
中骨皆穿鳞甲间出，亦此类也。"杨大年云：逸注《楚辞》，多不原所出，
或引《淮南子》，而刘安所引，亦本《山海经》。其注巴蛇事，文句颇谬
戾，乃知逸凭他书，不亲见《山海经》也。《吴都赋》云："屠巴蛇，出象
骼。"

[10]玄趾、三危，皆山名也，在西方，黑水出昆仑山也。趾，一作
"沚"。【补曰】言黑水、玄趾、三危，皆安在也。《书》曰："道黑水至于
三危，入于南海。"张揖云："三危山在鸟鼠之西，黑水出其南。"《天
对》云："黑水淫淫，穷于不姜。玄趾则北，三危则南。"《西京赋》云：
"昆明灵沼，黑水玄址。"言昆明灵沼，取象于黑水、玄址也。李善云：
"黑水、玄址，谓昆明灵沼之水沚。"非是。

[11]言仙人禀命不死，其寿独何所穷止也？【补曰】《素问》云：
"上古有真人，寿敝天地，无有终时。中古之时，有至人者，益其寿命

而强者也，亦归于真人。其次有圣人者，形体不敝，精神不散，亦可以百数。"

[12]鲮鱼，鲤也。一云，鲮鱼，鲮鲤也，有四足，出南方。魃堆，奇兽也。鲮，一作"陵"。所，一作"居"。魃，一作"魁"。【补曰】鲮音陵。《山海经》："西海中近列姑射山，有陵鱼，人面人手，鱼身，见则风涛起。"《天对》云"鲮鱼人貌，迩列姑射"是也。陶隐居云："鲮鲤形似鼍而短小，又似鲤鱼，有四足。"《吴都赋》云："陵鲤若兽。"注引"陵鱼曷止"，与逸说同。魃音祈。堆，多回切。《山海经》云："北号山有鸟，状如鸡而白首，鼠足，名曰魃雀，食人。"《天对》云："魃雀峙北号，惟人是食。"注云："堆，当为雀，王逸注误。"按字书，鴗音堆，雀属也，则魃堆即魃雀也。

羿焉彃日？乌焉解羽[1]？禹之力献功[2]，降省下土四方[3]，焉得彼嵞山女，而通之于台桑[4]？闵妃匹合，厥身是继[5]，胡维嗜不同味，而快鼌饱[6]？启代益作后，卒然离蠥[7]，何启惟忧，而能拘是达[8]？皆归躲籍，而无害厥躬[9]。何后益作革，而禹播降[10]？启棘宾商，《九辩》《九歌》[11]。何勤子屠母，而死分竟地[12]？帝降夷羿，革孽夏民[13]。胡躲射夫河伯，而妻彼雒嫔[14]？冯珧利决，封狶是躲[15]。何献蒸肉之膏，而后帝不若[16]？浞娶纯狐，眩妻爰谋[17]。何羿之躲革，而交吞揆之[18]？阻穷西征，岩何越焉[19]？化为黄熊，巫何活焉[20]？咸播秬黍，莆藋是营[21]。何由并投，而鲧疾修盈[22]？白蜺婴茀，胡为此堂[23]？安得夫良药，不能固臧[24]？天式从横，阳离爰死[25]？大鸟何鸣，夫焉丧厥体[26]？萍号起雨，何以兴之[27]？撰体协胁，鹿何膺之[28]？鳌戴山抃，何以安之[29]？释舟陵行，何以迁之[30]？惟浇在户，何求于嫂[31]？何少康逐犬，而颠陨厥首[32]？女歧缝裳，而馆同爰止[33]，何颠

易厥首，而亲以逢殆[34]？汤谋易旅，何以厚之[35]？覆舟斟
寻，何道取之[36]？桀伐蒙山，何所得焉[37]？妺嬉何肆，汤
何殛焉[38]？

[1]《淮南》言：尧时十日并出，草木焦枯，尧命羿仰射十日，中
其九日，日中九乌皆死，堕其羽翼，故留其一日也。彃，一作"弹"，一作
"毕"。【补曰】《山海经》："黑齿之北，曰汤谷，居水中，有扶木，九日
居下枝，一日居上枝，皆戴乌。"注云："羿射十日，中其九，《离骚》所
谓'羿焉射日，乌焉解羽'，传曰：天有十日，日之数，十也。此言九日居
下枝，一日居上枝者，《大荒经》曰：一日方至，一日方出。明天地虽有
十日，自使以次迭出运照，而今俱见，为天下妖，故羿禀天命，洞其灵
诚，仰天控弦，而九日潜退也。"《归藏易》云："羿彃十日。"《说文》
云："彃，射也，音毕。"引"弓焉弹日"，"弓"与"羿"同。然则"彃"
或作"弹"，盖字之误耳。《淮南》又云："羿除天下之害，死而为宗
布。"注云："羿，古之诸侯，此尧时羿，非有穷后羿。"又云："日中有
踆乌。""踆，犹蹲也。"《春秋元命苞》云："阳成于三，故日中有三足
乌者，阳精也。"《天对》云："大泽千里，群鸟是解。"注云："'乌'当为
'鸟'，后人不知，因配上句，改为'乌'也。"《山海经》云："大泽方千
里，群鸟之所生及所解。"又《穆天子传》曰："比至旷原之野，飞鸟之
所解其羽。"然以文意考之，"乌"当如字，宗元改从"鸟"，虽有所据，
近乎凿矣。

[2]句绝。

[3]言禹以勤力献进其功，尧因使省迮下土四方也。一无"四方"
二字。【补曰】降，下也。省，察也。《书》曰："惟荒度土功。"

[4]言禹治水，道娶塗山氏之女，而通夫妇之道于台桑之地。
焉，一作"安"。一云"焉得彼塗山之女，而通于台桑"。塗，《释文》作
"涂"。【补曰】鉁音塗。《说文》云："会稽山也。一曰：九江当鉁也。"
《书》曰："娶于塗山，辛壬癸甲。"疏引《左传》："禹会诸侯于塗山。"
杜预云："塗山，在寿春东北。"《苏鹗演义》云："塗山有四：一者会

稽,二者渝州,三者濠州,四者《文字音义》云鑫山,古国名,夏禹娶之,今宣州当塗县也。"塗山氏女,即女娇也。《史记》曰:"辛壬娶塗山,癸甲生启。"《吕氏春秋》曰:"禹娶塗山氏女,不以私害公,自辛至甲四日,复往治水。故江、淮之俗,以辛壬癸甲为嫁娶日也。"《淮南》曰:"禹治鸿水,通轘辕山,化为熊,谓塗山氏曰:'欲饷,闻鼓声乃来。'禹跳石,误中鼓,塗山氏往,见禹方作熊,惭而去。至嵩高山下,化为石,方生启。禹曰:'归我子。'石破北方而启生。"

[5]闵,忧也。言禹所以忧无妃匹者,欲为身立继嗣也。【补曰】《左传》云:"嘉偶曰妃。"《尔雅》云:"妃,匹也,对也。"

[6]言禹治水道娶者,忧无继嗣耳。何特与众人同嗜欲,苟欲饱快一朝之情乎?故以辛酉日娶,甲子日去,而有启也。一本"嗜"下有"欲"字。一本"快"下有"一"字。一云"胡维嗜欲同味"。维,一作"为"。鼂,一作"晁",一作"朝"。【补曰】鼂、晁,并音"朝莫"之"朝"。此言禹之所嗜,与众人异味。众人所嗜,以厌足其情欲;禹所嗜者,拯民之溺尔。

[7]益,禹贤臣也。作,为也。后,君也。离,遭也。蟹,忧也。言禹以天下禅与益,益避启于箕山之阳。天下皆去益而归启,以为君。益卒不得立,故曰遭忧也。蟹,一作"孽",一作"擘"。【补曰】蟹,鱼列切。《孟子》曰:"禹荐益于天,益避禹之子于箕山之阴。朝觐讼狱者,不之益而之启,曰:'吾君之子也。'讴歌者不讴歌益而讴歌启,曰:'吾君之子也。'"《书》曰:"启与有扈战于甘之野。"说者曰:有扈氏与夏同姓,启继世以有天下,有扈不服,大战于甘,故曰"卒然离蟹"也。《汲冢书》云益为启所杀,非也。《天对》云:"彼呱克臧,俾姒作夏。献后益于帝,谆谆以不命。复为叟者,曷戚曷孽。"

[8]言天下所以去益就启者,以其能忧思道德,而通其拘隔。拘隔者,谓有扈氏叛启,启率六师以伐之也。【补曰】惟,思也。拘,执也。禹尝荐益于天矣,启贤能敬承继禹之道,忧思天下,因民心之归,代益作后;因民心之不予,以伐有扈,是能变通而不拘执也。

[9]躬，行也。篝，穷也。言有扈氏所行，皆归于穷恶，故启诛之，长无害于其身也。躬，一作"射"。篝，一作"鞠"。【补曰】凡能取中皆曰射。篝，穷也，音菊。此言启之所为，皆归于中理而穷情，夫孰能害之者。

[10]后，君也。革，更也。播，种也。降，下也。言启所以能变更益，而代益为君者，以禹平治水土，百姓得下种百谷，故思归启也。【补曰】据上所言，则启固贤矣。然禹之播降，待益作革，然后能成功。特天与子则与子，故益不有天下耳。焚山泽，奏鲜食，所谓作革也。稷降播种而曰禹播降者，水土平然后嘉谷可殖故也。降，乎攻切，见《骚经》。《天对》云："益革民艰，咸粢厥粒。惟禹授以土，爰稼万亿。"

[11]棘，陈也。宾，列也。《九辩》、《九歌》，启所作乐也。言启能修明禹业，陈列宫商之音，备其礼乐也。【补曰】《史记》："契佐禹治水有功，封于商，兴于唐、虞、大禹之际。"此言宾商者，疑谓待商以宾客之礼。棘，急也。言急于宾商也。《九辩》、《九歌》，享宾之乐也。

[12]勤，劳也。屠，裂剥也。言禹膈剥母背而生，其母之身，分散竟地，何以能有圣德，忧劳天下乎？地，一作"墬"。【补曰】膈，判也，音罹。《史记·楚世家》："陆终生子六人，坼剖而产焉。"干宝曰："前志所传，修己背坼而生禹，简狄胸剖而生契，历代久远，莫足相证。魏黄初五年，汝南屈雍妻生男，从右胳下水腹上出，而平和自若，母子无恙。《诗》云：'不坼不副，无灾无害。'原诗人之旨，明古之妇人，常有坼剖而产者矣。又有因产而遇灾害者，故美其无害也。"禹母事出《帝王世纪》。禹以勤劳修鲧之功，故曰勤子也。上云《九辩》、《九歌》，言启以禹故，得享备乐。何以修己生禹而反遇灾害邪？言坼剖而产，则有之，死分竟地，未必然也。竟地，犹言竟天也。唐段成式云"迸分竟地"，盖用此语。

[13]帝，天帝也。夷羿，诸侯，弑夏后相者也。革，更也。孽，忧也。言羿弑夏家，居天子之位，荒淫田猎，变更夏道，为万民忧患。《天对》云："夷羿滔淫，割更后相。夫孰作厥孽，而诬帝以降。"【补曰】左

氏云:"在帝夷羿,冒于原兽,忘其国恤,而思其麀牡,武不可重,用不恢于夏家。"

[14]胡,何也。雒嫔,水神,谓宓妃也。传曰:河伯化为白龙,游于水旁,羿见射之,眇其左目。河伯上诉天帝,曰:"为我杀羿。"天帝曰:"尔何故得见射?"河伯曰:"我时化为白龙出游。"天帝曰:"使汝深守神灵,羿何从得犯?汝今为虫兽,当为人所射,固其宜也。羿何罪欤?"深,一作"保"。羿又梦与雒水神宓妃交接也。一本"胡"下有一"羿"字。射,一作"射"。【补曰】射,食亦切,下同。妻,心计切。此言射河伯、妻雒嫔者,何人乎?乃尧时羿,非有穷羿也。革孽夏民,封豨是射,乃有穷羿耳。《淮南》云:"河伯溺杀人,羿射其左目。"注云:"尧时羿射十日,缴大风,杀窫窳,斩九婴,射河伯。"

[15]冯,挟也。珧,弓名也。决,射韝也。封豨,神兽也。言羿不修道德,而挟弓射韝,猎捕神兽,以快其情也。射,一作"射"。【补曰】冯音凭。珧音遥。《尔雅》:"弓以蜃者谓之珧。"注云:"用蜃饰弓两头,因取其类以为名。"又曰:"蜃小者珧。"注云:"玉珧,即小蚌也。"《说文》云:"珧,蜃甲也,所以饰物。"《仪礼》有决遂。注云:"决,犹闿也。以象骨为之,着右大擘指以钩弦。闿,体也。遂,射韝也。以韦为之,所以遂弦也。"《说文》云:"韝,射臂决也。"封,大也。豨,虚岂切。《方言》云:"猪,南楚谓之豨。"《淮南》云:"尧时封豨、长蛇,皆为民害,尧使羿断修蛇,禽封豨。"此言有穷羿亦封豨是射,而反为民害也。《左传》曰:"乐正后夔生伯封,实有豕心,贪惏无厌,忿颣无期,谓之封豕,有穷后羿灭之。"此则穷奇、饕餮之类,以恶得名者。

[16]蒸,祭也。后帝,天帝也。若,顺也。言羿猎射封豨,以其肉膏祭天帝,天帝犹不顺羿之所为也。蒸,一作"烝"。【补曰】冬祭曰蒸。膏,脂也。《诗》曰:"皇皇后帝。"谓天帝也。《天对》云:"夸夫快杀,鼎豨以虑饱。馨膏腴帝,叛德恣力。胡肥台舌喉,而滥厥福。"

[17]浞,羿相也。爰,于也。眩,惑也。言浞娶于纯狐氏女,眩惑爰之,遂与浞谋杀羿也。【补曰】寒浞,见《骚经》。

[18]吞，灭也。揆，度也。言羿好射猎，不恤政事法度，淫交接国中，布恩施德而吞灭之也。一无"革"字。【补曰】《礼》云："贯革之射。"《左传》云："蹲甲而射之，彻七札焉。"言有力也。羿之射艺如此，唯不恤国事，故其众交合而吞灭之，且揆度其必可取也。

[19]阻，险也。穷，窘也。征，行也。越，度也。言尧放鲧羽山，西行度越岑岩之险，因堕死也。【补曰】羽山东裔。此云西征者，自西徂东也。上文言永遏在羽山，夫何三年不施，则鲧非死于道路，此但言何以越岩险而至羽山耳。

[20]活，生也。言鲧死后化为黄熊，入于羽渊，岂巫医所能复生活也？一本"化"下有"而"字。【补曰】《左传》曰："昔尧殛鲧于羽山，其神化为黄熊，以入于羽渊，实为夏郊，三代祀之。"《国语》作"黄能"。按熊，兽名。能，奴来切，三足鳖也。说者曰：兽非入水之物，故是鳖也。一云既为神，何妨是兽。《说文》云："能，熊属，足似鹿。"然则能既熊属，又为鳖类。东海人祭禹庙，不用熊肉及鳖为膳，斯岂鲧化为二物乎？抑亦以《左传》、《国语》不同，兼存之也。

[21]咸，皆也。秬黍，黑黍也。藋，草名也。营，耕也。言禹平治水土，万民皆得耕种黑黍于藋蒲之地，尽为良田也。一作"黄藋"，一作"莆藋"。【补曰】《诗》云："维秬维秠。"《尔雅》曰："秬，黑黍。秠，一稃二米。""秠亦黑黍，但中米异尔。"秬音巨。《说文》："黍，禾属而黏也。"莆，疑即"蒲"字。蒲，水草，可以作席。李商隐诗云："直是灭藋莆。"与"图"同韵。藋，蒮也，音丸，与"萑"同。《左氏》云"萑苻之泽"是也。以"莆"为"黄"，以"藋"为"藋"，皆字之误耳。《天对》云："维莞维蒲，维菰维芦。"

[22]疾，恶也。修，长也。盈，满也。由，用也。言尧不恶鲧而戮杀之，则禹不得嗣兴，民何得播种五谷乎？乃知鲧恶长满天下也。【补曰】并，並也。言禹平水土，民得并种五谷矣，何由鲧恶长满天下乎？所谓"盖前人之愆"。

[23]蜺，云之有色似龙者也。弗，白云逶移若蛇者也。言此有蜺

苿，气逶移相婴，何为此堂乎？盖屈原所见祠堂也。【补曰】蜺，雌虹也。苿音拂。《说文》云"霈，云貌"，疑即此"苿"字。《天对》云："王子怪骇，蜺形苿裳。"

[24]臧，善也。言崔文子学仙于王子侨，子侨化为白蜺而婴苿，持药与崔文子，崔文子惊怪，引戈击蜺，中之，因堕其药，俯而视之，王子侨之尸也。故言得药不善也。一本"夫"上有"失"字。【补曰】崔文子事见《列仙传》。

[25]式，法也。爰，于也。言天法有善阴阳从横之道，人失阳气则死也。【补曰】从，即容切。

[26]言崔文子取王子侨之尸，置之室中，覆之以弊筐，须臾则化为大鸟而鸣，开而视之，翻飞而去，文子焉能亡子侨之身乎？言仙人不可杀也。丧，一作"亶"。

[27]蓱，蓱翳，雨师名也。号，呼也。兴，起也。言雨师号呼，则云起而雨下，独何以兴之乎？蓱，一作"荓"，一作"萍"。【补曰】蓱音瓶。号，乎刀切。《山海经》："屏翳在海东，时人谓之雨师。"《天象赋》云："太白降神于屏翳。"注云："其精降为雨师之神。"《博雅》作"荓翳"。张景阳诗云："丰隆迎号屏。"颜师古云："屏翳，一曰蓱号。"《大人赋》云："召屏翳，诛风伯，刑雨师。"注云："屏翳，天神使也。"

[28]膺，受也。言天撰十二神鹿，一身八足两头，独何膺受此形体乎？一云"撰体胁鹿，何以膺之"。【补曰】撰，具也，雏绾切。协，合也。胁，虚业切。《说文》云："两膀也。"膺，於陵切。《书》曰："永膺多福。"膺，当也，受也。《天对》云："气怪以神，爰有奇躯，胁属支偶，尸帝之隅。"

[29]鳌，大龟也。击手曰抃。《列仙传》曰："有巨灵之鳌，背负蓬莱之山而抃舞，戏沧海之中，独何以安之乎？"戴，一作"载"。抃，《释文》作"拚"。【补曰】鳌音敖。抃音卞。《列子》云："五山之根，无所连箸，帝命禺强使巨鳌十五，举首而戴之，迭为三番，六万岁一交焉，五山始峙而不动。"张衡赋云："登蓬莱而容与兮，鳌虽抃而不倾。"《玄中

记》云即巨龟也。一云海中大鳌。

[30]释,置也。舟,船也。迁,徙也。舟释水而陵行,则何能迁徙也?言龟所以能负山若舟船者,以其在水中也。使龟释水而陵行,则何以能迁徙山乎?【补曰】《列子》云:"龙伯之国有大人,举足不盈数步而暨五山之所,一钓而连六鳌,合负而趋归其国,灼其骨以数焉。"此言鳌在海中,其负山若舟之负物,今释水而陆,反为人所负,何罪而见徙也。《天对》云:"恶释而陵,殆或谪之。龙伯负骨,帝尚窄之。"

[31]浇,古多力者也。《论》曰:"浇荡舟。"言浇无义,淫佚其嫂,往至其户,佯有所求,因与行淫乱也。【补曰】浇,尧吊切,见《骚经》。

[32]言夏少康因田猎放犬逐兽,遂袭杀浇而断其头。【补曰】《说文》:"颠,(倒)〔顶〕也。"俗作"颠",下同。陨,从高下也。

[33]女歧,浇嫂也。馆,舍也。爰,于也。言女歧与浇淫佚,为之缝裳,于是共舍而宿止也。

[34]逢,遇也。殆,危也。言少康夜袭得女歧头,以为浇,因断之,故言易首,遇危殆也。一本"颠"下有"陨"字。"殆"上有"天"字。

[35]汤,殷王也。旅,众也。言殷汤欲变易夏众,使之从己,独何以厚待之乎?【补曰】《书》云:"攸徂之民,室家相庆,曰:'徯予后,后来其苏。'"汤之厚其众,以德而已。

[36]覆,反也。舟,船也。斟寻,国名也。言少康灭斟寻氏,奄若覆舟,独以何道取之乎?【补曰】斟,职深切。《左传》云:"有过浇杀斟灌,以伐斟寻,灭夏后相。"注云:"二斟,夏同姓诸侯,相失国,依于二斟,为浇所灭。"然则取斟寻者,乃有过、浇,非少康也。《天对》云:"康复旧物,寻焉保之?覆舟喻易,尚或艰之。"承逸之误也。取,此苟切。

[37]桀,夏亡王也。蒙山,国名也。言夏桀征伐蒙山之国,而得妹嬉也。【补曰】《国语》云:"昔夏桀伐有施,有施人以末嬉女焉。"注云:"有施,嬉姓之国;末嬉,其女也。"

[38]言桀得妹嬉,肆其情意,故汤放之南巢也。妹,一作"末"。

殛，一作"摪"。【补曰】妹音末。嬉音喜。《说文》云："殛，（诛）〔殊〕也。"引《书》"殛鲧于羽山"。或作"摪"，音义同。

　　舜闵在家，父何以鳏[1]？尧不姚告，二女何亲[2]？厥萌在初，何所亿焉[3]！璜台十成，谁所极焉[4]？登立为帝，孰道尚之[5]？女娲有体，孰制匠之[6]？舜服厥弟，终然为害[7]。何肆犬体，而厥身不危败[8]？吴获迄古，南岳是止[9]。孰期去斯，得两男子[10]？缘鹄饰玉，后帝是飨[11]。何承谋夏桀，终以灭丧[12]？帝乃降观，下逢伊挚[13]。何条放致罚，而黎服大说[14]？简狄在台，喾何宜？玄鸟致贻，女何喜[15]？该秉季德，厥父是臧[16]。胡终弊于有扈，牧夫牛羊[17]？干协时舞，何以怀之[18]？平胁曼肤，何以肥之[19]？有扈牧竖，云何而逢[20]？击床先出，其命何从[21]？恒秉季德，焉得夫朴牛[22]？何往营班禄，不但还来[23]？昏微遵迹，有狄不宁[24]。何繁鸟萃棘，负子肆情[25]？眩弟并淫，危害厥兄[26]。何变化以作诈，后嗣而逢长[27]？成汤东巡，有莘爰极[28]。何乞彼小臣，而吉妃是得[29]？水滨之木，得彼小子。夫何恶之媵，有莘之妇[30]？汤出重泉，夫何辠尤[31]？不胜心伐帝，夫谁使挑之[32]？

　　[1]舜，帝舜也。闵，忧也。无妻曰鳏。言舜为布衣，忧闵其家。其父顽母嚚，不为娶妇，乃至于鳏也。【补曰】鳏，古顽切，经传多作"鳏"。《书》曰："有鳏在下，曰虞舜。"此言舜孝如此，父何以不为娶乎？

　　[2]姚，舜姓也。言尧不告舜父母而妻之，如令告之，则不听尧，女当何所亲附乎？一云"女何所亲"。【补曰】《书》云："女于时观厥刑于二女，厘降二女于妫汭，嫔于虞。"二女，娥皇、女英也。《孟子》曰："舜不告而娶，为无后也，君子以为犹告也。"又《万章》曰："舜之不告而娶，则吾既得闻命矣。帝之妻舜而不告，何也？曰：帝亦知告焉，则不

得妻也。"伊川程颐曰:"舜不告而娶,固不可。尧命瞽使舜娶,舜虽不告,尧固告之尔。尧之告也,以君治之而已。"

[3]言贤者预见施行萌牙之端,而知其存亡善恶所终,非虚亿也。亿,一作"意"。【补曰】亿,度也。《论语》曰:"亿则屡中。""意"与"亿"音义同。

[4]璜,石次玉者也。言纣作象箸,而箕子叹,预知象箸必有玉杯,玉杯必盛熊蹯豹胎,如此,必崇广宫室。纣果作玉台十重,糟丘酒池,以至于亡也。【补曰】《左传》曰:"夏后氏之璜。"璜,美玉也。郭璞注《尔雅》云:"成,犹重也。"《淮南》云:"桀、纣为璇室、瑶台、象廊、玉床。"

[5]言伏羲始画八卦,修行道德,万民登以为帝,谁开导而尊尚之也?【补曰】登立为帝,谓匹夫而有天卜者,舜、禹是也。《史记》:"夏、商之君皆称帝。"《天对》云:"惟德登帝,帅以首之。"逸以为伏羲,未知何据。

[6]传言女娲人头蛇身,一日七十化,其体如此,谁所制匠而图之乎?【补曰】娲,古华切。古天子,风姓也。《山海经》云:"女娲之肠,化为神,处栗广之野。"注云:"女娲,古神女帝,人面蛇身,一日中七十变,其肠化为此神。"《列子》曰:"女娲氏蛇身人面,牛首虎鼻,此有非人之状,而有大圣之德。"注云:"人形貌自有偶与禽兽相似者,亦如相书龟背、鹄步、鸢肩、鹰喙耳。"《淮南》云:"黄帝生阴阳,上骈生耳目,桑林生臂手。此女娲所以七十化也。"

[7]服,事也。言舜弟象,施行无道,舜犹服而事之,然象终欲害舜也。【补曰】此言舜德足以服象,而象终为害。《书》云:"父顽母嚚象傲,克谐以孝。"《史记》云:"舜父瞽叟盲,而舜母死,瞽叟更娶妻而生象,爱后妻子,常欲杀舜。舜顺事父及后母与弟,日以笃谨。"

[8]言象无道,肆其犬豕之心,烧廪窴井,欲以杀舜,然终不能危败舜身也。一云"何得肆其犬豕"。一云"何肆犬豕"。【补曰】《列女传》云:"瞽叟与象谋杀舜,使涂廪,舜告二女。二女曰:'时唯其戕汝,

时唯其焚汝，鹊如汝裳衣，鸟工往。'舜既治廪，戕旋阶，瞽叟焚廪，舜往飞。复使浚井，舜告二女。二女曰：'时亦唯其戕汝，时其掩汝。汝去裳衣，龙工往。'舜往浚井，格其入出，从掩，舜潜出。"

[9]获，得也。迄，至也。古，谓古公亶父也。言吴国得贤君，至古公亶父之时，而遇太伯，阴让避王季，辞之南岳之下，采药于是，遂止而不还也。【补曰】迄，许讫切。《史记》："古公亶父有长子曰太伯，次曰虞仲，少子季历。古公曰：'我世当兴者，其在昌乎？'长子太伯、虞仲，知古公欲立季历以传昌，乃二人亡，如荆蛮，文身断发，以让季历。太伯之犇荆蛮，自号句吴，荆蛮义之，从而归之千馀家，立为吴太伯。太伯卒，弟仲雍立。"仲雍，即虞仲也。

[10]期，会也。昔古公有少子，曰王季，而生圣子文王，古公欲立王季，令天命及文王。长子太伯及弟仲雍去而之吴，吴立以为君。谁与期会，而得两男子，两男子，谓太伯、仲雍也。去，一作"夫"。

[11]后帝，谓殷汤也。言伊尹始仕，因缘烹鹄鸟之羹，修玉鼎，以事于汤。汤贤之，遂以为相也。【补曰】《史记》："阿衡欲干汤而无由，乃为有莘氏媵臣，负鼎俎，以滋味说汤，致于王道。"《淮南》云："伊尹忧天下之不治，调和五味，负鼎俎而行。"注云："负鼎俎，调五味，欲其调阴阳，行道也。"《孟子》云："吾闻以尧、舜之道要汤，未闻割烹也。伊尹负鼎干汤，犹太公屠钓之类，于传有之。"孟子不以为然者，虑后世贪鄙之徒，托此以自进耳。若谓初无负鼎之说，则古书皆不可信乎？

[12]言汤遂承用伊尹之谋，而伐夏桀，终以灭亡也。一无"夏"字。丧，一作"宦"。【补曰】此言伊尹承事汤以谋夏桀也。丧，去声。

[13]帝，谓汤也。挚，伊尹名也。言汤出观风俗，乃忧下民，博选于众，而逢伊尹，举以为相也。乃，一作"力"，注同。

[14]条，鸣条也。黎，众也。说，喜也。言汤行天之罚，以诛于桀，放之鸣条之野，天下众民大喜悦也。服，一作"伏"。【补曰】《书》云："伊尹相汤伐桀，遂与桀战于鸣条之野。"又曰："造攻自鸣条，朕载自亳。"注云："鸣条在安邑之西。"《史记》："桀败于有娀之虚，犇于鸣

条。"此言条放者,自鸣条放之也。致罚者,《汤诰》所谓"致天之罚"
也。黎,谓群黎百姓也。汤以臣放君,而黎民说服者,代虐以宽故也。
《天对》云:"条伐巢放,民用(浂)〔溃〕厥疚,以夷于肤,夫曷不谣?"

[15] 简狄,帝喾之妃也。玄鸟,燕也。贻,遗也。言简狄侍帝喾于
台上,有飞燕堕遗其卵,喜而吞之,因生契也。一云"帝喾何宜"。贻,
一作"诒"。喜,一作"嘉"。【补曰】《诗》云:"天命玄鸟,降而生商。"
玄鸟,鳦也。汤之先祖,有娀氏女简狄,配高辛氏。天使鳦下而生商者,
谓鳦遗卵,简狄吞之而生契,为尧司徒而有功,封之于商也。喾,苦笃
切。《天对》云:"喾狄祷祺,契形于胞,胡乙觳之食,而怪焉以嘉。"以
《诗》考之,非史氏之妄也。

[16] 该,苞也。秉,持也。父,谓契也。季,末也。臧,善也。言汤
能包持先人之末德,修其祖父之善业,故天佑之以为民主也。【补曰】
《天对》云:"该德胤考,蓐收于西,爪虎手钺,尸刑以司慝。"《左氏
传》:"少皞氏有四叔:曰重、曰该、曰修、曰熙。使该为蓐收,世不失
职,遂济穷桑。"宗元所云谓此也。按此当与下文相属,下云"弊于有
扈",则秉季德者,谓夏启也。该,兼也。言能兼秉大禹之末德,犹曰
"恒秉季德"耳,"恒"岂亦人名乎?厥父是臧,言为父所善,以有天下
也。

[17] 有扈,浇国名也。浇灭夏后相,相之遗腹子,曰少康,后为
有仍牧正,典主牛羊,遂攻杀浇,灭有扈,复禹旧迹,祀夏配天也。【补
曰】《书序》云:"启与有扈战于甘之野。"《淮南》曰:"有扈氏为义而
亡。"注云:"有扈,夏启之庶兄,以尧、舜与贤,启独与子,故伐启,启
亡之。"《左传》:"少康灭浇于过。"非有扈也。逸说非是。《地理志》
云:"扶风鄠县是扈国。"此言禹得天下以揖让,而启用兵以灭有扈氏,
有扈遂为牧竖也。《天对》云:"牧正矜矜,浇扈爱踣。"承逸之误也。

[18] 干,求也。舞,务也。协,和也。怀,来也。言夏后相既失天
下,少康幼小,复能求得时务,调和百姓,使之归己,何以怀来之也?【补
曰】《书》云:"三旬,苗民逆命,帝乃诞敷文德,舞干羽于两阶。七旬,

有苗格。"协,合也。言舜以时合舞于两阶,而有苗格也。《庄子》曰:
"执干而舞。"干,盾也。《天对》云:"阶干以娱,苗革而格。不迫以
死,夫胡狃厥贼?"

[19]言纣为无道,诸侯背畔,天下乖离,当怀忧癯瘦,而反形体曼
泽,独何以能平胁肥盛乎?一本"平"上有"受"字。【补曰】受,即纣也。
曼音万。李善云:"曼,轻细也。"《天对》云:"辛后骙狂,无忧以肥。
肆荡弛厥体,而充膏于肌。"

[20]言有扈氏本牧竖之人耳,因何逢遇而得为诸侯乎?一曰"其
爰何逢"。一曰"其云何逢"。【补曰】此言启灭有扈之国,其后子孙遂
为民庶,牧夫牛羊,其初以何道而得为诸侯也。竖,童仆之未冠者,巨庾
切。

[21]言启攻有扈之时,亲于其床上,击而杀之。其先人失国之原,
何所从出乎?一云"其何所从"。

[22]恒,常也。季,末也。朴,大也。言汤常能秉持契之末德,修
而弘之,天嘉其志,出田猎,得大牛之瑞也。【补曰】《说文》云:"特
牛,牛父也。"言其朴特。朴,匹角切。一云平豆切,无樸音。

[23]营,得也。班,遍也。言汤往田猎,不但驱驰往来也,还辄以
所获得禽兽,遍施禄惠于百姓也。【补曰】《诗》云:"经之营之。"营,
度也。《记》曰:"请班诸兄弟之贫者。"班,分也。言汤田猎禽兽,往营
所以施禄惠于百姓者,不但还来而已,必有所分也。

[24]昏,闇也。遵,循也。迹,道也。言人有循闇微之道,为淫妷夷
狄之行者,不可以安其身也。谓晋大夫解居父也。遵,一作"循"。有,
一作"佚"。

[25]言解居父聘吴,过陈之墓门,见妇人负其子,欲与之淫泆,
肆其情欲。妇人则引《诗》刺之曰:"墓门有棘,有鸮萃止。"故曰"繁鸟
萃棘"也。言墓门有棘,虽无人,棘上犹有鸮,汝独不愧也?【补曰】《列
女传》:"陈辩女者,陈国采桑之女也。晋大夫解居甫使于宋,道过陈,
遇采桑之女,止而戏之曰:'女为我歌,吾将舍女。'乃为歌曰:'墓门有

棘，斧以斯之。夫也不良，国人知之。知而不已，谁昔然矣。'又曰：'为
我歌其二。'女曰：'墓门有楳，有鸮萃止。夫也不良，歌以讯止。讯予不
顾，颠倒思予。'大夫曰：'其棘则是，其鸮安在？'女曰：'陈小国也，摄
乎大国之间，因之以饥馑，加之以师旅，其人且亡，而况鸮乎？'大夫乃
服而释之。"

[26]眩，惑也。厥，其也。言象为舜弟，眩惑其父母，并为淫泆之
恶，欲共危害舜也。害，一作"虞"。【补曰】眩弟，犹惑妇也，言舜有惑
乱之弟也。

[27]言象欲杀舜，变化其态，内作奸诈，使舜治廪，从下焚之；又
命穿井，从上寘之，终不能害舜。舜为天子，封象于有庳，而后嗣子孙，
长为诸侯也。一云"而后嗣逢长"。《天对》云："象不兄龚，而奋以谋
盖。圣孰凶怒，嗣用绍厥爱。"【补曰】《孟子》云："仁人之于弟，不藏
怒，不宿怨。封之有庳，富贵之也。"

[28]有莘，国名。爰，于也。极，至也。言汤东巡狩，至有莘国，以
为婚姻也。【补曰】莘，所申切。

[29]小臣，谓伊尹也。言汤东巡狩，从有莘氏乞匄伊尹，因得吉
善之妃，以为内辅也。【补曰】《孟子》曰："伊尹耕于有莘之野，汤三使
往聘之。"《史记》曰："阿衡欲干汤而无由，乃为有莘氏媵臣。"《列女
传》云："汤妃，有莘氏之女，明而有序。"《左传》以后稷之妃为吉人，
与此"吉妃"同意。

[30]小子，谓伊尹。媵，送也。言伊尹母妊身，梦神女告之曰："臼
灶生蛙，亟去无顾。"居无几何，臼灶中生蛙，母去，东走，顾视其邑，
尽为大水，母因溺死，化为空桑之木。水干之后，有小儿啼水涯，人取
养之。既长大，有殊才。有莘恶伊尹从木中出，因以送女也。一无"彼"
字。【补曰】滨，水际也。送女从嫁曰媵。《列子》曰："伊尹生乎空桑。"
注云："伊尹母居伊水之上，既孕，梦有神告之曰：'臼水出而东走，无
顾。'明日，视臼水出，告其邻，东走十里，而顾视其邑，尽为水，身因化
为空桑。有莘氏女子采桑，得婴儿于空桑之中，故命之曰伊尹，而献其

君，令庖人养之。长而贤，为殷汤相。"与注说小异，故并录之。

[31]重泉，地名也。言桀拘汤于重泉，而复出之，夫何用罪法之不审也?【补曰】皋，古"罪"字。尤，过也。《前汉志》左冯翊有重泉。《史记》曰："夏桀不务德，百姓弗堪，乃召汤而囚之夏台，已而释之。"

[32]帝，谓桀也。言汤不胜众人之心，而以伐桀，谁使桀先挑之也?挑，一作"桃"。【补曰】帝谓帝履癸，即桀也。挑，徒了切。《仓颉篇》云："挑，招呼也。"《书》曰："造攻自鸣条，朕载自亳。"《天对》云："汤行不类，重泉是囚。违虐立辟，实罪德之由。师冯怒以割，癸挑而雠。"

　　会鼌争盟，何践吾期[1]? 苍鸟群飞，孰使萃之[2]? 到击纣躬，叔旦不嘉[3]。何亲揆发足，周之命以咨嗟[4]? 授殷天下，其位安施[5]? 反成乃亡，其罪伊何[6]? 争遣伐器，何以行之[7]? 并驱击翼，何以将之[8]? 昭后成游，南土爰底[9]。厥利惟何，逢彼白雉[10]? 穆王巧梅，夫何为周流[11]? 环理天下，夫何索求[12]? 妖夫曳衒，何号于市[13]? 周幽谁诛，焉得夫褒姒[14]? 天命反侧，何罚何佑[15]? 齐桓九会，卒然身杀[16]。彼王纣之躬，孰使乱惑[17]? 何恶辅弼，谗谄是服[18]? 比干何逆，而抑沉之[19]? 雷开阿顺，而赐封之[20]? 何圣人之一德，卒其异方[21]? 梅伯受醢，箕子详狂[22]。稷维元子，帝何竺之[23]? 投之于冰上，鸟何燠之[24]? 何冯弓挟矢，殊能将之[25]? 既惊帝切激，何逢长之[26]? 伯昌号衰，秉鞭作牧[27]。何令彻彼岐社，命有殷国[28]? 迁藏就岐何能依[29]? 殷有惑妇何所讥[30]? 受赐兹醢，西伯上告[31]。何亲就上帝罚，殷之命以不救[32]? 师望在肆昌何识[33]? 鼓刀扬声后何喜[34]? 武发杀殷何所悒[35]? 载尸集战何所急[36]? 伯林雉经，维其何故[37]? 何感天抑墬，夫谁畏惧[38]? 皇天集命，惟何戒之[39]? 受礼天下，又使至代之[40]？初汤臣挚，后兹承辅[41]。何卒官汤，尊食宗绪[42]？勋阖梦生，少离散亡[43]。何壮武厉，能流厥严[44]？彭铿斟雉帝何飨[45]？受寿永多，夫何久长[46]？中央共牧后何怒[47]？蠭蛾微命力何固[48]？惊女采薇鹿何祐[49]？北至回水萃何喜[50]？兄有噬犬弟何欲[51]？易之以百两卒无禄[52]。

[1]言武王将伐纣，纣使胶鬲视武王师。胶鬲问曰："欲以何日至殷？"武王曰："以甲子日。"胶鬲还报纣。会天大雨，道难行，武王昼夜行。或谏曰："雨甚，军士苦之，请且休息。"武王曰："吾许胶鬲以甲子日至殷，今报纣矣。吾甲子日不到，纣必杀之。吾故不敢休息，欲救贤者之死也。"遂以甲子日朝诛纣，不失期也。一作"会晁请盟"。【补曰】鼂、晁，并"朝夕"之"朝"。《诗》云："肆伐大商，会朝清明。"注云："会甲也。"笺云："会，合也。天期已至，兵甲之强，师率之武，故今伐殷，合兵以清明。"《书·牧誓》曰："时甲子昧爽，武王朝至于商郊牧野，乃誓。"

[2]苍鸟，鹰也。萃，集也。言武王伐纣，将帅勇猛如鹰鸟群飞，谁使武王集聚之者乎？《诗》曰"惟师尚父，时惟鹰扬"也。苍，一作"仓"。【补曰】《诗》注："鹰，鸷鸟也，如鹰之飞扬。"按《诗》"鹰扬"指尚父，此云群飞者，士以类从也。

[3]旦，周公名也。嘉，善也。言武王始至孟津，八百诸侯不期而到，皆曰纣可伐也。白鱼入于王舟，群臣咸曰："休哉。"周公曰："虽休勿休。"故曰"叔旦不嘉"也。到，一作"列"。【补曰】《六韬》云："武王东伐，至于河上，雨甚雷疾。周公旦进曰：'天不佑周矣！意者，吾君德行未备，百姓疾怨邪？故天降吾灾，请还师。'太公曰：'不可。'武王与周公旦望纣之阵，引军止之。太公曰：'君何不驰也？'周公曰：'天时不顺，龟燋不兆，占筮不吉，妖而不祥，星变又凶，固旦待之，何可驱也？'"《天对》云："颈纣黄钺，旦孰喜之？"余谓武王之事，太公佐之，伯夷谏之。佐之者，以救天下之溺；谏之者，以惩万世之乱。武未尽

善,叔旦不嘉,其意一也。《尔雅疏》曰:"到者,自远而至也。"周公,武王弟,故曰叔旦。

[4]揆,度也。言周公于孟津揆度天命,发足还师而归,当此之时,周之命令已行天下,百姓咨嗟,叹而美之也。一无"何"字,一云"周命咨嗟"。

[5]言天始授殷家以天下,其王位安所施用乎?善施若汤也。位,一作"德"。《天对》曰:"位庸芘民,仁克苴之。"

[6]言殷王位已成,反覆亡之,其罪惟何乎?罪若纣也。乃,一作"及"。

[7]伐器,攻伐之器也。言武王伐纣,发遣干戈攻伐之器,争先在前,独何以行之乎?【补曰】争遣伐器,谓群后以师毕会也。

[8]言武王三军,人人乐战,并载驱载驰,赴敌争先,前歌后舞,凫藻讙呼,奋击其翼,独何以将率之也?凫藻讙呼,一云"如鸟枭呼"。【补曰】《六韬》云:"翼其两旁,疾击其后。"击翼,盖兵法也。

[9]爰,于也。厎,至也。言昭王背成王之制而出游,南至于楚,楚人沉之,而遂不还也。【补曰】《左传》:"齐侯伐楚,曰:'昭王南征而不复,寡人是问。'对曰:'昭王之不复,君其问诸水滨。'"注云:"昭王,成王孙,南巡狩,涉汉,船坏而溺。"《史记》:"昭王之时,王道微缺,南巡狩不返,卒于江上。其卒不赴告,讳之也。"成游,谓成南征之游,犹所谓斯游遂成也。厎音旨。

[10]厥,其也。逢,迎也。言昭王南游,何以利于楚乎?以为越裳氏献白雉,昭王德不能致,欲亲往逢迎之。【补曰】《后汉书》曰:"交阯之南,有越裳国,周公居摄,越裳重译而献白雉。"

[11]梅,贪也。言穆王巧于辞令,贪好攻伐,远征犬戎,得四白狼、四白鹿。自是后夷狄不至,诸侯不朝。穆王乃更巧词,周流而往说之,欲以怀来也。一云"夫何周流"。梅,一作"挴"。【补曰】《方言》云:"挴,贪也。"亡改切。其字从手。贾生云"品庶每生"是也,《集韵》云:"(梅)〔挴〕,母罪切,惭也。""挴,母亥切,贪也。"诸本作"梅"

《释文》：每磊切，其字从木，传写误耳。瑂，玉名，音媒，亦非也。《左传》云："穆王欲肆其心，周行天下，将必有车辙马迹焉。祭公谋父作《祈招》之诗，以止王心，王是以获没于祇宫。"《史记》云："周穆王得骥、温骊、骅騟、騄耳之驷，西巡狩，乐而忘归。徐偃王作乱，造父为穆王御，长驱归周以救乱。"巧梅，言巧于贪求也。

[12]环，旋也。言王者当修道德以来四方，何为乃周旋天下，而求索之也？《天对》曰："穆懵祈招，猖洋以游，轮行九野，惟怪之谋。"【补曰】穆王事见《竹书》、《穆天子传》。后世如秦皇、汉武，托巡狩以求神仙，皆穆王启之也。志足气满，贪求无厌，适以召乱。

[13]妖，怪也。号，呼也。昔周幽王前世有童谣曰："檿弧箕服，实亡周国。"后有夫妇卖是器，以为妖怪，执而曳戮之于市也。【补曰】曳，牵也，引也。衒，荧绢切，行且卖也。曳衒，言夫妇相引，行卖于市也。褒姒事见《国语》。

[14]褒姒，周幽王后也。昔夏后氏之衰也，有二神龙止于夏庭而言曰："余，褒之二君也。"夏后布币糈而告之，龙亡而漦在，椟而藏之。夏亡传殷，殷亡传周，比三代莫敢发也。至厉王之末，发而观之，漦流于庭，化为玄鼋，入王后宫。后宫处妾遇之而孕，无夫而生子，惧而弃之。时被戮夫妇夜亡，道闻后宫处妾所弃女啼声，哀而收之，遂奔褒。褒人后有罪，幽王欲诛之，褒人乃入此女以赎罪，是为褒姒，立以为后，惑而爱之，遂为犬戎所杀也。【补曰】藏，一作"弄"。"弄"即"藏"也。

[15]言天道神明，降与人之命，反侧无常，善者佑之，恶者罚之。

[16]言齐桓公任管仲，九合诸侯，一匡天下。任竖刁、易牙，子孙相杀，虫流出户。一人之身，一善一恶，天命无常，罚佑之不恒也。会，一作"合"。【补曰】卒，终也。《论语》曰："桓公九合诸侯，不以兵车，管仲之力也。"《国语》曰："兵车之属六，乘车之会三。"孙明复《尊王发微》曰："桓公之会十有五：十三年会北杏，十四、十五年会鄄，十六、二十七年会幽，僖元年会柽，二年会贯，三年会阳谷，五年会首止，七年

会宁母，八年会洮，九年会葵丘，十三年会咸，十五年会牡丘，十六年会淮是也。孔子止言其九者，盖十三年会北杏，桓始图伯，其功未见。十四年会鄄，又是伐宋诸侯。僖八年会洮，十三年会咸，十五年会牡丘，十六年会淮，皆有兵车，故止言其会之盛者九焉。"《史记》曰："管仲病，桓公问曰：'易牙何如？'对曰：'杀子以适君，非人情，不可。'开方何如？'曰：'倍亲以适君，非人情，难近。''竖刁何如？'曰：'自宫以适君，非人情，难亲。'管仲死，桓公卒近用三子，三子专权。桓公卒，易牙与竖刁杀群吏而立公子无诡为君。桓公病，五公子各树党争立。及桓公卒，遂相攻，以故宫中莫敢棺。桓公尸在床上六十七日，尸虫出于户。无诡立，乃棺赴。"按小白之死，诸子相攻，身不得敛，与见杀无异，故曰卒然身杀，甚之也。

[17] 惑妲己也。

[18] 服，事也。言纣憎辅弼，不用忠直之言，而事用谄谀之人也。谄，一作"讇"。【补曰】服，行也，用也。武王数纣曰："贼虐谏辅，崇信奸回。"《庄子》曰："好言人之恶谓之谗，希意导言谓之谄。"

[19] 比干，圣人，纣诸父也。谏纣，纣怒，乃杀之，剖其心也。【补曰】抑沉，犹《九章》云"情沉抑而不达"也。

[20] 雷开，佞人也，阿顺于纣，乃赐之金玉而封之也。一云"雷开何顺，而赐封金"。

[21] 圣人，谓文王也。卒，终也。言文王仁圣，能纯一其德，则天下异方，终皆归之也。【补曰】文王顺纣而不敢逆，武王逆纣而不肯顺，故曰异方。或曰，下文云"梅伯受醢，箕子佯狂"，此异方也。

[22] 梅伯，纣诸侯也。言梅伯忠直，而数谏纣，纣怒，乃杀之，菹醢其身。箕子见之，则被发详狂也。详，一作"佯"。【补曰】梅音浼，纣诸侯号。《淮南子》曰："醢鬼侯之女，菹梅伯之骸。"《史记》曰："箕子，纣亲戚也。纣为淫佚，箕子谏不听。或曰：'可以去矣。'箕子曰：'为人臣，谏不听而去，是彰君之恶，而自说于民，吾不忍为也。'乃被发详狂而为奴，遂隐而鼓琴以自悲。故传之曰《箕子操》。"详，诈也，与

"佯"同。

[23]元,大也。帝,谓天帝也。竺,厚也。言后稷之母姜嫄,出见大人之迹,怪而履之,遂有娠而生后稷。后稷生而仁贤,天帝独何以厚之乎?竺,一作"笃"。一云"帝何竺"、"鸟何燠",并无"之"字。【补曰】《尔雅》云:"竺,厚也。"与"笃"同。《诗》曰:"厥初生民,时维姜嫄。生民如何,克禋克祀,以弗无子。履帝武敏歆。攸介攸止。载震载夙。载生载育,时维后稷。"注云:"姜嫄之生后稷,乃禋祀上帝于郊禖,而得其福。"《史记》曰:"周后稷名弃,其母有邰氏女,曰姜原,为帝喾元妃。姜原出野,见巨人迹,心忻然悦,欲践之。践之而身动如孕者,居期而生子。"《左氏》曰:"微子启,帝乙之元子。"说者曰,元子,首子也。姜嫄为帝喾元妃,生后稷。简狄为次妃,生契。故曰"稷维元子"也。

[24]投,弃也。燠,温也。言姜嫄以后稷无父而生,弃之于冰上,有鸟以翼覆荐温之,以为神,乃取而养之。《诗》曰:"诞寘之寒冰,鸟覆翼之。"燠,一作"懊"。【补曰】燠音郁,热也,其字从火。懊,贪也,无热义。《诗》曰:"不康禋祀,居然生子。诞寘之隘巷,牛羊腓字之。诞寘之平林,会伐平林。诞寘之寒冰,鸟覆翼之。鸟乃去矣,后稷呱矣。"注云:"大鸟来,一翼覆之,一翼藉之。"《史记》曰:"初欲弃之,因名曰弃。及为成人,遂好耕农,帝尧闻之,举为农师。"逸云"后稷无父而生",按稷以帝喾为父,特姜嫄感巨迹而生,有神灵之征耳。"天命玄鸟,降而生商",亦犹是也。

[25]冯,大也。挟,持也。言后稷长大,持大强弓,挟箭矢,桀然有殊异将相之才。冯,一作"凭"。【补曰】此与下文相属,冯如冯珧之冯。武王多才多艺,言冯弓挟矢,而将之以殊能者,武王也。《天对》曰:"既歧既嶷,宜庸将焉。"用逸说也。

[26]帝,谓纣也。言武王能奉承后稷之业,致天罚,加诛于纣,切激而数其过,何逢后世继嗣之长也。惊,一作"敬"。切,一作"功"。【补曰】此言武王伐纣,震惊而切责之,不顾君臣之义。惟纣无道,故武王能逢天命,以永其祚也。

楚　辞

[27]伯昌，谓文王也。秉，执也。鞭以喻政。言纣号令既衰，文王执鞭持政，为雍州之牧也。【补曰】"号"与"號"同。《孔丛子》："羊客问于子思曰：'古之帝王，中分天下而二，公治之，谓之二伯。周自后稷封为王者，之后子孙据国，至太王、王季，皆为诸侯矣，焉得为西伯乎？'子思曰：'吾闻殷王帝乙之时，王季以九命作伯，受圭瓒秬鬯之赐，故文王因之，得专征伐。此以诸侯为伯，犹周、召之君为伯也。'"《西伯戡黎》注云："文王为雍州之伯。"《史记》："纣以西伯为三公，赐弓矢斧钺，使得专征伐。"《周官》曰："牧以地得民。"

[28]彻，坏也。社，土地之主也。言武王既诛纣，令坏邻岐之社，言己受天命而有殷国，因徙以为天下之太社也。一云"命有殷之国"。【补曰】此言文王秉鞭作牧以事纣，而武王伐殷以有天下也。《论语》曰："三分天下有其二，以服事殷，周之德可谓至德也已矣。"谓文王也。《诗》曰："乃立冢土，戎丑攸行。""冢土，大社，美太王之社，遂为大社也。"《记》曰："王为群姓立社，曰大社。"岐在右扶风美阳中水乡，因岐山以名，太王自豳徙焉。

[29]言太王始与百姓徙其宝藏，来就岐下，何能使其民依倚而随之也？太王，一作"文王"。【补曰】按《诗》云："度其鲜原，居岐之阳。"注云："文王谋居善原广平之地，亦在岐山之南。"《说文》云："岐，周文王所封也。"然太王居邠，狄人侵之，始邑于岐山之下，则迁藏就岐，盖指太王也。《天对》曰："逾梁橐囊，膻仁蚁萃。"

[30]惑妇，谓妲己也。讥，谏也。言妲己惑误于纣，不可复讥谏也。【补曰】《国语》曰："殷辛伐有苏，有苏氏以妲己女焉。"

[31]兹，此也。西伯，文王也。言纣醢梅伯，以赐诸侯，文王受之以祭，告语于上天也。【补曰】《史记》："纣醢九侯，脯鄂侯，西伯闻之窃叹，纣囚西伯羑里。"

[32]上帝，谓天也。言天帝亲致纣之罪罚，故殷之命不可复救也。一云"上帝之罚"。【补曰】此言纣为无道，自致天讨，故不可救也。《天对》云："孰盈癸恶，兵躬殄祀。"

[33]师望，谓太公也。昌，文王名也。言太公在市肆而屠，文王何以识知之乎？识，一作"志"。【补曰】"识"与"志"同。

[34]后，谓文王也。言吕望鼓刀在列肆，文王亲往问之，吕望对曰："下屠屠牛，上屠屠国。"文王喜，载与俱归也。《天对》云："奋力屠国，以脾髋厥商。"

[35]言武王发欲诛殷纣，何所悁悒而不能久忍也？【补曰】悒音邑，忧也，不安也。《天对》云："发杀曷逞，寒民于烹。"

[36]尸，主也。集，会也。言武王伐纣，载文王木主，称太子发，急欲奉行天诛，为民除害也。【补曰】《史记》："武王东观兵，至于盟津，为文王木主，载以车，中军。武王自称太子发，言奉文王以伐，不敢自专。"【补曰】《记》云："祭祀之有尸也，宗庙之有主也，示民有事也。"主有虞主、练主。尸，神象也，以人为之。然《书序》云"康王既尸天子"，则尸亦主也。

[37]伯，长也。林，君也。谓晋太子申生为后母骊姬所谮，遂雉经而自杀。一无"何"字。【补曰】《左传》："晋献公伐骊戎，骊戎男女以骊姬。归，生奚齐。骊姬嬖，欲立其子。""使太子居曲沃，姬谓太子曰：'君梦齐姜，必速祭之。'太子祭于曲沃，归胙于公。姬毒而献之，泣曰：'贼由太子。'太子奔新城。十二月戊申，缢于新城。"《国语》云："雉经于新城之庙。"注云："雉经，头枪而悬死也。"

[38]言骊姬谗杀申生，其冤感天，又谗逐群公子，当复谁畏惧也？墜，一作"墬"，一作"肇"。【补曰】"墜"即"地"字。《左传》云："狐突适下国，遇太子曰：'夷吾无礼，余得请于帝矣。'又曰：'帝许我罚有罪矣，敝于韩。'"此言申生之冤感天抑地，而谁畏惧之乎？

[39]言皇天集禄命而与王者，王者何不常畏慎而戒惧也？【补曰】《诗》云："天鉴在下，有命既集。"此言何所戒慎而致天命之集也。

[40]言王者既已修行礼义，受天命而有天下矣，又何为至使异姓代之乎？一无"又"字。代，一作"伐"。【补曰】受礼天下，言受王者之礼于天下也。有德则兴，无德则亡，三代之王，是不一姓，可不慎乎？

[41] 言汤初举伊尹，以为凡臣耳。后知其贤，乃以备辅翼承疑，用其谋也。承，一作"丞"。【补曰】《孟子》曰："汤之于伊尹，学焉而后臣之。"于此异者，此言伊尹初为媵臣，后乃以为相耳。孟子言汤尊德乐道，不以臣礼待之也。

[42] 卒，终也。绪，业也。言伊尹佐汤命，终为天子，尊其先祖，以王者礼乐祭祀，绪业流于子孙。《天对》云："汤挚之合，祚以久食。"【补曰】官汤，犹言相汤也。尊食，庙食也。

[43] 勋，功也。阖，吴王阖庐也。梦，阖庐祖父寿梦也。寿梦卒，太子诸樊立。诸樊卒，传弟馀祭。馀祭卒，传弟夷未。夷未卒，太子王僚立。阖庐，诸樊之长子也。次不得为王，少离散亡，放在外，乃使专设诸刺王僚，代为吴王。子孙世盛，以伍子胥为将，大有功勋也。【补曰】《史记》："吴寿梦卒，有子四人：长诸樊，次馀祭，次馀昧，次季札。公子光者，诸樊之子也。以为吾父兄弟四人，当传至季子，季子即不受国，光父先立，即不传季子，光当立。遂弑王僚，代立为王，是谓吴王阖庐。"《天对》云："光征梦祖，憾离以厉。傍偟激覆，而勇益德迈。"

[44] 壮，大也。言阖庐少小散亡，何能壮大厉其勇武，流其威严也。【补曰】阖庐用伍子胥、孙武，破楚入郢。

[45] 彭铿，彭祖也。好和滋味，善斟雉羹，能事帝尧，尧美而飨食之。【补曰】斟，勺也，诸深切。铿，可衡切。飨有香音。《神仙传》云："彭祖姓籛名铿，帝颛顼之玄孙，善养性，能调鼎，进雉羹于尧，尧封于彭城。历夏经殷至周，年七百六十七岁而不衰。"籛音翦。

[46] 言彭祖进雉羹于尧，尧飨食之以寿考。彭祖至八百岁，犹自悔不寿，恨枕高而唾远也。【补曰】《庄子》曰："彭祖得之，上及有虞，下及五伯。"又曰："吹呴呼吸，吐故纳新，熊经鸟伸，为寿而已矣。此导引之士，养形之人，彭祖寿考者之所好也。"《天对》云："铿羹于帝，圣孰嗜味。夫死自暮，而谁飨以俾寿。"

[47] 牧，草名也，有实。后，君也。言中央之州，有歧首之蛇，争共食牧草之实，自相啄啮。以喻夷狄相与忿争，君上何故当怒之乎？牧，唐

本作"牧",注同,一作"牧"。【补曰】《尔雅》曰:"中有枳首蛇焉。"枳首,歧头蛇也。《韩非子》曰:"虫有螝者,一身两口,争食相龁,遂相杀也。"《古今字诂》云:"螝,古虺字。"《天对》云:"螝啮已毒,不以外肆。"

[48]言螽蛾有蠚毒之虫,受天命,负力坚固。屈原以喻蛮夷自相毒蠚,固其常也。独当忧秦吴耳。一作"蟊蚁"。【补曰】螽音峰。《传》曰:"蜂虿有毒,而况国乎?"蛾,古"蚁"字。《记》曰"蛾子时术之"是也。蠚音若,痛也。《天对》云:"细腰群螫,夫何足病。"

[49]祐,福也。言昔者有女子采薇菜,有所惊而走,因获得鹿,其家遂昌炽,乃天祐之。祐,一作"佑"。

[50]萃,止也。言女子惊而北走,至于回水之上,止而得鹿,遂有禧喜也。

[51]兄,谓秦伯也。噬犬,啮犬也。弟,秦伯弟针也。言秦伯有啮犬,弟针欲请之。【补曰】噬音筮。

[52]言秦伯不肯与弟针犬,针以百两金易之,又不听,因逐针而夺其爵禄也。【补曰】《春秋》昭元年"夏,秦伯之弟针出奔晋"《传》曰:"罪秦伯也。"《晋语》曰:"秦后子来仕,其车千乘。"后子,即针也。《天对》注云:"百两,盖谓车也。逸以为百两金,误矣。"两音亮,车数也。

薄暮雷电归何忧[1]?厥严不奉帝何求[2]?伏匿穴处爰何云[3]?荆勋作师夫何长[4]?悟过改更,我又何言[5]?吴光争国,久余是胜[6]。何环穿自闾社丘陵,爰出子文[7]?吾告堵敖以不长[8]。何试上自予,忠名弥彰[9]?

[1]言屈原书壁所问略讫,日暮欲去,时天大雨雷电,思念复至。自解曰:归何忧乎?【补曰】薄暮,日欲晚,喻年将老也。雷电,喻君暴怒也。归何忧者,自宽之词。

[2]言楚王惑信谗佞,其威严当日堕,不可复奉成,虽从天帝求

福，神无如之何。

　　[3] 爰，于也。吾将退于江滨，伏匿穴处耳，当复何言乎？《天对》云："合行违匿（同）〔固〕若所。呷嚘忿毒（竟）〔意〕谁与？"

　　[4] 荆，楚也。师，众也。勋，功也。初，楚边邑之处女，与吴边邑处女争采桑于境上，相伤，二家怒而相攻，于是楚为此兴师，攻灭吴之边邑，而怒始有功。时屈原又谏言，我先为不直，恐不可久长也。一云"夫何长先"。【补曰】《史记》："吴王僚九年，公子光伐楚，拔居巢、钟离。初，楚边邑卑梁氏之处女，与吴边邑之女争桑，二女家怒相灭，两国边邑长闻之，怒而相攻，灭吴之边邑。吴王怒，故遂伐楚，取两都而去。""荆勋作师夫何长"，言楚虽有功，吴复伐楚，非长久之策也。此楚平王时事，屈原征往事以讽耳。

　　[5] 欲使楚王觉悟，引过自与，以谢于吴，不从其言，遂相攻伐。言祸起于细微也。悟，一作"寤"。【补曰】更音庚。太史公曰："屈平虽放流，睠顾楚国，系心怀王，不忘欲反，冀幸君之一悟，俗之一改也。其存君兴国而欲反复之，一篇之中，三致志焉。然终无可奈何，故不可以反，卒以此见怀王之终不悟也。"

　　[6] 光，阖庐名也。言吴与楚相伐，至于阖庐之时，吴兵入郢都，昭王出奔。故曰"吴光争国，久余是胜"，言大胜我也。【补曰】楚昭王十年，吴王阖庐伐楚，楚大败，吴兵遂入郢。怀王与秦战，为秦所败，亡其六郡，入秦不返。故屈原征荆勋作师，吴光争国之事讽之。

　　[7] 子文，楚令尹也。子文之母，郧公之女，旋穿闾社，通于丘陵以淫，而生子文，弃之梦中，有虎乳之，以为神异，乃取收养焉。楚人谓乳为毂，谓虎为菟，故名鬪毂于菟，字子文，长而有贤仁之才也。一云"何环闾穿社，以及丘陵，是淫是荡，爰出子文"。【补曰】《左传》："初，若敖娶于䢵，生鬪伯比。若敖卒，从其母畜于䢵，淫于䢵子之女，生子文焉。以其女妻伯比，实为令尹子文。"《天对》注曰："爰出子文。哀今无此人，但任子兰也。"

　　[8] 堵敖，楚贤人也。屈原放时，语堵敖曰："楚国将衰，不复能

久长也。"一本"以"下有"楚"字。【补曰】《左传》:"楚子灭息,以息姬归,生堵敖及成王焉。"楚子,文王也。庄公十九年,杜敖生。二十三年,成王立。杜敖,即堵敖也。《天对》注云:"楚人谓未成君而死曰堵敖。堵敖,楚文王兄也。今哀怀王将如堵敖,不长而死,以此告之。逸注以堵敖为楚贤人,大谬。"然宗元以堵敖为成王兄,亦误矣。

[9]屈原言我何敢尝试君上,自干忠直之名,以显彰后世乎?诚以同姓之故,中心恳恻,义不能已也。试,一作"(诚)〔诚〕"。予,一作"与"。彰,一作"章"。《天对》云:"诚若名不尚,曷极而辞?"【补曰】予音与。

叙曰：昔屈原所作，凡二十五篇，世相教传，而莫能说《天问》，以其文义不次，又多奇怪之事。自太史公口论道之，多所不逮。至于刘向、扬雄，援引传记[1]以解说之，亦不能详悉。所阙者众，日无闻焉。既有解词[2]，乃复多连蹇其文[3]，蒙澒其说[4]，故厥义不昭，微指不皙，自游览者，靡不苦之，而不能照也。今则稽之旧章，合之经传，以相发明，为之符验，章决句断，事事可晓，俾后学者永无疑焉。

[1] 一作“经传”。
[2] 一作“说”。
[3] 一云“乃复支连其文”。
[4] 上莫孔、下乎孔切。蒙澒，大水也。澒，一作“鸿”，音同。

卷四　九章章句

《九章》者，屈原之所作也。屈原放于江南之野，思君念国，忧心罔极，故复作《九章》[1]。章者，著也，明也。言己所陈忠信之道，甚著明也。卒不见纳，委命自沉。楚人惜而哀之，世论其辞，以相传焉[2]。

[1]《史记》云："上官大夫短屈原于顷襄王，王怒而迁之，乃作《怀沙》之赋。"则《九章》之作，在顷襄时也。

[2]卒，《释文》作"猝"。《骚经》之辞缓，《九章》之辞切，浅深之序也。五臣云："'九'义与《九歌》同。"

惜 诵[1]

惜诵以致愍兮[2]，发愤以杼情[3]。所作忠而言之兮[4]，指苍天以为正[5]。令五帝以析中兮[6]，戒六神与向服[7]。俾山川以备御兮[8]，命咎繇使听直[9]。竭忠诚以事君兮[10]，反离群而赘肬[11]。忘儇媚以背众兮[12]，待明君其知之[13]。言与行其可迹兮[14]，情与貌其不变[15]。故相臣莫若君兮[16]，所以证之不远[17]。吾谊先君而后身兮[18]，羌众人之所仇[19]。专惟君而无他兮[20]，又众兆之所雠[21]。壹心而不豫兮[22]，羌不可保也[23]。疾亲君而无他兮[24]，有招祸之道也[25]。

[1]此章言己以忠信事君，可质于明神，而为谗邪所蔽，进退不可，惟博采众善以自处而已。

[2]惜，贪也。诵，论也。致，至也。愍，病也。言己贪忠信之道，可以安君。论之于心，诵之于口，至于身以疲病，而不能忘。愍，一作"懑"。【补曰】愍音敏。惜诵者，惜其君而诵之也。

[3]愤，懑也。杼，渫也。言己身虽疲病，犹发愤懑，作此辞赋，陈列利害，渫己情思，以风谏君也。杼，一作"舒"。【补曰】杼，渫水槽也，音署。杜预云："申杼旧意。"然《文选》云"抒情素"，又曰："抒下情而通讽谕"，其字并从手。上与、丈吕二切。

[4]言己所陈忠信之道，先虑于心，合于仁义，乃敢为君言之也。作，一作"非"。一本"忠"下有"心"字。【补曰】作，为也。下文云："作忠以造怨。"

[5]春曰苍天。正，平也。设君谓己作言非邪，愿上指苍天，使正平之也。夫天明察，无所阿私，惟德是辅，惟恶是去，故指之以为誓也。【补曰】正音征，叶韵。

[6]五帝，谓五方神也。东方为太皞，南方为炎帝，西方为少昊，

北方为颛顼，中央为黄帝。枑，犹分也。言己复命五方之帝，分明言是与非也。一本作"折中"。【补曰】枑，与"析"同。按《史记索隐》解"折中于夫子"引此为证，云："折中，正也。(安)〔宋〕均云：折，断也。中，当也。言欲折断其物而用之，与度相中当，故言折中也。"中，陟仲切。

[7]六神，谓六宗之神也。《尚书》："禋于六宗。"向，对也。服，事也。言己愿复令六宗之神，对听己言事可行与否也。一云"以乡服"。【补曰】《孔丛子》曰："宰我问禋于六宗。孔子曰：'所宗者六：埋少牢于太昭，祭时也；祖迎于坎坛，祭寒暑也；主于郊宫，祭日也；夜明，祭月也；幽(荣)〔禜〕，祭星也；雩(荣)〔禜〕，祭水旱也。禋于六宗，此之谓也。"孔安国、王肃用此说。又一说云，六宗：星、辰、风伯、雨师、司中、司命。一云，乾坤六子。颜师古用此说。一云：天、地、四时。一云，天宗三，日月星辰；地宗三，太山河海。一云，六为地数，祭地也。一云，天地间游神也。一云，三昭、三穆。王介甫用此说。一云，六气之宗，谓太极冲和之气。苏子由云："舍《祭法》不用，而以意立说，未可信也。"

[8]俾，使也。御，侍也。

[9]咎繇，圣人也。言己愿复令山川之神备列而处，使御知己志，又使圣人咎繇听我之言悬直与否也。夫神明照人心，圣人达人情，故屈原动以神圣自证明也。命，一作"会"。使，一作"以"。【补曰】舜举咎繇，不仁者远，惟兹臣庶，罔或干予正，故使之听直。

[10]竭，尽。一本"君"下有"子"字。

[11]群，众也。赘肬，过也。言己竭尽忠信，以事于君，若人有赘肬之病，与众别异，以得罪谪也。【补曰】赘，之芮切。肬音尤，瘤肿也。《庄子》曰："附赘悬肬。"

[12]偲，佞也。媚，爱也。背，违也。言己修行正直，忘为佞媚之行，违背众人，言见憎恶也。【补曰】偲，瓘缘切。《说文》："慧也。"一曰利也。言己忘佞人之害己，为忠直以背众。背音佩。

[13]须贤明之君，则知己之忠也。《书》曰："知人则哲。"秦缪公举由余，齐桓任管仲，知人之君也。一本无"明"字。

[14]出口为言,所履为迹。

[15]志愿为情,颜色为貌。变,易也。言己吐口陈辞,言与行合,诚可循迹。情貌相副,内外若一,终不变易也。

[16]言相视臣下忠之与佞,在君知之明也。【补曰】相,视也。息亮切。传曰:"知臣莫若君。"

[17]证,验也。言君相臣,动作应对,察言观行,则知其善恶,所证验之迹,近取诸身而不远也。一本"之"下有"而"字。

[18]言我所以修执忠信仁义者,诚欲先安君父,然后乃及于身也。夫君安则己安,君危则己危也。【补曰】谊,与"义"同。人臣之义,当先君而后己。

[19]羌,然辞也。怨耦曰仇。言在位之臣,营私为家,己独先君后身,其义相反,故为众人所仇怨。一本"羌"下有"然"字。一本"仇"下有"也"字。

[20]惟,一作"思",一作"为"。

[21]兆,众也。百万为兆。父怨曰雠。言己专心思欲竭忠情以安于君,无有他志,不与众同趋,故为众所怨雠,欲杀己也。兆,一作"人"。一本"雠"下有"也"字。

[22]豫,犹豫也。

[23]保,知也。言己专壹忠信,以事于君,虽为众人所恶,志不犹豫,顾君心不可保知,易倾移也。一本此句与下文皆无"也"字。

[24]疾,恶。

[25]招,召也。言己疾恶谗佞,欲亲近君侧,众人悉欲来害己,有招祸之道,将遇咎也。

思君其莫我忠兮[1],忽忘身之贱贫[2]。事君而不贰兮[3],迷不知宠之门[4]。忠何罪以遇罚兮[5],亦非余心之所志[6]。行不群以巅越兮[7],又众兆之所咍[8]。纷逢尤以离谤兮[9],謇不可释[10]。情沉抑而不达兮[11],又蔽而莫之白[12]。心郁邑余侘傺兮[13]，又莫察余之中情[14]。固烦言不可结诒兮[15]，愿陈志而无路[16]。退静默而莫余知兮，进号呼又莫吾闻[17]。申侘傺之烦惑兮[18]，中闷瞀之忳忳[19]。

[1]言众人思君，皆欲自利，无若己欲尽忠信之节。忠，一作"知"。【补曰】此言君不以我为忠也。

[2]言己忧国念君，忽忘身之贱贫，犹愿自竭。

[3]贰，二也。而，一作"其"。

[4]迷，惑也。言己事君，竭尽信诚，无有二心，而不见用，意中迷惑，不知得遇宠之门户，当何由之也。【补曰】《老子》云：宠为不宠，非君子之所贵也。屈原惟不知出此，故以信见疑，以忠被谤。

[5]罚，刑。

[6]言己履行忠直，无有罪过，而遇放逐，亦非我本心宿志所望于君也。一本此句末与下文皆有"也"字。

[7]巅，殒。越，坠。

[8]咍，笑也。楚人谓相啁笑曰咍。言己行度不合于俗，身以巅堕，又为人之所笑也。或曰"众兆之所异"。言己被放而巅越者，行与众殊异也。【补曰】咍，呼来切。《说文》云："蚩笑也。"

[9]纷，乱貌也。尤，过也。【补曰】纷，众貌。言尤谤之多也。离，遭也。

[10]謇，辞也。释，解也。言己逢遇乱君，而被罪过，终不可复解释而说也。一本句末有"也"字。

[11]沉，没也。抑，按也。

[12]言己怀忠贞之情，沉没胸臆，不得白达，左右壅蔽，无肯白达己心也。一本句末有"也"字。【补曰】情沉抑而不达，人君不知其用心也。又蔽而莫之白，群臣莫肯明己所存也。

[13]郁邑，愁貌也。侘，犹堂堂，立貌也。傺，住也。楚人谓失志怅然住立为侘傺也。心，一作"忳"。

[14]言己怀忠不达，心中郁邑，惆怅住立，失我本志，曾无有察我之中情也。

[15]诒，遗也。《诗》曰"诒我德音"也。固，一作"故"。一本"结"下有"而"字。【补曰】诒音怡。赠言也。

[16]愿，思也。路，道也。言己积思累日，其言烦多，不可结续，以遗于君，欲见君陈己志，又无道路也。【补曰】《思美人》曰："媒绝路阻兮，言不可结而诒。"

[17]言己放弃，所在幽远，众无知己之情也。【补曰】号，大呼也，音豪。

[18]申，重也。言众人无知己之情，思念惑乱，故重侘傺，怅然失意也。

[19]闷，烦也。瞀，乱也。忳忳，忧貌也。言己忧心烦闷，忳忳然无所舒也。中，一作"心"。【补曰】瞀音茂。忳，徒昆切，闷也。

　　昔余梦登天兮，魂中道而无杭[1]。吾使厉神占之兮[2]，曰有志极而无旁[3]。终危独以离异兮[4]，曰君可思而不可恃[5]。故众口其铄金兮[6]，初若是而逢殆[7]。惩于羹者而吹齑兮[8]，何不变此志也[9]？欲释阶而登天兮[10]，犹有曩之态也[11]。众骇遽以离心兮，又何以为此伴也[12]？同极而异路兮，又何以为此援也[13]？晋申生之孝子兮[14]，父信谗而不好[15]。行婞直而不豫兮[16]，鲧功用而不就[17]。

[1]杭，度也。《诗》曰："一苇杭之。"魂，一作"魂"。杭，一作"航"。【补曰】"杭"与"航"同。许慎曰："方，两小船并。"与共济为航。

[2]厉神，盖殇鬼也。《左传》曰"晋侯梦大厉，搏膺而踊"也。【补曰】《礼记》王立七祀有泰厉，诸侯有公厉，大夫有族厉。注云："厉主杀罚。"

〔3〕旁，辅也。言厉神为屈原占之曰：人梦登天无以渡，犹欲事君而无其路也。但有劳极心志，终无辅佐。

〔4〕言己行忠直，身终危殆，与众人异行之故也。

〔5〕恃，怙也。言君诚可思念，为竭忠谋，顾不可怙恃，能实任己与不也。

〔6〕铄，销也。言众口所论，万人所言，金性坚刚，尚为销铄，以喻谗言多，使君乱惑也。【补曰】铄，书药切。邹阳曰："众口铄金，积毁销骨。"颜师古曰："美金见毁，众共疑之，数被烧炼，以至销铄。"

〔7〕殆，危也。言己志行忠信正直，性若金石，故为谗人所危殆。

〔8〕言人有歠羹而中热，心中惩忿，见齑则恐而吹之，言易改移也。独己执守忠直，终不可移也。一无"者"字。一云"惩于热羹者"。一云"惩热于羹"。齑，一作"鳖"，一作"韲"。【补曰】惩，戒也。齑音赍。郑康成云："凡醯酱所和，细切为齑。"一曰，捣姜蒜辛物为之，故曰"齑（曰）〔曰〕受辛"也。

〔9〕何不改忠直之节，随从吹齑之志也。一云"何不变此之志"。一本自此句至"又何以为此援"并无"也"字。

〔10〕释，置也。登，上也。人欲上天，而释其阶，知其无由登也。以言我欲事君，而释忠信，亦知终无以自通也。【补曰】《释名》云："阶，梯也。"《孟子》所谓"完廪捐阶"是也。《易》曰："天险不可升。"《语》曰："犹天之不可阶而升。"欲释阶而登天，甚言其不可也。

〔11〕曩，曏也。言欲使己变节而从俗，犹曏者欲释阶登天之态也，言己所不能履行也。"犹有"一作"又犹"。【补曰】谓惩羹吹齑之态。

〔12〕伴，侣也。言己见众人易移，意中惊骇，遂离己心，独行忠直，身无伴侣，特立于世也。一无"众"字。【补曰】言众人见己所为如此，皆惊骇遑遽，离心而异志也。

〔13〕路，道也。言众人同欲极志事君，顾忠佞之行，异道而殊趋也。援，引也。言忠佞之志，不相援引而同也。【补曰】援，于愿切。接援，救助也。

[14]一无"晋"字。

[15]好,爱也。申生,晋献公太子也。体性慈孝。献公娶后妻骊姬,生子奚齐,立为太子。因误申生使祭其母于曲沃,归胙于献公。骊姬于酒肉置鸩其中,因言曰:"胙从外来,不可信。"乃以酒赐小臣,以肉食犬,皆毙。姬乃泣曰:"贼由太子。"于是申生遂自杀。故曰父信谗而不爱也。【补曰】《礼记》曰:"晋献公将杀其世子申生,公子重耳谓之曰:'子盍言子之志于公乎?'世子曰:'不可。君安骊姬,是我伤公之心也。'然则盍行乎?曰:'不可。君谓我欲弑君也,天下岂有无父之国哉,吾何行如之?'使人辞于狐突曰:'申生有罪,不念伯氏之言也,以至于死,申生不敢爱其死。虽然,吾君老矣,子少,国家多难。伯氏不出而图吾君,伯氏苟出而图吾君,申生受赐而死。'再拜稽首,乃卒。是以为恭世子也。"

[16]婞,很也。豫,厌也。豫,一作"斁"。

[17]鲧,尧臣也。言鲧行婞很劲直,恣心自用,不知厌足,故殛之羽山。治水之功,以不成也。屈原履行忠直,终不回曲,犹鲧婞很,终获罪罚。【补曰】申生之孝,未免陷父于不义。鲧绩用不成,殛于羽山。屈原举以自比者,申生之用心善矣,而不见知于君父,其事有相似者。鲧以婞直忘身,知刚而不知义,亦君子之所戒也。

吾闻作忠以造怨兮,忽谓之过言[1]。九折臂而成医兮,吾至今而知其信然[2]。矰弋机而在上兮[3],罻罗张而在下[4]。设张辟以娱君兮[5],愿侧身而无所[6]。欲儃佪以干傺兮[7],恐重患而离尤[8]。欲高飞而远集兮,君罔谓汝何之[9]?欲横奔而失路兮,坚志而不忍[10]。背膺牉以交痛兮[11],心郁结而纡轸[12]。梼木兰以矫蕙兮[13],蕠申椒以为粮[14]。播江离与滋菊兮[15],愿春日以为糗芳[16]。恐情质之不信兮[17],故重著以自明[18]。矫兹媚以私处兮[19],愿曾思而远身[20]。

[1]始吾闻为君建立忠策，必为群佞所怨，忽过之耳，以为不然，今而后信。

[2]言人九折臂，更历方药，则成良医，乃自知其病。吾被放弃，乃信知谗佞为忠直之害也。一云"九折臂而为良医"。一云"吾至今而知其然"。一云"吾今而知其然"。【补曰】《左氏》云："三折肱知为良医。"《孔丛子》云："宰我问曰：'梁丘据遇虺毒，三旬而后瘳。大夫众宾，复献攻疗之方，何也？'夫子曰：'三折肱为良医。梁丘子遇虺毒而获疗，(诸)〔猶〕有与之同，疾者必问所以已之之方焉。众人为此，故各言其方，欲售之，以已人之疾也。'"

[3]矰，缴射矢也。弋，亦射也。《论语》曰："弋不射宿。"弋，一作"隹"。【补曰】矰音增。《淮南》云："矰缴机而在上，罻罗张而在下，虽欲翱翔，其势焉得。"注云："矰弋，射鸟短矢也。机，发也。"

[4]罻罗，捕鸟网也。言上有胃缴弋射之机，下有张施罻罗之网，飞鸟走兽，动而遇害。喻君法繁多，百姓动触刑罚也。【补曰】罻音尉。《记》曰："鸠化为鹰，然后设罻罗。"下音户。

[5]辟，法也。娱，乐也。【补曰】辟，毗亦切。《说文》云："法也，节制其罪也。"

[6]言君法繁多，谗人复更设张峻法，以娱乐君，己欲侧身窜首，无所藏匿也。

[7]僵佪，犹低佪也。干，求也。傺，住也。言己意欲低佪留待于君，求其善意，恐终不用，恨然立住。【补曰】僵，知然切。僵佪，不进貌。干傺，谓求仕而不去也。

[8]尤，过也。言己欲求君之善意，恐重得患祸，逢罪过也。【补曰】恐，去声。重，储用切。增益也。离，遭也。

[9]罔，无也。言己欲远集他国，君又诬罔我，言汝远去何之乎？【补曰】言欲高飞远集，去君而不仕，得无谓我远去欲何所适也。

[10]言己意欲变节易操，横行失道，而从佞伪，心坚于石，而不忍为也。一云"盖志坚而不忍"。

[11]膺,胸也。牉,分也。一本"牉"下有"合"字。一云"背膺敷牉其交痛"。【补曰】牉音判。传曰:"夫妻牉合也。"《字林》云:"牉,半也。"

[12]纡,曲也。轸,隐也。言己不忍变心易行,则忧思郁结,胸背分裂,心中交引而隐痛也。结,一作"约"。【补曰】纡,萦也。轸,痛也。

[13]矫,犹糅也。梼,一作"捣"。矫,一作"挢"。糅,一作"揉"。【补曰】梼音捣,断木也。挢,举手也。《释文》:"古卯切。"

[14]申,重也。言己虽被放逐,而弃居于山泽,犹重繫兰蕙,和糅众芳以为粮。食饮有节,修善不倦也。繫,一作"凿"。【补曰】《左传》曰:"粢食不凿。"凿,精细米。《说文》曰:"粝米一斛舂九斗曰繫。"并音作。

[15]播,种也。《诗》曰:"播厥百谷。"滋,莳也。

[16]糗,糒也。言己乃种江离,莳香菊,采之为粮,以供春日之食也。【补曰】糗,去久切,干饭屑也。《孟子》:"饭糗茹草。"江离与菊,以为糗糒,取其芳香也。糒音备。

[17]情,志也。质,性也。质,一作"志"。

[18]言我修善不懈,恐君不深照己之情,故复重深陈饮食清洁,以自著明也。【补曰】重,直用切。

[19]矫,举也。兹,此也。《释文》作"挢",居表切。【补曰】挢,本从手,举手也。

[20]曾,重也。言己举此众善,可以事君,则愿私居远处。唯重思而察之。【补曰】曾音增。

涉　江[1]

　　余幼好此奇服兮[2]，年既老而不衰[3]。带长铗之陆离兮[4]，冠切云之崔嵬[5]。被明月兮珮宝璐[6]。世溷浊而莫余知兮[7]，吾方高驰而不顾[8]。驾青虬兮骖白螭[9]，吾与重华遊兮瑶之圃[10]。登崑崙兮食玉英[11]，与天地兮同寿，与日月兮同光[12]。哀南夷之莫吾知兮[13]，旦余济乎江湘[14]。

　　[1]此章言己佩服殊异，抗志高远，国无人知之者，徘徊江之上，叹小人在位，而君子遇害也。

　　[2]奇，异也。或曰，奇服，好服也。

　　[3]衰，懈也。言己少好奇伟之服，履忠直之行，至老不懈。五臣云："衰，退也。虽年老而此心不退。"

　　[4]长铗，剑名也。其所握长剑，楚人名曰长铗也。五臣云："陆离，剑低昂貌。"【补曰】铗，古挟切。《庄子》曰："韩、魏为铗。"注云："铗，把也。"《史记》曰："弹剑而歌曰：长铗归来乎！"《文选》注云："铗，刀身剑锋也，有长铗、短铗。"

　　[5]崔嵬，高貌也。言己内修忠信之志，外带长利之剑，戴崔嵬之冠，其高切青云也。嵬，一作"巍"。五臣云："切云，冠名。"【补曰】崔音摧。嵬、巍，并五回切。

　　[6]在背曰被。宝璐，美玉也。言己背被明月之珠，要佩美玉，德宝兼备，行度清白也。珮，一作"佩"。五臣云："被，犹服也。明月，珠名。"【补曰】《淮南》云："明月之珠，不能无颣。"注云："夜光之珠，有似月光，故曰明月。"璐音路。《说文》云："玉名。"

　　[7]溷，乱也。浊，贪也。一无"兮"字。

　　[8]言时世贪乱，遭君蔽闇，无有知我之贤，然犹高行抗志，终不回曲也。一本句末有"兮"字。五臣云："言我冠带佩服，莫不盛美，加

之忠信贞洁，而遭世溷浊，无相知者。顾世上如此，故高驰不顾，愿驾
虬螭而远去也。"

[9]虬、螭，神兽，宜于驾乘。以喻贤人清白，宜可信任也。五臣
云："虬、螭皆龙类。"【补曰】虬，见《骚经》。螭，见《九歌》。

[10]重华，舜名。瑶，玉也。圃，园也。言己想侍虞舜，游玉园，犹
言遇圣帝，升清朝也。遊，一作"游"。一云，瑶，石次玉也。【补曰】《山
海经》云："槐江之山，上多琅玕金玉，实惟帝之平圃。"

[11]犹言坐明堂，受爵位。崑崙，一作"崐崘"。食，一作"飡"。五臣云：
"瑶圃、玉英，皆美言之。"【补曰】《尔雅》："西北之美者，有崐崘虚之璆琳琅
玕焉。"《援神契》曰："玉英，玉有英华之色。"

[12]言己年与天地相敝，名与日月同耀。一云"同寿"、"齐光"，
一云"比寿"、"齐光"。五臣云："言若得值于此时，而我年德冀如是
也。"【补曰】《庄子》曰："吾与日月参光，吾与天地为常。"

[13]屈原怨毒楚俗嫉害忠贞，乃曰，哀哉，南夷之人无知我贤也。
【补曰】《国语》云："楚为荆蛮。"

[14]旦，明也。济，渡也。言己放弃，以明旦之时始去，遂渡江湘
之水。言明旦者，纪时明，刺君不明也。乎，一作"于"。

乘鄂渚而反顾兮[1]，**欸秋冬之绪风**[2]。**步余马兮山
皋，邸余车兮方林**[3]。**乘舲船余上沅兮**[4]，**齐吴榜以击
汰**[5]。**船容与而不进兮，淹回水而疑滞**[6]。**朝发枉陼兮**[7]，
夕宿辰阳[8]。**苟余心其端直兮**[9]，**虽僻远之何伤**[10]。

[1]乘，登也。鄂渚，地名。【补曰】楚子熊渠封中子红于鄂。鄂
州，武昌县地是也。隋以鄂渚为名。

[2]欸，叹也。绪，徐也。言己登鄂渚高岸，还望楚国，向秋冬北
风，愁而长叹，心中忧思也。五臣云："秋冬之风，摇落万物，比之谗佞，
是以叹焉。"【补曰】欸音哀。《方言》云："欸，然也。南楚凡言然者曰
欸。"

[3]邸,舍也。方林,地名。言我马强壮,行于山皋,无所驱驰;我车坚牢,舍于方林,无所载任也。以言己才德方壮,诚可任用,弃在山野,亦无所施也。邸,一作"低"。【补曰】邸,典礼切。低,无舍义。《风赋》云:"邸蔓叶而振气。"注云:"邸,触也。"

[4]舲船,船有窗牖者。【补曰】舲音灵。《淮南》云:"越舲蜀艇。"注云:"舲,小船也。"《释文》作"柃"。【补曰】上,谓遡流而上也。上,上声。

[5]吴榜,船棹也。汰,水波也。言己始去乘窗舲之船,西上沅、湘之水,士卒齐举大棹而击水波,自伤去朝堂之上,而入湖泽之中也。或曰"齐悲歌",言愁思也。【补曰】《字书》:"艆,船也。""吴"疑借用。榜,北孟切,又音谤,进船也。汰音泰。

[6]疑,惑也。滞,留也。言士众虽同力引棹,船犹不进,随水回流,使己疑惑有还意也。疑,一作"凝"。五臣云:"容与,徐动貌。淹,留也。疑滞者,恋楚国也。"【补曰】江淹赋云:"舟凝滞于水滨。"杜子美诗云:"旧客舟凝滞。"皆用此语。其作"(疑)〔凝〕"者,传写之误耳。

[7]枉陼,地名。陼,一作"渚"。

[8]辰阳,亦地名。言己乃从枉陼,宿辰阳,自伤去国日已远也。或曰,枉,曲也。陼,沚也。辰,时也。阳,明也。言己将去枉曲之俗。而趋时明之乡也。【补曰】《前汉》:武陵郡有辰阳。注云:"三山谷辰水所出,南入沅七百五十里。"《水经》云:"沅水东径辰阳县(东南)〔南,东〕合辰水。旧治在辰水之阳,故取名焉。《楚辞》所谓夕宿辰阳也。沅水又东,历小湾,谓之枉渚。"

[9]苟,诚也。其,一作"之"。五臣云:"苟,且也。"

[10]僻,左也。言我惟行正直之心,虽在远僻之域,犹有善称,无害疾也。故《论语》曰"子欲居九夷"也。僻,一作"辟"。五臣云:"原自解之词。"

入溆浦余儃佪兮[1]，迷不知吾所如[2]。深林杳以冥冥兮[3]，猿狖之所居[4]。山峻高以蔽日兮[5]，下幽晦以多雨[6]。霰雪纷其无垠兮[7]，云霏霏而承宇[8]。哀吾生之无乐兮[9]，幽独处乎山中[10]。吾不能变心而从俗兮[11]，固将愁苦而终穷[12]。

[1]溆浦，水名。儃佪，一作"邅迴"。五臣云："溆亦浦类。邅，转。迴，旋也。"【补曰】溆，徐吕切。

[2]迷，惑也。如，之也。言己思念楚国，虽循江水涯，意犹迷惑，不知所之也。一本"吾"下有"之"字。

[3]山林草木茂盛。一云"杳杳以冥冥"。杳，一作"晦"。冥冥，一作"冥寞"。五臣云："冥冥，暗貌。"

[4]非贤士之道径。一本此句上有"乃"字。五臣云："猿狖，轻捷之兽。喻国之昏乱，邪巧生焉，非贤智所能处也。"【补曰】猨狖，见《九歌》。

[5]言险阻危倾也。以，一作"而"。

[6]言暑湿泥泞也。【补曰】此言阴气盛而多雨也。

[7]涉冰冻之盛寒。【补曰】《诗》云："如彼雨雪，先集维霰。"霰，霙也。一曰"雨雪杂"。垠音银，畔岸也。

[8]室屋沉没，与天连也。或曰，日以喻君，山以喻臣，霰雪以兴残贼，云以象佞人。山峻高以蔽日者，谓臣蔽君明也。下幽晦以多雨者，群下专擅施恩惠也。霰雪纷其无垠者，残贼之政害仁贤也。云霏霏而承宇者，佞人并进满朝廷也。【补曰】霏，芳微切。《诗》："雨雪霏霏。"

[9]遭遇谗佞，失官爵也。

[10]远离亲戚，而斥逐也。

[11]终不易志，随枉曲也。

[12]愁思无聊，身困穷也。

接舆髡首兮，桑扈臝行[1]。忠不必用兮，贤不必以^[2]。伍子逢殃兮^[3]，比干菹醢^[4]。与前世而皆然兮^[5]，吾又何怨乎今之人^[6]！余将董道而不豫兮^[7]，固将重昏而终身^[8]！

[1]接舆，楚狂接舆也。髡，剔也。首，头也，自刑身体，避世不仕也。桑扈，隐士也。去衣裸裎，效夷狄也。言屈原自伤不容于世，引此隐者以自慰也。嬴，一作"裸"。【补曰】《论语》曰："楚狂接舆，歌而过孔子。"《扬子》曰："狂接舆之被其发也。"《庄子》曰："嗟来桑扈乎。"髡音坤，去发也。嬴，力果切，赤体也。

[2]以，亦用也。【补曰】《语》曰："不使大臣怨乎不以。"《左氏》曰："师能左右之曰以。"

[3]伍子，伍子胥也。为吴王夫差臣，谏令伐越，夫差不听，遂赐剑而自杀。后越竟灭吴，故言逢殃。【补曰】子胥，伍员也。《史记》："越王句践率其众以朝吴，吴王喜。惟子胥惧曰：'是弃吴也。'谏不听，赐子胥属镂之剑以死。将死，曰：'抉吾眼，置吴东门之上，以观越之灭吴也。'"《庄子》曰："伍员流于江。"邹阳曰："子胥鸱夷。"

[4]比干，纣之诸父也。纣惑妲己，作糟丘酒池，长夜之饮，断斩朝涉，刳剔孕妇。比干正谏，纣怒曰："吾闻圣人心有七孔。"于是乃杀比干，剖其心而观之，故言菹醢也。一云，比干，纣之庶兄。菹，一作"葅"。

[5]谓行忠直，而遇患害，如比干、子胥者多也。

[6]自古有迷乱之君，若纣、夫差，不用忠信，灭国亡身，当何为复怨今之君乎? 五臣云："此自抑之词。"

[7]董，正也。豫，犹豫也。言己虽见先贤执忠被害，犹正身直行，不犹豫而狐疑也。

[8]昏，乱也。言己不逢明君，思虑交错，心将重乱，以终年命。

乱曰：鸾鸟凤皇，日以远兮^[1]。燕雀乌鹊，巢堂坛兮^[2]。露申辛夷，死林薄兮^[3]。腥臊并御，芳不得薄兮^[4]。

阴阳易位，时不当兮[5]。怀信侘傺，忽乎吾将行兮[6]！

[1]鸾、凤，俊鸟也。有圣君则来，无德则去，以兴贤臣难进易退也。

[2]燕雀乌鹊，多口妄鸣，以喻谗佞。言楚王愚闇，不亲仁贤，而近谗佞也。【补曰】坛音善，见《九歌》。

[3]露，暴也。申，重也。丛木曰林。草木交错曰薄。言重积辛夷，露而暴之，使死于林薄之中，犹言取贤明君子，弃之山野，使之颠坠也。

[4]腥臊，臭恶也。御，用也。薄，附也。言不识味者，并甘臭恶。不知人者，信任谗佞。故忠信之士，不得附近而放逐也。【补曰】臊音骚。《周礼》曰：豕盲视而交睫，腥。犬赤股而躁，臊。《左传》曰："薄而观之。"薄，迫也，逼近之意，如字，一音博。下文"忽翱翔之焉薄"、"瞭杳杳而薄天"并同。

[5]阴，臣也。阳，君也。言楚王惑蔽群佞，权臣将代君，与之易位。自伤不遇明时，而当暗世。【补曰】阴阳易位，言君弱而臣强也。当，平声。

[6]言己怀忠信，不合于众，故怅然住立，忽忘居止，将遂远行，之他方也。一无"忽"字。

哀 郢[1]

皇天之不纯命兮[2]，何百姓之震愆[3]？民离散而相失兮，方仲春而东迁[4]。去故乡而就远兮，遵江夏以流亡[5]。出国门而轸怀兮[6]，甲之朝吾以行[7]。发郢都而去闾兮，荒忽其焉极[8]？楫齐扬以容与兮[9]，哀见君而不再得[10]。望长楸而太息兮[11]，涕淫淫其若霰[12]。过夏首而西浮兮[13]，顾龙门而不见[14]。心婵媛而伤怀兮[15]，眇不知其所跖[16]。顺风波以从流兮，焉洋洋而为客[17]。凌阳侯之泛滥兮[18]，忽翱翔之焉薄[19]。心絓结而不解兮[20]，思蹇产而不释[21]。将运舟而下浮兮[22]，上洞庭而下江[23]。去终古之所居兮[24]，今逍遥而来东[25]。

[1]此章言己虽被放，心在楚国，徘徊而不忍去，蔽于谗谄，思见君而不得。故太史公读《哀郢》而悲其志也。

[2]德美大称皇天，以兴君也。

[3]震，动也。愆，过也。言皇天不纯一其施，则万物夭伤；人君不纯一其政，则百姓震动以触罪也。

[4]仲春，二月也。刑德合会，嫁娶之时。言怀王不明，信用谗言而放逐己，正以仲春阴阳会时，徙我东行，遂与室家相失也。一无"方"字。

[5]遵，循也。江夏，水名也。言己东行，循江夏之水而遂流亡，无还乡之期也。【补曰】《前汉》有江夏郡，应劭曰："沔水自江别，至南郡华容为夏水，过郡入江，故曰江夏。"《水经》云："夏水出江流，于江陵县东南。"注云："江津豫章口，东会中夏口，是夏水之（昔）〔首〕，江之沱也。所谓'过夏首而西浮，顾龙门而不见'也。"又云："又东至江夏云杜县，入于沔。"注云："应劭曰：江别入沔，为夏水。（源）〔原〕夫夏之为名，始于分江，冬竭夏流，故纳厥称。既有中夏之目，亦苞大夏之名

矣。当其决入之所土，谓之赌口焉。郑玄注《尚书》‘沧浪之水’，言今谓之夏水。刘澄之著《永初山川记》云：‘夏水古文以为沧浪，渔父所歌也。’因此言之，水应由沔。今按，夏水是江流沔，非沔入夏。假使沔注夏，其势西南，非《尚书》‘又东’文。余亦以为非也。自赌口下沔水，兼通夏(日)〔首〕，而会于江，谓之夏汭。故《春秋传》：‘吴伐楚，沈尹戌奔命于夏汭也。’杜预曰：‘汉水曲入江，即夏口矣。’”

[6]轸，痛也。怀，思也。

[7]甲，日也。鼂，旦也。屈原放出郢门，心痛而思，始去，正以甲日之旦而行。纪时日清明者，刺君不聪明也。鼂，一作“晁”。【补曰】鼂、晁，并读为“朝暮”之“朝”。冯衍赋云：“甲子之朝兮，汩吾西征。”注云：“君子举事尚早，故以朝言也。”

[8]言己始发郢，去我闾里，愁思荒忽，安有穷极之时。一无“都”字。一本“荒”上有“怊”字。其，一作“之”。【补曰】《前汉》：南郡江陵县，故楚郢都。“楚文王自丹阳徙此。后九世平王城之。后十世秦拔我郢，徙东郢。”闾，里门也。荒忽，见《九歌》。

[9]楫，船棹也。齐，同也。扬，举也。【补曰】楫音接。

[10]言己去乘船，士卒齐举楫棹，低徊容与，咸有还意。自伤卒去，而不得再事于君也。

[11]长楸，大梓。太，一作“叹”。【补曰】楸音秋。

[12]淫淫，流貌也。言己顾望楚都，见其大道长树，悲而太息，涕下淫淫，如雨霰也。

[13]夏首，夏水口也。船独流为浮也。【补曰】《荀子》曰：“夏首之南有人焉。”

[14]龙门，楚东门也。言己从西浮而东行，过夏水之口，望楚东门，蔽而不见，自伤日以远也。【补曰】《水经》云：“龙门，即郢城之东门。”又伍端休《江陵记》云：“南关三门，其一名龙门，一名修门。”修门，见《招魂》。

[15]婵媛，犹牵引也。

[16]眇，犹远也。跞，践也。言己顾视龙门不见，则心中牵引而痛，远视眇然，足不知当所践跞也。其，一作"余"。一无"其"字。《文苑》作"所他"。【补曰】跞音只。

[17]洋洋，无所归貌也。言己忧不知所践，则听船顺风，遂洋洋远客，而无所归也。【补曰】洋洋，水盛貌。焉，读如"且焉止息"之"焉"。

[18]凌，乘也。阳侯，大波之神。泛，一作"瀿"。【补曰】《战国策》云："塞漏舟而轻阳侯之波，则舟覆矣。"《淮南》云："武王伐纣，渡于孟津，阳侯之波，逆流而击。"注云："阳侯，陵阳国侯也。其国近水，溺死于水，其神龙为大波，有所伤害，因谓之阳侯之波也。"应劭曰："阳侯，古之诸侯。有罪自投江，其神为大波。"泛，孚梵切。

[19]薄，止也。言己遂复乘大波而游，忽然无所止薄也。之，一作"而"，一作"兮"。

[20]絓，悬。【补曰】絓，碍也，音画。

[21]蹇产，诘屈也。言己乘船蹈波，愁而恐惧，则心肝县结，思念诘屈，而不可解释也。【补曰】山曲曰嶲嵯，义与此同。

[22]运，回也。

[23]言己忧愁，身不能安处也。

[24]远离先祖之宅舍也。

[25]遂行游戏，涉江湖也。

　　羌灵魂之欲归兮[1]，何须臾而忘反[2]。背夏浦而西思兮[3]，哀故都之日远[4]。登大坟以远望兮[5]，聊以舒吾忧心[6]。哀州土之平乐兮[7]，悲江介之遗风[8]。当陵阳之焉至兮[9]，淼南渡之焉如[10]？曾不知夏之为丘兮[11]，孰两东门之可芜[12]？心不怡之长久兮[13]，忧与愁其相接[14]。惟郢路之辽远兮[15]，江与夏之不可涉[16]。忽若不信兮[17]，至今九年而不复[18]。惨郁郁而不通兮[19]，蹇侘傺而含戚[20]。

[1]精神梦游，还故居也。羌，一作"唴"。【补曰】羌，发声也。唴，丘亮切。于义不通。

[2]倚住顾望，常欲去也。

[3]背水向家，念亲属也。

[4]远离郢都，何辽辽也。

[5]想见宫阙与廊庙也。水中高者为坟，《诗》曰："遵彼汝坟。"

[6]且展我情，渫忧思也。

[7]闵惜乡邑之饶富也。【补曰】乐音洛。

[8]远涉大川，民俗异也。介，一作"界"。【补曰】薛君《韩诗章句》曰："介，界也。"曹子建诗云："江介多悲风。"注云："介，间也。"

[9]意欲腾驰，道安极也。陵，一作"凌"。【补曰】《前汉》：丹阳郡有陵阳，仙人陵阳子明所居也。《大人赋》云："反大壹而从陵阳。"

[10]淼漭弥望，无际极也。渡，一作"度"。一云，淼漾弥望，无栖集也。

[11]夏，大殿也。丘，墟也。《诗》云："于我乎夏屋渠渠。"怀王信用逸佞，国将危亡，曾不知其所居宫殿当为墟也。【补曰】夏，大屋。《杨子》曰："震风凌雨，然后知夏屋之为帲幪也。"

[12]孰，谁也。芜，迺也。言郢城两东门，非先王所作邪？何可使迺废而无路？【补曰】《说文》曰："芜，薉也。"

[13]怡，乐貌也。

[14]接，续也。言己念楚国将墟，心常含戚，忧愁相续，无有解也。其，一作"之"。

[15]楚道逶迤，山谷隘也。

[16]分隔两水，无以渡也。

[17]始从细微，遂见疑也。一本"若"下有"去"字。

[18]放且九岁，君不觉也。【补曰】《卜居》言："屈原既放三年，不得复见。"此云"至今九年而不复"。按，《楚世家》、《屈原传》、《六国世表》、刘向《新序》云："秦欲吞灭诸侯，屈原为楚东使于齐，以

结强党。秦国患之，使张仪之楚，赂贵臣上官大夫、靳尚之属，及令尹子兰、司马子椒，内赂夫人郑袖，共谮屈原。屈原遂放于外，乃作《离骚》。"当怀王之十六年，张仪相楚；十八年，楚囚张仪，复释去之。是时屈平既疏，不复在位，怀王悔不用屈原之策，于是复用屈原。屈原谏怀王曰："何不杀张仪？"怀王使人追之不及。三十年，秦昭王欲与怀王会，屈平曰："不如无行。"怀王卒行。当顷襄王之三年，怀王卒于秦。顷襄听谗，复放屈原。以此考之，屈平在怀王之世被绌复用。至顷襄即位，遂放于江南耳。其云"既放三年"，谓被放之初。又云"九年而不复"，盖作此时放已九年也。

[19]中心忧满，虑闭塞也。通，一作"开"。

[20]怅然住立，内结毒也。

　　外承欢之汋约兮[1]，谌荏弱而难持[2]。忠湛湛而愿进兮[3]，妒被离而鄣之[4]。尧舜之抗行兮[5]，瞭杳杳而薄天[6]。众谗人之嫉妒兮，被以不慈之伪名[7]。憎愠惀之修美兮[8]，好夫人之慷慨[9]。众踥蹀而日进兮[10]，美超远而逾迈[11]。

[1]汋约，好貌。【补曰】汋音绰。

[2]谌，诚也。言佞人承君欢颜，好其谄言，令之汋约然，小人诚难扶持之也。【补曰】谌音忱，信也。荏音稔。《语》曰："色厉而内荏。"

[3]湛湛，重厚貌。【补曰】《诗》曰："湛湛露斯。"注云："湛湛，茂盛貌。"丈减切。相如赋云："纷湛湛其差错。"注云："湛湛，积厚之貌。"徒感切。

[4]言己体性重厚，而欲愿进，谗人妒害，加被离析，鄣而蔽之。被，一作"披"。【补曰】被，读曰披。《反离骚》曰："亡春风之被离。"鄣音章，壅也。《记》曰："鲧鄣洪水。"

[5]行，下孟切。

[6]一无"瞭"字。一云"杳冥冥而薄天"。【补曰】瞭音了，目明

也。杳杳,远貌。

[7]【补曰】尧、舜与贤而不与子,故有不慈之名。《庄子》曰:"尧不慈,舜不孝。"言此者,以明尧、舜大圣,犹不免谗谤,况馀人乎?

[8]脩,一作"修"。【补曰】愠,纡粉切,心所愠积也。惀,力允切,思求晓知谓之惀。

[9]《释文》作"礚",苦盖切。【补曰】忼,苦朗切,忼慨,愤意。君子之愠惀,若可鄙者;小人之忼慨,若可喜者,惟明者能察之。

[10]蹀,一作"躞",一作"踕",一作"健慄"。【补曰】蹀,思葉切。蹀音牒。蹀蹀,行貌。

[11]此皆解于《九辩》之中。

乱曰:曼余目以流观兮[1],冀壹反之何时[2]?鸟飞反故乡兮[3],狐死必首丘[4]。信非吾罪而弃逐兮[5],何日夜而忘之[6]?

[1]曼,犹曼曼,远貌。【补曰】《说文》:"曼,引也。"音万。

[2]言己放远,日以曼曼,周流观视,意欲一还,知当何时也。

[3]思故巢也。【补曰】《淮南》云:"鸟飞反乡,狐死首丘,各哀其所生。"

[4]念旧居也。【补曰】《记》曰:"乐,乐其所自生,礼不忘其本。古人有言曰:'狐死正丘首,仁也。'"《广志》曰:"狐死首丘,豹死首山。"

[5]我以忠信而获过也。

[6]昼夜念君,不远离也。

抽　思[1]

心郁郁之忧思兮[2]，独永叹乎增伤[3]。思蹇产之不释兮[4]，曼遭夜之方长[5]。悲秋风之动容兮[6]，何回极之浮浮[7]。数惟荪之多怒兮[8]，伤余心之懮懮[9]。愿摇起而横奔兮[10]，览民尤以自镇[11]。结微情以陈辞兮[12]，矫以遗夫美人[13]。昔君与我诚言兮[14]，曰黄昏以为期[15]。羌中道而回畔兮[16]，反既有此他志[17]。憍吾以其美好兮[18]，览余以其脩姱[19]。与余言而不信兮[20]，盖为余而造怒[21]。

[1]此章言己所以多忧者，以君信谀而自圣，眩于名实，昧于施报，己虽忠直，无所赴愬，故反复其辞，以泄忧思也。

[2]哀愤结缙，虑烦冤也。一无"心"字。

[3]哀悲太息，损肺肝也。

[4]心中诘屈，如连环也。

[5]忧不能眠，时难晓也。

[6]风为政令。动，摇也。言风起而草木之类摇动，君令下而百姓之化行也。一本云"悲夫"。【补曰】《九辩》曰："悲哉秋之为气也！萧瑟兮草木摇落而变衰。"意与此同。

[7]回，邪也。极，中也。浮浮，行貌。怀王为回邪之政，不合道中，则其化流行，群下皆效也。【补曰】极，至也。《诗》曰："江汉浮浮。"浮浮，水流貌。此言回邪盛行，犹秋风之摇落万物也。

[8]数，纪也。荪，香草也。以喻君。荪，一作"荃"。【补曰】数，所矩切，计也。惟，思也。言计思其君多妄怒，无罪而受罚也。

[9]懮，痛貌也。言己惟思君行，纪数其过，又多忿怒，无罪受罚，故我心懮懮而伤痛也。【补曰】懮音忧。《说文》云："愁也。"

[10]言己见君妄怒，无辜而受罚，则欲摇动而奔走。

[11]尤,过也。镇,止也。言己览观众民,多无过恶而被刑罚,非独己身,自镇止而慰己也。【补曰】镇音珍。

[12]结续妙思,作辞赋也。

[13]举与怀王,使览照也。【补曰】遗,去声。

[14]始君与己谋政务也。诚,一作"成"。

[15]且待日没闲静时也。【补曰】《淮南》曰:"薄于虞渊,是谓黄昏。"黄昏,喻晚节也。《战国策》云:"行百里者,半于九十。"此言末路之难。

[16]信用谗人,更狐疑也。

[17]谓己不忠,遂外疏也。【补曰】志音之,叶韵。

[18]握持宝玩,以侮余也。一无"其"字。【补曰】此言怀王自矜伐也。憍,矜也。《庄子》曰:"虚憍而恃气。"读若骄。

[19]陈列好色,以示我也。览,一作"鉴"。脩,一作"修"。【补曰】姱,好也,亦有户音。

[20]外若亲己,内怀诈也。一作"途言"。

[21]责其非职,语横暴也。盖,一作"盍"。【补曰】为,去声。

愿承闲而自察兮[1],心震悼而不敢;[2]悲夷犹而冀进兮[3],心怛伤之憺憺[4]。兹历情以陈辞兮[5],荪详聋而不闻[6]。固切人之不媚兮[7],众果以我为患[8]。初吾所陈之耿著兮[9],岂至今其庸亡[10]?何毒药之謇謇兮[11]?愿荪美之可完[12]。望三五以为像兮[13],指彭咸以为仪[14]。夫何极而不至兮[15],故远闻而难亏[16]。善不由外来兮[17],名不可以虚作[18]。孰无施而有报兮[19],孰不实而有穫[20]?

[1]思待清宴,自解说也。【补曰】闲音闲。《庄子》曰:"今日宴闲。"察,明也。

[2]志恐动悸,心中怛也。

[3]意怀犹豫，幸擢拔也。

[4]肝胆剖破，血凝滞也。【补曰】怛，当割切，悲惨也。憺，谈敢切，安静也。

[5]发此愤思，列谋谟也。一作"历兹情"。

[6]君耳不听，若风过也。苏，一作"荃"。详，一作"佯"。【补曰】详，诈也，与"佯"同。

[7]琢瑳群佞，见憎恶也。

[8]诮谇比己于剑戟也。【补曰】患音还。

[9]论说政治，道明白也。【补曰】耿，古迥切。

[10]文辞尚在，可求索也。一云"岂不至今其庸止"。

[11]忠信不美，如毒药也。一云"何独乐斯之謇謇兮"。【补曰】《书》曰："若药不瞑眩，厥疾不瘳。"传曰："美疢不如恶石。"

[12]想君德化，可兴复也。苏，一作"荃"。完，一作"光"。

[13]三王五伯，可修法也。

[14]先贤清白，我式之也。

[15]尽心修善，获官爵也。【补曰】此言以圣贤为法，尽心行之，何远而不至也？

[16]功名布流，长不灭也。

[17]才德仁义，从己出也。

[18]愚欲强智，不能及也。【补曰】此言有实而后名从之。

[19]谁不自施德而蒙福。【补曰】施，矢豉切。

[20]空穗满田，无所得也。以言上不施惠，则下不竭其力；君不履信诚，则臣下伪惑也。穫，一作"获"。

少歌曰：[1]与美人抽怨兮[2]，并日夜而无正[3]。憍吾以其美好兮[4]，敖朕辞而不听[5]。

[1]小吟讴谣，以乐志也。少，一作"小"。【补曰】少，矢照切。《荀子》曰："其小歌也。"注云："此下一章，即其反辞，总论前意，反复说之

也。"此章有少歌，有倡，有乱。少歌之不足，则又发其意而为倡。独倡而无与和也，则总理一赋之终，以为乱辞云尔。

[2]为君陈道，拔恨意也。

[3]君性不端，昼夜谬也。并，一作"弃"。一云"并憾日夜无正"。【补曰】并，並也。冯衍赋云："并日夜而忧思。"

[4]示我爵位及财贿也。憍，一作"骄"。

[5]慢我之言，而不采听也。敖，一作"謷"。【补曰】敖，倨也，与"傲"同。

　　倡曰：[1]有鸟自南兮[2]，来集汉北[3]。好姱佳丽兮[4]，牉独处此异域[5]。既惸独而不群兮[6]，又无良媒在其侧[7]。道卓远而日忘兮[8]，愿自申而不得。望（北）〔丘〕山而流涕兮[9]，临流水而太息[10]。望孟夏之短夜兮[11]，何晦明之若岁[12]！惟郢路之辽远兮[13]，魂一夕而九逝[14]。曾不知路之曲直兮[15]，南指月与列星[16]。愿径逝而未得兮[17]，魂识路之营营[18]。何灵魂之信直兮[19]，人之心不与吾心同[20]！理弱而媒不通兮[21]，尚不知余之从容[22]。

[1]起倡发声，造新曲也。【补曰】倡，与"唱"同。

[2]屈原自喻生楚国也。【补曰】孔子曰："鸟则择木，木岂能择鸟？"子思曰："君子犹鸟也，疑之则举矣。"色斯举矣，翔而后集，故古人以自喻。

[3]虽易水土，志不革也。【补曰】《禹贡》："嶓冢导漾，东流为汉。"《周礼》："荆州，其川江、汉。"汉，楚水也。《水经》及《山海经》注云："汉水出陇西氐道县嶓冢山，初名漾水，东流至武都沮县，始为汉水。东南至葭萌，与羌水合，至江夏安陆县，名沔水。故有汉沔之名。又东至竟陵，合沧浪之水，又东过三澨，水触大别山，南入于江也。"

[4]容貌说美，有俊德也。

[5]背离乡党，居他邑也。胖，一作"叛"，一作"枡"。【补曰】胖音泮，旧音伴。

[6]行与众异，身孤特也。【补曰】惸，渠荣切，无弟兄也。

[7]左右嫉妒，莫衔鬻也。

[8]卓，一作"逴"。

[9]瞻仰高景，愁悲泣也。（北）〔丘〕山，一作"南山"。

[10]顾念旧故，思亲戚也。流水，一作"深水"。

[11]四月之末，阴尽极也。【补曰】上云"曼遭夜之方长"，此云"望孟夏之短夜"者，秋夜方长，而夏夜最短，忧不能寐，冀夜短而易晓也。

[12]忧不能寐，常倚立也。

[13]隔以江湖，幽僻侧也。

[14]精魂夜归，几满十也。

[15]忽往忽来，行亟疾也。一本云"曾不知路之曲直兮，魂识路之营营。何灵魂之信直兮，南指月与列星。愿径逝而未得兮，人之心不与吾心同"。

[16]参差转运，相递代也。

[17]意欲直还，君不纳也。未，一作"不"。

[18]精灵主行，往来数也。或曰，识路，知道路也。营，一作"煢"。【补曰】《诗》注云："营营，往来貌。"煢煢，忧也，音琼。

[19]质性忠正，不枉曲也。

[20]我志清白，众泥浊也。

[21]知友劣弱，又鄙朴也。

[22]未照我志之所欲也。【补曰】言尚不知己志，况能召我也？

乱曰：长濑湍流，泝江潭兮[1]。狂顾南行，聊以娱心兮[2]。轸石崴嵬，蹇吾愿兮[3]。超回志度，行隐进兮[4]。低佪夷犹，宿北姑兮[5]。烦冤瞀容，实沛徂兮[6]。愁叹苦神，灵遥思兮^[7]。路远处幽，又无行媒兮^[8]。道思作颂，聊以自救兮^[9]。忧心不遂，斯言谁告兮^[10]。

[1]湍，亦濑也。逆流而上曰泝。潭，渊也。楚人名渊曰潭。言己思得君命，缘湍濑之流，上泝江渊而归郢也。【补曰】濑见《九歌》。《说文》："逆流而上曰泝洄。泝，向也。水欲下，违之而上也。"潭水出武陵。一说楚人名深曰潭。徒含切，又音淫。

[2]狂，犹遽也。娱，乐也。君不肯还己，则复遽走南行，幽藏山谷，以娱己之本志也。一无"聊"字。

[3]轸，方也，故曰轸之方也以象地。崴嵬，崔巍，高貌也。言虽放弃，执履忠信，志如方石，终不可转，行度益高，我常愿之也。嵬，一作"巍"。【补曰】轸石，谓石之方者，如车轸耳。《集韵》：崴音隈。嵬，吾回切。又崴，乌皆切。嵬音怀。崴嵬，不平也。一曰山形。崴，旧音委谁切。巍音淮。

[4]超，越也。言己动履正直，超越回邪，志其法度，隐行忠信，日以进也。【补曰】《说文》："隐，安也。"

[5]夷犹，犹豫也。北姑，地名。言己所以低徊犹豫、宿北姑者，冀君觉寤而还己也。低，一作"俳"。

[6]瞀，乱也。实，是也。徂，去也。言己忧愁思念烦冤，容貌愤乱，诚欲随水沛然而流去也。【补曰】瞀音茂。

[7]愁叹苦神者，思旧乡而神劳也。灵遥思者，神远思也。

[8]路远处幽者，道远处僻也。无行媒者，无绍介也。

[9]一无"以"字。

[10]道思者，中道作颂，以舒怫郁之念，救伤怀之思也。忧心不遂，不达也。谁告者，无所告愬也。

怀　沙^[1]

滔滔孟夏兮^[2]，草木莽莽^[3]。伤怀永哀兮^[4]，汩徂南土^[5]。眴兮杳杳^[6]，孔静幽默^[7]。郁结纡轸兮^[8]，离慜而长鞠^[9]。抚情效志兮^[10]，冤屈而自抑^[11]。

[1]此章言己虽放逐，不以穷困易其行。小人蔽贤，群起而攻之。举世之人，无知我者。思古人而不得见，仗节死义而已。太史公曰："乃作《怀沙》之赋，遂自投汩罗以死。"原所以死，见于此赋，故太史公独载之。

[2]滔滔，盛阳貌也。《史记》作"陶陶"。【补曰】《说文》："滔，水漫漫大貌。"他刀切。又滔，聚也，音陶。前云"方仲春而东迁"，此云"滔滔孟夏"者，屈原以仲春去国，以孟夏徂南土也。

[3]言孟夏四月，纯阳用事，煦成万物。草木之类，莫不莽莽盛茂。自伤不蒙君惠，而独放弃，曾不若草木也。【补曰】莽，莫补切。

[4]怀，思也。永，长也。

[5]汩，行貌。徂，往也。言己见草木盛长，而己独汩然放流，往居江南之土，僻远之处，故心伤而长悲思也。土，一作"去"。【补曰】汩，越笔切，见《骚经》。

[6]眴，视貌也。杳杳，深冥貌也。《史记》作"窈窈"。【补曰】眴，与"瞬"同。《说文》云："开阖目数摇也。"

[7]孔，甚也。《诗》曰："亦孔之将。"默，默无声也。言江南山高泽深，视之冥冥，野甚清净，漠无人声。一云"孔静兮"。《史记》"默"作"墨"。

[8]纡，屈也。轸，痛也。《史记》"纡"作"冤"。

[9]慜，痛也。鞠，穷也。言己愁思，心中郁结，纡屈而痛，身遭疾病，长穷困苦，恐不能自全也。《史记》"慜"作"愍"，"而"作"之"。【补曰】离，遭也。慜，与"愍"同。

[10]抚,循也。效,犹核也。

[11]抑,按也。言己身多病长穷,恐遂颠沛,抚己情意,而考核心志,无有过失,则屈志自抑,而不惧也。《史记》云:"俛诎以自抑。"

刓方以为圜兮[1],常度未替[2]。易初本迪兮[3],君子所鄙[4]。章画志墨兮[5],前图未改[6]。内厚质正兮[7],大人所盛[8]。巧倕不斲兮[9],孰察其拨正[10]。

[1]刓,削。【补曰】刓,吾官切,圆削也。

[2]度,法也。替,废也。言人刓削方木,欲以为圜,其常法度尚未废也。以言谗人潜逐放己,欲使改行,亦终守正而不易也。

[3]《史记》"迪"作"由"。一无"初"字。

[4]鄙,耻也。言人遭世遇,变易初行,远离常道,贤人君子之所耻,不忍为也。

[5]章,明也。志,念也。《史记》"志"作"职"。【补曰】画音获。

[6]图,法也。改,易也。言工明于所画,念其绳墨,修前人之法,不易其道,则曲木直而恶木好也。以言人遵先圣之法度,修其仁义,不易其行,则德誉兴而荣名立也。《史记》"图"作"度"。

[7]《史记》作"内直质重兮"。

[8]言人质性敦厚,心志正直,行无过失,则大人君子所盛美也。

[9]倕,尧巧工也。斲,斫也。《史记》作"巧匠"。斲,一作"刘",一作"断"。【补曰】倕音垂。《书》曰:"垂,汝共工。"《庄子》曰:"工倕旋而盖规矩。"《淮南》曰:"周鼎著倕,使衔其指。"《说文》云:"斲,斫也。""刘,杀也。"作"斲"者是。

[10]察,知也。拨,治也。言倕不以斤斧斲斫,则曲木不治,谁知其工巧者乎?以言君子不居爵位,众亦莫知其贤能也。《史记》作"揆正"。【补曰】《说文》曰:"拨,治也。(比)〔北〕末切。""揆,度也。"

玄文处幽兮[1],蒙瞍谓之不章;[2]离娄微睇兮[3],瞽以为无明^[4]。变白以为黑兮^[5]，倒上以为下^[6]。凤皇在笯兮^[7]，鸡鹜翔舞^[8]。同糅玉石兮^[9]，一概而相量^[10]。夫惟党人鄙固兮^[11]，羌不知余之所臧^[12]。任重载盛兮^[13]，陷滞而不济^[14]。怀瑾握瑜兮^[15]，穷不知所示^[16]。邑犬之群吠兮，吠所怪也^[17]。非俊疑杰兮^[18]，固庸态也^[19]。文质疏内兮^[20]，众不知余之异采^[21]。材朴委积兮^[22]，莫知余之所有^[23]。

[1]玄，墨也。幽，冥也。《史记》作"幽处"。

[2]蒙，盲者也。《诗》云："蒙瞍奏（エ）〔公〕。"章，明也。言持玄墨之文，居于幽冥之处，则蒙瞍之徒，以为不明也。言持贤知之士，居于山谷，则众愚以为不贤也。瞍，一作"睃"。《史记》无"瞍"字。【补曰】有眸子而无见曰矇，无眸子曰瞍。

[3]离娄，古明目者也。《孟子》曰："离娄之明。"眣，眄之也。【补曰】《淮南》曰："离朱之明。"即离娄也。黄帝时人，明目能见百步之外，秋毫之末。眣音弟。《说文》曰："目小视也。南楚谓眄曰眣。"

[4]瞽，盲者也。《诗》云："有瞽有瞽。"言离娄明目无所不见，微有所眄，盲人轻之，以为无明也。言贤者遭困厄，俗人侮之，以为痴也。【补曰】《说文》："瞽，目但有（状）〔朕〕也。"

[5]世以浊为清也。《史记》"以"作"而"。

[6]俗人以愚为贤也。【补曰】下音户。

[7]笯，笼落也。徐广曰："笯，一作'郊'。"【补曰】笯音暮。《释文》音奴，又女家切。《说文》曰："笼也，南楚谓之笯。"

[8]言圣人困厄，小人得志也。《史记》"鹜"作"雉"。【补曰】鹜，凫属，音木。

[9]贤愚杂厕。【补曰】糅，杂也，女救切。

[10]忠佞不异。【补曰】槩，平斗斛木，古代切。

[11]楚俗狭陋。"鄙"一作"交"。《史记》云："夫党人之鄙妬兮。"

[12]莫照我之善意也。《史记》云:"羌不知吾所臧。"

[13]【补曰】盛,多也。言所任者重,所载者多也。重,直用切。

[14]陷,没也。济,成也。言己才力盛壮,可任重载,而身放弃,陷没沉滞,不得成其本志。

[15]在衣为怀,在手为握。瑾、瑜,美玉也。【补曰】传云,钟山之玉,瑾、瑜为良。瑾音仅。瑜音逾。

[16]示,语也。言己怀持美玉之德,遭世闇惑,不别善恶,抱宝穷困,而无所语也。《史记》云:"穷不得余所示。"

[17]言邑里之犬,群而吠者,怪非常之人而噪之也。以言俗人群聚毁贤智者,亦以其行度异,故群而谤之也。一云"邑犬群兮,吠所怪也"。《史记》无"之"字。一本此句与下文无"也"字。

[18]千人才为俊,一国高为杰也。《史记》云:"诽骏疑桀。"【补曰】《淮南》云:"知过万人谓之英,千人谓之俊,百人谓之豪,十人谓之杰。"

[19]庸,厮贱之人也。言众人所谤,非杰异之士,斯庸夫恶态之人也。何者?德高者不合于众,行异者不合于俗,故为犬之所吠,众人之所讪也。

[20]《史记》"疏"作"踈"。【补曰】内,旧音讷。疏,疏通也。讷,木讷也。《释文》:"内,如字。"

[21]采,文采也。言己能文能质,内以疏达,众人不知我有异艺之文采也。《史记》"余"作"吾"。徐广曰:"异,一作'奥'。"

[22]条直为材,壮大为朴。壮,一作"庞"。《史记》"朴"作"樸"。积,一作"质"。【补曰】《说文》云:"朴,木皮也。""樸,木素也。"

[23]言材木委积,非鲁班则不能别其好丑。国民众多,非明君则不知我之能也。

重仁袭义兮[1],谨厚以为丰[2]。重华不可遌兮[3],孰知余之从容[4]！古固有不并兮[5]，岂知其何故[6]？汤禹久远兮，邈而不可慕[7]。惩连改忿兮[8]，抑心而自强[9]。离慜而不迁兮[10]，愿志之有像[11]。进路北次兮[12]，日昧昧其将暮[13]。舒忧娱哀兮[14]，限之以大故[15]。

[1]重，累也。袭，及也。【补曰】《淮南》云："圣人重仁袭恩。"注云："袭亦重累。"

[2]谨，善也。丰，大也。言众人虽不知己，犹复重累仁德，及兴礼义，修行谨善，以自广大也。

[3]遌，逢，一作"遻"。《史记》作"悟"。【补曰】遌、遻，当作"迕"，音忤，与"迕"同。《列子》"迕物而不慑"是也。《释文》：遻，五各切。心不欲见而见曰遌，于义颇逗。

[4]从容，举动也。言圣辟重华，不可逢遇，谁得知我举动欲行忠信也。

[5]并，俱。【补曰】此言圣贤有不并时而生者，故重华不可遌，汤、禹不可慕也。

[6]言往古之世，忠佞之臣不可俱并事君，必相克害。故曰"岂知其何故"。一本此与下句末皆有"也"字。《史记》云："岂知其故也。"

[7]慕，思也。言殷汤、夏禹圣德之君，明于知人，然去久远，不可思慕而得事之也。《史记》云："邈不可慕也。"

[8]惩，止也。忿，恨也。《史记》"连"作"违"。

[9]抑，按也。言己知禹、汤不可得，则止己留连之心，改其忿恨，按慰己心，以自强勉也。强，《史记》作"彊"。【补曰】强，巨两切。

[10]慜，病也。迁，徙也。慜，《史记》作"潜"，一作"闵"。

[11]像，法也。言己自勉修善，身虽遭病，心终不徙，愿志行流于后世，为人法也。《史记》"像"作"象"。

[12]路，道也。次，舍也。

[13]昧，冥也。言己思念楚国，愿得君命，进道北行，以次舍止，冀遂还归，日又将暮，不可去也。

[14]娱，乐。《史记》云："含忧虞哀。"

[15]限，度也。大故，死亡也。言已自知不遇。聊作辞赋，以舒展忧思，乐已悲愁，自度以死亡而已，终无他志也。【补曰】《孟子》云："今也不幸，至于大故。"

乱曰：浩浩沅湘[1]，分流汩兮[2]。修路幽蔽，道远忽兮[3]。怀质抱情[4]，独无匹兮[5]。伯乐既没，骥焉程兮[6]？万民之生，各有所错兮[7]。定心广志，余何畏惧兮[8]？曾伤爰哀，永叹喟兮[9]。世溷浊莫吾知，人心不可谓兮[10]。知死不可让，愿勿爱兮[11]。明告君子，吾将以为类兮[12]。

[1]《史记》此句末至"明告君子"，并有"兮"字。

[2]浩浩，广大貌也。汩，流也。言浩浩广大乎沅、湘之水，分汩而流，将归乎海。伤已放弃，独无所归也。分，一作"汾"。【补曰】汩音骨者，水声也；音鹘者，涌波也。《庄子》曰："与汩俱出。"郭象云："洄伏而涌出者，汩也。"

[3]修，长也。言已虽在湖泽之中，幽深蔽闇，道路甚远，且久长也。《史记》"蔽"作"拂"。自"道远忽兮"以下，有"曾吟恒悲兮，永叹慨兮，世既莫吾知兮，人心不可谓兮"四句。

[4]《史记》云："怀情抱质。"

[5]匹，双也。言已怀敦笃之质，抱忠信之情，不与众同，故孤茕独行，无有双匹也。匹，俗作"疋"。

[6]伯乐，善相马也。程，量也。言骐骥不遇伯乐，则无所程量其才力也。以言贤臣不遇明君，则无所施其智能也。《史记》"没"作"殁"。"焉"上有"将"字。【补曰】《战国策》云："昔骐骥驾盐车，上吴坂，迁延负辕而不能进。遭伯乐，仰而鸣之，知伯乐之知己也。"《淮南子》曰："造父不能为伯乐。"注云："伯乐善相马，事秦缪公。"又王逸云："孙阳，伯乐姓名。"而张晏云"王良，字伯乐"，非也。王良善驭，

事赵简子。

[7] 错，安也。言万民禀受天命，生而各有所错安，其志或安于忠信，或安于诈伪，其性不同也。一云"民生有命"。《史记》"民"作"人"。一云"民生禀命"。

[8] 言己既安于忠信，广我志意，当复何惧乎? 威不能动，法不能恐也。

[9] 爰，于也。喟，息也。言己所以心中重伤，于是叹息，自恨怀道不得施用也。曾，一作"增"。【补曰】曾音增。喟，丘愧切。

[10] 谓，犹说也。言己遭遇乱世，众人不知我贤，亦不可户告人说。一云"念不可谓兮"。《史记》云："世溷不吾知，心不可谓兮。"一云"世溷莫知，不可谓兮"。

[11] 让，辞也。言人知命将终，可以建忠，仗节死义，愿勿辞让，而自爱惜之也。【补曰】屈子以为知死之不可让，则舍生而取义可也。所恶有甚于死者，岂复爱七尺之躯哉?

[12] 告，语也。类，法也。《诗》云："永锡尔类。"言己将执忠死节，故以此明白告诸君子，宜以我为法度。一本"明"下有"以"字。

思美人[1]

思美人兮[2]，揽涕而竚眙[3]。媒绝路阻兮[4]，言不可结而诒[5]。蹇蹇之烦冤兮[6]，陷滞而不发[7]。申旦以舒中情兮[8]，志沉菀而莫达[9]。愿寄言于浮云兮[10]，遇丰隆而不将[11]。因归鸟而致辞兮[12]，羌宿高而难当[13]。高辛之灵盛兮[14]，遭玄鸟而致诒[15]。欲变节以从俗兮[16]，媿易初而屈志[17]。独历年而离愍兮[18]，羌冯心犹未化[19]。宁隐闵而寿考兮[20]，何变易之可为[21]！

[1]此章言己思念其君，不能自达，然反观初志，不可变易，益自修饬，死而后已也。

[2]言己忧思，念怀王也。

[3]伫立悲哀，涕交横也。【补曰】揽，犹拔也。竚，直吕切，久立也。眙，直视也，丑吏切。《文选》注云："伫眙，立视也。今市聚人谓之立眙。"

[4]良友隔绝，道坏崩也。一云"媒绝而道路阻"。《文苑》作"路绝而媒阻"。

[5]秘密之语，难传诵也。一无"而"字。

[6]忠谋盘纡，气盈胸也。冤，一作"悗"。【补曰】《易》曰："王臣蹇蹇。"

[7]含辞郁结，不得扬也。陷，一作"洊"。【补曰】《怀沙》云："陷滞而不济。"

[8]诚欲日日陈己心也。以，一作"不"。【补曰】《九辩》云："申旦而不寐。"五臣云："申，至也。"

[9]思念沉积，不得通也。一无"志"字。【补曰】菀音鬱，积也。

[10]思托要谋于神灵也。

[11]云师径游，不我听也。

[12]思附鸿雁,达中情也。

[13]飞集山林,道径异也。一云"羌迅高而难寓"。【补曰】当,值也。

[14]帝喾之德茂神灵也。盛,一作"晟",一作"威"。【补曰】《史记》:"帝喾高辛者,黄帝之曾孙。生而神灵,自言其名。"张晏曰:"高辛,所兴之地名也。"

[15]喾妃吞燕卵以生契也。言殷契合神灵之祥知而生,于是性有贤仁,为尧三公。屈原亦得天地正气而生,自伤不遭圣主,而遇乱世也。

[16]念改忠直,随谗佞也。

[17]惭耻本行,中回倾也。【补曰】媿,与"愧"同。志音之,叶韵。

[18]修德累岁,身疲病也。

[19]愤懑守节,不易性也。【补曰】"冯"与"凭"同。

[20]怀智佯愚,终年命也。

[21]心不改更,死忠正也。一云"何变初而可为"。

知前辙之不遂兮[1],未改此度[2]。车既覆而马颠兮[3],蹇独怀此异路[4]。勒骐骥而更驾兮[5],造父为我操之[6]。迁逡次而勿驱兮[7],聊假日以须旹[8]。指嶓冢之西隈兮[9],与纁黄以为期[10]。

[1]比干、子胥,蒙祸患也。辙,一作"道"。

[2]执心不回,志弥固也。

[3]君国倾侧,任小人也。车以喻君,马以喻臣。言车覆者,君国危也;马颠仆者,所任非人。

[4]遭逢艰难,思忠臣也。

[5]举用才德,任俊贤也。

[6]御民以道,须明君也。【补曰】《史记》:"秦之先造父,以善

御幸于周缪王。得骥、温骊、骅骝、䮭耳之驷,西巡狩。"父音甫。操,七刀切。

[7]使臣以礼,得中和也。【补曰】迁逡,犹逡巡,行不进貌。再宿为信,过信为次。《说文》曰:"次,不前也。"逡,七旬切。

[8]期月考功,知德化也。【补曰】假日,见《骚经》。须,待也。旹,古"时"字。

[9]泽流山野,被流沙也。嶓冢,山名。《尚书》:"嶓冢导漾。"隈,一作"隅"。【补曰】嶓音波。《禹贡》:"导嶓冢至于荆山。"注云:"嶓冢,在梁州。"指嶓冢之西隈,言日薄于西山也。

[10]待闲静时,与贤谋也。纁黄,盖黄昏时也。纁,一作"曛"。【补曰】纁,浅绛也。其为色黄而兼赤。曛,日入馀光。并音薰。

　　开春发岁兮[1],白日出之悠悠[2]。吾将荡志而愉乐兮[3],遵江夏以娱忧[4]。揽大薄之芳茝兮[5],搴长洲之宿莽[6]。惜吾不及古人兮[7],吾谁与玩此芳草[8]?解萹薄与杂菜兮[9],备以为交佩[10]。佩缤纷以缭转兮[11],遂萎绝而离异[12]。吾且僤佪以娱忧兮[13],观南人之变态[14]。窃快在中心兮[15],扬厥凭而不俟[16]。

[1]承阳施惠,养百姓也。

[2]君政温仁,体光明也。

[3]涤我忧愁,弘佚豫也。将,一作"且"。【补曰】愉音逾。

[4]循两水涯,以娱志也。

[5]欲援芳茝,以为佩也。揽,一作"擥"。茝,一作"芷"。【补曰】薄,丛薄也。

[6]采取香草,用饰己也。楚人名冬生草曰宿莽。

[7]生后殷汤、周文王也。惜,一作"然"。一云"古之人"。

[8]谁与竭节,尽忠厚也。此,一作"斯"。【补曰】玩,五换切。《说文》:"弄也。"

[9]萹,萹畜也。杂菜,杂香之菜。【补曰】萹音匾。《尔雅》曰:"竹,萹蓄。"注云:"似小藜,赤茎节,好生道旁。"《本草》云:"亦呼为萹竹。萹薄,谓萹蓄之成丛者。"按萹蓄、杂菜,皆非芳草。此言解去萹菜而备芳茞、宿莽以为交佩也。

[10]交,合也。言己解折萹蓄,杂以香菜,合而佩之,言修饰弥盛也。备,一作"脩"。

[11]德行纯美,能绝异也。以,一作"其"。【补曰】缤,匹宾切。缭音了。缭,绕也。

[12]终以放斥而见疑也。【补曰】萎,於危切。

[13]聊且游戏,乐所志也。僮佪,一作"徘徊"。

[14]览察楚俗,化改易也。

[15]私怀侥倖,而欣喜也。一无"在"字。一云"吾窃快在其中心兮"。一无"吾"字。

[16]思舒愤懑,无所待也。

　　芳与泽其杂糅兮[1],羌芳华自中出[2]。纷郁郁其远承兮[3],满内而外扬[4]。情与质信可保兮[5],羌居蔽而闻章[6]。令薜荔以为理兮[7],惮举趾而缘木[8]。因芙蓉而为媒兮[9],惮褰裳而濡足[10]。登高吾不说兮[11],入下吾不能[12]。固朕形之不服兮[13],然容与而狐疑[14]。广遂前画兮[15],未改此度也[16]。命则处幽,吾将罢兮[17],愿及白日之未暮[18]。独茕茕而南行兮,思彭咸之故也。

[1]正直温仁,德茂盛也。

[2]生含天姿。不外受也。【补曰】出,尺类切,自中而外也。

[3]法度文辞,行四海也。一云"行度文辞,流四海也"。承,一作"蒸"。【补曰】《说文》:"郁,有章也。""承,奉也。"

[4]修善于身,名誉起也。

[5]言行相副,无表里也。

[6]虽在山泽，名宣布也。居，一作"重"。一云"居重蔽而闻章"。

[7]意欲升高，事贵戚也。以，一作"而"。

[8]惮，难也。诚难抗足，屈踡跼也。

[9]意欲下求，从风俗也。因，一作"用"。

[10]又恐污泥，被垢浊也。【补曰】《庄子》曰："蹇裳躩步。"蹇，起虔切。盖读若褰，谓抠衣也。足，一作"之"。

[11]事上得位，我不好也。

[12]随俗显荣，非所乐也。

[13]我性婞直，不曲挠也。

[14]徘徊进退，观众意也。

[15]恢廓仁义，弘圣道也。【补曰】画音获，计策也。

[16]心终不变，内自守也。一无"也"字。【补曰】度，徒故切。

[17]受禄当穷，身劳苦也。一无"则"字。【补曰】罢，读若疲。

[18]思得进用，先年老也。一本句末有"也"字。

惜往日[1]

惜往日之曾信兮[2]，受命诏以昭诗[3]。奉先功以照下兮[4]，明法度之嫌疑[5]。国富强而法立兮[6]，属贞臣而日娭[7]。秘密事之载心兮[8]，虽过失犹弗治[9]。心纯庬而不泄兮[10]，遭谗人而嫉之[11]。君含怒而待臣兮[12]，不清澈其然否[13]。蔽晦君之聪明兮[14]，虚惑误又以欺[15]。弗参验以考实兮[16]，远迁臣而弗思[17]。信谗谀之溷浊兮[18]，盛气志而过之[19]。何贞臣之无辜兮[20]，被离谤而见尤[21]。惭光景之诚信兮[22]，身幽隐而备之[23]。临沅湘之玄渊兮[24]，遂自忍而沉流[25]。卒没身而绝名兮[26]，惜壅君之不昭[27]。君无度而弗察兮[28]，使芳草为薮幽[29]。焉舒情而抽信兮[30]，恬死亡而不聊[31]。独鄣壅而蔽隐兮[32]，使贞臣为无由[33]。

[1]此章言己初见信任，楚国几于治矣，而怀王不知君子小人之情状，以忠为邪，以佞为信，卒见放逐，无以自明也。

[2]先时见任，身亲近也。【补曰】《史记》云："原博闻强志，明于治乱，娴于辞令。入则与王图议国事，以出号令；出则接遇宾客，应对诸侯，王甚任之。"

[3]君告屈原，明典文也。诗，一作"时"。【补曰】《国语》曰："庄王使士亹傅太子箴，问于申叔时，叔时曰：'教之诗，而为之导广显德，以耀明其志。'"

[4]承宣祖业，以示民也。

[5]草创宪度，定众难也。【补曰】《史记》云："怀王使屈原造为宪令，属草稿未定。上官大夫见而欲夺之，屈平不与，因谗之曰：'王使屈平为令，众莫不知，每一令出，平伐其功，曰：非我莫能为也。'王怒而疏屈平。"

[6] 楚以炽盛，无盗奸也。

[7] 委政忠良，而游息也。【补曰】属音烛，付也。娱音嬉，戏也。一作"娱"，非是。

[8] 天灾地变，乃存念也。秘，一作"祕"。

[9] 臣有过差，赦贳宽也。弗，一作"不"。【补曰】治音持。

[10] 素性敦厚，慎语言也。泄，一作"贳"。【补曰】庞，厚也，莫江切。泄，漏也，音薛。

[11] 遭遇靳尚及上官也。嫉之，一作"佞嫉"。

[12] 上怀忿恚，欲刑残也。

[13] 内弗省察，其侵冤也。澈，一作"（徵）〔澂〕"。【补曰】澈音辙。澂音澄。

[14] 专擅威恩，握主权也。

[15] 欺罔戏弄，若转丸也。一云"惑虚言又以欺"。

[16] 不审穷核其端原也。

[17] 放逐徙我，不肯还也。

[18] 听用邪伪，自乱惑也。溷浊，一作"浮说"。

[19] 呵骂迁怒，妄诛戮也。盛，古作"晠"。【补曰】《汉书》曰："闻将军有意督过之。"

[20] 忠正之行，少愆忒也。辜，一作"罪"。

[21] 虚蒙诽讪，获过愆也。离，一作"䜅"。

[22] 质性谨厚，貌纯悫也。【补曰】《说文》云："景，光也。"此言己诚信甚著，小人所惭也。

[23] 虽处草野，行弥笃也。【补曰】此言身被放弃，多谗谤也。

[24] 观视流水，心悲恻也。沅，一作"江"。

[25] 遂赴深水，自害贼也。遂，一作"不"。

[26] 姓字断绝，形体没也。一云"名字断绝，形朽腐也。"没身，一作"沉身"。

[27] 怀王壅蔽，不觉悟也。古本"壅"皆作"廱"。

［28］上无捡押，以知下也。【补曰】捡押，隐括也。押音狎。

［29］贤人放窜，弃草野也。【补曰】《说文》："薮，大泽也。"

［30］安所展思，拔愁苦也。

［31］忍不贪生，而顾老也。【补曰】恬，安也。言安于死亡，不苟生也。

［32］远放隔塞，在裔土也。鄣，一作"彰"，音如鄣。壅，一作"雍"。

［33］欲竭忠节，靡其道也。为，一作"而"。

闻百里之为虏兮[1]，伊尹烹于庖厨。吕望屠于朝歌兮[2]，宁戚歌而饭牛[3]。不逢汤武与桓缪兮，世孰云而知之。吴信谗而弗味兮[4]，子胥死而后忧[5]。介子忠而立枯兮[6]，文君寤而追求[7]。封介山而为之禁兮[8]，报大德之优游[9]。思久故之亲身兮，因缟素而哭之[10]。或忠信而死节兮[11]，或訑谩而不疑[12]。弗省察而按实兮[13]，听谗人之虚辞[14]。芳与泽其杂糅兮[15]，孰申旦而别之[16]？何芳草之早夭兮[17]，微霜降而下戒[18]。谅聪不明而蔽壅兮[19]，使谗谀而日得[20]。自前世之嫉贤兮[21]，谓蕙若其不可佩[22]。妒佳冶之芬芳兮[23]，嫫母姣而自好[24]。虽有西施之美容兮[25]，谗妒入以自代[26]。愿陈情以白行兮[27]，得罪过之不意[28]。情冤见之日明兮[29]，如列宿之错置[30]。乘骐骥而驰骋兮[31]，无辔衔而自载；[32]乘氾泭以下流兮[33]，无舟楫而自备[34]。背法度而心治兮[35]，辟与此其无异[36]。宁溘死而流亡兮[37]，恐祸殃之有再[38]。不毕辞而赴渊兮[39]，惜壅君之不识[40]。

［1］【补曰】晋献公虏虞君与其大夫百里傒。以百里傒为秦缪公夫人媵。百里傒亡秦走宛，楚鄙人执之。缪公闻百里傒贤，以五羖羊皮赎之，释其囚，与语国事，缪公大说，授之国政，号曰五羖大夫。《孟子》

曰:"百里奚自鬻于秦养牲者五羊之皮,食牛以要秦缪公。"《庄子》曰:"秦穆公以五羊之皮笼百里奚。"

　　[2]朝,知苗切。

　　[3]见《骚经·天问》。

　　[4]宰嚭阿谀,甘如蜜也。弗,一作"不"。【补曰】《淮南》云:"古人味而不贪,今人贪而不味。"此言贪嗜谗谀,不知忠直之味也。

　　[5]竟为越国所诛灭也。

　　[6]介子,介子推也。

　　[7]文君,晋文公也。寤,觉也。昔文公被骊姬之谮,出奔齐、楚,介子推从行,道乏粮,割股肉以食文公。文公得国,赏诸从行者,失忘子推。子推遂逃介山隐。文公觉寤,追而求之,子推遂不肯出。文公因烧其山,子推抱树烧而死,故言立枯也。《七谏》中"推自割而食君"亦解此也。

　　[8]一无"而"字。

　　[9]言文公遂以介山之民封子推,使祭祀之。又禁民不得有言烧死,以报其德,优游其灵魂也。【补曰】《史记》:"晋初定,赏从亡,未至隐者介子推,推亦不言禄,禄亦不及介子推。从者乃悬书宫门。文公出见其书,曰:'此介子推也。吾方忧王室,未图其功。'使人召之,则亡。遂求其所在,闻其入绵上山中。于是文公环绵上山中而封之,以为介推田,号曰介山。以记吾过,且旌善人。"《庄子》曰:"介子推至忠也,自割其股,以食文公。公后背之,子推怒而去,抱木而燔死。"《淮南》曰:"介子歌龙蛇,而文君垂泣也。"封介山而为之禁者,以为介推田也,逸说非是。优游,大德之貌。

　　[10]言文公思子推亲自割其身,恩义尤笃。因为变服,悲而哭之也。【补曰】亲身,言不离左右也。缟音杲。《说文》云:"(缟)素,白致缯也。"

　　[11]仇牧、荀息与梅伯也。

　　[12]张仪诈欺,不能诛也。訑,一作"詑"。【补曰】訑、谩,皆欺

也。上音移,下谟官切。

[13]君不参错而思虑也。【补曰】省,息井切。

[14]谄谀毁訾,而加诬也。

[15]质性香润,德之厚也。

[16]世无明智,惑贤愚也。

[17]贤臣被谗,命不久也。殀,一作"夭"。

[18]严刑卒至,死有时也。下,一作"不"。

[19]君知浅短,无所照也。一云"不聪明"。【补曰】《易》噬嗑、夬卦皆曰:"聪,不明也。"

[20]佞人位高,家富饶也。家,一作"蒙"。

[21]憎恶忠直,若仇怨也。

[22]贱弃仁智,言难用也。【补曰】若,杜若也。

[23]嫉害美善之婉容也。佳,一作"娃"。【补曰】娃,於佳切。吴楚之间谓好曰娃。冶,妖冶,女态。《易》曰:"冶容诲淫。"

[24]丑姬自饰以粉黛也。【补曰】嫫音谟。《说文》云:"嫫母,都丑也。"一曰黄帝妻,貌甚丑。姣,妖媚也,音绞。好音耗。

[25]世有好女之异貌也。【补曰】西施,越之美女。《越绝书》曰:"越王句践得采薪二女西施、郑旦,以献吴王。"

[26]众恶推远,不附近也。

[27]列己忠心,所趋务也。

[28]谴怒横异,无宿戒也。

[29]行度清白,皎如素也。冤,一作"宛"。

[30]皇天罗宿,有度数也。【补曰】宿音秀。错,仓各切。

[31]如驾骐马而长驱也。【补曰】骐骥,骏马也。

[32]不能制御,乘车将仆。【补曰】《诗》云:"六辔如琴。"《说文》:"衔,马勒口中,行马者也。"

[33]乘舟氾船而涉渡也。编竹木曰泭。楚人曰柎,秦人曰拨也。乘,一作"椉"。泭,一作"柎"。【补曰】氾音泛。泭音敷。《说文》云:

"编木以度。""柎"与"泭"同。

　　[34]身将沉没而危殆也。楫,一作"檝"。【补曰】《说文》云:
"楫,舟棹也。"

　　[35]背弃圣制,用愚意也。治,一作"殆"。

　　[36]若乘船车,无辔棹也。辟,一作"譬"。【补曰】辟,喻也,与
"譬"同。

　　[37]意欲淹没,随水去也。

　　[38]罪及父母与亲属也。

　　[39]陈言未终,遂自投也。

　　[40]哀上愚蔽,心不照也。识,一作"明"。【补曰】识音试,亦音
志。冯衍赋云:"韩卢抑而不纵兮,骐骥绊而不试。独慷慨而远览兮,非
庸庸之所识。"亦叶韵也。

橘 颂[1]

后皇嘉树，橘徕服兮[2]。受命不迁，生南国兮[3]。深
固难徙，更壹志兮[4]。绿叶素荣，纷其可喜兮[5]。曾枝剡
棘，圆果抟兮[6]。青黄杂糅[7]，文章烂兮[8]。精色内白，
类可任兮[9]。纷缊宜脩[10]，姱而不丑兮[11]。

[1]美橘之有是德，故曰颂。《管子》篇名有《国颂》。说者云，颂，
容也。陈为国之形容。

[2]后，后土也。皇，皇天也。服，习也。言皇天后土生美橘树，异
于众木，来服习南土，便其风气。屈原自喻才德如橘树，亦异于众也。
便其风气，一云“便且遂也”。一云“便其性也”。【补曰】《禹贡》：“淮
海惟扬州，厥包橘柚锡贡。”《汉书》：“江陵千树橘与千户侯等。”《异
物志》云：“橘为树，白华赤实。皮既馨香，又有善味。”“徕”与“来”
同。《说文》云：“周所受瑞麦来麰。天所来也。故为行来之来。”

[3]南国，谓江南也。迁，徙也。言橘受天命，生于江南，不可移
徙。种于北地，则化而为枳也。屈原自比志节如橘，亦不可移徙。

[4]屈原见橘根深坚固，终不可徙，则专一己志，守忠信也。

[5]绿，犹青也。素，白也。言橘青叶白华，纷然盛茂，诚可喜也。
以言己行清白，可信任也。荣，一作“华”。【补曰】《尔雅》：“草谓之
荣，木谓之华。”此言素荣，则亦通称也。曹植赋曰：“朱实不萌，焉得素
荣。”李尤《七叹》曰：“白华绿叶，扶疏冬荣。金衣素里，班理内充。”
皆谓橘也。

[6]剡，利也。棘，橘枝刺若棘也。抟，圜也。楚人名圜为抟。言橘
枝重累，又有利棘，以象武也。其实圆抟，又象文也。以喻己有文武，
能方圆也。圆果，一作“圜实”。抟，一作“榑”。【补曰】曾音增，重也。
剡音琰。《方言》曰：“凡草木刺人，江湘之间谓之棘。”注引“曾枝剡
棘”。《说文》云：“抟，圜也。”其字从手。榑，枢车也，其字从木。音同

义异。

[7]一作"揉"。

[8]言橘叶青,其实黄,杂糅俱盛,烂然而明。以言己敏达道德,亦烂然有文章也。【补曰】橘实初青,既熟则黄,若以青为叶,则上文已言绿叶矣。

[9]精,明也。类,犹貌也。言橘实赤黄,其色精明,内怀洁白。以言贤者亦然,外有精明之貌,内有洁白之志,故可任以道,而事用之也。一云"类任道兮"。【补曰】青黄杂糅,言其外之文;精色内白,言其中之质也。

[10]一作"修"。

[11]纷缊,盛貌。丑,恶也。言橘类纷缊而盛,如人宜修饰,形容尽好,无有丑恶也。【补曰】纷音坟。缊音氲。《集韵》:"荺蕴,积也。""姱,好也。"

嗟尔幼志,有以异兮[1]。独立不迁,岂不可喜兮[2]?深固难徙,廓其无求兮[3]。苏世独立,横而不流兮[4]。闭心自慎,不终失过兮[5]。秉德无私,参天地兮[6]。愿岁并谢,与长友兮[7]。淑离不淫,梗其有理兮[8]。年岁虽少,可师长兮[9]。行比伯夷,置以为像兮[10]。

[1]尔,汝也。幼,小也。言嗟乎众臣,女少小之人,其志易徙,有异于橘也。

[2]屈原言己之行度,独立坚固,不可迁徙,诚可喜也。【补曰】自此以下,申前义以明己志。

[3]【补曰】凡与世迁徙者,皆有求也。吾之志举世莫得而倾之者,无求于彼故也。

[4]苏,寤也。言屈原自知为谗佞所害,心中觉寤,然不可变节,

犹行忠直，横立自持，不随俗人也。【补曰】死而更生曰苏。《魏都赋》曰："非苏世而居正。"

[5]言己闭心捐欲，敕慎自守，终不敢有过失也。一云"终不过兮"。一云"终不失过兮"。【补曰】闭，必结切，阖也。俗作"閟"，非是。

[6]秉，执也。言己执履忠正，行无私阿，故参配天地，通之神明，使知之也。【补曰】天无私覆，地无私载，秉德无私，则与天地参矣。

[7]谢，去也。言己愿与橘同心并志，岁月虽去，年且衰老，长为朋友，不相远离也。【补曰】《说文》云："谢，辞去也。"此言己年虽与岁月俱逝，愿长与橘为友也。

[8]淑，善也。梗，强也。言己虽设与橘离别，犹善持己行，梗然坚强，终不淫惑而失义也。

[9]言己年虽幼少，言有法则，行有节度，诚可师用长老而事之。【补曰】言可为人师长。

[10]像，法也。伯夷，孤竹君之子也。父欲立伯夷，伯夷让弟叔齐，叔齐不肯受，兄弟弃国俱去，之首阳山下。周武王伐纣，伯夷、叔齐扣马谏之曰："父死不葬，谋及干戈，可谓孝乎？以臣弑君，可谓忠乎？"左右欲杀之，太公曰："不可。"引而去之。遂不食周粟而饿死。屈原亦自以修饰洁白之行，不容于世，将饿馁而终。故曰："以伯夷为法也。"【补曰】行，下孟切。比音鼻，近也。韩愈曰："伯夷者，特立独行，亘万世而不顾者也。"屈原独立不迁，宜与伯夷无异。乃自谓近于伯夷，而置以为像，尊贤之辞也。

悲回风[1]

悲回风之摇蕙兮[2]，心冤结而内伤[3]。物有微而陨性兮[4]，声有隐而先倡[5]。夫何彭咸之造思兮，暨志介而不忘[6]！万变其情岂可盖兮[7]，孰虚伪之可长[8]！鸟兽鸣以号群兮[9]，草苴比而不芳[10]。鱼葺鳞以自别兮[11]，蛟龙隐其文章[12]。故荼荠不同亩兮[13]，兰茝幽而独芳[14]。惟佳人之永都兮[15]，更统世而自贶[16]。眇远志之所及兮[17]，怜浮云之相羊[18]。介眇志之所惑兮[19]，窃赋诗之所明[20]。

[1]此章言小人之盛，君子所忧，故托游天地之间，以泄愤懑，终沉汨罗，从子胥、申徒，以毕其志也。

[2]回风为飘，飘风回邪，以兴谗人。

[3]言飘风动摇芳草，使不得安。以言谗人亦别离忠直，使得罪过也。故己见之，中心冤结而伤痛也。冤，一作"宛"。

[4]陨，落也。言芳草为物，其性微眇，易以陨落。以言贤者用志精微，亦易伤害也。

[5]倡，始也。言谗人之言隐匿其声，先倡导君，使乱惑也。

[6]暨，与也。《尚书》曰："让于稷契，暨皋陶。"介，节也。言己见谗人倡君为恶，则思念古世彭咸，欲与齐志节而不能忘也。【补曰】暨，其冀切。此言物有微而陨性者，己独不忘彭咸之志节。

[7]盖，覆也。言谗人长于巧诈，情意万变，转易其辞，前后反复，如明君察之，则知其态也。一云"万变情岂其可盖兮"。【补曰】盖，古太切，掩也。

[8]言谗人虚造人过，其行邪伪，不可久长，必遇祸也。【补曰】此言声有隐而先倡者，然明者察之，则虚伪安可久长乎？

[9]号，呼也，音豪。

[10]生曰草，枯曰苴。比，合也。言飞鸟走兽，群鸣相呼，则芳草合其茎叶，芬芳以不畅也。以言谗口众多，盈君之耳，亦可令忠直之士失其本志也。【补曰】苴，《释文》："七古切，茅藉祭也。"鲍钦止本云："七间、子旅二切。"林德祖本云："反贾、士加二切。"比音鼻。

[11]茸，累也。【补曰】别，彼列切。

[12]言众鱼张其鬐尾，茸累其鳞，则蛟龙隐其文章而避之也。言俗人朋党恣其口舌，则贤者亦伏匿而深藏也。

[13]二百四十步为亩。言枯草荼荠不同亩而俱生。以言忠佞亦不同朝而俱用也。荠，一作"若"。若，一作"苦"。【补曰】荼音徒。《尔雅》："荼，苦菜。"疏引《易纬》云："苦菜，生于寒秋，经冬历春，得夏乃成。《月令》'孟夏苦菜秀'是也。叶似苦苣而细，花黄似菊，堪食，但苦耳。"又《尔雅》云："蒫，荠实。"疏引《本草》云："荠，味甘，人取其菜，作菹及羹。《诗》云：'谁谓荼苦，其甘如荠。'"又曰："堇荼如饴。"此言荼苦而荠甘，不同亩而生也。若，杜若也。

[14]以言贤人虽居深山，不失其忠正之行。茝，一作"芷"。

[15]佳人，谓怀、襄王也。邑有先君之庙曰都也。

[16]更，代也。贶，与也。言己念怀王长居郢都，世统其位，父子相举，今不任贤，亦将危殆也。【补曰】更，平声。贶，虚王切。叶韵。

[17]言己常眇然高志，执行忠直，冀上及先贤也。

[18]相羊，无所据依之貌也。言己放弃，若浮云之气，东西无所据依也。羊，一作"徉"。

[19]介，节也。言己能守耿介之眇节，以自惑误，不用于世也。

[20]赋，铺也。诗，志也。言己守高眇之节，不用于世，则铺陈其志，以自证明也。【补曰】古诗之所明者，与今所遇同，故屈原赋之。

惟佳人之独怀兮[1]，折若椒以自处[2]。曾歔欷之嗟嗟兮[3]，独隐伏而思虑[4]。涕泣交而凄凄兮[5]，思不眠以至曙[6]。终长夜之曼曼兮[7]，掩此哀而不去[8]。寤从容以周流兮[9]，聊逍遥以自恃[10]。伤太息之愍怜兮[11]，气於邑而不可止[12]。糺思心以为纕兮[13]，编愁苦以为膺[14]。折若木以蔽光兮[15]，随飘风之所仍[16]。存髣髴而不见兮[17]，心踊跃其若汤[18]。抚佩衽以案志兮[19]，超惘惘而遂行[20]。岁曶曶其若颓兮[21]，时亦冉冉而将至[22]。蘋蘅槁而节离兮[23]，芳以歇而不比[24]。怜思心之不可惩兮[25]，证此言之不可聊[26]。宁逝死而流亡兮[27]，不忍为此之常愁[28]。孤子唫而抆泪兮[29]，放子出而不还[30]。孰能思而不隐兮[31]，照彭咸之所闻[32]。

[1]怀，思。

[2]处，居也。言己独念怀王，虽见放逐，犹折香草，以自修饬，行善终不怠也。若，一作"芳"。

[3]歔欷，啼貌。曾，一作"增"。

[4]言己思念怀王，悲啼歔欷，虽独隐伏，犹思道德，欲辅助之也。伏，一作"居"。

[5]凄凄，流貌。一云"交下而凄凄"。下，一作"流"。【补曰】凄，寒凉也，音妻。

[6]曙，明也。以，一作"而"。至，一作"极"。

[7]曼曼，长貌。【补曰】曼，莫半切。

[8]心常悲慕。【补曰】掩，抚也，止也。

[9]觉立徙倚而行步也。以，一作"而"。

[10]且徐游戏，内自娱也。

[11]忧悴重叹，心辛苦也。一作"愍叹"。

[12]气逆愤懑，结不下也。【补曰】颜师古云："於邑，短气，上音乌，下乌合切。一读皆如本字。"

[13]糺，戾也。纕，佩带也。一作"瓖"。【补曰】糺，绳三合也。瓖，玉名，一曰马带玦。

[14]编，结也。膺，胸也。结胸者，言动以忧愁自系结也。一注云：

"膺，络胸者也。"【补曰】编音边。

[15]光，谓日光。

[16]仍，因也。言己愿折若木以蔽日，使之稽留，因随群小而游戏也。【补曰】《骚经》云"飘风屯其相离"亦此意。

[17]髣髴，谓形貌也。一云"不得见"。【补曰】髣髴，形似也。髴，沸、拂二音。

[18]言己设欲随从群小，存其形貌，察其情志，不可得知，故中心沸热若汤也。踊跃，一作"沸热"。

[19]整饬衣裳，自宽慰也。【补曰】衽，衣袵也，音稔。案，抑也，与"按"同。

[20]失志惶遽而直逝也。【补曰】惘音冈。

[21]年岁转去而流没也。【补曰】曶音忽。颓，徒回切，下坠也。

[22]春秋更到，与老会也。

[23]喻己年衰，齿随落也。一云"蘋蘅"，一云"蘋蘩"。【补曰】槁音考。

[24]志意已尽，知虑阙也。以，一作"已"。【补曰】比，合也，音鼻。

[25]履信被害，志不忞也。【补曰】忞音义。

[26]明己之谋不空设也。

[27]意欲终命，心乃快也。逝，一作"溘"。

[28]心情悁悁，常如愁也。一云"此心之常愁"。

[29]自哀茕独，心悲愁也。抌，一作"收"。【补曰】唫，古"吟"字，叹也。抌音吻，拭也。

[30]远离父母，无依归也。屈原伤己无安乐之志，而有孤放之悲也。

[31]谁有悲哀而不忧也。隐，忧也。《诗》曰："如有隐忧。"

[32]睹见先贤之法则也。照，一作"昭"。

　　登石峦以远望兮[1]，路眇眇之默默[2]。入景响之无应兮[3]，闻省想而不可得[4]。愁郁郁之无快兮[5]，（居）〔处〕戚戚而不可解[6]。心鞿羁而不形兮[7]，气缭转而自缔[8]。穆眇眇之无垠兮[9]，莽芒芒之无仪[10]。声有隐而相感兮[11]，物有纯而不可为[12]。藐蔓蔓之不可量兮[13]，缥绵绵之不可纡[14]。愁悄悄之常悲兮[15]，翩冥冥之不可娱[16]。凌大波而流风兮[17]，托彭咸之所居[18]。

　　[1]升彼高山，瞰楚国也。【补曰】山（少）〔小〕而锐曰峦，落官切。

　　[2]郢道辽远，居僻陋也。【补曰】眇眇，远也。默默，寂无人声也。

　　[3]审在山野，无人域也。【补曰】景，於境切，物之阴影也。葛洪始作"影"响，或作"向"，古字借用。

　　[4]目视耳听，叹寂默也。【补曰】省，息井切，察也，审也。

　　[5]中心烦冤，常怀忿也。之，一作"而"。快，一作"决"。

　　[6]思念憔悴，相连接也。一无"可"字。【补曰】解，除也，居隘切。

　　[7]肝胆系结，难解释也。形，一作"开"。【补曰】鞿羁，见《骚经》。不形，谓中心系结，不见于外也。

　　[8]思念紧卷而成结也。紧卷，一作"缱绻"。【补曰】缭音了，缠也。缔，文尔切，又音啼，结不解也。《集韵》引此。

　　[9]天与地合，无垠形也。【补曰】贾谊赋云："沕穆无间。"沕穆，深微貌。垠音银。

　　[10]草木弥望，容貌盛也。【补曰】芒，莫郎切。芒芒，广大貌。《诗》曰："宅殷土芒芒。"仪，匹也。见《尔雅》。

　　[11]鹤鸣九皋，闻于天也。

　　[12]松柏冬生，禀气纯也。【补曰】此言天地之大，眇眇芒芒，然声有隐而相感者，己独不能感君，何哉？物有纯而不可为者，己之志节

亦非勉强而为之也。

[13]八极道理,难算计也。一作"邈漫漫"。【补曰】藐音邈,远也。

[14]细微之思,难断绝也。【补曰】缥,匹妙切。纤音迁,萦也。

[15]忧心惨惨,常涕泣也。【补曰】悄,亲小切。《诗》云:"忧心悄悄。"

[16]身处幽冥,心不乐也。【补曰】翱,疾飞也。《扬子》曰:"鸿飞冥冥。"此言己欲疾飞而去,无可以解忧者也。

[17]意欲随水而自退也。【补曰】言乘风波而流行也。

[18]从古贤俊,自沉没也。

上高岩之峭岸兮[1],处雌蜺之标颠[2]。据青冥而摅虹兮[3],遂儵忽而扪天[4]。吸湛露之浮源兮[5],漱凝霜之雰雰[6]。依风穴以自息兮[7],忽倾寤以婵媛[8]。冯昆仑以瞰雾兮[9],隐岷山以清江[10]。惮涌湍之磕磕兮[11],听波声之汹汹[12]。纷容容之无经兮[13],罔芒芒之无纪[14]。轧洋洋之无从兮[15],驰委移之焉止[16]。漂翻翻其上下兮[17],翼遥遥其左右[18]。氾潏潏其前后兮[19],伴张弛之信期[20]。观炎气之相仍兮,窥烟液之所积[21]。悲霜雪之俱下兮,听潮水之相击[22]。借光景以往来兮,施黄棘之枉策[23]。求介子之所存兮[24],见伯夷之放迹[25]。心调度而弗去兮[26],刻著志之无适[27]。

[1]升彼山石之峻峭也。峭,一作"陗"。【补曰】并七笑切。

[2]托乘风气,游天际也。【补曰】标,杪也。其字从木。颠,顶也。蜺,见《骚经》。

[3]上至玄冥,舒光耀也。【补曰】摅,舒也。

[4]所至高眇,不可逮也。【补曰】儵音叔。扪音门,抚也。

[5]湛,厚也。《诗》曰:"湛湛露斯。"源,一作"凉"。

[6]雰雰,霜貌也。言己虽升青冥,犹能食霜露之精,以自洁也。

【补曰】漱，缩又切。《说文》曰："荡口也。"雾音芬。《诗传》："雾雾，雪貌。"

[7] 伏听天命之缓急也。【补曰】《归藏》曰："乾者，积石风穴之寥寥。"《淮南》曰："凤皇羽翼弱水，暮宿风穴。"注云："风穴，北方寒风从地出也。"宋玉赋云："空穴来风。"

[8] 心觉自伤，又痛恻也。婵媛，一作"掸援"，一作"擅徊"。

[9] 遂处神山，观浊乱之气也。一云"瞰雾露"。一云"澄雾露"。【补曰】冯，登也。瞰，视也，苦滥切。

[10] 隐，伏也。岐山，江所出也。《尚书》曰："岐山导江。"言己虽远游戏，犹依神山而止，欲清澄邪恶者也。岐，一作"嶅"，一作"汶"。【补曰】岐、嶅、汶，并与"岷"同。《书》曰："岷山导江。"岷山，在蜀郡氐道县，大江所出。《史记》作"汶山"。《列子音义》引《楚辞》："隐汶山之清江。"隐，依据也。

[11] 惮，难也。涌湍，危阻也。以兴谗贼，危害贤人也。磕，一作"礚"。【补曰】磕，苦盖切，石声。

[12] 水得风而波，以喻俗人言也。己欲澄清邪恶，复为谗人所危，俗人所谤讪也。【补曰】汹音凶，水势。

[13] 言己欲随众容容，则无经纬于世人也。【补曰】此言楚国变乱旧常，无定法也。容容，变动之貌。

[14] 又欲罔然芒芒，与众同志，则无以立纪纲，垂号谥也。【补曰】此言楚国上下昏乱，无纲纪也。

[15] 言欲轧汃己心，仿佯立功，则其道无从至也。轧，一作"乾"。注云："乾惕己心。"【补曰】《释文》："轧，于八切。"此言怀乱之势，如水洋洋，虽欲轧绝之而无由也。汃，潜藏也。

[16] 虽欲长驱，无所及也。一作"驰逶蛇之焉至"。【补曰】委音逶。焉，於乾切。

[17] 登山入水，周六合也。漂，一作"飘"。翻，一作"幡"，一作"潘"。【补曰】漂，浮也，音飘。

[18]虽远念君在旁侧也。【补曰】翼,疾趋也。《语》曰:"趋进,翼如也。"

[19]思如流水,游楚国也。【补曰】氾,滥也,音泛。濔,涌出也,音决。

[20]伴,俱也。弛,毁也。言己思君念国,而众人俱共毁己,言内无诚信,不可与期也。【补曰】伴,读若"背畔"之"畔"。言己尝以弛张之道期于君,而君背之也。

[21]炎气,南方火也。火气烟上天为云,云出凑液而为雨也。相仍者,相从也。烟液所积者,所聚也。【补曰】液音亦。《神异经》曰:"南方有火山,昼夜火然。"《抱朴子》曰:"南海萧丘之中,有自生之火,常以春起而秋灭。"

[22]言己上观炎阳烟液之气,下视霜雪江潮之流,忧思在心,而无所告也。【补曰】《七发》云:"江水逆流,海水上潮。"

[23]黄棘,棘刺也。枉,曲也。言己愿借神光电景,飞注往来,施黄棘之刺,以为马策。言其利用急疾也。【补曰】言己所以假延日月,往来天地之间,无以自处者,以其君施黄棘之枉策故也。初,怀王二十五年,入与秦昭王盟约于黄棘,其后为秦所欺,卒客死于秦。今顷襄信任奸回,将至亡国,是复施行黄棘之枉策也。黄棘,地名。

[24]介子推也。

[25]伯夷,叔齐兄也。放,远也。迹,行也。一云:"放,放逐也。"

[26]弗,一作"不"。【补曰】调度,见《骚经》。

[27]无适,言己思慕子推、伯夷清白之行,克心遵乐,志无所复适也。【补曰】刻,励也。著,立也。

曰:吾怨往昔之所冀兮[1],悼来者之愁愁[2]。浮江淮而入海兮,从子胥而自适[3]。望大河之洲渚兮,悲申徒之抗迹[4]。骤谏君而不听兮[5],重任石之何益[6]。心絓结而不解兮^[7]，思蹇产而不释^[8]。

[1]冀，幸也。言己怨往古以邪事君，而幸蒙富贵也。一无"昔"字。

[2]愁愁，欲利貌也。言伤今世人见利，愁愁然欲竞之也。愁，一作"遬"。【补曰】愁，他的切，劳也。

[3]适，之。【补曰】《越绝书》曰："子胥死，王使捐于大江，乃发愤驰腾，气若奔马，乃归神大海。"自适，谓顺适己志也。

[4]申徒狄也。遇闇君，遁世离俗，自拥石赴河，故言抗迹也。【补曰】《庄子》云："申徒狄谏而不听，负石自投于河。"《淮南》注云："申徒狄，殷末人也。不忍见纣乱，自沉于渊。"

[5]骤，数也。一本作"而君"。

[6]任，负也。百二十斤为石。言己数谏君，而不见听。虽欲自任以重石，终无益于万分也。一云"任重石"。石，一作"䄷"。【补曰】䄷，当作"秙"，音石，百二十斤也。稻一䄷，为粟二十升。禾黍一䄷，为粟十六升大升半。又三十斤为钧，四钧为石。秙音库，禾不实也。义与此异。《文选·江赋》云："悲灵钧之任石。"注引"重任石之何益"，"怀沙砾而自沉"。怀沙，即任石也。与逸说不同。

[7]絓，悬。一作"结絓"。

[8]蹇产，犹诘屈也。言己乘水蹈波，乃愁而恐惧，则心悬结诘屈而不可解。一本无此二句。

卷五　远游章句

　　《远游》者，屈原之所作也。屈原履方直之行，不容于世。上为谗佞所谮毁，下为俗人所困极，章皇山泽[1]，无所告诉。乃深惟元一，修执恬漠。思欲济世，则意中愤然，文采铺[2]发，遂叙妙思，托配仙人，与俱游戏，周历天地，无所不到。然犹怀念楚国，思慕旧故，忠信之笃，仁义之厚也。是以君子珍重其志，而玮其辞焉[3]。

　　[1]一作"徜徉山野"。

　　[2]一作"绣"，一作"秀"。

　　[3]《古乐府》有《远游》篇，出于此。

悲时俗之迫阨兮[1]，愿轻举而远游。[2]质菲薄而无因兮[3]，焉托乘而上浮。[4]遭沉浊而污秽兮[5]，独郁结其谁语[6]！夜耿耿而不寐兮[7]，魂茕茕而至曙。[8]

[1]哀众嫉妒，迫胁贤也。阨，一作"隘"。【补曰】阨音厄，或读作隘。

[2]高翔避世，求道真也。

[3]质性鄙陋，无所因也。因，一作"由"。

[4]将何引援而升云也。【补曰】乘，时证切。

[5]逢遇闇主，触谗佞也。而，一作"之"。

[6]思虑烦冤，无告陈也。

[7]忧以愁戚，目不眠也。耿耿，犹儆儆，不寐貌也。《诗》云："耿耿不寐。"耿，一作"炯"。【补曰】耿、炯，并古茗切。一云："耿耿，不安也。"

[8]精魂佂忪不寐，故至曙也。茕，一作"营"。

惟天地之无穷兮[1]，哀人生之长勤[2]。往者余弗及兮[3]，来者吾不闻[4]。步徙倚而遥思兮[5]，怊惝怳而乖怀[6]。意荒忽而流荡兮[7]，心愁悽而增悲[8]。神儵忽而不反兮[9]，形枯槁而独留[10]。内惟省以端操兮[11]，求正气之所由[12]。漠虚静以恬愉兮[13]，澹无为而自得[14]。

[1]乾坤体固，居常宁也。

[2]伤己命禄，多忧患也。【补曰】此原忧世之词。唐李翱用其语，作《拜禹言》。

[3]三皇五帝，不可逮也。

[4]后虽有圣，我身不见也。一云"吾不可闻"。一云"余弗闻"。

[5]彷徨东西，意愁愤也。

[6]惆怅失望，志乖错也。【补曰】怊音超，怅恨也。惝，昌两切。怳，诩往切，惊貌。

[7]情思罔两,无据依也。【补曰】荒,呼广切。

[8]怆然感结,涕沾怀也。悽,一作"凄"。【补曰】悽,痛也。

[9]魂灵远逝,游四维也。儵,一作"倏"。反,一作"返"。

[10]身体寥廓,无识知也。

[11]捐弃我情,虑专一也。一云"林素我情"。【补曰】操,七到切。

[12]栖神藏情,治心术也。由,一作"繇"。

[13]恬然自守,内乐佚也。

[14]涤除嗜欲,获道实也。

闻赤松之清尘兮[1],愿承风乎遗则[2]。贵真人之休德兮[3],美往世之登仙[4]。与化去而不见兮[5],名声著而日延[6]。奇傅说之托辰星兮[7],羡韩众之得一[8],形穆穆以浸远兮[9],离人群而遁逸[10]。因气变而遂曾举兮[11],忽神奔而鬼怪[12]。时髣髴以遥见兮[13],精皎皎以往来[14]。绝氛埃而淑尤兮[15],终不反其故都[16]。免众患而不惧兮[17],世莫知其所如[18]。

[1]想听真人之徽美也。尘,一作"虚"。【补曰】《列仙传》:"赤松子,神农时为雨师,服水玉,教神农,能入火自烧。至昆山上,常止西王母石室,随风雨上下。炎帝少女追之,亦得仙俱去。"张良欲从赤松子游,即此也。

[2]思奉长生之法式也。

[3]珍玮道士,寿无穷极。真,一作"至"。【补曰】休,美也。

[4]羡门子乔,古登真也。美,一作"羡"。仙,一作"僊"。子乔,一作"子高"。

[5]变易形容,远藏匿也。

[6]姓字弥章,流千亿也。著,一作"彰"。

[7]贤圣虽终,精著天也。傅说,武丁之相。辰星、房星,东方之宿,苍龙之体也。傅说死后,其精著于房、尾也。【补曰】大火,谓之大

辰。大辰，房、心、尾也。《庄子》曰："傅说得之，以相武丁，奄有天下。乘东维，骑箕尾，而比于列星。"《音义》云：傅说死，其精神乘东维，托龙尾。今尾上有傅说星。其生无父母，登假三年而形遁。《淮南》云"傅说之所以骑辰尾"是也。

[8] 喻古先圣，获道纯也。羡，一作"美"。众，一作"终"。【补曰】羡，似面切，贪慕也。《列仙传》："齐人韩终为王采药，王不肯服，终自服之，遂得仙也。"

[9] 卓绝乡党，无等伦也。

[10] 遁去风俗，独隐存也。

[11] 乘风蹈雾，升皇庭也。【补曰】曾音增，高举也。

[12] 往来奄忽，出杳冥也。怪，一作"忹"。【补曰】《淮南》云："鬼出电入。"又曰："电奔而鬼腾。"皆神速之意。

[13] 托貌云飞，象其形也。【补曰】《说文》云："髣髴，见不諟也。"

[14] 神灵照曜，皎如星也。皎，一作"皛"。《释文》作"皦"。以，一作"而"。

[15] 超越垢秽，过先祖也。淑，善也。尤，过也。言行道修善，所以过先祖也。绝，一作"超"。尤，一作"邮"。【补曰】氛，妖气。《左传》曰："楚氛恶。"淑尤，言其善有以过物也。

[16] 去背旧都，遂登仙也。其，一作"乎"。

[17] 得离群小，脱艰难也。

[18] 奋翼高举，升天衢也。自此以上，皆美仙人超世离俗，免脱患难。屈原想慕其道，以自慰缓，愁思复至，志意怅然，自伤放逐，恐命不延，顾念年时，因复吟叹也。

恐天时之代序兮[1]，耀灵晔而西征[2]。微霜降而下沦兮[3]，悼芳草之先零[4]。聊仿佯而逍遥兮[5]，永历年而无成[6]。谁可与玩斯遗芳兮[7]，晨向风而舒情[8]。高阳邈以远兮[9]，余将焉所程[10]。

[1]春秋迭更,年老暮也。

[2]托乘雷电,以驰骛也。灵晔,电貌。《诗》云:"晔晔震电。"西方少阴,其神蓐收,主刑罚。屈原欲急西行者,将命于神,务宽大也。【补曰】《博雅》云:"朱明、耀灵、东君,日也。"张平子云:"耀灵忽其西藏。"潘安仁云:"曜灵晔而遄迈。"皆用此语。晔音馌,光也。征,行也。逸说非是。

[3]沦者,谕上用法之刻深也。【补曰】沦,沉也,音伦。

[4]不诛邪伪,害仁贤也。古本"零"作"藟"。【补曰】零,落也。

[5]聊且戏荡,而观听也。【补曰】仿佯,旁羊二音。

[6]身以过老,无功名也。

[7]世莫足与议忠贞也。斯遗芳,一作"此芳草"。

[8]想承君命,竭诚信也。晨,一作"长"。向,一作"乡"。

[9]颛顼久矣,在其前也。以,一作"已"。【补曰】屈原,高阳氏之苗裔也。冯衍赋云:"高阳懑其超远兮,世孰可与论兹。"注引《史记》:"高阳氏沉深而有谋,疏通而知事。故欲与之论事。"

[10]安取法度,修我身也。焉,一作"安"。【补曰】《说文》:"程,品也。十发为程,(一)〔十〕程为分。"

重曰:[1]春秋忽其不淹兮[2],奚久留此故居[3]?轩辕不可攀援兮[4],吾将从王乔而娱戏[5]!餐六气而饮沆瀣兮[6],漱正阳而含朝霞[7]。保神明之清澄兮[8],精气入而粗秽除[9]。顺凯风以从游兮[10],至南巢而壹息[11]。见王子而宿之兮[12],审壹气之和德[13]。

[1]愤懑未尽,复陈辞也。【补曰】重,直用切。见《骚经》。

[2]四时运转,往若流也。

[3]何必旧乡,可浮游也。

[4]黄帝以往,难引攀也。轩辕,黄帝号也。始作车服,天下号之,为轩辕氏也。【补曰】《史记》:"黄帝,姓公孙,名曰轩辕。"援音爰。

[5] 上从真人，与戏娱也。娱，一作"游"。【补曰】《列仙传》："王子乔，周灵王太子晋也。好吹笙作凤鸣，游伊、洛间，道士浮丘公接上嵩高山。三十馀年后，来于山上，见桓良曰：'告我家，七月七日，待我缑氏山头。'果乘白鹄住山颠，望之不得到，举手谢时人，数日去。"《淮南》云："王乔、赤松，去尘埃之间，离群慝之纷，吸阴阳之和，食天地之精，呼而出故，吸而求新，蹀虚轻举，乘云游雾，可谓养性矣。"戏音嬉。

[6] 远弃五谷，吸道滋也。【补曰】餐，吞也，七安切。饮，歠也，音荫。沆，胡朗切。瀣音械。

[7] 餐吞日精，食元符也。《陵阳子明经》言："春食朝霞。朝霞者，日始欲出赤黄气也。秋食沦阴。沦阴者，日没以后赤黄气也。冬饮沆瀣。沆瀣者，北方夜半气也。夏食正阳。正阳者，南方日中气也。并天地玄黄之气，是为六气也。"含，一作"食"。【补曰】《庄子》云："御六气之辨。"李云："平旦为朝霞，日中为正阳，日入为飞泉，夜半为沆瀣，天玄，地黄，为六也。"《大人赋》云："呼吸沆瀣兮餐朝霞。"《琴赋》云："餐沆瀣兮带朝霞。"五臣注云："沆瀣，清露。朝霞，赤云。"

[8] 常吞天地之英华也。

[9] 纳新吐故，垢浊清也。【补曰】粗，聪徂切，物不清也。

[10] 乘风戏荡，观八区也。南风曰凯风。《诗》曰："凯风自南。"

[11] 观视朱雀之所居也。【补曰】《山海经》："丹穴之山有鸟焉，五彩而文，曰凤鸟。"南巢，岂南方凤鸟之所巢乎？成汤放桀于南巢，乃庐江居巢，非此南巢也。

[12] 屯车留止，遇子乔也。

[13] 究问元精之秘要也。

曰：道可受兮[1]，不可传；[2] 其小无内兮[3]，其大无垠；[4] 无滑而魂兮[5]，彼将自然；[6] 壹气孔神兮[7]，于中夜存；[8] 虚以待之兮[9]，无为之先；[10] 庶类以成兮[11]，此德之门[12]。

[1]言易者也。一曰"云无言也"。

[2]诚难论也。一云"而不可传"。【补曰】曰者，王子之言也。谓可受以心，不可传以言语也。《庄子》曰："道可传而不可受。"谓可传以心，不可受以量数也。

[3]靡兆形也。

[4]覆天地也。【补曰】《淮南》云："深闳广大，不可为外；析毫剖芒，不可为内。"垠音银。

[5]乱尔精也。无，一作"毋"。滑，一作"淈"。一云"无淈滑而魂"。【补曰】淈、滑，并音骨。淈，浊也。滑，乱也。

[6]应气臻也。

[7]专己心也。【补曰】《列子》曰："心合于气，气合于神。"壹，专也。孔，甚也。

[8]恒在身也。【补曰】《孟子》曰："梏之反覆，则其夜气不足以存。夜气不足以存，则其违禽兽不远矣。"

[9]执清静也。【补曰】《庄子》曰："气者，虚而待物者也。"

[10]闲情欲也。【补曰】此所谓感而后应，迫而后动，不得已而后起。

[11]众法陈也。

[12]仙路径也。【补曰】《老子》曰："玄之又玄，众妙之门。"

闻至贵而遂徂兮[1]，忽乎吾将行[2]。仍羽人于丹丘兮[3]，留不死之旧乡[4]。朝濯发于汤谷兮[5]，夕晞余身兮九阳[6]。吸飞泉之微液兮[7]，怀琬琰之华英[8]。玉色頩以脕颜兮[9]，精醇粹而始壮[10]。质销铄以汋约兮[11]，神要眇以淫放[12]。嘉南州之炎德兮[13]，丽桂树之冬荣[14]。山萧条而无兽兮[15]，野寂漠其无人[16]。载营魄而登霞兮[17]，掩浮云而上征[18]。命天阍其开关兮[19]，排阊阖而望予^[20]。召丰隆使先导兮^[21]，问大微之所居^[22]。集重阳
入帝宫兮^[23]，造旬始而观清都^[24]。

[1]见彼王侯而奔惊也。【补曰】《庄子》曰："独有之人，是之谓
至贵。"屈子闻其风而往焉。

[2]周视万宇，涉四远也。【补曰】《天台赋》云："睹灵验而遂
徂，忽乎吾之将行。仍羽人于丹丘，寻不死之福庭。"

[3]因就众仙于明光也。丹丘，昼夜常明也。《九怀》曰："夕宿乎
明光。"明光，即丹丘也。《山海经》言有羽人之国，不死之民。或曰，人
得道，身生毛羽也。【补曰】羽人，飞仙也。《尔雅》曰："距齐州以南，戴
日为丹穴。"

[4]遂居蓬莱，处昆仑也。【补曰】忽临睨夫旧乡，谓楚国也。留不
死之旧乡，其仙圣之所宅乎?

[5]朝沐浴于温泉。汤谷，在东方少阳之位。《淮南》言，日出汤
谷，入虞渊也。【补曰】汤音旸。

[6]晞我形体于天垠也。九阳，谓天地之涯。兮，一作"乎"。垠，
一作"根"。【补曰】晞，日气干也。仲长统云："沆瀣当餐，九阳代烛。"
注云："九阳，日也。阳谷上有扶木，九日居下枝，一日居上枝。"《九歌》
曰："晞汝发兮阳之阿。"张衡赋曰："晞余发于朝阳。"

[7]含吮玄泽之肥润也。【补曰】六气，日入为飞泉。又张揖云:飞
泉，飞谷也，在昆仑西南。

[8]咀嚼玉英，以养神也。【补曰】琬音宛。琰音剡。皆玉名。《黄
庭经》曰："含漱金醴，吞玉英。"

[9]面目光泽，以鲜好也。婉，一作"艳"，一作"曼"。【补曰】
颒，美貌。一曰敛容。普茗、普经二切。婉，泽也，音万。艳，美色也。曼，
色理曼泽也。《黄庭》曰："颜色生光金玉泽。"

[10]我灵强健而茂盛也。【补曰】班固云："不变曰醇，不杂曰
粹。"又醇，厚也，美也。

[11]身体癯瘦，柔媚善也。【补曰】汋音绰。汋约，柔弱貌。《庄

子》曰:"肌肤若冰雪,绰约若处子。"质销铄,谓凡质尽也。司马相如曰:"列仙之儒,形容甚臞。"

[12]魂魄漂然而远征也。漂,一作"飘"。【补曰】"眇"与"妙"同。要眇,精微貌。《广雅》曰:"淫,游也。"

[13]奇美太阳,气和正也。

[14]元气温暖,不殒零也。【补曰】桂凌冬不凋,《山海经》:"桂林八树,在贲禺东。"注云:"番禺也。"

[15]溪谷寂寥而少禽也。

[16]林泽空虚,罕有民也。寂,一作"家"。漠,一作"寞"。其,一作"乎"。

[17]抱我灵魂而上升也。霞谓朝霞,赤黄气也。魄,一作"魂"。【补曰】《老子》曰:"载营魄。"说者曰:阳气充魄则为魂,魂能运动则生金矣。

[18]攀缘蹈气而飘腾也。征,一作"升"。

[19]告帝卫臣,启禁门也。其,一作"而"。

[20]立排天门而须我也。阊阖,一作"阖阊"。【补曰】排,推也。《大人赋》曰:"排阊阖而入帝宫。"

[21]呼语云师,使清路也。

[22]博访天庭在何处也。大,一作"太"。【补曰】《大象赋》云:"瞩太微之峥嵘,启端门之赫奕。何宫庭之宏敞,类乾坤之翕辟。"注云:"太微宫垣,十星,在翼轸北。天子之宫庭,五帝之坐,十二诸侯府也。其外蕃,九卿也。"

[23]得升五帝之寺舍也。一本"入"上有"以"字。【补曰】《文选》云:"重阳集清气。"又云:"集重阳之清微。"注云:"言上止于天阳之宇。上为阳,清又为阳,故曰重阳。"余谓积阳为天,天有九重,故曰重阳。

[24]遂至天皇之所居也。旬始,皇天名也。一云,旬始,星名。《春秋考异邮》曰:"太白,名旬始,如雄鸡也。"【补曰】造,至也。《大

象赋》注云:"镇星之精为旬始,其怒青黑,象状如鳖,见则天下兵起。"
李奇曰:"旬始,气如雄鸡,见北斗旁。"《列子》曰:"清都、紫微、钧
天、广乐,帝之所居。"

朝发轫于太仪兮[1],夕始临乎於微闾[2]。屯余车之万
乘兮[3],纷溶与而并驰[4]。驾八龙之婉婉兮[5],载云旗之
逶蛇[6]。建雄虹之采旄兮[7],五色杂而炫燿[8]。服偃蹇
以低昂兮[9],骖连蜷以骄骜[10]。骑胶葛以杂乱兮[11],斑
漫衍而方行[12]。撰余辔而正策兮[13],吾将过乎句芒[14]。
历太皓以右转兮[15],前飞廉以启路[16]。阳杲杲其未光
兮[17],凌天地以径度[18]。风伯为余先驱兮[19],氛埃辟而
清凉[20]。凤皇翼其承旂兮[21],遇蓐收乎西皇[22]。擥彗星
以为旍兮[23],举斗柄以为麾[24]。叛陆离其上下兮[25],游
惊雾之流波[26]。时暧曃其曭莽兮[27],召玄武而奔属[28]。
后文昌使掌行兮[29],选署众神以并毂[30]。路曼曼其修
远兮[31],徐弭节而高厉[32]。左雨师使径侍兮[33],右雷
公以为卫[34]。欲度世以忘归兮[35],意恣睢以担挢[36]。
内欣欣而自美兮[37],聊媱娱以自乐[38]。涉青云以泛滥游
兮[39],忽临睨夫旧乡[40]。仆夫怀余心悲兮[41],边马顾而
不行[42]。思旧故以想像兮[43],长太息而掩涕[44]。氾容与
而遐举兮[45],聊抑志而自弭[46]。指炎神而直驰兮[47],吾
将往乎南疑[48]。

[1]旦早趋驾于天庭也。太仪,天帝之庭,习威仪之处也。

[2]暮至东方之玉山也。《尔雅》曰:"东方之美者,有医无闾之
珣玗琪焉。"《释文》:於,於其切。一云"微母闾"。【补曰】《周礼》:
"东北曰幽州,其山镇曰医无闾。"《尔雅疏》云:"《地理志》辽东郡
无虑县。应劭曰:虑音闾。颜师古曰:即所谓医巫闾,是县因山为名。"

[3]百神侍从,无不有也。

[4]车骑笼茸而竞驱也。【补曰】溶音容，水盛也。《大人赋》曰："纷鸿溶而上厉。"溶音甬。

[5]虬螭沛艾，屈偃蹇也。婉，《释文》作"蜿"，音菀。

[6]旄旌竞天，皆霓霄也。此二句见《骚经》。

[7]系缀蟒蜼，文纷错也。

[8]众采杂厕，而明朗也。【补曰】炫音县，明也。燿音曜，照也。

[9]驷马駊騀，而鸣骧也。

[10]骖騑骄骜，怒颠狂也。【补曰】《说文》云："騑，骖旁马。"则騑、骖一也。初驾马者，以二马夹辕，谓之服。又驾一马，与两服为参，故谓之骖。又驾一马，乃谓之驷。故《说文》云："骖，驾三马也。"驷，一乘也。两服为主，参之两旁二马，遂名为骖，总举一乘，则谓之驷。指其騑马，则谓之骖。《诗》曰："两骖如舞。"是二马皆称骖也。服马夹辕，其颈负轭，两骖在衡外，挽靷助之。服，两首齐骖，首差退也。连蜷，句蹄也。蜷，巨圆切。骄骜，马行纵恣也。上居召、下五到切。

[11]参差骈错，而纵横也。一作"璆輵"。以，一作"其"。【补曰】騎，奇寄切。璆音胶。輵音葛。车马喧杂貌。一云，犹交加也。一曰"长远貌"。一曰"驱驰貌"。

[12]缤纷容裔，以并升也。漫，一作"曼"。【补曰】斑，驳文也。漫，莫半切。衍，弋战切。漫衍，无极貌。《前汉书》云："漫衍之戏。"

[13]我欲远驰，路何从也。【补曰】撰，见《九歌》。

[14]就少阳神于东方也。句，一作"钩"。【补曰】《山海经》："东方句芒，鸟身人面，乘两龙。"注云："木神也。昔秦穆公有明德，上帝使句芒赐书，寿九十年。"《左传》曰："木正为句芒。"《月令》曰："其帝太皞，其神句芒。"注云："此木帝之君，木官之佐，自古以来著德立功者也。"太公《金匮》曰："东海之神曰句芒。"《墨子》云："郑缪公昼日处庙，有神人面鸟身，素服，面状正方。神曰：'帝厚汝明德，使锡汝寿十年，使若国昌。'公问神名，曰：'予为句芒也。'"

[15]遂过庖牺，而咨访也。东方甲乙，其帝太皓，其神句芒。太皓

始结罔罟，以畋以渔，制立庖厨，天下号之为庖牺氏。皓，一作"皥"。

[16]风伯先导，以开径也。启，一作"烛"。

[17]日耀旭曙，且欲明也。其，一作"亦"。【补曰】《诗》云："杲杲出日。"

[18]超越乾坤之形体也。径，一作"俓"。【补曰】径，直也，与"俓"同。

[19]飞廉奔驰而在前也。先，一作"前"。【补曰】为，去声。《诗》曰："为王前驱。"《淮南》曰："令雨师洒道，风伯扫尘。"

[20]扫除雾霾与尘埃也。一曰"辟氛埃"。【补曰】辟，除也，必亦切。

[21]俊鸟夹毂而扶轮也。

[22]遰少阴神于海津也。西方庚辛，其帝少皓，其神蓐收。西皇，即少昊也。《离骚经》曰："召西皇使涉予。"知西皇所居，在于西海之津也。乎，一作"于"。【补曰】《山海经》："西方神蓐收，左耳有蛇，乘两龙，人面，白色有毛，虎爪，执钺，金神也。"太公《金匮》曰："西海之神曰蓐收。"《国语》云："虢公梦在庙，有神，人面白毛，虎爪，执钺，立于西阿。召史嚚占之，对曰：'如君之言，则蓐收也。'"《左传》云："金正为蓐收。"

[23]引援李光以翳身也。擥，一作"揽"。旍，一作"旗"。【补曰】旍，即"旌"字。

[24]握持招摇，东西指也。【补曰】《天文志》："北斗七星，杓携龙角。"杓，斗柄也。麾，旗属，吁为切。

[25]缭隶叛散，以别分也。【补曰】叛音判。

[26]蹈履云气，浮游清波也。一曰"浮澂清也"。

[27]日月(掩)〔晻〕曃而无光也。暧暽，一作"晻暗"，一作"黤黮"。【补曰】暧音爱。暽音逮，暗也。曤音俍，日不明也。莽，莫朗切。晻，乌感切，日无光也。暗，於计切，阴而风为暗。黤音晻，深黑色。黮，徒感切，黑也。

[28]呼太阴神使承卫也。【补曰】《礼记》曰："行前朱鸟而后玄武。"二十八宿，北方为玄武。说者曰，玄武，谓龟蛇。位在北方，故曰玄；身有鳞甲，故曰武。蔡邕曰："北方玄武，介虫之长。"《文选》注云："龟与蛇交，曰玄武。"属音烛。

[29]顾命中宫，敕百官也。天有三宫，谓紫宫、太微、文昌也。故言中宫。紫宫，一作"紫微"。【补曰】《大象赋》云："文昌制戴匡之位。"注云："文昌六星如匡形。故史迁《天官书》云：斗魁戴匡六星曰文昌宫，其中六星司录。此天之六府，计集所会也。"《晋·天文志》："文昌六星，在北斗魁前。一曰上将，二曰次将，三曰贵相，四曰司录，五曰司命，六曰司寇。"掌行，谓掌领从行者。故下文云。

[30]召使群灵皆侍从也。【补曰】署，常恕切，置也。《大人赋》曰："悉徵灵圉而选之兮，部署众神于摇光。"

[31]天道荡荡，长无穷也。修，一作"悠"。【补曰】曼曼，见《骚经》。

[32]按心抑意，徐从容也。徐，一作"飒"。【补曰】厉，渡也。《大人赋》："纷鸿溶而上厉。"

[33]告使屏翳，备下虞也。

[34]进近猛将，任威武也。

[35]遂济于世，追先祖也。一本"欲"上有"遂"字。一云"欲远度世"。一云"遂远度世"。【补曰】度世，谓仙去也。

[36]纵心肆志，所愿高也。挢，一作"矫"。【补曰】恣，千咨切。睢，许鼻切。恣睢，自得貌。恣，一音资二切。《大人赋》云："掉指桥以偃蹇。"《史记索隐》云："指，居桀切。桥音矫。张揖云：指桥，随风指靡也。"担，《释文》云：音丘列切，举也。桥，居庙切。《史记》作"挢"，其字从手。

[37]忠心悦喜，德纯深也。而，一作"以"。一云"德绝殊也"。

[38]且戏观望，以忘忧也。自，一作"淫"。【补曰】媮，乐也，音俞。

[39]随从丰隆，而相伴也。一无"以"字，一无"游"字。

[40] 观见楚国之堂殿也。

[41] 思我祖宗, 哀怀王也。

[42] 驰骋徘徊, 睨故乡也。【补曰】边, 旁也。

[43] 恋慕朋友, 念兄弟也。以, 一作“而”。像, 一作“象”。

[44] 喟然增叹, 泣沾裳也。屈原谓修身念道, 得遇仙人, 托与俱游, 周历万方, 升天乘云, 役使百神, 而非所乐, 犹思楚国, 念故旧, 欲竭忠信, 以宁国家。精诚之至, 德义之厚也。

[45] 进退俛仰, 复欲去也。【补曰】氾音泛。

[46] 且自厌按而踟蹰也。

[47] 将候祝融, 与咨谋也。南方丙丁, 其帝炎帝, 其神祝融。炎神, 一作“炎帝”。

[48] 过衡山而观九疑也。疑, 一作“娭”。

览方外之荒忽兮[1], 沛罔象而自浮[2]。祝融戒而还衡兮[3], 腾告鸾鸟迎宓妃[4]。张《咸池》奏《承云》兮[5], 二女御《九韶》歌[6]。使湘灵鼓瑟兮[7], 令海若舞冯夷[8]。玄螭虫象并出进兮[9], 形蟉虬而逶蛇[10]。雌蜺便娟以增挠兮[11], 鸾鸟轩翥而翔飞[12]。音乐博衍无终极兮[13], 焉乃逝以俳佪[14]。舒并节以驰骛兮[15], 逴绝垠乎寒门[16]。轶迅风于清源兮[17], 从颛顼乎增冰[18]。历玄冥以邪径兮[19], 乘间维以反顾[20]。召黔嬴而见之兮[21], 为余先乎平路[22]。经营四荒兮[23], 周流六漠[24]。上至列缺兮[25], 降望大壑[26]。下峥嵘而无地兮[27], 上寥廓而无天[28]。视儵忽而无见兮[29], 听惝怳而无闻[30]。超无为以至清兮[31], 与泰初而为邻[32]。

[1] 遂究率土, 穷海嵎也。

[2] 水与天合, 物漂流也。罔象,《释文》作“沕潒”, 上摩朗、下以养切。【补曰】沛, 流貌。《文选》云:“骩泊飂淚, 沛以罔象兮。”注云:

"罔象，即仿像也。"又云："罔象相求。"注云："虚无罔象然也。"

[3]南神止我，令北征也。还衡，一作"跰御"。一云"戒其趣御"。
【补曰】《山海经》："南方祝融，兽身人面，乘两龙，火神也。"《国语》曰："夏之兴也，祝融降于崇山。"太公《金匮》曰："南海之神曰祝融。"扬雄赋云："回轸还衡。"衡，辕前横木。《大人赋》云："祝融警而跰御。"注云："跰，止行人也。御，禦也。"

[4]驰呼洛神，使侍予也。

[5]思乐黄帝与唐尧也。《咸池》，尧乐也。《承云》即《云门》，黄帝乐也。屈原得祝融止己，即时还车，将即中土，乃使仁贤若鸾凤之人，因迎贞女，如洛水之神，使达己于圣君，德若黄帝、帝尧者，欲与建德成化，制礼乐，以安黎庶也。一云"张乐《咸池》"。【补曰】《周礼》有《大咸》，尧乐也。《乐记》云："《咸池》备矣。"注云："黄帝所作乐名。尧增修而用之。咸，皆也。池之为言施也。言德无不施也。"又《吕氏春秋》云："帝颛顼令飞龙作乐，效八风之音，命之曰《承云》。"《淮南》云："有虞氏其乐《咸池》、《承云》、《九韶》。"注云："舜兼用黄帝乐。"

[6]美尧二女，助成化也。《韶》，舜乐名也。九成，九奏也。屈原美舜，遭值于尧，妻以二女，以治天下。内之大麓，任之以职，则百僚师师，百工惟时，于是遂禅以位，升为天子。乃作《韶》乐，钟鼓铿锵，九奏乃成。屈原自伤不值于尧，而遭浊世，见斥逐也。【补曰】御，侍也。《孟子》所谓"二女婐"也。《书》曰："《箫韶》九成，凤皇来仪。"《周礼》曰："九德之歌，九磬之舞。"

[7]百川之神，皆谣歌也。【补曰】上言二女，则此湘灵乃湘水之神，非湘夫人也。

[8]河海之神，咸相和也。海若，海神名也。冯夷，水仙人。《淮南》言冯夷得道，以潜于大川也。令，一作"命"。【补曰】海若，《庄子》所称北海若也。冯夷，河伯也。

[9]鬼魅神兽，喜乐逸豫也。螭，龙类也。象，罔象也。皆水中神

物。一云“列螭象而并进兮”。【补曰】螭，丑知切。《国语》曰：“水之怪，龙、罔象。”

[10]形体蜿蟺，相衔受也。蛇，一作“迤”。【补曰】上於九、下巨九切。蟉虬，盘曲貌。

[11]神女周旋，侍左右也。娟，一作“蜎”。【补曰】蜺，见《骚经》。便，读作媥，毗连切。娟，於缘切。便娟，轻丽貌。《尔雅疏》引“雌蜺媥嬛”。嬛，与娟同。《释文》：嬛，虚捐切。挠，而照切。《释文》从手。《集韵》：“挠，缠也。”

[12]鹔鹴玄鹤，奋翼舞也。轩，一作“骞”。【补曰】《方言》：“翥，举也。楚谓之翥。”章庶切。

[13]五音安舒，靡有穷也。【补曰】衍，广也，达也。

[14]遂往周流，究九野也。以，一作“而”。【补曰】焉，辞也，尤虔切。

[15]纵舍辔衔而长驱也。【补曰】《淮南》云：“纵志舒节，以驰大区。”《大人赋》云：“舒节出乎北垠。”注云：“舒，缓也。”

[16]经过后土，出北区也。寒门，北极之门也。逴，《释文》作踔，敕孝切。乎，一作“兮”。【补曰】逴，远也，敕角切。《淮南》曰：“出于无垠鄂之门。”注云：“垠锷，端崖也。”李善曰：“绝垠，天边之际也。”《淮南》曰：“北方北极之山曰寒门。”《大人赋》曰：“轶先驱于寒门。”

[17]遂入八风之藏府也。源，一作“凉”。【补曰】轶音逸。《三苍》曰：“从后出前也。”迅，疾也。《思玄赋》云：“且余沐于清原。”

[18]过观黑帝之邑宇也。【补曰】北方壬癸，其帝颛顼，其神玄冥。太公《金匮》曰：“北海之神曰颛顼。”《淮南》云：“北方有冻寒积冰雪雹群水之野。”

[19]道绝幽都，路穷塞也。【补曰】《左传》：“水正为玄冥。”

[20]攀持天纮以休息也。【补曰】《孝经纬》云：“天有七衡，而六间相去合十一万九千里。”《淮南》云：“两维之间，九十一度。”注云：

“自东北至东南，为两维，帀四维，三百六十五度，一度二千九百三十二里。”

［21］问造化之神以得失。【补曰】《大人赋》云：“左玄冥而右黔雷。”注云：“黔嬴也，天上造化神名。”或曰水神。《史记》作“含靁”。黔，具炎切。

［22］开轨导我入道域也。一本“先”下有“道”字。

［23］周遍八极。

［24］旋天一帀。天，一作“地”。【补曰】汉《乐歌》作“六幕”，谓六合也。

［25］窥天间隙。【补曰】䦆，与“缺”同。《陵阳子明经》云：“列缺去地一千四百里。”《大人赋》云：“贯列缺之倒影。”注云：“列缺，天闪也。”《文选》云：“列缺晔其照夜。”应劭曰：“列缺，天隙，电照也。”

［26］视海广狭。【补曰】《列子》曰：“渤海之东有大壑焉，实惟无底之谷，名曰归墟。”注引《山海经》：“东海之外有大壑。”

［27］沦幽虚也。嵘，一作“嶒”。【补曰】颜师古云：“峥嵘，深远貌也。上仕耕切，下音宏。”

［28］空无形也。寥，一作“嵺”。【补曰】师古云：寥廓，广远也。

［29］目瞑眩也。

［30］窈无声也。【补曰】师古云：“惝怳，耳不谛也。”《淮南》云：“若士曰：我游乎罔㝗之野，北息乎沉墨之乡，西穷冥冥之党，东开鸿蒙之光，此其下无地而上无天。听焉无闻，视焉无眴。”

［31］登天庭也。【补曰】《淮南》云：契大浑之朴，而立至清之中。

［32］与道并也。【补曰】《列子》曰：“太初者，气之始也。”《庄子》曰：“泰初有无无，有无名。”按《骚经》、《九章》皆托游天地之间，以泄愤懑，卒从彭咸之所居，以毕其志。至此章独不然，初曰“长太息而掩涕”，思故国也。终曰“与太初而为邻”，则世莫知其所如矣。

卷六　卜居章句

　　《卜居》者，屈原之所作也。屈原体忠贞之性[1]，而见嫉妒。念谗佞之臣，承君顺非，而蒙富贵。己执[2]忠直而身放弃，心迷意惑，不知所为。乃往至太卜之家，稽问神明，决之蓍龟，卜己居世何所宜行，冀闻异策[3]，以定嫌疑。故曰《卜居》也[4]。

　　[1]体，一作"履"。性，一作"节"。

　　[2]一作"独"。

　　[3]闻，一作"审"。异，一作"要"。

　　[4]五臣云："卜己宜何所居。"

屈原既放三年，[1]不得复见[2]。竭知尽忠[3]，而蔽鄣于谗。[4]心烦虑乱[5]，不知所从。[6]往见太卜[7]。郑詹尹[8]曰："余有所疑[9]，愿因先生决之。"[10]詹尹乃端策拂龟[11]，曰："君将何以教之？"[12]屈原曰：[13]"吾宁悃悃欵欵[14]朴以忠乎[15]？将送往劳来[16]斯无穷乎[17]？宁诛锄草茅[18]以力耕乎[19]？将游大人[20]以成名乎[21]？宁正言不讳[22]以危身乎[23]？将从俗富贵[24]以偷生乎[25]？宁超然高举[26]以保真乎[27]？将哫訾栗斯[28]，喔咿儒儿[29]以事妇人乎[30]？宁廉洁正直[31]以自清乎[32]？将突梯滑稽[33]，如脂如韦[34]以洁楹乎[35]？宁昂昂[36]若千里之驹乎[37]？将氾氾[38]若水中之凫乎[39]，与波上下[40]，偷以全吾躯乎[41]？宁与骐骥亢轭乎[42]？将随驽马之迹乎[43]？宁与黄鹄比翼乎[44]？将与鸡鹜争食乎[45]？此孰吉孰凶[46]？何去何从[47]？世溷浊而不清[48]，蝉翼为重[49]，千钧为轻；[50]黄钟毁弃[51]，瓦釜雷鸣；[52]谗人高张[53]，贤士无名[54]。吁嗟默默兮[55]，谁知吾之廉贞！"[56]詹尹乃释策而谢[57]，曰："夫尺有所短[58]，寸有所长[59]，物有所不足[60]，智有所不明[61]，数有所不逮[62]，神有所不通[63]。用君之心[64]，行君之意[65]，龟策诚不能知事。"[66]

[1]远出郢都，处山林也。

[2]道路僻远，所在险也。

[3]建立策谋，披心胸也。知，一作"智"。

[4]遇谄佞也。一无"而"字。

[5]虑愤闷也。虑，一作"意"。

[6]迷所著也。一云"迷瞀眩也"。

[7]稽神明也。一此句上有"乃"字。

[8] 工姓名也。

[9] 意遑惑也。

[10] 断吉凶也。

[11] 整容仪也。五臣云："策，蓍也。立蓍拂龟，以展敬也。"【补曰】《龟策传》曰："揲策定数，灼龟观兆。"

[12] 愿闻其要。一无"将"字。

[13] 吐辞情也。

[14] 志纯一也。欵，一作"款"。五臣云："悃欵，勤苦貌。"【补曰】悃，苦本切。款，苦管切，诚也，俗作"欵"。

[15] 竭诚信也。五臣云："朴，质也。"

[16] 追俗人也。【补曰】劳，去声。来，如字。

[17] 不困贫也。五臣云："以此二事，问其所宜，以下类此。"【补曰】上句皆原所从也，下句皆原所去也。卜以决疑，不疑何卜。而以问詹尹何哉？时之人，去其所当从，从其所当去，其所谓吉，乃吾所谓凶也。此《卜居》所以作也。

[18] 刈蒿菅也。锄，一作"鉏"。【补曰】锄，士鱼切。《释名》云："去秽助苗也。"

[19] 种稼穑也。

[20] 事贵戚也。五臣云："大人，谓君之贵幸者。"

[21] 荣誉立也。

[22] 谏君恶也。

[23] 被刑戮也。

[24] 食重禄也。

[25] 身安乐也。【补曰】偷，乐也，音俞。

[26] 让官爵也。

[27] 守玄默也。

[28] 承颜色也。栗，一作"慄"。斯，一作"嘶"。一作"促訾粟斯"。【补曰】哫、促，并音足。唐本子禄切。訾音赀。哫訾，以言求媚也。

慄音栗,谨敬也。粟,读若慄,音粟,诡随也。斯,读若慚,音斯,栗也。并见《集韵》。

[29]强笑貌也。一作"嚅呪"。【补曰】喔音握。咿音伊。嚅音儒。呪音儿。皆强笑之貌。一云,喔咿,强颜貌。呪,曲从貌。

[30]诎蜷局也。五臣云:"一事妇人,谄君之所宠者。"

[31]志如玉也。洁,一作"絜"。

[32]修洁白也。

[33]转随俗也。【补曰】《文选》注云:"突,吐忽切,滑也。滑音骨。稽音鸡。"五臣云:"委曲顺俗也。"扬雄以东方朔为滑稽之雄。又曰:"鸱夷滑稽。"颜师古曰:"滑稽,圜转纵舍无穷之状。"一云:"酒器也。转注吐酒,终日不已。出口成章,〔词〕不穷竭若滑稽之吐酒。"

[34]柔弱曲也。五臣云:"能滑柔也。"【补曰】韦,柔皮也。

[35]顺滑泽也。《文选》作"絜"。五臣云:"絜楹,谓同谄谀也。"絜,苦结切。

[36]志行高也。昂,一作"卬"。【补曰】昂、卬音同。

[37]才绝殊也。五臣云:"千里驹,展才力也。昂昂,马行貌。"【补曰】汉武帝谓刘德为千里驹。颜师古云:"言若骏马可致千里也。"

[38]普爱众也。氾,一作"泛"。五臣云:"氾氾,鸟浮貌。"

[39]群戏游也。一无"乎"字。【补曰】凫,野鸭也。

[40]随众卑高。

[41]身免忧患。偷,一作"愉"。【补曰】"愉"与"偷"同,苟且也。

[42]冲天区也。亢,一作"抗"。五臣云:"骐骥抗轭,谓与贤才齐列也。"抗,举也。【补曰】轭,於革切,车辕前也。

[43]安步徐也。五臣云:"驽马,喻不才之臣。"

[44]飞云嵋也。五臣云:"黄鹄,喻逸士也。比翼,犹比肩也。"【补曰】《汉》:"始元中,黄鹄下建章宫太液池中。"师古云:"黄鹄,大鸟,一举千里。"

[45]啄糠糟也。五臣云:"鸡鹜,喻谗夫争食,争食禄也。鹜,鸭

也。"

[46] 谁喜忧也。

[47] 安所由也。

[48] 货赂行也。五臣注《文选》改"世"为"俗"以避讳。

[49] 近佞谗也。【补曰】李善云:"蝉翼,言薄也。"

[50] 远忠良也。五臣云:"随俗颠倒,重小人轻君子也。"

[51] 贤者匿也。五臣云:"黄钟乐器,喻礼乐之士。"【补曰】《国语》云:"黄钟所以宣养六气九德也。"

[52] 群言获进。一云愚谨讼也。五臣云:"瓦釜,喻庸下之人。雷鸣者,惊众也。"

[53] 居朝堂也。【补曰】张音帐。自侈大也。《左传》:"随张必弃小国。"

[54] 身穷困也。

[55] 世莫论也。吁,一作"于"。默,一作"嘿"。五臣云:"嘿嘿,不言貌。"

[56] 不别贤也。

[57] 愚不能明也。五臣云:"释,舍也。谢,辞也。"

[58] 骐骥不骤中庭。

[59] 鸡鹤知时而鸣。【补曰】《庄子》云:"梁丽可以克城,而不可以窒穴。"尺有所短也。"骐骥、骅骝,一日而驰千里,捕鼠不如狸狌。"寸有所长也。

[60] 地毁东南。【补曰】《列子》曰:"物有不足。天倾西北,地不满东南。"

[61] 孔子厄于陈也。【补曰】校人曰:"孰谓子产智!予既烹而食之。"智有所不明也。

[62] 天不可计量也。【补曰】《史记》曰:"人虽贤,不能左画圆,右画方。"

[63] 日不能夜光也。【补曰】神龟能见梦于元君,不能避余且之

网。智有所困，神有所不及也。

[64]所念虑也。

[65]遂本操也。

[66]不能决君之志也。一云"知此事"。

卷七　渔父章句

　　《渔父》者，屈原之所作也。屈原放逐，在江、湘之间，忧愁叹吟，仪容变易。而渔父避世隐身，钓鱼江滨，欣然自乐。时遇屈原川泽之域，怪而问之，遂相应答。楚人思念屈原，因叙其辞以相传焉。[1]

　　[1]《卜居》、《渔父》，皆假设问答以寄意耳。而太史公《屈原传》、刘向《新序》、嵇康《高士传》或采《楚辞》、《庄子》渔父之言以为实录，非也。

屈原既放^[1]，游于江潭^[2]，行吟泽畔^[3]，颜色憔悴^[4]，形容枯槁。^[5]渔父见而问之^[6]曰："子非三闾大夫与^[7]？何故至于斯？"^[8]屈原曰："举世皆浊^[9]我独清^[10]，众人皆醉^[11]我独醒^[12]，是以见放。"^[13]渔父曰：^[14]"圣人不凝滞于物^[15]，而能与世推移。^[16]世人皆浊^[17]，何不淈其泥^[18]而扬其波^[19]？众人皆醉^[20]，何不餔其糟^[21]而歠其醨^[22]？何故深思高举^[23]，自令放为？"^[24]屈原曰："吾闻之^[25]，新沐者必弹冠^[26]，新浴者必振衣。^[27]安能以身之察察^[28]，受物之汶汶者乎^[29]？宁赴湘流^[30]，葬于江鱼之腹中。^[31]安能以皓皓之白^[32]，而蒙世俗之尘埃乎？"^[33]渔父莞尔而笑^[34]，鼓枻而去^[35]。

[1]身斥逐也。

[2]戏水侧也。

[3]履荆棘也。

[4]骬霉黑也。【补曰】骬，古旱切。霉，力迟切。

[5]癯瘦瘠也。【补曰】槁音考。

[6]怪屈原也。

[7]谓其故官。《史记》作"钦"。

[8]曷为遭此患也。《史记》云："何故而至此。"

[9]众贪鄙也。一作"世人皆浊"。《史记》作"举世混浊而我独清，众人皆醉而我独醒"。

[10]志洁己也。

[11]惑财贿也。一云"巧佞曲也"。

[12]廉自守也。

[13]弃草野也。一本此句末有"尔"字。

[14]隐士言也。

[15]不困辱其身也。《史记》云："夫圣人者。"一本物上有"万"字。

[16]随俗方圆。

[17]人贪婪也。一作"举世皆浊"。《史记》云："举世混浊。"

[18]同其风也。《史记》作"随其流"。【补曰】湣,古没切,又乎没切,浊也。

[19]与沉浮也。五臣云："湣泥扬波,稍随其流也。"

[20]巧佞曲也。

[21]从其俗也。【补曰】餔,布乎切。

[22]食其禄也。《文选》"酾"作"醨"。五臣云："餔糟歠醨,微同其事也。餔,食也。歠,饮也。糟、醨,皆酒滓。"【补曰】醨,力支切,以水𩰾糟也。醨,薄酒也。

[23]独行忠直。五臣云："深思,谓忧君与民也。"

[24]远在他域。《史记》云："何故怀瑾握瑜而自令见放为?"

[25]受圣人之制也。

[26]拂土坌也。【补曰】《荀子》云："新浴者振其衣,新沐者弹其冠,人之情也。其谁能以己之皭皭,受人之械械者哉?"

[27]去尘秽也。

[28]已清洁也。五臣云："察察,洁白也。"《史记》云："又谁能以身之察察。"

[29]蒙垢尘也。【补曰】汶音门。汶,蒙,沾辱也。一音昏。《荀子》注引此作"惛惛"。惛惛,不明也。惛,门、昏二音。

[30]自沉渊也。《史记》作"常流"。常音长。

[31]身消烂也。一无"之"字。《史记》云："而葬乎江鱼腹中耳。"

[32]皓皓,犹皎皎也。皓,一作"皎"。五臣云："皓、白,喻贞洁。"

[33]被点污也。一无"而"字。尘埃,《史记》作"温蠖"。说者曰,温蠖,犹惛愦也。

[34]笑离断也。莞,一作"苋"。【补曰】莞尔,微笑。胡板切。

[35]叩船舷也。枻,一作"栧"。【补曰】枻音曳。舷,船边也。

歌曰:^[1]"沧浪之水清兮^[2],可以濯吾缨^[3];沧浪之水浊兮^[4],可以濯吾足。"^[5]遂去,不复与言^[6]。

[1]一本"歌"上有"乃"字。

[2]喻世昭明。【补曰】浪音郎。《禹贡》:"嶓冢导漾,东流为汉,又东为沧浪之水。"注云:"漾水至武都,为汉;至江夏,谓之夏水;又东,为沧浪之水,在荆州。"孟轲云:"有孺子歌曰:'沧浪之水清兮,可以濯我缨;沧浪之水浊兮,可以濯我足。'清斯濯缨,浊斯濯足矣,自取之也。"《水经》云:"武当县西北汉水中有洲,名沧浪洲。《地说》曰:水出荆山,东南流为沧浪之水。是近楚都,故《渔父歌》云云。"余案,《尚书·禹贡》言导漾水东流为汉,又东为沧浪之水。不言"过"而言"为"者,明非它水。盖汉、沔水自下有沧浪通称耳。渔父歌之,不达《水》《地》,宜以《尚书》为正。

[3]沐浴升朝廷也。吾,一作"我"。五臣云:"清喻明时,可以修饰冠缨而仕也。"

[4]喻世昏闇。

[5]宜隐遁也。吾,一作"我"。五臣云:"浊喻乱世,可以抗足远去。"

[6]合道真也。【补曰】《艺文志》云:"屈原赋二十五篇。"然则自《骚经》至《渔父》,皆赋也。后之作者苟得其一体,可以名家矣。而梁萧统作《文选》,自《骚经》、《卜居》、《渔父》之外,《九歌》去其五,《九章》去其八。然司马相如《大人赋》率用《远游》之语,《史记·屈原传》独载《怀沙》之赋,扬雄作《(伴)〔畔〕牢愁》,亦旁《惜诵》至《怀沙》。统所去取,未必当也。自汉以来,靡丽之赋,劝百而讽一,无复恻隐古诗之义。故子云有曲终奏雅之讥,而统乃以屈子与后世词人同日而论,其识如此,则其文可知矣。

卷八 九辩章句

《九辩》者，楚大夫宋玉之所作也。辩者，变也，谓陈道德以变说君也。[1]九者，阳之数，道之纲纪也。[2]故天有九星，以正机衡；地有九州，以成万邦；人有九窍，以通精明。屈原怀忠贞之性，而被谗邪，伤君闇蔽[3]，国将危亡，乃援天地之数，列人形之要，而作《九歌》、《九章》之颂，以讽谏怀王。明己所言，与天地合度，可履而行也。宋玉者，屈原弟子也。闵惜其师，忠而放逐，故作《九辩》以述其志。至于汉兴，刘向、王褒之徒，咸悲其文，依而作词，故号为"楚辞"。亦采其"九"以立义焉。[4]

[1]《史记》曰："原死之后，楚有宋玉、唐勒、景差之徒，皆好辞而以赋见称。皆祖屈原之从容辞令，终莫敢直谏。"辩，一作"辨"。辩，治也。辨，别也。说音税。

[2]五臣云："宋玉惜其师忠信见放，故作此辞以辩之，皆代原之意。'九'义亦与《九歌》同。"

[3]一作"昧"。

[4]采，一作"承"。

悲哉秋之为气也[1]！萧瑟兮[2]草木摇落[3]而变衰[4]。
憭栗兮[5]若在远行[6]，登山临水兮[7]送将归[8]。泬寥
兮[9]天高而气清[10]，寂寥兮[11]收潦而水清[12]。憯凄增欷
兮[13]，薄寒之中人[14]，怆怳懭悢兮[15]，去故而就新[16]，
坎廪兮[17]贫士失职[18]而志不平[19]。廓落兮[20]羁旅而无
友生[21]，惆怅兮[22]而私自怜[23]。燕翩翩其辞归兮[24]，
蝉寂漠而无声[25]。雁廱廱而南游兮[26]，鹍鸡啁哳而悲
鸣[27]。独申旦而不寐兮[28]，哀蟋蟀之宵征[29]。时亹亹而
过中兮[30]，蹇淹留而无成[31]。

[1]寒气聊戾，岁将暮也。哉，一作"夫"。

[2]阴气促急，风疾暴也。五臣云："萧瑟，秋风貌。言屈原枉见
放逐，其情如秋节之悲，故托言秋之为状而盛述之。"

[3]华叶陨零，肥润去也。一本句末有"兮"字。

[4]形体易色，枝叶枯槁也。自伤不遇，将与草木俱衰老也。

[5]思念暴戾，心自伤也。五臣云："憭栗，犹凄怆也。"【补曰】
憭，旧音流，又音了。

[6]远客出去，之他方也。

[7]升高远望，视江河也。

[8]族亲别逝，还故乡也。

[9]沬寥旷荡，空虚也。或曰，沬寥犹萧条。萧条，无云貌。寥，
《释文》作"嵺"。【补曰】沬音血。嵺，高貌。

[10]秋天高朗，体清明也。言天高朗，照见无形。伤君昏乱，不
聪明也。气清，一作"气平"。【补曰】清，疾正切。《说文》云："无垢薉
也。"古本作"瀞"。

[11]源渎顺流，漠无声也。寂，一作"寂"。寥，一作"寥"，一作
"漻"。五臣云："寂寥，虚静貌。"【补曰】《说文》云："寂，无人声。"
与"寂"同。"寥，空虚也。"与"寥"同。漻，深清也。并音聊。一云，寥，
崖虚也。

　　[12]沟无溢滥，百川净也。言川水夏浊而秋清，伤人君无有清明之时也。五臣云："潦，雨水，音老。"

　　[13]怆痛感动，叹累息也。五臣云："憯凄，悲痛貌。欷，泣叹。"【补曰】憯，七感切。欷，虚毅切，歔欷也。

　　[14]伤我肌肤，变颜色也。五臣云："薄，迫也。有似迫寒之伤人。"【补曰】中，去声。

　　[15]中情怅悯，意不得也。五臣云："怆怳、懭悢，皆悲伤也。"【补曰】怆怳，失意貌。上初两、下许昉切。懭悢，不得志。上口广切，下音朗，又音亮。

　　[16]初会鉏铻，志未合也。五臣云："去故就新，别离也。"

　　[17]数遭患祸，身困极也。廩，一作"壈"。五臣云："坎壈，困穷也。"【补曰】廩，力敢切。坎廩，失志，一曰不平。

　　[18]亡财遗物，逢寇贼也。贫，一作"穷"。

　　[19]心常愤懑，意未服也。

　　[20]丧妃失耦，块独立也。五臣云："廓落，空寂也。"

　　[21]远客寄居，孤单特也。羇，一作"羁"。一无"生"字。【补曰】羇，旅寓也。

　　[22]后党失辈，悯愁毒也。五臣云："惆怅，悲哀也。"

　　[23]窃内念己，自悯伤也。

　　[24]将入大海，飞回翔也。五臣云："言秋深也。翩翩，飞貌。"

　　[25]螗蜩敛翅，而伏藏也。宋漠，一作"寂寞"。

　　[26]雄雌和乐，群戏行也。雝，一作"嗈"，一作"痈"。【补曰】"雝"与"嗈"同。《诗》曰："嗈嗈鸣雁。"雁阴起则南，阳起则北，避寒就燠也。

　　[27]奋翼鸣呼，而低昂也。夫燕蝉遇秋寒，将入水穴处，而怀忧惧，候雁鹍鸡喜乐而逸豫，言己无有候雁鹍鸡之喜乐，而有蝉燕之忧惧也。【补曰】鹍鸡似鹤，黄白色。啁哳，声繁细貌。上竹交，下陟辖。

　　[28]夜坐视瞻而达明也。坐，一作"起"。五臣云："申，至也。"

[29]见蟪蛄之夜行，自伤放弃，与昆虫为双也。或曰，宵征谓"七月在野，八月在宇，九月在户，十月蟋蟀入我床下"，是其宵征。征，行也。五臣云："宵，夜也。"

[30]时已过半，日进往也。亹亹，进貌。诗云："亹亹文王。"五臣云："亹亹，行貌。过中，谓渐衰暮也。"【补曰】亹音尾。

[31]虽久寿考，无成功也。五臣云："蹇，语词也。念已将老，淹留草泽，无所成也。"

　　悲忧穷戚兮[1]独处廓[2]，有美一人兮[3]心不绎[4]。去乡离家兮[5]徕远客[6]，超逍遥兮[7]今焉薄[8]？专思君兮[9]不可化[10]，君不知兮[11]可奈何[12]！蓄怨兮积思[13]，心烦憺兮忘食事[14]。愿一见兮道余意[15]，君之心兮与余异[16]。车既驾兮朅而归[17]，不得见兮心伤悲[18]。倚结軨兮长太息[19]，涕潺湲兮下沾轼[20]。忼慨绝兮不得[21]，中瞀乱兮迷惑[22]。私自怜兮何极[23]，心怦怦兮谅直[24]。

[1]修德见过，愁惧惶也。戚，一作"感"。《文选》作"蹙"。【补曰】戚、慼、蹙，并仓历、子六二切。迫也，促也，忧也。

[2]孤立特止，居一方也。五臣云："廓，空也。谓己穷蹙处于空泽。"【补曰】处，昌举切。

[3]位尊服好，谓怀王也。

[4]常念弗解，内结藏也。五臣云："绎，解也。言思君之心常不解也。"【补曰】绎，抽丝也，陈也，理也。

[5]偝违邑里，之他邦也。【补曰】离，去声。

[6]去郢南征，济沅、湘也。徕，一作"来"。

[7]远去浮游，离州域也。五臣云："无所依。"

[8]欲止无贤，皆谗贼也。五臣云："焉，何也。薄，止也。"

[9]执心壹意，在胸臆也。思，一作"恩"。

[10]同姓亲联，恩义笃也。五臣云："化，变也。"【补曰】化，旧音

花。

[11] 聪明浅短，志迷惑也。

[12] 顽嚚难启，长叹息也。

[13] 结恨在心，虑愤郁也。

[14] 思君念主，忽不食也。【补曰】憺，徒滥切，忧也。食事，谓食与事也。

[15] 舒写忠诚，自陈列也。余，一作"我"。

[16] 方圆殊性，犹白黑也。五臣云："愿一见君，道忠信之意。君心以是为非，故与余异矣。"

[17] 回逝言迈，欲反国也。一无"既"字。【补曰】揭，丘杰切，去也。

[18] 自伤流离，路隔塞也。一本"心"下无"伤"字。五臣云："将去归国，而君不见察，故心悲也。"

[19] 伏车重轼，而涕泣也。一无"长"字。【补曰】軨音零，车辖间横木。

[20] 泣下交流，濡茵席也。一本"沾"上无"下"字。五臣云："潺湲，流涕貌。轼，车上所凭者。"

[21] 中情恚恨，心剥切也。忼，一作"慷"。【补曰】忼慨，壮士不得志。忼，口朗切。

[22] 思念烦惑，忘南北也。五臣云："叹与相绝而不见，使中昏乱迷惑也。瞀，昏也。"【补曰】瞀音茂。

[23] 哀禄命薄，常含戚也。私，一作"思"。五臣云："自怜，失志也。极，穷也。"

[24] 志行中正，无所告也。五臣云："心存谅直，终日不足。怦怦，心不足貌。"【补曰】怦，披绷切，心急。一曰忠谨貌。

皇天平分四时兮[1]，窃独悲此廪秋[2]。白露既下百草兮[3]，奄离披此梧楸[4]。去白日之昭昭兮[5]，袭长夜之悠悠^[6]。离芳蔼之方壮兮^[7]，余萎约而悲愁^[8]。秋既先戒以白露兮^[9]，冬又申之以严霜^[10]。收恹台之孟夏兮^[11]，然欲傺而沉藏^[12]。叶烟邑而无色兮^[13]，枝烦挐而交横；^[14]颜淫溢而将罢兮^[15]，柯彷佛而萎黄；^[16]蔺櫋惨之可哀兮^[17]，形销铄而瘀伤^[18]。惟其纷糅而将落兮^[19]，恨其失时而无当^[20]。擥騑辔而下节兮^[21]，聊逍遥以相佯^[22]。岁忽忽而遒尽兮^[23]，恐余寿之弗将^[24]。悼余生之不时兮^[25]，逢此世之俇攘^[26]。澹容与而独倚兮^[27]，蟋蟀鸣此西堂^[28]。心怵惕而震盪兮^[29]，何所忧之多方^[30]！卬明月而太息兮^[31]，步列星而极明^[32]。

[1]何直春生，而秋杀也。

[2]微霜凄怆，寒栗冽也。凓，一作"凛"。五臣云："秋气凛然而万物摇落。喻己为谗邪所害，是以播迁，故窃悲此也。"【补曰】凓，与"凛"同，寒也。

[3]万物群生，将被害也。下，一作"降"。一云"下降"。

[4]痛伤茂木，又芟刈也。披，一作"被"。五臣云："言秋气伤物之甚也。奄同离，罗也。既凋百草，而梧楸同罹此患。百草喻百姓，林木喻贤人。"【补曰】奄，忽也，遽也。离披，分散貌。"被"与"披"同。梧桐、楸梓，皆早凋。

[5]违离天明，而湮没也。五臣云："白日喻君，言放逐去君。"

[6]永处冥冥，而覆蔽也。五臣云："袭长夜，谓因受覆蔽也。悠悠，无穷也。"【补曰】袭，因也，入也。

[7]去己盛美之光容也。【补曰】蔼，繁茂也，於盖切。

[8]身体疲病，而忧贫也。萎，《文选》作"委"。五臣云："言离去芳盛之德，方壮之任，使余委弃而悲愁也。约，弃也。"【补曰】萎，於为切，草木枯也。约，穷也。

[9]君不弘德，而严令也。一本"戒"下有"之"字。

[10]刑罚刻峻，而重深也。五臣云："喻暴虐相济为害也。申，重

也。”

[11]上无仁恩以养民也。夫天制四时，春生夏长，人君则之，以养万物。秋杀冬藏，亦顺其宜，而行刑罚。故君贤臣忠，政合大中，则品庶安宁，万物丰茂。上闇下伪，用法残虐，则贞良被害，草木枯落。故宋玉援引天时，托譬草木。以茂美之树，兴于仁贤，早遇霜露，怀德君子，忠而被害也。台，一作“炱”，一作“炲”。五臣云：“恢台，长养也。”《释文》：台，他来切。【补曰】《舞赋》云：“舒恢炱之广度。”注云：“恢炱，广大貌。‘炱’与‘台’古字通。”黄鲁直云：“恢，大也。台，即胎也。言夏气大而育物。《尔雅》曰‘夏为长嬴’是也。”《集韵》：“炱，煤尘也。”台、胎二音。

[12]民无驻足，窜岩穴也。楚人谓住曰傺也。“欿”本多作“坎”。《释文》“藏”作“臧”，音藏。五臣云：“坎，陷。傺，止也。言收敛长养之气，使陷止沉藏，但以秋气杀物矣。皆喻楚之君臣也。”【补曰】欿，与“坎”同。

[13]颜容变易，而苍黑也。邑，一作“萒”。五臣云：“言草木残瘁也。烟萒，伤坏也。”【补曰】烟音于，臭草也。萒，草伤坏也。

[14]柯条纠错，而崩嶷也。五臣云：“烦挐，扰乱也。”【补曰】挐，女除切，牵引也，烦也。

[15]形貌羸瘦，无润泽也。五臣云：“颜，容也。淫溢，积渐也。罢，毁也。”【补曰】罢，乏也，音疲。

[16]肌肉空虚，皮干腊也。萎，一作“委”，一作“矮”。五臣云：“柯，枝也。矮黄叶凋。”【补曰】佛音费。矮，枯死也。

[17]华叶已落，茎独立也。莿，一作“梢”。【补曰】莿音梢。莿蔘，木枝竦也。《释文》、《文选》并音朔。莿，棹木无枝柯，长而杀者。橚音萧。椮音森。橚椮，树长貌。《选》云“橚爽橚椮”是也。“梢”与“莿”同。

[18]身体燋枯，被病久也。五臣云：“瘀，病，皆喻己离愁苦。”【补曰】瘀，於去切，血瘀也。

[19]蓬茸颠仆，根蠹朽也。糅，一作"槈"。而，一作"之"。五臣
云："惟，思也。纷糅，众杂也。言思奸邪众杂，将或毁落。"【补曰】糅，
女救切。蓬，蒲孔。茸，仁勇切。

[20]不值圣王，而年老也。五臣云："又怅失其明时，不与贤君相
当。"

[21]安步徐行，而勿驱也。擎，一作"擎"，音启妍切。五臣云："为此
擎謇按节徐行，游涉草泽也。下节，按节也。"【补曰】擎，力敢切，持也。擎，
启妍切，亦持也。其字从取，作"擎"误矣。騑音菲。

[22]且徐徘徊，以游戏也。一作"偭佯"，一作"相羊"。【补曰】
相佯，徙倚也。

[23]年岁逝往，若流水也。遒，一作"逝"。五臣云："忽忽，运行
貌。"【补曰】遒，即由、即秋二切，迫也，尽也。

[24]惧我性命之不长也。弗，一作"不"。五臣云："将，长也。"
【补曰】将，有渐之辞。

[25]伤己幼少，后三王也。

[26]卒遇谮谀，而遽惶也。五臣云："伍攘，忧惧貌。"一作"怔
勷"，一作"遑蹙"。【补曰】伍音匡。攘，而羊切，犹也，遽也。

[27]茕茕独立，无朋党也。五臣云："澹，徒敢切。澹容与，徐步
也。倚，立也。"

[28]自伤闵己，与虫并也。

[29]思虑惕动，沸若汤也。盪，一作"荡"。五臣云："怵惕，震盪
自惊动也。"【补曰】怵音黜。盪音荡，摇动貌。

[30]内念君父及兄弟也。五臣云："方，犹端也。"

[31]上告昊旻，愬神灵也。卬，一作"仰"。太，一作"大"。【补
曰】卬，望也，音仰。

[32]周览九天，仰观星宿，不能卧寐，乃至明也。【补曰】明，旧音
亡。

窃悲夫蕙华之曾敷兮[1]，纷旖旎乎都房[2]。何曾华之无实兮[3]，从风雨而飞飏[4]。以为君独服此蕙兮[5]，羌无以异于众芳[6]。闵奇思之不通兮[7]，将去君而高翔[8]。心闵怜之惨凄兮[9]，愿一见而有明[10]。重无怨而生离兮[11]，中结轸而增伤[12]。岂不郁陶而思君兮[13]？君之门以九重[14]。猛犬狺狺而迎吠兮[15]，关梁闭而不通[16]。皇天淫溢而秋霖兮[17]，后土何时而得漼[18]！块独守此无泽兮[19]，仰浮云而永叹[20]。

[1]蕙草芬芳，以兴在位之贵臣也。五臣云："曾，重也。敷，布也。"

[2]被服盛饰于宫殿也。旖旎，盛貌。《诗》云："旖旎其华。"《文选》作"旖柅"，上音倚，下女绮切。五臣云："都，大也。房，花房也。喻君初好善布德，有如此也。"旖，一作"哅"，於可切。旎，乃可切。【补曰】《集韵》："哅，倚可切。"其字从可。哅旎，旌旗貌。旖音猗。其字从奇。旖旎，旌旗从风貌。天子所宫曰都。

[3]外貌若忠，而心佞也。

[4]随君嗜欲，而回倾也。夫风为号令，雨为德惠，故风动而草木摇，雨降而万物殖。故以风雨喻君。言政令德惠，所由出也。五臣云："喻其后随佞人之言。"

[5]体受正气，而高明也。

[6]乃与佞臣之同情也。五臣云："我谓君独好美行，乃无异于众人之心，而受其佞也。"

[7]伤己忠策，无由入也。思，一作"恖"。五臣云："闵，自伤也。奇思，谓忠信也。"

[8]适彼乐土，之他域也。五臣云："高翔，远去也。"

[9]内自哀念，心隐恻也。

[10]分别贞正与伪惑也。五臣云："心之忧伤，愿见君而自明。"

[11]身无罪过，而放逐也。五臣云："重，念也。自念无怨咎于君，

而生离隔。"【补曰】重，去声。《九歌》云："悲莫悲兮生别离。"

[12]肝胆破裂，心剖幅也。伤，一作"惕"。五臣云："心中结怨轸
忧而增悲伤。"【补曰】伤，痛也，忧也。幅，普逼切。

[13]愤念蓄积，盈胸臆也。思，一作"恩"。【补曰】《书》云："郁
陶乎予心。"

[14]闺阘启闭，道路塞也。一云"闺阓"。五臣云："虽思见君，而
君门深邃，不可至也。"【补曰】《月令》云："九门磔攘。"天子有九门，
谓关门、远郊门、近郊门、城门、皋门、库门、雉门、应门、路门也。

[15]谗佞讙呼而在侧也。五臣云："猖猖，开口貌。迎吠，拒贤人
使不得进也。"【补曰】猖音垠，犬争。一云吠声。

[16]阍人承指，呵问急也。五臣云："闭关，喻塞贤路也。"

[17]久雨连日，泽深厚也。

[18]山阜濡泽，草木茂也。而，一作"兮"。漧，一作"干"。五臣
云："后土，地也。"【补曰】漧，与"干"同。

[19]不蒙恩施，独枯槁也。

[20]愬天语神，我何咎也。古本"仰"作"卬"。五臣云："众人皆
蒙君泽，而我独不沾，故仰望而长叹也。"【补曰】叹，平声。

　　何时俗之工巧兮[1]，背绳墨而改错[2]！却骐骥而不乘
兮[3]，策驽骀而取路[4]。当世岂无骐骥兮[5]，诚莫之能善
御[6]。见执辔者非其人兮[7]，故骑跳而远去[8]。凫雁皆
唼夫粱藻兮[9]，凤愈飘翔而高举[10]。圜凿而方枘兮[11]，
吾固知其鉏铻而难入[12]。众鸟皆有所登栖兮[13]，凤独遑
遑而无所集[14]。愿衔枚而无言兮[15]，尝被君之渥洽[16]。
太公九十乃显荣兮[17]，诚未遇其匹合[18]。谓骐骥兮安
归[19]？谓凤皇兮安栖[20]？变古易俗兮世衰[21]，今之相者
兮举肥[22]。骐骥伏匿而不见兮[23]，凤皇高飞而不下[24]。
鸟兽犹知怀德兮[25]，何云贤士之不处[26]？骥不骤进而求

服兮^[27]，凤亦不贪餧而妄食^[28]。君弃远而不察兮^[29]，虽愿忠其焉得^[30]？欲寂漠而绝端兮^[31]，窃不敢忘初之厚德^[32]。独悲愁其伤人兮^[33]，冯郁郁其何极^[34]！

[1]世人辩慧，造诈伪也。

[2]违废圣典，背仁义也。夫绳墨者，工之法度也。仁义者，民之正路也。绳墨用，则曲木截；仁义进，则谗佞灭。二者殊义，不可不察也。五臣云："喻信诈伪，弃忠正，易置礼法也。"【补曰】错，置也，七故切。

[3]斥逐子胥与比干也。不，一作"弗"。乘，一作"桀"。五臣云："骐骥，良马，喻贤才也。"

[4]信任竖貂与椒、兰也。五臣云："喻疏贤才，而亲不肖也。驽骀，喻不肖。"

[5]家有稷、契与管、晏也。

[6]世无尧、舜及桓、文也。五臣云："言岂无贤才，但君不能用也。御，谓御马者。"【补曰】古者，车驾四马，御之为难。故为六艺之一也。

[7]遭值桀、纣之乱昏也。一无"者"字。

[8]被发为奴，走横奔也。一作"驹跳"，一作"騆駣"。五臣云："言见君非好善之主，故贤才皆避而远去。驹，即骐骥也。跳，走貌。"【补曰】马立不常谓之騆，音局。一本"驹"亦音衢六切。《释文》："跳，徒聊切，跃也。駣，徒浩切，马三岁名。"

[9]群小在位，食重禄也。雁，《释文》作"鸳"。一无"夫"字。五臣云："粱，米。藻，水草。"【补曰】唊喋，凫雁食貌。上音婜，下音雪。

[10]贤者遁世，窜山谷也。愈，一作"俞"。飘翔，一作"飘飘"。【补曰】"俞"与"愈"同。《荀子》曰"其身俞危"是也。举音倨。

[11]正直邪枉，行殊则也。五臣云："若凿圆穴，斫方木内之，而必参差不可入。喻邪佞在前，忠贤何由能进。"【补曰】凿音造，錾也。枘音汭，柄也。

[12]所务不同，若粉墨也。一无"其"字。五臣云："鉏铻，相距
貌。"【补曰】鉏，状所、床举二切。铻音语，不相当也。

[13]群佞并进，处官爵也。

[14]孔子栖栖，而困厄也。一无"独"字。一作"惶惶"。五臣云：
"贤才窜逐，独无所托。遑遑，不得所貌。"

[15]意欲括囊，而静默也。愿，一作"顾"。五臣云："衔枚，所以
止言者也。"【补曰】《周礼》有衔枚氏，"枚状如箸，横衔之"。

[16]前蒙宠遇，锡祉福也。五臣云："我亦欲不言而自弃，为昔者
尝受君之厚泽，故复不能已。渥，厚也。洽，泽也。"

[17]吕尚耆老，然后贵也。

[18]遭值文王，功冠世也。五臣云："太公吕尚，年九十而穷困，
遭西伯而用之。当未遇之时，故无匹偶，而与相合也。言己所以弃逐者，
其行亦不与君意同也。"

[19]蹢躅吴坂，遇伯乐也。

[20]集栖梧桐，食竹实也。五臣云："骐骥安归? 在于良乐；凤皇
安归? 在于圣明。自喻时无知己也。"

[21]以贤为愚，时闇惑也。五臣云："代衰之时，则必变古之法，
易常之道。"

[22]不量才能，视颜色也。五臣云："将相士而用举肥美者，不言
其才行，此疾时之深。"【补曰】相，视也，去声。

[23]仁贤幽处，而隐藏也。五臣云："'骐骥伏匿而不见'至'虽
愿忠其焉得'皆喻己也。"

[24]智者远逝，之四方也。【补曰】下音户。

[25]慕归尧、舜之圣明也。《释文》"怀"作"褢"。

[26]上老太公，归文王也。

[27]干木阖门，而辞相也。五臣云："服，御也。"

[28]颜阖凿坯，而逃亡也。坯，一作"培"。【补曰】餧，於伪切。
扬子曰："食其不妄。"说者曰，非义不妄食，引此为证。

[29]介推割股，而自放也。弃，一作"棄"。

[30]申生至孝，而被谤也。

[31]宁武佯愚，而不言也。漠，一作"嗼"，一作"寞"。五臣云："寂寞，止息貌。"【补曰】《广雅》："嗼音莫，安也。"《说文》："嗼嗼，无声。"

[32]尝受禄惠，识旧德也。五臣云："言我将心不思于君，不能忘君昔之厚德耳。"

[33]思念缠结，摧肝肺也。

[34]愤懑盈胸。终年岁也。冯，一作"凭"。其，一作"之"。何，一作"安"。五臣云："凭郁郁，愁心满结也。极，穷也。"

霜露惨凄而交下兮[1]，心尚妾其弗济[2]。霰雪雰糅其增加兮[3]，乃知遭命之将至[4]。愿徼幸而有待兮[5]，泊莽莽与壄草同死[6]。愿自往而径游兮[7]，路壅绝而不通[8]。欲循道而平驱兮[9]，又未知其所从[10]。然中路而迷惑兮[11]，自压桉而学诵[12]。性愚陋以褊浅兮[13]，信未达乎从容[14]。

[1]君政严急，刑罚峻也。惨，一作"憯"。

[2]冀过不成，得免脱也。妾，一作"幸"。尚妾，一云"徜徉"。【补曰】幸，《说文》作"妾"，当以"幸"为正。

[3]威怒益盛，刑酷烈也。其，一作"而"。【补曰】雰雰，雪貌。

[4]卒遇诛戮，身颠沛也。

[5]冀蒙贳赦，宥罪法也。宥，一作"止"。【补曰】徼，古尧切。

[6]将与百卉俱徂落也。一云"泊莽莽兮与壄草同死"。一作"材草"。泊，一作"泪"。【补曰】泊，止也。莽莽，莫古切，草盛。壄、埜，并"野"字。

[7]不待左右之绍介也。一云"愿自直而径往"。

[8]谗臣嫉妬，无由达也。

[9]遵放众人,所履为也。欲,一作"愿"。

[10]不识趣舍,何所宜也。

[11]举足犹豫,心回疑也。

[12]强情定志,吟诗礼也。压,一作"厌"。桉,一作"按"。一作"压塞"。【补曰】《集韵》:"压,益涉切,按也。""桉"与"按"同,抑也,止也。《释文》:"厌,於盐切,安也。诵,疾恭切。"

[13]姿质鄙钝,寡所知也。【补曰】褊,毕善切,急也,狭也。

[14]君不照察其真伪也。乎,一作"兮",一作"于"。一本云"然中路而迷惑兮,悲蹭蹬而无归。性愚陋以褊浅兮,自压按而学诗。兰荪杂于萧艾兮,信未达其从容"。

窃美申包胥之气盛兮[1],恐时世之不固[2]。何时俗之工巧兮[3]?灭规榘而改凿[4]。独耿介而不随兮[5],愿慕先圣之遗教[6]。处浊世而显荣兮[7],非余心之所乐[8]。与其无义而有名兮[9],宁穷处而守高[10]。食不偷而为饱兮[11],衣不苟而为温[12]。窃慕诗人之遗风兮[13],愿托志乎素餐[14]。蹇充倔而无端兮[15],泊莽莽而无垠[16]。无衣裘以御冬兮[17],恐溘死不得见乎阳春[18]。

[1]申包胥,楚大夫也。昔伍子胥得罪于楚,将适于吴,见申包胥,谓曰:"我必亡郢。"申包胥答曰:"子能亡之,我能存之。"遂出奔吴,为吴王阖闾臣。兴兵而伐楚,破郢。昭王出奔,于是申包胥乃之秦,请救兵,鹤立于秦庭,啼呼悲泣,七日七夜不绝声,勺饮不入于口。秦伯哀之,为发兵救楚。昭王复国,故言"气盛"也。古本"盛"皆作"晟"。

[2]俗人执誓,多不坚也。

[3]静言謑詪,而无信也。

[4]弃捐仁义,信谗佞也。【补曰】凿音造。

[5]执节守度,不枉倾也。

[6]循行道德,遵典经也。

[7]谓仕乱君,为公卿也。

[8]彼虽富贵,我不愿也。【补曰】乐,五孝切。

[9]宰嚭专吴,握君权也。

[10]思从夷、齐于首阳也。【补曰】高,孤到切,一苦浩切。即"枯槁"之"槁"。

[11]何必秔粱与刍豢也。一无"而"字。【补曰】偷,他钩切,巧也。

[12]非贵锦绣,及绫纨也。一无"而"字。

[13]勤身修德,乐《伐檀》也。

[14]不空食禄,而旷官也。《诗》云:"彼君子兮,不素餐兮。"谓居位食禄,无有功德,名曰素餐也。《释文》作"食",音孙。

[15]媒理断绝,无因缘也。【补曰】倔,俱物、巨物二切。《儒行》云:"不充诎于富贵。"充诎,喜失节貌。

[16]幽处山野,而无邻也。泊,一作"汨"。【补曰】垠,岸也,音银。

[17]言己饥寒,家困贫也。御,一作"禦"。【补曰】御,鱼据切。《诗》云:"我有旨蓄,亦以御冬。"注云:"御,禦也。以御冬月乏无时也。"

[18]惧命奄忽,不踰年也。一本自"霜露惨凄而交下"至此为一章。

　　靓杪秋之遥夜兮[1],心缭悷而有哀[2]。春秋逴逴而日高兮[3],然惆怅而自悲[4]。四时递来而卒岁兮[5],阴阳不可与俪偕[6]。白日晼晚其将入兮[7],明月销铄而减毁[8]。岁忽忽而遒尽兮[9],老冉冉而愈弛[10]。心摇悦而日幸兮[11],然怊怅而无冀[12]。中憯恻之凄怆兮[13],长太息而增欷[14]。年洋洋以日往兮[15],老嵺廓而无处[16]。事亹亹而觊进兮[17],蹇淹留而踌躇[18]。

　　[1]盛阴修夜,何难晓也。【补曰】靓音静。杪,末也。

[2]思念纠戾,肠折摧也。悷,一作"悷"。【补曰】缭音了,缭绕。悷,卢帝切,又音列。懔悷悲吟。悷音列,忧也。

[3]年齿已老,将晚暮也。【补曰】逴,竹角切,远也。

[4]功名不立,自矜哀也。

[5]冬夏更运,去若颓也。逝,一作"迭"。【补曰】逝,更易也。本作"递"。

[6]寒往暑来,难追逐也。《释文》阴作"霒"。【补曰】俪,偶也,音戾。

[7]年时欲暮,才力衰也。【补曰】晼音宛,景昳也。

[8]形容减少,颜貌亏也。【补曰】日出于东方,入于西极,故言入。月三五而盈,三五而缺,故言减毁。

[9]时去晻晻,若驽驰也。忽,一作"曶"。

[10]年命逝往,促急危也。老,一作"寿"。愈,一作"俞"。《释文》"弛"作"施"。【补曰】"俞"与"愈"同。"施"与"弛"同。

[11]意中私喜,想用施也。摇,一作"遥",一作"愮"。夅,一作"幸"。【补曰】摇,动也。愮,忧也。无喜悦义。"夅"与"幸"同。

[12]内无所恃,失本义也。【补曰】怊音超。

[13]志愿不得,心肝沸也。之,一作"而"。一注云:"心伤惨也。"

[14]忧怀感结,重叹悲也。【补曰】欷,虚毅切。

[15]岁月已尽,去奄忽也。以,一作"而"。

[16]亡官失禄,去家室也。嵺,一作"廖"。【补曰】《玉篇》云:"嵺廓,空也。"力幺切。

[17]思想君命,幸复位也。【补曰】觊音冀。

[18]久处无成,卒放弃也。【补曰】踌躇,进退貌。躇,丈吕切。旧本自"霜露惨凄而交下兮"至此为一章。

何氾滥之浮云兮[1],猋壅蔽此明月[2]!忠昭昭而愿见兮^[3]，然霳暳而莫达^[4]。愿皓日之显行兮^[5]，云蒙蒙而蔽之^[6]。窃不自聊而愿忠兮^[7]，或黕点而污之^[8]。尧舜之抗行兮^[9]，瞭冥冥而薄天^[10]。何险巇之嫉妒兮^[11]，被以不慈之伪名^[12]？彼日月之照明兮^[13]，尚黯黮而有瑕^[14]。何况一国之事兮^[15]，亦多端而胶加^[16]。

[1]浮云晻翳，兴谗佞也。【补曰】"氾"与"泛"同。

[2]妨遮忠良，害仁贤也。夫浮云行则蔽月之光，谗佞进则忠良壅也。【补曰】猋，卑遥切，犬走貌。

[3]思竭蹇蹇，而陈诚也。

[4]邪伪推排，而隐蔽也。然，一作"蔽"。霳，一作"雰"。【补曰】霳音阴，云覆日也。暳，阴风也。

[5]思望圣君之聘请也。日以喻君。《诗》云："杲杲出日。"【补曰】皓，光也，明也，日出貌也。

[6]群小专恣，掩君明也。蒙，一作"濛"。

[7]意欲竭死，不顾生也。聊，一作"料"。【补曰】料，量也，音聊。

[8]谗人诬谤，被以恶名也。【补曰】黕，《说文》："都感切，滓垢也。"又陟甚切，污也。污，乌故切。

[9]圣迹显著，高无颠也。

[10]茂德焕炳，配乾坤也。瞭，一作"杳"。【补曰】瞭音了，明也。一音杳。薄，附也。

[11]乱惑之主，嫉其荣也。

[12]言尧有不慈之过，以其不传丹朱也；舜有卑父之谤，以其不立瞽瞍也。

[13]三光照察，镜幽冥也。

[14]云霓之气，蔽其精也。【补曰】黯，邬感切。黮，徒感切，云黑。

[15]众职丛务，君异政也。

[16]贤愚反戾，人异形也。【补曰】《集韵》："胶加，戾也。胶音豪。加，丘加切。王逸说。"

被荷裯之晏晏兮[1]，然潢洋而不可带[2]。既骄美而伐武兮[3]，负左右之耿介[4]。憎愠惀之修美兮[5]，好夫人之慷慨[6]。众踥蹀而日进兮[7]，美超远而逾迈[8]。农夫辍耕而容与兮[9]，恐田野之芜秽[10]。事緜緜而多私兮[11]，窃悼后之危败[12]。世雷同而炫曜兮[13]，何毁誉之昧昧[14]！今修饰而窥镜兮[15]，后尚可以窜藏[16]。愿寄言夫流星兮[17]，羌儵忽而难当[18]。卒壅蔽此浮云兮[19]，下暗漠而无光[20]。尧舜皆有所举任兮[21]，故高枕而自适[22]。谅无怨于天下兮[23]，心焉取此怵惕[24]？乘骐骥之浏浏兮[25]，驭安用夫强策[26]？谅城郭之不足恃兮[27]，虽重介之何益[28]？邅翼翼而无终兮[29]，忳惛惛而愁约[30]。生天地之若过兮[31]，功不成而无效[32]。愿沉滞而不见兮[33]，尚欲布名乎天下[34]。然潢洋而不遇兮[35]，直怐愁而自苦[36]。莽洋洋而无极兮[37]，忽翱翔之焉薄[38]？国有骥而不知乘兮[39]，焉皇皇而更索[40]？宁戚讴于车下兮[41]，桓公闻而知之[42]。无伯乐之善相兮[43]，今谁使乎誉之[44]。罔流涕以聊虑兮[45]，惟著意而得之[46]。纷纯纯之愿忠兮[47]，妬被离而鄣之[48]。

[1]荷，芙蕖也。裯，袛裯也。若襜褕矣。晏晏，盛貌也。《艺文类聚》作"披荷裯之炅炅"。【补曰】被音披，又如字。裯音刀。《说文》："袛裯，短衣。"《方言》："汗襦，自关而西谓之袛裯。"《尔雅》："晏晏，柔也。"

[2]潢洋，犹浩荡。不着人貌也。言人以荷叶为衣，貌虽香好，然浩浩荡荡，而不可带，又易败也。以喻怀王自以为有贤明之德，犹以荷叶为衣，必坏败也。【补曰】潢音晃，户广切，水深广貌。洋音养。洸瀁，

水貌。

[3]怀王自谓有懿德,又勇猛也。骄,一作"憍"。

[4]恃怙众士,被甲兵也。怀王内无文德,不纳忠言;外好武备,而无名将。所以为秦所诱,客死不还。【补曰】耿,古幸切,明也。逸以介为介胄。

[5]恶孙叔敖与子文也。【补曰】愠,纡粉切。惀,力允切。

[6]爱重囊瓦与庄蹻也。《释文》"慨"作"磕"。庄蹻,一作"椒兰"。

[7]无极之徒,在帷幄也。蹊,一作"蹓"。《释文》作"嗫谍"。【补曰】蹊,思协切。蹀音牒。

[8]接舆避世,辞金玉也。逾,一作"愈"。

[9]愁苦赋敛之重数也。

[10]失不耨锄,亡五谷也。

[11]政由细微以乱国也。緜,一作"绵"。

[12]子孙绝嗣,失社稷也。

[13]俗人群党,相称举也。【补曰】《曲礼》云:"毋雷同。"注云:"雷之发声,物无不同时应者。"

[14]论善与恶,不分枿也。

[15]言与行副,面不惭也。今,一作"余"。窥,一作"视"。

[16]身虽隐匿,名显彰也。【补曰】窜,逃也,匿也。

[17]欲托忠策于贤良也。

[18]行疾去巫,路不值也。【补曰】儵音倏。

[19]终为谗佞所覆冒也。卒,一作"上"。

[20]忠臣丧精,不识谋也。

[21]稷、契、禹、益与咎繇也。举,一作"专"。

[22]安卧垂拱,万国治也。

[23]己之行度,信无尤也。

[24]内省审己,无畏惧也。焉,一作"安"。

[25]众贤并进,职事修也。龚,一作"六"。【补曰】"龚"与"乘"同。浏,流、柳二音,水清也。

[26]百姓成化,刑不用也。策,一作"筞"。【补曰】强,巨良切。策,马棰。所以驱策。

[27]信哉险阻何足恃也?

[28]身被甲铠,犹为虏也。【补曰】介,甲也。

[29]竭身恭敬,何有极也。【补曰】遄,行不进。

[30]忧心闷瞀,自约束也。【补曰】怓,徒浑切。瞀音瞀。《说文》:"恈也。"愁约,谓穷约而悲愁也。《语》曰:"不可以久处约。"

[31]忽若云驰,驷过隙也。

[32]道德不施,志不遂也。

[33]思欲潜匿,自屏弃也。不,一作"无"。

[34]敷名四海,垂号谥也。【补曰】下音户。

[35]悢倡后时,无所逮也。

[36]守死忠信,以自毕也。《释文》作"抱愁"。苦,一作"若",一作"善"。【补曰】怐,遘、寇二音。愁音茂。

[37]周行旷野,将何之也。

[38]浮游四海,无所集也。

[39]推远周邵,与伊挚也。【补曰】曹子建以此为屈子语。

[40]不识贤愚,尚暗昧也。【补曰】更,平声。

[41]饭牛而歌,厮贱役也。一本"讴"下有"歌"字。

[42]言合圣道,应经术也。

[43]骥与驽钝,几不别也。

[44]后世叹誉,称其德也。誉,一作"訾"。【补曰】訾音赀,思也。亦通。

[45]怆然深思,而悲泣也。

[46]知天生贤,不虚出也。【补曰】著,明也,立也,定也。

[47]思碎首脑,而伏节也。一作"纷忳忳而愿忠"。

[48]谗邪妬害，而壅遏也。被，一作"披"。郭，一作"彰"。【补曰】被音披。《反离骚》云："亡春风之被离。"郭音章。旧本自"何泛滥之浮云兮"至此为一章。

　　愿赐不肖之躯而别离兮[1]，放游志乎云中[2]。乘精气之抟抟兮[3]，骛诸神之湛湛[4]。骖白霓之习习兮[5]，历群灵之丰丰[6]。左朱雀之茇茇兮[7]，右苍龙之躣躣[8]。属雷师之阗阗兮[9]，通飞廉之衙衙[10]。前轻辌之锵锵兮[11]，后辎乘之从从[12]。载云旗之委蛇兮[13]，扈屯骑之容容[14]。计专专之不可化兮[15]，愿遂推而为臧[16]。赖皇天之厚德兮[17]，还及君之无恙[18]。

　　[1]乞丐骸骨，而自退也。

　　[2]上从丰隆而观望也。志，一作"意"。

　　[3]托载日月之光耀也。楚人名圆曰抟也。抟，一作"槫"。【补曰】抟，度官切。

　　[4]追逐群灵之遗风也。【补曰】湛，旧音羊戎切。

　　[5]骖驾素虹而东西也。言己虽去旧土，犹修洁白以厉身也。骖，一作"参"，一作"六"。

　　[6]周过列宿，存六宗也。灵，一作"神"。

　　[7]朱雀奉送，飞翩翻也。茇，《释文》作"芙"，於表切。一作"莜"，音蒲艾切。一云"左朱雀之拔拔"。【补曰】《集韵》拔、莜、茇皆有"旆"音。

　　[8]青虬负毂而扶辕也。躣，《释文》作"躩"，音同。【补曰】躣躣，行貌。其俱切。《广韵》引此。

　　[9]整理车驾而鼓严也。【补曰】属，朱欲切，连也。阗音田，鼓声。

　　[10]风伯次且而扫尘也。通，一作"道"。【补曰】衙衙，行貌，旧五乎切，又牛吕切。《集韵》音鱼。

［11］轩车先导，声转辚也。轾，一作“轻”。【补曰】轾音致。《诗》曰：“如轾如轩。”《说文》云：“輬，卧车。”音凉。《招魂》云：“轩輬既低。”注云：“轩、輬，皆轻车名。”则作“轻輬”，亦通。

［12］辎軿侍从，响雷震也。【补曰】《说文》：“辎，軿车前衣车后也。”从，楚江切。

［13］旗旗盘纡，背云霄也。委，一作“逶”。

［14］群马分布，列前后也。【补曰】屯，徒浑切。

［15］我心匪石，不可转也。【补曰】化，旧音花。

［16］执履忠信，不离善也。

［17］灵神覆佑，无疾病也。

［18］愿楚无忧，君康宁也。言已虽升云远游，随从百神，志犹念君，而不能忘也。【补曰】恙，旧音羊。《说文》：“恙，忧也。”一曰虫入腹食人心，古者草居多被此毒，故相问：“无恙乎？”《苏鹗演义》引《神异经》云：北方大荒中，有兽食人，(吩)〔咋〕人则病，罗人则疾，名曰獇。獇者，恙也。黄帝上章奏天，从之。于是北方人得无忧无疾，谓之无恙。

卷九　招魂章句[1]

　　《招魂》者，宋玉之所作也。[2]招者，召也。以手曰招，以言曰召。魂者，身之精也。宋玉怜哀屈原，忠而斥弃，愁懑[3]山泽，魂魄[4]放佚，厥命将落。故作《招魂》，欲以复其精神，延其年寿，外陈四方之恶，内崇楚国之美，以讽谏怀王，冀其觉悟而还之也。[5]

　　[1]魂，一作"蒐"。下同。

　　[2]李善以《招魂》为《小招》，以有《大招》故也。

　　[3]一作"忧愁"。

　　[4]一作"蒐"。

　　[5]太史公读《招魂》，悲其志。

　　朕幼清以廉洁兮[1]，身服义而未沫[2]。主此盛德兮，牵于俗而芜秽[3]。上无所考此盛德兮[4]，长离殃而愁苦[5]。帝告巫阳[6]曰："有人在下[7]，我欲辅之[8]。魂魄离散，汝筮予之！"[9]巫阳对曰："掌梦[10]。"上帝其难从[11]。"若必筮予之，恐后之谢[12]，不能复用巫阳焉。"[13]

　　[1]朕，我也。不求曰清，不受曰廉，不污曰洁。洁，一作"絜"。五臣云："皆代原为辞。"

　　[2]沫，已也。言我少小修清洁之行，身服仁义，未曾有懈己之时也。【补曰】沫，莫贝切。《易》曰："日中见沫。"注云："沫，微昧之明也。"一云日中而昏也。

　　[3]牵，引也。不治曰芜。多草曰秽。言已施行常以道德为主，以忠事君，以信结交，而为俗人所推引。德能芜秽，无所用之也。五臣云："主，守也。言已主执仁义忠信之德，为谗佞所牵迫，使荒芜秽污而不得进。"

　　[4]考，校。五臣云："上，君也。考，察也。"

　　[5]殃，祸也。言己履行忠信，而遇暗主。上则无所考校己之盛德，长遭殃祸，愁苦而已也。离，一作"罹"。五臣云："罹，罗也。"

　　[6]帝，谓天帝也。女曰巫，阳，其名也。巫，一作"坙"。五臣云："玉假立天帝及巫阳以为辞端。"【补曰】《山海经》云："开明东有巫彭、巫抵、巫阳、巫几、巫相、巫履。"注云："皆神医也。"

　　[7]在，一作"于"。

　　[8]人，谓贤人，则屈原也。宋玉上设天意，佑助贞良，故曰帝告巫阳，有贤人屈原在于下方，我欲辅成其志，以厉黎民也。

　　[9]魂者，身之精也。魄者，性之决也。所以经纬五藏，保守形体也。筮，卜问也。蓍曰筮。《尚书》曰："决之蓍龟。"言天帝哀闵屈原魂魄离散，身将颠沛，故使巫阳筮问求索，得而与之，使反其身也。予，一作"与"。【补曰】予，去声。下同。

　　[10]巫阳对天帝言，招魂者，本掌梦之官所主职也。梦，一作

“夢”。

[11]言天帝难从掌寢之官，欲使巫阳招之也。一云“其命难从”。
一云“命其难从”。【补曰】难，《文选》读作去声。

[12]一云“谢之”。一无“之”字。

[13]谢，去也。巫阳言如必欲先筮问求魂魄所在，然后与之，恐
后世怠懈，必去卜筮之法，不能复修用，但招之可也。五臣云：“若必筮
而招之，恐后代懈怠，去卜筮之法，但以招魂为事。阳意不欲以筮与招
相次而行，以为不筮而招，亦足可也。”

　　乃下招曰：^[1]魂兮归来^[2]！去君之恒干^[3]，何为四方
些^[4]？舍君之乐处，而离彼不祥些^[5]！魂兮归来！东方不
可以托些^[6]。长人千仞，惟魂是索些^[7]。十日代出^[8]，流
金铄石些^[9]。彼皆习之，魂往必释些^[10]。归来兮！不可以
托些^[11]。魂兮归来！南方不可以止些^[12]。雕题黑齿^[13]，
得人肉以祀，以其骨为醢些^[14]。蝮蛇蓁蓁^[15]，封狐千里
些^[16]。雄虺九首^[17]，往来儵忽，吞人以益其心些^[18]。归
来兮！不可以久淫些^[19]。魂兮归来！西方之害，流沙千里
些^[20]。旋入雷渊^[21]，靡散而不可止些^[22]。幸而得脱，其
外旷宇些^[23]。赤蚁若象^[24]，玄蠭若壶些^[25]。五谷不生，
藂菅是食些^[26]。其土烂人，求水无所得些^[27]。彷徉无所
倚，广大无所极些^[28]。归来兮！恐自遗贼些^[29]。魂兮归
来！北方不可以止些。增冰峨峨，飞雪千里些^[30]。归来
兮！不可以久些^[31]。魂兮归来！君无上天些^[32]。虎豹九
关^[33]，啄害下人些^[34]。一夫九首，拔木九千些^[35]。豺狼
从目，往来侁侁些；^[36]悬人以娭^[37]，投之深渊些^[38]。致
命于帝，然后得瞑些^[39]。归来！往恐危身些^[40]。魂兮归
来！君无下此幽都些^[41]。土伯九约，其角鬐鬐些^[42]。敦脄
血拇^[43]，逐人駓駓些^[44]。参目虎首，其身若牛些^[45]。此

皆甘人，归来！恐自遗灾些^[46]。魂兮归来！入修门些^[47]。工祝招君，背行先些^[48]。秦篝齐缕^[49]，郑绵络些^[50]。招具该备，永啸呼些^[51]。魂兮归来！反故居些^[52]。

[1]巫阳受天帝之命，因下招屈原之魂。乃，一作"因"。

[2]还归屈原之身。一作"徕归"。

[3]恒，常也。干，体也。《易》曰："贞者事之干。"五臣云："君谓原也。"

[4]言魂灵当扶人养命，何为去君之常体，而远之四方乎？夫人须魂而生，魂待人而荣。二者别离，命则霣零也。或曰，去君之恒闬。闬，里也。楚人名里曰闬也。一云"何为乎四方"。乎，一作"兮"。一注云："魂待人而荣。"【补曰】些，苏贺切。《说文》云："语词也。"沈存中云："今夔、峡、湖、湘及南北江獠人，凡禁呪句尾，皆称些，乃楚人旧俗。"

[5]舍，置也。祥，善也。言何为舍君楚国饶乐之处，而陆离走不善之乡，以犯触众恶也。舍，一作"捨"。离，一作"罹"。五臣云："捨，去也。罹，罗也。"

[6]托，寄也。《论语》曰："可以托六尺之孤。"言东方之俗，其人无义，不可托命而寄身也。

[7]七尺曰仞。索，求也。言东方有长人之国，其高千仞，主求人魂而食之也。惟，一作"唯"。五臣云："皆假立其恶，而甚言之。"【补曰】《山海经》云："东海之外，大荒之中，有大人之国。"

[8]代，更。

[9]铄，销也。言东方有扶桑之木，十日并在其上，以次更行，其热酷烈，金石坚刚，皆为销释也。【补曰】《庄子》曰："昔者十日并出，万物皆照。"十日，见《天问》。代出，言一日至，一日出，交会相代也。

[10]释，解也。言彼十日之处，自习其热。魂行往到，身必解烂也。皆，一作"自"。

[11]言魂魄宜急来归，此诚不可以托附而居之也。一无"兮"字。一云"归来归来"。

[12]言南方之俗，其人甚无信，不可久留也。

[13]雕，画也。题，额也。黑，一作"墨"。五臣云："雕，镂也。"【补曰】《礼记》："南方曰蛮，雕题交趾。"注云："雕题，刻其肌，以丹青涅之。"

[14]醢，酱也。言南极之人，雕画其额，齿牙尽黑，常食蠃蚌，得人之肉，用祭祀先祖，复以其骨为醢酱也。一云"而祀"。一云"得人以祀"。无"肉"字。五臣云："醢，肉酱也。"

[15]蝮，大蛇也。蓁蓁，积聚之貌。【补曰】《山海经》："蝮蛇，色如绶文，大者百馀斤。一名反鼻蛇。"《尔雅》："蝮虺，博三寸，首大如擘。"《本草》引张文仲云："蝮蛇形乃不长，头扁口尖，人犯之，头足贴着。"蝮音覆。蓁音臻。

[16]封狐，大狐也。言炎土之气，多蝮虺恶蛇，积聚蓁蓁，争欲啮人。又有大狐，健走，千里求食，不可逢遇也。五臣云："大狐其长千里。"

[17]首，头也。五臣云："虺，亦蛇名。"【补曰】《天问》已见。虺，许鬼切。

[18]儵忽，疾急貌也。言复有雄虺，一身九头，往来奄忽，常喜吞人魂魄，以益其心，贼害之甚也。儵，一作"倏"。五臣云："益其心，助其毒也。"

[19]淫，游也。言其恶如此，不可久游，必被害也。一云"魂兮归来"。一云"归来归来，不可久淫"，无"以"字。五臣云："淫，淹也。"

[20]流沙，沙流而行也。《尚书》曰："馀波入于流沙。"言西方之地，厥土不毛，流沙滑滑，昼夜流行，从广千里，又无舟航也。从广，一作"纵横"。

[21]旋，转也。渊，室也。渊，《文选》作"泉"。【补曰】旋，泉绢切。唐避讳，以"渊"为"泉"。《山海经》云："雷泽中有雷神，龙身而人头。"

[22]靡，碎也。言欲涉流沙，少止则回入雷公之室，转还而行，身

虽糜碎，尚不得休息也。糜，一作"靡"。《释文》作"縻"。一作"麋"，非是。【补曰】糜，靡为切，烂也。坏也。

[23]旷，大也。宇，野也。言从雷渊虽得免脱，其外复有旷远之野，无人之土也。奊，一作"幸"。

[24]螘，蚍蜉也。小者为蚁，大者谓之蚍蜉也。螘，一作"蚁"。【补曰】《山海经》："大蜂其状如螽，朱蛾状如蚁。"

[25]壶，干瓠也。言旷野之中，有赤蚁，其状如象。又有飞螽，腹大如壶。皆有螫毒，能杀人也。螽，一作"蜂"。《释文》作"蠡"。五臣云："壶，器名。"【补曰】螽音峯。《方言》云："螽，大而蜜谓之壶蠡。"螫音螫。

[26]柴棘为藂。菅，茅也。言西极之地，不生五谷，其人但食柴草，若群牛也。藂，一作"丛"。菅，一作"菱"。【补曰】藂，草丛生也。菅、菱，并音奸。《说文》："菱草，出吴林山。"

[27]言西方之土，温暑而热，燋烂人肉。渴欲求水，无有源泉，不可得之也。【补曰】《前汉·西域传》："乌弋地暑热莽平。"又，天竺"卑湿暑热"。

[28]倚，依也。言欲彷徉东西，无民可依。其野广大，行不可极也。一云：言西方之土，广大遥远，无所臻极。虽欲彷徉，求所依止，不可得也。一作"仿佯"。五臣云："仿佯，游行貌。极，穷也。"【补曰】《广雅》云："彷徉，徙倚也。"彷，蒲忙切。

[29]贼，害也。言魂魄欲往者，自予贼害也。一云"归来归来"。【补曰】遗，已季切。

[30]言北方常寒，其冰重累，峨峨如山。凉风急时，疾雪随之。飞行千里，乃至地也。五臣云："增，积也。峨峨，高貌。"【补曰】《神异经》："北方有曾冰万里，厚百丈。"《尸子》曰："朔方之寒，地冻厚六尺。北极左右，有不释之冰。"

[31]言其寒杀人，不可久留也。一云"归来归来"。一云"不可以久止"。

[32]天不可得上也。

[33]五臣云:“关,钥。”

[34]啄,啮也。言天门凡有九重,使神虎豹执其关闭,主啄啮天下欲上之人,而杀之也。

[35]言有丈夫一身九头,强梁多力,从朝至暮,拔大木九千枚也。

[36]佚佚,往来声也。《诗》曰:“佚佚征夫。”言天上有豺狼之兽,其目皆从,奔走往来,其声佚佚,争欲啖人也。从,一作“苹”。五臣云:“从,竖也。佚佚,众貌。”【补曰】南北曰从,即容切。《释文》足用切,与注意不合。佚,所臻切。

[37]悬,《释文》作“县”。娭,一作“嬉”,一作“娱”。【补曰】娭,许其切。

[38]投,摘也。言豺狼得人,不即啖食,先悬其头,用之娭戏。疲倦已后,乃摘于深渊之底而弃之也。

[39]瞑,卧也。言投人已讫,上致命于天帝,然后乃得眠卧也。瞑,一作“眠”。五臣云:“致,送也。送人之命于天帝。”【补曰】瞑音眠,又音铭。

[40]往即逢害,身危殆也。一云“归来归来”。一云“魂兮归来”。

[41]幽都,地下,后土所治也。地下幽冥,故称幽都。一无“此”字。

[42]土伯,后土之侯伯也。约,屈也。觺觺,犹狺狺,角利貌也。言地有土伯,执卫门户,其身九屈,有角觺觺,主触害人也。觺,一作“臄”。五臣云:“觺觺,铦利貌。”【补曰】觺音疑,又牛力切。

[43]敦,厚也。脄,背也。拇,手母指也。脄,一作“脢”。【补曰】脄、脢音梅,又音妹,脊侧之肉。《说文》云:“背肉也。”《易》:“咸其脢。”一曰,心上口下。拇,莫垢切。

[44]駓駓,走貌也。言土伯之状,广肩厚背,逐人駓駓,其走捷

疾，以手中血漫污人也。【补曰】駈音丕。

[45] 言土伯之头，其貌如虎，而有三目，身又肥大，状如牛也。参，一作"三"。【补曰】参，苏甘切。《博雅》云："参，三也。"

[46] 甘，美也。灾，害也。言此物食人以为甘美，径必自与，害不旋踵也。归来，一云"归来归来"。一作"归来兮"。灾，《释文》作"菑"。【补曰】遗，与也，去声。"菑"与"灾"同。

[47] 修门，郢城门也。宋玉设呼屈原之魂归楚都，入郢门。欲以感激怀王，使还之也。【补曰】修门，已见《九章》"龙门"注中。

[48] 工，巧也。男巫曰祝。背，倍也。言选择名工巧辩之巫，使招呼君，倍道先行，导以在前，宜随之也。五臣云："工祝，良巫也。君谓原，言良巫背行在先，君宜随后。"【补曰】背音倍。

[49] 篝络，缕线也。篝，《释文》作"簉"。【补曰】篝，古侯切。笼也，笭也。笭音落。可熏衣。

[50] 绵，缠也。络，缚也。言为君魂作衣，乃使秦人织其篝络，齐人作彩缕，郑国之工缠而缚之，坚而且好也。绵，一作"緜"。【补曰】《说文》："绵，联微也。"

[51] 该，亦备也。言撰设甘美，招魂之具，靡不毕备。故长啸大呼，以招君也。夫啸者，阴也。呼者，阳也。阳主魂，阴主魄。故必啸呼以感之也。

[52] 反，还也。故，古也。言宜急来归还古昔之处也。

天地四方，多贼奸些[1]。像设君室[2]，静闲安些[3]。高堂邃宇[4]，槛层轩些[5]。层台累榭[6]，临高山些[7]。网户朱缀[8]，刻方连些[9]。冬有突厦[10]，夏室寒些[11]。川谷径复[12]，流潺湲些[13]。光风转蕙[14]，氾崇兰些[15]。经堂入奥[16]，朱尘筵些[17]。砥室翠翘[18]，挂曲琼些[19]。翡翠珠被[20]，烂齐光些[21]。蒻阿拂壁[22]，罗帱张些[23]。纂组绮缟[24]，结琦璜些[25]。室中之观，多珍怪些[26]。兰膏明烛^[27]，华容备些^[28]。二八侍宿^[29]，射遞代些^[30]。九侯淑女^[31]，多迅众些^[32]。盛鬋不同制^[33]，实满宫些^[34]。容态好比^[35]，顺弥代些^[36]。弱颜固植^[37]，謇其有意些^[38]。姱容修态^[39]，絚洞房些^[40]。蛾眉曼睩^[41]，目腾光些^[42]。靡颜腻理^[43]，遗视矊些^[44]。离榭修幕^[45]，侍君之闲些^[46]。翡帷翠帐，饰高堂些^[47]。红壁沙版^[48]，玄玉梁些^[49]。仰观刻桷^[50]，画龙蛇些^[51]。坐堂伏槛^[52]，临曲池些^[53]。芙蓉始发^[54]，杂芰荷些^[55]。紫茎屏风^[56]，文缘波些^[57]。文异豹饰^[58]，侍陂陁些^[59]。轩辌既低^[60]，步骑罗些^[61]。兰薄户树^[62]，琼木篱些^[63]。魂兮归来！何远为些^[64]？

[1] 贼，害也。奸，恶也。言天有虎豹，地有土伯，东有长人，西有赤蚁，南有雄虺，北有增冰，皆为奸恶，以贼害人也。地，一作"墼"，一作"墼"。

[2] 像，法也。君，一作"居"。

[3] 无声曰静，空宽曰闲。言乃为君造设第室，法像旧庐，所在之处，清静宽闲而安乐也。【补曰】闲音闲。

[4] 邃，深也。宇，屋也。

[5] 槛，楯也。从曰槛，横曰楯。轩，楼版也。言所造之室，其堂高显，屋甚深邃。下有槛楯，上有楼板，形容异制，且鲜明也。五臣云："槛，栏。层，重也。轩，槛楼上板。"【补曰】一云，檐宇之末曰轩。

[6] 层、累，皆重也。无木谓之台，有木谓之榭。【补曰】《说文》："台，观四方而高者。""榭，台有屋也。"一曰，凡屋无室曰榭。

[7] 言复作重层之台，累石之榭，其颠眇眇，上乃临于高山也。或曰，临高山而作台榭也。

[8] 网户，绮文镂也。朱，丹也。缀，缘也。网，一作"罔"。五臣云："织网于户上，以朱色缀之。"

[9] 刻，镂也。横木关柱为连。言门户之楣，皆刻镂绮文，朱丹其缘，雕镂连木，使之方好也。五臣云："又刻镂横木为文章，连于上，使

之方好。"【补曰】连,《集韵》作"楗,门持关"。

[10]突,复室也。厦,大屋也。《诗》云:"于我乎夏屋渠渠。"厦,
一作"夏"。五臣云:"突厦,重屋。"【补曰】突,深也,隐暗处。《尔
雅》:"东南隅谓之㞦。"厦,胡雅切。突、㞦,并于〔门〕〔叫〕切。

[11]言隆冬冻寒,则有大屋,复突温室。盛夏暑热,则有洞达阴
堂,其内寒凉也。室,一作"屋"。【补曰】夏,胡驾切。

[12]流源为川,注溪为谷。径,过也。复,反也。川,一作"溪"。
径,一作"俓"。五臣云:"径,往也。"【补曰】《尔雅》:"水注溪为
谷。"《说文》:"泉出通川为谷。"

[13]言所居之舍,激导川水,径过园庭,回通反复,其流急疾,又
洁净也。

[14]光风,谓雨已日出而风,草木有光也。转,摇也。五臣云:"日
光风气转泛,薄于兰蕙之丛。"

[15]氾犹泛。氾,摇动貌也。崇,充也。言天雨霁日明,微风奋发,
动摇草木,皆令有光,充实兰蕙,使之芬芳,而益畅茂也。五臣云:"崇,
高也。"【补曰】氾音泛。

[16]西南隅谓之奥。经,一作"径"。古本作"升"。奥,《释文》作
"隩"。五臣云:"言自兰蕙经入于此矣。"【补曰】奥,乌到切。

[17]朱,丹也。尘,承尘也。筵,席也。《诗》云:"肆筵设席。"言
升殿过堂,入房至室奥处,上则有朱画承尘,下则有簟筵好席,可以休
息也。或曰:朱尘筵,谓承尘搏壁,曼延相连接也。搏,一作"薄"。【补
曰】铺陈曰筵,藉之曰席。《说文》:"筵,竹席也。"

[18]砥,石名也。《诗》曰:"其平如砥。"翠,鸟名也。翘,羽也。
五臣云:"以砥石为室,取其平也。又以翠羽相饰之。"【补曰】砥音咫,
砺石也。《书传》云:"砥细于砺,皆磨石也。"《谷梁》云:"天子之桷,
斲之砻之,(如)〔加〕密石焉。"注云:"以细石磨之。"翘,祈尧切,鸟尾
长毛也。

[19]挂,悬也。曲琼,玉钩也。言内卧之室,以砥石为壁,平而滑

泽。以翠鸟之羽，雕饰玉钩，以悬衣物也。或曰，僮室，谓僮侗曲房也。挂，一作"絓"。五臣云："玉钩挂于室中。"【补曰】絓，胃也，古卖切。

[20]雄曰翡，雌曰翠。被，衾也。【补曰】翡，赤羽雀。翠，青羽雀。《异物志》云："翠鸟形如燕，赤而雄曰翡，青而雌曰翠。翡大于群，其羽可以饰帏帐。"颜师古曰："鸟各别异，非雌雄异名也。"

[21]齐，同也。言床上之被，则饰以翡翠羽及珠玑，刻画众华。其文烂然，而同光明也。五臣云："以珠翠饰被，光色烂然相齐。"

[22]蒻，蒻席也。阿，曲隅也。拂，薄也。五臣云："以蒻席替壁之曲。"【补曰】蒻音弱，蒲也，可以为席。

[23]罗，绮属也。张，施也。言房内则以蒻席薄床，四壁及与曲隅，复施罗帱，轻且凉也。【补曰】帱，禪帐也，音俦。《尔雅》："帱谓之帐。"

[24]纂组，绶类也。一作"綦"，一作"綦"。五臣云："缟，练也。"【补曰】纂，作管切，似组而赤。组音祖。绮，文缯也。缟音杲，素也。一曰细缯。綦，苍白色。一曰青黑文。《礼记》有"綦组绶"。

[25]璜，玉名也。言帱帐之细，皆用绮缟。又以纂组结束玉璜，为帷帐之饰也。绮，一作"奇"。【补曰】琦，玉名。璜，半璧也。

[26]金玉为珍，诡异为怪。言纵观房室之中，四方珍奇，玩好怪物，无不毕具也。珍，一作"珎"。怪，一作"恠"。【补曰】珎、恠皆俗字。

[27]兰膏，以兰香炼膏也。烛，一作"爥"。

[28]容，貌也。言日暮游宴，燃香兰之膏，张施明烛。观其镫锭，雕镂百兽，华奇好备也。五臣云："华容，谓美人也。"【补曰】锭，都定切。

[29]二八，二列也。言大夫有二列之乐，故晋悼公赐魏绛女乐二八、歌钟二肆也。

[30]射，猒也。《诗》云："服之无射。"递，更也。言使好女十六人，侍君宴宿，意有厌倦，则使更相代也。或曰，夕递代。夕，暮也。递，

一作"递"。五臣云："君或猷之，则递代进矣。"【补曰】射音亦。

[31]淑，善。【补曰】九侯，谓九服之诸侯也。

[32]迅，疾也。言复有九国诸侯好善之女，多才长意，用心齐疾，胜于众人也。五臣云："其来迅疾，众多于此。"

[33]鬋，鬓也。制，法也。五臣云："盛饰理鬓，其制不同。"【补曰】鬋音翦，女鬓垂貌。

[34]宫，犹室也。《尔雅》曰："宫谓之室。"言九侯之女，工巧妍雅，装饰两结，垂鬓鬋下发，形貌奇异，不与众同，皆来实满，充后宫也。一云"垂发鬓下鬋"。一云"垂鬋下鬋"。【补曰】鬒，发美也。鬋，首饰也。

[35]态，姿也。比，亲也。五臣云："比，密也。"【补曰】好，王逸作"美好"之"好"，五臣作"好爱"之"好"。

[36]弥，久也。言美女众多，其貌齐同，姿态好美，自相亲比，承顺上意，久则相代也。代，一作"世"。五臣云："弥，犹次也。好相亲密和顺，次以相代也。"【补曰】作"世"者非。

[37]固，坚也。植，志也。植，一作"立"。

[38]謇，正言貌也。言美女内多廉耻，弱颜易愧，心志坚固，不可侵犯，则謇然发言，中礼意也。謇，一作"蹇"。五臣云："謇，正直貌。有意，礼则之意。"

[39]姱，好貌。修，长也。【补曰】姱，苦瓜切。

[40]絙，竟也。房，室也。言复有美好之女，其貌姱好，多意长智，群聚罗列，竟识洞达，满于房室也。絙，一作"緪"。五臣云："洞，深也。"【补曰】絙，与"亘"同。《文选》云："洞房叫寝而幽邃。"

[41]曼，泽也。睩，视貌。蛾，一作"娥"。睩，一作"睇"。五臣云："曼，长也。"【补曰】李善云："曼，轻细也。音万。"睩音禄。《说文》云："目睩谨也。"

[42]腾，驰也。言美女之貌，蛾眉玉白，好目曼泽，时睩睩然视，精光腾驰，惊惑人心也。五臣云："腾，发也。"

[43]靡，致也。腻，滑也。五臣云："靡，好也。"【补曰】《吕氏春秋》："靡曼皓齿。"注云："靡曼，细理弱肌，美色也。"腻，女吏切。

[44]遗，窃视也。睸，脉也。言诸美女颜容脂细，身体夷滑，心中睸脉，时时窃视，安详审谛，志不可动也。睸，一作"瞴"，一作"矕"。五臣云："睸，目中瞳子。言目清澈，炯然见其瞳子。"【补曰】《方言》："䁩瞳之子谓之睸。"注云："睸，邈也。"音绵。《广韵》："瞳子黑也。"又："睸眇，远视。"

[45]离，别也。修，长也。幕，大帐也。

[46]閒，静也。言愿令美女于离宫别观帐幕之中侍君，閒静而宴游也。【补曰】閒音闲。

[47]言复以翡翠之羽，雕饬帱帐，张之高堂，以乐君也。帐，一作"帱"。饰，一作"饬"。【补曰】在旁曰帷。"饬"与"饰"同。

[48]红，赤白色也。沙，丹沙也。

[49]玄，黑也。言堂上四壁皆垩色，令之红白，又以丹沙画饰轩版，承以黑玉之梁，五采分别也。一云"玄玉之梁"。五臣云："黑玉饰于屋梁。"

[50]【补曰】《左传》：丹楹、刻桷。《文选》云："龙角雕镂。"《说文》："椽方曰桷。"音角。

[51]言仰观视屋之榱橑，皆刻画龙蛇，而有文章也。

[52]槛，楯也。

[53]言坐于堂上，前伏槛楯，下临曲水清池，可渔钓也。

[54]芙蓉，莲华也。

[55]芰，菱也。秦人谓之薢茩。言池水之中有芙蓉，始发其华，芰菱杂错，罗列而生，俱盛茂也。或曰：倚荷，谓荷立生水中持倚之也。五臣云："芰，水草。荷，芙蓉之茎。"

[56]屏风，水葵也。【补曰】《本草》："凫葵即荇菜，生水中，俗名水葵。"又："防风，一名屏风。"

[57]言复有水葵，生于池中，其茎紫色，风起水动，波缘其叶上而

生文也。或曰，紫茎，言荷茎紫色也。屏风，谓荷叶鄣风也。缘，《文选》作"绿"。五臣云："风起吹之，生文于绿波中也。"

[58]豹，犹虎豹。【补曰】《诗》云："羔裘豹饰。"

[59]陂陁，长陁也。言侍从之人，皆衣虎豹之文，异采之饰，侍君堂隅，卫阶陁也。或曰，侍陂池，谓侍从于君游陂池之中，赫然光华也。陁，一作"陀"。【补曰】陂音颇。陀音驼。不平也。《文选》陂音波。

[60]轩、辌，皆轻车名也。低，屯也。一曰，低，俛也。【补曰】轩，曲辀藩车也。辌音凉，卧车也。

[61]徒行为步，乘马为骑。罗，列也。言官属之车，既已屯止，步骑士众，罗列而陈，俟须君命也。

[62]薄，附也。树，种也。五臣云："木从生曰薄。"

[63]柴落为篱。言所造舍种树兰蕙，附于门户，外以玉木为其篱落，守御坚重，又芬香也。五臣云："言夹户种丛兰，又栽木为藩篱以自蔽。琼者，美言也。"

[64]远为四方而久不归也。五臣云："此足可安居，何用远去为也。"

室家遂宗[1]，食多方些[2]。稻粢穱麦[3]，挐黄粱些[4]。大苦咸酸[5]，辛甘行些[6]。肥牛之腱[7]，臑若芳些[8]。和酸若苦，陈吴羹些[9]。胹鳖炮羔[10]，有柘浆些[11]。鹄酸臇凫[12]，煎鸿鸧些[13]。露鸡臛蠵[14]，厉而不爽些[15]。粔籹蜜饵，有餦餭些[16]。瑶浆蜜勺[17]，实羽觞些[18]。挫糟冻饮[19]，酎清凉些[20]。华酌既陈[21]，有琼浆些[22]。归来反故室，敬而无妨些[23]。肴羞未通[24]，女乐罗些[25]。陈钟按鼓[26]，造新歌些[27]。《涉江》《采菱》，发《扬荷》些[28]。美人既醉，朱颜酡些[29]。娭光眇视[30]，目曾波些[31]。被文服纤[32]，丽而不奇些[33]。长发曼鬋[34]，艳陆离些[35]。二八齐容[36]，起郑舞些[37]。衽若交竽[38]，抚案下些[39]。竽瑟狂会[40]，搷鸣鼓些[41]。宫庭震惊[42]，发《激楚》些[43]。吴歈蔡讴[44]，奏大吕些[45]。士女杂坐，乱而不分些[46]。放陈组缨[47]，班其相纷些[48]。郑卫妖玩[49]，来杂陈些[50]。《激楚》之结[51]，独秀先些[52]。菎蔽象棋[53]，有六簙些[54]。分曹并进[55]，遒相迫些[56]。成枭而牟[57]，呼五白些[58]。晋制犀比[59]，费白日些[60]。铿钟摇簴[61]，揳梓瑟些[62]。娱酒不废[63]，沉日夜些[64]。兰膏明烛[65]，华镫错些[66]。结撰至思[67]，兰芳假些[68]。人有所极，同心赋些[69]。酎饮尽欢，乐先故些[70]。魂兮归来！反故居些[71]。

[1]宗，众也。【补曰】宗，尊也。

[2]方，道也。言君九族室家，遂以众盛，人人晓味，故饮食之和，多方道也。五臣云："营造饮食，亦多方略。"

[3]稻，秔。粢，稷。穱，择也。择麦中先熟者也。【补曰】颜师古云："《本草》所谓稻米者，今之稬米耳。《说文》云：'稻，稌也。'又《急就篇》云：'稻黍秫稷。'左太冲《蜀都赋》云：'粳稻（汉）〔漠〕漠。'益知稻即稬，共粳并出矣。"粢，子夷切。《本草》云：稷，即穄也。今楚人谓之稷。穱音捉。稻处种麦也。

[4]挐，糅也。言饭则以秔稻糅稷，择新麦糅以黄粱，和而柔嬬，且香滑也。【补曰】挐，女居切。《记》云："饭：黍，稷，稻，粱，白黍，黄粱。"《本草》："黄粱出蜀、汉，商、浙间亦种之，香美逾于诸粱，号为竹根黄。"

[5]大苦，豉也。醎，一作"咸"。五臣云："咸，盐也。酸，酢也。大苦咸酸辛甘，皆和之，使其味行。"【补曰】《本草》："豉味苦。"故逸以大苦为豉。然说左氏者曰，醯醢盐梅，不及豉。古人未有豉也，《内则》及《招魂》备论饮食，言不及豉。史游《急就篇》曰及有无夷盐豉，盖秦、汉以来始为之耳。据此，则逸说非也。又《尔雅》云："蘦，大苦。"郭氏以为甘草。又《诗》云："隰有苓。"陆机《草木虫鱼疏》云：

"苓,大苦也,可为干菜。"此所谓大苦,盖苦味之甚者尔。

[6]辛,谓椒姜也。甘,谓饴蜜也。言取豉汁和以椒姜,咸酢和以饴蜜,则辛甘之味,皆发而行也。

[7]腱,筋头也。五臣云:"腱,筋肉。"【补曰】腱,居言切,膂腱肉也。一曰筋之大者。

[8]臑若,熟烂也。言取肥牛之腱,烂熟之,则肥濡臑美也。若,一作"弱"。臑,一作"臑",一作"胹"。臑,仁珠切。臑音爽。胹音而。《释文》作"胹",而充切。【补曰】《集韵》腝、炳、胹、臑,皆有而音。《说文》云:"烂也。"一曰,臑,嫩爽貌。臑,苏本切。

[9]言吴人工作羹,和调甘酸,其味若苦而复甘也。五臣云:"酸苦皆得中。"【补曰】若,犹及也。羹音郎,臛也。《集韵》云:"《鲁颂》、《楚辞》、《急就篇》羹与房、浆为韵。"《淮南》曰:"荆吴芬馨以嗛其口。"嗛音蓝。又云:"煎熬焚炙调齐和之适,以穷荆吴甘酸之变。"注云:"二国善酸酸之和。"

[10]羔,羊子也。胹,一作"臑"。《释文》作"濡",而朱切。五臣云:"濡,煮也。"【补曰】濡,《集韵》音而,"亨肉和滀"也。炮,蒲交切,合毛炙物。一曰裹物烧。

[11]柘,诸蔗也。言复以饴蜜胹鳖炮羔,令之烂熟,取诸蔗之汁,为浆饮也。或曰,血鳖炮羔,和牛五藏为羔臛,鸷为羹者也。柘,一作"蔗"。一注云,胹鳖炮羔,和牛五藏臛为羹者也。【补曰】相如赋云:"诸柘巴苴。"注云:"柘,甘柘也。"

[12]臇,小臛也。【补曰】鹄,鸿鹄也。臇,子兖切。臛,少汁也。凫,野鸭也。

[13]鸿,鸿雁也。鸧,鸧鹤也。言复以酸酢烹鹄为羹,小臇臛凫煎熬鸿鸧,令之肥美也。【补曰】鸧音仓,麋鸹也。此言以酢浆烹鹄凫为羹,用膏煎鸿鸧也。

[14]露鸡,露栖之鸡也。有菜曰羹,无菜曰臛。蠵,大龟之属也。蠵,一作"蠵"。【补曰】《盐铁论》曰:"煎鱼切肝,羊淹鸡寒。"臛,字

书作"腌"，呼各切。又音霍，肉羹也。《集韵》："涪陵郡出大龟，一名灵蠵。"音携，又以规切。

[15]厉，烈也。爽，败也。楚人名羹败曰爽。言乃复烹露栖之肥鸡，臛蠵龟之肉，则其味清烈不败也。【补曰】爽音霜，协韵。《老子》曰："五味令人口爽。"

[16]餦餭，饧也。言以蜜和米面，熬煎作粔籹，捣黍作饵，又有美饧，众味甘美也。捣黍，一作"捣麦"，一作"揉米"。【补曰】粔音巨。籹音女，又音汝。粔籹，蜜饵也。吴谓之膏环。饵，粉饼也。《方言》曰："饵谓之糕，饧谓之餦餭。"注云："即干饴也。"音张皇。一曰饼也，一曰饵也。

[17]瑶，玉也。勺，沾也。古本"蜜"作"蠠"。【补曰】勺音酌。一云丁狄、时斫二切。沾音添。

[18]实，满也。羽，翠羽也。觞，觚也。言食已复有玉浆以蜜沾之，满于羽觞，以漱口也。五臣云："勺，和也。觞，酒器也。插羽于上。"【补曰】杯上缀羽，以速饮也。一云，作生爵形，实曰觞，虚曰觯。

[19]挫，捉也。冻，冰也。五臣云："糟，酒滓也。可以冻饮。"李善云："冻，冷也。"【补曰】挫，宗卧切。

[20]酎，醇酒也。言盛夏则为覆蹙干酿，提去其糟，但取清醇，居之冰上，然后饮之。酒寒凉，又长味，好饮也。【补曰】酎，直又切。三重酿酒。《月令》："孟夏，天子饮酎。"注云："春酒至此始成。"

[21]酌，酒斗也。陈，一作"敶"。五臣云："华酌，谓置华于酒中。"【补曰】华，采也。《说文》云："酌，盛酒行觞也。"

[22]言酒罇在前，华酌陈列，复有玉浆，恣意所用也。

[23]妨，害也。言君魂急来归，还反所居故室，子孙承事恭敬，长无祸害也。一云"归来归来"。一云"归反故室"，无"来"字。

[24]鱼肉为肴。羞，进也。【补曰】肴，骨体，又菹也。致滋味为羞。

[25]言肴膳已具，进举在前，宾主之礼，殷勤未通，则女乐倡荡，罗列在堂下也。

[26]按，徐。陳，一作"陈"。按，一作"桉"。五臣云："按，犹击也。"

[27]言乃奏乐作音，而撞钟徐鼓，造为新曲之歌，与众绝异也。

[28]楚人歌曲也。言己涉渡大江，南入湖池，采取菱芰，发扬荷叶。喻屈原背去朝堂，隐伏草泽，失其所也。菱，一作"蔆"。《文选》作"阳荷"，注云："荷，当作'阿'。《涉江》、《采菱》、《阳阿》皆楚歌名。"【补曰】《淮南》云："歌《采菱》，发《扬阿》。"又云："足蹀阳阿之舞。"注云："阳阿，古之名倡。"又云："欲美和者，必先始于《阳阿》、《采菱》。"注云："《阳阿》、《采菱》，乐曲之和声。"

[29]朱，赤也。酡，着也。言美女饮啖醉饱，则面着赤色而鲜好也。酡，一作"醄"。一本云，当作"袉"，徒何切，着也，为"醄"者非。【补曰】酡音駝，饮而赭色着面。

[30]娭，戏也。眇，眺也。娭，一作"嬉"，一作"娛"。

[31]波，华也。言美女酣乐，顾望娭戏，身有光文，眺视曲眄，目采盼然，白黑分明，若水波而重华也。五臣云："言美人既为戏乐，光彩横出，眇然远视，目若水波。"【补曰】曾，重也。

[32]文，谓绮绣也。纤，谓罗縠也。【补曰】纖，细也。

[33]丽，美好也。不奇，奇也。犹《诗》云："不显文王。"不显，显也。言美女被服绮绣，曳罗縠，其容靡丽，诚足奇怪也。一云"被兹文服，纤丽不奇"。

[34]曼，泽。发，一作"鬓"。【补曰】曼音万。鬒音稹。

[35]艳，好貌也。《左氏传》曰："宋华督见孔父之妻，目逆而送之，曰：'美而艳。'"言美人长发工结，鬒鬓滑泽，其状艳美，仪貌陆离，而难具形也。

[36]齐，同。【补曰】二八已见。《舞赋》云："郑女出进，二八徐侍。"

[37]郑舞，郑国之舞也。言二八美女，其仪容齐一，被服同饰，奋袂俱起而郑舞也。或曰，郑舞，郑重屈折而舞也。【补曰】相如赋云：

"郑女曼姬。"边让赋云:"齐倡列,郑女罗。"《战国策》云:"被郑国之女,粉白黛黑,立于衢间,非知而见之者,以为神。"《淮南子》注云:"郑袖,楚怀幸姬,善歌工舞,因名郑舞。"郑重,殷勤也。

[38]竿,竹竿也。衽,一作"祍"。【补曰】而甚切。

[39]抚,抑也。言舞者回旋,衣衽掉摇,回转相钩,状若交竹竿,以手抑案而徐来下也。一云,抚,抵也。以手抵案而徐下行也。五臣云:"衽,衣襟也。言舞人回转,衣襟,相交如竿也。以手抚案其节,而徐行也。"【补曰】下音户。唐段安节《乐录》曰:"舞者乐之容。古有《大垂手》、《小垂手》。"

[40]狂,犹并也。

[41]摈,击也。言众乐并会,吹竽弹瑟。又摈击鸣鼓,以进八音,为之节也。摈,一作"嗔",一作"填"。《文选》作"槙",徒年切。【补曰】摈,田、殿二音。《集韵》:嗔音田,引《诗》"振旅嗔嗔"。

[42]震,动也。惊,骇也。

[43]激,清声也。言吹竽击鼓,众乐并会,宫庭之内,莫不震动惊骇,复作《激楚》之清声,以发其音也。【补曰】《淮南》曰:"扬郑、卫之浩乐,结《激楚》之遗风。"注云:"结激清楚之声也。"《舞赋》云:"《激楚》结风,《阳阿》之舞。"五臣云:"激,急也。楚,谓楚舞也。舞急萦结其风。"李善云:"《激楚》,歌曲也。《列女传》曰:'听《激楚》之遗风。'《上林赋》云:'鄢郢缤纷,《激楚》结风。'文颖曰:'激,冲激急风也。'结风,回风,亦急风也。楚地风既自漂疾,然歌乐者犹复依激结之急风为节,其乐泾迅哀切也。"

[44]吴、蔡,国名也。歈、讴,皆歌也。【补曰】歈音俞。古赋云:"巴俞宋蔡。"《说文》云:"歈,歌也。"徐铉曰:"渝水之人善歌舞,汉高祖采其声,后人因加此字。"按,《楚辞》已有此语,则歈盖歌之别称耳。徐说非是。

[45]大吕,六律名也。《周官》曰:"舞《云门》,奏大吕。"言乃复使吴人歌谣,蔡人讴吟,进雅乐,奏大吕。五音六律,声和调也。《文选》

"奏"作"秦"。五臣云:"吴、蔡、秦,皆国名。"【补曰】大吕非秦声,五臣说非是。

[46]言醉饱酣乐,合罇促席,男女杂坐,比肩齐膝,恣意调戏,乱而不分别也。

[47]组,绶。敕,一作"陈"。【补曰】缨,冠系也。

[48]纷,乱也。言男女共坐,除去威严,放其冠缨,舒敕印绶,班然相乱,不可整理也。班,一作"斑"。

[49]郑、卫,国名也。妖玩,好女也。【补曰】许慎云:"郑、卫,新声所出国也。"

[50]杂,厕也。陈,列也。言郑、卫二国,复遣妖玩之好女,来杂厕俱坐而陈列也。陈,一作"敕"。

[51]激,感也。结,头髻也。【补曰】结,(古)〔吉〕诣切,束发也。

[52]秀,异也。言郑、卫妖女,工于服饰,其结殊形,能感楚人,故异之而使之先进也。五臣云:"秀异而先进于前。"

[53]菎,玉也。蔽,簿箸以玉饰之也。或言菎蕗,今之箭囊也。菎,一作"琨",一作"箟"。【补曰】菎音昆,香草也。琨,玉名。箟,竹名。蔽,《集韵》作"籁",其字从竹。《方言》:"簿谓之蔽。秦、晋之间谓之簿,吴、楚之间谓之蔽。或谓之箭里,或谓之棋。"《博雅》云:"博箸谓之箭。"

[54]投六箸,行六棋,故为六簿也。言宴乐既毕,乃设六簿,以菎蔽作箸,象牙为棋,丽而且好也。簿,一作"博"。【补曰】《说文》云:"局戏也,六箸、十二棋。"鲍宏《博经》云:"所掷头谓之琼。琼有五采,刻为一画者谓之塞;刻为两画者谓之白;刻为三画者谓之黑;一边不刻者,五塞之间谓之五塞。"《列子》曰:"击博楼上。"注云:"击,打也。如今双陆棋也。古博经云:博法,二人相对,坐向局,局分为十二道,两头当中名为水,用棋十二枚,六白六黑,又用鱼二枚,置于水中,其掷采以琼为之,琼畟方寸三分,长寸五分,锐其头,钻刻琼四面为眼,亦名为齿,二人互掷采行棋,棋行到处即竖之,名为骁棋。即入水食

鱼，亦名牵鱼。每牵一鱼获二筹，翻一鱼获二筹。罂音侧。”

［55］曹，偶。

［56］遒，亦迫。言分曹列偶，并进技巧，投箸行棋，转相遒迫，使不得择行也。或曰，分曹并进者，谓并用射礼进也。五臣云：“遒，急也。言务以求胜。”

［57］倍胜为牟。《文选》“枭”作“凫”。【补曰】《汉书》“枭骑”注云：“枭，勇也，若六博之枭。”作“梟”非是。《淮南》曰：“善博者不欲牟，不恐不胜。”注云：“博其棋不伤为牟。”枭，坚尧切。牟，过也，进也，大也。

［58］五白，簙齿也。言已棋已枭，当成牟胜，射张食棋，下兆于屈，故呼五白，以助投也。兆于屈，一作“逃于窟”。【补曰】《列子》云：“楼上博者射，明琼张中。”说者曰：“凡戏争能取中，皆曰射。明琼齿五白也。”中，去声。射，食亦切。

［59］晋，国名也。制，作也。比，集也。【补曰】比，频二切。

［60］费，光貌也。言晋国工作簙棋箸，比集犀角，以为雕饰，投之皜然如日光也。【补曰】费，耗也。昲，日光也，芳未切。

［61］铿，撞也。摇，动也。铿，《释文》作“鎗”。簴，一作“虡”。五臣云：“虡，悬钟格，言击钟则摇动其格。”【补曰】铿、鎗，并苦耕切。虡，奇举切。

［62］揳，鼓也。言众宾既集，共簙以相娱乐，堂下复鸣大钟，左右歌吟，鼓瑟琴也。五臣云：“揳，抚也。以梓木为瑟。”【补曰】揳，古(入)〔八〕切，轹也。《书》亦作“戛”。

［63］娱，乐。

［64］言虽以酒相娱乐，不废政事，昼夜沉湎，以忘忧也。或曰：娱酒不发。发，旦也。《诗》云：“明发不寐。”言日夜娱乐。又曰：“和乐且湛。”言昼夜以酒相乐也。夜，一作“夕”。

［65］一作“爥”。

［66］言镫锭尽雕琢错镂，饰设以禽兽，有英华也。镫，一作

"雕"。五臣云："似兰渍膏，取其香也。华，谓有光华。"【补曰】镫音
登。《说文》曰："锭也。"徐铉曰："锭中置烛，故谓之镫。"又《说文》
曰："错，金涂也。"亦(支)〔交〕错。

[67]撰，犹博也。五臣云："言我能撰深心以思贤人。"【补曰】
撰，述也，定也，持也。

[68]假，至也。《书》曰："假于上下。"兰芳，以喻贤人也。言君能
结撰博专至之心，以思贤人，贤人即自至也。【补曰】假音格。

[69]赋，诵也。言众坐之人，各欲尽情，与己同心者，独诵忠信与
道德也。五臣云："极，尽也。赋，聚也。贤人尽至，则同心相聚，君可选
也。"【补曰】《释名》曰："敷布其义谓之赋。"《汉书》曰："不歌而诵
谓之赋。"五臣以赋为聚，盖取赋敛之义。

[70]故，旧也。言饮酒作乐，尽己欢欣者，诚欲乐我先祖及与故旧
人也。酹，一作"酌"。一本"尽"上有"既"字。五臣云："乐君先祖及故
旧。"

[71]言魂神宜急来归，还反楚国，居旧故之处，安乐无忧也。

　　乱曰：献岁发春兮[1]汩吾南征[2]，菉苹齐叶兮[3]，白芷
生[4]。路贯庐江兮左长薄[5]，倚沼畦瀛兮[6]，遥望博[7]。
青骊结驷兮[8]齐千乘[9]，悬火延起兮玄颜烝[10]。步及骤
处兮[11]诱骋先[12]，抑骛若通兮[13]引车右还[14]。与王趋梦
兮，课后先[15]。君王亲发兮[16]惮青兕[17]，朱明承夜兮[18]
时不可以淹[19]。皋兰被径兮[20]斯路渐[21]。湛湛江水兮[22]
上有枫[23]，目极千里兮伤春心[24]。魂兮归来哀江南[25]！

[1]献，进。

[2]征，行也。言岁始来进，春气奋扬，万物皆感气而生，自伤
放逐，独南行也。五臣云："汩，疾也。亦代原为词。"【补曰】汩，于笔
切。《文选》自此至"白芷生"，句末皆有"些"字。一本至"诱骋先"有
"些"字。

[3] 菉，王刍也。苹，一作"蓱"。【补曰】菉音绿，见《骚经》。

[4] 言屈原放时，菉苹之草，其叶适齐，白芷萌芽，方始欲生，据时所见，自伤哀也。犹《诗》云"昔我往矣，杨柳依依"也。

[5] 贯，出也。庐江、长薄，地名也。言屈原行先出庐江，过历长薄。长薄在江北，时东行，故言左也。五臣云："在其左也。"【补曰】《前汉·地理志》："庐江出陵阳东南，北入江。"

[6] 沼，池也。畦，犹区也。瀛，池中也。楚人名池泽中曰瀛。五臣云："倚，立也。"

[7] 遥，远也。博，平也。言己循江而行，遂入池泽，其中区瀛远望平博，无人民也。

[8] 纯黑为骊。结，连也。四马为驷。【补曰】骊，吕知切。

[9] 齐，同也。言屈原尝与君俱猎于此，官属齐驾驷马，或青或黑，连千乘，皆同服也。【补曰】自此以下，盛言畋猎之乐，以招之也。

[10] 悬火，悬镫也。玄，天也。言己时从君夜猎，悬镫林木之中，其火延及，烧于野泽，烟上烝天，使黑色也。烝，一作"蒸"。【补曰】颜，容也。《说文》："烝，火气上行也。"蒸，进也，众也。

[11] 骤，走也。处，止也。

[12] 诱，导也。骋，驰。言猎时有步行者，有乘马走骤者，有处止者，分以围兽，己独驰骋，为君先导也。

[13] 抑，止也。骛，驰也。若，顺也。五臣云："止驰骛者，使顺通猎事。"

[14] 还，转也。言抑止驰骛者，顺通共获，引车右转，以遮兽也。还，一作"旋"。一云"引右运"，无"车"字。【补曰】还音旋。

[15] 梦，泽中也。楚人名泽中为梦中。《左氏传》曰："楚大夫鬬伯比与邳公之女淫而生子，弃诸梦中。"言己与怀王俱猎于梦泽之中，课第群臣，先至后至也。"一注云："梦，草中也。"【补曰】梦音蒙，又去声。楚谓草泽曰梦。《尔雅》曰："楚有云梦。"先儒云：《左传》：楚子与郑伯田于江南之梦。《地理志》：南郡华容县南有云梦泽。杜预云：

"南郡枝江县西有云梦城。江夏安陆县亦有云梦。或曰：南郡华容县
东南有巴丘湖，江南之梦。"云梦一泽，而每处有名者，司马相如《子虚
赋》云"云梦者方八九百里"，则此泽跨江南北，每处名存焉。《左传》：
楚昭王寝梦于云中，则此泽亦得单称云，单称梦也。沈存中云："《书》
曰：'云土梦作义。'孔安国注《书》云："云梦在江南。"不然也。据《左
传》，吴人入郢，楚子涉睢济江，入于云中。王寝，盗攻之，以戈击王。
王奔郧。楚子自郢西走涉睢，则当出于江南。其后涉江入于云中，遂奔
郧。郧则今之安州。涉江而后至云，入云然后至郧，则云在江北也。《左
传》：郑伯如楚，王以田江南之梦。曰江南之梦，则云在江北明矣。江南
则今之公安、石首、建宁等县。江北则玉沙、监利、景陵等县也。"

[16]发，射。

[17]惮，惊也。言怀王是时亲自射兽，惊青兕牛而不能制也。以言
尝侍从君猎，今乃放逐，叹而自伤闵也。兕，一作"兕"。五臣云："惮，惧
也。时君王亲射青兕，惧其不能制，我佐君杀之。"【补曰】惮，当割切。
《庄子》云："惮赫千里。"《音义》云："千里皆惧。"《尔雅》："兕似
牛。"注云："一角，青色，重千斤。"

[18]朱明，日也。承，续也。

[19]淹，久也。言岁月逝往，昼夜相续，年命将老，不可久处，当急
来归也。一云"时不淹"。一云"时不可淹"。一云"时不见淹"。五臣云：
"日夜相承，四时不得淹止。"

[20]皋，泽也。被，覆也。径，路也。

[21]渐，没也。言泽中香草茂盛，覆被径路，人无采取者，水卒增
溢，渐没其道，将至弃捐也。以言贤人久处山野，君不事用，亦将陨颠
也。五臣云："埋没凋落。"【补曰】渐音尖，流入也。

[22]湛湛，水貌。

[23]枫，木名也。言湛湛江水，浸润枫木，使之茂盛。伤己不蒙君
惠，而身放弃，曾不若树木得其所也。或曰，水旁林木中，鸟兽所聚，不
可居之也。【补曰】枫音风。《尔雅》："枫，欇欇。"注云："似白杨，叶

圆而歧,有脂而香。"《本草》云:"树高大,商、洛间多有。《说文》云:'枫木,厚叶弱枝,善摇。'汉宫殿中多植之。至霜后,叶丹可爱,故骚人多称之。"

[24]言湖泽博平,春时草短,望见千里,令人愁思而伤心也。或曰"荡春心"。荡,涤也。言春时泽平望远,可以涤荡愁思之心也。一作"伤心悲"。【补曰】心,旧音苏含切。按《诗》"远送于南"与"实劳我心"叶韵,正与此同。

[25]言魂魄当急来归,江南土地僻远,山林崄阻,诚可哀伤,不足处也。五臣云:"欲使原复归于郢,故言江南之地,可哀如此,皆讽君之词。"【补曰】庾信《哀江南赋》取此为名。

卷十　大招章句

　　《大招》者，屈原之所作也。或曰景差，疑不能明也[1]。屈原放流九年，忧思烦乱，精神越散，与形离别，恐命将终，所行不遂，故愤然大招其魂，盛称楚国之乐，崇怀、襄之德，以比三王，能任用贤，公卿明察，能荐举[2]人，宜辅佐之，以兴至治，因以风谏，达己之志也。

　　[1]屈原赋二十五篇，《渔父》以上是也。《大招》恐非屈原作。

　　[2]一无"明"字。

青春受谢[1]，白日昭只[2]。春气奋发[3]，万物遽只[4]。冥凌浃行[5]，魂无逃只[6]。魂魄归徕，无远遥只[7]！魂乎归徕！无东无西，无南无北只[8]。东有大海，溺水浟浟只[9]。螭龙并流，上下悠悠只[10]。雾雨淫淫[11]，白皓胶只[12]。魂乎无东！汤谷寂只[13]。魂乎无南！南有炎火千里[14]，蝮蛇蜒只[15]。山林险隘[16]，虎豹蜿只。鰅鳙短狐[17]，王虺骞只[18]。魂乎无南！蜮伤躬只。[19]魂乎无西！西方流沙，漭洋洋只[20]。豕首纵目[21]，被发鬤只[22]。长爪踞牙，诶笑狂只[23]。魂乎无西！多害伤只[24]。魂乎无北！北有寒山，逴龙赩只[25]。代水不可涉，深不可测只[26]。天白颢颢[27]，寒凝凝只[28]。魂乎无往！盈北极只。[29]魂魄归徕！闲以静只[30]。

[1]青，东方春位，其色青也。谢，去也。谢，一作"谢"。【补曰】《淮南》曰："扶桑受谢，日照宇宙。照照之光，辉烛四海。"《文选》云："阴谢阳施。"注引此语。

[2]昭，明也。言岁始春，青帝用事，盛阴已去，少阳受之，则日色黄白，昭然光明，草木之类，皆含气，芽蘖而生。以言魂魄亦宜顺阳气而长养也。【补曰】只音止，语已词。

[3]春，蠢也。发，泄也。

[4]遽，犹竞也。言春阳气奋起，上帝发泄，和气温燠，万物蠢然，竞起而生，各欲滋茂，以言精魂亦宜奋发精明，令己盛壮也。【补曰】遽，其据切。

[5]冥，玄冥，北方之神也。凌，犹驰也。浃，遍也。

[6]逃，窜也。言岁始春，阳气上升，阴气下降，玄冥之神，遍行凌驰于天地之间，收其阴气，闭而藏之，故魂不可以逃，将随太阴下而沉没也。一作"伏阴"。

[7]遥，犹漂遥，放流貌也。魂者，阳之精也。魄者，阴之形也。言

人体含阴阳之气。失之则死，得之则生。屈原放在草野，忧心愁悴，精神散越，故自招其魂魄。言宜顺阳气始生而徕归己，无远漂遥，将遇害也。一作"冤冤"，一作"徕归"。

[8]言我精魂可徕归矣，无散东西南北，四方异俗，多贼害也。古本"乎"皆作"兮"。一作"徕归"。一云"魂乎归兮"。一云"无东西而南北只"。

[9]潎潎，流貌也。言东方有大海，广远无涯，其水淖溺，沉没万物，不可度越，其流潎潎，又迅疾也。【补曰】潎音悠。

[10]悠悠，螭龙行貌也。言海水之中，复有螭龙神兽，随流上下，并行游戏，其状悠悠，可畏惧也。悠，一作"攸"。古作"修修"。

[11]地气发泄，天气不应曰雾。淫淫，流貌也。

[12]皓胶，水冻貌也。言大海之涯，多雾恶气，天常甚雨，如注瓮水，冬则凝冻，皓然正白，回错胶戾，与天相薄也。皓，一作"浩"。【补曰】胶，戾也，音豪。

[13]言魂神不可东行，又有汤谷，日之所出，其地无人，视听宋然，无所见闻。或曰，宋，水蘸之貌。乎，一作"兮"。一本"宋"下有"寥"字。【补曰】蘸，没也。

[14]炎，火盛貌也。《尚书》曰："火曰炎上。"

[15]蜒，长貌也。言南方太阳，有积火千里，又有恶蛇，蜿蜒而长，有蜚毒也。【补曰】蜿音鸳。蜒音延。

[16]林，一作"陵"。

[17]蜿，虎行貌也。言南方有高山深林，其路险阨，又多虎豹，匍匐蜿蜒，以候伺人也。鰅鳙，短狐类也。短狐，鬼蜮也。【补曰】鰅，鱼恭切。鳙，以恭切。鰅鳙，状如犁牛。又鰅，鱼名，皮有文。鳙鱼，音如彘鸣。

[18]王虺，大蛇也。《尔雅》曰："蟒，王蛇也。"骞，举头貌也。言复有鰅鳙鬼蜮，射伤害人，大蛇群聚，举头而望，其状骞然也。【补曰】骞，读若(骞)〔骞〕，音轩。

[19]蜮,短狐也。《诗》云:"为鬼为蜮。"言魂乎无敢南行,水中多蜮鬼,必伤害于尔躬也。乎,一作"兮"。【补曰】谷梁子曰:"蜮,射人者也。"《前汉·五行志》云:"蜮生南越,乱气所生,在水旁,能射人。甚者至死。"陆机云:"一名射影。人在岸上,影见水中,投人影则射之。或谓含沙射人。"孙真人云:"江东、江南有虫名短狐、溪毒,亦名射工。其虫无目而利耳,能听,在山源溪水中,闻人声便以口中毒射人。"《说文》云:"蜮,似鳖,三足,以气射害人。"音(蜮)〔域〕,又音或。

[20]洋洋,无涯貌也。言西方有流沙,潒然平正,视之洋洋,广大无涯,不可过也。【补曰】潒,母朗切,水大貌。

[21]纵,一作"从"。【补曰】南北曰纵,将容切。

[22]豕,猪也。首,头也。蠥,乱貌也。蠥,古作"长"。【补曰】蠥,而羊切。

[23]豙,犹强也。言西方有神,其状猪头从目,被发蠥蠥,手足长爪,出齿倨牙,得人强笑,喜而狂猲也。或曰,豙,笑乐也。谓得人喜乐也。此盖蓐收神之状也。一云"豕爪"。踞,一作"倨"。豙,一作"娱"。【补曰】踞音据,蹲也。豙音僖。《说文》云:"可恶之辞。"《汉书》"嘻笑"注云:"强笑也。"

[24]言西方金行,其神兽刚强,皆伤害人也。

[25]逴龙,山名也。赩,赤色,无草木貌也。言北方有常寒之山,阴不见日,名曰逴龙。其土赤色,不生草木,不可过之,必冻杀人也。或曰,逴龙,色逴越也。赩,惧也。言起越寒山,赩然而惧,恐不得过也。逴,一作"卓"。【补曰】逴音卓,远也。《山海经》:"西北海之外,有章尾山,有神,身长千里,人面蛇身而赤,是烛九阴,是谓烛龙。"疑此逴龙即烛龙也。赩,许力切,大赤也。

[26]言复有代水广大,不可过度,其深无底,不可穷测,沉没人也。代,一作"伐"。

[27]颢颢,光貌。【补曰】颢音皓。《说文》:"白貌。"

[28]凝凝,水冻貌也。言北方冬夏积雪,其光颢颢,天地皆白,

冰冻重累，其状凝凝，其寒酷烈，伤肌骨也。凝，一本及《释文》并作"嶷"。鱼力切。

[29]盈，满也。北极，太阴之中，空虚之处也。言我魂归乎北极，空虚不可盈满。往必陨坠，不得出也。【补曰】《淮南》云："北极之山曰寒门。"

[30]言己魂魄宜急徕还，归我之身，随己游戏，心既闲乐，居清静也。一作"徕归"。

　　自恣荆楚，安以定只^[1]。逞志究欲^[2]，心意安只^[3]。穷身永乐，年寿延只^[4]。魂乎归徕！乐不可言只^[5]。五谷六仞^[6]，设菰粱只^[7]。鼎臑盈望，和致芳只^[8]。内鸧鸽鹄^[9]，味豺羹只^[10]。魂乎归徕！恣所尝只^[11]。鲜蠵甘鸡^[12]，和楚酪只^[13]。醢豚苦狗^[14]，脍苴蒪只^[15]。吴酸蒿蒌^[16]，不沾薄只^[17]。魂兮归徕！恣所择只^[18]。炙鸹烝凫^[19]，粘鹑陈只^[20]。煎鰿臛雀^[21]，遽爽存只^[22]。魂乎归徕！丽以先只^[23]。四酎并孰^[24]，不涩嗌只^[25]。清馨冻歠^[26]，不歠役只^[27]。吴醴白蘖^[28]，和楚沥只^[29]。魂乎归徕！不遽惕只^[30]。

[1]言四方多害，不可以游，独荆楚饶乐，可以恣意，居之安定，无危殆也。

[2]逞，快也。究，穷也。欲，嗜欲也。

[3]言楚国珍奇所聚集，尤多姣女，可以快志意，穷情欲，心得安乐，而无忧也。

[4]言居于楚国，穷身长乐，保延年寿，终无忧患也。永，一作"安"。

[5]言楚国饶乐，不可胜陈也。一作"徕归"。

[6]五谷，稻、稷、麦、豆、麻也。七尺曰仞。【补曰】《说文》云："仞，伸臂一寻，八尺也。"

[7]设，施也。苽粱，蒋实，谓雕葫也。言楚国土地肥美，堪用种植五谷，其穗长六仞。又有苽粱之饭，芬香且柔滑也。或曰，仞，因也。以五谷因苽粱厨为饭也。菰，一作"苽"。【补曰】菰、苽，并音孤。此言积谷之多尔，非谓穗长六仞也。

[8]臑，熟也。致，致咸酸也。芳，谓椒姜也。言乃以鼎镬臑熟羹臛，调和咸酸，致其芬芳，望之满案，有行列也。臑，一作"胹"。《释文》作"腩"，徒南切。【补曰】腩，臛也。

[9]鸧，鸧鹤也。鸧似鸠而小，青白。鹄，黄鹄也。内，一作"肭"。【补曰】"内"与"纳"同。肭，肥也。鸧音仓。《尔雅》"鸧，麋鸹"注云："即鸧鸹也。"徐朝《七喻》云："云鸧水鹄，禽蹯豹胎。"鹄有白鹄，有黄鹄。

[10]豺似狗。言宰夫巧于调和，先定甘酸，乃内鸧鸧黄鹄，重以豺肉，故羹味尤美也。【补曰】豺，狼属，狗声。

[11]尝，用也。言羹饭既美，魂宜急徠归，恣意所用，快己之口也。一作"徠归"。

[12]生洁为鲜。蠵，大龟也。《释文》作"鰢"。

[13]酪，酢酨也。言取鲜洁大龟，烹之作羹，调以饴蜜，复用肥鸡之肉，和以酢酪，其味清烈也。【补曰】酪，乳浆也。酨音载，浆也。

[14]醢，肉酱也。苦，以胆和酱也。世所谓胆和者也。豚，古作"豚"。【补曰】《集韵》作"豘"，音同。

[15]苴蓴，蘘荷也。言乃以肉酱啖炙豚，以胆和酱，啖狗肉，杂用脍炙，切蘘荷以为香，备众味也。蓴，一作"蒪"。【补曰】苴，即鱼切。蓴，普各、匹沃二切。《本草》："蘘荷，叶似初生甘蔗，根似姜芽。"《博雅》云："蓴苴，蘘荷也。"《九叹》"蘘荷"注云："蓴菹也。"或作"蒪"，非是。

[16]蒿，蘩草也。蒌，香草也。《诗》曰"言采其蒌"也。一作"芼蒌"。注云，芼，菜也。言吴人善为羹，其菜若蒌，味无沾薄，言其调也。【补曰】《尔雅》云："蘩，皤蒿。"即白蒿也，可以为菹。陆机云："春

生，秋乃香美可食。"又蒌，蒿也，叶似艾，生水中，脆美可食。蒌，龙珠切。以菜和羹曰芼。

[17]沾，多汁也。薄，无味也。言吴人工调咸酸，熽蒿蒌以为齑，其味不浓不薄，适甘美也。或曰"吴酸蒿蒌"。蒿蒌，榆酱也。一云"吴酢蒿蒌"。【补曰】沾音添，益也。蒿音模。蒌音途。

[18]言众味盛多，恣魂志意择用之也。一作"魂乎徕归"。

[19]鸹，一作"鹄"。凫，一作"枭"。【补曰】炙音柘，燔肉也。鸹，麋鸹也，古活切。

[20]粘，熽也。言复炙鸹鹄，炰凫雁。粘熽鹑鶔，陈列众味，无所不具也。【补曰】粘音潜，沉肉于汤也。

[21]鲭，鲋。脏，一作"膗"。【补曰】鲭，旧音积。《集韵》颐、责二音，小鱼也。

[22]遽，趣也。爽，差也。存，前也。言乃复煎鲋鱼，膗黄雀，敕趣宰人，差次众味，持之而前也。

[23]言先进靡丽美物，以快神心也。丽，一作"进"。

[24]醇酒为酎。并，俱也。

[25]嗌，饐也。言乃酝酿醇酒，四器俱熟，其味甘美，饮之醲滑，入口消释，不苦涩，令人不饐满也。涩，一作"涩"。【补曰】涩，不滑也。嗌，於革切，又音益，咽喉也。饐，饫也，於泫切。一作"饐"。

[26]馨，香之远闻者也。冻，犹寒也。歠，一作"饮"。【补曰】《集韵》作"歙"。

[27]歠，饮也。役，贱也。言醇醲之酒，清而且香，宜于寒饮，不可以饮役贱之人。即以饮役贱之人，即易醉颠仆，失礼敬。

[28]再宿为醴。糵，米曲也。【补曰】《说文》云："醴，酒一宿熟。"

[29]沥，清酒也。言使吴人酿醴，和以白米之曲，以作楚沥，其清酒尤醲美也。

[30]言饮食醲美，安意遨游，长无惶遽怵惕之忧也。一作"徕归"。

代秦郑卫，鸣竽张只[1]。伏戏《驾辩》，楚《劳商》只[2]。讴和《扬阿》[3]，赵箫倡只[4]。魂乎归徕！定空桑只[5]。二八接舞[6]，投诗赋只[7]。叩钟调磬[8]，娱人乱只[9]。四上竞气[10]，极声变只[11]。魂乎归徕！听歌譔只[12]。朱唇皓齿[13]，嫭以姱只[14]。比德好闲，习以都只[15]。丰肉微骨[16]，调以娱只[17]。魂乎归徕！安以舒只[18]。嫭目宜笑[19]，娥眉曼只[20]。容则秀雅[21]，稺朱颜只[22]。魂乎归徕！静以安只[23]。姱修滂浩[24]，丽以佳只[25]。曾颊倚耳[26]，曲眉规只[27]。滂心绰态[28]，姣丽施只[29]。小腰秀颈，若鲜卑只[30]。魂乎归徕！思怨移只[31]。易中利心，以动作只[32]。粉白黛黑，施芳泽只[33]。长袂拂面[34]，善留客只[35]。魂乎归徕！以娱昔只[36]。青色直眉，美目媔只[37]。靥辅奇牙，宜笑嘕只[38]。丰肉微骨，体便娟只[39]。魂乎归徕！恣所便只[40]。

[1]言代、秦、郑、卫之国，工作妙音，使吹鸣竽簧，作为众乐，以乐君也。代，一作"岱"。

[2]伏戏，古王者也。始作瑟。《驾辩》、《劳商》，皆曲名也。言伏戏氏作瑟，造《驾辩》之曲。楚人因之作《劳商》之歌。皆要妙之音，可乐听也。或曰，《伏戏》、《驾辩》，皆要妙歌曲也。劳，绞也。以楚声绞商音，为之清激也。【补曰】《文选》云："或超《延露》而《驾辩》。"

[3]徒歌曰讴。扬，举也。阿，曲也。【补曰】《扬阿》，即《阳阿》。已见《招魂》。

[4]赵，国名也。箫，乐器也。先歌为倡，言乐人将歌，徐且讴吟，扬举善曲，乃俱相和。又使赵人吹箫先倡，五声乃发也。或曰，《讴和》、《扬阿》，皆歌曲也。

[5]空桑，瑟名也。《周官》云：古者弦空桑而为瑟。言魂急徕归，定意楚国，听瑟之乐也。或曰：空桑，楚地名。一作"徕归"，下并同。

[6]接，联也。舞，一作"武"。

[7]投，合也。诗赋，雅乐也。古者以琴瑟歌诗赋为雅乐，《关雎》、《鹿鸣》是也。言有美女十六人，联接而舞，发声举足，与诗雅相合，且有节度也。

[8]叩，击也。金曰钟，石曰磬也。

[9]娱，乐也。乱，理也。言美女起舞，叩钟击磬。得其节度，则诸乐人各得其理，有条序也。

[10]四上，谓上四国，代、秦、郑、卫也。【补曰】四上，谓声之上者有四，谓代、秦、郑、卫之鸣竽也，伏戏之《驾辩》也，楚之《劳商》也，赵之箫也。

[11]言四国竞发善气，穷极音声，变易其曲，无终已也。

[12]谍，具也。言观听众乐，无不具也。

[13]皓，白。朱唇，一作“美人”。

[14]嫭、姱，好貌也。言美人朱唇白齿，嫭眄美姿，仪状姱好可近，而亲侍左右也。嫭，一作“嫮”。【补曰】嫭音护。姱，苦花切。

[15]言选择美人，比其才德、容貌，都闲习于礼节，乃敢进也。【补曰】比，必寐切。闲音闲。《汉书》曰：“闲雅甚都。”

[16]丰，厚也。微，细也。

[17]言美人肥白润泽，小骨厚肉，肌肤柔弱，心志和调，宜侍燕居，以自娱乐也。

[18]言美女鲜好，可以安意舒缓忧思也。

[19]嫣，眄瞻貌。【补曰】“嫣”与“嫭”同。

[20]曼，泽也。言复有异女，工于嫣眄，好口宜笑，娥眉曼泽，异于众人也。

[21]则，法也。秀，异也。

[22]稚，幼也。朱，赤也。言美女仪容闲雅，动有法则，秀异于人，年又幼稚，颜色赤白，体香洁也。

[23]言美好之女，可以静居安精神也。

[24]修，长也。滂浩，广大也。一作“修广婉心”。婉，一作“远”。

[25]佳，善也。言美女身体修长，用意广大，多于所知，又性婉顺善心肠也。

[26]曾，重也。倚，辟也。

[27]规，圜也。言美女之面，丰容丰满，颊肉若重，两耳郭辟，曲眉正圜，貌绝殊也。郭，一作"郤"。

[28]绰，犹多也。态，姿也。滂，一作"漫"。绰，一作"淖"。

[29]姣，好也。言美女心意广大，宽能容众，多姿绰态，调戏不穷，既好有智，无所不施也。

[30]鲜卑，衮带头也。言好女之状，腰支细少，颈锐秀长，靖然而特异，若以鲜卑之带，约而束之也。【补曰】《前汉·匈奴传》："黄金犀毗。"孟康曰："要中大带也。"张晏曰："鲜卑郭洛带，瑞兽名也。东胡好服之。"师古曰："犀毗，胡带之钩。亦曰鲜卑。"《魏书》曰："鲜卑，东胡之余也。别保鲜卑山，因号焉。"

[31]移，去也。言美女可以忘忧，去怨思也。思，一作"恩"。古本作"怨思移只"。

[32]言复有美女，用志滑易，心意和利，动作合礼，能顺人意，可以自侍也。【补曰】易，以豉切。

[33]言美女又工妆饰，傅着脂粉，面白如玉，黛画眉鬒，黑而光净，又施芳泽，其芳香郁渥也。

[34]袂，袖也。拂，拭也。

[35]言美女工舞，揄其长袖，周旋屈折，拂拭人面，芬香流衍，众客喜乐，留不能去也。

[36]昔，夜也。《诗》云："乐酒今昔。"言可以终夜自娱乐也。昔，一作"夕"。

[37]姌，黠也。言复有美女，体色青白，颜眉平直，美目窈眇，姌然黠慧，知人之意也。【补曰】青色，谓眉也。姌音绵，美目貌。

[38]嫣，笑貌也。言美女颊有靥辅，口有奇牙，嫣然而笑，尤媚好也。辅，一作"酺"。【补曰】靥，於牒切。"酺"与"辅"同，扶羽切，颊

车也。《左氏》：“辅车相依。”《淮南》云：“奇牙出，靥酺摇。”注云：“将笑，故好齿出。靥酺，颊边文，妇人之媚也。”又云：“靥辅在颊前则好。”嗚，虚延切。

[39]便娟，好貌也。已解于上。【补曰】便，平声。

[40]便，犹安也。言所选美女五人，仪貌各异，恣魂所安，以侍栖宿也。【补曰】便，平声。

夏屋广大，沙堂秀只[1]。南房小坛[2]，观绝霤只[3]。曲屋步壛[4]，宜扰畜只[5]。腾驾步游[6]，猎春囿只[7]。琼毂错衡[8]，英华假只[9]。茝兰桂树，郁弥路只[10]。魂乎归徕！恣志虑只[11]。孔雀盈园，畜鸾皇只[12]。鵾鸿群晨[13]，杂鹜鸧只[14]。鸿鹄代游，曼鹔鹴只[15]。魂乎归徕！凤皇翔只[16]。曼泽怡面[17]，血气盛只[18]。永宜厥身，保寿命只[19]。室家盈廷，爵禄盛只[20]。魂乎归徕！居室定只[21]。接径千里，出若云只[22]。三圭重侯[23]，听类神只[24]。察笃夭隐[25]，孤寡存只[26]。魂兮归徕！正始昆只[27]。

[1]沙，丹沙也。言乃为魂造作高殿峻屋，其中广大，又以丹沙朱画其堂，其形秀异，宜居处也。

[2]房，室也。坛，犹堂也。【补曰】坛音善。

[3]观，犹楼也。霤，屋宇也。言复有南房别室，闲静小堂，楼观特高，与大殿宇绝远，宜游宴也。【补曰】观音贯。《释名》曰：“观者，于上观望也。”霤音溜。《说文》曰：“霤，屋水流也。”《礼记》“中霤”注云：“古者复穴，是以名室为霤云。”

[4]曲屋，周阁也。步壛，长砌也。壛，一作“檐”。【补曰】《上林赋》：“步檐周流。”李善云：“步檐，长廊也。”《集韵》：“檐”与“櫩”同，“壛”与“阎”同。

[5]扰，谨也。言南堂之外，复有曲屋，周旋阁道，步壛长砌，其路险狭，宜乘扰谨之马，周旋屈折，行游观也。畜，一作“嚣”，一作“兽”。

【补曰】畜音嗅。师古云："畾者，人之所养，兽是山泽所育。故《尔雅》说牛、马、羊、豕，即在《释畜》；论麋、鹿、虎、豹，即在《释兽》。"《说文》云："畾，牂也。"六畜之字，本自作"畾"，后乃借畜养字为之。

[6]腾，驰。

[7]春草始生，囿中平易也。言从曲阁之路，可驾马腾驰，而临平易，又可步行，遂往田猎于春囿之中，取禽兽也。

[8]金银为错。琼，一作"瑶"。【补曰】《诗》云："约軧错衡。"

[9]假，大也。言所乘之车，以玉饰毂，以金错衡，英华照耀，大有光明也。假，一作"嘏"。【补曰】假，大也。嘏，亦大也。

[10]言所行之道，皆罗桂树，茝兰香草，郁郁然满路，动履芳洁，德义备也。茝，一作"芷"。

[11]言魂乎徕归，居有大殿，宴有小堂，游有园囿，恣君所志而处之也。虑，一作"处"。

[12]畜，养也。言园中之禽，则有孔雀，群聚盈满其中，又养鸾鸟、凤皇，皆神智之鸟，可珍重也。畜，《释文》作"慉"。【补曰】畜，许六切。

[13]鹔，鹔鸡。鸿，鸿鹤也。

[14]鹙鸧，鸬鹙也。《诗》云："有鹙在梁。"言鹔鸡鸿鹤，群聚候时。鹤知夜半，鹔鸡晨鸣，各知其职也。杂以鹙鸧之属，鸣声啾啾，各有节度也。【补曰】鹙音秋。

[15]曼，曼衍也。鹔鹴，俊鸟也。言复有鸿鹄，往来游戏，与鹔鹴俱飞，翩翩曼衍，无绝已也。曼，一作"漫"。鹴，一作"鷞"。【补曰】鹴、鷞，并音霜。鹔鹴，长颈绿身，其形似雁。一曰凤皇别名。马融曰："其羽如纨，高首而修颈。"《说文》曰："(西)〔五〕方神鸟也，东方发明，南方焦明，西方鹔鹴，北方幽昌，中央凤皇。"

[16]言所居园囿，皆多俊大之鸟，咸有智谟，魂宜来归，若凤皇之翔，归有德，就同志也。或曰，鸾、皇以下，皆大鸟，以喻仁智之士。言楚国多贤，魂宜来归也。

[17]怡，怿貌也。怡，一作"台"。注云，台，泽貌也。

[18]言魂来归已，则心志说乐，肌肤曼致，面貌怡怿，血气充盛，身体强壮也。盛，一作"娍"。

[19]言魂既还归，则与己身相共俱生，长保寿命，终百年也。一云"长保命只"。

[20]言已既保年寿，室家宗族，盈满朝廷，人有爵禄，豪强族盛也。

[21]言官爵既崇，宗族既盛，则居家之道，大安定也。

[22]言楚国境界，径路交接，方千馀里，中有隐士，慕己徕出，集聚若云也。

[23]三圭，谓公、侯、伯也。公执桓圭，侯执信圭，伯执躬圭，故言三圭也。重侯，谓子、男也，子、男共一爵，故言重侯也。【补曰】公、侯、伯、子、男，同谓之诸侯。三圭比子、男为重。

[24]言楚国所包，中有公、侯、伯、子、男执玉圭之君，明于知人，听愚贤之类，别其善恶，昭然若神，能荐达贤人也。

[25]笃，病也。早死为夭。隐，匿也。夭，一作"妖"。

[26]言三圭之君，不但知贤愚之类，乃察知万民之中，被笃疾病早妖死，及隐逸之士，存视孤寡而振赡之也。【补曰】笃，厚也。

[27]昆，后也。言楚国公侯昭明，魂宜来归，遂忠信之志，正终始之行，必显用也。兮，一作"乎"。

田邑千畛[1]，人阜昌只[2]。美冒众流[3]，德泽章只[4]。先威后文[5]，善美明只[6]。魂乎归徕！赏罚当只[7]。名声若日，照四海只[8]。德誉配天，万民理只[9]。北至幽陵[10]，南交阯只[11]。西薄羊肠[12]，东穷海只[13]。魂乎归徕！尚贤士只[14]。发政献行[15]，禁苛暴只[16]。举杰压陛[17]，诛讥罢只[18]。直赢在位[19]，近禹麾只[20]。豪杰执政[21]，流泽施只[22]。魂乎徕归！国家为只[23]。雄雄赫赫，天德明只[24]。三公穆穆[25]，登降堂只[26]。诸侯毕极，立九卿只[27]。昭质既设[28]，大侯张只[29]。执弓挟矢[30]，揖辞让只[31]。魂乎徕归！尚三王只[32]。

[1]田，野也。畛，田上道也。邑，都邑也。《诗》云："徂隰徂畛。"【补曰】畛，之忍切。

[2]阜，盛也。昌，炽也。言楚国田野广大，道路千数，都邑众多，人民炽盛，所有肥饶，乐于他国也。

[3]冒，覆。

[4]章，明也。言楚国有美善之化，覆冒群下，流于众庶，德泽之惠，甚著明也。

[5]威，武。

[6]言楚国为政，先以威武严民，后以文德抚之，用法诚善美，而君明臣直，魂宜还归也。

[7]言君明臣正，赏善罚恶，各当其所也。一作"徕归"。【补曰】当，平声。

[8]言楚王方建道德，名声光辉若日之明，照见四海，尽知贤愚。照，一作"昭"。

[9]言楚王修德于内，荣誉外发，功德配天，能理万民之冤结也。理，一作"治"。一本此二句次"善美明只"之后。

[10]幽陵，犹幽州也。

[11]交阯，地名。【补曰】《记》云："南方曰蛮，雕题交趾。"注云："交趾，足相乡。"《后汉书》云："其俗男女同川而浴，故曰交阯。""阯"与"趾"同。《舆地志》云："其夷足大指开析，两足并立，指则相交。"

[12]羊肠，山名。【补曰】《战国策》注云："羊肠，赵险塞名，山形屈辟，状如羊肠。今在太原晋阳之西北。"

[13]言荣誉流行，周遍四极，无远不闻也。【补曰】《书》云："东渐于海，西被于流沙，朔南暨声教，讫于四海。"《史记》曰："北至于幽

陵，南至于交阯，西至于流沙，东至于蟠木。"《淮南》曰："南至交阯，
北至幽都，东至阳谷，西至三危。"

[14]言魂急归徕，楚方尚进贤士，必见进用也。一作"徕归"。一
云"尚进士只"，一云"进贤士只"。

[15]献，进。

[16]言楚王发教施令，进用仁义之行，禁绝苛刻暴虐之人也。
禁，一作"绝"。

[17]一国之高为杰。压，抑也。陛，阶次也。压，一作"厌"。陛，
一作"阶"。【补曰】厌，於甲切。

[18]讥，非也。罢，驽也。言楚国选举，必先升用杰俊之士，压抑
无德，不由阶次之人，非恶罢驽，诛而去之。【补曰】罢音疲。

[19]赢，余。【补曰】赢音盈。《说文》云："有馀贾利也。"

[20]禹，圣王，明于知人。麾，举手也。言忠直之人，皆在显位，
复有赢余贤俊，以为储副，诚近夏禹指麾取士，一国之人，悉进之也。
一云，诚近夏禹所称，举贤人之意也。

[21]千人才曰豪，万人才曰杰。杰，一作"俊"。执，一作"理"。

[22]言豪杰贤士，执持国政，惠泽流行，无不被其施也。

[23]言魂乎急徕归，为国家作辅佐也。【补曰】据注，为，去声。

[24]雄雄赫赫，威势盛也。言楚王有雄雄之威，赫赫之勇，德配
天地，体性高明，宜为尽节也。

[25]穆穆，和美貌。

[26]言楚有三公，其位尊高，穆穆而美，上下玉堂，与君议政，宜
急徕归，处履之也。降，一作"玉"。

[27]言楚选置三公，先用诸侯，尽极，乃立九卿以续之，用士有
道，不失其次序也。

[28]昭质，谓明旦也。【补曰】《记》云："质明而始行事。"

[29]侯，谓所射布也。王者当制服诸侯，故名布为侯而射之。
古者，选士必于乡射。心端忠正，射则能中，所以别贤不肖也。言楚王

选士，必于乡射，明旦既设礼，张施大侯，使众射之，中则举进，不中退却，各以能升，民无怨望也。【补曰】射侯，见《周官·考工记》、《礼记·射义》。

［30］挟，持也。矢，箭也。

［31］上手为揖，言众士将射，已持弓箭，必先举手以相辞让，进退有礼，不失威仪也。一云"揖让辞只"。

［32］尚，上也。三王，禹、汤、文王也。言魂急徕归，楚国举士，上法夏、殷、周，众贤并进，无有遗失也。

卷十一　惜誓章句

《惜誓》者，不知谁所作也。或曰贾谊，疑不能明也。[1]惜者，哀也。誓者，信也，约也。言哀惜怀王，与己信约，而复背之也。古者君臣将共为治，必以信誓相约，然后言乃从[2]而身以亲也。盖刺怀王有始而无终也。

[1]《汉书》：贾谊，洛阳人。文帝召为博士，议以谊任公卿。绛灌之属毁谊，天子亦疏之，以谊为长沙王太傅。意不自得，及度湘水，为赋以吊屈原。赋云："所贵圣之神德兮，远浊世而自藏。使麒麟可系而羁兮，岂云异夫犬羊。"又曰："凤皇翔于千仞兮，览德辉而下之。见细德之险微兮，遥增击而去之。彼寻常之污渎兮，岂容吞舟之鱼。横江潭之鳣鲸兮，固将制于蝼蚁。"与此语意颇同。

[2]一作从之。

惜余年老而日衰兮，岁忽忽而不反[1]。登苍天而高举兮，历众山而日远[2]。观江河之纡曲兮，离四海之沾濡[3]。攀北极而一息兮，吸沆瀣以充虚[4]。飞朱鸟使先驱兮，驾太一之象舆[5]。苍龙蚴虬于左骖兮，白虎骋而为右騑[6]。建日月以为盖兮，载玉女于后车[7]。驰骛于杳冥之中兮，休息虖昆仑之墟[8]。乐穷极而不厌兮，愿从容虖神明[9]。涉丹水而驼骋兮[10]，右大夏之遗风[11]。黄鹄之一举兮，知山川之纡曲。再举兮，睹天地之圜方[12]。临中国之众人兮，托回飚乎尚羊[13]。乃至少原之壄兮[14]，赤松王乔皆在旁[15]。二子拥瑟而调均兮[16]，余因称乎清商[17]。澹然而自乐兮[18]，吸众气而翱翔[19]。念我长生而久仙兮，不如反余之故乡[20]。黄鹄后时而寄处兮，鸱枭群而制之[21]。神龙失水而陆居兮，为蝼蚁之所裁[22]。夫黄鹄神龙犹如此兮，况贤者之逢乱世哉[23]！寿冉冉而日衰兮，固僵回而不息[24]。俗流从而不止兮，众枉聚而矫直[25]。或偷合而苟进兮，或隐居而深藏[26]。苦称量之不审兮[27]，同权槩而就衡[28]。或推逐而苟容兮，或直言之谔谔[29]。伤诚是之不察兮，并纫茅丝以为索[30]。方世俗之幽昏兮[31]，眩白黑之美恶[32]。放山渊之龟玉兮[33]，相与贵夫砾石[34]。梅伯数谏而至醢兮[35]，来革顺志而用国[36]。悲仁人之尽节兮，反为小人之所贼[37]。比干忠谏而剖心兮[38]，箕子被发而佯狂[39]。水背流而源竭兮[40]，木去根而不长[41]。非重躯以虑难兮，惜伤身之无功[42]。已矣哉！独不见夫鸾凤之高翔兮，乃集大皇之壄[43]。循四极而回周兮，见盛德而后下[44]。彼圣人之神德兮，远浊世而自藏[45]。使麒麟可得羁而系兮[46]，又何以异虖犬羊[47]？

[1]言哀己年岁已老，气力衰微，岁月卒过，忽然不还，而功不成，德不立也。

[2]言己想得道真，上升苍天，高抗志行，经历众山，去我乡邑，日以远也。

[3]言己遂见江河之纡曲，志为盘结；遇四海之风波，衣为濡湿。心愁身苦，忧悲且思也。遇，一作"过"。

[4]言己周流，行求道真，冀得上攀北极之星，且中休息，吸清和之气，以充空虚，疗饥渴也。以，一作"曰"。【补曰】《晋志》云："北极五星，天运无穷。三光迭耀，而极星不移。故曰居其所而众星共之。"沆瀣，已见。

[5]言己吸天元气，得其道真。即朱雀神鸟为我先导，遂乘太一神象之辇，而游戏也。【补曰】《淮南》云：左青龙，右白虎，前朱鸟，后玄武。注云："角、亢为青龙，参、伐为白虎，星、张为朱鸟，斗、牛为玄武。"沈存中云："朱雀莫知何物，但谓鸟而朱者，羽族赤而翔上，集必附木，此火之象也。或云鸟即凤也，然天文家朱鸟，乃取象于鹑。南方七宿，曰鹑首、鹑火、鹑尾是也。"

[6]言己德合神明，则驾苍龙，骖白虎，其状蚴虬，有威容也。【补曰】蚴，於纠切。虬，渠纠切。騑音妃。

[7]言己乃立日月之光，以为车盖。载玉女于后车，以侍栖宿也。【补曰】《大人赋》云："载玉女而与之归。"张揖曰："玉女，青要、乘弋等也。"

[8]言己虽驰骛杳冥之中，修善不倦，休息昆仑之山，以游观也。骛，一作"鹜"。虖，一作"乎"。【补曰】《说文》："虚，大丘也。丘於切。昆仑丘，或谓之昆仑虚。或从土。"

[9]言己周行观望，乐无穷极，志犹不厌，愿复与神明俱游戏也。虖，一作"乎"。

[10]丹水，犹赤水也。《淮南》言赤水出昆仑也。驼，一作"驰"。

[11]大夏，外国名也。在西南。言己复渡丹水而驰骋，顾见大夏之俗，思念楚国也。【补曰】《淮南》云："九州之外有八殥。西北方曰大夏。"

[12]言黄鹄养其羽翼,一飞则见山川之屈曲,再举则知天地之圜方。居身益高,所睹愈远也。以言贤者亦宜高望远虑,以知君之贤愚也。黄,一作"鸿"。一,或作"壹"。睹,一作"覩",一作"知"。【补曰】始元中,黄鹄下建章宫太液池中。师古云:"黄鹄,大鸟,一举千里,非白鹄也。"

[13]尚羊,游戏也。言己临见楚国之中,众人贪佞,故托回风,远行游戏也。一云:"托回风乎俏佯。"【补曰】尚音常,与"倘"同。飚,《集韵》作"飙",音标。

[14]少原之墅,仙人所居。墅,一作"野"。

[15]言遂至众仙所居,而见赤松子与王乔也。乔,一作"侨"。【补曰】《淮南》云:王乔、赤松去尘埃之间,离群慝之纷,吸阴阳之和,食天地之精。蹀虚轻举,乘云游雾。

[16]均,亦调也。【补曰】《国语》云:律者,所以立均出度也。

[17]清商,歌曲也。言赤松、王乔见己欢喜,持瑟调弦而歌。我因称清商之曲最为善也。

[18]澹,一作"淡"。

[19]众气,谓朝霞、正阳、沦阴、沆瀣之气也。言己得与松乔相对,心中澹然而自欣乐,俱吸众气而游戏。

[20]言屈原设去世离俗,遭遇真人,虽得长生久仙,意不甘乐,犹思楚国,念故乡。忠信之至,恩义之笃也。

[21]言黄鹄一飞千里,常集高山茂林之上,设后时而欲寄处,则鸱枭群聚,禁而制之,不得止也。言贤者失时后辈,亦为谗佞所排逐。一作"鸿鹄"。【补曰】鸱,称脂切。鸱鸺,怪鸟。枭,坚尧切,不孝鸟。

[22]蝼,蝼蛄也。蚁,蚍蜉也。裁,制也。言神龙常潜深水,设其失水,居于陵陆之地,则为蝼蚁、蚍蜉所裁制,而见啄啮也。以言贤者不居庙堂,则为俗人所侵害也。蚁,一作"螘"。【补曰】蝼音楼。《管子》曰:"蛟龙,水虫之神者也。乘于水则神立,失于水则神废。"《庄子》曰:"吞舟之鱼砀而失水,则蚁能苦之。"

［23］言黄鹄能飞翔，神龙能存能亡，奄然失所，为鸥枭、蝼蚁所制，其困如此。何况贤者身无爵禄，为俗人所困侮，固其宜也。

［24］僮回，运转也。言己年寿日以衰老，而楚国群臣承顺君非，随之运转，常不止息也。固，一作"国"。僮，一作"遭"。

［25］枉，邪也。矫，正也。言楚国俗人流从谄谀，不可禁止，众邪群聚，反欲正忠直之士，使随之也。

［26］言士有偷合于世，苟欲进取，以得爵位。或有修行德义，隐藏深山，而君不照知也。

［27］称所以知轻重，量所以别多少。【补曰】称、量，并平声。

［28］㮪，平也。权、衡，皆称也。言患苦众人，称物量谷，不知审其多少，同其称平，以失情实，则使众人怨也。以言君不称量士之贤愚，而同用之，则使智者恨也。【补曰】权，称锤也。㮪，平斛木也。衡，平也。

［29］言臣承顺君非，可推可逑，苟自容入，以得高位。有直言谔谔，谏正君非，而反放弃之也。逑，一作"移"。谔，《释文》作"讍"。

［30］单为纼，合为索。言己诚伤念君待遇苟合之人与忠直之士，曾无别异，犹并纼丝与茅，共为索也。一云："并绳丝以为索。"注云："单为绳，合为索。"【补曰】纼，女巾切。

［31］幽昏，不明也。

［32］眩，惑也。言方今之世，君臣不明，惑于贪浊，眩于白黑，不能知人善恶之情也。一本"眩"下有"于"字。

［33］龟可以决吉凶，故人亦珤之。放，弃也。

［34］小石为砾。言世人皆弃昆山之玉，大泽之龟，反相与贵重小石也。言闇君贵佞伪，贱忠直也。

［35］已解于《离骚经》。醯，一作"菹"。一云"至菹醯兮"。【补曰】梅音浼。

［36］来革，纣佞臣也。言来革佞谀，从顺纣意，故得显用，持国权也。

［37］言哀伤梅伯尽忠直之节，谏正于纣，反为来革所谮，而被贼

害也。

[38] 剖，一作“割”。

[39] 已解于《九章》。佯，一作“详”。【补曰】详，与“佯”同。

[40] 竭，《释文》作“渴”。【补曰】渴音竭，水尽也。

[41] 言水横流，背其源泉，则枯竭，木去其根株，则枝叶不长也。以言人背仁义、违忠信，亦将遇害也。

[42] 言己非重爱我身，以虑难而不竭忠，诚伤生于世间，无功德于民也。躯，一作“体”。

[43] 大皇之壄，大荒之薮。一无“夫”字。大，一作“太”。壄，一作“野”。一注云：“皇，美也。大美之薮。”

[44] 言鸾鸟、凤皇乃高飞于大荒之野，循于四极，回旋而戏，见仁圣之王，乃下来集，归于有德也。以言贤者亦宜处山泽之中，周流观望，见高明之君，乃当仕也。回，一作“佪”。而回周兮，一作“以周览兮”。

[45] 言彼神智之鸟，乃与圣人合德。见非其时，则远藏匿迹。言己亦宜效之也。

[46] 一无“得”字。一本“系”下有“之”字。

[47] 言麒麟仁智之兽，远见避害，常藏隐不见，有圣德之君乃肯来出。如使可得羁系而畜之，则与犬羊无异，不足贵也。言贤者亦以不可枉屈为高，如可趋走，亦不足称也。虖，一作“乎”，一作“夫”。

卷十二　招隐士章句

　　《招隐士》者，淮南小山之所作也。昔淮南王安，博雅好古，招怀天下俊伟之士。[1]自八公之徒，咸慕其德，而归其仁[2]，各竭才智[3]，著作篇章，分造辞赋，以类相从，故或称小山，或称大山。其义犹《诗》有《小雅》、《大雅》也[4]。小山之徒，闵伤屈原，又怪其文升天乘云，役使百神，似若仙者，虽身沉没，名德显闻，与隐处山泽无异，故作《招隐士》之赋，以章其志也。[5]

　　[1]《汉书》："淮南王安好书，招致宾客数千人，作为内外书甚众。"

　　[2]《神仙传》曰："八公诣门，王执弟子之礼。后八公与安俱仙去。"

　　[3]竭，一作"擅"。

　　[4]《汉·艺文志》有淮南王群臣赋四十四篇。

　　[5]也，一作"云迹"。

桂树丛生兮^[1]山之幽^[2]，偃蹇连蜷兮^[3]枝相缭^[4]。山气巃嵸兮^[5]石嵯峨^[6]。溪谷崭岩兮^[7]水曾波^[8]。猨狖群啸兮^[9]虎豹嗥^[10]。攀援桂枝兮^[11]聊淹留^[12]。王孙遊兮^[13]不归^[14]，春草生兮^[15]萋萋^[16]。岁暮兮^[17]不自聊^[18]，蟪蛄鸣兮^[19]啾啾^[20]。块兮轧^[21]，山曲岪^[22]，心淹留兮^[23]恫慌忽^[24]。罔兮沕^[25]，憭兮栗^[26]，虎豹穴^[27]，丛薄深林兮^[28]人上栗^[29]。欸岑碕礒兮^[30]，硱磳磈硊^[31]，树轮相纠兮^[32]林木茷骫^[33]。青莎杂树兮^[34]薠草靃靡^[35]，白鹿麏麚兮^[36]或腾或倚^[37]。状皃崟崟兮峨峨^[38]，凄凄兮漇漇^[39]。猕猴兮熊罴^[40]，慕类兮以悲^[41]。攀援桂枝兮^[42]聊淹留^[43]，虎豹斗兮^[44]熊罴咆^[45]，禽兽骇兮^[46]亡其曹^[47]。王孙兮归来^[48]！山中兮不可以久留^[49]。

[1]桂树芬香，以兴屈原之忠贞也。【补曰】郭璞云："桂，白华，丛生山峯，冬常青，间无杂木。"

[2]远去朝廷，而隐藏也。

[3]容貌美好，德茂盛也。蜷，一作"卷"。【补曰】音权。

[4]仁义交错，条理成也。以言才德高明，宜辅贤君为贞干也。五臣云："皆树之美貌，亦喻原之美行。"【补曰】缭，纽也，居休切。

[5]岑崟嵾嵯，云瀚郁也。巃，一作"巄"。五臣云："巃嵸，云气貌。"【补曰】巃，力孔切。嵸音总，山孤貌。

[6]嵯峨，巉崪，峻蔽日也。五臣云："嵯峨，高貌。"

[7]崎岖閒寪，嵚阻僪也。五臣云："崭岩，险峻貌。"【补曰】崭，鉏咸切。閒，呼雅反。寪，於轨反。僪，苦滑反。

[8]踊跃沣沛，流迅疾也。曾，一作"增"。

[9]禽兽所居，至乐佚也。猨，一作"蝯"。【补曰】狖，以狩切。

[10]猛兽争食，欲相嚙也。以言山谷之中，幽深险阻，非君子之所处，猿狖虎豹，非贤者之偶，使屈原急来也。【补曰】嗥，胡高切，咆也。

[11]登山引木，远望愁也。一云，引持美木，喻美行也。五臣云：

"援，持也。言原引持美行，淹留于此，以待明君。"

[12]周旋中野，立踟蹰也。

[13]隐士避世，在山隅也。遊，一作"游"。五臣云："原与楚同姓，故云王孙。"【补曰】乐府有《王孙游》，出于此。

[14]违偝旧土，弃室家也。

[15]万物蠢动，抽萌芽也。

[16]垂条吐叶，纷华荣也。五臣云："萋萋，草色。"

[17]年齿已老，寿命衰也。

[18]中心烦乱，常含忧也。【补曰】聊音留。

[19]蜩蝉得夏，喜呼号也。五臣云："蟪蛄，夏蝉。"【补曰】《庄子》云："蟪蛄不知春秋。"说者云，寒蝉也。一名蜋蟧，春生夏死，夏生秋死。或曰，山蝉，秋鸣者不及春，春鸣者不及秋。《(广)〔埤〕雅》云："蟪蛄，蛁蟧，即《楚辞》所云寒螀者也。"《方言》云："蛥蚗，齐谓之螇螰，楚谓之蟪蛄。"

[20]秋节将至，悲嘹嘹也。以言物盛则衰，乐极则哀，不宜久隐，失盛时也。【补曰】啾啾，众声，音擎。

[21]雾气昧也。【补曰】块，乌朗切。轧，於黯切。贾谊赋云："块圠无垠。"注云："其气块圠，非有限齐也。"《集韵》："軮轧，远相映貌。"

[22]盘诘屈也。【补曰】岪音佛，山曲也。一音皮笔切。

[23]志望绝也。

[24]亡妃匹也。一作"洞荒忽"。五臣云："忧思深也。"【补曰】恫音通，痛也。慌，上声。

[25]精气失也。五臣云："失志貌。"【补曰】汨，潜藏也，美笔切。《文选音》：勿。

[26]心剥切也。栗，一作"慄"。【补曰】憭音了，又音聊，一音留。

[27]嵺穿岭也。穴，一作"岹"。五臣云："既危苦，又进虎豹之

穴。"【补曰】《淮南》云："虎豹袭穴而不敢咆。"袭，入也。咆，嗥也。嵺音料。岤音血。

[28]攒刺棘也。【补曰】深草曰薄。

[29]恐变色也。上，一作"之"。五臣云："栗，战也。"

[30]山阜峨嵋。嵚，一作"嶔"。岑，一作"崟"。碕礒，一作"崎嶬"。【补曰】嵚音钦。岑音吟。碕音绮。礒音蚁，又音锜。嵚岑，山高险也。碕礒，石貌。崎嶬，山形。

[31]崔嵬嵯峨。【补曰】硱，绮矜切。《释文》苦本切，非也。硱从困，硱从困。磳，七冰切。磈，於鬼切。硊，鱼毁切。并石貌。

[32]交错扶疏。纠，一作"糺"。扶疏，一作"纠纷"。五臣云："轮，横枝也。"

[33]枝条盘纡。一无"林木"二字。莐，一作"芨"，一作"枝"，一作"莐"。【补曰】芨、枝、莐，并音跋。莐，木枝叶盘纡貌，通作"芨"。軏音委。軏骳，屈曲也。

[34]草木杂居。【补曰】《本草》云："莎，古人为诗多用之，此草根名香附子，荆襄人谓之莎草。"

[35]随风披敷。蓱，一作"苹"。霾，一作"蘱"，一作"蘱"。【补曰】霾靡，弱貌。蘱，草木花敷貌。

[36]众兽并游。麐，一作"麖"。【补曰】麏音君，麇也。麚音加，牝鹿。

[37]走住异趋。一云，走跰殊也。

[38]头角甚殊。峨峨，一作"嶬嶬"，音蚁。五臣云："头角高貌。"

[39]衣毛若濡也。兮，一作"而"。潝，一作"纵"。【补曰】潝，疏绮切，润也。

[40]百兽俱也。【补曰】罴音陂，如熊，黄白文。

[41]哀己不遇也。从此以上，皆陈山林倾危，草木茂盛，麋鹿所居，虎兕所聚，不宜育道德，养情性，欲使屈原还归郢也。五臣云："言

山中之兽，犹慕俦类，而悲哀放弃独处，实难为心也。"

    ［42］配托香木，誓同志也。援，一作"折"。一无"援"字。

    ［43］踟蹰低佪，待明时也。一云，倚立蹢躅，待明时也。

    ［44］残贼之兽，忿争怒也。

    ［45］贪杀之兽，跳梁吼也。【补曰】咆，蒲交切，嗥也。

    ［46］雉兔之群，惊奔走也。

    ［47］违离党辈，失群偶也。

    ［48］旋反旧邑，入故宇也。一作"来归"。

    ［49］诚多患害，难隐处也。

卷十三 七谏章句

《七谏》者，东方朔之所作也[1]。谏者，正也，谓陈法度以谏正君也。古者，人臣三谏不从，退而待放。屈原与楚同姓，无相去之义，故加为《七谏》，殷勤之意，忠厚之节也。或曰，《七谏》者，法天子有争臣七人也。东方朔追悯屈原，故作此辞，以述其志[2]，所以昭忠信、矫曲朝也。

[1]昔枚乘作《七发》，傅毅作《七激》，张衡作《七辩》，崔骃作《七依》，曹植作《七启》，张协作《七命》，皆《七谏》之类。李善云："《七发》者，说七事以起发太子也。犹《楚辞·七谏》之流。"五臣云："七者，少阳之数，欲发阳明于君也。"《前汉》："东方朔，字曼倩，为太中大夫，免为庶人。后常为郎，上书自讼不得大官，欲求试用。"

[2]一作"意"。

初 放

平生于国兮^[1]，长于原壄^[2]。言语讷譅兮^[3]，又无彊辅^[4]。浅智褊能兮^[5]，闻见又寡^[6]。数言便事兮，见怨门下^[7]。王不察其长利兮，卒见弃乎原壄^[8]。伏念思过兮，无可改者^[9]。羣众成朋兮^[10]，上浸以惑^[11]。巧佞在前兮，贤者灭息^[12]。尧舜圣已没兮^[13]，孰为忠直^[14]？高山崔巍兮^[15]，水流汤汤^[16]。死日将至兮，与麋鹿如坑^[17]。块兮鞠^[18]，当道宿^[19]，举世皆然兮^[20]，余将谁告^[21]？斥逐鸿鹄兮^[22]，近习鸱枭^[23]，斩伐橘柚兮^[24]，列树苦桃^[25]。便娟之修竹兮，寄生乎江潭^[26]。上葳蕤而防露兮^[27]，下泠泠而来风^[28]。孰知其不合兮^[29]，若竹柏之异心^[30]。往者不可及兮^[31]，来者不可待^[32]。悠悠苍天兮，莫我振理^[33]。窃怨君之不寤兮，吾独死而后已^[34]。

[1]平，屈原名也。一本国上有"中"字。

[2]高平曰原，垧外曰野。言屈原少生于楚国，与君同朝，长大见远，弃于山野，伤有始而无终也。壄，一作"野"。

[3]出口为言，相答曰语。讷者，钝也。譅者，难也。譅，一作"涩"，《释文》作"譅"。【补曰】并所立切。《集韵》作"嗫"，"口不能言也。通作涩"。

[4]言己质性忠信，不能巧利辞令，言语讷钝，复无强友党辅，以保达己志也。彊，一作"强"。

[5]褊，狭也。【补曰】褊，必善切。《说文》："衣小也。"

[6]寡，少也。屈原多才有智，博闻远见，而言浅狭者，是其谦也。

[7]门下，喻亲近之人也。言己数进忠言，陈便宜之事以助治，而见怨恨于左右，欲害己也。一作"数谏便事"。

[8]言怀王不察己忠谋可以安国利民，反信谗言，终弃我于原野

而不还也。一无"见"字。樊，一作"野"。

[9]言己伏自思念，行无过失可改易也。

[10]羣，一作"群"。

[11]上，谓君也。浸，稍也。言佞人相与群聚，朋党成众，君稍以惑乱而不自知也。

[12]灭，消也。言佞臣巧好其言，顺意承旨，旦夕在于君前，而使忠贤之士心怀恐惧，吞声小语，消灭謇謇之气，以避祸患也。

[13]一无"圣"字。

[14]言尧、舜圣明，今已没矣，谁为尽忠直也？【补曰】为，去声。

[15]崔巍，高貌。【补曰】上徂回、下五回切。

[16]汤汤，流貌。言己仰视高山，其形崔巍，而不知颓弛。俛视水流，汤焉流行，而不知竭。自伤不如山川之性，身将颠沛也。【补曰】《书》云："汤汤洪水方割。"汤音商。

[17]陂池曰坑。言己年岁衰老，死日将至，不得处国朝，辅政治，而与麋鹿同坑，鸟兽为伍，将坠陷坑穽，不复久也。【补曰】坑，《字书》作"抗"，丘庚切，俗作"坑"。

[18]块，独处貌。匍匐为鞠。一作"块鞠兮"。【补曰】块，苦对切。

[19]夜止曰宿。言己孤独无耦，块然独处，鞠然匍匐，当道而踦卧，无所栖宿也。

[20]举，一作"与"。

[21]举，与也。言举当世之人皆行佞伪，当何所告我忠信之情也？一无"余"字。【补曰】告，姑沃切。《易》："初筮告。"

[22]鸿鹄，大鸟。

[23]鸱枭，恶鸟。一无"习"字。枭，一作"鸮"。【补曰】斥音赤。枭，不孝鸟。鸮，于骄切，恶声之鸟也。

[24]橘柚，美木。【补曰】《尚书》："厥包橘柚。""小曰橘，大曰柚。"柚似橙而实酢。《吕氏春秋》："果之美者，有云梦之柚。"

[25]苦桃，恶木。言君亲近贪贼奸恶之人，而远仁贤之士也。

【补曰】桃自有苦者,如苦李之类。《本草》云:"羊桃味苦。陶隐居云:山野多有之。《诗》'隰有苌楚'是也。"

[26]便娟,好貌。屈原以竹自喻,言有便娟长好之竹,生于江水之潭,被蒙润泽而茂盛,自恨放流而独不蒙君之惠也。乎,一作"于"。【补曰】便,平声。娟,乌玄切。

[27]葳蕤,盛貌。防,蔽也。【补曰】葳音威。蕤,儒佳切,草木垂貌。《集韵》作"蕤"。

[28]泠泠,清凉貌。言竹被润泽,上则葳蕤而防蔽雾露,言能有所覆也。下则泠泠清凉,可休庇也。以言己德上能覆盖于君,下能庇荫于民。【补曰】泠音灵。

[29]孰,一作"固"。

[30]竹心空,屈原自喻志通达也。柏心实,以喻君闇塞也。言己性达道德,而君闭塞,其志不合,若竹柏之异心也。

[31]谓圣明之王尧、舜、禹、汤、文、武也。

[32]欲须贤君,年齿已老,命不可待也。

[33]悠悠,忧貌。振,救也。言己忧愁思想,则呼苍天。言己怀忠正,而君不知,群下无有救理我之侵冤者。【补曰】太史公《屈原传》云:"人穷则反本,故劳苦倦极,未尝不呼天也。"

[34]言己私怨怀王用心闇惑,终不觉寤,令我独抱忠信,死于山野之中而已。

沉 江

惟往古之得失兮[1]，览私微之所伤[2]。尧舜圣而慈仁兮，后世称而弗忘[3]。齐桓失于专任兮，夷吾忠而名彰[4]。晋献惑于骊姬兮，申生孝而被殃[5]。偃王行其仁义兮，荆文寤而徐亡[6]。纣暴虐以失位兮，周得佐乎吕望[7]。修往古以行恩兮，封比干之丘垄[8]。贤俊慕而自附兮，日浸淫而合同[9]。明法令而修理兮，兰芷幽而有芳[10]。

[1]言己思念古者，人君得道则安，失道则危，禹、汤以王，桀、纣以亡。

[2]伤，害也。言己又观人君私爱佞谗，受其微言，伤害贤臣者，国以危殆也。楚之无极、吴之宰嚭是也。

[3]言尧舜所以有圣明之德者，以任贤能，慈爱百姓，故民至今称之也。弗，一作“不”。

[4]夷吾，管仲名也。管仲将死，戒桓公曰：“竖刁自割，易牙烹子，此二臣者不爱其身，不慈其子，不可任也。”桓公不从，使专国政。桓公卒，二子各欲立其所傅公子。诸公子并争，国乱无主，而桓公尸不棺，积六十日，虫流出户，故曰失于专任，夷吾忠而名著也。

[5]已解于《九章》篇中。骊，一作“丽”。【补曰】并力支切。

[6]荆，楚也。徐，偃王国名也。周宣王之舅申伯所封也。《诗》曰：“申伯番番，既入于徐。”周衰，其后僭号称王也。偃，谥也。言徐偃王修行仁义，诸侯朝之三十馀国，而无武备。楚文王见诸侯朝徐者众，心中觉悟，恐为所并，因兴兵击之而灭徐也。故《司马法》曰：“国虽强大，忘战必危。”盖谓此也。【补曰】《史记》：“周穆王西巡狩，徐偃王作乱，造父为穆王御，长驱归周以救乱。”《淮南子》云：“徐偃王被服慈惠，身行仁義，然而身死国亡，子孙无类。”注云：“偃王于衰乱之世，修

行仁义，不设武备，楚文王灭之。"徐国，今下邳徐、僮是也。又曰："徐偃王好行仁义，陆地而朝者三十二国。王孙厉谓楚庄王曰：'王不伐徐，必反朝徐。'乃举兵伐徐，遂灭之。"《后汉书》曰："徐夷僭号，率九夷以伐宗周，西至河上，穆王畏其方炽，乃分东方诸侯，命徐偃王主之。偃王行仁义，陆地而朝者三十六国。穆王后得骥录之乘，乃使造父御以告楚，令伐徐，一日而至。于是楚文王大举兵而灭之。"《博物志》云："偃王既治其国，仁义著闻，江淮诸侯服从者三十六国。穆王闻之，遣使乘驷，一日至楚，使伐之。偃王仁，不忍斗其民，为楚所败。"《元和姓纂》云："伯益之子，夏时受封于徐，至偃王为楚所灭。"按：徐偃王当周穆王时，楚文王乃春秋时，相去甚远。岂春秋时自有一徐偃王邪？然诸书称偃王多云穆王时人，唯《博物志》、《姓纂》但云为楚败灭，不指文王，其说近之。《后汉书》乃以穆王与楚文王同时，大谬。

[7]卒怒曰暴，贼善曰虐。言殷纣暴虐以失其位，周得吕望而有天下也。

[8]小曰丘，大曰垄。言武王修先古之法，敬爱贤能，克纣，封比干之墓以彰其德，宣示四方也。垄，一作"陇"。【补曰】《集韵》"垄"有"笼"音。

[9]才敌千人为俊。浸淫，多貌也。言天下贤能英俊，慕周之德，日来亲附，浸淫盛多，四海并合，皆同志也。浸，一作"侵"。【补曰】浸音侵。浸淫，渐渍。

[10]言周家选贤任士，官得其人，法令修理，故幽隐之士皆有嘉名也，一云"法令修而循理兮"。

苦众人之妬予兮[1]，箕子痟而佯狂[2]。不顾地以贪名兮，心怫郁而内伤[3]。联蕙芷以为佩兮，过鲍肆而失香[4]。正臣端其操行兮，反离谤而见攘[5]。世俗更而变化兮[6]，伯夷饿于首阳[7]。独廉洁而不容兮，叔齐久而逾明[8]。浮云陈而蔽晦兮，使日月乎无光[9]。忠臣贞而欲谏兮，谗谀毁而在旁[10]。秋草荣其将实兮[11]，微霜下而夜降[12]。商风肃而害生兮[13]，百草育而不长[14]。众并谐以妒贤兮[15]，孤圣特而易伤[16]。怀计谋而不见用兮，岩穴处而隐藏[17]。成功隳而不卒兮[18]，子胥死而不葬[19]。世从俗而变化兮，随风靡而成行[20]。信直退而毁败兮，虚伪进而得当[21]。追悔过之无及兮[22]，岂尽忠而有功[23]。废制度而不用兮，务行私而去公[24]。终不变而死节兮，惜年齿之未央[25]。将方舟而下流兮，冀幸君之发矇[26]。痛忠言之逆耳兮，恨申子之沉江[27]。愿悉心之所闻兮[28]，遭值君之不聪[29]。不开寤而难道兮[30]，不别横之与纵[31]。听奸臣之浮说兮[32]，绝国家之久长[33]。灭规榘而不用兮，背绳墨之正方[34]。离忧患而乃寤兮[35]，若纵火于秋蓬[36]。业失之而不救兮，尚何论乎祸凶[37]？彼离畔而朋党兮，独行之士其何望[38]？日渐染而不自知兮[39]，秋毫微哉而变容[40]。众轻积而折轴兮，原咎杂而累重[41]。赴湘沅之流澌兮，恐逐波而复东[42]。怀沙砾而自沉兮，不忍见君之蔽壅[43]。

[1]言己患苦楚国众人妒我忠直，欲害己也。

[2]箕子，纣之庶兄，见比干谏而被诛，则被发佯狂以脱其难也。佯，一作“详”。【补曰】“详”与“佯”同。

[3]言己欲效箕子佯狂而去，不顾楚国之地，贪忠直之名，念君闇昧，心为伤痛而怫郁也。【补曰】怫音佛。

[4]言仁人联结蕙芷，服之于身，过鲍鱼之肆，则失其性而不芬香也。以言己积絫忠信，为谗人所毁，失其忠名也。芷，一作“若”。佩，一作“珮”。香，一作“芳”。【补曰】古人云，与不善人居，如入鲍鱼之肆。谓恶人之行，如鲍鱼之臭也。

[5]谤，讪也。攘，排也。言正直之臣，端其心志，欲以辅君，反为谗人所谤讪，身见排逐而远放也。【补曰】操，七到切。行，下孟切。攘，而羊切。

[6]而，一作"以"。

[7]言当世俗人皆改其清洁，化为贪邪，当若伯夷饿于首阳，而身垂功名也。【补曰】马融云："首阳山在河东蒲坂华山之北，河曲之中。"苏鹗《演义》云："蒲坂有雷首山，伯夷、叔齐所居，故云首阳山。又陇西地名首阳，东有鸟鼠山，亦谓之首阳。又杜预云：洛阳之东，首阳山之南有小山，西瞻宫阙，北望夷、齐。又阮籍诗云：'步出上东门，遥望首阳岑。下有采薇士，上有嘉树林。'据夷、齐所居此山是矣。《论语》注以蒲坂为是，恐误。又《后汉》注亦云首阳山在洛阳东北。"

[8]叔齐，伯夷弟也。言己独行廉洁，不容于世，虽饥饿而死，幸若叔齐久而有荣名也。逾，一作"愈"。

[9]言谗佞陈列在侧，则使君不聪明也。乎，一作"兮"。

[10]言忠臣正其心欲谏其君，谗毁在旁，而不敢言也。

[11]其，一作"而"。

[12]微霜杀物，以喻谗谀。言秋时百草将实，微霜夜下而杀之，使不得成熟也。以言谗人晨夜毁己，亦将害己身，使其忠名不得成也。

[13]商风，西风。肃，急貌。一作"肃肃"。

[14]言秋气起，则西风急疾而害生物，使百华不得盛长，以言君令急促，划伤百姓，使不得保其性命也。育，一作"堕"。

[15]谐，同也。

[16]言众佞相与并同，以妒贤者。虽有圣明之智，孤特无助，易伤害也。一云"圣孤特"。【补曰】易，以豉切。

[17]士曰隐，宝曰藏。言己怀忠信之计，不得列见，独处岩穴之中，隐藏而已。

[18]隳，坏也。【补曰】翾规切。

[19]言子胥为吴伐楚破郢，谋行功成，后用谗言，赐剑弃死，故言死而不葬也。【补曰】吴王取子胥尸，盛以鸱夷革，浮之江中，故曰死而不葬也。葬音藏，瘗也。颜师古音臧。

[20]言当世之人，见子胥被害，则变心从俗，以承上意，若风靡

草,群聚成行而罗列。

〔21〕言信直之臣,被蒙谮毁,而身败弃。虚伪之人,进用在位,而当显职也。

〔22〕之,一作"而"。无,一作"不"。

〔23〕言君进用虚伪之臣,则国倾危,追而自悔,亦无所及也。己欲尽忠直之节,终不能成其功也。岂,一作"觊"。

〔24〕言在位之臣,废先王之制度,务从私邪,背去公正,争欲求利也。

〔25〕言己执守清白而死忠直,终不变节,惜年齿尚少,寿命未尽,而将夭逝也。

〔26〕大夫方舟,士特舟。朦,僮朦也。言我将方舟随江而浮,冀幸怀王开其朦惑之心而还己也。方,一作"舫"。朦,一作"蒙"。【补曰】"舫"与"方"同。《说文》云:"方,并舟也。"亦作"舫"。《素问》曰:"发蒙解惑,未足以论。"

〔27〕申子,伍子胥也。吴封之于申,故号为申子也。哀痛忠直之言忤逆君耳,使之恚怒,若申胥谏,吴王杀而沉之江流也。

〔28〕心,一作"余"。

〔29〕悉,尽也。听远曰聪。言己欲尽忠竭其所闻,陈列政事,遭值怀王闇不聪明,而不见纳也。

〔30〕道,一作"导"。

〔31〕纬曰横,经曰纵。言君心常惑而不可开寤,语以政道,尚不别缯布经纬横纵,不能知贤愚亦明矣。【补曰】别,彼列切。

〔32〕奸,一作"奸"。

〔33〕言君好听邪说之臣虚言浮说,以自误乱,将绝国家累世久长之禄也。

〔34〕言君为政,灭先圣之法度而不施用,背弃忠直之臣,以自倾危。

〔35〕离,一作"罹"。

[36]蓬,蒿也,秋时枯槁。言君信任佞谀,不虑艰难,卒遭忧患,然后乃觉,若放火于秋蒿,不可救制也。

[37]言君施行,业以失道,身将危殆,尚复论国之祸凶,岂不晚哉?

[38]言彼谗佞相与朋党,并食重禄,独行忠直之士当复何望?宜穷困也。【补曰】望,平声。

[39]稍积为渐,污变为染。积,一作"渍"。【补曰】渐音尖。

[40]锐毛为毫,夏落秋生。言君用谗邪,日以渐染,随之变化,而不自知,若秋毫更生,其容微眇,而日长大也。毫,一作"豪"。一无"哉"字。哉,一作"裁"。【补曰】《庄子》:"秋豪虽小。"司马云:"兔豪在秋而成。"一云,毛至秋而奀细,故以喻小。《说文》云:"(豪)〔毫〕,豕鬣如笔管者。"毫,长锐毛。

[41]咎,过也。言车载众轻之物,以折其轴而不可乘,其过咎由重絫杂载众多之故也。以言国君听用群小之言,则坏败法度,而自倾危也。原,一作"厚"。【补曰】《战国策》云:"积羽沉舟,群轻折轴。"絫,《释文》:力瑞切。

[42]言己心清洁,不能久居浊世,故赴湘、沅之水,与流澌俱浮,恐遂乘波而东入大海也。【补曰】《说文》:"澌,水索也。""澌,流冰也。"此当从仌。

[43]砾,小石也。言己所以怀沙负石,甘乐死亡,自沉于水者,不忍久见怀王壅蔽于谗佞也。壅,一作"雍"。【补曰】壅,塞也,音雍。

怨　世

世沉淖而难论兮[1]，俗岭峨而崟嵯[2]。清泠泠而歼灭兮[3]，溷湛湛而日多[4]。枭鸮既以成群兮，玄鹤弭翼而屏移[5]。蓬艾亲入御于床笫兮[6]，马兰踸踔而日加[7]。弃捐药芷与杜衡兮，余奈世之不知芳何[8]。何周道之平易兮，然芜秽而险戏[9]。高阳无故而委尘兮[10]，唐虞点灼而毁议[11]。谁使正其真是兮[12]，虽有八师而不可为[13]。

[1]沉，没也。淖，溺也。难，一作“不”。【补曰】淖，泥也，女孝切。

[2]岭峨、崟嵯，不齐貌。言时世之人沉没财利，用心淖溺，不论是非，不别忠佞，风俗毁誉，高下崟嵯，贤愚合同，上不任贤，化使然也。岭，一作“岑”。【补曰】并鱼今切。崟，楚岑切。嵯，又宜切，一音仓何切。

[3]清泠泠，以喻洁白，歼，尽也。灭，消也。歼，一作“殲”，一作“纤”。一云“而日灉兮”。【补曰】殲，尽也。灉，泉一见一否。并音尖。

[4]溷湛湛，喻贪浊也。言泠泠清洁之士，尽弃销灭，不见论用；贪浊之人，进在显位，日以盛多。

[5]言贪狼之人，并进成群；廉洁之士，敛节而退也。以，一作“已”。【补曰】鸮，于骄切。《释文》何苗切。《史记》：“师旷鼓琴，有玄鹤二八，舞于廊门。”《山海经》：“雷山有玄鹤，粹黑如漆。其寿满三百六十岁，则色纯黑。昔黄帝习学于昆仑山，有玄鹤飞翔。”

[6]笫，床簀也。以喻亲密。一无“入”字。【补曰】笫音姊，床也。《方言》：“陈、楚谓之笫。”又阻史切。《说文》：“床簀也。”

[7]马兰，恶草也。踸踔，暴长貌也。加，盛也。言蓬蒿萧艾入御房中，则马兰之草踸踔暴长而茂盛也。以言佞谄见亲近，则邪伪之徒踊跃而欣喜也。【补曰】踸，勑锦切。踔，勑角切，又丑角切。《说文》

云："踸踔，行无常貌。"《本草》云："马兰生泽旁，气臭，花似菊而紫。《楚辞》以恶草喻恶人。"

[8]言弃捐芳草忠正之士，当奈世人不知贤何。药，一作"兰"。衡，一作"蘅"。一本"余"下有"今"字。一云"余奈夫世不知芳何"。一云"余奈夫不知芳何"。《释文》药音约。

[9]险戏，犹言倾危也。言周家建立德化，其道平直公方，所履无失，而言芜秽倾危者，心惑意异也。以平直为倾危，则以忠正为邪枉也。《诗》曰："周道如砥，其直如矢。"【补曰】易，以豉切。戏音希。

[10]高阳，帝颛顼也。委尘，坋尘也。言帝颛顼圣明克让，然无故被尘翳。言与帝共工争天下也。《淮南子》曰："颛顼与共工争为帝。"

[11]点，污也。灼，灸也。犹身有病，人点灸之。言尧、舜至圣，道德扩被，尚点灸谤毁。言有不慈之过，卑父之累也。【补曰】《集韵》"议"有"仪"音。

[12]言佞人妄论，以善为恶，乃非讪圣王，当谁使正其真伪乎？己以忠被罪，固其宜也。

[13]八师，谓禹、稷、咼、皋陶、伯夷、倕、益、夔也。言尧、舜有圣贤之臣八人，以为师傅，不能除去虚伪之谤。平疾谗之辞也。

皇天保其高兮，后土持其久[1]。服清白以逍遥兮，偏与乎玄英异色[2]。西施媞媞而不得见兮[3]，嫫母勃屑而日侍[4]。桂蠹不知所淹留兮[5]，蓼虫不知徙乎葵菜[6]。处湣湣之浊世兮，今安所达乎吾志[7]。意有所载而远逝兮，固非众人之所识[8]。骥踌躇于弊辇兮[9]，遇孙阳而得代[10]。吕望穷困而不聊生兮，遭周文而舒志。宁戚饭牛而商歌兮，桓公闻而弗置[11]。路室女之方桑兮[12]，孔子过之以自侍[13]。

[1]言皇天保其高明之姿，不可踰越也。后土持其久长，不可掘发也。贤人守其志分，亦不可倾夺也。一云"不可轻脱"。

　　[2]玄英，纯黑也，以喻贪浊。言己被服芬香，履修清白，偏与贪浊者异行，不可同趣也。色，一作"采"。【补曰】《尔雅》："冬为玄英。"

　　[3]西施，美女也。媞媞，好貌也。《诗》曰"好人媞媞"也。【补曰】《淮南》云："嫫母有所美，西施有所丑。"又曰："曼颊皓齿，形夸骨佳，不待脂粉芳泽而性可说者，西施、阳文也。"媞，大奚切。媞媞，安也。一曰美好。

　　[4]嫫母，丑女也。勃屑，犹媻姗，膝行貌。言西施媞媞，仪容姣好，屏不得见。嫫母丑恶，反得媻姗而侍左右也。以言亲近小人，斥逐君子也。日，一作"近"。【补曰】嫫音谟。屑，蘇骨切。勃屑，行貌。媻姗，一作"蹒跚"。

　　[5]桂蠹，以喻食禄之臣也。言桂蠹食芬香，居高显，不知留止，妄欲移徙，则失甘美之木，亡其处也。以言众臣食君之禄，不建忠信，妄行佞谄，亦将失其位，丧其所也。【补曰】蠹音妒，木中虫。

　　[6]言蓼虫处辛烈，食苦恶，不能知徙于葵菜，食甘美，终以困苦而癯瘦也。以喻己修洁白，不能变志易行，以求禄位，亦将终身贫贱而困穷也。知，一作"能"。【补曰】蓼，辛菜也，音了。《魏都赋》云："习蓼虫之忘辛。"李善引《楚辞》："蓼虫不知从乎葵藿。"

　　[7]言己居浊溷之世，无有达我清白之志也。溷，一作"溜"。一无"乎"字。一云"今安达乎吾志"。【补曰】溷音慁。

　　[8]识，知也。言己心载忠正之志，欲远去以求贤人君子，固非众人所能知也。【补曰】识音志。

　　[9]踌躇，不行貌。辇，一作"輂"，一作"辇"。【补曰】辇，拘玉切，大车驾马。

　　[10]孙阳，伯乐姓名也。言众人不识骐骥，以驾败车，则不肯进，遇伯乐知其才力，以车代之，则至千里，流名德也。以言俗人不识己志，亦将遇明君，建道流化，垂功业也。

　　[11]皆解于《离骚经》。弗，一作"不"。【补曰】聊，赖也。

[12]路室，客舍也。

[13]言孔子出游，过于客舍，其女方采桑，一心不视，喜其贞信，故以自侍。过，一作"遇"。

吾独乖剌而无当兮[1]，心悼怵而耄思[2]。思比干之恲恲兮[3]，哀子胥之慎事[4]。悲楚人之和氏兮，献宝玉以为石。遇厉武之不察兮[5]，羌两足以毕斮[6]。小人之居势兮[7]，视忠正之何若[8]？改前圣之法度兮[9]，喜啜嚅而妄作[10]。亲谗谀而疏贤圣兮，讼谓间娸为丑恶[11]。愉近习而蔽远兮，孰知察其黑白[12]。卒不得效其心容兮[13]，安眇眇而无所归薄[14]。专精爽以自明兮，晦冥冥而壅蔽[15]。年既已过太半兮，然埳轲而留滞[16]。欲高飞而远集兮，恐离罔而灭败[17]。独冤抑而无极兮，伤精神而寿夭[18]。皇天既不纯命兮，余生终无所依[19]。愿自沉于江流兮，绝横流而径逝[20]。宁为江海之泥涂兮，安能久见此浊世[21]？

[1]乖，差也。剌，邪也。【补曰】剌，戾也，力达切。

[2]耄，乱也，九十曰耄。言古贤俊皆有遭遇，我独乖差，与时邪剌，故心中自伤，怵惕而思志为耄乱。【补曰】思，去声。

[3]恲恲，忠直之貌。【补曰】恲，披耕切，忼慨也。

[4]子胥临死曰："抉吾两目，置吴东门，以观越兵之入也。"死不忘国，故言慎事也。【补曰】子胥慎事吴王而见杀，故哀之。

[5]厉，厉王。武，武王。

[6]斮，断也。昔卞和得宝玉之璞，而献之楚厉王，或毁之以为石，王怒，断其左足。武王即位，和复献之，武王不察视，又断其右足。和乃抱宝泣于荆山之下，悲极血出，于是暨成王，乃使工人攻之，果得美玉，世所谓和氏之璧也。或曰"两足毕索"。索，尽也。以言玉石易别于忠佞，尚不能知，己之获罪，是其常也。一本云"两足以之毕斮"。【补曰】斮，仄畧切。刘向《新序》云："荆人卞和得玉璞，而献之荆厉王，使

（王）〔玉〕尹相之，曰：'石也。'王以和为谩，而断其左足。厉王薨，武王即位，和复奉玉璞而献之武王，王使（王）〔玉〕尹相之，曰：'石也。'又以为谩，而断其右足。武王薨，共王即位，和乃奉玉璞而哭于荆山中，三日三夜，泣尽而继之以血。共王闻之，乃使人理其璞而得宝焉。"又《淮南子》注云："楚人卞和，得美玉璞于荆山之下，以献武王，王以示玉人，玉人以为石，刖其左足。文王即位，复献之，以为石，刖其右足。抱璞不释而泣血。及成王即位，又献之，成王曰：'先君轻刖而重剖石。'遂剖视之，果得美玉，以为璧，盖纯白夜光，故曰和氏之璧。"又《琴操》曰："卞和得玉璞，以献楚怀王，使乐正子占之，言非玉，以其欺谩，斩其一足。怀王死，子平王立，和复抱其璞而献之。平王复以为欺，斩其一足。平王死，和欲献，恐复见断，乃抱（拘）〔抱〕其玉而哭荆山之中。"诸说不同。按《史记·楚世家》：武王卒，子文王立。文王卒，子熊囏立，是为杜敖。其弟弑杜敖自立，是为成王。则《淮南子》注为是。《新序》之说与朔同，然与《史记》不合，今并存之。

[7] 志狭智少，为小人也。

[8] 言小人智少虑狭，苟欲承顺求媚，以居位势，视忠正之人当何如乎? 甚于草芥也。之，一作"其"。

[9] 前，一作"先"。

[10] 嗫嚅，小语谋私貌也。言小人在位，以其愚心，改更先圣法度，背违仁义，相与耳语谋利，而妄造虚伪以谮毁贤人也。嗫嚅，或作"噂沓"。【补曰】嗫，如叶切。嚅，如朱切。《说文》云："噂，聚语也。"引《诗》"噂沓背憎"。

[11] 讙哗为讼。闺娀，好女也。言君亲信谗谀之臣，斥逐忠正，背先圣法度，众人讙哗之讼，以好为恶，心惑意迷而不自知也。一无"谓"字。娀，一作"娶"。【补曰】《荀子》曰："闺姝子奢，莫知媒兮。"亦作"闺娀"。韦昭云："梁王魏（罌）〔嬰〕之美女。"娀音邹。《集韵》娶音须，人名，引《荀子》"闺娶子奢"。

[12] 言君近谄谀，习而信之，蔽远贤者，言不见用，谁当知己之清

白,彼之贪浊也。愉,一作"俞"。【补曰】愉音愈。

[13]卒,一作"来"。

[14]薄,附也。言己放流,不得内竭忠诚,外尽形体,东西眇眇,
无所归附也。

[15]言己专壹忠情,竭尽耳目之精明,欲以助君,而为佞人之所
壅蔽,不得进也。

[16]堪轲,不遇也。言己年已过五十,而堪轲沉滞,卒无所逢遇
也。堪,一作"轗",一作"輡"。【补曰】堪,苦闇切。轲,苦个切。又音
坎可。轗音坎。堪坷,不平也。輡轲,车行不平。一曰不得志。

[17]罔以喻法。言己欲高飞远止他方,恐遭罪法,以灭败忠厚之
志也。离,一作"罹"。

[18]寿命夭也。

[19]依,保也。一本无上四句。

[20]径,一作"远"。

[21]言己思委命于江流,沉为泥涂,不忍久见贪浊之俗也。

怨 思

　　贤士穷而隐处兮[1]，廉方正而不容[2]。子胥谏而靡躯兮，比干忠而剖心。子推自割而饮君兮，德日忘而怨深[3]。行明白而曰黑兮，荆棘聚而成林[4]。江离弃于穷巷兮，蒺藜蔓乎东厢[5]。贤者蔽而不见兮，谗谀进而相朋[6]。枭鸮并进而俱鸣兮，凤皇飞而高翔[7]。愿壹往而径逝兮[8]，道壅绝而不通[9]。

　　[1]士，一作"者"。

　　[2]言时贪乱者众，贤者隐蔽，廉正之士不能容于世也。

　　[3]已解于《九章》也。一云"推自割而食君兮"。【补曰】靡，美皮切。饮音寺，粮也。食音同。

　　[4]荆棘多刺，以喻谗贼。言己修行清白，皎然日明，而谗人聚而蔽之谓之暗，使不得进也。聚，一作"藂"。

　　[5]墙序之东为东厢。以言贤者弃捐闾巷，小人亲近左右也。藜，一作"蔾"。【补曰】蔓音万。厢，庑也。

　　[6]相朋，一作"在位"。朋，一作"明"。

　　[7]言小人相举而论议，贤智隐而深藏也。

　　[8]壹，或作"一"。

　　[9]言己思壹见君，尽忠言而遂径去，障蔽于谗佞而不得至也。

自　悲

居愁勤其谁告兮，独永思而忧悲[1]。内自省而不惭兮，操愈坚而不衰[2]。隐三年而无决兮，岁忽忽其若颓[3]。怜余身不足以卒意兮[4]，冀一见而复归[5]。哀人事之不幸兮[6]，属天命而委之咸池[7]。身被疾而不闲兮[8]，心沸热其若汤[9]。冰炭不可以相并兮[10]，吾固知乎命之不长[11]。哀独苦死之无乐兮，惜予年之未央[12]。悲不反余之所居兮[13]，恨离予之故乡[14]。鸟兽惊而失羣兮[15]，犹高飞而哀鸣[16]。狐死必首丘兮，夫人孰能不反其真情[17]。故人疏而日忘兮，新人近而俞好[18]。莫能行于杳冥兮，孰能施于无报[19]？

[1]言己放在山泽，心中愁苦，无所告愬，长忧悲而已。勤，一作"苦"。

[2]言己自念怀抱忠诚，履行清白，内不惭于身，外不愧于人，志愈坚固，不衰懈也。

[3]言己放在山野，满三年矣。岁月迫促，去（苦）〔若〕颓下，年且老也。古者人臣三谏不从，待放三年，君命还则复，无则遂行也。

[4]怜，一作"怜"。卒，《释文》作"瘁"。

[5]言己自怜身老，不足以终志意。幸复一见君，陈忠言，还乡邑也。

[6]幸，爱。

[7]咸池，天神也。言己自哀不能修人事以见爱于君，属禄命于天，委之神明而已。【补曰】言己遭时之不幸，无可奈何，付之天命而已。逸说非是。属音烛，付也。《淮南》云："咸池者，水鱼之圃也。"注云："水鱼，天神。"

[8]闲，差也。【补曰】闲，廖也，音谏。差，楚懈切。

[9]言己修行仁义,身反被病而不闲差。忧道不立,心中怛然,而气热若汤之沸。沸,一作"怫"。【补曰】怫音费,忿貌。

[10]并,併也。

[11]言冰见炭则消,炭得冰则灭,以喻忠佞不可并处,则相伤害,固知我命之不得长久,将消灭也。一云"固知余命之不长"。一云"吾乎固知命之不长"。

[12]自哀惜死年尚少也。予,一作"余"。

[13]一本"不"下有"得"字。

[14]不得归郢见故居也。

[15]飞者为鸟,走者为兽。羣,一作"群"。【补曰】《礼记》云:"今是大鸟兽失丧其群匹,越月踰时焉,则必反巡,过其故乡,翔回焉,鸣号焉,蹢躅焉,踟蹰焉,然后乃能去之。"

[16]言鸟兽失其群偶,尚哀鸣相求,以刺同位之人,曾无相念之意也。

[17]真情,本心也。言狐狸之死犹向丘穴,人年老将死,谁有不思故乡乎?言己尤甚也。

[18]言旧故忠臣,日以疏远;谗谀新人,日近而见亲也。俞,一作"愈"。一云"新人愈近而日好"。【补曰】俞,与"愈"同。

[19]言众人谁能有执心正行于杳冥之中,施于无报之人乎?言皆苟且而行,以求利也。【补曰】传曰:"行乎冥冥,施乎无报。"

苦众人之皆然兮,乘回风而远游[1]。凌恒山其若陋兮[2],聊愉娱以忘忧[3]。悲虚言之无实兮[4],苦众口之铄金[5]。过故乡而一顾兮,泣歔欷而沾衿[6]。厌白玉以为面兮[7],怀琬琰以为心[8]。邪气入而感内兮,施玉色而外淫[9]。何青云之流澜兮[10],微霜降之蒙蒙[11]。徐风至而徘徊兮[12],疾风过之汤汤[13]。闻南藩乐而欲往兮[14],至会稽而且止[15]。见韩众而宿之兮,问天道之所在[16]。借浮云以送予兮，载雌霓而为旌[17]。驾青龙以驰骛兮，班衍衍之冥冥[18]。忽容容其安之兮，超慌忽其焉如[19]。苦众人之难信兮，愿离群而远举[20]。登峦山而远望兮[21]，好桂树之冬荣[22]。观天火之炎炀兮，听大壑之波声[23]。引八维以自道兮[24]，含沆瀣以长生[25]。居不乐以时思兮[26]，食草木之秋实[27]。饮菌若之朝露兮，构桂木而为室[28]。杂橘柚以为囿兮[29]，列新夷与椒桢[30]。鹍鹤孤而夜号兮，哀居者之诚贞[31]。

[1]言己患苦众人皆行苟且，故乘风而远去也。

[2]凌，乘也。恒山，北岳也。陋，小也。【补曰】恒，胡登切。恒山在中山曲阳县西北。

[3]言己乘腾高山，以为(瘅)〔庳〕小，陟险犹易，聊且愉乐，以忘悲忧也。愉，一作"偷"。【补曰】并音俞。

[4]谗言无诚，君不察也。

[5]已解于《九章》中。

[6]言己远行，犹思楚国，而悲泣也。

[7]厌，着也。【补曰】厌，於叶切，一音淹。

[8]言己施行清白，心面若玉，内外相副。

[9]淫，润也。言谗邪之言，虽自内感，己志而犹不变，玉色外润，而内愈明也。

[10]澜，一作"烂"。

[11]蒙蒙，盛貌。《诗》云："零雨其蒙。"言遭佞人群聚，造作虚辞，君政用急，天旱下霜，则害草木，伤其贞节也。之，一作"而"。蒙，一作"濛"。注同。

[12]而，一作"之"。一作"俳個"。

[13]风为号令。言君命宽则风舒，风舒则己徘徊而有还志也。令急风疾，则己惶遽，欲急去也。汤，一作"荡"。一云"疾风舒之荡荡"。

[14]藩，蔽也。南国诸侯为天子藩蔽，故称藩也。唐本无"乐而"

二字。【补曰】乐,五劾切。注读作入声。

[15]会稽,山名也。言已闻南国饶乐,而欲往至会稽山,且休息也。

[16]韩众,仙人也。天道,长生之道也。众,一作"终"。

[17]旌,旗也。有铃为旌也。载,一作"戴"。一云"载虹霓而为旆"。【补曰】《梁书·王筠传》:"沈约制《郊居赋》,要筠读,至'雌霓连蜷',约曰:'仆常恐人呼为霓。'"上五激,下五鸡切。

[18]言极疾也。

[19]不知所之也。焉,一作"安"。【补曰】如,去声。

[20]举,去也。言苦见俗人多言无信,不可据任,故愿离众而远去也。【补曰】举有据音。

[21]峦,小山也。一云"登峦",无"山"字。

[22]南方有不死之草,北方有不释之冰也。一云"好桂茂而冬荣"。

[23]大壑,海水也。言已仰观天火,下睹海水,心愁思也。【补曰】炀,以让切。炙,燥也。

[24]天有八维,以为纲纪也。道,一作"导"。

[25]言已乃揽持八维,以自导引,含沆瀣之气,以不死也。【补曰】沆,胡亢。瀣,胡介切,本作"灐"。

[26]以,一作"而"。一云"思时"。

[27]秋实,谓枣栗之属也。

[28]言饮食洁清,所处芬香也。【补曰】菌音窘。

[29]囿,一作"圃"。

[30]杂聚众善,以自修饬也。【补曰】新夷,即辛夷也。桢,女贞也。

[31]言鹍鸡、鸧鹤大鸟犹知贤良,哀惜已之履行正直,而不施用也。

哀 命

哀时命之不合兮，伤楚国之多忧[1]。内怀情之洁白兮[2]，遭乱世而离尤[3]。恶耿介之直行兮，世溷浊而不知[4]。何君臣之相失兮，上沅湘而分离[5]。测汨罗之湘水兮[6]，知时固而不反[7]。伤离散之交乱兮，遂侧身而既远[8]。处玄舍之幽门兮，穴岩石而窟伏[9]。从水蛟而为徒兮，与神龙乎休息[10]。何山石之崭岩兮，灵魂屈而偃蹇[11]。含素水而蒙深兮，日眇眇而既远[12]。哀形体之离解兮[13]，神罔两而无舍[14]。惟椒兰之不反兮[15]，魂迷惑而不知路[16]。愿无过之设行兮[17]，虽灭没之自乐[18]。痛楚国之流亡兮，哀灵修之过到[19]。固时俗之溷浊兮，志晢迷而不知路[20]。念私门之正匠兮[21]，遥涉江而远去[22]。念女嬃之婵媛兮，涕泣流乎於悒[23]。我决死而不生兮，虽重追吾何及[24]。戏疾濑之素水兮，望高山之蹇产[25]。哀高丘之赤岸兮，遂没身而不反[26]。

[1]言己自哀生时禄命，好行公正，不与君合，怜伤楚国无有忠臣，国家多忧也。

[2]洁，一作"质"。

[3]言己怀洁白之志，以得罪过于众人也。而，一作"以"。

[4]言众人恶明正之直士，以君闇昧，不知用之故也。

[5]言谗佞害己，使明君放逐忠臣，上下分离，失其所也。

[6]汨水在长沙罗县，下注湘水中。【补曰】汨音觅。

[7]言己沉身汨水，终不还楚国也。

[8]遂去而流迁也。

[9]岩，穴也。言己修德不用，欲伏岩穴之中，以自隐藏也。

[10]自喻德如蛟龙而潜匿也。乎，一作"而"。

[11]言山石高岩,非己所居,灵魂偃蹇难止,欲去之也。崭,一作"嶄"。【补曰】并士衔切。

[12]素水,白水也。言虽远行,不失清白之节也。蒙深,一作"濛濛"。

[13]解,一作"懈"。【补曰】解音懈。

[14]罔两,无所据依貌也。舍,止也。自哀身体陆离,远行解倦,精神罔两,无所据依而舍止也。罔,一作"罔"。【补曰】郭象曰:"罔两,景外之微阴也。"

[15]椒,子椒也。兰,子兰也。不,一作"无"。

[16]言子椒、子兰不肯反己,魂魄迷惑,不知道路当如何也。

[17]《释文》:行,户更切。

[18]言愿设陈己行,终无过恶,虽身没名灭,犹自乐不改易也。【补曰】乐,去声。

[19]言怀王之过,已至于恶,楚国将危亡,失贤之故也。【补曰】到,至也。

[20]督,闷也。迷,惑也。言己遭遇乱世,心中烦惑,不知所行也。【补曰】督音茂。

[21]匠,教也。

[22]言己念众臣皆营其私,相教以利,乃以其邪心欲正国家之事,故己远去也。

[23]於悒,增叹貌也。已解于《离骚经》。悒,一作"邑"。【补曰】於悒,音见《九章》。

[24]言亦无所复还也。一云"吾其何及"。

[25]言己履清白,其志如水,虽遇弃放,犹志仰高远而不懈也。高山,一作"乔木"。

[26]言己哀楚有高丘之山,其岸峻崄,赤而有光明,伤无贤君,将以阽危,故沉身于湘流而不还也。没,一作"殁"。

谬　谏[1]

　　怨灵修之浩荡兮[2]，夫何执操之不固[3]。悲太山之为隍兮[4]，孰江河之可涸[5]。愿承闲而效志兮[6]，恐犯忌而干讳[7]。卒抚情以寂寞兮[8]，然怊怅而自悲[9]。玉与石其同匮兮[10]，贯鱼眼与珠玑[11]。驽骏杂而不分兮[12]，服罢牛而骖骥[13]。年滔滔而自远兮[14]，寿冉冉而愈衰[15]。心悇憛而烦冤兮[16]，蹇超摇而无冀[17]。

　　[1]鲍慎思云：篇目当在"乱曰"之后。按古本《释文》，《七谏》之后，"乱曰"别为一篇，《九怀》《九思》皆同。

　　[2]已解于《离骚经》。

　　[3]操，志也。固，坚也。言己念怀王信用谗佞，志数变移而不坚固也。【补曰】操，七到切。

　　[4]隍，城下池也。《易》曰"城复于隍"也。隍，一作"湟"。【补曰】《说文》："城池有水曰池，无水曰隍。"

　　[5]涸，塞也。言太山将颓为池，以喻君且失其位，用心迷惑，过恶已成，若江河之决，不可涸塞也。【补曰】涸，乎固切，水竭也。

　　[6]志，一作"忠"。【补曰】闲音闲。

　　[7]所畏为忌，所隐为讳。干，触也。言己愿承君闲暇之时，竭效忠言，恐犯上忌，触众人讳，而见刑诛也。

　　[8]寞，一作"漠"。

　　[9]怊怅，恨貌也。言己终抚我情，寂寞不言，然怊怅自恨，心悲毒也。【补曰】怊音超。

　　[10]匮，匣也。其，一作"而"。

　　[11]圜泽为珠，廉隅为玑。以言君不知贤愚忠佞之士，犹同玉石杂、鱼眼与珠玑同贯而不别也。一云"麤蠇为玑"。【补曰】"玑"字音

"机"，珠不圆也。

[12]驽，顿马也。良马为骏。【补曰】"顿"与"钝"同。

[13]在辕为服，外騑为骖。言君选士用人，杂用驽骏，不异贤愚，若驾罢牛，骖以骐骥，才力不同也。【补曰】罢音皮。

[14]滔滔，行貌。远，一作"往"。

[15]自伤不遇，年衰老也。愈，一作"俞"。【补曰】"俞"与"愈"同。衰，所泪切，一所戾切。

[16]悇憛，忧愁貌也。宛，一作"怨"，《释文》作"宛"，於袁切。【补曰】悇，他胡切。憛，他闇切。一曰，祸福未定。屈草自覆曰宛。

[17]蹇，辞也。超摇，不安也。言己自念年老，心中悇憛，超摇不安，终无所冀望也。

固时俗之工巧兮，灭规矩而改错[1]。却骐骥而不乘兮，策驽骀而取路。当世岂无骐骥兮，诚无王良之善驭。见执辔者非其人兮，故駬跳而远去[2]。不量凿而正枘兮，恐榘簗之不同[3]。不论世而高举兮，恐操行之不调[4]。弧弓弛而不张兮[5]，孰云知其所至[6]？无倾危之患难兮，焉知贤士之所死[7]？俗推佞而进富兮，节行张而不著[8]。贤良蔽而不群兮，朋曹比而党誉[9]。邪说饰而多曲兮，正法弧而不公[10]。直士隐而避匿兮[11]，谗谀登乎明堂[12]。弃彭咸之娱乐兮[13]，灭巧倕之绳墨[14]。茝蒢杂于䵍蒸兮[15]，机蓬矢以射革[16]。驾蹇驴而无策兮[17]，又何路之能极[18]？以直鍼而为钓兮[19]，又何鱼之能得[20]？伯牙之绝弦兮[21]，无钟子期而听之[22]。和抱璞而泣血兮[23]，安得良工而剖之[24]？

[1]【补曰】错，七故切。

[2]皆已解在《九辩》。【补曰】许慎云："王良，晋大夫御无恤子良也。所谓御良也。一名孙无政，为赵简子御，死而托精于天驷星。天

文有王良星是也。"

[3]已解于《离骚经》。同，一作"周"。【补曰】凿，才到切。枘，
而锐切。榘，俱(两)〔雨〕切。矱，乌郭切。

[4]调，和也。言人不论世之贪浊，而高举清白之行，恐不和于
俗，而见憎于众也。

[5]弛，解。弧，一作"故"。弛，一作"弛"。《释文》作"狋"。
【补曰】弧音胡。《说文》："木弓也。一曰，往体多、来体寡曰弧。"弛、
狋，并音矢。

[6]言弧弓虽强，弛而不张，谁知其力之所至乎? 以言贤者不在职
位，亦不知其才德也。

[7]言国无倾危之难，则不知贤士之伏节死义。【补曰】《老子》
云："国家昏乱有忠臣。"

[8]张，一作"明"。【补曰】著，张虑切。

[9]【补曰】比音鼻。

[10]弧，戾也。言世俗之人，推佞以为贤，进富以为能，故君之正
法胶戾不用，众皆背公而向私也。一本"邪"下有"枉"字。【补曰】胶音
豪，戾也。

[11]避，一作"辟"。

[12]明堂，布政之宫也。言忠直之士隐身避世，谗谀之人反登明
堂而为政也。【补曰】《左传》："勇则害上，不登于明堂。"

[13]言弃彭咸清洁之行，娱乐风俗，则为贪佞也。【补曰】彭咸以
伏节死义为乐，而时人弃之。

[14]言工灭巧倕之绳墨，则枉直失其制也。言君俏先王之法，则
自乱惑也。

[15]枭翢曰廍，烟竹曰蒸。言持菎蕗香直之草，杂于廍蒸，烧而
然之，则不识于物也。以言取忠直弃之林野，亦不知贤也。一作"筐
箈"。廍，一作"菆"，一作"靡"，一作"蕺"，一作"蕞"，一作"叢"，
一作"藂"。一云"菎蔬杂于廍筴"。【补曰】菎音昆。蕗音路。筐，与

"箘"同。箘，簬也，音窘，亦音昆。廐，麻藉也。菆，麻蒸也。并音邹。
蒸，折麻中干也。爇，竹炬也。并音爇。藂、叢、藜，并与"叢"同，草叢
生也。菆，亦音叢。靡音糜。

[16]矢，箭也。言张强弩之机，以蓬蒿之箭，以射犀革之盾，必摧
折而无所能入也。言使愚巧任政，必致荒乱，无所能成也。

[17]蹇，跛也。策，棰也。

[18]极，竟也。言君任驽顿之臣，使在显职，如驾跛蹇之驴，又无
鞭棰，终不竟道，将倾覆也。

[19]钓，一作"钩"。【补曰】鍼音针。

[20]言君不能以礼敬聘请贤者，犹以直针钓鱼，无所能得也。

[21]伯牙，工鼓琴也。【补曰】《列子》："伯牙善鼓琴，钟子期善
听。"

[22]钟子期，识音者也。言钟子期死，伯牙破琴绝弦，不肯复鼓，
以世无知音也。言己不遇明君识忠直者，亦宜钳口而不语言也。

[23]一云"和氏"。

[24]和，卞和也。剖，犹治也。已解于上篇也。安，一作"焉"。剖，
一作"刊"，一作"刑"。

　　同音者相和兮[1]，同类者相似[2]。飞鸟号其群兮，鹿
鸣求其友[3]。故叩宫而宫应兮，弹角而角动[4]。虎啸而谷
风至兮[5]，龙举而景云往[6]。音声之相和兮，言物类之相
感也[7]。

[1]谓清浊也。

[2]谓好恶也。以言君清明则洁白之士进，君闇昧则贪浊之人用。
《易》曰："方以类聚，物以群分。"似，一作"仇"。

[3]同志为友。言飞鸟登高木，志意喜乐，则和鸣求其群而呼其
耦。鹿得美草，口甘其味，则求其友而号其侣。以言在位之臣，不思贤
念旧，曾不若鸟兽也。《诗》曰："嘤其鸣矣，求其友声。"又曰："呦呦鹿

鸣，食野之苹。"

[4]叩，击也。弹，搣也。宫、角，五音也。言叩击五音，各以其声感而相应也。以言君求仁则仁至，修正则下直也。一云"叩宫而商应，弹角而徵动"。【补曰】《庄子》云："鼓宫宫动，鼓角角动，音律同矣。"《淮南》云："调弦者叩宫宫应，弹角角动，此同声相和者也。"注："叩大宫则少宫应，弹大角则少角动。"

[5]虎，阳物也。谷风，阳气也。言虎悲啸而吟，则谷风至而应其类也。以言君修德行正，则百姓随而化也。

[6]龙，介虫，阴物也。景云，大云而有光者。云亦阴也。言神龙将举升天，则景云覆而扶之，辅其类也。言君好贤士，则英俊往而并集也。【补曰】《诗》曰："习习谷风。"《易》曰："云从龙，风从虎。"《新序》："孔子曰：'虎啸而谷风起，龙兴而景云见。'"《淮南》云："虎啸而谷风至，龙举而景云属。"注云："虎，土物也。谷风，木风也。木生于土，故虎啸而谷风至。龙，水也。云生水，故龙举而景云属。"《管辂别传》曰："徐季龙与辂共论，龙动则景云起，虎啸则谷风至。以为火星者龙，参星者虎，火出则云应，参出则风到，此乃阴阳之感化，非龙虎之所致也。辂言：'若以参星为虎，则谷风更为寒霜之风，非东风之名。是以龙者阳精，以潜为阴，幽灵上通，和气感神，二物相扶，故能兴云。夫虎者，阴精而居于阳，依木长啸，动于巽林，二数相感，故能运风。况龙有潜飞之化，虎有文明之变，招云召风，何足为疑？'季龙言：'龙之在渊，不过一井之底。虎之悲啸，不过百步之中。形气浅弱，所通者近，何能漂景云而驰东风？'辂言：'君不见阴阳燧在掌握之中，形不出手，乃上引太阳之火，下引太阴之水，嘘吸之间，烟景以集，自然之道，无有远近。'"

[7]言鸟兽相呼，云龙相感，无不应其类而从其耦也。伤君独无精诚之心以动贤也。一云"音击而相和兮"。一无"言"及"也"字。

夫方圜之异形兮[1]，势不可以相错[2]。列子隐身而穷处兮[3]，世莫可以寄托[4]。众鸟皆有行列兮，凤独翔翔而无所薄[5]。经浊世而不得志兮，愿侧身岩穴而自托[6]。欲阖口而无言兮，尝被君之厚德[7]。独便悁而怀毒兮，愁郁郁之焉极[8]。念三年之积思兮，愿壹见而陈词[9]。不及君而骋说兮[10]，世孰可为明之[11]。身寝疾而日愁兮[12]，情沉抑而不扬[13]。众人莫可与论道兮，悲精神之不通[14]。

[1]一云"若夫"。圜，一作"圆"。

[2]言君性所为，不与己合，若方与圜不可错杂，势不相安也。

[3]列子，古贤士也。【补曰】列子，名御寇。其书曰："子列子穷，容貌有饥色，居郑圃四十年，人无识者。"

[4]言列子所以隐佚不仕而穷处者，以世多诈伪，无可以寄命托身也。以，一作"与"。

[5]已解于《九辩》也。翔翔，一作"翱翔"，一作"洋洋"。薄，一作"合"。【补曰】行，胡冈切。

[6]言己历贪浊之世，终不得展其志意，但甘处岩穴之中而隐伏也。一无"侧身"二字，有"依"字。

[7]阖，闭也。言己欲闭口结舌而不复言，以尝被君之厚禄，故不能默也。

[8]言忧愁之无穷。便悁，一作"申旦"。愁，一作"凭"。【补曰】悁，忿也，音渊。

[9]思一见君而陈忠言也。壹，或作"一"。【补曰】糜信以为屈原著辞，见放九年，今东方朔《谬谏》之章云："三年积思愿壹见。"愚谓此言朔自为也。案《汉书·朔传》亦鬱邑于不登用，故因名此章为《谬谏》。若云谬语，因托屈原以讽汉主也。讽，一作"诬"。糜信，魏乐平太守也。一作"庾信"。予按《卜居》云："屈原既放三年，不得复见。"则三年积思，正谓屈原也，唯以《谬谏》名篇，当如糜信之说尔。"

[10]骋，驰也。

[11]言己不及贤君，而骋极忠说，则时世闇蔽无可为明真伪也。

【补曰】为，去声。

[12]寝，卧也。

[13]言己身被疾病，卧而愁思，自伤忠诚沉抑而不得扬达也。

[14]言当世之人，无可与议事君之道者，哀我精神所志，而不得通于君也。

乱曰：鸾皇孔凤日以远兮[1]，畜凫驾鹅[2]。鸡鹜满堂坛兮[3]，鼋鼊游乎华池[4]。要褭奔亡兮，腾驾橐驼[5]。铅刀进御兮，遥弃太阿[6]。拔搴玄芝兮[7]，列树芋荷。橘柚萎枯兮[8]，苦李旖旎[9]。甂瓯登于明堂兮[10]，周鼎潜乎深渊[11]。自古而固然兮，吾又何怨乎今之人[12]！

[1]孔，孔雀也。一云"鸾孔凤皇"。

[2]一云"畜枭驾鹅"。【补曰】驾音加。《博雅》："鸣鹅，雁也。鸣音加。"郭璞云："驾鹅，野鹅也。"

[3]高殿敞扬为堂，平场广坦为坛。扬，一作"阳"。【补曰】坛音善。

[4]鼋，虾蟆也。华池，芳华之池也。言君推远孔凤，斥逐贤智，畜养鹅鹜，亲近小人，满于堂庭。鼋鼊，谕谗谀弄口得志也。

[5]要褭，骏马也。要，一作"腰"。【补曰】并音杳。应劭曰："腰褭，古之骏马，赤喙玄身，日行五千里。"橐音托，又音骆。

[6]太阿，利剑也。言君放远要褭英俊之士，而驾橐驼，任使罢驽顿朽之人，而弃明智之士也。【补曰】贾谊云："莫邪为钝兮，铅刀为锯。"铅音沿，青金也。

[7]玄芝，神草也。【补曰】搴音蹇。《本草》："黑芝，一名玄芝。"

[8]橘柚，美木也。

[9]旖旎，盛貌也。言君乃拔去芝草，贱弃橘柚，种殖芋荷，养育苦李，爱重小人，斥逐君子也。【补曰】旖，乌可切，当作"犄"。旎，傩可

切。见《九辩》。

[10]甊瓯，瓦器名也。【补曰】甊音边。《方言》："自关而西，盆盎小者曰甊也。"瓯，小盆也。

[11]周鼎，夏禹所作鼎也。《左氏传》曰："昔夏禹之有德，远方图物，贡金九牧，铸鼎象物。桀有昏德，鼎迁于商。商纣暴虐，鼎迁于周。"是为周鼎。言甊瓯之器登明堂，周鼎反藏于深渊之水。言小人任政，贤者隐匿也。乎，一作"于"。【补曰】《汉·郊祀志》云："宋太丘社亡，而鼎没于泗水彭城下。"

[12]言往古嫉妒忠直而不肯进用，我何为独怨今世之人乎？自慰之词。

卷十四 哀时命章句

《哀时命》者，严夫子之所作也。夫子名忌[1]，与司马相如俱好辞赋，客游于梁，梁孝王甚奇重之。忌哀屈原受性忠贞[2]，不遭明君而遇暗世，斐然作辞，叹而述之[3]，故曰《哀时命》也。

[1]忌，会稽吴人，本姓庄，当时尊尚，号曰夫子，避汉明帝讳曰严。一云名忌，字夫子。

[2]一云"受命而生"。

[3]一云"追以述之"。

哀时命之不及古人兮，夫何予生之不遭时[1]。往者不可扳援兮，倈者不可与期[2]。志憾恨而不逞兮[3]，杼中情而属诗[4]。夜炯炯而不寐兮，怀隐忧而历兹[5]。心郁郁而无告兮，众孰可与深谋[6]？欿愁悴而委惰兮[7]，老冉冉而逮之[8]。居处愁以隐约兮[9]，志沉抑而不扬[10]。道壅塞而不通兮[11]，江河广而无梁[12]。愿至昆仑之悬圃兮，采钟山之玉英[13]。擥瑶木之橝枝兮[14]，望阆风之板桐[15]。弱水泪其为难兮[16]，路中断而不通[17]。势不能凌波以径度兮[18]，又无羽翼而高翔[19]。然隐悯而不达兮[20]，独徙倚而彷徉[21]。怅惝罔以永思兮[22]，心纡轸而增伤[23]。倚踌躇以淹留兮[24]，日饥馑而绝粮[25]。廓抱景而独倚兮，超永思乎故乡[26]。廓落寂而无友兮，谁可与玩此遗芳[27]？白日晼晚其将入兮，哀余寿之弗将[28]。车既弊而马罢兮，蹇邅徊而不能行[29]。身既不容于浊世兮，不知进退之宜当[30]。

[1]遭，遇也。《诗》云："遭闵既多。"言己自哀生时年命，不及古贤圣之出遇清明之时，而当贪乱之世也。遭，一作"遭"。闵，一作"愍"。

[2]言往者圣帝不可扳引而及，后世明王亦不可须待与期，伤生不遇时，遭困厄也。扳，一作"攀"。倈，一作"来"。【补曰】"扳"与"攀"同，引也。

[3]憾，亦恨也。《论语》曰："与朋友共，弊之而无憾。"逞，解也。【补曰】逞，丑郢切。《说文》："逞，通也，楚谓疾行为逞。"一曰快也。

[4]属，续也。言己上下无所遭遇，意中憾恨，忧而不解，则杼我中情，属续诗文，以陈己志也。杼，一作"抒"。【补曰】抒，常与切。属音烛。

[5]言己中心愁怛，目为炯炯而不能眠，如遭大忧，常怀戚戚，经历年岁，以至于此也。炯，一作"焪"。《释文》作"焖"。隐，一作"殷"。

【补曰】炯，古茗切，光也。烱，俱永切，炎蒸也。隐，痛也。殷，大也。注云"大忧"，疑作"殷"者是。

[6]言己心中忧毒，而无所告语，众皆谄谀，无可与议忠信也。

[7]欿，愁貌也。委惰，懈倦也。惰，《释文》作"憜"。【补曰】欿音坎，不自满足意。

[8]言己欲行忠信而不得进，欿然愁悴，意中懈倦，年复已过，为老所及，而志不立也。

[9]居，一作"尻"。以，一作"目"。

[10]言己放于山泽，隐身守约，而志意沉抑，不得扬见于君，而永忧恨也。

[11]通，一作"达"。

[12]言己欲竭忠谋，谗邪壅塞而不得达，若临江河无桥梁以济也。

[13]钟山，在昆仑山西北。《淮南》言钟山之玉，烧之三日，其色不变。言己自知不用，愿避世远去，上昆仑山，游于悬圃，采玉英咀而嚼之，以延寿也。【补曰】《淮南》云："钟山之玉，炊以炉炭，三日三夜而色泽不变，则至德天地之精也。"许慎云："钟山，北陆无日之地，出美玉。"《援神契》曰："玉英，玉有英华之色。"

[14]擘，一作"擘"。樿，一作"撢"。【补曰】樿，大男切，木名。

[15]板桐，山名也，在阆风之上。言己既登昆仑，复欲引玉树之枝，上望阆风、板桐之山，遂陟天庭而游戏也。板，一作"阪"。【补曰】《博雅》云："昆仑虚有三山，阆风、板桐、玄圃。"《水经》云："昆仑三级：下曰樊桐，一名板松；二曰玄圃，一名阆风；上曰层城，一名天庭。"《淮南》云："悬圃、凉风、樊桐，在昆仑阊阖之中。"樊，读如饭。

[16]《尚书》曰：道弱水至于合黎也。【补曰】汩音骨，一于笔切。应劭曰："弱水出张掖删丹，西至酒泉，合黎，馀波入于流沙。"师古曰："弱水，谓西域绝远之水，乘毛车以渡者耳，非张掖弱水也。"

[17]言己想得登神山，顾以娱忧，迫弱水不得涉渡，路绝不通，

所为无可也。断，一作"绝"。

[18]以，一作"而"。度，一作"渡"。

[19]言己势不能为船乘波渡水，又无羽翼可以飞翔，当亦穷困也。

[20]悯，一作"闵"。

[21]徙倚，犹低徊也。言己隐身山泽，内自悯伤志不得达，独徘徊彷徉而游戏也。一作"仿佯"。

[22]以，一作"而"。【补曰】惝，昌掌切，惊貌。

[23]言己含忧彷徉，意中怅然，惝罔长思，心屈缠痛，苦重伤也。【补曰】"軫"当作"轸"。

[24]以，一作"目"。

[25]蔬不熟曰馑。言己欲踌躇久留，恐百姓饥饿粮食绝乏也。绝，古本作"𢇍"。粮，一作"糧"。【补曰】𢇍，古绝字，反"𢇍"为"继"。或作"𢇍"，非是。

[26]言己在于山泽，廓然无耦，独抱形景而立，长念楚国，心不能已，惝惘长思故乡也。乎，一作"兮"。一云"超永思乎此故乡"。

[27]玩，习也。言己居处廓落，又无知友，当谁与讲习忠信之谋也？

[28]将，犹长也。言日月西流，晼晚而殁，天时不可留，哀我年命不得长久也。弗，一作"不"。【补曰】晼音苑。

[29]言己周行四方，车以弊败，马又罢极，蹇然邅徊，不能复前，而不遇贤君也。徊，一作"回"。【补曰】罢音疲。

[30]言己执贞洁之行，不能自入贪浊之世，愁不知进止之宜，当何所行者也。

冠崔嵬而切云兮，剑淋离而从横[1]。衣摄叶以储与兮[2]，左袪挂于榑桑[3]。右衽拂于不周兮，六合不足以肆行[4]。上同凿枘于伏戏兮[5]，下合矩矱于虞唐[6]。愿尊节而式高兮，志犹卑夫禹汤[7]。虽知困其不改操兮，终不以邪枉害方[8]。世并举而好朋兮，壹斗斛而相量[9]。众比周以肩迫兮[10]，贤者远而隐藏[11]。为凤皇作鹖笼兮，虽翕翅其不容[12]。灵皇其不寤知兮[13]，焉陈词而效忠[14]？俗嫉妒而蔽贤兮，孰知余之从容[15]？愿舒志而抽冯兮[16]，庸讵知其吉凶[17]？璋珪杂于甄窑兮[18]，陇廉与孟娵同宫[19]。举世以为恒俗兮[20]，固将愁苦而终穷[21]。幽独转而不寐兮，惟烦懑而盈匈[22]。魂眇眇而驰骋兮，心烦冤之憛憛[23]。志欿憾而不憺兮[24]，路幽昧而甚难[25]。

[1]淋离，长貌也。言己虽不见容，犹整饰衣服，冠则崔嵬上摩于云，剑则长好，文武并盛，与众异也。【补曰】崔音摧。淋音林。

[2]摄叶、储与，不舒展貌。【补曰】摄，之叶切，曲折也。储音宁，又音伫。

[3]祛，袖也。《诗》云："羔裘豹祛。"言己衣服长大，摄叶储与，不得舒展，德能弘广，不得施用，东行则左袖挂于榑桑，无所不覆也。挂，一作"絓"。榑，一作"扶"。桑，一作"桌"。【补曰】"榑"与"扶"同。

[4]六合，谓天地四方也。言己西行则右衽拂于不周之山，以六合为小，不足肆行，言道德盛大无所不包也。

[5]戏，一作"羲"。

[6]言己德能纯美，宜上辅伏戏，与同制量，下左尧、舜，与合法度而共治也。合，一作"同"。矩，一作"规"。

[7]言己虽不见用，犹尊高节度，意卑禹、汤，不欲事也。

[8]言己虽自知贫贱困极，不能变志易操，终不能邪枉其身，以害公方之行也。

[9]言今世之人，皆好朋党，并相荐举，持其贪佞之心，以量清洁之士。壹，或作"一"。斗，一作"升"。

[10]比，亲也。周，合也。以，一作"而"。

[11]言众佞相与合同,并肩亲比,故贤者远逝而藏匿也。一云"隐而退藏"。

[12]为凤皇作栖以鹑鴳之笼,虽翁其翅翼,犹不能容其形体也。以言贤者遭世乱,虽屈其身,亦不能自容入。一本"作"上有"而"字。翅,一作"翼"。【补曰】翁,虚及切。

[13]一无"窭"字。

[14]言怀王闇蔽,心不觉寤,安所陈词,效己之忠信乎? 词,一作"辞"。

[15]言楚国风俗嫉妒蔽贤,无有知我进退执守忠信也。

[16]冯,一作"凭",一作"懑",一作"愁"。【补曰】冯音凭,亦音愤。

[17]庸,用也。言己思舒志意,援引愤懑,尽极忠信,当何缘知其逢吉将被凶也?

[18]璋珪,玉名也。窒,甒土孔。一作"珪璋"。【补曰】甒,子孕切。窒音携,又音甒。《淮南》云:"弊箪甒甒,在祔茵之上。"注云:"甒,甒带,音(甒)〔甒〕。"

[19]陇廉,丑妇也。孟娵,好女也。言世人不识善恶,乃以甒窒之土杂厕圭玉,又使丑妇与好女同室也。以言君闇惑,不别贤愚也。【补曰】娵,女名,音邹,一音须。

[20]恒,常。

[21]言举世不识贤愚,以为常俗,我固当终身穷苦而已。

[22]懑,愤也。言己愁思展转而不能卧,心中烦愤,气结满匈也。

[23]言己精魂眇眇独驰,心中烦懑,慄慄而忧也。寃,一作"魂"。之,一作"而"。【补曰】慄,丑弓切。

[24]憺,安。【补曰】大暂切。

[25]言己心中欿恨,意识不安,欲复远去,以道路深冥,难数移也。

块独守此曲隅兮，然欲切而永叹[1]。愁修夜而宛转兮[2]，气涫灢其若波[3]。握剞劂而不用兮[4]，操规矩而无所施[5]。骋骐骥于中庭兮，焉能极夫远道[6]？置猿狖于棂槛兮，夫何以责其捷巧[7]？驷跛鳖而上山兮，吾固知其不能升[8]。释管晏而任臧获兮[9]，何权衡之能称[10]？篾篾杂于麋蒸兮，机蓬矢以躲革[11]。负檐荷以丈尺兮，欲伸要而不可得[12]。外迫胁于机臂兮[13]，上牵联于橧雉[14]。肩倾侧而不容兮[15]，固陿腹而不得息[16]。务光自投于深渊兮[17]，不获世之尘垢[18]。孰魁摧之可久兮，愿退身而穷处[19]。凿山楹而为室兮[20]，下被衣于水渚[21]。雾露蒙蒙其晨降兮[22]，云依斐而承宇[23]。虹霓纷其朝霞兮[24]，夕淫淫而淋雨[25]。怊茫茫而无归兮[26]，怅远望此旷野[27]。下垂钓于溪谷兮，上要求于仙者[28]。与赤松而结友兮[29]，比王侨而为耦[30]。使枭杨先导兮[31]，白虎为之前后。浮云雾而入冥兮，骑白鹿而容与[32]。

[1]言己独处山野，块然守此山曲，心为切痛，长叹而已。

[2]而，一作"之"。

[3]言己心忧宛转而不能卧，愁夜之长，气为涫灢，若水之波也。其，一作"而"。波，一作"汤"。【补曰】涫，沸也。《释文》音馆。《集韵》官、贯二音。"灢"与"沸"同。

[4]剞劂，刻镂刀也。【补曰】剞，居绮切。劂，居卫切，又九月切。应劭曰："剞，曲刀。劂，曲凿。"《说文》云："剞劂，曲刀也。"

[5]言己怀德不用，若工握剞劂而无所刻镂，持方圜而无所错也。一云"而无施"。

[6]言骐骥壹驰千里，乃骋之中庭促狭之处，不得展足以极远道也。以言使贤者执洒扫之役，亦不得展志意也。

[7]言猿狖当居高木茂林，见其才力，而弃之棂槛之中，迫局之处，责其捷巧，非其理也。以言君子当在庙堂为政，而弃之山林，责其智

能，亦非其宜也。猿，一作"蝯"。狖，一作"貐"。捷，一作"挳"。【补曰】欀音零，阶际栏。

[8]言己念君信用众愚，欲以致治，犹若驾跛鳖而欲上山，我固知其不能登也。【补曰】跛，波可切。

[9]臧，为人所贱系也。获，为人所系得也。贱系，一作"残击"。【补曰】《方言》云："臧、获，奴婢贱称也。骂奴曰臧，骂婢曰获。男而聟婢曰臧，女而妇奴曰获。亡奴为之臧，亡婢谓之获。"

[10]言君欲为政，反置管仲、晏婴，任用败军贱辱系获之士，何能称权衡、兴至治乎？或曰，臧，守藏者也。获，生禽者也。皆卑贱无知之人。

[11]已解于《七谏》也。筤，竹也。一作"苣蓫"。廱，一作"菣"，一作"叢"，一作"靡"。躲，一作"射"。

[12]背曰负，荷曰檐。言己居于衰乱之世，常低头俛视，若以背肩负檐，丈尺而步，不敢伸要仰首，以远罪过也。檐，一作"担"。【补曰】檐、担，并都滥切，负也。担，又都甘切。《释名》曰："任也，任力所胜也。""要"与"腰"同。

[13]迫胁，近附也。机臂，弩身也。于，一作"以"。臂，一作"辟"。【补曰】《庄子》云："中于机辟。"辟，毗亦切。疏云："辟，法也，机关之类。"

[14]言己居常怖惧，若附强弩机臂，畏其妄发，上恐牵联于雄射，身被矰缴也。雉，一作"弋"。【补曰】联音连。矰音增。"雉"与"弋"同。

[15]一云"不得容"。【补曰】《孟子》云："胁肩谄笑。"

[16]言己欲倾侧肩背，容头自入，又不见纳，故陿腹小息，畏惧患祸也。陿，一作"悏"。腹，一作"肠"。【补曰】陿音狭，隘也。

[17]务光，古清白之士也。【补曰】务光，见《庄子》。

[18]言古有贤士务光，憎恶浊世，言不见从，自投深渊而死，不为谗佞所尘污，己慕其行也。垢，一作"埃"。【补曰】《屈原传》："不获

世之滋垢。"

[19]言己为谀佞所谮，被过魁摧，不可久止，愿退我身，处于贫穷而已。

[20]楹，柱。而，一作"以"。

[21]渚，水涯也。言己虽穷，犹凿山石以为室柱，下洗浴水涯，被己衣裳，不失清洁也。

[22]一作"朦朦"。

[23]言幽居山谷，雾露蒙蒙而晨来下，浮云依斐承我屋溜，昼夜阇冥也。斐，一作霏。一云"云衣斐斐而承宇"。【补曰】斐音非。

[24]霓，一作"蜺"。

[25]言天云杂色，虹霓扬光，纷然炫耀，日未明旦，复有朝霞，则夕淋雨，愁且思也。【补曰】《诗》云："朝隮于西，崇朝其雨。"

[26]茫，一作"芒"。

[27]言己幽居遇雨，愁思茫茫，无所依归，但见旷野草木盛茂也。旷，一作"广"。

[28]言己幽居无事，下则垂钓饵于溪谷，上则要结仙人，从之受道也。求，一作"结"。【补曰】要，平声。

[29]一无"而"字。

[30]言己执守清洁，遂与二子为群党也。

[31]枭杨，山神名，即狒狒也。导，一作"道"。【补曰】《说文》："周成王时，州靡国献狒狒，人身反踵，自笑，笑则上唇掩其目，食人。《尔雅》：狒狒如人，被发迅走，食人。注云，枭羊也。"《山海经》曰："其状如人，面长唇黑，身有毛，反踵，见人则笑。"狒，父费切。《淮南》云："山出嚣阳。"注云："山精也。"一说云："枭羊，大口，其初得人喜而笑，却唇上覆额，移时而后食之。"张衡《玄图》曰："枭羊喜获，先笑后愁。"谓人凿其唇于额而得禽之也。

[32]言己与仙人俱出，则山神先道，乘云雾、骑白鹿而游戏也。

魂眐眐以寄独兮[1]，汩徂往而不归[2]。处卓卓而日远兮[3]，志浩荡而伤怀[4]。鸾凤翔于苍云兮，故矰缴而不能加[5]。蛟龙潜于旋渊兮，身不挂于罔罗[6]。知贪饵而近死兮，不如下游乎清波[7]。宁幽隐以远祸兮，孰侵辱之可为[8]？子胥死而成义兮，屈原沉于汨罗。虽体解其不变兮[9]，岂忠信之可化[10]？志怦怦而内直兮[11]，履绳墨而不颇[12]。执权衡而无私兮，称轻重而不差[13]。概尘垢之枉攘兮[14]，除秽累而反真[15]。形体白而质素兮，中皎洁而淑清[16]。时溷饫而不用兮，且隐伏而远身[17]。聊窜端而匿迹兮，嗼寂默而无声[18]。独便悁而烦毒兮[19]，焉发愤而抒情[20]。时暧暧其将罢兮[21]，遂闷叹而无名[22]。伯夷死于首阳兮[23]，卒夭隐而不荣[24]。太公不遇文王兮，身至死而不得逞[25]。怀瑶象而佩琼兮，愿陈列而无正[26]。生天墬之若过兮，忽烂漫而无成[27]。邪气袭余之形体兮[28]，疾憯怛而萌生[29]。愿壹见阳春之白日兮，恐不终乎永年[30]。

[1]眐眐，独行貌也。【补曰】眐音征，从目。眐眩，独视也。《博雅》云："眐眐，行也。"其字从耳。

[2]言我魂神眐眐独行，寄居而处，汩然遂往而不还也。【补曰】汩，于笔切。

[3]卓卓，高貌。卓，一作"逴"。远，一作"高"。【补曰】逴音卓。

[4]言己随从仙人上游，所居卓卓，日以高远，中心浩荡，罔然愁思，念楚国也。

[5]一无"而"字。【补曰】缴音酌。

[6]言鸾凤飞于千仞，蛟龙藏于旋渊，故矰缴不能逮，罗罔不能加也。以言贤者亦宜高举隐藏，法令不能拘也。旋，一作"深"。罔，一作"网"。【补曰】《淮南》云："藏志乎九旋之渊。"注云："九回之渊，至深也。"

[7]清波，清洁之流，无人之处也。言蛟龙明于避害，知贪香饵必近于死，故下游于清波无人之处也。以言贤者亦不宜贪禄位以危其身也。而，一作"之"。

[8]言己亦宁隐身幽藏，以远患祸，不能久被侵辱，诚为难也。

[9]其，一作"而"。

[10]【补曰】化音花。

[11]怦，一作"怦"。【补曰】披耕切。

[12]皆已解于《离骚》、《九辩》、《七谏》。

[13]差，过也。言己如得执持权衡，能无私阿，称量贤愚，必不过差，各如其理也。【补曰】差，七何切。

[14]枉攘，乱貌。摡，一作"慨"。一作"狂攘"，一作"枉攘"。摡，涤也。

[15]言己又欲摡激浊乱之臣，使君除去秽累，而反于清明之德。真，一作"悳"。

[16]言己自念形体洁白，表里如素，心中皎洁，内有善性，清明之质也。

[17]言时君不好忠直之士，猒倦其言而不肯用，故且隐伏山泽，斥远己身也。【补曰】伏，於据切。

[18]言己竭忠而不见用，且逃头匿足，窜伏自藏，执守寂寞，吞舌无声也。嘆，一作"漠"，一作"歎"，一作"嘆"。一云"嘆寂漠"。【补曰】嘆音莫。《说文》："嗼，嘆也。"

[19]便悁，一作"悁悒"。

[20]言己怀忠直之志，独悁悒烦毒，无所发我愤懑，泄己忠心也。

[21]暖，一作"薆"。【补曰】罢音皮。

[22]言己遭时不明，行善罢倦，心遂烦闷，伤无美名以流后世也。叹，一作"漠"，一作"嘆"。

[23]一作"首山"。一云"首阳之山"。

［24］言伯夷饿于首阳，夭命而死，不飨其爵禄，得其荣宠也。夭，一作"妖"。【补曰】夭，於表切。

［25］言太公不遇文王，至死不得解于厮贱。一无"得"字。【补曰】逞，丑京切，纵也。

［26］言己怀玉象，履忠信，愿陈列己志，无有明正之君听而受之也。

［27］烂漫，犹消散也。言己生于天地之间，忽若风雨之过，晻然而消散，恨无成功也。烂，一作"澜"。

［28］一无"体"字。

［29］袭，及也。言己常恐邪恶之气及我形体，疾病憯痛横发而生，身僵仆也。【补曰】怛，多达切。

［30］言己被疾忧惧，恐随草木徂落，不能至阳春见白日，不终年命，遂委弃也。

卷十五　九怀章句

　　《九怀》者，谏议大夫王褒之所作也[1]。怀者，思也，言屈原虽见放逐[2]，犹思念其君，忧国倾危而不能忘也。褒读屈原之文，嘉其温雅，藻采敷衍，执握金玉，委之污渎，遭世溷浊[3]，莫之能识。追而愍之[4]，故作《九怀》，以裨其词[5]。史官录第，遂列于篇[6]。

　　[1] 褒，字子渊，蜀人也，为谏大夫。

　　[2] 一作"流放"。

　　[3] 溷，一作"泥"。

　　[4] 一作"诸"。

　　[5] 《释文》作"埤"，作"罃"。埤，频弥切。

　　[6] 一作"编"。

匡 机

极运兮不中[1]，来将屈兮困穷[2]。余深愍兮惨怛[3]，愿一列兮无从[4]。乘日月兮上征[5]，顾游心兮鄗酆[6]。弥览兮九隅[7]，彷徨兮兰宫[8]。芷间兮药房[9]，奋摇兮众芳[10]。菌阁兮蕙楼[11]，观道兮从横[12]。宝金兮委积[13]，美玉兮盈堂[14]。桂水兮潺湲[15]，扬流兮洋洋[16]。菁蔡兮踊跃[17]，孔鹤兮回翔[18]。抚槛兮远望[19]，念君兮不忘[20]。怫郁兮莫陈[21]，永怀兮内伤[22]。

[1]周转求君，道不合也。

[2]还就农桑，修播植也。来，一作"求"，一作"永"。

[3]我内愤伤，心切剥也。愍，一作"愍"。惨，一作"愤"。

[4]欲陈忠谋，道隔塞也。

[5]想托神明，升天庭也。

[6]回眄周京，念先圣也。文王都酆，武王都鄗，二圣有德，明于用贤，故顾其都，冀遭逢也。顾，一作"愿"。【补曰】鄗，下老切，在长安西上林苑中。酆在京兆杜陵西南。

[7]历观九州，求英俊也。

[8]游戏道室，诵五经也。一作"仿惶"。

[9]居仁履义，守忠贞也。间，一作"室"。

[10]动作应礼，行馨香也。众，一作"种"。

[11]节度弥高，德成就也。

[12]众人瞻望，闻功名也。【补曰】横音黄，叶。

[13]志意坚固，策谋明也。

[14]懿誉光明，满朝廷也。

[15]芳流衍溢，周四境也。

[16]洁白之化，动百姓也。

[17]蓍龟喜乐，慕清高也。蓍，筮也。蔡，大龟也。《论语》曰：
"臧文仲居蔡。"【补曰】《淮南》云："大蔡神龟。"注云：大蔡，元龟所
出地名，因名其龟为大蔡。《家语》云："臧氏有守龟，其名曰蔡。"《文
选》云："搏耆龟。"注云："耆，老也。龟之老者神。"引"耆蔡兮踊
跃"。据此，则"蓍"当作"耆"。然注以为"蓍龟"之"蓍"，蓍虽神草，
安能踊跃乎？

[18]畏怖罗网，升青云也。鹤，一作"鹄"。

[19]登楼伏楯，观楚郢也。

[20]思慕怀王，结中情也。不，一作"弗"。

[21]忠言蕴积，不列听也。莫，一作"弗"。陈，一作"敶"。【补
曰】怫音佛。

[22]长思切切，中心痛也。

通 路

天门兮墬户[1]，孰由兮贤者[2]？无正兮溷厕[3]，怀德兮何睹[4]？假寐兮愍斯[5]，谁可与兮寤语[6]？痛凤兮远逝[7]，畜鴳兮近处[8]。鲸鱏兮幽潜[9]，从虾兮游渚[10]。乘虬兮登阳[11]，载象兮上行[12]。朝发兮葱岭[13]，夕至兮明光[14]。北饮兮飞泉[15]，南采兮芝英[16]。宣游兮列宿[17]，顺极兮彷徉[18]。红采兮骍衣[19]，翠缥兮为裳[20]。舒佩兮綝纚[21]，竦余剑兮干将[22]。腾蛇兮后从[23]，飞駏兮步旁[24]。微观兮玄圃[25]，览察兮瑶光[26]。启匮兮探筴[27]，悲命兮相当[28]。纫蕙兮永辞[29]，将离兮所思[30]。浮云兮容与[31]，道余兮何之[32]？远望兮忏眠[33]，闻雷兮阗阗[34]。阴忧兮感余[35]，惆怅兮自怜[36]。

[1]金闺玉闺，君之舍也。墬，一作"墬"，一作"地"。

[2]谁当涉履，英俊路也。

[3]邪佞杂乱，来并居也。

[4]忠信之士不见用也。

[5]衣冠而寝，自怜伤也。不脱冠带而卧曰假寐。《诗》云："假寐永叹。"愍，一作"慇"。

[6]众人愚闇，谁与谋也。一无"与"字。

[7]仁智之士，遁世去也。

[8]畜养佞谀而亲附也。鴳，《释文》作"鷃"。【补曰】鴳音晏，雇也。

[9]大贤隐匿，窜林薮也。鱏，一作"鳝"。【补曰】鲸音勍，海大鱼也。鱏音寻。鳝音善，皮可为鼓。

[10]小人并进，在朝廷也。鲸鱏，大鱼也。虾，小鱼也。渚，一作"渚"。【补曰】虾，《释文》音"遐"，《说文》云："虾蟆也。"一曰，虾

虫与水母游。

[11]意欲驾龙而升云也。

[12]遂骑神兽,用登天也。神象白身赤头,有翼能飞也。【补曰】行,胡冈切,叶。

[13]且发西极之高山也。【补曰】《后汉书》云:"西至葱岭。"注云:"葱岭,山名,其山高大,生葱,故名。"

[14]暮宿东极之丹峦也。

[15]吮嗽天液之浮源也。【补曰】张揖云:"飞泉在昆仑西南。"

[16]咀嚼灵草,以延年也。

[17]遍历六合,视众星也。【补曰】《文选》云:"将北度而宣游。"宣,遍也。

[18]周绕北辰,观天庭也。

[19]婆娑五采,芬华英也。古本:"虹采兮霓衣。"【补曰】骍,思营切,赤色。

[20]衣色璚玮,耀青葱也。【补曰】缥,疋沼切,帛青白色。

[21]缓带徐步,五玉鸣也。一本"舒"下有"余"字。【补曰】綝,林、森二音。纚,力知、所宜二切。衣裳毛羽垂貌。

[22]握我宝剑,立延颈也。【补曰】张揖云:"干将,韩王剑师也。"《博物志》:"干将阳龟文,莫耶阴漫理,此二剑吴王使干将作之。莫耶,干将妻也。夫妇善作剑。"

[23]神虺侍从,慕仁贤也。腾,一作"滕"。一云"从后"。【补曰】《荀子》云:"螣蛇无足而飞。"《文子》曰:"腾蛇无足而腾。"郭璞云:"螣,龙类,能兴云雾而游其中。"

[24]駏驉奋飞,承毂轮也。【补曰】駏音巨。《淮南》云:"北方有兽,其名曰蹷,常为蛩蛩駏驉取甘草,蹷有患,蛩蛩駏驉必负而走。"郭璞曰:"邛邛似马而青。"《穆天子传》:"邛邛距虚,日走五百里。"

[25]上睨帝圃,见天园也。

[26]观视斗柄与玉衡也。瑶,一作"摇"。【补曰】《淮南》云:

"瑶光者,资粮万物者也。"注云:"瑶光,北斗杓第七星也,居中而运,历指十二辰,摘起阴阳,以杀生万物者也。"

[27]发匦引筹,考禄相也。筴,《释文》作"笧"。

[28]不获富贵,值流放也。相,一作"所"。

[29]结草为誓,长诀行也。【补曰】纫,女巾切。

[30]背去九族,远怀王也。

[31]天气溶溶,乍东西也。

[32]来迎导我,难随从也。

[33]遥视楚国,闇未明也。一作"芊瞑",一作"晦昏"。【补曰】《集韵》云:"盰瞑,遥视。"

[34]君好妄怒,威武盛也。【补曰】阗音田。

[35]内愁郁伊,害我性也。忧,一作"愁"。

[36]怅然失志,嗟厥命也。

危 俊

林不容兮鸣蜩[1]，余何留兮中州[2]？陶嘉月兮总驾[3]，搴玉英兮自脩[4]。结荣茝兮逶逝[5]，将去兮远游[6]。径岱土兮魏阙[7]，历九曲兮牵牛[8]。聊假日兮相佯[9]，遗光耀兮周流[10]。望太一兮淹息[11]，纡余辔兮自休[12]。晞白日兮皎皎[13]，弥远路兮悠悠[14]。顾列字兮缥缥[15]，观幽云兮陈浮[16]。巨宝迁兮砏磤[17]，雄咸雌兮相求[18]。泱莽莽兮究志[19]，惧吾心兮憛憛[20]。步余马兮飞柱[21]，览可与兮匹俦[22]。卒莫有兮纤介[23]，永余思兮怵怵[24]。

[1]国不养民，贤宜退也。

[2]我去诸夏，将远逝也。

[3]嘉及吉时，驱乘驷也。总，一作"总"，一作"驱"。

[4]采取琼华，自修饰也。脩，一作"修"。

[5]束草陈信，遂奔迈也。逶，一作"远"。

[6]违离于君，之四裔也。《尔雅》曰："林、烝，君也。"或曰，烝，进也。言去日进而远也。

[7]行出北荒，山高桀也。阙，一作"国"。【补曰】岱，泰山也。注云"北荒"，疑"岱"本"代"字。《春秋传》曰："魏，大名也。"一曰，象魏，阙名。许慎云："巍巍高大，故曰魏阙。"

[8]过观列宿，九天际也。【补曰】《尔雅》："河鼓谓之牵牛。"

[9]且徐游戏，頣年岁也。頣，一作"消"。相，一作"佄"。《释文》作"佄"，音祥。

[10]敷扬荣华，垂显烈也。

[11]观天贵将止沉滞也。

[12]缓我马勒，留寝寐也。

[13] 天精光明而照察也。睎, 一作 “睎”。皎, 一作 “咬”。【补曰】睎, 明之始升也。睎, 望也。

[14] 周望八极, 究地外也。

[15] 邪视彗星, 光暼暼也。【补曰】孛, 薄没切。缥, 匹妙切。

[16] 山气滃郁而罗列也。陈, 一作 “㪩”。

[17] 太岁转移, 声磕硊也。【补曰】砏, 普贫、披班二切。硊音殷, 又於谨切, 石声。

[18] 飞鸟惊鸣, 雌雄合也。【补曰】雊音遘。《前汉·郊祀志》云: “秦文公获若石云, 于陈仓北阪城祠之。其神或岁不至, 或岁数。来也常以夜, 光辉若流星, 从东方来, 集于祠城, 若雄雉, 其声殷殷云, 野鸡夜鸣。以一牢祠之, 名曰陈宝。” 又曰: “汉兴, 世世常来, 光色赤黄, 长四五丈, 直祠而息, 音声砰隐, 野鸡皆雊。此阳气旧祠也。” 注云: “陈宝若来而有声则野鸡皆鸣以应之。” 又扬雄《校猎赋》云: “追天宝, 出一方。应骈声, 击流光。野尽山穷, 囊括其雌雄。” 注云: “天宝, 陈宝也。陈宝神来下时, 駍然有声, 又有光精也。下时穷极山川天地之间, 然后得其雌雄。雄在陈仓, 雌在南阳, 故云野尽山穷也。”

[19] 周望率土, 远广大也。【补曰】泱, 於朗切。

[20] 惟我忧思, 意愁毒也。【补曰】懤, 忧也, 音俦。

[21] 徘徊神山, 且休息也。

[22] 历观群英, 求妃合也。二人为匹, 四人为俦。俦, 一作 “畴”。一云 “一人为匹”。

[23] 众皆邪佞, 无忠直也。

[24] 愁心长虑, 忧无极也。【补曰】怞, 忧貌, 音由。

昭　世

世溷兮冥昏[1]，违君兮归真[2]。乘龙兮偃蹇[3]，高回翔兮上臻[4]。袭英衣兮缇緼[5]，披华裳兮芳芬[6]。登羊角兮扶舆[7]，浮云漠兮自娱[8]。握神精兮雍容[9]，与神人兮相胥[10]。流星坠兮成雨[11]，进瞵盼兮上丘墟[12]。览旧邦兮滃郁[13]，余安能兮久居[14]！志怀逝兮心㤥栗[15]，纡余辔兮踌躇[16]。闻素女兮微歌[17]，听王后兮吹竽[18]。魂凄怆兮感哀[19]，肠回回兮盘纡[20]。抚余佩兮缤纷[21]，高太息兮自怜[22]。使祝融兮先行[23]，令昭明兮开门[24]。驰六蛟兮上征[25]，竦余驾兮入冥[26]。历九州兮索合[27]，谁可与兮终生[28]？忽反顾兮西圉[29]，睹轸丘兮崎倾[30]。横垂涕兮泫流[31]，悲余后兮失灵[32]。

[1]时君闇蔽，臣贪佞也。一云"世溷浊兮"。

[2]将去怀王，就仁贤也。一云"臣违君兮"。

[3]骖驾神兽，挐纷纭也。

[4]行戏遨游，遂至天也。回，一作"廻"。

[5]重我绛袍，采色鲜也。袭，一作"龙"。【补曰】缇音提。緼音习。《集韵》："缇，赤色。""緼，缠衣也，七入切，又音妾。"

[6]徐曳文衣，动馨香也。《诗》曰："婆娑其下。"

[7]升彼高山，徐顾眄也。舆，一作"与"。【补曰】《庄子》："抟扶摇羊角而上者九万里。"疏云："旋风曲戾，犹如羊角。"《音义》云："风曲上行曰羊角。"相如赋云："扶舆猗靡。"《史记》注云："郭璞曰，《淮南》所谓曾折摩地，扶舆猗委也。"按今《淮南子》云："曾挠摩地，扶(于)〔旋〕猗那。"

[8]乘云歌吟而游戏也。或曰"浮云汉"。汉，天河也。

[9]握持神明，动容仪也。一云"握精明"，一云"接精神"，一云

"按神明"，一云"按精明"。雍，一作"痈"。

[10]留待松、乔，与伴俪也。

[11]阴精并降，如堕雨也。【补曰】《春秋》："夜中星陨如雨。"《公羊》曰："如雨者，状如雨。"

[12]天旦欲明，至山溪也。进，一作"集"。古本无"上"字。【补曰】瞵，力辰切，视貌。盼，普苋切。

[13]下见楚国之乱危也。览，一作"临"。【补曰】滃，邬孔切，云气起也。

[14]将背旧乡，之九夷也。

[15]心中欲去，内伤悲也。一无"慄"字。【补曰】慄音留。慄栗，忧貌。

[16]缓我马勒，而低徊也。一云"情踌躇"。

[17]神仙讴吟，声依违也。

[18]伏妃作乐，百虫至也。

[19]精神惆怅，而思归也。

[20]意中毒闷，心纡屈也。回，一作"廻"。

[21]持我玉带，相纠结也。

[22]长叹伤己，远放弃也。

[23]俾南方神，开轨辙也。

[24]炎神前驱，关梁发也。

[25]乘龙直驱，升阊阖也。

[26]遂驰我车，上寥廓也。

[27]周遍天下，求双匹也。索，一作"寡"。

[28]莫足与友，为亲密也。

[29]见彼陇蜀，道阻阨也。

[30]山陵嶔岑，难涉历也。轸丘，一作"丘陵"。【补曰】轸丘，犹《九章》言轸石也。崎音敧。

[31]悲思念国，泣双下也。【补曰】泫，胡犬切，涕流貌。

[32] 哀惜我后, 违天法也。

尊 嘉

季春兮阳阳[1]，列草兮成行[2]。余悲兮兰生[3]，委积兮从横[4]。江离兮遗捐[5]，辛夷兮挤臧[6]。伊思兮往古[7]，亦多兮遭殃[8]。伍胥兮浮江[9]，屈子兮沉湘[10]。运余兮念兹[11]，心内兮怀伤[12]。望淮兮沛沛[13]，滨流兮则逝[14]。榜舫兮下流[15]，东注兮磕磕[16]。蛟龙兮导引[17]，文鱼兮上濑[18]。抽蒲兮陈坐[19]，援芙蕖兮为盖[20]。水跃兮余旌[21]，继以兮微蔡[22]。云旗兮电骛[23]，儵忽兮容裔[24]。河伯兮开门[25]，迎余兮欢欣[26]。顾念兮旧都[27]，怀恨兮艰难[28]。窃哀兮浮萍[29]，泛淫兮无根[30]。

[1]三月温和，气清明也。

[2]百卉垂条，吐荣华也。

[3]哀彼香草，独陨零也。生，一作"萃"，一作"悴"。

[4]枝条摧折，伤根茎也。

[5]忠正之士，弃山林也。

[6]仁智之士，抑沉没也。臧，一作"将"。【补曰】挤，子鸡切，排也。臧音藏，匿也。

[7]惟念前世诸贤俊也。

[8]仁义遇罚，祸及身也。遭，一作"逢"。

[9]吴王弃之于江滨也。

[10]怀沙负石，赴汨渊也。

[11]转思念此，志烦冤也。

[12]肠中恻痛，摧肝肺也。

[13]临水恐栗，畏祸患也。一云"渊沛沛"。【补曰】沛，普贝切。

[14]意欲随水而隐遁也。

[15]乘舟顺水，游海滨也。榜舫，一作"榜牓"，一作"榜舡"，一

作"摘艕",一作"摘舫"。【补曰】榜音谤,进船也。舫音方,并船也。
艕,补孟切,船也。东坡本作"榜舫"。《释文》"榜"作"摘"。摘,取
也。

[16]涛波踊跃,多险难也。磕,一作"礚"。《释文》作"磕"。【补
曰】并苦盖切,石声。

[17]虬螭水禽,驰在前也。又作"文蛇在前也"。一云"蛟龙沃
兮"。

[18]臣鳞扶己,渡涌湍也。文,一作"大"。

[19]拔草为席,处薄单也。

[20]引取荷华,以覆身也。一云"援英兮为盖"。一云"拔英"。

[21]风波动我,摇旗旛也。旌,一作"旅"。

[22]续以草芥,入己船也。以,一作"目"。【补曰】蔡,艸也。

[23]遂乘风电,驱横奔也。

[24]往来亟疾,若鬼神也。【补曰】儵音叔。

[25]水君俟望,开府寺也。

[26]喜笑迎己,爱我善也。

[27]还视楚国,思郢城也。

[28]抱念悲恨,常欲还也。

[29]自比如苹,生水濒也。萍,一作"萍"。

[30]随水浮游,乍东西也。一作"沉淫",一作"泛摇"。【补曰】
摇,当作"淫",旧音羊瞻切。巴东有淫预石。通作"滟"。又相如赋云:
"泛淫泛滥。"泛音冯,浮也。一读作"泛滟",一读作"冯淫",皆通。
泛,一作"沉"。摇,一作"摇"。皆非是。

蓄 英

秋风兮萧萧[1]，舒芳兮振条[2]。微霜兮眇眇[3]，病殀兮鸣蜩[4]。玄鸟兮辞归[5]，飞翔兮灵丘[6]。望溪兮滃郁[7]，熊罴兮响嗥[8]。唐虞兮不存[9]，何故兮久留[10]？临渊兮汪洋[11]，顾林兮忽荒[12]。修余兮袿衣[13]，骑霓兮南上[14]。桀云兮回回[15]，瞽瞽兮自强[16]。将息兮兰皋[17]，失志兮悠悠[18]。荔蕴兮霉鼇[19]，思君兮无聊[20]。身去兮意存[21]，怆恨兮怀愁[22]。

[1]阴气用事，天政急也。

[2]动摇百草，使芳熟也。

[3]霜凝微薄，寒深酷也。

[4]飞蝉卷曲而寂默也。

[5]燕将入海，化为蛤也。

[6]悲鸣神山，奋羽翼也。

[7]川谷吐气，云闇昧也。

[8]猛兽应秋，将害贼也。响，一作"呴"。【补曰】响音吼，一音雏，一音乌角切。嗥，胡刀切。

[9]尧、舜已过，难追逐也。

[10]宜更求君，之他国也。

[11]瞻望大川，广无极也。【补曰】汪洋、晃养二音。

[12]回视乔木，与山薄也。【补曰】荒，火晃切。

[13]整我衿裳，自结束也。修，一作"脩"。【补曰】袿音圭。《广雅》："袿，长襦也。"《释名》："妇人上服曰袿，其下垂者上广下狭，如刀圭。"

[14]托乘赤霄，登张翼也。【补曰】上，一音常。

[15]载气溶溶，意中恶也。桀，一作"乘"。

[16] 稍稍升进，遂自力也。强，一作"疆"。

[17] 且欲中休，止方泽也。

[18] 从高视下，目眩惑也。悠悠，一作"调调"。

[19] 愁思蓄积，面垢黑也。葯，一作"纷"。【补曰】葯音坟。蕴，於云切。葯蕴，蕴积也。霉音眉，物中久雨青黑。一曰败也。黧，怜题切，黑黄。

[20] 想念怀王，忘寝食也。【补曰】聊音留。

[21] 体远情近，在胸臆也。存，一作"在"。

[22] 心中忧恨，内凄恻也。

思 忠

　　登九灵兮游神[1]，静女歌兮微晨[2]。悲皇丘兮积葛[3]，众体错兮交纷[4]。贞枝抑兮枯槁[5]，枉车登兮庆云[6]。感余志兮惨栗[7]，心怆怆兮自怜[8]。驾玄螭兮北征[9]，向吾路兮葱岭[10]。连五宿兮建旄[11]，扬氛气兮为旌[12]。历广漠兮驰骛[13]，览中国兮冥冥[14]。玄武步兮水母[15]，与吾期兮南荣[16]。登华盖兮乘阳[17]，聊逍遥兮播光[18]。抽库娄兮酌醴[19]，援爬瓜兮接糧[20]。毕休息兮远逝[21]，发玉轫兮西行[22]。惟时俗兮疾正，弗可久兮此方[23]。寤辟摽兮永思[24]，心怫郁兮内伤[25]。

　　[1]想登九天，放精神也。神，一作"精"。

　　[2]神女夜吟，声激清也。

　　[3]皇，美。《释文》"丘"作"北"。

　　[4]言己见美大之丘，葛草缘之而生，交错茂盛，人不异而采取，则不成綌纷也。以言楚国士民众多，君不异而举用，则不知其有德也。

　　[5]贞，正。

　　[6]庆云，喻尊显也。言葛有正直之枝，抑弃枯槁而不见采。枉坏恶者，满车升进，反见珍重，御尊显也。以言真正之人，弃于山野，佞曲之臣，升于显朝。枉，一作"桂"。登，一作"升"。【补曰】《汉·天文志》："若烟非烟，若云非云，郁郁纷纷，萧索轮囷，是谓庆云。"

　　[7]动踊我心，如析割也。惨，一作"憀"。【补曰】憀，力周、力雕二切。

　　[8]意中切伤，忧悲楚也。一云"心悲兮"。

　　[9]将乘山神而奔走也。

　　[10]欲踰高山，度阻险也。路，一作"道"。葱，一作"蕙"。【补曰】向，属也，音向。

[11]系续列星,为旗旐也。【补曰】宿音秀。

[12]举布霾雾,作旗表也。氛,一作"雾"。旐,一作"旆"。

[13]径过长沙,驰骊马也。

[14]顾视诸夏,尚昧晦也。

[15]天龟水神,侍送余也。天,一作"大"。

[16]与己为誓,会炎野也。南方冬温,草木常茂,故曰南荣。

[17]上攀北斗,蹑房星也。乘,一作"棐"。【补曰】《大象赋》云:"华盖于是乎临映。"注云:"华盖七星,其柢九星,合十六星,如盖状,在紫微宫中,临勾陈上,以荫帝坐。"

[18]且徐游戏,布文采也。

[19]引持二星以斟酒也。【补曰】《大象赋》注云:"库楼十星,五柱十五星,衡四星,合二十九星,在角南。"《晋·天文志》云:"库楼十星,六大星为库,南四星为楼。"按库楼形似酌酒之器,故云。王逸误以天库及二十八宿之娄以为库娄耳。

[20]啖食神果,志猒饱也。庖,一作"匏"。糧,一作"粮"。【补曰】《大象赋》云:"庖瓜荐果于震闉。"注云:"五星在离珠北,天子之果园,占大光润则岁丰,不尔则瓜果之实不登。"《洛神赋》云:"叹匏瓜之无匹。"注引《史记》云:"四星在危南。"庖瓜,《天官星占》曰:"庖瓜一名天鸡,在河鼓东。"

[21]周遍留止而复去也。

[22]引支车木,遂驱驰也。【补曰】行,胡冈切。

[23]世憎忠信,爱谄谀也。此,一作"北"。

[24]心常长愁,拊心踊也。辟,拊心貌也。辟,一作"擗"。【补曰】《诗》云:"寤辟有摽。"注云:"辟,拊心也。"摽,婢小切,击也。张景阳《七命》云:"牒嶪为之擗摽。"擗,避辟切。摽,避棹切,惊心也。

[25]忧思积结,肝腑烂也。【补曰】怫音佛。

陶 雍

览杳杳兮世惟[1]，余惆怅兮何归[2]？伤时俗兮溷乱[3]，将奋翼兮高飞[4]。驾八龙兮连蜷[5]，建虹旌兮威夷[6]。观中宇兮浩浩[7]，纷翼翼兮上跻[8]。浮溺水兮舒光[9]，淹低佪兮京泜[10]。屯余车兮索友[11]，觐皇公兮问师[12]。道莫贵兮归真[13]，羡余术兮可夷[14]。吾乃逝兮南娭[15]，道幽路兮九疑[16]。越炎火兮万里[17]，过万首兮嶷嶷[18]。济江海兮蝉蜕[19]，绝北梁兮永辞[20]。浮云郁兮昼昏[21]，霾土忽兮塺塺[22]。息阳城兮广夏[23]，衰色罔兮中怠[24]。意晓阳兮燎寤[25]，乃自訽兮在兹[26]。思尧舜兮袭兴[27]，幸咎繇兮获谋[28]。悲九州兮靡君[29]，抚轼叹兮作诗[30]。

[1]观楚泥浊，俗愚蔽也。惟，一作"维"。【补曰】惟，谋也。

[2]罔然失志，无依附也。

[3]哀悯当世，众贪暴也。

[4]振翅翱翔，绝尘埃也。

[5]乘虬翱翔，见容貌也。蜷，一作"踡"。【补曰】并音权。

[6]树蟠蝀旗，纷光耀也。旌，一作"旂"。

[7]大哉天下，难遍照也。

[8]盛气振迅，升天衢也。

[9]遂渡沉流，扬精华也。溺，与"弱"同。

[10]且留水侧，息河洲也。水中可居为洲，小洲为渚，小渚为沚。京泜，即高洲也。一作"低佪"。低，一作"徘"。京，一作"洲"。一注云："小渚为沚，小沚曰泜。"【补曰】京，人所为绝高丘也。一曰大也。泜，直尸切。"沚"与"沘"同。

[11]住我之驾，求松、乔也。【补曰】索，所革切。

[12]遂见天帝，咨秘要也。觐，一作"睹"。

[13]执守无为,修朴素也。贵,一作"遗"。

[14]念己道艺,可悦乐也。《诗》云:"既见君子,我心则夷。"夷,喜也。

[15]往之太阳,游九野也。逝,一作"游"。【补曰】娭音熙。《大人赋》云:"吾欲往乎南娭。"

[16]涉历深山,过舜墓也。疑,一作"嶷"。

[17]积热弥天,不可处也。处,一作"渡"。

[18]见海中山数万头也。海中山石,嶷嶷岳岳,万首交跱也。万首,一作"千首"。嶷嶷,一作"旌旌"。一注云:"万首,海中山名。"【补曰】嶷音拟,又鱼力切。

[19]遂渡大水,解形体也。【补曰】《淮南》云:"蝉饮而不食,三十日而蜕。"

[20]超过海津,长诀去也。辞,一作"词"。【补曰】江淹《别赋》用此语。

[21]楚国溃乱,气未除也。

[22]风俗尘浊,不可居也。壏,一作"梅"。【补曰】霾音埋。壏音梅,尘也。

[23]遂止炎野大屋庐也。

[24]志欲懈倦,身罢劳也。色,一作"气"。【补曰】怠有胎音。

[25]心中燎明,内自觉也。燎,一作"半"。《释文》作"憭"。【补曰】憭音了。

[26]徐自省视,至此处也。诊,一作"视"。在,一作"存"。自诊,一作"息轸",恐非。【补曰】诊,视也,当作"诊"。

[27]喜慕二圣,相继代也。

[28]冀遇虞舜,与议道也。

[29]伤今天下无圣主也。

[30]伏车浩叹,作风雅也。

株 昭[1]

悲哉于嗟兮[2]，心内切磋[3]。款冬而生兮[4]，凋彼叶柯[5]。瓦砾进宝兮[6]，捐弃随和[7]。铅刀厉御兮[8]，顿弃太阿[9]。骥垂两耳兮[10]，中坂蹉跎[11]。蹇驴服驾兮[12]，无用日多[13]。修洁处幽兮[14]，贵宠沙劘[15]。凤皇不翔兮[16]，鹑鷃飞扬[17]。乘虹骖蜺兮[18]，载云变化[19]。鹪鹏开路兮[20]，后属青蛇[21]。步骤桂林兮[22]，超骧卷阿[23]。丘陵翔儛兮[24]，溪谷悲歌[25]。神章灵篇兮[26]，赴曲相和[27]。余私娱兹兮[28]，孰哉复加[29]。还顾世俗兮[30]，坏败罔罗[31]。卷佩将逝兮[32]，涕流滂沱[33]。

[1]一本篇目在"乱曰"之后。

[2]愁思愤懑，长叹息也。

[3]意中激感，肠痛恻也。

[4]物叩盛阴，不滋育也。【补曰】款，叩也。

[5]伤害根茎，枝卷曲也。

[6]佞伪愚戆侍帷幄也。

[7]贞良君子，弃山泽也。【补曰】隋侯之珠，和氏之璧。

[8]顽嚚之徒，任政职也。

[9]明智忠贤，放斥逐也。【补曰】顿音钝，不利也。

[10]雄俊佯愚，闭口目也。【补曰】贾谊赋云："骥垂两耳，服盐车兮。"

[11]众无知己，不尽力也。【补曰】坂音反。《说文》："坡者曰阪，一曰泽障，一曰山胁也。"蹉跎，失足。

[12]驽钝之徒，为辅翼也。服，一作"服"。《释文》作"舨"。【补曰】般、舨，并与"服"同。

[13]僮蒙并进，填满国也。

[14]执履清白，居陋侧也。

[15]权右大夫，佯不识也。【补曰】沙，苏何切，摩抄也。劚音磨，削也。

[16]贤智隐处，深藏匿也。

[17]小人得志，作威福也。

[18]托驾神气而远征也。

[19]升高去俗，易形貌也。【补曰】化音花。曹子建《橘赋》化与家同韵。

[20]仁士智鸟，导在前也。一作"焦明"。【补曰】《博雅》："鷦鵬，凤也。"音明。《扬子》："鷦明冲天，不在六翮乎？"

[21]介虫之长，卫恶奸也。属，一作"厉"。

[22]驰逐正道，德香芬也。

[23]腾越曲阜，过阨难也。【补曰】卷，曲也，音拳。

[24]山丘踊跃而欢喜也。儛，一作"舞"。【补曰】翔舞，亦丘陵之势也。

[25]川渎作乐，进五音也。【补曰】悲歌，亦谓水声。

[26]河图、洛书，纬谶文也。纬，一作"经"。

[27]宫商并会，应琴瑟也。

[28]我诚乐此，发中心也。娱，一作"乐"。

[29]天下欢悦，莫如今也。

[30]回视楚国及众民也。

[31]废弃仁义，修谄谀也。罔，一作"网"。

[32]祛衣束带，将横奔也。

[33]思君念国，泣沾衿也。流，一作"泗"。

乱曰：皇门开兮[1]照下土[2]，株秽除兮[3]兰芷睹[4]。四佞放兮[5]后得禹[6]，圣舜摄兮[7]昭尧绪[8]，孰能若兮[9]愿为辅[10]。

[1] 王门启辟,路四通也。一云"皇开门兮"。

[2] 镜览幽冥,见万方也。

[3] 邪恶已消,远逃亡也。株,一作"珠"。

[4] 俊乂英雄,在朝堂也。

[5] 驩、共、苗、鲧,窜四荒也。

[6] 乃获文命,治江河也。

[7] 重华秉政,执纪纲也。舜,一作"羼"。

[8] 著明唐业,致时雍也。

[9] 谁能知人,如唐虞也。

[10] 思竭忠信,备股肱也。

卷十六　九叹章句

《九叹》者，护左都水使者光禄大夫刘向之所作也。向以博古敏达，典校经书，辩章旧文[1]，追念屈原忠信之节，故作《九叹》。叹者，伤也，息也。言屈原放在山泽，犹伤念君，叹息无已，所谓讚贤以辅志，骋词以曜德者也[2]。

[1]辩，一作"辨"。

[2]讚，一作"赞"。辅，一作"铺"。曜，一作"耀"。

逢 纷

　　伊伯庸之末胄兮[1]，谅皇直之屈原[2]。云余肇祖于高阳兮，惟楚怀之婵连[3]。原生受命于贞节兮，鸿永路有嘉名[4]。齐名字于天地兮[5]，并光明于列星[6]。吸精粹而吐氛浊兮[7]，横邪世而不取容[8]。行叩诚而不阿兮[9]，遂见排而逢谗[10]。后听虚而黜实兮[11]，不吾理而顺情[12]。肠愤悁而含怒兮[13]，志迁蹇而左倾[14]。心懬慌其不我与兮[15]，躬速速其不吾亲[16]。辞灵修而陨志兮[17]，吟泽畔之江滨[18]。椒桂罗以颠覆兮[19]，有竭信而归诚[20]。谗夫蔼蔼而漫著兮[21]，曷其不舒予情[22]。

　　[1]胄，后也。《左氏传》曰：戎子驹支，四岳之裔胄也。

　　[2]谅，信也。《论语》曰："君子贞而不谅。"言屈原承伯庸之后，信有忠直美德，甚于众人也。直，一作"贞"。

　　[3]婵连，族亲也。言屈原与怀王俱颛顼之孙，有婵连之族亲，恩深而义笃也。婵，一作"蝉"。【补曰】婵连，犹牵连也。

　　[4]鸿，大也。永，长也。路，道也。言屈原受阴阳之正气，体合大道，故长有美善之名也。有，一作"以"。

　　[5]谓名平、字原也。

　　[6]谓心达道要，又文采光耀，若天有列星也。【补曰】《九章》云："与日月兮齐光。"

　　[7]氛，恶气也。《左氏传》曰："楚氛甚恶。"言己吸天地清明之气，而吐其尘浊，内洁净也。

　　[8]言己体清洁之行，在横邪贪枉之世，而不能自容入于众也。一无"取"字。

　　[9]叩，击也。阿，曲也。叩，一作"切"。

　　[10]言己心不容非，以好叩击人之过，故遂为谗佞所排逐也。

[11]黜，贬也。实，诚也。

[12]言君听谗佞虚言，以贬忠诚之实，不理我言，而顺邪伪之情，故见放流也。

[13]【补曰】悁，乌玄切，忿也。

[14]言己执忠诚而见贬黜，肠中愤懑，悁悒而怒，则志意迁移，左倾而去也。一云“志徙倚而左倾”。

[15]懭悢，无思虑貌。悢，一作“悦”。其，一作“而”。【补曰】懭悢，失意。上坦朗、下呼晃切。

[16]速速，不亲附貌也。言君心懭悢而无思虑，不肯与我谋议，用志速速，不与己相亲附也。其，一作“而”。

[17]陨，堕也。《易》曰“有陨自天”也。辞，一作“词”。志，一作“意”。

[18]畔，界也。滨，涯也。言己与怀王辞诀，志意堕落，长吟江泽之涯而已。

[19]颠，顿也。覆，仆也。

[20]言己见先贤，若椒桂之人以被祸，其身颠仆，然犹竭信归诚，而志不惧也。

[21]蔼蔼，盛多貌也。《诗》云：“蔼蔼王多吉士。”漫，污也。一无“夫”字。漫，一作“曼”。注云：曼，污也。曼污以自著。

[22]曷，何也。言谗人相聚，蔼蔼而盛，欲漫污人以自著，明君何不舒我忠情以诘责之乎？

　　始结言于庙堂兮[1]，信中塗而叛之[2]。怀兰蕙与衡芷兮[3]，行中壄而散之[4]。声哀哀而怀高丘兮，心愁愁而思旧邦[5]。愿承闲而自恃兮，径淫曀而道壅[6]。颜霉黧以沮败兮[7]，精越裂而衰耄[8]。裳襜襜而含风兮[9]，衣纳纳而掩露[10]。赴江湘之湍流兮，顺波凑而下降[11]。徐徘徊于山阿兮[12]，飘风来之泅泅[13]。驰余车兮玄石[14]，步余马兮洞庭[15]。平明发兮苍梧，夕投宿兮石城[16]。芙蓉盖而菱华车兮[17]，紫贝阙而玉堂[18]。薜荔饰而陆离荐兮[19]，鱼鳞衣而白蜺裳[20]。登逢龙而下陨兮[21]，违故都之漫漫[22]。思南郢之旧俗兮，肠一夕而九运[23]。扬流波之潢潢兮[24]，体溶溶而东回[25]。心怊怅以永思兮，意晻晻而日颓[26]。白露纷以涂涂兮[27]，秋风浏以萧萧[28]。身永流而不还兮，魂长逝而常愁[29]。

[1] 结，犹联也。庙者，先祖之所居也。言人君为政举事，必告于宗庙，议之于明堂也。

[2] 塗，道也。叛，背也。言君始尝与己结议连谋于明堂之上，今信用谗言，中道而更背我也。塗，一作"涂"。

[3] 衡，一作"蘅"。

[4] 言己怀忠信之德，执芬香之志，远行中野，散而弃之，伤不见用也。樊，一作"野"。

[5] 言己放斥山野，发声而吟，其音哀哀，心愁思者，念高丘之山，想归故国也。

[6] 淫暳，闇昧也。《诗》云："不日有暳。"言己思承君闲暇，心中自恃，冀得竭忠，而径路闇昧，遂以壅塞。【补曰】闲，一音谏，据注音闲。暳，於计切。壅音雍。

[7] 黧，黑也。沮，坏也。黧，《释文》作"藜"。【补曰】霉音眉。沮音咀。

[8] 越，去也。裂，分也。耄，老也。言己欲进不得，中心忧愁，颜色黧黑，面目坏败，精神越去，气力衰老也。

[9] 襜襜，摇貌。【补曰】襜，蚩占切，衣动貌。

[10] 纳纳，濡湿貌也。上曰衣，下曰裳。言己放行山野，下裳襜襜而含疾风，上衣濡湿而掩霜露，单行独处，身苦寒也。【补曰】《说文》云："纳，丝湿纳纳也。"

[11] 凑，聚也。言己乘船赴江、湘之疾流，顺聚波而下行，身危殆

也。一云"赴江湘而横流"。【补曰】凑，千候切。降，下也，乎攻切。

[12]阿，曲隅也。徘，一作"低"。

[13]汹汹，讙声也。言己至于山之隈曲，且徐徘徊，冀想君命。飘风卒至，复闻谗佞汹汹，欲来害己也。汹，一作"匈"。【补曰】汹音凶，水势。

[14]玄石，山名。

[15]洞庭，水名。【补曰】谓洞庭之山。

[16]石城，山名也。言己动履大水，宿止名山，用志清洁且坚固也。

[17]盖，一作"葢"。【补曰】"菱"与"蔆"同，花黄白色。

[18]紫贝，水虫名。《援神契》曰："江水出大贝也。"一云"白玉堂"。

[19]陆离，美玉也。荐，卧席也。饰，一作"餝"。荐，古作"虇"。

[20]鱼鳞衣，杂五彩为衣，如鳞文也。言所居清洁，被服芬芳，德体如玉，文彩耀明也。

[21]逢龙，山名，逢，一作"逢"，古本作"蓬"。【补曰】逢，符容切。逢，皮江切。

[22]言己登逢龙之山，而遂下顾，去楚国之辽远也。漫，一作"曼"。【补曰】漫，莫半切。

[23]言己思念郢都邑里故俗，肠中愁悴，一夕九转，欲还归也。

[24]潢潢，大貌。【补曰】潢音晃，水深广貌。

[25]溶溶，波貌也。言己随流而行，水盛广大，波高溶溶，将东入于海也。

[26]言己将至于海，心中怊恨而长思，意晻晻而稍下，恐不复还也。日，一作"自"。颓，一作"隤"。【补曰】晻，乌感切。颓，下坠也，与"隤"同。

[27]涂涂，厚貌。一云"纷纷"。

[28]浏，风疾貌也。言四时欲尽，白露已降，秋风急疾，年岁且

老,愁忧思也。一云"浏浏"。【补曰】浏音流。

[29]言已身随水长流,不复旋反,则蒐蒐遂去,常愁念楚国也。蒐,一作"魂"。

叹曰:譬彼流水,纷扬磕兮[1]。波逢汹涌,濆滂沛兮[2]。揄扬涤荡,漂流陨往,触蚃石兮[3]。龙邛脬圈,缭戾宛转,阻相薄兮[4]。遭纷逢凶,蹇离尤兮[5]。垂文扬采,遗将来兮[6]。

[1]磕,一作"礚"。【补曰】并丘盖切,石声。

[2]水性清洁平正,顺而不争,故以喻屈原也。言水逢风纷乱,扬波滂沛,失其本性,以言屈原志行清白,遭逢贪佞,被过放逐,亦失其本志也。濆,一作"纷"。【补曰】汹,诩拱切。汹涌,水声。濆,扶刎、扶文二切,涌也。

[3]蚃,锐也。言风揄扬,水流陨往,触锐利之石,使之危殆,以言谗人亦扬已过,使得罪罚也。蚃,一作"岑"。【补曰】岑,鉏簪切,山小而锐。

[4]言水得风则龙邛缭戾,与险阻相薄,不得顺其流性也。以言忠臣逢谗人,亦匡攘悼遽而审伏也。脬,一作"纶"。【补曰】脬音裒。圈,惧免切。缭音了。戾,力结切,曲也。

[5]言已遭逢纷浊之世,而遇百凶,以蹇蹇之故,遂以得过也。尤,一作"邮"。

[6]言已虽不得施行道德,将垂典雅之文,扬美藻之采,以遗将来贤君,使知已志也。

离　世

灵怀其不吾知兮，灵怀其不吾闻[1]。就灵怀之皇祖兮，愬灵怀之鬼神[2]。灵怀曾不吾与兮[3]，即听夫人之诿辞[4]。余辞上参于天墬兮，旁引之于四时[5]。指日月使延照兮[6]，抚招摇以质正[7]。立师旷俾端词兮[8]，命咎繇使并听[9]。兆出名曰正则兮，卦发字曰灵均[10]。余幼既有此鸿节兮，长愈固而弥纯[11]。不从俗而诐行兮[12]，直躬指而信志[13]。不枉绳以追曲兮，屈情素以从事[14]。端余行其如玉兮，述皇舆之踵迹[15]。蹇阿容以晦光兮[16]，皇舆覆以幽辟[17]。舆中涂以回畔兮，驷马惊而横犇[18]。执组者不能制兮[19]，必折轭而摧辕[20]。断镳衔昌驰骛兮[21]，暮去次而敢止[22]。路荡荡其无人兮[23]，遂不御乎千里[24]。

[1]言怀王闇惑，不知我之忠诚，不闻我之清白，反用谗言而放逐己也。

[2]言己所言忠正而不见信，愿就怀王先祖告语其冤，使照己心也。鬼神明察，故欲愬之以自证明也。

[3]与，一作"知"。

[4]言怀王之心，曾不与我合，又听用谗诼之言，以过怒己也。即，一作"恻"。夫，一作"谗"。一云"夫谗人"。【补曰】即，就也。

[5]言己所言上参之于天，下合之于地，旁引四时之神，以为符验也。一无"辞"字。墬，一作"墍"。一无"之"字。

[6]延，长也。照，知也。

[7]招摇，北斗杓星也。斗主建天时。言己上指语日月，使长视己之志，抚北斗之杓柄，使质正我之志，动告神明以自征验也。以，一作"使"。【补曰】《礼记》："招摇在上。"注云："在北斗杓间指时者。"

《隋志》云："招摇一星，在北斗杓间。"

[8]师旷，圣人也，字子野，生无目而善听，当晋平公时。端，正也。

[9]言己之言信而有征，诚可据行，愿立师旷使正其词，令咎繇并而听之，二圣聪明，长于人情，知真伪之心也。

[10]言己生有形兆，伯庸名我为正则以法天。筮而卜之，卦得坤，字我曰灵均以法地也。【补曰】兆，龟拆兆也。

[11]言己幼少有大节度以应天地，长大修行而弥纯固也。鸿，一作"洪"。愈，一作"逾"，一作"俞"。【补曰】"俞"与"愈"同。

[12]诐，犹倾也。【补曰】诐，彼寄切。

[13]言己执履忠信，不能随从俗人，倾易其行，直身而言，以信己之志终不回移也。

[14]言己心正直，不能枉性以追曲俗，屈我素志以从众人而承事之也。

[15]言思正我行，令之如玉，不匿瑕恶，以承述先王正治之法，继续其业而大之也。【补曰】行，户更切。

[16]晦，冥也。光，明也。羣，一作"群"。

[17]幽辟，闇昧也。言群臣皆行枉曲，以蔽君之聪明，使楚国闇昧，将危覆也。【补曰】辟，匹亦切。

[18]马以喻贤臣也。言君为无道，国人中道倍畔而去之。贤臣惊怖奔亡，争欲远也。犇，一作"奔"。

[19]执组，犹织组也。织组者，动之于此，而成文于彼，善御者亦动之于手，而尽马力也。《诗》云："执辔如组。"一无"能"字。【补曰】组，绶属。《列女传》曰：《诗》云：执辔如组，两骖如舞。孔子曰：信若是诗，则可以治天下也。言执之于此，而成文于彼。

[20]言驷马惊奔，虽有执辔之御，犹不能制，必摧车轭而折其辕也。以言贤臣奔亡，使国荒乱而倾危也。【补曰】轭，辕前也，於革切。辕，辀也。

[21]镳，勒也。衔，饰口铁也。断，一作"绝"。目，一作"以"。【补曰】镳，彼苗切。

[22]暮，夜也。次，舍也。止，制也。言车败马奔，镳衔断绝，犹自驰骛，至于暮夜乃舍，无有制止之者也。以言人臣一去君，亦不复得拘留也。去，一作"者"。

[23]荡荡，平易貌也。《尚书》曰："王道荡荡。"

[24]御，禁也。言君国之道路荡荡，空无贤人，以不待遇之故，遂行千里，远之他方也。

　　身衡陷而下沉兮[1]，不可获而复登[2]。不顾身之卑贱兮，惜皇舆之不兴[3]。出国门而端指兮，冀壹寤而锡还[4]。哀仆夫之坎毒兮[5]，屡离忧而逢患[6]。九年之中不吾反兮，思彭咸之水游[7]。惜师延之浮渚兮[8]，赴汨罗之长流[9]。遵江曲之逶移兮[10]，触石碕而衡游[11]。波澧澧而扬浇兮[12]，顺长濑之浊流[13]。凌黄沱而下低兮[14]，思还流而复反[15]。玄舆驰而并集兮[16]，身容与而日远[17]。棹舟杭以横濿兮[18]，溢湘流而南极[19]。立江界而长吟兮，愁哀哀而累息[20]。情慌忽以忘归兮，神浮游以高厉[21]。心蛩蛩而怀顾兮[22]，魂眷眷而独逝[23]。

[1]衡，横也。下沉，一作"不行"。

[2]言己远去千里，身必横陷沉没，长不可复得登引而用之也。

[3]言己远行千里，不敢顾念身之贫贱，欲慕高位也。惜君国失贤，道德不盛也。

[4]言己放出国门，正心直指，执履诚信，幸君觉寤，赐己以还命也。一本"冀"上有"方"字。锡，一作"赐"。

[5]坎，恨也。毒，恚也。坎，一作"欿"。【补曰】欿音坎，食不满也。

[6]屡，数也。言己不自念惜身之放逐，诚哀仆御之夫，坎然恚

恨，以数逢忧患，无已时也。【补曰】患，平声。

[7]言己放出九年，君不肯反我，中心愁思，欲自沉于水，与彭咸俱游戏也。

[8]师延，殷纣之臣也，为纣作新声北里之乐。纣失天下，师延抱其乐器，自投濮水而死也。【补曰】《史记》："卫灵公至于濮水之上，夜半闻鼓琴声，召师涓听而写之。乃之晋，见晋平公，令师涓援琴鼓之，师旷曰：'此亡国之声，师延所作也，与纣为靡靡之乐。武王伐纣，师延东走，自投濮水之中。'"

[9]言己复贪慕师延自投于水，身浮渚涯，冀免于刑诛，故遂赴汨水长流而去也。

[10]逶移，长貌。一云"遵曲江之逶蛇"。

[11]言己愿循江水逶移而行，反触石碕而复横流，所为无可也。【补曰】碕，曲岸，音祈。

[12]澧澧，波声也。回波为浇也。澧，唐本作"沣"。【补曰】浇，女教切，湍也。一曰水回波，见《集韵》。旧音叫。

[13]言己横流而行，水波澧澧，回而扬浇，邪引己船，则顺长濑之流，以避其难也。

[14]黄沱，江别名也，江别为沱也。沱，《释文》作"沱"。【补曰】沱，唐何切，江别流出岷山东，别为沱。低，脂市切。

[15]言己凌乘黄沱，低船而下，将入于海，心思还水之流，冀幸复旋反也。还，一作"远"。

[16]玄者，水也。

[17]言己以水为车，与船并驰而流，故身容与，日以远也。

[18]濿，渡也。由带以上为濿。杭，一作"航"。以，一作"而"。濿，一作"厉"。一注云："由膝以上为厉。"【补曰】濿，履石渡水。通作"厉"。

[19]溰，亦渡也。言己乃棹船横行，南渡湘水，极其源流也。溰，一作"济"。而，一作"于"。【补曰】溰，《集韵》作"淫"。

[20]言己还入大江之界,远望长吟,心中悲叹而太息,哀不遇也。界,一作"介"。累,一作"縶"。

[21]言己心愁,情志慌忽,思归故乡,则精神浮游高厉而远行也。

[22]蜇蜇,怀忧貌。心,一作"志"。【补曰】蜇音卭。

[23]眷眷,顾貌。《诗》云:"眷眷怀顾。"言己心中蜇蜇,常怀大忧,内自顾哀,则魂神眷眷,独行无有还意也。眷,一作"睠"。【补曰】睠,古倦切,顾也。

　　叹曰:余思旧邦[1],心依违兮。日暮黄昏,羌幽悲兮[2]。去郢东迁[3],余谁慕兮?谗夫党旅,其以兹故兮[4]。河水淫淫,情所愿兮[5]。顾瞻郢路,终不返兮[6]。

[1]思,一作"恖"。

[2]言我思念故国,心中依违,不能远去。日暮黄昏,无所归附,中心悲愁而忧思也。羌,一作"嗟"。

[3]去,一作"王"。

[4]旅,众也。言己去郢东徙,我谁思慕而欲远去乎?诚以谗夫朋党众多之故而见放弃也。

[5]淫淫,流貌。

[6]言河水淫淫,流行日远,诚我中心之所愿慕也。观视楚郢之道路,终不复还反,内自哀伤也。

怨 思

惟郁郁之忧毒兮，志坎壈而不违[1]。身憔悴而考旦兮[2]，日黄昏而长悲[3]。闵空宇之孤子兮[4]，哀枯杨之冤鶵[5]。孤雌吟于高墉兮[6]，鸣鸠栖于桑榆[7]。玄蝯失于潜林兮，独偏弃而远放[8]。征夫劳于周行兮[9]，处妇愤而长望[10]。申诚信而罔违兮，情素洁于纽帛[11]。光明齐于日月兮，文采耀于玉石[12]。伤压次而不发兮[13]，思沉抑而不扬[14]。芳懿懿而终败兮[15]，名靡散而不彰[16]。

[1]坎壈，不遇貌也。言己放逐，心中郁郁，忧而愁毒，虽坎壈不遇，志不离于忠信也。【补曰】壈，力感切。

[2]憔悴，忧貌也。考，犹终也。旦，明也。

[3]言己心忧憔悴，从夜终明，不能寝寐。日入黄昏，复涕泣而长悲也。

[4]宇，居也。无父曰孤。

[5]冤，烦冤也。生哺曰鷇，生啄曰鶵。言己既放伤念，坐于空室之中，孤子茕茕，东西无所依归，又悲哀飞鸟生鶵，其身烦冤而不得出，在于枯杨之树，居危殆也。言己有孤子之忧，冤鶵之危也。【补曰】鶵，崇初切。生喝鶵，鸟子生而能自啄者。

[6]墉，墙也。《易》曰："射隼于高墉之上。"言冤鶵之生，早失其雄，其母孤居，吟于高墙之上，将复遇害也。言己亦失其所居，在于林泽，居非其处，恐颠仆也。

[7]言鸠鸟轻佻巧利，乃栖于桑榆，居茂木之上，鼓翼而鸣，得其所也。以言谗佞弄口妄说，以居尊位，得志意也。

[8]言玄蝯材力捷敏，失于高深之林，则独偏遇放弃，忘其能也。以言贤人弃在山泽，亦失其志也。

[9]行，道也。《诗》云："旹旹公子，行彼周道。"

[10]言征行之夫，罢劳周道，行役过时而不得归，则处妇愤懑，长望而思之也。以言己放在山泽之中，曾无思之也。

[11]申，重也。罔，无也。纽，结束也。《易》曰："束帛戋戋。"言己放弃，虽无有思之者，然犹重行诚信，无有违离，情志洁净，有如束帛也。一云"情结素"。《释文》：纽，女九切。【补曰】纽，系也。一曰结而可解。或作"纫"，非是。

[12]言己耳目聪明，如日月之光，无所不照。发文序词，烂然成章，如玉石有文采也。

[13]压，镇压也。次，失次也。压，一作"厌"。《释文》："於甲切。"

[14]言己怀文、武之质，自伤压镇失次，不得发扬其美德，思虑沉抑而不得扬见也。

[15]懿懿，芳貌。

[16]靡散，犹消灭也。言己有芬芳懿美之德，而放弃不用，身将终败，名字消灭，不得彰明于后世也。靡，一作"糜"。【补曰】靡音眉。

背玉门以奔骛兮[1]，塞离尤而干诟[2]。若龙逢之沉首兮[3]，王子比干之逢醢[4]。念社稷之几危兮[5]，反为雠而见怨[6]。思国家之离沮兮，躬获愆而结难[7]。若青蝇之伪质兮[8]，晋骊姬之反情[9]。恐登阶之逢殆兮[10]，故退伏于末庭[11]。孽臣之号咷兮[12]，本朝芜而不治[13]。犯颜色而触谏兮，反蒙辜而被疑[14]。菀蘼芜与菌若兮[15]，渐藁本于洿渎[16]。淹芳芷于腐井兮[17]，弃鸡骇于筐簏[18]。执棠溪目剌蓬兮[19]，秉干将以割肉[20]。筐泽泻以豹鞹兮[21]，破荆和以继筑[22]。时溷浊犹未清兮[23]，世殽乱犹未察[24]。欲容与以俟时兮[25]，惧年岁之既晏[26]。顾屈节以从流兮，心巩巩而不夷[27]。宁浮沉而驰骋兮，下江湘以遄回[28]。

[1]玉门，君门。犇，一作"奔"。

[2]干，求也。言己背君门奔驰而去者，以己忠信之故，得过于众，而自求辱也。诟，一作"訽"。【补曰】并音苟，辱也。又许候、胡遘、丘候三切。

[3]【补曰】逢音庞。

[4]圣贤忠谏而见诛也。

[5]几，一作"机"。

[6]言己念君信用谗佞，社稷几危，以故正言极谏，反为众臣所雠，而见怨恶也。

[7]言己思念国家纲纪将以离坏，而竭忠言，身以得过，结为患难也。【补曰】沮，将绪切。难，乃旦切。

[8]伪，犹变也。青蝇变白使黑，变黑成白，以喻谗佞。《诗》云："营营青蝇。"

[9]言谗人若青蝇变转其语，以善为恶，若晋骊姬以申生之孝，反为悖逆也。

[10]之，一作"而"。

[11]末，远也。言己思欲登君阶陛，正言直谏，恐逢危殆，故复退身于远庭而窜伏也。

[12]号咷，讙呼。臣，一作"子"。【补曰】号，乎高切。咷音逃。

[13]言佞臣妖孽，委曲其声，相聚讙哗，君以迷惑，国将倾危，朝用芜薉而不治也。【补曰】治，平声。杨恽曰："田彼南山，芜秽不治。"

[14]言己以犯君之颜色，触禁而谏，反蒙罪辜而被猜疑，不见信也。一无"色"字。谏，一作"讳"。

[15]菀，积。蘼，一作"靡"。【补曰】菀音郁。

[16]洿渎，小沟也。洿，一作"污"。【补曰】渐，子廉切。《荀子》云："兰茝藁本，渐于蜜醴，一佩易之。"渐，浸也。《管子》云："五沃之土，五臭畴生，莲与蘼芜，藁本白芷。"《本草》云："藁本，茎叶根味与芎藭小别，以其根上苗下似禾藁，故名之。"

[17]淹，渍也。腐，臭也。

[18]鸡骇，文犀也。筐篆，竹器也。言积渍众芳于污泥臭井之中，弃文犀之角，置于筐篆而不带佩，蔽其美质，失其性也。以言弃贤智之士于山林之中，亦失其志也。一作"骇鸡"。篆，《释文》作"簏"，音录。【补曰】《集韵》并音鹿，竹高箧也。《战国策》："楚献鸡骇之犀、夜光之璧于秦。"《援神契》云："神灵滋液，则犀骇鸡。"宋（哀）〔衷〕曰："角有光，鸡见而骇也。"《后汉》传大秦国有骇鸡犀。注引《抱朴子》云："通天犀有一理如綖者，以盛米，置群鸡中。鸡欲往啄米，至輒惊却，故南人名为骇鸡。"

[19]棠溪，利剑也。刜，斫也。目，一作"以"。【补曰】刜，断也，音拂。

[20]干将，亦利剑也。利剑宜以为威，诛无状以征不服，今乃用斫蓬蒿、割熟肉，非其宜也。以言使贤者为仆隶之徒，非其宜也。《论语》曰："割鸡焉用牛刀。"

[21]筐，满也。泽泻，恶草也。鞲，革也。《论语》曰："虎豹之鞲。"言取泽泻恶草盛于革囊，满而藏之，无益于用也。以言养育小人，置之高堂，亦无益于政治也。【补曰】鞲，去毛皮也。《本草》："泽泻叶狭长，丛生浅水中，多食，病人眼。"

[22]筑，大杵也。言破和氏之璧，以继筑杵而舂，败玉宝，失其好也。以言取贤人刑伤，使执厮役，亦害忠良，失其宜也。

[23]时，一作"旹"。

[24]察，明也。言时世贪浊，善恶觳乱，尚未清明也。【补曰】觳，一作"淆"，并乎交切，杂也。

[25]时，一作"旹"，一作"之"。

[26]晏，晚也。言己欲游戏以待明君，恐年岁已晚，身衰老也。晏，一作"旴"。

[27]巩巩，拘挛貌也。夷，悦也。言思屈己忠直之节，随俗流行，心中拘挛，仁义不舒，而志不悦乐。顾，一作"愿"。巩，一作"蛩"。【补

曰】巩音拱，以韦束也。

[28]邅回，运转也。言己不能随俗，宁浮身于沅水，驰骋而去，遂下湘江，运转而行也。以，一作"而"。

叹曰：山中槛槛，余伤怀兮[1]。征夫皇皇，其孰依兮[2]。经营原野，杳冥冥兮[3]。乘骐骋骥，舒吾情兮[4]。归骸旧邦，莫谁语兮[5]。长辞远逝，乘湘去兮[6]。

[1]槛槛，车声也。《诗》云："大车槛槛。"言己放去山中，车行槛槛，鸣有节度，自伤不遇，心愁思也。【补曰】槛音舰，上声。

[2]皇皇，惶遽貌。言己惜征行之夫，心常惶遽，一身独处，无所依附也。征夫，一作"征征"。

[3]南北为经，东西为营。言己放行山野之中，但见草木杳冥，无有人民也。

[4]言己愿欲乘骐骥，驰骋以求贤君，舒肆忠节，展我之情也。乘，一作"椉"。

[5]言己思念故乡，虽死欲归骸骨于楚国，无所告语，达己之心也。

[6]言己欲归骸骨于楚国而众不知，故复长诀，乘水而欲远去也。辞，一作"词"。

远 逝

　　志隐隐而郁怫兮[1]，愁独哀而冤结[2]。肠纷纭以缭转兮[3]，涕渐渐其若屑[4]。情慨慨而长怀兮[5]，信上皇而质正[6]。合五岳与八灵兮[7]，讯九魁与六神[8]。指列宿以白情兮，诉五帝以置辞[9]。北斗为我折中兮[10]，太一为余听之[11]。云服阴阳之正道兮[12]，御后土之中和[13]。佩苍龙之蚴虬兮[14]，带隐虹之透蛇[15]。曳彗星之晧旰兮[16]，抚朱爵与骏蚁[17]。游清灵之飒戾兮[18]，服云衣之披披[19]。杖玉华与朱旗兮[20]，垂明月之玄珠[21]。举霓旌之墠翳兮[22]，建黄纁之总旄[23]。躬纯粹而罔愆兮，承皇考之妙仪[24]。

　　[1]隐隐，忧也。《诗》云："忧心殷殷。"一作"隐隐"。

　　[2]言己放流，心中隐隐而忧愁，思念怫郁，独自哀伤，执行忠信而被谗邪，冤结曾无解己也。一云"愁独哀哀"。

　　[3]纷纭，乱貌也。缭，绕也。【补曰】缭音了。

　　[4]渐渐，泣流貌也。言己忧愁，肠中回乱，缭绕而转，涕泣交流，若砲屑之下，无绝时也。【补曰】渐，侧衔切。

　　[5]慨慨，叹貌也。《诗》云："慨我寤叹。"

　　[6]上皇，上帝也。言己中情愤懑，慨然长叹，欲自信理于上帝，使天正其意也。质，一作"贞"。【补曰】信音伸。正，平声，叶。

　　[7]五岳，五方之山也，王者巡狩考课政化之处也。东为泰山，西为华山，南为衡山，北为恒山，中央为嵩山。八灵，八方之神也。

　　[8]讯，问也。《诗》云："执讯获丑。"九魁，谓北斗九星也。言己忠直而不见信用，愿合五岳与八方之神，察己之志，上问九魁、六宗之神，以照明之也。讯，一作"谇"。魁，一作"魁"。【补曰】讯音信。谇，息醉切。魁音祈，星名也。北斗七星，辅一星，在第六星旁。又招摇一

星，在北斗杓端。

[9] 言己愿复指语二十八宿，以列己清白之情，告诉五方之帝，令受我辞而听之也。置，一作"宣"。

[10] 折，一作"质"。【补曰】折中，平也。中音众。

[11] 折，正也。言己乃复使北斗为我正其中和，太一之神听其善恶也。

[12] 阳为仁也，阴为义也。

[13] 土色黄，其味甘，故言中和也。言群神劝我承天奉地，服循仁义，处中和之行，无有违离也。

[14] 蚴虬，龙貌。【补曰】於纠、渠纠二切。

[15] 隐，大也。逶蛇，长貌。【补曰】蚴，唐何切。

[16] 曳，引也。皓旰，光也。彗，一作"篲"。皓，一作"皓"。【补曰】皓，下老切。旰音汗。相如云："采色澔汗。"

[17] 朱爵、鵔鸃，皆神俊之鸟也。言己动以神物自喻，诸神劝我行当如苍龙，能屈能申；志当如大虹，能扬文采；精当若彗星，能耀光明；举当若鵔鸃，飞能冲天也。【补曰】鵔鸃，浚仪二音。《释文》：鵔音迅。师古云："鷩也，似山鸡而小。"

[18] 飒戾，清凉貌。灵，一作"雾"。

[19] 披披，长貌也。言积德不止，乃上游清冥清凉之庭，被服云气而通神明也。服，一作"服"。【补曰】《黄庭经》云："恍惚之间至清灵。""服"与"服"同。

[20] 华，一作"策"。

[21] 朱，赤也。黑光曰玄也。

[22] 墇翳，蔽隐貌。旌，一作"旀"。【补曰】墇音帝。《博雅》云："障蔽也。"

[23] 总，合也。黄繡，赤黄也。天气玄黄，故曰黄繡也。言己修善弥固，手乃杖执美玉之华，带明月之珠，扬赤霓以为旌，杂五色以为旗旄，志行清明，车服又殊也。繡，一作"昏"。注云："黄昏时天气玄黄，

故曰黄昏。"

[24]仪，法也。言己行度纯粹而无过失，上以承美先父高妙之法，不敢解也。一本"承"上有"永"字。妙，一作"眇"。注云："高远之法。"

　惜往事之不合兮，横汨罗而下濿[1]。乘隆波而南渡兮[2]，逐江湘之顺流。赴阳侯之潢洋兮，下石濑而登洲[3]。陵魁堆以蔽视兮[4]，云冥冥而闇前。山峻高以无垠兮，遂曾闳而迫身[5]。雪雰雰而薄木兮[6]，云霏霏而陨集[7]。阜隘狭而幽险兮[8]，石嵾嵯以翳日[9]。悲故乡而发忿兮[10]，去余邦之弥久[11]。背龙门而入河兮[12]，登大坟而望夏首[13]。横舟航而溆湘兮[14]，耳聊啾而懔慌[15]。波淫淫而周流兮，鸿溶溢而滔荡[16]。路曼曼其无端兮，周容容而无识[17]。引日月以指极兮[18]，少须臾而释思[19]。水波远以冥冥兮，眇不睹其东西[20]。顺风波以南北兮，雾宵晦以纷纷[21]。日杳杳以西颓兮[22]，路长远而窘迫[23]。欲酌醴以娱忧兮[24]，蹇骚骚而不释[25]。

[1]言己贪惜以忠事君，而志不合，故欲横渡汨水，以自沉没也。濿，一作"厉"。

[2]隆，盛也。乘，一作"乘"。渡，一作"度"。

[3]言己愿乘盛波，逐湘江之流，赴阳侯之大波，过石濑之湍，登水中之洲，身历危殆，不遑安处也。【补曰】潢，户广切。洋，以掌切，水深貌。

[4]魁堆，高貌。陵，一作"陆"。魁，一作"魁"。【补曰】陵，大阜。陆，高平地。

[5]垠，岸涯也。曾，重也。闳，大也。言己所在之处，前有高陵，蔽不得视，后有峻大之山，迫附于己，幽藏山野，心中愁思也。

[6]雰雰，雪貌。木，一作"林"。

[7]陨,下也。集,会也。

[8]大陵曰阜。狭,陋也。

[9]翳,蔽也。言已居隘险之处,山石蔽日,霜雪并会,身既忧愁,又寒苦也。【补曰】嶻嵯,楚岑、又宜二切,山不齐。

[10]忿,恚也。

[11]言己不得还归,中心发恚,自恨去我国邑之甚久也。

[12]龙门,郢东门也。

[13]言己虚被谗言,背郢城门而奔走,将入大河,登其高坟以望夏水之口,泄思念也。大,一作"高"。

[14]澨,一作"济"。

[15]聊啾,耳鸣也。懭慌,忧愁也。言己愿乘舟航济渡湘水,寂无人声,耳中聊啾而自鸣,意中忧愁而懭慌,无所依归也。一作"党荒"。【补曰】聊音留。懭,他朗。慌,呼晃切。

[16]滔荡,广大貌也。言己愁思懭慌,又见水中流波,淫淫相随。鸿溶广大,怅然失志也。鸿,一作"澒"。【补曰】澒、鸿,并乎孔切。溶音勇,水盛也。《大人赋》云:"纷鸿溶而上厉。"

[17]言己所行,山泽广远,道路悠长,周流容容而无知识也。【补曰】识音志。

[18]极,中也,谓北辰星也。

[19]释,解也。言己施行正直,愿引日月使照我情,上指北辰,诉告于天,冀君觉寤,且解忧思须臾之间也。

[20]睹,一作"覩"。

[21]宵,夜也。《诗》云:"肃肃宵征。"言己渡广水,心迷不知东西,雾气晦冥,白昼若夜也。纷纷,一作"纷闇"。

[22]颓,一作"隤"。

[23]言日已西颓,年岁卒尽,道路长远,不得复还,忧心迫窄,无所舒志也。

[24]醴,醴酒也。《诗》云:"为酒为醴。"忧,一作"意"。

[25]蹇，难也。言己欲酌醴酒以自娱乐，心中愁思不可解释也。

叹曰：飘风蓬龙，埃坲坲兮[1]。中木摇落[2]，时槁悴兮[3]。遭倾遇祸，不可救兮。长吟永欷，涕究究兮[4]。舒情陈诗，冀以自免兮。颓流下陨，身日远兮[5]。

[1]蓬龙，犹蓬转风貌也。坲坲，尘埃貌。蓬，一作"逢"。坲，一作"浡"。【补曰】坲音佛，尘起也。浡音同。

[2]中，一作"草"。【补曰】"中"与"草"同。

[3]槁，枯也。悴，病也。言飘风转运，扬起尘埃，摇动草木，使之迎时枯槁，茎叶被病，不得盛长也。以言谗人亦运转其言，埃尘忠直，使之被病而伤形也。【补曰】悴音遂律切。

[4]究究，不止貌也。言己遭倾危之世而遇患祸，不可复救，故长叹歔欷而涕滂流，不可止也。究，一作"赞"。古本作"究"。

[5]言己舒展中情，陈序志意，冀得脱免患祸，然身颓流日远，不得还也。一云"颓流下逆，身日以远兮"。一云"颓流下陨，身逝远兮"。

惜　贤

览屈氏之《离骚》兮，心哀哀而怫郁[1]。声嗷嗷以寂寥兮[2]，顾仆夫之憔悴[3]。拨诇谀而匡邪兮[4]，切涴涊之流俗[5]。荡溾湋之奸咎兮[6]，夷蠢蠢之溷浊[7]。怀芬香而挟蕙兮[8]，佩江蓠之斐斐[9]。握申椒与杜若兮，冠浮云之峩峩[10]。登长陵而四望兮，览芷圃之蠚蠚[11]。游兰皋与蕙林兮，睨玉石之嵾嵯[12]。扬精华以眩耀兮[13]，芳郁渥而纯美[14]。结桂树之旖旎兮[15]，纫荃蕙与辛夷[16]。芳若兹而不御兮，捐林薄而菀死[17]。

[1] 言己观屈原所作《离骚》之经，博达温雅，忠信恳恻，而怀王不寤，心为之悲而怫郁也。

[2] 嗷嗷，呼声也。寂寥，空无人民之貌也。嗷，一作“嗸”。《释文》作“寂嗼”。上七到，下音老。一作“呇嘹”。音同。【补曰】嗷嗷，众口愁也。嗸，呼也，音叫。《集韵》呇音寂。“嘽嘹，寂静也。”音草老。

[3] 言己思为屈原讼理冤结，嗷嗷而呼，山野寂寥，空无人民，顾视仆御，心皆憔悴而有忧色也。【补曰】悴，遂律切。

[4] 拨，治也。匡，正也。诇，一作“谗”。

[5] 切，犹椠也。涴涊，垢浊也。言己如得进用，则治谗谀之人，正其邪伪，椠贪浊之俗，使之清净也。【补曰】涴，他典切。涊，乃(典)〔殄〕切。

[6] 荡，涤也。溾湋，污薉也。乱在内为奸。咎，恶也。【补曰】溾，乌回切。湋，乌禾切。《博雅》：“溾，秽也。”“湋，浊也。”

[7] 夷，灭也。蠢蠢，无礼义貌也。《诗》云：“蠢尔蛮荆。”言己欲荡涤谗佞污秽之臣，以除奸恶，夷灭贪残无礼义之人也。【补曰】蠢，出尹切。

[8] 挟，持。芬，一作“芳”。

[9]一作"菲菲"。【补曰】斐音霏。《说文》:"往来斐斐貌。"

[10]峨峨,高貌也。言己独怀持香草,执忠贞之行,志意高厉,冠切浮云,不得而施用也。峨,一作"峩"。

[11]圃,野树也。《诗》云:"东有圃草。"蠡蠡,犹历历,行列貌也。言己登高大之陵,周而四望,观香芷之圃,历历而有行列,伤人不采而佩带也。言己亦修德行义,动有节度,而不见进用也。一无"树"字。【补曰】蠡,礼戈切。

[12]顾视为睨。玉石,以喻君门也。嵾嵯,不齐貌也。言己放流,犹喜居兰皋蕙林芬芳之处,修行清白,动不离身,上睨君门,贤愚并进,嵾嵯不齐也。

[13]炫耀,光貌。一作"耀"。

[14]渥,厚。芳,一作"芬"。

[15]旖旎,盛貌。《诗》云:"旖旎其华。"一作"猗狔"。【补曰】於绮、乃绮二切。《集韵》:"猗狔,弱貌。"

[16]言己扬耳目之精,其明炫耀,姿质纯美,犹复结桂枝,索兰蕙,修善益固,德行弥盛也。荃蕙,一作"蕙草"。

[17]菀,积也。言己修行众善若此,而不见用,将弃林泽菀积而死,恨功不立而志不成也。【补曰】菀音郁。

驱子侨之犇走兮[1],申徒狄之赴渊[2]。若由夷之纯美兮[3],介子推之隐山[4]。晋申生之离殃兮[5],荆和氏之泣血。吴申胥之抉眼兮[6],王子比干之横废[7]。欲卑身而下体兮,心隐恻而不置[8]。方圜殊而不合兮,钩绳用而异态[9]。欲俟时于须臾兮,日阴曀其将暮[10]。时迟迟其日进兮[11],年忽忽而日度[12]。妄周容而入世兮,内距闭而不开[13]。俟时风之清激兮[14],愈氛雾其如塺[15]。进雄鸠之耿耿兮[16],谗介介而蔽之[17]。默顺风以偃仰兮[18],尚由由而进之[19]。心懭悢以冤结兮[20],情舛错以曼忧[21]。搴薜荔于山野兮，采捻支于中洲^[22]。望高丘而叹涕兮，悲吸吸而长怀^[23]。孰契契而委栋兮^[24]，日晻晻而下颓^[25]。

[1]驱，驰也。子侨，王子侨也。犇，一作"奔"。

[2]申徒狄，贤者，避世不仕，自沉赴河也。言己修善不见进用，意欲驱驰，待王子侨随之奔走，以学道真。又见申徒狄避世赴河，意中纷乱，不知所行也。

[3]由，许由也。夷，伯夷也。一作"夷由"。

[4]言己又有清高之行如许由，尧让以天下，辞而不肯受。伯夷、叔齐让国而饿死。介子推逃晋文公之赏，隐身深山，无爵位而有显名也。

[5]"殃"一作"谗"。

[6]一作"子胥"。【补曰】抉，乌决切。

[7]皆已解于《九章》。

[8]言己欲卑身下体，以顺风俗，心中恻然而痛，不能置中正而行佞谀也。

[9]言方与圆其性不同，钩曲绳直，其态殊异而不可合也。以言忠佞异志，犹钩绳也。

[10]日以喻君。阴暗，闇昧也。言己欲待盛世明时，君又闇昧，年岁已暮，身将老也。

[11]迟迟，行貌。《诗》云："行道迟迟。"其，一作"而"。

[12]度，去也。言天时转运日进，迟迟而行，己年忽去，日以衰老也。而，一作"以"。【补曰】辰去速而来迟。迟迟，来迟也。忽忽，去速也。

[13]言己欲妄行，周比苟容，自入于君，心内距闭而意不开，敏于忠正而愚于谗谀也。

[14]风以喻政。激，感也。

[15]塺，尘也。言己欲待明君之政，清洁之化，以感激风俗，而君愈贪浊，如氛雾之气来尘塺人也。愈，一作"逾"。【补曰】塺音梅。

[16]耿耿，小节貌。

[17]言己欲如雄鸠，进其耿耿小节之诚信，逸人尚复介隔蔽而障之，况有鸾凤之志，当获谮毁，固其宜也。介，一作"纷"。注云："分隔。"

[18]默，寂。

[19]由由，犹豫也。言己欲寂默不语，以顺风俗，随众俛仰，而不敢毁誉，然尚犹豫不肯进也。

[20]懭悢，失志貌也。心，一作"志"。懭，一作"横"。【补曰】懭，苦晃切。悢音朗。横，胡晃切。

[21]言己欲随从风俗，尚不肯进，意中懭悢，心为冤结，情意舛错而长忧苦也。【补曰】舛，尺兖切。曼音万。

[22]捻支，香草也。言己虽忧愁，犹采取香草以自约束，修善不怠也。支，一作"枝"。洲，一作"州"。【补曰】捻音烟。相如赋云："枇杷橪柿。"其字从木。郭璞云："橪支，木也。"

[23]言己遥望楚国而不得归，心为悲叹，涕出长思也。下"而"一作"其"。

[24]契契，忧貌也。《诗》云："契契窹叹。"契，一作"挈"。【补曰】《尔雅》："佻佻、契契，逾遐急也。"契，苦絜切。注云："贤人忧叹，远益急也。"

[25]言谁有契契忧国念君，欲委其梁栋之谋若己者乎？然日颓暮，伤不得行也。【补曰】晻音奄，日无光也。

叹曰：江湘油油，长流汩兮[1]。挑揄扬汰，荡迅疾兮[2]。忧心展转，愁怫郁兮[3]。冤结未舒，长隐忿兮[4]。丁时逢殃，可奈何兮[5]。劳心悁悁，涕滂沲兮[6]。

[1]油油，流貌也。《诗》云："河水油油。"言己见江、湘之水油油长流，将归于海，自伤放流，独无所归也。一云"油油江湘"。【补曰】汩，于笔切。

[2] 言水尚得顺其经脉,扬荡其波,使之迅疾,自伤不得顺其天性,扬其志意,而常屈伏。汰,一作"波"。【补曰】挑,挠也,坦雕切。揄,动也。汰音太,一音大。

[3] 展转,不寐貌。《诗》云:"展转反侧。"言己放弃,不得竭其忠诚,心中愁闷,展转怫郁,不能寐也。一曰"愁郁郁兮"。【补曰】今《诗》作"辗"。卧而不周曰辗。

[4] 言己抱守冤结,长隐山野,心中忿恨无已时也。

[5] 丁,当也。言己之生当逢遇殃咎,安可奈何? 自闵而已。一本"可"上有"孰"字。

[6] 言己欲竭节尽忠,终不见省,但劳我心,令我悁悒悲涕而横流也。【补曰】悁音绢。

忧　苦

悲余心之悁悁兮，哀故邦之逢殃[1]。辞九年而不复兮[2]，独茕茕而南行[3]。思余俗之流风兮[4]，心纷错而不受[5]。遵野莽以呼风兮[6]，步从容于山廆[7]。巡陆夷之曲衍兮[8]，幽空虚以寂寞[9]。倚石岩以流涕兮，忧憔悴而无乐[10]。登巉岏以长企兮[11]，望南郢而窥之[12]。山修远其辽辽兮[13]，涂漫漫其无时[14]。听玄鹤之晨鸣兮，于高冈之峨峨[15]。独愤积而哀娱兮，翔江洲而安歌[16]。三鸟飞以自南兮[17]，览其志而欲北[18]。愿寄言于三鸟兮，去飘疾而不可得[19]。

[1] 言己所以悲哀，心中悁悒者，哀念楚国信用谗佞，将逢殃咎也。悁悁，一作"悁邑"。

[2] 辞，一作"词"。

[3] 茕茕，独貌也。言己与君辞诀而出，至今九年，不肯反己，常独茕茕南循江也。

[4] 风，化。

[5] 纷错，愦乱也。言己念我楚国风俗馀化，好行谗佞，心为愤乱，不能受其邪伪也。

[6] 莽，草。

[7] 廆，隈也。言己循山野之中，以呼风俗之人，欲语以忠正之道，故徐步山隈，游戏以须之也。廆，一作"庱"，一作"薮"。

[8] 大阜曰陆。夷，平也。衍，泽也。

[9] 言己巡行陵陆，经历曲泽之中，空虚杳冥，寂寞无人声也。

[10] 言己依倚岩石之山，悲而涕流，中心憔悴，无欢乐之时也。

[11] 巉岏，锐山也。企，立貌。《诗》云："企予望之。"【补曰】巉，徂丸切。岏，吾官切。

楚 辞

[12]窥,视也。言己乃登高锐之山,立而长望,顾视南郢楚邦,悲且思也。

[13]辽辽,远貌。

[14]涂,道也。言己遥视楚国,山林长远,辽辽难见,道路漫漫,诚无时至也。一作"曼曼"。

[15]玄鹤,俊鸟也。君有德则来,无德则去,若鸾凤矣。故师旷鼓琴,天下玄鹤皆衔明月之珠以舞也。言己听玄鹤振音晨鸣,乃于高冈之上,峨峨之颠,见有德之君,乃来下也。以言贤者亦宜自安处,以须明君礼敬己,然后仕也。一作"峨峨"。

[16]言己在山泽之中,思虑愤积,一哀一乐,故游江水之中洲,安意歌吟,自宽慰也。

[17]一云"飞飞"。

[18]言己在于湖泽之中,见三鸟飞从南来,观察其志,欲北渡江,纵恣自在也。自伤不得北归,曾不若飞鸟也。【补曰】《博物志》:"王母来见武帝,有三青鸟如乌大,夹王母。"三鸟,王母使也,出《山海经》。韩愈诗云"浪凭三鸟通丁宁",用此也。

[19]言己既不得北归,愿因三鸟寄善言以遗其君,去又急疾而不可得,心为结恨也。

欲迁志而改操兮,心纷结其未离[1]。外彷徨而游览兮,内恻隐而含哀[2]。聊须臾以时忘兮[3],心渐渐其烦错[4]。愿假簧以舒忧兮[5],志纡郁其难释[6]。叹《离骚》以扬意兮,犹未殚于《九章》[7]。长嘘吸以於悒兮[8],涕横集而成行[9]。伤明珠之赴泥兮,鱼眼玑之坚藏[10]。同驽骡与椉驵兮[11],杂班驳与阘茸[12]。葛藟虆于桂树兮[13],鸱鸮集于木兰[14]。偓促谈于廊庙兮[15],律魁放乎山间[16]。恶虞氏之箫《韶》兮,好遗风之《激楚》[17]。潜周鼎于江淮兮,爨土鬶于中宇[18]。且人心之持旧兮[19],而不可保长[20]。遵彼南道兮，征夫宵行[21]。思念郢路兮，还顾睠睠。涕流交集兮，泣下涟涟[22]。

　　[1]言己欲徙意改操，随俗佞伪，中心乱结，未能离于忠信也。其，一作"而"。

　　[2]言己外虽彷徨于山野之中以游戏，然心常恻隐含悲而念君也。

　　[3]一作"忘时"。

　　[4]言己且欲须臾以忘忧思，中心渐渐错乱，意不能已也。其，一作"而"。【补曰】渐，子廉切，流入也。

　　[5]笙中有舌曰簧。《诗》云："吹笙鼓簧。"

　　[6]纡，屈也。郁，愁也。言己欲假笙簧吹以舒忧，意中纡郁，诚难解释也。

　　[7]殚，尽也。言己忧愁不解，乃叹吟《离骚》之经以扬己志，尚未尽《九章》之篇，而愁思悲结也。犹，一作"独"。

　　[8]嘘吸、於悒，皆啼泣貌也。嘘，一作"呼"。

　　[9]言己吟叹《九章》未尽，自知言不见省用，故长嘘吸而啼，涕下交集，自闵伤也。

　　[10]言忠良弃捐，谗佞珍用也。

　　[11]马母驴父生子曰骡。犿驵，骏马也。【补曰】驵，作朗切，牡马。

　　[12]班驳，杂色也。阘茸，驽顿也。言君不明智，斥逐忠良而任用佞谀，委弃明珠而贵鱼眼，乘驽骡，杂骏马，重班驳，喜阘茸，心迷意惑，终不悟也。班，一作"斑"。【补曰】阘茸，劣也，上托盍下乳勇切。

　　[13]藟，葛荒也。虆，缘也。《诗》曰："葛藟虆之。"虆，一作"累"。一注云："藟，巨荒也。"【补曰】藟，力水切。虆，伦追切，蔓也。

　　[14]鸱鸮，鹩鸠，贪鸟也。言葛藟恶草，乃缘于桂树，鸱鸮贪鸟，而集于木兰。以言小人进在显位，贪佞升为公卿也。【补曰】鸮，于骄切。郭璞云："鹩鸠，鸱类。"

[15]偓促，拘愚之貌。【补曰】偓促，迫也。一曰小貌。於角、楚角二切。

[16]律，法也。魁，大也。言拘愚蔽闇之人，反谈论廊庙之中；明于大法贤智之士，弃在山间而不见用也。乎，一作“于”。

[17]言世人愚惑，恶虞舜箫《韶》之乐，反好俗人淫泆《激楚》之音也。犹言恶典谟中正之言，而好诡谀之说也。

[18]爨，炊灶也。《诗》曰：“执爨踖踖。”鬵，釜也。《诗》云：“溉之釜鬵。”言乃藏九鼎于江、淮之中，反炊土釜于堂宇之上，犹言弃贤智，近愚顽者也。【补曰】鬵音潜。又才淫切，大釜也。一曰鼎大上小下，若甑。

[19]持，一作“有”。

[20]言贤人君子，其心所志，自有旧故，执守信义，不可长保而行之也。一无“而”字。

[21]言己放流，转彼江南之道，晨夜而行，身勤苦也。一本“征”上有“以”字。

[22]涟涟，流貌也。《诗》云：“泣涕涟涟。”言己思念楚郢之路，冀得复归，还顾眄视，心中悲感，涕泣交会，涟涟而流也。【补曰】眄音眷。

叹曰：登山长望，中心悲兮[1]。菀彼青青，泣如颓兮[2]。留思北顾，涕渐渐兮[3]。折锐摧矜，凝泛滥兮[4]。念我茕茕，窹谁求兮[5]？仆夫慌悴，散若流兮[6]。

[1]言己登于高山，长望楚国，则心中悲思而结毒也。

[2]菀，盛貌也。《诗》云：“有菀者柳。”言己观彼山泽草木，莫不茂盛，青青而生，己独放弃，身将萎枯，故自伤悲，涕泣俱下也。菀，一作“苑”。【补曰】菀音郁。青音菁。

[3]言己所以留精思，常北顾而视郢都，想见乡邑，思念君也，故涕渐渐而下流。【补曰】渐，仄衔切。

[4]摧，挫也。矜，严也。凝，止也。氾滥，犹沉浮也。言己欲折我精锐之志，挫我矜严忠直之心，止与俗人更相沉浮，而意不能也。【补曰】氾音泛。

[5]言己自念茕茕东西，魂魄惶遽，而求忠直之士，欲与事君，亦谁乎？此不能沉浮之道也。一作"魂"。

[6]慌，亡也。言己欲求贤人而未遭遇，仆御之人感怀愁悴，欲散亡而去，若水之流，不可复还也。【补曰】慌音荒。《博雅》云："忘也。"

愍 命

　　昔皇考之嘉志兮，喜登能而亮贤[1]。情纯洁而罔蔽兮[2]，姿盛质而无愆[3]。放佞人与谄谀兮，斥谗夫与便嬖[4]。亲忠正之悃诚兮[5]，招贞良与明智[6]。心溶溶其不可量兮[7]，情澹澹其若渊[8]。回邪辟而不能入兮，诚愿藏而不可迁[9]。逐下袟于后堂兮[10]，迎宓妃于伊雒[11]。刜谗贼于中廇兮[12]，选吕管于榛薄[13]。丛林之下无怨士兮，江河之畔无隐夫[14]。三苗之徒以放逐兮[15]，伊皋之伦以充庐[16]。

　　[1] 言昔我美父伯庸，体有嘉善之德，喜升进贤能，信爱仁智，以为行也。

　　[2]【补曰】“蔽”与“秽”同。

　　[3] 言己受先人美烈，情性纯厚，志意洁白，身无瑕秽，姿质茂盛，行无过失也。情纯洁，一云“外清洁”。姿，一作“资”。质，一作“实”。

　　[4] 便，利也。嬖，爱也。以言君如使己为政，则放远巧佞谄谀之人，斥逐谗夫与便利嬖爱之臣，而去之也。【补曰】便，毗连切。嬖，卑义切。贱而得幸曰嬖。

　　[5] 悃，厚也。正，一作“政”。之，一作“与”。【补曰】“政”与“正”同。悃，苦本切。

　　[6] 言己如得秉执国政，则使君亲任忠正之士，招致幽隐明智之人，令与众职也。

　　[7] 溶溶，广大貌。其，一作“而”。

　　[8] 澹澹，不动貌也。言己之心，智谋溶溶，广大如川，不可度量，情意深奥，澹澹若渊，不可妄动。

　　[9] 言己执志清白渊静，回邪之言，淫辟之人，不能自入于己，诚

愿执藏此行，以承事君，心终不移也。【补曰】辟，匹亦切。

[10]下袟，谓妾御也。【补曰】《集韵》袟音秩："祭有次也。"

[11]宓妃，神女，盖伊雒水之精也。言己愿令君推逐妾御出之，勿令乱政，迎宓妃贤女于伊雒之水，以配于君，则化行也。雒，一作"川"。

[12]刜，去也。中霤，室中央也。霤，一作"溜"。一注云："堂中央也。"【补曰】霤音渊，中庭也。刜，断也，音拂。

[13]吕，吕尚也。管，管仲也。己欲为君斫去谗贼之臣于堂霤之中，选进吕尚、管仲之徒以为辅佐，则邦国安宁也。薄，《释文》音博。

[14]畔，界也。言己欲举士，必先于丛林侧陋之中，使无怨恨，令江河之界无隐佚之夫，贤人尽升，道可兴也。

[15]三苗，尧之佞臣也。《尚书》曰："窜三苗于三危。"

[16]伊，伊尹也。皋，皋陶也。充，满也。言放逐佞谀之徒若三苗者，置之四裔，进用伊尹、皋陶之徒，使满国卢，则谗邪道塞也。【补曰】自此以上，皆言皇考之美。自此以下，言今之不然也。

今反表以为里兮，颠裳以为衣[1]。戚宋万于两楹兮[2]，废周邵于遐夷[3]。却骐骥以转运兮[4]，腾驴骡以驰逐[5]。蔡女黜而出帷兮[6]，戎妇入而彩绣服[7]。庆忌囚于阱室兮[8]，陈不占战而赴围[9]。破伯牙之号钟兮[10]，挟人筝而弹纬[11]。藏瑶石于金匮兮[12]，捐赤瑾于中庭[13]。韩信蒙于介胄兮[14]，行夫将而攻城[15]。莞苄弃于泽洲兮[16]，飓鼍蠹于筐簏[17]。麒麟奔于九皋兮[18]，熊罴群而逸囿[19]。折芳枝与琼华兮，树枳棘与薪柴[20]。掘荃蕙与射干兮[21]，耘藜藿与蘘荷[22]。惜今世其何殊兮[23]，远近思而不同[24]。或沉沦其无所达兮[25]，或清激其无所通[26]。哀余生之不当兮，独蒙毒而逢尤[27]。虽謇謇以申志兮，君乖差而屏之[28]。诚惜芳之菲菲兮，反以兹为腐也[29]。怀椒聊之蔽蔽兮[30]，乃逢纷以罹诟也[31]。

[1]颠，倒也。言今世之君，迷惑谗佞，反表以为里，倒裳以为衣，而不能知也。

[2]宋万，宋闵公之臣也。与闵公博，争道，以手搏之，绝其脰。戚，亲也。楹，柱也。两楹之间，户牖之前，尊者所处也。一云"宋万戚于两楹兮"。

[3]不用曰废。周，周公旦也。邵，邵公奭也。遐，远也。言君反亲爱篡逆之臣若宋万者，置于两楹之间，与谋政事，废弃仁贤若周公、邵公者，放于远夷之外而不近也。

[4]却，退也。转，移也。

[5]腾，乘也。言退却骐骥以转徙重车，乘驽顿驴骡反以奔走，驰逐急疾，失其性也。以言役使贤者，令之负檐，进用顽愚，以任政职，亦失其志也。

[6]蔡女，蔡国贤女也。黜，贬也。一本"女"下有"疾"字。

[7]戎，戎狄也。言蔡女美好，反见贬黜而去离帷幄。戎狄丑妇，反入椒房，被五彩之绣，衣夫人之服也。

[8]庆忌，吴之公子，勇而有力。阱，深陷也。【补曰】阱，疾郢、囚性二切。《淮南》云："王子庆忌死于剑。"注云："吴王僚之弟子阖闾杀僚，庆忌勇健，亡在郑，阖闾畏之，使要离刺庆忌也。"

[9]陈不占，齐臣，有义而怯，闻其君战，将赴之，饭则失匕，上车失轼，既至，闻钟鼓之声，因怖而死。言乃囚勇猛之士若吴庆忌于阱陷之中，使陈不占赴围而战，军必败也。以言君用臣，颠倒失其人也。

[10]號钟，琴名。號，一作"号"。【补曰】乎高切。

[11]挟，持也。筝，小瑟也。纬，张弦也。言乃破伯牙号钟所鼓之鸣琴，反持凡人小筝，急张其弦而弹之也。以言世憎恶大贤之言，亲信小人之语也。【补曰】《轩辕本纪》云："黄帝之琴名号钟。"傅玄《琴赋》云："齐桓公有鸣琴曰号钟。"《长笛赋》云："号钟高调。"《风俗通》云："筝，蒙恬所造。"一云："秦人薄义，父子争瑟而分之，因以为

名。"《文选》注引"挟秦筝而弹徽"。人筝,一作"介筝"。小瑟,一作
"小琴"。

[12]珉石,次玉者。匮,匣也。瑶,一作"珉"。【补曰】并音旻。

[13]赤瑾,美玉也。言乃藏珉石置于金匮,反弃美玉于中庭,言不知
别于善恶也。言人而不别玉石,则不知忠佞之分也。【补曰】瑾音近。

[14]韩信,汉名将也。介,铠也。胄,兜鍪也。

[15]言使韩信猛将被铠兜鍪守于屯阵,藏其智谋,令行伍怯夫反
为将军而攻城,必失利而无功也。【补曰】行,胡朗切。

[16]莞,夫离也。苇,苇穷也。皆香草也。夫离,一作"符蓠"。【补
曰】莞音丸。《本草》:"白芷,一名莞,一名芙蓠。"《尔雅》:"莞,芙
蓠。"注云:"蒲也。"

[17]瓟,瓠也。蠡,瓢也。方为筐,圆为篚。言弃夫离苇薭于水泽
之中,藏枯瓟之瓢置于筐篚,令之腐蠹,言爱小人憎君子也。或曰,蠹,
囊也。瓟,一作"匏"。蠡,一作"蠡"。【补曰】《方言》:"蠡,陈、楚、
宋、魏之间或谓之瓢。"注云:"瓠,勺也,音丽。""瓟"与"匏"同,一
音雹。

[18]麒麟,仁兽也。君有德则至,无德则去也。

[19]熊罴,猛兽,以喻贪残也。囿,苑也。言麒麟奔窜于九皋之
中,熊罴逸踊于君之苑也。以言斥远仁德之士,而养贪残之人也。逸,
一作"溢"。注云:"满溢君之苑。"

[20]小枣为棘,枯枝为柴。

[21]射干,香草。【补曰】掘,具物切。射音夜。《荀子》曰:"西方
有木焉,名曰射干,茎长四寸,生于高山之上,而临百仞之渊,木茎非能
长也,所立者然也。"注引陶弘景云:"花白茎长,如射人之执竿。"又引
阮公诗云:"夜干临层城。"是生于高处也。据《本草》在草部中,又生
南阳川谷。此云木,未详。

[22]耘,籽也。《诗》云:"千耦其耘。"襄荷,苑苴也。藿,豆叶
也。言折弃芳草及与玉华,列种柴棘,掘拔射干,而耨耘蒺藿,失其所

珍也。以言贱弃君子而育养小人也。【补曰】蘘，而羊切。莼，普各切，即《大招》所称苴莼也。

[23]何殊，一作"舛异"。

[24]言己哀惜今世之人，贤愚异性，其思虑或远或近，智谋不同也。

[25]沦，没。

[26]清，明也。激，感也。言或有耳目沉没，无所照见，或有欲感激行于清明，亦复不能通达分别其臧否也。一本无两"所"字。【补曰】此言沉沦于世俗者，困而不能达。清激以自厉者，介而不能通。

[27]言哀我之生，不当昭明之世，举贤之时，独蒙苦毒而遇罪过也。

[28]言己虽竭忠謇謇，以重达其志，君心乃乖差而不与我同，故遂屏弃而不见用也。謇，一作"蹇"。差，一音楚嫁切。

[29]腐，臭也。言己自惜被服芳香，菲菲而盛。君反以此为腐臭不可用。一无"也"字。

[30]在衣曰怀。椒聊，香草也。《诗》曰："椒聊且。"蔎蔎，香貌。蔎，一作"蔼"。一注云："在袖曰怀。"【补曰】蔎，桑葛切。《集韵》引此。

[31]言己怀持椒聊，其香蔎蔎，身修行洁，动有节度，而逢乱世，遂为谗佞所害而见耻辱也。罹，一作"离"。诟，一作"詢"。一本句末无"也"字。【补曰】诟，呼候切。

叹曰：嘉皇既殁，终不返兮[1]，山中幽险，郢路远兮[2]。谗人諓諓，孰可愬兮[3]。征夫罔极，谁可语兮[4]。行吟累欷，声喟喟兮[5]。怀忧含戚[6]，何侘傺兮[7]。

[1]嘉，美也。皇，君也。以言怀王不用我谋，以殁于秦，遂死而不归，终无遗命，使己得还也。

[2]言己被放，在此山泽深险之处，去我郢道甚辽远也。

〔3〕諓諓，谗言貌也。《尚书》曰："諓諓靖言。"言谗人諓諓，承顺于君，不可告以忠直之意也。【补曰】諓音翦，巧言也。

〔4〕言己放逐远行，忧愁无极，众皆佞谀，不可与语忠信也。

〔5〕欷，叹貌。喟，叹声也。累，一作"縶"，一作"纍"。

〔6〕一云"心怀忧戚"。

〔7〕言己行常歌吟，增叹累息，怀忧含戚，怅然侘傺而失意也。【补曰】上丑加、下丑利切。

思 古

冥冥深林兮，树木郁郁。山参差以崭岩兮，阜杳杳以蔽日[1]。悲余心之悁悁兮[2]，目眇眇而遗泣[3]。风骚屑以摇木兮[4]，云吸吸以湫戾[5]。悲余生之无欢兮，愁侘傺于山陆[6]。且徘徊于长阪兮，夕仿偟而独宿[7]。发披披以鬤鬤兮[8]，躬劬劳而瘏悴[9]。冘佂佂而南行兮[10]，泣沾襟而濡袂[11]。心婵媛而无告兮，口噤闭而不言[12]。违郢都之旧闾兮[13]，回湘沅而远迁[14]。念余邦之横陷兮[15]，宗鬼神之无次[16]。闵先嗣之中绝兮[17]，心惶惑而自悲[18]。聊浮游于山陿兮[19]，步周流于江畔[20]。临深水而长啸兮，且倘佯而氾观[21]。

[1]言己放在草野，处于深林冥冥之中，山阜高峻，树木蔽日，望之无人，但见鸟兽。参差，一作"嵾嵳"。

[2]一作"悄悄"。

[3]遗，堕也。言己居于山林，心中愁思，目视眇眇而泣下堕也。

[4]骚屑，风声貌。

[5]吸吸，云动貌也。湫戾，犹卷戾也。言己心既忧悲，又见疾风动摇草木，其声骚屑，浮云吸吸，卷戾而相随，重愁思也。湫，一作"啾"。戾，一作"泪"。【补曰】湫，子小切。戾，力结切，曲也。

[6]侘傺，犹困苦也。言悲念我之生，遭遇乱世，心无欢乐之时，身常困苦于山陆之中也。【补曰】侘傺，苦贡、走贡二切，困苦也。又音孔（傺）〔傯〕，事多也。

[7]言己旦起徘徊，行于长阪之上，夕暮独宿山谷之间，忧且惧也。

[8]披披、鬤鬤，解乱貌也。鬤，古本作"鬃"。【补曰】鬤，而羊切。鬃，匹昭切。

[9]劬,亦劳也。《诗》云:"劬劳于野。"瘏,病也。《诗》云:"我马瘏矣。"言己履涉风露,头发解乱,而身罢病也。【补曰】瘏音徒。

[10]伀伀,惶遽之貌。䰟,一作"魂"。行,一作"征"。【补曰】伀,具往切。

[11]袂,袖也。言己中心忧戚,用志不安,魂魄伀伀,惶遽南行,悲感外发,涕泣交下,沾衣袖也。濡,一作"掩"。

[12]闭口为噤也。言己愁思,心中牵引而痛,无所告语,闭我之口不知所言,众皆佞伪,无可与谋也。【补曰】噤,巨荫切。

[13]闾,里。

[14]言己放逐,去我郢都故闾,回于湘、沅之水而远移徙,失其所之也。回,一作"过"。

[15]【补曰】横,户孟切。

[16]同姓为宗。次,第也。言我思念楚国任用谗佞,将横陷危殆,己之宗族先祖鬼神,失其次第而不见祀也。

[17]嗣,继。

[18]言己伤念先祖,乃从屈瑕建立基功,子孙世世承而继之,至于己身而当中绝,心为惶惑,内自悲哀也。

[19]陕,山侧也。【补曰】与"峡"同。

[20]畔,界。

[21]泛,博也。言己忧愁不能宁处,出升山侧,游戏博观,临水长啸,思念楚国而无解己也。【补曰】倘音常。氾音泛。

兴《离骚》之微文兮,冀灵修之壹悟。还余车于南郢兮,复往轨于初古[1]。道修远其难迁兮,伤余心之不能已[2]。背三五之典刑兮[3],绝《洪范》之辟纪[4]。播规矩以背度兮[5],错权衡而任意[6]。操绳墨而放弃兮,倾容幸而侍侧[7]。甘棠枯于丰草兮[8],藜棘树于中庭[9]。西施斥于北宫兮,仳倠倚于弥楹[10]。乌获戚而骖乘兮,燕公操于马圉^[11]。蒯聩登于清府兮，咎繇弃而在壄^[12]。盖见兹以永叹兮^[13]，欲登阶而孤疑^[14]。枭白水而高鹜兮^[15]，因徙弛而长词^[16]。

[1]轨，车辙也。《月令》曰："车同轨。"言己虽见放逐，犹兴《离骚》之文以讽谏其君，冀其心一寤，有命还己，己复得乘车周行楚国，修古始之辙迹也。【补曰】"车同轨"，今《中庸》文也。古音故。

[2]言己后或归郢，其路长远，诚难迁徙，然我心中想念于君，不能已也。

[3]典，常。刑，法。

[4]《洪范》，《尚书》篇名，箕子所为武王陈五行之道也。言君施行，背三皇五帝之常典，绝去《洪范》之法纪，任意妄为，故失道也。【补曰】辟，婢亦切。

[5]播，弃。

[6]错，置也。衡，称也，所以铨物轻重也。言君弃先王之法度而不奉循，犹置衡称不以量物，更任其意而商轻重，必失道径、违人情也。【补曰】错，七故切。意有臆音。

[7]侧，旁也。言贤者执持法度而见放弃，倾头容身谀谏之人，反得亲近侍于旁侧也。幸，一作"达"。

[8]甘棠，杜也。《诗》云："蔽芾甘棠"。【补曰】《尔雅》："杜，甘棠。"注云："今之杜梨。"

[9]堂下谓之庭。言甘棠香美之木，枯于草中而不见御，反种蒺藜棘刺之木满于中庭，以言远仁贤、近谗贼也。

[10]西施，美女也。仳倠，丑女也。弥，犹遍也。楹，柱也。言西施美好，弃于后宫不见进御，仳倠丑女，反倚立遍两楹之间，侍左右也。【补曰】仳，步浼。倠，虎猥切。又，仳音毗。倠，呼维切。《说文》云："丑面也。"《淮南》注云："仳倠，古之丑女。音靡也。"

[11]乌获，多力士也。燕公，邵公也。封于燕，故曰燕公也。养马曰圉。言与多力乌获同车骖乘，令仁贤邵公执役养马，失其宜也。【补

曰】《孟子》曰："举乌获之任。"许慎云："秦武王之力士。"

[12]蒯聩，卫灵公太子也，不顺其亲，欲害其后母。清府，犹清庙也。言使蒯聩无义之人，登于清庙而执纲纪，放弃圣人咎繇于外野，政必乱，身危殆也。一作"弃于埜外"。一作"外野"。【补曰】蒯，苦怪。聩，五怪切。

[13]以，一作"而"。

[14]言己见君亲爱恶人，斥逐忠良，诚欲进身登阶，竭尽谋虑，意中狐疑，恐遇患害也。

[15]乗，一作"乘"。

[16]言己恐登阶被害，欲乘白水，高驰而远游，遂清洁之志，因徙弛却退而长诀也。弛，一作"弝"，一作"施"。

叹曰：倘佯垆阪，沼水深兮[1]。容与汉渚，涕淫淫兮[2]。钟牙已死，谁为声兮[3]？纤阿不御，焉舒情兮[4]？曾哀凄歔，心离离兮[5]。还顾高丘，泣如洒兮[6]。

[1]倘佯，山名也。垆，黄黑色土也。沼，池也。《诗》云："王在灵沼。"言倘佯之山，其阪土玄黄，其下有池，水深而且清，宜以避世而长隐身也。【补曰】《说文》："垆，黑刚土也。"

[2]汉，水名也。《尚书》曰：嶓冢导漾，东流为汉。言己将欲避世，游戏汉水之岸，心中哀悲而不能去，涕流淫淫也。

[3]钟，钟子期。牙，伯牙也。言二子晓音，今皆已死，无知音者，谁为作善声也。以言君不晓忠信，亦不可为竭谋尽诚也。

[4]纤阿，古善御者。言纤阿不执辔而御，则马不为尽其力。言君不任贤者，贤者亦不尽其节。

[5]离离，剥裂貌。

[6]言己不遭明君，无御用者，重自哀伤，凄怆累息，心为剥裂，顾视楚国，悲戚泣下，如以水洒地也。【补曰】洒，所宜切。

远 游

悲余性之不可改兮，屡惩艾而不迻[1]。服觉晧以殊俗兮[2]，貌揭揭以巍巍[3]。譬若王侨之乘云兮，载赤霄而淩太清[4]。欲与天地参寿兮[5]，与日月而比荣[6]。登昆仑而北首兮[7]，悉灵圉而来谒[8]。选鬼神于太阴兮，登阊阖于玄阙[9]。回朕车俾西引兮，褰虹旗于玉门[10]。驰六龙于三危兮[11]，朝西灵于九滨[12]。结余轸于西山兮，横飞谷以南征[13]。绝都广以直指兮[14]，历祝融于朱冥[15]。枉玉衡于炎火兮[16]，委两馆于咸唐[17]。贯濆濛以东蹍兮[18]，维六龙于扶桑[19]。

[1]言己体受忠直之性，虽数为谗人所惩艾，而心终不移易也。艾，一作"㞒"，一作"苾"。迻，一作"移"。【补曰】艾、㞒，并音乂。迻，迁徙也，通作"移"。

[2]觉，较也。《诗》云："有觉德行。"晧，犹明也。晧，一作"浩"，一作"酷"，注并同。

[3]揭揭，高貌也。巍巍，大貌也。言己被服众芳，履行忠正，较然盛明，志愿高大，与俗人异也。巍，《释文》作"魏"，音危。【补曰】揭，居谒切。

[4]言己志意高大，上切于天，譬若仙人王侨乘浮云载赤霄，上淩太清，游天庭也。淩，一作"凌"。

[5]一无"欲"字。

[6]言己修行众善，冀若仙人王侨得道不死，遂与天地同其寿命，与日月比其光荣，流名于后世，不腐灭也。一无"而"字。

[7]首，向。【补曰】首音狩。

[8]悉，尽也。灵圉，众神也。言己设得道轻举，登昆仑之上，北向

天门，众神尽来谒见，尊有德也。圚，《释文》作"圛"。【补曰】并鱼吕切。《大人赋》云："悉征灵圚而选之兮。"张揖曰："灵圚，众仙号也。"《淮南》云："骑蜚廉而从敦圚。"注云："敦圚，仙人名。"郭璞云："灵圚、淳圚，仙人名也。"

[9]言己乃选择众鬼神之中行忠正者，与俱登于天门，入玄阙，拜天皇，受敕诲也。

[10]褰，袪也。玉门，山名也。言乃旋我之车而西行，褰举虹旗，驱上玉门之山，以趣疾也。

[11]三危，西方山也。

[12]朝，召也。滨，水涯也。言乃驰骋六龙，过于三危之山，召西方之神，会于大海九曲之涯也。西，一作"四"。

[13]结，旋也。飞谷，日所行道也。言乃旋我车轸，横度飞泉之谷以南行也。轸，一作"车"。

[14]都广，野名也。《山海经》曰："都广在西南，其城方三百里，盖天地之中也。"【补曰】《淮南》曰："建木在都广，盖天地之中也。"注云："都广，南方山名。"又曰："八殥之外有八弦。南曰都广。"注云："国名，山在此国，因复曰都广山。"

[15]朱，赤色也。言己行乃横绝于都广之野，过祝融之神于朱冥之野也。【补曰】《庄子》曰："南冥者，天池也。"传曰，南海之神曰祝融。

[16]枉，屈也。衡，车衡也。

[17]委，曲也。馆，舍也。咸唐，咸池也。言己从炎火，又曲意至于咸池，而再舍止宿也。

[18]澒濛，气也。竭，去也。澒，一作"鸿"。【补曰】澒、鸿，并乎孔切。濛，蒙孔切，大水也。竭，丘列切。

[19]言遂贯出澒濛之气而东去，系六龙于扶桑之木。扶，一作"榑"。【补曰】《春秋命历序》曰："皇伯登扶桑日之阳，驾六龙以上下。"

周流览于四海兮，志升降以高驰[1]。征九神于回极兮[2]，建虹采以招指[3]。驾鸾凤以上游兮，从玄鹤与鹒明[4]。孔鸟飞而送迎兮[5]，腾群鹤于瑶光[6]。排帝宫与罗囿兮[7]，升县圃以眩灭[8]。结琼枝以杂佩兮，立长庚以继日[9]。凌惊雷以轶骇电兮[10]，缀鬼谷于北辰[11]。鞭风伯使先驱兮，囚灵玄于虞渊[12]。遡高风以低佪兮[13]，览周流于朔方[14]。就颛顼而陈词兮，考玄冥于空桑[15]。旋车逝于崇山兮[16]，奏虞舜于苍梧[17]。滟杨舟于会稽兮[18]，就申胥于五湖[19]。见南郢之流风兮，殒余躬于沅湘[20]。望旧邦之黬黮兮[21]，时溷浊其犹未央[22]。怀兰茝之芬芳兮，妒被离而折之[23]。张绛帷以襜襜兮，风邑邑而蔽之[24]。日曒曒其西舍兮[25]，阳焱焱而复顾[26]。聊假日以须臾兮，何骚骚而自故[27]。

[1]言己既周行遍于四海之外，意欲上下高驰，以求贤士也。升，一作“陞”。

[2]征，召也。回，旋也。极，中也。谓会北辰之星于天之中也。

[3]虹采，旗也。招指，指麾也。旗，所以招指语人也。言己乃召九天之神，使会北极之星，举虹采以指麾四方也。一作“采虹”。

[4]鹒明，俊鸟也。

[5]一作“庭迎”。

[6]鹤，灵鸟也，以喻洁白之士。言己乃驾乘鸾凤明智之鸟，从鹒明群鹤洁白之士，过于瑶光之星，质己修行之要也。鹤，一作“鹄”。瑶，一作“摇”。一注云：“鹤，白鸟也。”【补曰】瑶光，北斗杓星也。

[7]罗囿，天苑。

[8]言遂排开天帝之宫，入其罗囿，出升县圃之山而望，目为炫耀，精明消灭，心愁思也。升，一作“陞”。县，一作“悬”。【补曰】县音玄。

[9]长庚，星名也。《诗》云：“西有长庚。”言己精明虽消灭，犹结玉枝申修忠诚，立长庚之星，以继日光，昼夜长行，志意明也。一作

"继曜"。

[10]一无"以"字。【补曰】轶音佚。

[11]缀，系也。北辰，北极星也。《论语》曰："譬如北辰，居其所而众星拱之。"言遂凌乘惊骇之雷，追逐奔轶之电，以至于天，使北辰系缀百鬼，勿令害贤者也。鬼谷，一作"百鬼"。

[12]灵玄，玄帝也。虞渊，日所入也。《淮南》言日出汤谷，入于虞渊。

[13]遡，一作"泝"。一云"遡高风以徘徊"。【补曰】泝、遡一也。泝，向也，逆流而上曰泝洄。

[14]言乃鞭风伯使之扫尘，囚玄帝之神使无阴冥，周遍流行于北方也。

[15]空桑，山名也。玄冥，太阴之神，主刑杀也。言乃就圣帝颛顼，敶列己词，考问玄冥之神于空桑之山，何故害贤也。

[16]崇山，驩兜所放山也。逝，一作"游"。

[17]言己从崇山见驩兜，以佞故囚，至苍梧告愬圣舜，己行忠直，而遇斥弃，冀蒙异谋也。虞，一作"帝"。

[18]杨，木名也。《诗》云："泛泛杨舟。"会稽，山名也。澨，一作"济"。

[19]湖，大池也。言己复乘杨木之轻舟，就伍子胥于五湖之中，问志行之见者也。一本"揖大禹于江滨"。一注"伍子胥"作"申包胥"。然上文有"申子"，注云子胥也。

[20]言还见楚国风俗，妒害贤良，故自沉于沅、湘而不悔也。

[21]黯黮，不明貌也。邦，一作"乡"。【补曰】黯，乌感。黮，都感切。

[22]言己望见故国，君暗不明，群下贪乱，其化未尽，心忧愁也。一无"其"字。

[23]言己怀忠信之行，故为众佞所妒，欲共被离摧折而弃之也。被，一作"披"。【补曰】被音披。

[24]邑邑，微弱貌也。言君张朱帷，襜襜鲜明，宜与贤者共处其

中, 而政令微弱, 适以自蔽者也。

[25]其, 一作"而"。

[26]言日暾暾西下, 将舍入太阴之中, 其馀阳气, 犹尚焱焱, 而顾欲还也。以言己年亦老暮, 亦思还返故乡也。焱, 一作"炎"。【补曰】暾, 他昆切。焱, 火华也, 音琰。炎, 音同。

[27]言己思年命欲暮, 愿且假日游戏须臾之间, 然中心愁思如故, 终不解也。故, 一作"苦"。

　　叹曰: 譬彼蛟龙, 乘云浮兮[1]。泛淫澒溶, 纷若雾兮[2]。潺湲轇轕[3], 雷动电发, 驱高举兮[4]。升虚凌冥, 沛浊浮清, 入帝宫兮[5]。摇翘奋羽, 驰风骋雨, 游无穷兮[6]。

[1]一云"譬彼云龙", 无"乘云浮兮"一句。一云"乘云游兮"。一云"乘浮云兮"。

[2]言己怀德不用, 譬若蛟龙潜于川泽, 忽然乘云泛淫而游, 纷纭若雾, 而乃见之也。泛, 一作"沉"。澒, 一作"鸿"。【补曰】泛淫, 已见《九怀》。澒、鸿, 并乎孔切。溶, 弋孔切。

[3]轇, 一作"胶"。【补曰】轕音葛。

[4]言蛟龙升天, 其形潺湲, 若水之流, 纵横轇轕, 遂乘雷电而高举也。以言己亦想遭明时, 举而进用。【补曰】驱, 素合切。《方言》:"驱, 马驰也。"注云:"疾貌。"

[5]言龙能登虚无, 凌清冥, 弃浊秽, 入天帝之宫。言己亦想升贤君之朝, 斥去贪佞之人也。升, 一作"登"。沛, 一作"弃"。

[6]言龙既升天, 奋摇翘羽, 驰使风雨。言己亦愿奋竭智谋, 以辅事贤君, 流恩百姓, 长无穷极也。

卷十七　九思章句

　　《九思》者，王逸之所作也。逸，南阳人[1]，博雅多览，读《楚辞》而伤愍屈原，故为之作解。又以自屈原终没之后，忠臣介士游览学者读《离骚》、《九章》之文，莫不怆然，心为悲感，高其节行，妙其丽雅。至刘向、王褒之徒，咸嘉其义[2]，作赋骋辞，以赞其志。则皆列于谱录，世世相传[3]。逸与屈原同土共国，悼伤之情与凡有异。窃慕向、褒之风，作颂一篇，号曰《九思》，以禅其辞。未有解说，故聊叙训谊焉[4]。辞曰：[5]

　　[1]一作"南郡"。

　　[2]一云"咸嘉叹之"。

　　[3]皮日休《九讽叙》云："屈平既放，作《离骚经》。正诡俗而为《九歌》，辨穷愁而为《九章》。是后词人摭而为之，若宋玉之《九辩》，王褒之《九怀》，刘向之《九叹》，王逸之《九思》，其为清怨素艳，幽快古秀，皆得芝兰之芬芳，鸾凤之毛羽也。杨雄有《广骚》，梁竦有《悼骚》，不知王逸奚罪其文，不以二家之述为《离骚》之两派也。"

　　[4]一无"叙"字。

　　[5]逸不应自为注解，恐其子延寿之徒为之尔。

逢 尤

悲兮愁，哀兮忧^[1]。天生我兮当闇时^[2]，被谗潜兮虚获尤^[3]。心烦愦兮意无聊^[4]，严载驾兮出戏游^[5]。周八极兮历九州^[6]，求轩辕兮索重华^[7]。世既卓兮远眇眇^[8]，握佩玖兮中路躇^[9]。羡咎繇兮建典谟^[10]，懿风后兮受瑞图^[11]。愍余命兮遭六极^[12]，委玉质兮于泥涂^[13]。遽偟遑兮驱林泽^[14]，步屏营兮行丘阿^[15]。车軏折兮马虺颓^[16]，憩怅立兮涕滂沱^[17]。思丁文兮圣明哲^[18]，哀平差兮迷谬愚^[19]。吕傅举兮殷周兴^[20]，忌噐专兮郢吴虚^[21]。仰长叹兮气錭结^[22]，悒殟绝兮咶复苏^[23]。虎兕争兮于廷中^[24]，豺狼斗兮我之隅^[25]。云雾会兮日冥晦^[26]，飘风起兮扬尘埃^[27]。走鄮罔兮乍东西^[28]，欲窜伏兮其焉如^[29]。念灵闺兮隩重深^[30]，愿竭节兮隔无由。望旧邦兮路逶随^[31]，忧心悄兮志勤劬^[32]。觅荧荧兮不遑寐^[33]，目眽眽兮寤终朝^[34]。

[1]伤不遇也。

[2]君不明也。

[3]为佞人所伤害也。诼，毁也。尤，过也。【补曰】诼音卓。

[4]愁君迷蔽，忿奸兴也。愦，乱也。聊，乐也。【补曰】愦音溃。聊音留。

[5]将以释忧愤也。

[6]求贤君也。

[7]觊遇如黄帝、尧、舜之圣明也。

[8]去前圣远然不可得也。卓，远也。卓，一作"逴"。【补曰】逴音卓。

[9]怀宝不舒，怅仿偟也。【补曰】躇音除。

[10]乐古贤臣遇明君也。咎，一作"皋"。

[11]懿，深也。屈原之喻也。风后，黄帝师，受天瑞者也。

[12]愍，一作"悯"。

[13]见放逐污辱，若陷泥涂中也。泥，一作"堲"。

[14]遽，一作"遂"。偟，一作"章"，一作"惶"，一作"愤"。【补曰】《集韵》："徬徨，行不正。"

[15]忧愤不知所为，徒经营奔走也。【补曰】屏音并，卑盈切，征伀也。

[16]驱骋不能宁定，车弊而马病也。軨，一作"轴"。【补曰】《语》云："小车无軨。"軨，车辕，专持衡者。一作"轨"，非是。甉音灰。《集韵》作"黜㿄"。

[17]忧悴而涕流也。惷，一作"夐"，一作"惆"，一作"怊"。【补曰】惷，丑江切。夐，音同，视不明也。一曰直视。

[18]丁，当也。文，文王也。心志不明，愿遇文王时也。

[19]平，楚平王。差，吴王夫差也。平王杀忠臣伍奢，奢子员仕吴以破楚。夫差不用子胥，而为越所灭也。

[20]吕，吕望。傅，傅说。两贤举用，而二代以兴盛也。

[21]忌，楚大夫费无忌。嚭，吴大夫宰嚭。虚，空也。忌嚭佞伪，惑其君而败，二国空虚。郢，楚都也。嚭，一作"噽"。【补曰】普美切。《集韵》从喜。

[22]仰，将诉天也。餩，结也。【补曰】餩，於结切。《说文》：飰窒也。与噎同。

[23]愤忿晻绝，徐乃苏也。殟，《释文》作"愠"。咕，一作"活"，一作"恬"。苏，《释文》作"穌"。【补曰】殟，《广雅》云："极也，音温。"咕，息也，乎刮切。

[24]廷，朝廷也。虎兕，恶兽，以喻奸臣。

[25]隅，旁也。言众佞辩争，常在我傍也。

[26]众伪蔽君，如云雾之隐日，使不可得见也。

［27］回风为飘，以喻小人造设奸伪，贼害仁贤，为君垢秽，如回风之起尘埃也。

［28］动触谗毁，东西趣走。一作"豑堂"，一作"畅堂"。一本云：堂 ，敞音，又主尚切。【补曰】《集韵》有"堂"，敞、尚二音，距也，踦也。有"堂"，音饷，正也。

［29］无所逃难。

［30］灵，谓怀王。闺，闼也。言欲诉论，辄为群邪所逆，不能得通达。隩，一作"奥"，一作"窈"。

［31］逶随，迁远也。近而障隔，则与迁远同也。逶，一作"委"。

［32］悄，犹惨也。劬，劳也。志，一作"以"。【补曰】悄，子小切。

［33］覒，一作"魂"。

［34］眽眽，视貌也。终朝，自旦及夕，言通夜不能瞑也。眽，一作"脉"，一作"眩"。【补曰】眽，目财视貌，音脉。

怨　上

　　令尹兮謷謷[1]，羣司兮讙讙[2]。哀哉兮湣湣[3]，上下兮同流[4]。菽藟兮蔓衍[5]，芳藋兮挫枯[6]。朱紫兮杂乱，曾莫兮别诸[7]。倚此兮岩穴[8]，永思兮窈悠[9]。嗟怀兮眩惑[10]，用志兮不昭[11]。将丧兮玉斗，遗失兮钮枢[12]。我心兮煎熬，惟是兮用忧[13]。进恶兮九旬[14]，复顾兮彭务[15]。拟斯兮二踪[16]，未知兮所投。谣吟兮中壄[17]，上察兮璇玑[18]。大火兮西睕，摄提兮运低[19]。雷霆兮硠磕[20]，电霹兮霏霏[21]。奔电兮光晃，凉风兮怆凄[22]。鸟兽兮惊骇，相从兮宿栖[23]。鸳鸯兮嚏嚏[24]，狐狸兮徵徵[25]。哀吾兮介特[26]，独处兮罔依[27]。蝼蛄兮鸣东，蟊蠿兮号西。蠚缘兮我裳，蠋入兮我怀。虫豸兮夹余，惆怅兮自悲[28]。伫立兮忉怛[29]，心结縎兮折摧[30]。

　　[1]令尹，楚官掌政者也。謷謷，不听话言而妄语也。【补曰】謷，五高切。

　　[2]羣司，众僚。讙讙，犹愡愡也。言皆竞于佞也。羣，一作“群”。【补曰】讙讙，多言也，奴侯切。

　　[3]湣湣，一国并乱也。【补曰】湣音骨。

　　[4]君臣俱愚，意无别也。

　　[5]菽藟，小草也。蔓衍，广延也。【补曰】菽，《释文》音焦。藟，力水切。

　　[6]藋，香草名也。挫枯，弃不用也。【补曰】藋，许苗切。《本草》：“白芷，一名藋。”《说文》：“楚谓之蓠，晋谓之藋，齐谓之茝。”

　　[7]君不识贤，使紫夺朱，世无别知之者。

　　[8]退遁逃也。

　　[9]长守忠信，念无违而涂悠远也。悠，一作“宛”。

[10]怀，怀王也。为众佞所欺曜，目尽迷瞀。

[11]独行忠信，无明己者。昭，一作"照"。

[12]钮枢，所以校玉斗，玉斗既丧，将失其钮枢。言放弃贤者逐去之。一注云："钮枢、玉斗，皆所宝者。"【补曰】《释文》：钮，女有切。一作"剑"，非是。

[13]熬，亦煎也，忧无已也。煎熬，一作"熬鬺"。《释文》作"爇"。【补曰】并音炒。

[14]纣为九旬之饮，而不听政。恶，一作"思"。进恶，一作"集慕"。九旬，一作"仇荀"。一注云："纣为长夜之饮"。【补曰】仇荀，谓仇牧荀息。

[15]彭，彭咸。务，务光。皆古介士，耻受污辱，自投于水而死也。复，一作"退"。务，一作"瞀"。注同。《释文》音牟。

[16]拟，则也。踪，迹也。言愿效此二贤之迹，亦当自沉。

[17]未得所死，且仿徨也。一作"野"。

[18]璇，一作"旋"，一作"琁机"。【补曰】北斗魁四星为璇玑。

[19]璇玑天中，故先察之。大火西流，摄提运下，夜分之候。愁思不寐，起视星辰，以解戚者也。流，一作"匿"。【补曰】大火，房、心、尾也。《晋志》："摄提六星，直斗杓之南，主建时节。"

[20]雷声。【补曰】上音郎，下苦盖切。

[21]霏霏，集貌。

[22]独处愁思不寐，见雹电凉风之至，益忧多也。晃，一作"照"。

[23]言鸟兽惊惶，尚相从就，伤己单独，心用悲也。

[24]和鸣貌也。

[25]相随貌。【补曰】微，《释文》音眉。一作"岳"，非。

[26]介特，独也。一"吾"下有"子"字。

[27]罔，无也。

[28]言己独处山野，与众虫为伍，心悲感也。一作"蠚蠚"。载，

一作"螯"。怀，一作"衣"。豸，一作"豖"。【补曰】蝼蛄，娄姑二音。蟊
蠈，矛节二音。蟊虫食草根者。《尔雅》："蠈，茅蜩，似蝉而小，青色。"
音截。蛓音次，《说文》云："毛虫。"有毒，螫人。蠋音蜀。豸，直氏切。
有足谓之虫，无足谓之豸。

　　[29]仞，停。【补曰】仞音刀，忧劳也。怛，丁葛切。

　　[30]【补曰】縎，结也，音骨。

疾　世

　　周徘徊兮汉渚[1]，求水神兮灵女[2]。嗟此国兮无良[3]，媒女诎兮謰謱[4]。鳻雀列兮哗讙[5]，鸹鸧鸣兮聒余[6]。抱昭华兮宝璋[7]，欲衒鬻兮莫取[8]。言旋迈兮北徂[9]，叫我友兮配耦[10]。日阴曀兮未光[11]，闒睛窕兮靡睹[12]。纷载驱兮高驰[13]，将咨询兮皇羲[14]。遵河皋兮周流，路变易兮时乖[15]。灂沧海兮东游，沐盥浴兮天池[16]。访太昊兮道要[17]，云靡贵兮仁义[18]。志欣乐兮反征，就周文兮邠岐[19]。秉玉英兮结誓[20]，日欲暮兮心悲[21]。惟天禄兮不再[22]，背我信兮自违[23]。踰陇堆兮渡漠[24]，过桂车兮合黎[25]。赴崑山兮罍騄[26]，从邛遨兮栖迟[27]。呔玉液兮止渴，啗芝华兮疗饥[28]。居嵺廓兮尠畴[29]，远梁昌兮几迷[30]。望江汉兮濩渃[31]，心紧絭兮伤怀[32]。时咄咄兮旦旦[33]，尘莫莫兮未晞[34]。忧不暇兮寝食，吒增叹兮如雷[35]。

　　[1]言居山中愁愦，复之汉水之涯，庶欲以释思念也。渚，一作"滨"。

　　[2]冀得水中神女，以慰思念。

　　[3]此国，楚国也。言君臣无善，皆凶愚也。

　　[4]謰謱，不正貌。一云"谋女"。一云"媒拙讷兮"。【补曰】"诎"与"讷"同。《方言》："謰謱，拏也，南楚曰謰謱。"音连缕。注云："言謰拏也。"一曰，謰謱，语乱也。

　　[5]鳻雀，小鸟，以喻小人列位也。言小人在位，患失之，竞为佞谄，声呹呹也。鳻，一作"鶤"。

　　[6]鸹鸧，鳻雀类也。多声乱耳为聒。【补曰】鸹音劼。

　　[7]昭华，玉名。璋，一作"章"。【补曰】《淮南》云："尧赠舜以

昭华之玉。"

[8] 行卖曰衒鬻,卖也。言己竭忠信以事君而不见用,犹抱此昭华宝璋衒卖之。璋,玉名也。

[9] 己不见用,欲远去也。旋,一作"逝"。一云"逝言迈兮"。

[10] 叫,急叫也。言此国已无良人,庶北行遇贤友,而以自耦也。

[11] 北方多阴。阴,一作"霩"。

[12] 闚,窥也。睄窕,幽冥也。一作"阒睄霓"。【补曰】闚,古觅切。"睄"与"宵"同。窕,徒了切,深也。

[13] 适北无所遇,故欲驰而去。

[14] 皇羲,羲皇也。咨,问。询,谋。所以安己也。一云,羲,伏羲,伏羲称皇也。

[15] 所志不遇,无所用其志也。时,一作"旹"。

[16] 天池,则沧海也。瀝,一作"厉"。【补曰】"瀝"与"厉"同。

[17] 太昊,东方青帝也。将问天道之要务。

[18] 太昊答惟仁义为上。【补曰】义有仪音。

[19] 闻惟仁义,故欣喜复之西方,就文王也。邠岐,周本国。邠,一作"豳"。

[20] 愿与文王约信,以玉英为贽币也。

[21] 日暮而岁迈,年将老,悲不见进用也。

[22] 福不再至,年岁一过,则终讫也。

[23] 若背忠信以趋时俗,则违本心,故不忍为。

[24] 陇堆,山名。漠,沙漠也。一云,汉,汉水也。

[25] 桂车、合黎,皆西方山之名。

[26] 昆山,昆仑也。言渡陇堆,适桂车、合黎,乃至昆仑,取骏马而绊之。騄,骏马名。崑,一作"昆"。罤,一作"羉"。【补曰】罤,竹及切,绊马也。騄耳,马名,音绿。

[27] 邛,兽名。遨,游也。罤騄从邛而栖迟,顾望也。一云"从卢敖兮"。【补曰】邛,谓邛邛,駏虚也。

　　[28]玉液，琼蕊之精气。芝，神草也。渴啜玉精，饥食芝华，欲仙去也。渴，《释文》作"瀫"。【补曰】吮，常兖切，眡也。又子兖切，潄也。瀫，与"渴"同。

　　[29]嵺廓，空洞而无人也。欿，少也。畴，匹也。言独行而抱影也。【补曰】嵺音寥。

　　[30]梁昌，陷据失所也。迷惑欲还也。陷据，一作"蹈慷"。

　　[31]濩渃，大貌也。还见江、汉水大也。汉，一作"海"。【补曰】濩音获。渃音若，大水也。

　　[32]緊縶，纠缭也。望旧土而心感伤也。縶，一作"莙"。一作"缱绻"。【补曰】緊、缱，并袪引切。莙、绻，并若远切，缠绵也。

　　[33]日月始出，光明未盛为咄。咄，一作"朏"。一云"旦旦"，一云"且且"。【补曰】咄，日将曙。朏，月未盛明。并普突切。且，子鱼切。

　　[34]莫莫，合也。睎，消也。朝阳未开，雾气尚盛。莫，一作"漠"。

　　[35]吒，一作"咤"。增，一作"曾"。【补曰】吒，竹嫁切，吐怒也。

悯 上

哀世兮睩睩[1]，谗谗兮嗌喔[2]。众多兮阿媚[3]，骫靡
兮成俗[4]。贪枉兮党比，贞良兮茕独[5]。鹄窜兮积棘，鹈
集兮帷幄[6]。蘮蒘兮青葱[7]，槁本兮萎落[8]。睹斯兮伪
惑[9]。心为兮隔错[10]。逡巡兮圃薮[11]，率彼兮畛陌[12]。
川谷兮渊渊[13]，山岿兮峉峉[14]。丛林兮崟崟[15]，株榛兮
岳岳[16]。霜雪兮漼溰[17]，冰冻兮洛泽[18]。东西兮南北，
罔所兮归薄[19]。庇荫兮枯树，匍匐兮岩石[20]。蜷局兮寒局
数[21]，独处兮志不申[22]，年齿尽兮命迫促。魁垒挤摧兮常
困辱[23]，含忧强老兮愁不乐[24]。须发薠领兮颛鬓白[25]，
思灵泽兮一膏沐[26]。怀兰英兮把琼若[27]，待天明兮立踯
躅[28]。云蒙蒙兮电儵烁[29]，孤雌惊兮鸣㖒㖒[30]。思怫郁
兮肝切剥，岔悁悒兮孰诉告[31]。

[1]睩睩，视貌。贤人不用，小人持势也。【补曰】睩，目睐谨也，
音禄。

[2]谗谗，窃言。嗌喔，容媚之声。【补曰】嗌音益。喔，於角切，又
音屋。

[3]阿，曲。

[4]委靡，面柔也。骫，一作"委"。

[5]《诗》云："独行茕茕。"茕，一作"惸"。

[6]木帐曰帷。言大人处卑贱，小人在尊位也。鹄，一作"鹤"。
鹈，一作"鶙"，一作"鸽"。【补曰】鹈音啼，与"鶙"同。《说文》："鶙
鹕也。"

[7]蘮蒘，草名。青葱，见养有光色也。【补曰】蘮，居滞切。蒘，女
猪切。《集韵》："蘮蒘似芹，可食。"葱，当作"葱"。

[8]槁本，香草也。喻贤愚易所。落，旧音格。

[9]惑,一作"盛"。一云"疾斯兮伪忒"。

[10]隔错,失其性也。

[11]藜林曰薮。

[12]田间道曰畛。陌,塍分界也。

[13]深貌。

[14]峇峇,长而多有貌也。峆,一作"阜",一作"屈"。峇,一作"硌"。【补曰】"峆"即"阜"字。峆,旧音五结切,《集韵》作"峑",山高也。峇音额,山高大貌。硌音落。

[15]嵤嵤,众饶貌。嵤,一作"岭"。【补曰】并音吟。

[16]岳岳,众木植也。株,一作"林"。【补曰】《博雅》:"木丛生曰榛。"

[17]积聚貌。一作"澄澄",一作"漼漼"。【补曰】漼音摧。澄,五来切,霜雪积聚貌。

[18]洛,竭也。寒而水泽竭成冰。【补曰】《集韵》:"冰谓之洛泽。"其字从仌,上音洛,下大洛切。又曰:"澤,冰结也。"引此云:"冬冰兮洛澤。"

[19]言四方皆无所停止也。

[20]穴可居者。

[21]一云"蜷局兮数年"。一云"蜷局兮寒风数"。【补曰】数音促。

[22]蜷,伛偻也。

[23]魁垒,促迫也。挤摧,折屈也。垒,一作"累"。【补曰】魁,苦罪切。垒、累,并音磊。魁垒,盘结也。挤,子奚切。

[24]愁早老曰强也。不,一作"无"。

[25]蓁,乱也。颢,杂白也。须,一作"鬓"。蓁,一作"蔓"。鬓,一作"颣"。【补曰】蓁音狞,艸乱也。颒音悴,顇颒也。颢,仄(沿)〔沼〕切,发乱貌。

[26]灵泽,天之膏润也。盖喻德政也。灵,一作"云"。

[27]英,华。琼若,食也。兰,一作"华"。

[28] 言怀兰把若,无所施之,欲待明君,未知其时,故屏营踯躅。一作"蹢躅"。【补曰】上文只、下文局切。

[29] 儵烁,疾也。闇多而明少也。蒙,一作"濛"。【补曰】烁,书灼切。

[30] 雌,一作"雏"。【补曰】呴音握。

[31] 一云"於悒悒兮"。【补曰】怫音佛。悒,一缘切。告,入声。

遭 厄

悼屈子兮遭厄[1]，沉玉躬兮湘汨[2]。何楚国兮难化[3]，迄于今兮不易[4]。士莫志兮羔裘[5]，竞佞谀兮谗阋[6]。指正义兮为曲，訿玉璧兮为石[7]。鸡鹏游兮华屋[8]，鶵鶼栖兮柴蔟[9]。起奋迅兮奔走，违群小兮謑訽[10]。载青云兮上昇，适昭明兮所处[11]。蹑天衢兮长驱，踵九阳兮戏荡[12]。越云汉兮南济，秣余马兮河鼓[13]。云霓纷兮晻翳[14]，参辰回兮颠倒[15]。逢流星兮问路，顾我指兮从左[16]。倳婑觪兮直驰[17]，御者迷兮失轨。遂踢达兮邪造[18]，与日月兮殊道。志闶绝兮安如[19]，哀所求兮不耦。攀天阶兮下视[20]，见鄢郢兮旧宇[21]。意逍遥兮欲归，众秽盛兮杳杳[22]。思哽饐兮诘诎[23]，涕流澜兮如雨[24]。

[1]子，男子之通称也。

[2]贤者质美，故以比玉。湘、汨，皆水名。【补曰】汨音觅。

[3]言楚国君臣之乱，不可晓喻也。兮，一作"之"。

[4]政教荒阻，不可变也。于，一作"乎"。

[5]言政秽则士贪鄙，无有素丝之志，皎洁之行也。

[6]阋，不相听。一云"谗阋阋"。【补曰】阋，虚的切。

[7]一作"璧玉"。【补曰】訿音紫。

[8]鸡，一作"鹘"。

[9]鶵，一作"骏"。栖，一作"指"，一作"蒨"，音窜。【补曰】鶵，素俊切。鶼音仪。蔟，千木切。

[10]謑，耻辱垢陋之言也。訽，一作"呴"。【补曰】謑音傒。訽，许候切，又胡豆切。《荀子》："无廉耻而忍护訽。"注云："谓骂辱也。"护音奚。一云："謑訽，小人怒。"

[11]终无所舒情，故欲乘云升天，就日处矣。昭明，日晖。昇，一

作"陞"。

[12] 衢,路也。九阳,日出处也。

[13] 河鼓,牵牛别名。【补曰】《尔雅》:"河鼓谓之牵牛。"《晋志》曰:"河鼓三星,在牵牛北。"

[14] 云,一作"霄"。翳,一作"郁"。

[15] 参、辰,皆宿名,夜分而易次,故颠倒失路也。【补曰】《扬子》:"吾不睹参、辰之相比。"

[16] 流星,发所从也。一云"顾指我兮"。

[17] 觜,一作"訾"。【补曰】娵,酒于切。觜音訾。《尔雅》:"娵觜之口,营室东壁也。"

[18] 流星虽甚,犹不得道。踢达,误过也。邪,一作"衺"。【补曰】踢音汤。达,他达切,一音跌。跌踢,行不正貌。林云:"踢,徒郎、大浪二切。"

[19] 志望已讫,不知所之。如,一作"归"。【补曰】阒音遏。

[20] 下,一作"俛"。

[21] 鄢、郢,楚都也。言上天所求不得,意欲还,下视见旧居也。【补曰】鄢,於建切,地名,在楚。音偃者在郑,音焉者在颍川。《释文》音㦜。

[22] 众秽,谕佞人。言将复害己。

[23] 饐,一作"咽"。

[24] 还为众伪所害,故悲泣也。

悼　乱

嗟嗟兮悲夫[1]，毂乱兮纷挐[2]。茅丝兮同综[3]，冠屦兮共絇[4]。督万兮侍宴[5]，周邵兮负刍[6]。白龙兮见射，灵龟兮执拘[7]。仲尼兮困厄[8]，邹衍兮幽囚[9]。伊余兮念兹[10]，奔遁兮隐居[11]。将升兮高山[12]，上有兮猴猿。欲入兮深谷，下有兮虺蛇。左见兮鸣鹍，右睹兮呼枭[13]。惶悸兮失气[14]，踊跃兮距跳[15]。便旋兮中原[16]，仰天兮增叹[17]。菅蒯兮堋莽[18]，蘦苓兮仟眠[19]。鹿蹊兮躔躔，貒貉兮蟫蟫[20]。鹮鸆兮轩轩[21]，鹑鷃兮甄甄[22]。哀我兮寡独，靡有兮齐伦[23]。意欲兮沉吟，迫日兮黄昏[24]。玄鹤兮高飞[25]，曾逝兮青冥[26]。鸧鹒兮喈喈[27]，山鹊兮嘤嘤[28]。鸿鸹兮振翅[29]，归雁兮于征[30]。吾志兮觉悟，怀我兮圣京。垂屣兮将起，跰趹兮硕明[31]。

[1]伤时昏惑。

[2]君任佞巧，竞疾忠信，交乱纷挐也。毂，一作"散"。《释文》：毂，乎巧切。【补曰】挐，女居切。

[3]不别好恶。综，一作"䌖"。【补曰】综，子宋切，机缕也。《列女传》曰："推而往、引而来者，综也。"

[4]上下无别。屦，一作"屣"。【补曰】絇，具于切。郑康成云："絇谓之拘，着舄屦头以为行戒。"

[5]华督、宋万二人，宋大夫，皆弑其君者也。

[6]周公、邵公。言楚君使忠贤如周、邵者负刍，反以督、万之人侍宴。【补曰】《说文》："蒭，刈草也。"

[7]白龙，川神。灵龟，天瑞。【补曰】河伯化为白龙，羿射之，眇其左目。神龟见梦于宋元君，曰："予为清江使河伯之所，渔者余且得予。"

[8]仲尼,圣人,而厄于陈、蔡也。

[9]邹衍,贤人,而为佞邪所摄,齐遂执之。

[10]伊,惟也。兹,此也。

[11]欲避世也。

[12]升,一作"陟",一作"阶"。

[13]鵙,伯劳也。山有猴猿,谷有虺蛇,左右众鸟,阒无人民,所以愁惧也。【补曰】鵙,古觅切。

[14]悸,惧也。失气,晻然而将绝。【补曰】悸,其季切。

[15]以泄愤懑也。【补曰】跳,徒招切。

[16]旋,一作"绝"。

[17]仰,一作"卬"。

[18]壄,一作"野"。【补曰】菅音奸。蒯,苦怪切。

[19]一作"千眠",一作"仟玄"。仟,一作"鵽"。

[20]蟫蟫,相随之貌。鹿蹊,一作"玄鹿"。躅,一作"躧"。躅躅,一作"继踵"。【补曰】蹊,径也。躅,吐管切。《集韵》作"躃"。《说文》云:"禽兽所践处也。"貒音湍,似豕而肥。一音欢。蟫,淫、潭二音。

[21]轩轩,将止之貌。【补曰】鹞音耀。

[22]甄甄,小鸟飞貌。鹝,一作"鶴"。一云"鹑鹝兮飘飘"。一作"鹑鸽"。【补曰】鹝,鸟甘切。

[23]齐,偶。齐,一作"匹"。

[24]意且欲迟,望又促暮,当栖宿也。迫,一作"白"。

[25]鹤,一作"鸛"。一云"鹍鸡"。

[26]青冥,太清。曾,一作"增"。逝,一作"游"。

[27]鸧鹒,鹂黄也。喈喈,鸣之和。

[28]嘤嘤,鸣之清也。

[29]雁之大者曰鸿。鸹,鸧鹒也。振翅,将飞也。

[30]征,行也。言将去。

[31] 垂,《释文》作"函",测夹切。硕,一作"须"。【补曰】屣,
所尔切。跓,竹句切。《集韵》:"重主切,停足。"

伤 时

惟昊天兮昭灵[1]，阳气发兮清明。风习习兮和暖[2]，百草萌兮华荣[3]。菫荼茂兮扶疏[4]，蘅芷雕兮莹嫇[5]。愍贞良兮遇害，将夭折兮碎糜[6]。时混混兮浇饡[7]，哀当世兮莫知。览往昔兮俊彦，亦诎辱兮系累[8]。管束缚兮桎梏，百貿易兮傅卖[9]。遭桓缪兮识举[10]，才德用兮列施[11]。且从容兮自慰[12]，玩琴书兮游戏[13]。迫中国兮迮陋[14]，吾欲之兮九夷[15]。超五岭兮嵯峨[16]，观浮石兮崔嵬[17]。陟丹山兮炎野[18]，屯余车兮黄支[19]。就祝融兮稽疑[20]，嘉己行兮无为[21]。乃回竭兮北逝[22]，遇神嫭兮宴娱[23]。欲静居兮自娱[24]，心愁感兮不能[25]。放余辔兮策驷[26]，忽飙腾兮浮云[27]。蹑飞杭兮越海[28]，从安期兮蓬莱[29]。缘天梯兮北上，登太一兮玉台[30]。使素女兮鼓簧[31]，乘戈和兮讴谣[32]。声嗷誂兮清和[33]，音晏衍兮要（娻）〔嬈〕[34]。咸欣欣兮酣乐，余眷眷兮独悲[35]。顾章华兮太息[36]，志恋恋兮依依[37]。

[1]昊天，夏天也。昭，明也。灵，神也。

[2]暖，一作"暎"，古作"燸"。【补曰】乃管切。

[3]荣，一作"英"。

[4]菫，葍也。荼，苦菜也。扶，一作"敷"。【补曰】《尔雅》："啮，苦菫。"注云："今菫葵也。"

[5]蘅，杜蘅。芷，若芷。皆香草。嫇，一作"冥"。【补曰】莹，於铭切。嫇音铭。

[6]一作"糜"。

[7]饡，餐也。混，混浊也。言如浇饡之乱也。餐，一作"飱"。【补曰】饡音赞。《说文》云："以羹浇饭。"

[8]《释文》作"累",力桂切。

[9]傅,一作"传"。【补曰】《淮南》云:"伯里奚转鬻。"注云:"伯里奚知虞公不可谏,转行自卖于秦,为穆公相。"传亦有转音。

[10]管,管仲。百,百里奚也。管仲为鲁所囚,齐桓释而任之。百里奚晋徒役,秦缪以五羖之皮赎之为相也。【补曰】缪音木。

[11]德,一作"得"。

[12]以古贤者皆然,缓己忧也。

[13]【补曰】戏音希。

[14]无所用志,故云窄陿。一作"窄陕"。

[15]子欲居九夷,疾时之言也。

[16]超,越也。将之九夷,先历五岭之山,言艰难也。

[17]东海有浮石之山。崔嵬,山形也。

[18]复之南方。丹山、炎野,皆在南方也。

[19]一本此句在"就祝融兮稽疑"之下。【补曰】《扬子》曰:"黄支之南。"

[20]黄支,南极国名也。祝融,赤帝之神,稽合所以折谋,求安己之处也。

[21]嘉,善也。言祝融善己之处。

[22]复旋至北方也。回,一作"廻"。【补曰】朅,去竭切。

[23]嬃,北方之神名也。言遇神宴而待之。嬃,一作"嬞"。《释文》作"嬃",音携。

[24]言己遇神而宴乐,亦欲安居自娱也。

[25]感,一作"戚"。

[26]复欲去也。放,一作"收"。

[27]一云"忽风腾兮云浮"。

[28]蹟,一作"跖"。

[29]蓬莱,海中山名也。安期生,仙人名也。言欲往求仙也。

[30]登,一作"升"。

[31]太一，天帝所在，以玉为台也。

[32]乘戈，仙人也。和素女而歌也。【补曰】张晏云："玉女、青要、乘弋等也。"戈字从弋。

[33]噭誂，清畅貌。噭，《释文》作"激"，音叫。誂，他吊切。【补曰】噭，呼也。楚谓儿啦不止曰噭咷。咷音枭。

[34]要(婹)〔嫽〕，舞容也。【补曰】《说文》："(婹)〔嫽〕，曲肩貌。"《方言》："(婹)〔嫽〕，游也。江、沅之间，谓戏为(婹)〔嫽〕。"

[35]言天神众舞，皆喜乐，独己怀悲哀也。

[36]章华，楚台名也。太息，忧叹也。

[37]恋，一作"郁"。

哀 岁

旻天兮清凉[1]，玄气兮高朗[2]。北风兮潦洌[3]，草木兮苍唐[4]。蚈蚋兮噍噍[5]，蜻蛆兮穰穰[6]。岁忽忽兮惟暮[7]，余感时兮凄怆[8]。伤俗兮泥浊，蒙蔽兮不章。宝彼兮沙砾，捐此兮夜光[9]。椒瑛兮涅污，葈耳兮充房[10]。摄衣兮缓带，操我兮墨阳[11]。升车兮命仆，将驰兮四荒[12]。下堂兮见蚈[13]，出门兮触蠭。巷有兮蚰蜒，邑多兮螳螂。睹斯兮嫉贼，心为兮切伤。俛念兮子胥，仰怜兮比干。投剑兮脱冕，龙屈兮蜿蟺[14]。潜藏兮山泽，匍匐兮丛攒[15]。窥见兮溪涧，流水兮沄沄[16]。鼋鼍兮欣欣，鳣鲇兮延延。群行兮上下，骈罗兮列陈。自恨兮无友，特处兮茕茕[17]。冬夜兮陶陶[18]，雨雪兮冥冥。神光兮颍颍，鬼火兮荧荧[19]。修德兮困控[20]，愁不聊兮遑生[21]。忧纡兮郁郁，恶所兮写情。

[1]秋天为旻天。秋节至，故清且凉也。

[2]秋冬阳气升，故高朗也。朗，一作"明"。

[3]寒节至也。洌，一作"烈"。【补曰】潦音寮。

[4]始凋也。草，一作"艸"。唐，一作"黄"。

[5]促寒将蛰，故噍噍鸣。

[6]将变貌。

[7]暮，末。

[8]感时以悲思也。

[9]夜光，明珠也。

[10]葈耳，恶草名也。充房，侍近君也。

[11]墨阳，剑名。

[12]四裔谓之四荒。

[13]蚩,土蟊也。喻佞人欲害贤,如蚩之有螫毒。

[14]蜿蟺,自迫促貌。

[15]丛攒,罗布也。

[16]沄沄,沸流。

[17]独行貌。

[18]长貌。

[19]神光,山川之精,能为光者也,荧荧,小火也。

[20]将谁困控,言无引己也。

[21]遑,暇。

守 志

陟玉峦兮逍遥[1]，览高冈兮峣峣[2]。桂树列兮纷敷[3]，吐紫华兮布条[4]。实孔鸾兮所居[5]，今其集兮惟鸮[6]。乌鹊惊兮哑哑[7]，余顾瞻兮怊怊[8]。彼日月兮闇昧[9]，障覆天兮祾氛[10]。伊我后兮不聪[11]，焉陈诚兮效忠。摅羽翮兮超俗[12]，游陶遨兮养神[13]。乘六蛟兮蜿蝉[14]，遂驰骋兮升云。扬彗光兮为旗，秉电策兮为鞭[15]。朝晨发兮鄢郢[16]，食时至兮增泉[17]。绕曲阿兮北次[18]，造我车兮南端[19]。谒玄黄兮纳贽[20]，崇忠贞兮弥坚[21]。历九宫兮遍观[22]，睹秘藏兮宝珍。就傅说兮骑龙[23]，与织女兮合婚。举天罼兮掩邪[24]，彀天弧兮射奸[25]。随真人兮翱翔[26]，食元气兮长存[27]。望太微兮穆穆[28]，睨三阶兮炳分[29]。相辅政兮成化，建烈业兮垂勋[30]。目瞥瞥兮西没，道遐迥兮阻叹。志稸积兮未通，怅敞罔兮自怜[31]。

[1] 玉峦，昆仑山也。山脊曰峦。逍遥，须臾也。

[2] 山岭曰冈。峣峣，特高也。

[3] 昆仑山多桂树，纷错敷衍。

[4] 桂华紫色，布敷条枝。

[5] 孔鸾，大鸟。

[6] 鸮，小鸟也。以言名山宜神鸟处之，犹朝廷宜贤者居位，而今惟小人，故云鸮萃之也。

[7] 神鸟至，则众鸟集从。今反鸮往处之，故惊而鸣也。

[8] 怊怊，四远貌。

[9] 日月无光，云雾之所蔽。人君昏乱，佞邪之所惑。

[10] 祾，恶气貌。

[11] 后，君。

[12]无所效其忠诚，故翻飞而去也。

[13]陶遨，心无所系。

[14]蜿蟺，群蛟之形也。龙无角曰蛟。

[15]复欲升天，求仙人也。

[16]郢，楚都也。

[17]增泉，天汉也。

[18]次，舍。

[19]复适南方也。

[20]玄黄，中央之帝也。

[21]虽遥荡天际之间，不失其忠诚也。

[22]九宫，天之宫也。

[23]傅说，殷王武丁之贤相也。死补辰宿。

[24]罩，宿名也。毕有因奸名，故欲以掩取邪佞之人也。

[25]弧，亦星名也。弧矢弓弩，故欲以射奸人也。

[26]真，仙人也。

[27]元气，天气。

[28]太微，天之中宫。穆穆，和顺也。

[29]太微之阶。

[30]当与众仙共辅天帝，成化而建功也。

[31]言升仙之事，迫而不通，故使志不展而自伤也。

乱曰：天庭明兮云霓藏，三光朗兮镜万方[1]。斥蝘蜴兮进龟龙，策谋从兮翼机衡[2]。配稷契兮恢唐功[3]，嗟英俊兮未为双[4]。

[1]天清则云霓除，日月星辰昭，君明下理，贤愚得所也。

[2]蝘蜴，喻小人。龟、龙，喻君子。璇玑玉衡，以喻君能任贤，斥去小人，以自辅翼也。一云"奋策谋兮"。

[3]配，匹也。恢，大唐尧也。稷、契，尧佐也。言遇明君，则当与

稷、契恢夫尧、舜之善也。一曰恢虞功。

　　[4]双，匹也。

《国学典藏》丛书已出书目

周易 [明] 来知德 集注

诗经 [宋] 朱熹 集传

尚书曾运乾 注

仪礼 [汉] 郑玄 注 [清] 张尔岐 句读

礼记 [元] 陈澔 注

论语·大学·中庸 [宋] 朱熹 集注

孟子 [宋] 朱熹 集注

左传 [战国] 左丘明 著 [晋] 杜预 注

孝经 [唐] 李隆基 注 [宋] 邢昺 疏

尔雅 [晋] 郭璞 注

说文解字 [汉] 许慎 撰

战国策 [汉] 刘向 辑录
　　　　[宋] 鲍彪 注 [元] 吴师道 校注

国语 [战国] 左丘明 著
　　　[三国吴] 韦昭 注

徐霞客游记 [明] 徐弘祖 著

荀子 [战国] 荀况 著 [唐] 杨倞 注

近思录 [宋] 朱熹 吕祖谦 编
　　　　[宋] 叶采 [清] 茅星来 等注

传习录 [明] 王阳明 撰
　　　　（日）佐藤一斋 注评

老子 [汉] 河上公 注 [汉] 严遵 指归
　　　[三国魏] 王弼 注

庄子 [清] 王先谦 集解

列子 [晋] 张湛 注 [唐] 卢重玄 解
　　　[唐] 殷敬顺 [宋] 陈景元 释文

孙子 [春秋] 孙武 著 [汉] 曹操 等注

墨子 [清] 毕沅 校注

韩非子 [清] 王先慎 集解

吕氏春秋 [汉] 高诱 注 [清] 毕沅 校

管子 [唐] 房玄龄 注 [明] 刘绩 补注

淮南子 [汉] 刘安 著 [汉] 许慎 注

坛经 [唐] 惠能 著 丁福保 笺注

楞伽经 [南朝宋] 求那跋陀罗 译
　　　　[宋] 释正受 集注

世说新语 [南朝宋] 刘义庆 著
　　　　　[南朝梁] 刘孝标 注

山海经 [晋] 郭璞 注 [清] 郝懿行 笺疏

颜氏家训 [北齐] 颜之推 著
　　　　　[清] 赵曦明 注 [清] 卢文弨 补注

三字经·百家姓·千字文
　　　　[宋] 王应麟等 著

龙文鞭影 [明] 萧良有等 编撰

幼学故事琼林 [明] 程登吉 原编
　　　　　　[清] 邹圣脉 增补

梦溪笔谈 [宋] 沈括 著

容斋随笔 [宋] 洪迈 著

困学纪闻 [宋] 王应麟 著
　　　　　[清] 阎若璩 等注

楚辞 [汉] 刘向 辑
　　　[汉] 王逸 注 [宋] 洪兴祖 补注

曹植集 [三国魏] 曹植 著
　　　　[清] 朱绪曾 考异 [清] 丁晏 铨评

陶渊明全集 [晋] 陶渊明 著
　　　　　　[清] 陶澍 集注

王维诗集 [唐] 王维 著 [清] 赵殿成 笺注

李商隐诗集 [唐] 李商隐 著
　　　　　[清] 朱鹤龄 笺注

杜牧诗集 [唐] 杜牧 著 [清] 冯集梧 注

李煜词集（附李璟词集、冯延巳词集）
　　　　[南唐] 李煜 著

柳永词集 [宋] 柳永 著

晏殊词集·晏幾道词集
　　　　[宋] 晏殊 晏幾道 著

苏轼词集 [宋]苏轼 著 [宋]傅幹 注　古文观止 [清]吴楚材 吴调侯 选注
黄庭坚词集·秦观词集　　　　　唐诗三百首 [清]蘅塘退士 编选
　　　　[宋]黄庭坚 著 [宋]秦观 著　　　　　　　[清]陈婉俊 补注
李清照诗词集 [宋]李清照 著　　宋词三百首 [清]朱祖谋 编选
辛弃疾词集 [宋]辛弃疾 著　　　文心雕龙 [南朝梁]刘勰 著
纳兰性德词集 [清]纳兰性德 著　　　　[清]黄叔琳 注 纪昀 评
古文辞类纂 [清]姚鼐 纂集　　　　李详 补注 刘咸炘 阐说
玉台新咏 [南朝陈]徐陵 编　　　诗品 [南朝梁]钟嵘 著
　　　[清]吴兆宜 注 [清]程琰 删补　　　古直 笺 许文雨 疏证
乐府诗集 [宋]郭茂倩 编撰　　　人间词话·王国维词集 王国维 著
花间集 [后蜀]赵崇祚 集　　　　西厢记 [元]王实甫 著
　　　　[明]汤显祖 评　　　　　　　[清]金圣叹 评点
词综 [清]朱彝尊 汪森 编　　　　牡丹亭 [明]汤显祖 著
花庵词选 [宋]黄昇 选编　　　　　　　[清]陈同 谈则 钱宜 合评
阳春白雪 [元]杨朝英 选编　　　长生殿 [清]洪昇 著 [清]吴人 评点
唐宋八大家文钞 [清]张伯行 选编　桃花扇 [清]孔尚任 著
宋诗精华录 [清]陈衍 选编　　　　　　[清]云亭山人 评点

部分将出书目
(敬请关注)

周礼	三国志	金刚经
公羊传	水经注	文选
穀梁传	史通	孟浩然诗集
史记	孔子家语	李白全集
汉书	日知录	杜甫全集
后汉书	文史通义	白居易诗集